EDIÇÕES BESTBOLSO

Se houver amanhã

O escritor norte-americano Sidney Sheldon (1917-2007) era um adolescente pobre na Chicago dos anos 1930 quando decidiu participar de um programa de calouros que acabou conduzindo-o a Hollywood, onde passou a revisar roteiros. Depois de prestar serviço militar durante a Segunda Guerra Mundial, Sheldon começou a escrever musicais para a Broadway e roteiros cinematográficos. O sucesso das peças facilitou seu acesso aos estúdios de cinema e o aproximou de astros como Frank Sinatra, Marilyn Monroe e Cary Grant. Na TV, os seriados *Nancy*, *Casal 20* e *Jeannie é um gênio* levaram sua assinatura. Em 1969, Sidney Sheldon publicou seu primeiro romance, *A outra face*, e a partir de então seu nome se tornou sinônimo de best seller. Foi o único escritor que recebeu três dos mais cobiçados prêmios da indústria cultural norte-americana: o Oscar, do cinema, o Tony, do teatro e o Edgar Allan Poe, da literatura de suspense. *Se houver amanhã* foi adaptado para minissérie na TV em 1986, e contava com os atores Liam Neeson e Tom Berenger no elenco principal.

SIDNEY SHELDON

SE HOUVER AMANHÃ

LIVRO VIRA-VIRA 1

Tradução de
A.B. PINHEIRO DE LEMOS

7ª edição

EDIÇÕES
BestBolso
RIO DE JANEIRO – 2010

CIP-BRASIL. CATALOGAÇÃO-NA-FONTE
SINDICATO NACIONAL DOS EDITORES DE LIVROS, RJ

Sheldon, Sidney, 1917-2007
S548s Se houver amanhã – Livro vira-vira 1 / Sidney Sheldon; tradução
7ª ed. de Pinheiro de Lemos – 7ª ed. – Rio de Janeiro: BestBolso, 2010.

Tradução de: If Tomorrow Comes
Obras publicadas juntas em sentido contrário
Com: Nada dura para sempre
ISBN 978-85-7799-215-7

1. Romance norte-americano. I. Lemos, A. B. Pinheiro de (Alfredo Barcellos Pinheiro de), 1938-2008. II. Título.

CDD: 813
09-4885 CDU: 821.111(73)-3

Se houver amanhã, de autoria de Sidney Sheldon.
Título número 148 das Edições BestBolso.
Sétima edição impressa em março de 2010.
Texto revisado conforme o Acordo Ortográfico da Língua Portuguesa.

Título original norte-americano:
IF TOMORROW COMES

www.edicoesbestbolso.com.br

Design de capa: Luciana Gobbo com foto de Ellah (Stockxpert).

Impresso no Brasil

ISBN 978-85-7799-215-7

Para Barry
com amor

Livro I

1

Nova Orleans
Quinta-feira, 20 de fevereiro
23 horas

Ela se despiu lentamente, em devaneio; quando ficou nua, escolheu um negligê vermelho-vivo para usar, a fim de que o sangue não ficasse em evidência. Doris Whitney olhou ao redor pela última vez, para se certificar de que o quarto agradável, que tanto amara ao longo dos últimos trinta anos, se encontrava arrumado e impecável. Abriu a gaveta da mesinha de cabeceira e tirou a arma, com todo cuidado. Colocou-a ao lado do telefone e discou para a filha na Filadélfia.

– Tracy... senti vontade de repente de ouvir o som de sua voz, querida.

– Que surpresa boa, mamãe.

– Espero não tê-la acordado.

– Não acordou. Eu estava lendo. Charles e eu íamos sair para jantar fora, mas o tempo está horrível. Neva muito por aqui. Como está aí?

"Santo Deus, estamos falando sobre o tempo", pensou Doris Whitney, "quando há tanta coisa que quero lhe dizer. E não posso."

– Mamãe? Você ainda está aí?

Doris Whitney olhou pela janela.

– Está chovendo.

E ela pensou: "Como é melodramaticamente apropriado. Parece até um filme de Alfred Hitchcock."

– Que barulho é esse, mamãe?

"Trovoada". Tão absorta em seus pensamentos, Doris nem percebeu. Nova Orleans enfrentava uma tempestade. "Chuva contínua", dissera o homem da previsão do tempo. "Dezenove graus em Nova Orleans. Ao cair da noite haverá chuvas torrenciais, acompanhadas de trovoadas. Não se esqueçam de sair com o guarda-chuva." Ela não ia precisar de um guarda-chuva.

– É uma trovoada, Tracy. – Ela forçou um tom de jovialidade na voz. – Conte-me o que está acontecendo aí na Filadélfia.

– Eu me sinto como uma princesa num conto de fadas, mamãe. Nunca imaginei que alguém pudesse ser tão feliz. E amanhã à noite conhecerei os pais de Charles.

Ela engrossou a voz, como se estivesse fazendo uma proclamação oficial, ao dizer:

– Os Stanhope, de Chestnut Hill. – Tracy soltou uma risada. – Eles são uma instituição. Estou muito ansiosa.

– Não se preocupe. Tenho certeza de que eles vão adorá-la, querida.

– Charles diz que não tem a menor importância. *Ele* me ama. E eu o adoro. Mal posso esperar o momento em que você o conhecerá. Ele é fantástico.

– Tenho certeza que é mesmo. – Ela jamais conheceria Charles. Nem teria um neto no colo. "Não! Não devo pensar nisso." – Ele sabe como é sortudo por tê-la, meu bem?

– É o que estou sempre lhe dizendo. - Tracy sorriu. – Mas já chega de falar de mim. Conte-me o que está acontecendo por aí. Como se sente?

"Você goza de perfeita saúde, Doris", foram as palavras do Dr. Rush. "Viverá até os 100 anos." Uma das pequenas ironias da vida.

– Eu me sinto maravilhosa. – "Falando com você."

– Já tem um namorado? – indagou Tracy, meio zombeteira. Desde que o pai de Tracy morrera, cinco anos antes, Doris Whitney jamais considerara a possibilidade de sair com outro homem, apesar do incentivo da filha.

– Nada de namorados. – Ela mudou de assunto. – Como está o trabalho? Ainda gostando?

– Adorando. Charles não se incomoda que eu continue a trabalhar depois de nos casarmos.

– Isso é maravilhoso, meu bem. Ele parece ser um homem muito compreensivo.

– E é mesmo. Você vai confirmar pessoalmente.

Houve uma trovoada mais alta, como uma deixa oportuna dos bastidores. Estava na hora. Não havia mais nada a dizer, exceto uma despedida final.

– Adeus, minha querida.

Doris manteve a voz cuidadosamente firme.

– Eu a verei no casamento, mamãe. Telefonarei assim que Charles e eu marcarmos a data.

– Está certo. – Havia uma última coisa a dizer, afinal. – Eu amo muito você, Tracy. Muito mesmo.

Lentamente, Doris Whitney repôs o fone no gancho.

Ela pegou a arma. Só havia uma maneira de fazê-lo. Depressa. Doris levantou a arma para a têmpora e puxou o gatilho.

2

Filadélfia
Sexta-feira, 21 de fevereiro
8 horas

Tracy Whitney saiu do saguão do seu prédio ao encontro da chuva implacável, misturada com neve, que caía sobre as bem polidas limusines que desciam pela Market Street, conduzidas por motoristas uniformizados, e sobre os cortiços abandonados e fechados com tábuas do norte da Filadélfia. A chuva lavava as limusines, deixando-as ainda mais limpas, ao mesmo tempo em que convertia num amontoado o lixo acumulado na frente de casas depauperadas. Tracy Whitney estava a caminho do trabalho. Seu ritmo era ágil enquanto seguia pela Chestnut Street, na direção do banco. Tinha de fazer um esforço para não se pôr a cantar em voz alta. Usava capa e botas amarelas, um chapéu de chuva também amarelo, que mal conseguia conter seus cabelos castanhos luminosos. Tinha vinte e poucos anos, um rosto exuberante e inteligente, a boca cheia e sensual, olhos faiscantes, que podiam mudar de um suave verde-musgo para um jade escuro de um momento para outro, um corpo esbelto e atlético. A pele passava por toda a gama de branco translúcido a um rosa profundo, dependendo se estava irritada, cansada ou agitada. A mãe lhe dissera certa vez: "Sinceramente, criança, há ocasiões em que não a reconheço. Você muda de um instante para o outro."

Agora, enquanto Tracy descia pela rua, as pessoas se viravam para sorrir, invejando a felicidade que brilhava em seu rosto. Ela retribuía com sorrisos.

"É indecente para qualquer pessoa ser tão feliz", pensou Tracy Whitney. "Vou me casar com o homem que amo e terei um filho dele. O que mais alguém poderia pedir?"

Ao se aproximar do banco, Tracy olhou para o relógio. Oito horas e vinte minutos. As portas do Philadelphia Trust and Fidelity Bank não se abririam para os empregados antes de dez minutos, mas Clarence Desmond, o vice-presidente sênior, no comando do departamento internacional, já estava desligando o alarme externo e abrindo a porta. Tracy gostava de assistir ao ritual matutino. Ficou parada na chuva, esperando, enquanto Desmond entrava no banco e trancava a porta.

Os bancos do mundo inteiro possuem misteriosos processos de segurança e o Philadelphia Trust and Fidelity Bank não era exceção. A rotina jamais variava, a não ser pelo código de segurança, que era mudado todas as semanas. O código daquela semana era uma persiana parcialmente abaixada, indicando aos empregados que esperavam do lado de fora que uma revista era realizada a fim de verificar se não havia intrusos escondidos nas instalações, Clarence Desmond fazia uma busca pelos banheiros, depósito, caixa-forte e área dos cofres particulares. Somente depois de estar plenamente convencido de que se encontrava sozinho no interior do banco é que levantaria a persiana, como um sinal de que estava tudo bem.

O contador sênior era sempre o primeiro funcionário a ter acesso ao banho. Ele ocuparia seu lugar junto ao alarme de emergência, até que todos os outros funcionários entrassem, depois trancaria a porta.

Pontualmente às 8h30 Tracy Whitney entrou no saguão com seus colegas de trabalho, tirou a capa, o chapéu e as botas, enquanto ouvia os outros se queixarem do tempo chuvoso.

– O maldito vento arrancou-me o guarda-chuva – lamentou um caixa. – Estou encharcado.

– Passei por dois patos nadando na Market Street – fez graça o chefe dos caixas.

– A previsão do tempo é de que podemos esperar por mais uma semana assim. Eu gostaria de estar na Flórida.

Tracy sorriu e começou a trabalhar. Era encarregada do departamento de transferências. Até recentemente, a transferência de dinheiro de um banco para outro e de um país para outro era um processo lento e trabalhoso, que exigia o preenchimento de muitos formulários e dependia dos serviços postais nacionais e internacionais. Com o avanço da informática, a situação mudara drasticamente. Quantias enormes podiam ser transferidas em segundos. A função de Tracy era organizar as transferências processadas durante a noite e enviálas para os bancos de destino. Todas as transações eram em código, mudado regularmente para impedir o acesso não autorizado. A cada dia, milhões de dólares passavam pelas mãos de Tracy. Era um trabalho fascinante, o sangue vital que alimentava as artérias dos negócios por todo o globo. Até antes de Charles Stanhope III entrar em sua vida, a atividade bancária era a coisa mais emocionante do mundo para Tracy. O Philadelphia Trust and Fidelity Bank tinha uma grande divisão internacional e durante o almoço Tracy e os colegas conversaram sobre os acontecimentos da manhã. Era uma conversa inebriante.

Deborah, uma contadora, anunciou:

– Acabamos de fechar o empréstimo associado de 100 milhões de dólares para a Turquia.

Mae Trenton, secretária do vice-presidente do banco, disse:

– Foi decidido na reunião de diretoria desta manhã a participação na nova linha de crédito para o Peru. A taxa inicial é superior a 5 milhões de dólares...

Jon Creighton, o fanático do banco, acrescentou:

– Soube que vamos entrar no pacote de socorro ao México com 50 milhões. Eles não merecem um único cent...

– Isso é muito interessante – comentou Tracy. – Os países que atacam os Estados Unidos por sermos muito obcecados por dinheiro são sempre os primeiros a nos suplicarem empréstimos.

Esse fora o assunto sobre qual ela e Charles haviam travado a sua primeira discussão.

TRACY CONHECERA Charles Stanhope III num simpósio financeiro. Charles era o orador convidado. Ele dirigia a empresa de investimentos fundada por seu bisavô e fazia muitas operações com o banco para o qual Tracy trabalhava. Depois da conferência de Charles, Tracy se aproximara para discordar de sua análise da capacidade das nações do Terceiro Mundo de pagarem as quantias assombrosas que haviam tomado emprestado dos bancos do mundo inteiro e dos governos ocidentais. No começo, Charles se mostrara divertido, mas depois se sentiu atraído pelos argumentos da linda moça à sua frente. A discussão se prolongou pelo jantar no velho restaurante Bookbinder's.

No começo, Tracy não se impressionara com Charles Stanhope III, mesmo sabendo que ele era considerado o melhor partido da Filadélfia. Charles tinha 35 anos, era rico e vitorioso, pertencia a uma das famílias mais tradicionais da região. Com 1,78 metro de altura, cabelos sedosos cor de areia, olhos castanhos e uma atitude confiante, até mesmo um pouco pedante, ele era um desses ricos maçantes, na opinião de Tracy.

Como se lesse os pensamentos dela, Charles se inclinara sobre a mesa e dissera:

– Meu pai está convencido de que lhe deram o bebê errado no hospital.

– Como?

– Sou um retrocesso. Não acho que o dinheiro é o fim de tudo e a coisa mais importante na vida. Mas, por favor, jamais conte a meu pai que eu lhe disse isso.

Havia nele uma despretensão tão encantadora que Tracy passou a apreciá-la. "Imagino como seria estar casada com alguém assim... um homem da alta sociedade."

O pai de Tracy levara a maior parte de sua vida para construir um negócio que os Stanhope achariam insignificante. "Os Stanhope e os Whitney jamais se misturariam", pensara ela. "Óleo e água. E os Stanhope são o óleo. E por que estou reagindo como uma idiota? É ego demais. Um homem me convida para jantar e já estou decidindo se quero ou não me casar com ele. Provavelmente nunca mais tornaremos a nos encontrar..."

Charles estava dizendo nesse instante:

– Por acaso está livre para jantarmos de novo amanhã?

A FILADÉLFIA ERA uma cidade espetacular. Nas noites de sábado, Tracy e Charles iam ao balé ou assistiam Riccardo Muti conduzir a Sinfônica da Filadélfia. Durante a semana, exploravam New Market e o singular amontoado de lojas de Society Hill, vagueavam pelo Museu de Arte da Filadélfia e o Museu Rodin.

Tracy parara um dia diante da estátua de *O Pensador*. Olhara para Charles e sorrira.

– É você!

Charles não se interessava por exercícios, mas Tracy adorava. Assim, nas manhãs de domingo, ela corria pela West River Drive ou pelo passeio que acompanhava o Rio Schuylkill. Nas tardes de sábado frequentava uma aula de *tai chi chuan*. Depois de uma hora de exercício, exausta mas exultante, ia se encontrar com Charles, no apartamento dele. Ele era um cozinheiro *gourmet* e gostava de preparar pratos esotéricos como *bistilla* marroquina, *guo bu li*, os bolinhos de massa e carne do norte da China, e *tahine de poulet au citron*.

Charles era a pessoa mais meticulosa que Tracy já conhecera. Certo dia ela chegara atrasada 15 minutos para o jantar e a contrariedade de Charles acabara com a sua noite. Depois disso, jurara que seria sempre pontual com ele.

Tracy tinha muito pouca experiência sexual, mas lhe parecera que Charles fazia amor da mesma maneira como levava a sua vida: meticulosamente, sempre da maneira conveniente. Houvera uma ocasião em que Tracy decidira ser ousada e anticonvencional na cama. Charles ficara tão chocado que chegou a se perguntar se ela não seria uma maníaca sexual.

A gravidez fora inesperada; quando aconteceu, Tracy se descobrira dominada pela incerteza. Charles não levantara a questão do casamento e ela não queria que ele se sentisse na obrigação de se casar por causa do bebê. Não tinha certeza se poderia enfrentar um aborto, mas a alternativa era uma opção igualmente angustiante. Poderia criar um filho sem a ajuda do pai? Isso seria justo com a criança?

Uma noite, depois do jantar, Tracy resolvera dar a notícia a Charles. Preparara um *cassoulet* para ele em seu próprio apartamento, mas acabara deixando-o queimar, de tanto nervosismo. Ao pôr a carne chamuscada na mesa, ela esquecera o discurso cuidadosamente ensaiado e balbuciara desordenadamente:

– Sinto muito, Charles. Eu... estou grávida.

Houvera um silêncio insuportavelmente prolongado. Quando Tracy já estava prestes a rompê-lo, Charles dissera:

– Vamos nos casar, é claro.

Tracy experimentara uma sensação de grande alívio.

– Não quero que você pense que eu... Não precisa se casar comigo por causa disso.

Ele levantara a mão para impedi-la de continuar.

– Quero me casar com você, Tracy. Tenho certeza que será uma esposa maravilhosa. – E um instante depois acrescentara, falando bem devagar: – É claro que meu pai e minha mãe ficarão um tanto surpresos.

Charles sorrira e a beijara. Tracy indagara, suavemente:

– Por que eles ficarão surpresos?

Charles suspirara.

– Querida, creio que você não compreende em que está se metendo. Os Stanhope sempre se casam... e saiba que estou usando aspas... "com sua própria espécie". Com famílias tradicionais da Filadélfia.

– E já lhe escolheram uma esposa – adivinhara Tracy. Charles a tomara nos braços.

– Isso não tem a menor importância. O que conta é quem *eu* escolhi. Jantaremos com mamãe e papai na próxima sexta-feira. Já é tempo de você conhecê-los.

QUANDO FALTAVAM cinco minutos para as 9 horas, Tracy percebeu uma diferença no nível de ruído no banco. Os empregados passavam a falar um pouco mais depressa, a se movimentarem um pouco mais rápido. As portas do banco seriam abertas dentro de cinco minutos e tudo tinha de estar pronto. Pela janela da frente, Tracy podia ver os clientes em fila na calçada lá fora, esperando sob a chuva fria.

Tracy observava enquanto o guarda do banco distribuía fichas de depósito. Os clientes regulares recebiam fichas de depósito com um código pessoal magnético; assim, a cada vez que se efetuava um depósito, o computador creditava-o automaticamente na conta apropriada. Mas, frequentemente, os clientes apareciam sem suas fichas de depósito e preenchiam o modelo comum.

O guarda levantou os olhos para o relógio na parede. Enquanto o ponteiro das horas se aproximava do nove, ele caminhou para a porta e, de modo solene, a destrancou.

O expediente bancário começara.

DURANTE AS HORAS subsequentes, Tracy se manteve ocupada demais para pensar em qualquer outra coisa. Cada transferência tinha de ser conferida, a fim de certificar-se de que exibia o código correto. Quando havia um débito, ela registrava o número da conta, a quantia e o banco para o qual o dinheiro estava sendo transferido. Cada banco possuía o seu próprio número; havia um catálogo confidencial que continha os códigos de todos os principais bancos do mundo.

A manhã passou voando. Tracy planejava aproveitar a hora do almoço para ir ao salão fazer o cabelo e tinha uma hora marcada com Larry Stella Botte. Ele cobrava caro, mas valia a pena, pois ela queria que os pais de Charles a conhecessem em sua melhor aparência. "Tenho de fazer com que eles gostem de mim. Não me importo com quem escolheram para Charles", pensou Tracy. "Ninguém pode fazer Charles tão feliz quanto eu farei."

Às 23 horas, quando Tracy pegava sua capa, Clarence Desmond convocou-a a seu gabinete. Desmond era a própria imagem de um executivo importante. Se o banco fizesse comerciais de televisão, ele seria o porta-voz perfeito. Vestia-se de modo conservador, com um ar de autoridade sólida e antiquada, parecia uma pessoa em quem se podia confiar.

– Sente-se, Tracy. – Ele se orgulhava de conhecer o primeiro nome de cada empregado. – Um tempo horrível, não é mesmo?

– É, sim.

– Mas as pessoas ainda precisam cuidar dos seus problemas bancários. – Desmond esgotara todo o seu estoque de conversa amena. Inclinou-se sobre a mesa e acrescentou: – Soube que você e Charles Stanhope estão noivos.

Tracy ficou surpresa.

– Ainda não anunciamos. Como...

Desmond sorriu.

– Qualquer coisa que os Stanhope fazem é notícia. Estou muito feliz por você. Presumo que voltará a trabalhar conosco. Depois da lua de mel, é claro. Não gostaríamos de perdê-la. Você é uma das nossas funcionárias mais valiosas.

– Charles e eu conversamos a respeito e concordamos que eu seria mais feliz se continuasse a trabalhar aqui.

Desmond sorriu, satisfeito. Stanhope & Sons era uma das casas de investimentos mais importantes na comunidade financeira e seria maravilhoso se obtivesse sua conta exclusiva para a sucursal que dirigia. Ele recostou-se na cadeira.

– Quando voltar da lua de mel, Tracy, haverá uma boa promoção à sua espera, assim como um aumento substancial.

– Puxa, obrigada! Isso é sensacional!

Ela sabia que merecia e experimentou um sentimento de orgulho. Ficou ansiosa em contar a Charles. Parecia a Tracy que os deuses conspiravam para fazer tudo o que podiam para inundá-la de felicidade.

Os pais de Charles Stanhope III viviam numa mansão antiga e imponente, na Rittenhouse Square. Era um marco na cidade pelo qual Tracy passara muitas vezes. "E agora", pensou ela, "vai se tomar uma parte da minha vida."

Ela estava nervosa. Seu lindo penteado sucumbira à umidade no ar. Trocara de vestido quatro vezes. Deveria se apresentar com simplicidade? Formalmente? Tinha um Yves Saint-Laurent que comprara com suas economias na Wanamaker's. "Se eu o usar, eles pensarão que sou uma esbanjadora. Por outro lado, se puser algum dos meus vestidos de liquidação da Post Horn, eles pensarão que o filho está casando com alguém abaixo de sua classe. Ora essa, eles pensarão assim de qualquer maneira," concluiu Tracy. Ela escolheu finalmente uma saia de lã cinza bem simples e uma blusa branca de seda, pondo no pescoço a corrente fina de ouro que a mãe lhe mandara de presente de Natal.

A porta da mansão foi aberta por um mordomo de libré.

– Boa noite, Srta. Whitney.

"O mordomo sabe meu nome", pensou Tracy. "Isso é um bom sinal? Um mau sinal?"

– Posso ajudá-la a tirar o casaco?

De sua roupa escorria água no lindo tapete persa. O mordomo conduziu-a por um hall de mármore que parecia duas vezes maior do que todo o banco. Tracy pensou, em pânico: "Oh, Deus, estou completamente malvestida! Deveria ter usado o Yves Saint-Laurent." Ao entrar na biblioteca, ela sentiu um fio correr no tornozelo da meia-calça, mas estava frente a frente com os pais de Charles.

Charles Stanhope, pai, era um homem de aparência austera, com sessenta e poucos anos. Parecia de fato um homem bem-sucedido;

era uma projeção do que Charles seria dentro de trinta anos. Tinha olhos castanhos, como os de Charles, queixo firme, uma orla de cabelos brancos. Tracy gostou dele de imediato. Era o perfeito avô para seu filho.

A mãe de Charles tinha uma aparência impressionante. Era um tanto baixa e corpulenta, mas apesar disso irradiava um ar de realeza. "Ela parece firme e digna de confiança", pensou Tracy. "Dará uma avó maravilhosa." A Sra. Stanhope estendeu a mão.

– Minha cara, foi muita gentileza sua vir nos visitar. Pedimos a Charles que nos concedesse uns poucos minutos a sós com você. Não se importa?

– Claro que ela não se importa – declarou o pai de Charles.

– Sente-se... Tracy, não é mesmo?

– Isso mesmo, senhor.

Os dois se sentaram num sofá, diante dela. "Por que sinto como se estivesse prestes a sofrer um interrogatório?" Tracy podia ouvir a voz da mãe: "Meu bem, Deus jamais lhe dará algo com que não possa lidar. Basta apenas que dê um passo de cada vez."

O primeiro passo de Tracy foi um sorriso amarelo, porque naquele instante podia sentir o fio corrido na meia-calça subir para o joelho. Tentou escondê-lo com as mãos.

– Pois muito bem! – A voz do Sr. Stanhope era vigorosa. – Você e Charles querem se casar.

A palavra *querem* perturbou Tracy. Certamente Charles lhes dissera que *iam* se casar.

– Isso mesmo – murmurou Tracy.

– Você e Charles não se conhecem há muito tempo, não é? – perguntou a Sra. Stanhope.

Tracy fez um esforço para reprimir o ressentimento. "Eu estava certa. Será um interrogatório."

– Tempo suficiente para saber que nos amamos, Sra. Stanhope.

– *Amor?* – disse o Sr. Stanhope.

A Sra. Stanhope interveio:

– Para ser franca, Srta. Whitney, a notícia de Charles foi um choque para o pai dele e para mim. – Ela sorriu indulgentemente. – Charles lhe falou sobre Charlotte, não é mesmo?

Ela percebeu a expressão no rosto de Tracy e se apressou em acrescentar:

– Entendo... O fato é que ele e Charlotte cresceram juntos. Sempre foram muito ligados e... francamente, todos esperavam que anunciassem seu noivado este ano.

Não havia necessidade de uma descrição de Charlotte. Tracy podia perfeitamente imaginá-la. Morava na casa ao lado. Rica, do mesmo meio social de Charles. Todas as melhores escolas. Adorava cavalos e ganhara taças.

– Fale-nos a respeito de sua família – sugeriu o Sr. Stanhope.

"Por Deus, esta é uma cena do filme da madrugada na televisão", pensou Tracy, irritada. "Sou a personagem de Rita Hayworth, encontrando-me pela primeira vez com os pais de Cary Grant. Preciso de um drinque. Nos filmes antigos, o mordomo sempre aparece em socorro com uma bandeja de drinques."

– Onde nasceu, minha cara? – perguntou a Sra. Stanhope.

– Na Louisiana. Meu pai era mecânico.

Não havia necessidade de acrescentar isso, mas Tracy fora incapaz de resistir. Que eles fossem para o inferno. Ela tinha o maior orgulho do pai.

– *Mecânico?*

– Isso mesmo. Ele abriu uma pequena fábrica em Nova Orleans e transformou-a numa das grandes companhias em seu setor. Quando papai morreu, há cinco anos, minha mãe assumiu o comando da empresa.

– O que essa... ahn... companhia produz?

– Canos de descarga e outras peças de automóveis.

O Sr. e Sra. Stanhope trocaram um olhar e murmuraram em uníssono:

– Ahn...

O tom deles deixou Tracy tensa. "Quanto tempo precisarei para amá-los?", perguntou a si mesma. Olhou para os dois rostos impassíveis à sua frente e, para seu horror, começou a balbuciar meio contrafeita:

– Tenho certeza de que gostarão muito de minha mãe. Ela é bonita, inteligente, simpática. Uma mulher do Sul. Bem pequena, é claro, mais ou menos de sua altura, Sra. Stanhope...

As palavras de Tracy ficaram pairando no ar, sufocadas pelo silêncio opressivo. Ela soltou uma risadinha tola, que se desvaneceu sob o olhar severo da Sra. Stanhope. Foi o Sr. Stanhope quem rompeu o silêncio, dizendo sem qualquer emoção:

– Charles nos disse que você está grávida.

Ah, como Tracy gostaria que ele não tivesse revelado isso! A atitude dos seus pais era de franca desaprovação. Era como se o filho nada tivesse a ver com o que acontecera. Eles faziam com que se sentisse estigmatizada. "Sei agora o que deveria ter usado", pensou Tracy. "Uma letra escarlate."

– Não compreendo como atualmente e...

A Sra. Stanhope não pôde continuar a falar porque nesse momento Charles entrou na sala. Tracy nunca em toda a sua vida se sentira tão contente por ver alguém.

– E então? – disse Charles, radiante. – Como estão se dando?

Tracy levantou-se e correu para os seus braços.

– Muito bem, querido.

Ela se aconchegou a ele, pensando: "Graças a Deus que Charles não é como os pais. Nunca poderia ser como eles. São pessoas de mentalidade tacanha, esnobes e frias."

Houve uma tosse discreta por trás deles e o mordomo se adiantou com uma bandeja de drinques. "Tudo acabará bem", disse Tracy a si mesma. "Este filme terá um final feliz."

O JANTAR FOI excelente, mas Tracy estava nervosa demais para comer. Discutiram negócios bancários e política, a situação aflitiva do mundo, uma conversa sempre impessoal e polida. Ninguém chegou a dizer em voz alta: "Você preparou uma armadilha para levar nosso filho ao casamento." "Para ser justa", pensou Tracy, "devo admitir que eles têm todo o direito de estar preocupados com a mulher com quem o filho vai casar. Charles herdará a empresa um dia e é importante que ele tenha a esposa certa." Tracy prometeu a si mesma: "E ele terá."

Gentilmente, Charles pegou a mão dela, que torcia o guardanapo por baixo da mesa, sorriu e deu uma piscada de olhos. O coração de Tracy se reanimou.

– Tracy e eu preferimos um casamento simples – disse Charles. – E depois...

– Não diga bobagem – interrompeu-o a Sra. Stanhope. – Nossa família não tem casamentos simples, Charles. Haverá dezenas de amigos que desejarão vê-lo se casar.

Ela fez uma pausa, olhando para Tracy, como se avaliasse sua expressão.

– Talvez devêssemos providenciar para que os convites do casamento sejam expedidos imediatamente. – Uma pausa e, depois de alguma reflexão, ela acrescentou: – Isto é, se for aceitável para você.

– Claro que é.

Haveria mesmo um casamento. "Por que cheguei a duvidar disso?"

A Sra. Stanhope disse:

– Alguns dos convidados virão do exterior. Tomarei as providências para que fiquem hospedados em nossa casa.

O Sr. Stanhope indagou:

– Já decidiram onde passarão a lua de mel?

Charles sorriu.

– Essa é uma informação confidencial, papai.

Ele apertou a mão de Tracy, enquanto a Sra. Stanhope perguntava:

– Quanto tempo de lua de mel estão planejando?

– Cerca de cinquenta anos – respondeu Charles.

Tracy adorou-o por isso. Depois do jantar, eles foram tomar conhaque na biblioteca. Tracy correu os olhos pela sala antiga e adorável, com painéis de carvalho, as prateleiras com livros encadernados em couro. Não faria a menor diferença para ela se Charles não tivesse dinheiro algum, mas admitiu para si mesma que seria uma vida bastante agradável.

Já passava de meia-noite quando Charles levou-a de volta a seu pequeno apartamento, ao lado do Fairmont Park.

– Espero que a noite não tenha sido muito difícil para você, Tracy. Mamãe e papai podem ser às vezes um pouco irredutíveis.

– Oh, não... eles foram maravilhosos – mentiu Tracy.

Ela estava exausta da tensão da noite, mas mesmo assim indagou, quando chegaram à porta de seu apartamento:

– Não vai entrar, Charles?

Ela precisava aconchegar-se em seus braços. Tinha vontade de lhe dizer: "Eu amo você, querido. E ninguém neste mundo jamais poderá nos separar."

– Esta noite não será possível – disse ele. – Terei uma manhã sobrecarregada.

Tracy ocultou seu desapontamento.

– Eu compreendo, querido.

– Falarei com você amanhã.

Ele deu-lhe um beijo rápido e Tracy observou-o se afastar pelo corredor.

O APARTAMENTO estava em chamas e o som insistente das sirenes dos bombeiros interromperam o silêncio da noite. Tracy levantou-se abruptamente na cama, tonta de sono, farejando por fumaça no quarto às escuras. A campainha continuou a tocar e então ela percebeu que era o telefone. O relógio na mesinha de cabeceira informava que eram 2h30. Seu primeiro pensamento de pânico foi que alguma coisa acontecera com Charles. Ela atendeu o telefone bruscamente.

– Alô?

Uma voz distante indagou:

– Tracy Whitney?

Ela hesitou. Se era um telefonema obsceno...

– Quem está falando?

– Aqui é o tenente Miller, do Departamento de Polícia de Nova Orleans. Estou falando com Tracy Whitney?

– Ela mesma.

O coração de Tracy começou a disparar.

– Infelizmente, tenho uma má notícia a lhe dar.

A mão de Tracy apertou o telefone com toda força.

– É sobre sua mãe.

– Ela... mamãe sofreu algum acidente?

– Ela está morta, Srta. Whitney.

– Não!

Foi um grito. Devia ser um trote. Algum maluco tentando assustá-la. Não havia nada de errado com sua mãe. Ela estava viva. "Eu amo muito você, Tracy. Muito mesmo."

– Detesto ter de lhe dar a notícia desse jeito, Srta. Whitney.

Era real. Era um pesadelo, mas estava acontecendo. Ela não podia falar. A mente e a língua ficaram paralisadas.

– Alô? Está me ouvindo, Srta. Whitney? Alô?

– Pegarei o primeiro avião.

TRACY SE SENTOU na pequena cozinha do apartamento, pensando na mãe. Era impossível que ela estivesse morta. Sempre fora uma mulher vibrante, cheia de vida. Haviam desfrutado um bom relacionamento, repleto de amor. Desde garotinha Tracy podia levar seus problemas à mãe, falar sobre a escola e os garotos, posteriormente sobre os homens. Quando o pai de Tracy morrera, foram apresentadas muitas propostas para a compra da empresa. Ofereceram a Doris Whitney dinheiro suficiente para ela viver confortavelmente pelo resto de sua vida. Mas a mãe se recusara obstinadamente a vender.

– Seu pai fez esta empresa. Não posso agora jogar fora todo seu trabalho árduo.

E ela mantivera a empresa em plena prosperidade. "Oh, mamãe, eu amo tanto você!" pensou Tracy. "Agora, você nunca conhecerá Charles, nunca verá seu neto." Ela se pôs a chorar.

Tracy fez um café e deixou esfriar, enquanto continuava sentada, no escuro. Queria desesperadamente telefonar para Charles e contar-lhe o que acontecera, tê-lo a seu lado. Olhou para o relógio da cozinha. Eram 3h30. Não o acordaria; ligaria para ele de Nova Orleans.

Especulou se aquilo afetaria os planos de casamento e no mesmo instante sentiu-se culpada pelo pensamento. Como podia pensar em si mesma num momento como aquele? O tenente Miller dissera:

– Quando chegar aqui, pegue um táxi e venha direto para a chefatura de polícia.

Por que a chefatura de polícia? O que acontecera?

PARADA NO tumultuado aeroporto de Nova Orleans, esperando por sua mala, cercada por viajantes impacientes a se empurrarem, Tracy sentia-se sufocada. Tentou chegar mais perto do carrossel de bagagem, mas ninguém lhe dava passagem. Estava ficando cada vez mais nervosa, receando o que teria de enfrentar dali a pouco. Empenhava-se em dizer a si mesma que tudo não passava de um equívoco, mas outras palavras ressoavam em sua cabeça: "Infelizmente, tenho uma má notícia a lhe dar... Ela está morta, Srta. Whitney... Detesto ter de lhe dar a notícia assim..."

Depois que finalmente pegou a mala, Tracy embarcou num táxi e repetiu o endereço que o tenente lhe fornecera:

– South Broad Street 715, por favor.

O motorista deu um sorriso pelo espelho retrovisor.

– Uma encrenca, hein?

Nada de conversa. Não agora. A mente de Tracy estava dominada demais pelo turbilhão. O táxi seguiu para leste, pela Lake Ponchartrain Causeway. O motorista puxou conversa:

– Veio aqui para a grande festa, moça?

Tracy não tinha a menor ideia do que ele estava falando, mas pensou: "Não. Vim aqui para a morte." Ela estava consciente do zumbido da voz do motorista, mas não escutava as palavras. Sentada muito rígida, estava alheia ao ambiente familiar pelo qual passava. Foi somente quando se aproximaram do Bairro Francês que Tracy percebeu o crescente barulho. Era o som de uma multidão enlouquecida, amotinados berrando alguma antiga litania frenética.

– Só dá para trazê-la até aqui – informou o motorista.

Foi nesse instante que Tracy levantou os olhos. Era uma visão incrível. Havia centenas de milhares de pessoas gritando, usando máscaras, fantasiadas de dragões e crocodilos, de deuses pagãos, povoando as ruas e calçadas à frente, com uma confusão desvairada de sons. Uma explosão insana de corpos, música e dança.

– É melhor saltar antes que eles vejam meu táxi – advertiu o motorista. – Esse maldito Mardi Gras...

"Mas é claro!" Era fevereiro, o momento em que toda a cidade celebrava o início da Quaresma, fazendo o seu carnaval. Tracy saltou do táxi e parou por um instante junto ao meio-fio, com a mala na mão. E no momento seguinte foi envolvida pela multidão. Era obsceno, um sabá de feiticeiras, um milhão de foliões comemorando a morte de sua mãe. A mala foi arrancada da mão de Tracy e desapareceu. Ela foi agarrada e beijada por um homem gordo, com uma máscara de demônio. Um cervo apertou-lhe os seios e um panda gigante agarrou-a por trás e levantou-a. Tracy tentou se desvencilhar e fugir dali, mas era impossível. Estava cercada, acuada, uma parte da celebração de canto e dança. Foi se deslocando com a multidão frenética, as lágrimas escorrendo pelas faces. Não havia escapatória. Encontrava-se à beira da histeria quando finalmente conseguiu se livrar e fugir para uma rua mais sossegada. Ficou parada por um longo tempo, encostada num lampião, respirando fundo, lentamente recuperando o controle de si mesma. E, depois, encaminhou-se à chefatura de polícia.

O TENENTE Miller era um homem de meia-idade, de expressão mortificada, o rosto enrugado, parecendo genuinamente contrafeito no papel que tinha de desempenhar.

– Lamento não poder recebê-la no aeroporto, mas a cidade inteira enlouqueceu – disse ele. – Examinamos as coisas de sua mãe e você foi a única que pudemos encontrar para chamar.

– Por favor, tenente, conte-me o que... o que aconteceu com minha mãe.

– Ela cometeu suicídio.

Tracy sentiu um calafrio percorrer-lhe o corpo.

– Mas... mas isso é impossível! Por que ela se mataria? Ela tinha tudo para viver!

A voz de Tracy era trêmula.

– Ela deixou um bilhete para você.

O NECROTÉRIO era frio, indiferente e aterrador. Tracy foi conduzida por um corredor comprido e branco até uma sala grande, asséptica e vazia. E subitamente compreendeu que a sala não se achava vazia. Estava povoada pelos mortos. Pela sua morta.

Um atendente de jaleco branco aproximou-se de uma parede, estendeu a mão para uma alça e puxou uma gaveta enorme.

– Quer dar uma olhada?

"Não! Não quero ver o corpo vazio e sem vida estendido nessa caixa." Ela queria sair dali. Queria voltar algumas horas no tempo, quando o alarme de incêndio soava. "E que seja um incêndio de verdade, não o telefone, não a minha mãe morta." Tracy adiantou-se, lentamente, cada passo um grito interior. E então estava olhando para o corpo inanimado que a gerara, alimentara, rira com ela e a amara. Ela inclinou-se e beijou o rosto da mãe. O rosto estava frio e flexível.

– Oh, mamãe! – sussurrou Tracy. – Por quê? Por que fez isso?

– Temos de fazer a autópsia – disse o atendente. – É a lei estadual nos casos de suicídio.

O bilhete que Doris Whitney deixara não oferecia qualquer resposta:

> Minha querida Tracy:
> Perdoe-me, por favor. Fracassei e não podia suportar ser um fardo para você. Esta é a melhor solução. Eu a amo muito.
>
> Mamãe

O bilhete era tão inanimado e desprovido de sentido quanto o corpo que se achava na gaveta.

TRACY TOMOU as providências para o enterro naquela tarde, depois pegou um táxi para a casa da família. A distância, podia ouvir o rugido dos foliões do Mardi Gras, como alguma celebração estranha e lúgubre.

A residência dos Whitney era uma casa vitoriana no Garden District, na área residencial conhecida como Uptown. Como a maioria das residências de Nova Orleans, era construída em madeira e não tinha porão, pois o lugar situava-se abaixo do nível do mar.

Tracy crescera naquela casa, que estava povoada por recordações agradáveis e afetuosas. Ela não estivera em casa no ano anterior. Quando o táxi diminuiu, a fim de parar diante do prédio, ficou chocada com o cartaz grande que avistou no gramado: À VENDA – COMPANHIA IMOBILIÁRIA DE NOVA ORLEANS. Era impossível. "Nunca venderei esta casa", a mãe dissera muitas vezes. "Fomos muito felizes aqui."

Dominada por um medo insólito e irracional, Tracy passou por uma enorme magnólia, encaminhando-se para a porta da frente. Ganhara a chave de casa quando estava na sétima série e a carregava desde então como um talismã, uma lembrança do refúgio que sempre estaria ali, à sua espera.

Ela abriu a porta e entrou. Parou prontamente, aturdida. Os cômodos estavam inteiramente vazios, desprovidos de móveis. Todas as peças antigas e bonitas haviam desaparecido. A casa era como uma casca vazia, abandonada pelas pessoas que antes a ocupavam. Tracy correu de um cômodo para outro, com uma incredulidade crescente. Era como se tivesse ocorrido um desastre repentino. Subiu apressadamente e parou na porta do quarto que ocupara durante a maior parte de sua vida. O quarto a fitava, frio e vazio. "Oh, Deus, o que pode ter acontecido?" Tracy ouviu a campainha da porta da frente e desceu a escada para atender, como se estivesse em transe.

Otto Schmidt estava parado na porta. O funcionário da Whitney Automotive Parts Company era um homem idoso, o rosto todo enrugado, corpo muito magro, em que se destacava a barriga de cerveja. Os cabelos brancos num corte redondo no topo da cabeça emolduravam o crânio.

– Acabei de receber a notícia, Tracy – disse ele, com um forte sotaque alemão. – Eu... eu não sei como lhe dizer o quanto lamento.

Tracy segurou-lhe as mãos.

– Oh, Otto, não sabe como estou feliz em vê-lo! Mas entre. – Ela levou-o para a vazia sala de estar. – Lamento que não haja lugar para sentar. Importa-se de se sentar no chão?

– Claro que não.

Sentaram-se de frente um para o outro, os olhos aturdidos pela dor. Otto Schmidt fora empregado da companhia por tanto tempo quanto Tracy podia se lembrar. Ela sabia o quanto o pai dependia dele. Quando a mãe herdara a companhia, Schmidt continuara para auxiliá-la.

– Não entendo o que está acontecendo, Otto. A polícia diz que mamãe cometeu suicídio. Mas você sabe muito bem que não havia motivo para ela se matar. – Um pensamento súbito ocorreu-lhe. – Ela não estava doente, não é mesmo? Ela não tinha alguma terrível...

– Não. Não foi isso.

Ele desviou os olhos, contrariado, alguma coisa em suspense nas suas palavras. Tracy disse, lentamente:

– Você sabe o que foi.

Ele fitou-a com os olhos azuis remelentos.

– Sua mãe não lhe contou o que vinha acontecendo ultimamente. Não queria preocupá-la.

Tracy franziu o rosto.

– Não queria me preocupar com o quê? Continue... *por favor.*

As mãos calejadas de Otto Schmidt se abriram e fecharam.

– Já ouviu falar de um homem chamado Joe Romano?

– Joe Romano? Não. Por quê?

Otto Schmidt piscou os olhos.

– Romano procurou sua mãe há seis meses e disse que queria comprar a companhia. Ela respondeu que não estava interessada em vender. Mas ele ofereceu dez vezes mais do que a companhia valia e ela não pôde recusar. Ficou muito animada. Investiria todo o dinheiro em aplicações seguras, que proporcionariam uma receita de que vocês duas poderiam viver, confortavelmente, pelo resto de suas vidas. Pretendia fazer uma surpresa para você. Fiquei muito satisfeito por ela. Há três anos que eu estava querendo me aposentar, mas não podia deixar a Sra. Doris sozinha, não é mesmo? Esse Romano... – Otto pronunciou a palavra com uma fúria evidente. – Esse Romano deu a ela uma pequena entrada. O dinheiro grande... o pagamento do saldo... deveria entrar no mês passado.

Tracy disse, impaciente:

– Continue, Otto. O que aconteceu?

– Assim que assumiu, Romano despediu todo mundo e trouxe o seu próprio pessoal. E começou a depredar a companhia. Vendeu todos os bens e encomendou uma porção de equipamentos, vendendo tudo, mas não pagando. Os fornecedores não se preocuparam com o atraso no pagamento, porque pensavam que ainda estavam tratando com sua mãe. Quando finalmente começaram a pressionar sua mãe pelo pagamento, ela procurou Romano e exigiu que ele explicasse o que estava acontecendo. Ele disse que desistira da transação e estava lhe devolvendo a companhia. A esta altura, porém, a companhia já não valia mais nada e ainda por cima sua mãe devia meio milhão de dólares, que não tinha condições de pagar. Isso quase me matou e à minha mulher, Tracy. Acompanhamos a luta de sua mãe para salvar a companhia. Mas não havia jeito. Eles a forçaram à falência. Tomaram-lhe tudo... a companhia, esta casa, até mesmo seu carro.

– Oh, Deus!

– Há mais. O promotor distrital comunicou à sua mãe que ia pedir um indiciamento por fraude, que ela se arriscava a uma sentença de prisão. Acho que foi esse o dia em que ela realmente morreu.

Tracy fervilhava com uma onda de raiva impotente.

– Mas tudo o que ela tinha de fazer era contar a verdade... explicar o que aquele homem lhe fez.

O velho capataz sacudiu a cabeça.

– Joe Romano trabalha para um homem chamado Anthony Orsatti. E Orsatti manda em Nova Orleans. Descobri tarde demais que Romano já tinha feito a mesma coisa com outras companhias. Mesmo que sua mãe o levasse aos tribunais, muitos anos se passariam antes que tudo ficasse esclarecido. E ela não tinha dinheiro para lutar contra ele.

– Por que ela não me disse nada?

Era um brado de angústia, um brado pela angústia da mãe.

– Sua mãe era uma mulher orgulhosa. E o que você poderia fazer? Não há nada que alguém possa fazer.

"Você está enganado", pensou Tracy, furiosa.

– Quero falar com Joe Romano. Onde posso encontrá-lo?

Schmidt disse, incisivamente:

– Esqueça-o. Não faz ideia de como ele é poderoso.

– Onde ele mora, Otto?

– Ele tem uma casa perto de Jackson Square, mas não adiantará ir até lá, Tracy.

Tracy não respondeu. Estava dominada por uma emoção que lhe era totalmente desconhecida: o ódio. "Joe Romano pagará pela morte de minha mãe", jurou Tracy para si mesma.

3

Ela precisava de tempo. Tempo para pensar, tempo para planejar seu próximo movimento. Não suportava voltar para a casa vazia e por isso foi se hospedar num pequeno hotel na Magazine Street, longe do Bairro Francês, onde o carnaval desvairado ainda continuava. Não tinha bagagem e o desconfiado recepcionista disse:

– Terá de pagar adiantado. São 40 dólares pela noite.

Tracy telefonou do quarto para Charles Desmond, a fim de comunicar-lhe que não poderia trabalhar por alguns dias. Ele disfarçou a irritação pela inconveniência e disse a Tracy:

– Não se preocupe. Arrumarei alguém para ficar no seu lugar até voltar.

Desmond esperava que ela se lembrasse de contar a Charles Stanhope como ele fora compreensivo e prestativo. O telefonema seguinte de Tracy foi para Charles.

– Charles, querido...

– Onde diabo você está, Tracy? Mamãe tentou encontrá-la durante toda a manhã. Ela queria almoçar hoje com você. Vocês duas têm muitas coisas para combinar.

– Desculpe, querido. Estou em Nova Orleans.

– Você está *onde?* O que foi fazer em Nova Orleans?

– Minha mãe... morreu.

A palavra quase ficou presa na garganta de Tracy.

– Oh... – o tom de voz de Charles mudou no mesmo instante. – Sinto muito, Tracy. Deve ter sido muito súbito. Ela não era bastante jovem?

"Ela era muito jovem", pensou Tracy, desesperada:

– Era, sim.

– O que aconteceu? Você está bem?

Por algum motivo, Tracy não podia contar a Charles que fora suicídio. Queria ansiosamente contar toda a história terrível do que haviam feito com sua mãe, mas se conteve. "O problema é meu", pensou ela. "Não posso descarregar meu fardo em Charles."

– Não se preocupe, querido. Estou bem.

– Quer que eu vá até aí, Tracy?

– Não, obrigada. Posso cuidar de tudo. Enterrarei mamãe amanhã. E estarei de volta a Filadélfia na segunda-feira.

Depois de desligar, ela estendeu-se na cama do hotel, os pensamentos à deriva. Pôs-se a contar as placas acústicas no teto. Uma... duas... três... Romano... quatro... cinco... Joe Romano... seis... sete... ele pagaria. Ela não tinha qualquer plano. Sabia apenas que não permitiria que Joe Romano escapasse impune ao que fizera, que encontraria algum meio de fazê-lo pagar.

Tracy deixou o hotel no fim da tarde e seguiu a pé pela Canal Street, até encontrar uma loja de penhores. Um homem de aspecto cansado, usando uma antiquada pala verde, estava sentado num guichê por trás do balcão.

– O que deseja?

– Eu... quero comprar um revólver.

– De que tipo?

– Sabe como é... apenas um revólver...

– Quer um 32, um 45, um...

Tracy nunca empunhara uma arma de fogo.

– Um... um 32 servirá.

– Tenho aqui um excelente Smith & Wesson calibre 32 por 229 dólares. Tenho também um Charter Arms 32 por 159... Tracy não trouxera muito dinheiro na viagem.

– Não tem alguma coisa mais barata?

Ele deu de ombros.

– O mais barato é um bodoque, dona. Mas podemos fazer uma coisa. Eu lhe venderei o 32 por 150 dólares e ofereço de brinde uma caixa de balas.

– Está bem.

Tracy observou enquanto o homem se deslocava para um arsenal sobre uma mesa mais atrás e selecionava um revólver. Ele levou-o para o balcão.

– Sabe como usá-lo?

– Sei... basta puxar o gatilho.

O homem soltou um grunhido.

– Quer que eu lhe ensine a carregar?

Ela já ia dizer que não precisava, que não tinha a intenção de usar o revólver, que queria apenas assustar alguém. Mas compreendeu como isso pareceria absurdo.

– Quero, sim, por favor.

Tracy observou enquanto ele inseria as balas no tambor.

– Obrigada.

Ela abriu a bolsa e contou o dinheiro.

– Precisarei de seu nome e endereço para o registro policial. – Era algo que não ocorrera a Tracy. Ameaçar Joe Romano com um revólver era um ato criminoso. "Mas ele é o criminoso e não eu." A pala verde dava aos olhos do homem uma impressão lúgubre, enquanto observavam Tracy.

– Nome?

– Smith... Joan Smith.

Ele fez uma anotação num cartão.

– Endereço?

– Dowman Road... Dowman Road, 32.

Sem levantar os olhos, ele comentou:

– Não existe Dowman Road, 32. Seria no meio do rio. Vamos passar para 25.

Ele estendeu o recibo para Tracy. Ela assinou JOAN SMITH.

– Isso é tudo?

– É, sim.

Cuidadosamente, ele empurrou o revólver pelo guichê. Tracy, imóvel fitou a arma por um instante, depois pegou-a e guardou na bolsa, virou-se e deixou a loja apressadamente.

– Ei, dona! – gritou o homem, enquanto ela se afastava. — Não esqueça que a arma está carregada!

A JACKSON SQUARE fica no coração do Bairro Francês, com a bela Catedral de St. Louis dominando-a como uma bênção. As casas antigas e aprazíveis da praça ficam ao abrigo do tráfego intenso por sebes altas e graciosas magnólias. Joe Romano vivia numa daquelas casas.

Tracy esperou até o anoitecer para partir. O carnaval se deslocara para a Chartres Street; a distância, ela podia ouvir o som do pandemônio no qual fora engolfada anteriormente.

Tracy parou nas sombras, observando a casa, consciente do peso do revólver em sua bolsa. O plano que elaborara era simples. Tentaria argumentar com Joe Romano, pediria que limpasse o nome da mãe. Se ele recusasse, iria ameaçá-lo com o revólver, obrigá-lo a escrever uma confissão. E a levaria para o tenente Miller, que prenderia Romano, inocentando, assim, o nome da mãe. Desejava desesperadamente que Charles estivesse ali, a seu lado, mas sabia que era melhor cuidar de tudo sozinha. Tinha de deixar Charles fora daquilo. Contaria a ele depois que tudo terminasse, com Joe Romano atrás das grades. Um pedestre se aproximava. Tracy esperou até que ele se afastasse e a rua ficasse completamente deserta.

Ela subiu os degraus da casa e tocou a campainha. Ninguém atendeu. "Ele está provavelmente num dos bailes particulares oferecidos durante o Mardi Gras. Mas posso esperar", pensou Tracy. "Posso esperar até que ele volte para casa." Subitamente, a luz da varanda foi acesa, a porta se abriu e um homem apareceu. Sua aparência foi uma surpresa para Tracy. Ela imaginara um gângster de aspecto sinistro, o mal estampado no rosto. Em vez disso, deparava com um homem atraente e simpático, que poderia facilmente ser tomado por um professor universitário. Sua voz era baixa e amistosa:

– Olá. Em que posso ajudá-la?

– Você é Joseph Romano?

A voz de Tracy estava trêmula.

– O próprio. O que deseja?

Ele tinha um comportamento insinuante e agradável. "Não é de admirar que minha mãe tenha se deixado enganar por esse homem", pensou Tracy.

– Eu... eu gostaria de lhe falar, Sr. Romano.

Ele contemplou-a por um momento, de alto a baixo.

– Claro. Entre, por favor.

Tracy acompanhou-o a uma sala cheia de móveis antigos, bonitos e lustrosos. Joseph Romano vivia muito bem. "À custa do dinheiro de minha mãe", pensou Tracy, amargurada.

– Eu ia me servir de um drinque. O que deseja tomar?

– Nada.

Ele fitou-a com uma expressão curiosa.

– Sobre o que deseja me falar, Srta...

– Tracy Whitney. Sou filha de Doris Whitney.

Romano fitou-a impassível por um momento e depois uma expressão de reconhecimento aflorou em seu rosto.

– Ah, sim... Soube o que aconteceu com sua mãe. Uma coisa lamentável.

"Uma coisa lamentável!" Ele causara a morte de sua mãe e esse era o único comentário que tinha a fazer.

– Sr. Romano, o promotor distrital acha que minha mãe foi culpada de fraude. Mas sabe que isso não é verdade. E quero que me ajude a limpar o nome dela.

Ele soltou uma risada.

– Nunca falo de negócios durante o Mardi Gras. É contra a minha religião. – Romano foi até o bar e começou a servir dois drinques. – Creio que se sentirá melhor depois que tomar um drinque.

Ele não lhe deixava opção. Tracy abriu a bolsa e tirou o revólver. Apontou para ele.

– Eu lhe direi o que fará com que eu me sinta melhor, Sr. Romano: obrigá-lo a confessar o que exatamente fez à minha mãe. Joseph Romano virou-se e viu a arma.

– É melhor guardar isso, Srta. Whitney. Pode disparar.

– E vai mesmo disparar, se não fizer exatamente o que eu mandar. Escreverá como saqueou a companhia, levando-a à falência e causando o suicídio de minha mãe.

Ele a observava atentamente agora, uma expressão cautelosa nos olhos escuros.

– E se eu recusar?

– Então eu vou matá-lo.

Tracy podia sentir o revólver tremendo em sua mão.

– Não me parece uma assassina, Srta. Whitney. – Ele se aproximava dela agora, com um copo na mão. A voz era suave e sincera. – Nada tive a ver com a morte de sua mãe e pode estar certa de que eu...

Ele jogou o drinque no rosto de Tracy. Ela sentiu a ardência do álcool em seus olhos e um instante depois a arma foi derrubada de sua mão.

– Sua velha me escondeu uma coisa – disse Joe Romano. – Ela não me contou que tinha uma filha tão gostosa.

Ele a segurava, imobilizando-lhe os braços. Tracy não podia ver nada e sentia-se apavorada. Tentou se desvencilhar, mas ele a encostou numa parede, comprimindo-se contra seu corpo.

– Tem coragem, boneca. Gosto disso. E me deixa com o maior tesão.

A voz dele soava rouca. Tracy podia sentir o seu corpo ardente contra o dela. Tentava novamente se desvencilhar, mas estava impotente em seu aperto.

– Veio aqui por um pouco de excitação, hein? Pois é o que Joe vai lhe dar.

Ela tentou gritar, mas a voz saiu sufocada:

– Largue-me!

Ele rasgou-lhe a blusa, sussurrando:

– Ei, olhe só para esses peitos! – começou a apertar-lhe os mamilos. – Lute comigo, boneca. Gosto disso.

– Largue-me!

Romano apertou-a com mais força ainda, machucando-a. Tracy sentiu que estava sendo forçada para o chão.

– Aposto que você nunca foi comida por um homem de verdade.

Ele estava agora montado por cima dela, o corpo pesado a comprimi-la, as mãos subindo por suas coxas. Tracy tateou às cegas, os dedos encontraram o revólver. Agarrou-o e houve uma explosão súbita, estrondosa.

– Oh, Deus! – exclamou Romano.

A pressão dele relaxou de repente. Através de uma névoa vermelha, Tracy observou horrorizada, enquanto ele caía ao lado dela, arriando no chão com as mãos comprimindo o ferimento.

– Você atirou em mim... sua puta... atirou em mim... – Tracy estava paralisada, incapaz de se mexer. Sentiu que ia vomitar, os olhos se achavam cegos pela dor intensa. Conseguiu se levantar, virou-se e cambaleou para uma porta no outro lado da sala. Abriu-a. Era um banheiro. Ela foi até a pia, encheu-a de água fria, molhou os olhos, até que a dor começou a se desvanecer e a visão clareou. Contemplou-se no espelho por cima da pia. Os olhos estavam injetados, com um aspecto horrível.

– Santo Deus, acabei de matar um homem! — Ela voltou correndo à sala. Joe Romano estava caído no chão, o sangue se espalhando sobre o tapete branco. Tracy parou ao lado, o rosto muito pálido.

– Sinto muito – murmurou ela, atordoada. – Eu não tinha a intenção...

– Ambulância...

A respiração de Romano era entrecortada. Tracy correu para o telefone na mesa e discou para a telefonista. A voz saiu estrangulada quando tentou falar:

– Telefonista, providencie uma ambulância imediatamente. O endereço é Jackson Square 421. Um homem foi baleado.

Ela repôs o fone no gancho e olhou para Joe Romano. "Oh, Deus", rezou ela, "não deixe que ele morra, por favor. Sabe que eu não tencionava matá-lo." Ela ajoelhou-se ao lado do corpo no chão para verificar se ele ainda estava vivo. Os olhos se achavam fechados, mas Romano ainda respirava.

– Uma ambulância está a caminho – murmurou Tracy antes de fugir.

Fez um esforço para não correr, com medo de atrair atenção. Fechou o casaco, para esconder a blusa rasgada. A quatro quarteirões da casa, tentou parar um táxi. Vários passaram direto em alta velocidade, cheios de passageiros risonhos e felizes. A distância, Tracy ouviu uma sirene se aproximando. Pouco depois, uma ambulância passou por ela em disparada, seguindo na direção da casa de Joe Romano. "Tenho de sair daqui", pensou Tracy. Um táxi parou à sua frente e descarregou os passageiros. Tracy correu, com medo de perdê-lo.

– Está livre?

– Depende. Para onde vai?

– Para o aeroporto.

Ela prendeu a respiração.

– Entre.

A caminho do aeroporto, Tracy pensou na ambulância. E se chegassem tarde demais e encontrassem Joe Romano já morto? Ela seria uma assassina. Deixara o revólver na casa, suas impressões digitais estavam lá. Poderia dizer à polícia que Romano tentara estuprá-la e a arma disparara acidentalmente. Mas nunca acreditariam nela. Comprara a arma que estava no chão, ao lado de Joe Romano. Quanto tempo passara? Meia hora? Uma hora? Tinha de sair de Nova Orleans o mais depressa possível.

– Gostou do carnaval? – perguntou o motorista.

Tracy engoliu em seco.

– Ahn... gostei.

Ela tirou o espelhinho da bolsa e fez o que era possível para se tornar apresentável. Fora estúpida ao tentar obrigar Joe Romano a confessar. Tudo saíra errado. "Como posso dizer a Charles o que aconteceu?" Sabia como ele ficaria chocado; mas, depois que explicasse, ele compreenderia. Charles saberia o que fazer.

QUANDO O TÁXI chegou ao Aeroporto Internacional de Nova Orleans, Tracy pensou: "Foi esta manhã que passei por aqui? Tudo aconteceu em um dia apenas?" O suicídio da mãe... o horror de ser engolfada pelo carnaval... o homem grunhindo... "Você atirou em mim... sua puta..."

Quando entrou no terminal, Tracy teve a impressão de que todos a fitavam acusadoramente. "É isso o que a consciência culpada faz", pensou ela. Gostaria que houvesse algum meio de saber qual era o estado de Joe Romano, mas não tinha a menor ideia do hospital para onde ele fora levado ou para quem poderia telefonar. "Ele vai ficar bom. Charles e eu voltaremos a Nova Orleans para o enterro de mamãe e Joe Romano se salvará." Ela tentou afastar da mente a visão do homem caído sobre o tapete branco, o sangue manchando-o de vermelho. Tinha de voltar correndo para casa, para Charles...

Tracy foi até o balcão da Delta Airlines.

– Quero uma passagem de ida para a Filadélfia no próximo voo, por favor. Classe econômica.

O funcionário consultou o computador.

– Será o voo 304. Está com sorte. Ainda resta um lugar.

– A que horas o avião parte?

– Dentro de vinte minutos. Está em cima da hora para embarcar.

Ao abrir a bolsa, Tracy sentiu mais do que viu, dois guardas uniformizados se postarem a seu lado. Um deles disse:

– Tracy Whitney?

O coração dela parou de bater por um instante. "Seria estupidez negar minha identidade?"

– Sou eu.

– Está presa.

E Tracy sentiu o aço frio das algemas estalarem em seus pulsos.

TUDO ESTAVA acontecendo em câmera lenta. Tracy observou-se sendo levada pelo aeroporto, algemada a um dos guardas, as pessoas se virando para olhar. Foi empurrada para o banco traseiro de uma radiopatrulha preta e branca, com uma grade de aço a separá-la do banco da frente. O carro partiu abruptamente, a luz vermelha piscando, a sirene gemendo. Ela se encolheu no banco, tentando tornar-se invisível. Era uma assassina. Joseph Romano morrera. Mas fora um acidente. Ela explicaria como acontecera. Tinham de acreditar nela. Tinham de acreditar...

A DELEGACIA DE POLÍCIA para onde Tracy foi levada ficava no distrito de Algiers, na zona oeste de Nova Orleans, um prédio sombrio e agourento, com uma aparência de desolação. A sala da frente estava apinhada de pessoas de aspecto deprimente... prostitutas, cafetões, assaltantes e suas vítimas. Tracy foi conduzida à mesa do sargento de plantão. Um dos guardas disse:

– A mulher Whitney, sargento. Nós a pegamos no aeroporto, tentando escapar.

– Eu não estava...

– Tirem as algemas.

As algemas foram removidas. Tracy recuperou a voz.

– Foi um acidente. Eu não tinha a menor intenção de matá-lo. Ele tentou me estuprar e...

Ela não foi capaz de controlar a histeria em sua voz. O sargento indagou bruscamente:

– Você é mesmo Tracy Whitney?

– Sou, sim. Eu...

– Levem-na para a cela.

– Não! Espere um instante! – suplicou Tracy. – Preciso telefonar para alguém. Eu... eu tenho o direito de dar um telefonema.

O sargento soltou um grunhido irônico.

– Conhece a rotina, hein? Quantas vezes já esteve em cana, meu bem?

– Nenhuma. Esta é...

– Pode dar um telefonema. Três minutos. Que número você quer?

Tracy estava tão nervosa que não conseguiu lembrar o telefone de Charles. Não conseguia sequer recordar o código de área para a Filadélfia. "Seria 251?" Não. O número era outro. Ela agora tremia.

– Vamos logo. Não posso ficar esperando a noite inteira. "215. Era isso!"

– 215 5559301.

O sargento discou o número e entregou o fone para Tracy. Ela podia ouvir a campainha tocando. E tocando. Ninguém atendia. "Charles tinha de estar em casa." O sargento disse:

– Seu tempo acabou.

Ele estendeu a mão para arrancar o fone de Tracy.

– Espere, por favor! – gritou ela.

Mas, subitamente, lembrou-se que Charles desligava seu telefone à noite, a fim de não ser incomodado. Ela escutou a campainha por mais um instante e compreendeu que não havia a menor possibilidade de entrar em contato com Charles. O sargento indagou:

– Já acabou?

Tracy fitou-o apaticamente e murmurou:

– Já, sim.

Um guarda levou Tracy para uma sala, onde ela foi fichada e lhe tiraram as impressões digitais. Depois, foi conduzida por um corredor e trancada numa cela, sozinha.

– Terá uma audiência pela manhã – informou o guarda, afastando-se e deixando-a sozinha.

"Nada disso está acontecendo", pensou Tracy. "Tudo não passa de um terrível pesadelo. Oh, Deus, por favor, não permita que nada disso seja real!"

Mas o catre fétido na cela era real, o vaso sanitário sem tampa no canto era real, as barras eram reais.

AS HORAS DA NOITE se arrastaram interminavelmente. "Se ao menos eu conseguisse entrar em contato com Charles!" Precisava dele agora mais do que já precisara de qualquer outra pessoa, em toda a sua vida. "Eu deveria ter contado tudo. Se o tivesse feito, nada disso teria acontecido."

Às 6 horas, um guarda entediado trouxe para Tracy um café morno e um mingau de aveia frio. Ela não foi capaz de tocar em nada. O estômago se achava completamente contraído. Uma inspetora veio buscá-la às 9 horas.

– Está na hora, queridinha.

A mulher destrancou a porta da cela.

– Preciso dar um telefonema – disse Tracy. – É muito...

– Mais tarde. Não vai querer deixar o juiz esperando. Ele é um filho da puta mesquinho.

Ela acompanhou Tracy por um corredor e através de uma porta que dava para um tribunal. Um juiz idoso presidia o tribunal. A cabeça e as mãos se mantinham em constante movimento, arrancos pequenos e rápidos. À sua frente se encontrava o promotor distrital, Ed Topper, um homem franzino, na casa dos 40 anos, cabelos grisalhos ondulados, olhos pretos e frios. Tracy foi levada a uma cadeira e um momento depois o meirinho anunciou:

– O povo contra Tracy Whitney.

O juiz examinava um papel à sua frente, a cabeça balançando para cima e para baixo. "Agora." Agora era o momento de Tracy explicar a alguém com autoridade o que realmente acontecera. Ela comprimiu as mãos, a fim de evitar que tremessem.

– Meritíssimo, não foi homicídio. Atirei nele, é verdade, mas foi um acidente. Eu só pretendia assustá-lo. Ele tentou me violentar e...

O promotor distrital interrompeu-a:

– Meritíssimo, não vejo sentido em desperdiçar o tempo deste tribunal. Esta mulher arrombou a casa do Sr. Romano, armada com um revólver de calibre 32, roubou um quadro de Renoir no valor de meio milhão de dólares. Quando o Sr. Romano surpreendeu-a em flagrante, ela alvejou-o a sangue-frio e deixou-o como morto.

Tracy sentiu que o sangue se esvaía de seu rosto.

– Mas... mas do que está falando?

Nada daquilo fazia qualquer sentido. O promotor acrescentou bruscamente:

– Temos a arma com que o Sr. Romano foi ferido. As impressões digitais da mulher estão na arma.

Ferido! Então Joseph Romano estava vivo! Ela não matara ninguém.

– Ela fugiu com o quadro, meritíssimo. Provavelmente se encontra nas mãos de algum receptador, a esta altura. Por esse motivo, o Estado solicita que Tracy Whitney seja julgada por tentativa de homicídio e assalto à mão armada, com a fiança fixada em meio milhão de dólares.

O juiz virou-se para Tracy, que se encontrava imóvel, em estado de choque.

– Está representada neste tribunal?

Ela não ouviu. O juiz alteou a voz:

– Tem um advogado?

Tracy sacudiu a cabeça.

– Não. Eu... o que... o que esse homem disse não é verdade. Eu nunca...

– Tem dinheiro para contratar um advogado?

Havia o fundo dos empregados no banco. E havia Charles.

– Eu... não, meritíssimo. Mas não compreendo...

– O tribunal designará um advogado para você. Será mantida sob custódia, com uma fiança de 500 mil dólares. Próximo caso.

– Espere! Isso tudo é um equívoco! Eu não...

Ela não conseguia se lembrar de ter sido retirada do tribunal.

O NOME DO ADVOGADO designado pelo tribunal era Perry Pope. Ele se aproximava dos 40 anos, tinha um rosto rude e inteligente, olhos azuis simpáticos. Tracy gostou dele imediatamente. Ele entrou na cela, sentou-se no catre e disse:

– Você criou uma sensação e tanto para uma mulher que se encontra na cidade há apenas 24 horas. – Ele sorriu. – Mas tem sorte. É uma péssima atiradora. O ferimento foi superficial. Romano sobreviverá.

Ele tirou um cachimbo do bolso e acrescentou:

– Importa-se que eu fume?

– Não.

Ele encheu o cachimbo de fumo, acendeu-o e estudou atentamente o rosto de Tracy.

– Não *parece* a criminosa comum desesperada, Srta. Whitney.

– E não sou. *Juro* que não sou.

– Pois então me convença. Conte o que aconteceu. Desde o início. Leve o tempo que julgar necessário.

E Tracy contou. Tudo. Perry Pope escutou a história em silêncio, sem dar uma palavra até Tracy terminar. Recostou-se então na parede da cela, uma expressão sombria no rosto. E disse, baixinho:

– Aquele filho da puta...

– Não entendo do que eles estavam falando. – Havia confusão nos olhos de Tracy. – Não sei de nada sobre o quadro.

– É realmente muito simples. Joe Romano usou-a como bode expiatório, da mesma forma como fez com sua mãe. Você caiu direitinho numa armadilha.

– Ainda não compreendo.

– Pois então vou explicar. Romano reclamará o seguro de meio milhão de dólares pelo quadro de Renoir que escondeu em algum lugar. A seguradora ficará atrás de *você* e não dele. Quando as coisas esfriarem, Romano venderá o quadro a algum colecionador particular e ganhará mais meio milhão de dólares, graças à sua ingenuidade. Não sabia que uma confissão obtida sob a mira de uma arma não tem valor?

– Eu... eu acho que sabia. Pensei apenas que, se conseguisse lhe arrancar a verdade, alguém poderia iniciar uma investigação.

O cachimbo se apagara. Pope tornou a acendê-lo.

– Como entrou na casa?

– Toquei a campainha da frente e o Sr. Romano abriu a porta.

– Não é a história que ele conta. Há uma janela arrombada nos fundos da casa e Romano garante que foi por lá que você entrou.

Ele disse à polícia que a surpreendeu pegando o Renoir; quando tentou impedi-la, você atirou nele e fugiu.

– Mas isso é uma mentira! Eu...

– Mas é a mentira dele, assim como a casa dele... enquanto a arma pertence a você. Tem alguma ideia das pessoas que está enfrentando?

Tracy sacudiu a cabeça, em silêncio.

– Pois então lhe contarei os fatos da vida, Srta. Whitney. Esta cidade é controlada pela Família Orsatti. Nada acontece por aqui sem a aprovação de Anthony Orsatti. Se quer uma permissão para construir um prédio, pavimentar uma rua, explorar mulheres, apostas ou drogas, tem de falar com Orsatti. Joe Romano começou como um pistoleiro dele. Agora, é o homem principal na organização de Orsatti.

Ele fez uma pausa, fitando-a com admiração, antes de acrescentar:

– E você entrou na casa de Romano e apontou-lhe um revólver!

Tracy continuou sentada, atordoada e exausta. Finalmente perguntou:

– Acredita na minha história?

O advogado sorriu.

– Você está absolutamente certa. É tanta estupidez que só pode ser verdade

– Pode me ajudar?

Ele respondeu bem devagar:

– Vou tentar. Eu daria qualquer coisa para pôr todos eles atrás das grades. São os donos desta cidade e da maioria dos nossos juízes. Se você for a julgamento, eles a enterrarão tão fundo que nunca mais tornará a ver a luz do dia.

Tracy fitou-o, perplexa.

– *Se* eu for a julgamento?

Pope levantou-se e começou a andar de um lado para outro da cela, enquanto dizia:

– Não quero levá-la à presença de um júri porque será o júri *dele*. Pode estar certa disso. Há somente um juiz que Orsatti nunca foi capaz de comprar. O nome dele é Henry Lawrence. Se eu puder dar um jeito para que ele assuma o caso, tenho certeza de que arrumarei um acordo para você. Não é rigorosamente ético, mas conversarei com ele particularmente. Lawrence odeia Orsatti e Romano tanto quanto eu. Agora, tudo o que temos de fazer é atrair o juiz Lawrence.

PERRY POPE providenciou um telefonema de Tracy para Charles. Tracy ouviu a voz familiar da secretária de Charles:

– Escritório do Sr. Stanhope.

– Harriet, aqui é Tracy Whitney. Eu...

– Oh, Srta. Whitney, ele vem tentando falar com a senhora há bastante tempo, mas não tínhamos o seu telefone. A Sra. Stanhope está ansiosa em acertar todas as providências para o casamento. Se puder procurá-la o mais depressa possível...

– Harriet, posso falar com o Sr. Stanhope, por favor?

– Lamento muito, Srta. Whitney, mas não será possível. Ele está a caminho de Houston para uma reunião. Se me der seu número, tenho certeza de que ele lhe telefonará assim que puder.

– Eu...

Ela não podia deixar que Charles telefonasse para a cadeia. Não antes de primeiro ter a oportunidade de explicar tudo o que acontecera.

– Eu... eu telefonarei de novo para o Sr. Stanhope.

Ela desligou. "Amanhã", pensou Tracy, cansada. "Explicarei tudo a Charles amanhã."

Tracy foi transferida naquela tarde para uma cela maior. Foi-lhe servido um jantar delicioso do Galatoire's e pouco depois chegaram flores frescas com um bilhete. Ela abriu o envelope e tirou o cartão: ÂNIMO, VAMOS DERROTAR OS MISERÁVEIS. PERRY POPE.

POPE VEIO VISITAR Tracy na manhã seguinte. Ela compreendeu que havia boas notícias no instante em que viu o sorriso em seu rosto.

– Estamos com sorte – declarou ele. – Acabei de conversar com o juiz Lawrence e com Topper, o promotor distrital. Topper protestou furiosamente, mas chegamos a um acordo.

– Um acordo?

– Eu contei a sua história ao juiz Lawrence. Ele concordou em aceitar um reconhecimento de culpa de sua parte.

Tracy ficou chocada.

– Um reconhecimento de culpa? Mas eu não...

– Preste atenção. Declarando-se culpada, você poupa ao Estado a despesa de um julgamento. Persuadi o juiz que você não roubou o quadro. Ele conhece Joe Romano e acreditou em mim.

– Mas... se eu me declarar culpada, o que eles farão comigo?

– O juiz Lawrence a condenará a três meses de prisão, com...

– Prisão!

– Espere um instante. Ele suspenderá a sentença e você poderá cumpri-la em liberdade condicional, fora do Estado.

– Mas neste caso eu... eu terei uma ficha policial.

Perry Pope suspirou.

– Se a levarem a julgamento por assalto à mão armada e tentativa de homicídio durante o ato você pode ser condenada a dez anos.

Dez anos de cadeia! Perry Pope observava-a pacientemente e acrescentou:

– Só posso lhe oferecer o meu melhor conselho. Já é um milagre o que eu consegui. Eles querem uma resposta agora. Você não precisa aceitar o acordo. Pode arrumar outro advogado e...

– Não.

Tracy sabia que aquele homem era honesto. Nas circunstâncias, considerando o seu comportamento insano, ele fizera tudo o que era possível por ela. Se ao menos pudesse falar com Charles... Mas eles precisavam de uma resposta agora. Ela provavelmente tinha sorte de escapar com uma sentença de três meses em suspensão.

– Eu... eu aceitarei o acordo.

Tracy teve de fazer muita força para que as palavras saíssem. O advogado assentiu.

– Está sendo esperta.

TRACY NÃO TEVE permissão de dar qualquer telefonema antes de voltar ao tribunal. Ed Topper postou-se num lado dela e Perry Pope no outro. Sentado no assento do juiz estava um homem de aparência distinta, na casa dos 50 anos, o rosto liso, sem rugas, cabelos abundantes e impecáveis. O juiz Lawrence disse a Tracy:

– O tribunal foi informado que a ré deseja mudar sua alegação de inocente para culpada. Isso é correto?

– É, sim, meritíssimo.

– Todas as partes estão de acordo?

Perry Pope assentiu.

– Estão, meritíssimo.

– O Estado concorda, meritíssimo – acrescentou o promotor.

O juiz Lawrence permaneceu em silêncio por um longo momento. Depois, inclinou-se para a frente e fitou Tracy nos olhos.

– Um dos motivos para que este nosso grande país se encontre em situação tão lamentável é que as ruas fervilham de vermes que pensam que podem escapar impunes de qualquer coisa. Pessoas que zombam da lei. Alguns sistemas judiciais neste país tratam bem os criminosos. Pois não agimos assim na Louisiana. Quando alguém, ao cometer um assalto, tenta matar uma pessoa a sangue-frio, achamos que a culpada deve ser punida de maneira exemplar.

Tracy começou a experimentar as primeiras pontadas de pânico. Virou o rosto para Perry Pope. Os olhos do advogado fixavam-se no juiz.

– A ré admitiu que tentou assassinar um dos cidadãos eminentes desta comunidade... um homem notório por sua filantropia e boas ações. A ré alvejou-o no ato de roubar um objeto de arte no valor de meio milhão de dólares. – A voz do juiz tornou-se mais áspera. – Pois este tribunal vai providenciar para que não possa desfrutar desse dinheiro... não durante os próximos 15 anos. Durante os próximos 15 anos você estará encarcerada na Penitenciária Meridional da Louisiana para Mulheres.

Tracy sentiu a sala rodar, alguma peça horrível era encenada. O juiz era um ator selecionado para o papel, mas estava lendo as falas erradas. Não deveria dizer nenhuma daquelas coisas. Ela virou-se para explicar isso a Perry Pope, mas ele desviou os olhos. Ele arrumava papéis em sua pasta e pela primeira vez Tracy notou que suas unhas eram roídas até o sabugo. O juiz Lawrence se levantara e começava a recolher os seus papéis. Tracy ficou parada ali, atordoada, incapaz de compreender o que estava-lhe acontecendo. Um guarda aproximou-se e segurou-a pelo braço.

– Vamos embora.

– Não! – gritou Tracy. – Não, por favor!

Ela levantou os olhos para o juiz e acrescentou:

– Houve um engano terrível, meritíssimo. Eu... – Enquanto sentia a mão do guarda lhe apertar o braço, Tracy compreendeu que não houvera qualquer erro. Fora enganada. Eles iam destruí-la.

Assim como haviam destruído sua mãe.

4

A notícia dos crimes e da condenação de Tracy Whitney apareceu na primeira página do *New Orleans Courier,* acompanhada por uma fotografia sua, tirada pela polícia. Os principais serviços de notícias transmitiram a história para jornais de todo o país. Quando foi retirada do tribunal, a fim de aguardar a transferência para a penitenciária estadual, Tracy foi confrontada por um grupo de repórteres de televisão. Escondeu o rosto em humilhação, mas não havia como escapar das câmeras. Joe Romano era uma notícia importante, e um atentado contra a sua vida por uma linda assaltante era notícia ainda mais sensacional. Tracy tinha a sensação de que se encontrava cercada por inimigos. "Charles me tirará daqui", ela insistia em dizer a si mesma. "Oh, por favor, Deus, permita que Charles me tire daqui. Nosso filho não pode nascer na prisão."

Foi somente na tarde seguinte que o sargento de plantão permitiu que Tracy usasse o telefone. Harriet atendeu:

– Escritório do Sr. Stanhope.

– Harriet, aqui é Tracy Whitney. Eu gostaria de falar com o Sr. Stanhope.

– Um momento, por favor, Srta. Whitney. – Ela percebeu a hesitação na voz da secretária. – Eu... vou verificar se o Sr. Stanhope está.

Depois de uma espera prolongada e angustiante, Tracy ouviu finalmente a voz de Charles. Quase chorou de alívio.

– Charles...

– Tracy? É você, Tracy?

– Sou eu mesma, querido. Oh, Charles, eu tentei falar com você...

– Eu estava enlouquecendo, Tracy. Os jornais daqui estão repletos de histórias terríveis a seu respeito. Não posso acreditar no que eles dizem.

– Nada é verdade, querido. Absolutamente nada. Eu...

– Onde você está agora?

– Estou... estou numa cadeia em Nova Orleans. Eles vão me mandar para a prisão por algo que não fiz, Charles.

Para horror de Charles, Tracy começou a chorar.

– Fique calma. E preste atenção. Os jornais dizem que você atirou num homem. Isso não é verdade, não é mesmo?

– Atirei nele, mas...

– Então é verdade!

– Não é como parece, querido. A história foi totalmente diferente. Posso explicar tudo. Eu...

– Tracy, você se declarou culpada de roubo e tentativa de homicídio! Um quadro?

– É verdade, Charles. Mas só fiz isso porque...

– Se precisava de dinheiro tão desesperadamente deveria ter falado comigo... E tentar matar alguém... Não posso acreditar nisso. Nem meus pais. Você é a manchete do *Daily News* da Filadélfia desta manhã. É a primeira vez em que um sopro de escândalo atinge a família Stanhope.

Foi o amargo autocontrole na voz de Charles que fez Tracy compreender os sentimentos profundos dele. Ela contara desesperadamente com Charles e agora descobria que seu noivo estava do lado *deles*. Fez um esforço para não gritar.

– Preciso de você, querido. Por favor, venha até aqui. Pode endireitar tudo.

Houve um silêncio prolongado.

– Parece que não há muita coisa para endireitar. Não se você confessou ter feito todas essas coisas. Minha família não pode se envolver em algo assim. E tenho certeza de que pode compreender isso. Foi um choque terrível para nós. Obviamente, eu nunca a conheci de verdade.

Cada palavra era um tremendo golpe. O mundo desmoronava sobre Tracy. Ela sentia-se mais sozinha do que em qualquer outra ocasião anterior de sua vida. Não havia agora ninguém a quem pudesse recorrer, absolutamente ninguém.

– E... e o bebê?

– Terá de fazer o que julgar melhor com seu filho – disse Charles. – Lamento muito, Tracy.

E a ligação foi cortada. Tracy ficou imóvel, segurando o fone mudo. Outro preso, por trás dela, disse:

– Se já acabou com o telefone, meu bem, eu gostaria de falar com meu advogado.

Quando Tracy voltou à cela, a guarda tinha instruções a lhe transmitir:

– Esteja pronta para partir amanhã de manhã. Virão buscá-la às 6 horas.

Ela recebeu um visitante. Otto Schmidt parecia ter envelhecido muitos anos durante as poucas horas transcorridas desde que Tracy o vira pela última vez. Ele dava a impressão de estar doente.

– Só vim lhe dizer o quanto minha mulher e eu lamentamos tudo isso. Sabemos que não foi culpa sua o que aconteceu.

"Se ao menos Charles tivesse dito isso..."

– Minha mulher e eu estaremos no enterro da Sra. Doris amanhã.

– Obrigada, Otto.

"Nós duas seremos enterradas amanhã", pensou Tracy.

Ela passou a noite acordada, deitada em seu estreito catre na prisão, olhando fixamente para o teto. Reconstituiu mentalmente, por muitas vezes, a conversa com Charles. Ele não lhe dera a oportunidade de explicar.

Tracy tinha de pensar no filho. Lera sobre mulheres que tinham filhos na prisão, mas as histórias eram tão distantes de sua própria vida que era como se estivesse tomando conhecimento de relatos sobre pessoas de outro planeta. Agora, porém, estava acontecendo com ela. "Terá de fazer o que julgar melhor para seu filho", dissera Charles. Ela queria ter o filho. "Mas eles não me deixarão mantê-lo", pensou Tracy. "Vão tirá-lo de mim porque passarei os próximos 15 anos na prisão. É melhor que ele nunca saiba quem é a mãe."

E Tracy chorou.

ÀS 5 HORAS, um guarda entrou na cela de Tracy, acompanhado pela oficial que cuidava da prisão.

Tracy Whitney?

– Sou eu.

Ela ficou surpresa ao perceber como sua voz soava estranha.

– Por ordem do Tribunal de Justiça Criminal do Estado da Louisiana, Condado de Orleans, você será transferida imediatamente para a Penitenciária Meridional da Louisiana para Mulheres. Vamos embora, garota.

Ela foi conduzida por um corredor comprido, passando por celas cheias de reclusos. Houve uma porção de assobios.

– Tenha uma boa viagem, querida...

– Diga-me onde aquele quadro está escondido, Tracy querida, e racharei o dinheiro com você...

– Se está indo para a casa grande, procure a Ernestine Littlechap. Ela cuidará direitinho de você...

Tracy passou pelo telefone do qual ligara para Charles. "Adeus, Charles."

ELA ESTAVA DO LADO de fora, num pátio. Um ônibus da prisão, amarelo, as janelas gradeadas, esperava ali, o motor ligado. Meia dúzia de mulheres já se encontravam sentadas no ônibus, vigiadas por dois guardas armados. Tracy olhou para os rostos de suas companheiras de viagem. Uma delas mantinha uma atitude de desafio, outra se mostrava entediada, as demais exibiam expressões de desespero. As vidas que levaram até então estavam prestes a terminar. Eram párias, sendo conduzidas a jaulas em que seriam trancafiadas como animais. Tracy se perguntou que crimes teriam cometido e se alguma era tão inocente quanto ela... e também se perguntou o que as outras viam em *seu* rosto.

A viagem no ônibus da prisão foi interminável, o ônibus quente e malcheiroso. Mas Tracy nem percebeu. Retraíra-se para dentro de si mesma, não estava mais consciente dos campos verdes viçosos pelos quais o ônibus passava. Encontrava-se em outro tempo, em outro lugar.

Era uma garotinha na praia, com a mãe e o pai. O pai levava-a para o mar nos ombros e disse quando ela gritou: "Não seja como um bebê, Tracy." E ele largou-a na água fria. Quando a água se fechou por cima de sua cabeça, ela entrou em pânico e começou a sufocar. O pai levantou-a e depois tornou a mergulhá-la. Desse momento em diante ela tivera pavor da água...

O auditório universitário se apresentava lotado de estudantes, seus pais e parentes. Ela era a oradora da turma. Falou por 15 minutos e seu discurso estava impregnado de um idealismo elevado, com referências engenhosas ao passado e sonhos fulgurantes para o futuro. O reitor a presenteara com uma chave de Phi Beta Kappa. "Quero que você fique com isto", Tracy dissera à mãe. E o orgulho no rosto da mãe fora maravilhoso...

"Vou para a Filadélfia, mamãe. Consegui um emprego num banco lá."

Annie Mahler, sua melhor amiga, estava telefonando. "Você vai adorar a Filadélfia, Tracy. Tem todas as coisas culturais. Além disso, é também uma linda cidade e tem escassez de mulheres. Ou seja, os homens daqui são realmente famintos! E posso lhe arrumar um emprego no banco em que trabalho..."

Charles e ela estavam fazendo amor. Ela observou as sombras em movimento no teto e pensou: "Quantas mulheres gostariam de estar no meu lugar?" Charles era um grande prêmio. E no mesmo instante ela sentiu-se envergonhada do pensamento. Amava Charles.

Podia senti-lo dentro de si, arremetendo com mais força, cada vez mais depressa, prestes a explodir. E ele balbuciou: "Você está pronta?" E ela mentiu, dizendo que sim. "Foi maravilhoso para você?" "Foi, sim, Charles." E ela pensou: "Isso é tudo o que existe?" E novamente o sentimento de culpa.

– *VOCÊ!* ESTOU falando com você. Por acaso é surda? Vamos logo.

Tracy levantou os olhos e se descobriu no ônibus amarelo da prisão. Parara num pátio cercado por uma pilha sombria de alvenaria. Uma sucessão de nove cercas, encimadas com arame farpado, cercava os 500 acres de pastagens e bosques que constituíam a Penitenciária Meridional da Louisiana para Mulheres.

– Saia – ordenou o guarda. – Estamos aqui.

Aqui era o inferno.

5

Uma mulher corpulenta, de rosto impassível, cabelos pintados de castanho, falava para as recém-chegadas:

– Algumas de vocês passarão uma longa temporada aqui. Só há uma maneira de aguentarem e é esquecerem tudo sobre o mundo exterior. Podem fazer com que seu tempo aqui seja fácil ou difícil. Temos regulamentos aqui e vocês obedecerão a esses regulamentos. Nós lhes diremos quando se levantar, quando trabalhar, quando ir ao banheiro. Violem qualquer um dos regulamentos e desejarão estar mortas. Gostamos de manter as coisas pacíficas por aqui e sabemos como lidar com as encrenqueiras.

A mulher fez uma pausa, os olhos se fixando em Tracy.

– Serão levadas agora para os exames físicos. Depois, passarão pelos chuveiros e irão para suas celas. Pela manhã, receberão suas tarefas. Isso é tudo.

Ela começou a se virar. Uma jovem pálida, ao lado de Tracy, disse:

– Com licença, por favor, mas eu...

A mulher tornou a se virar, bruscamente, o rosto dominado pela fúria.

– Cale a porra de sua boca. Só pode falar quando lhe dirigirem a palavra. Entendido? Isso se aplica a todas vocês.

O tom, assim como as palavras, fora um choque para Tracy. A mulher fez um sinal para as duas guardas armadas no fundo da sala.

– Tirem essas sacanas imprestáveis daqui.

Tracy descobriu-se sendo retirada da sala junto com as outras, levada por um corredor comprido. As prisioneiras entraram numa sala grande, de ladrilhos brancos, onde um homem gordo, de meia-idade, numa bata suja, estava parado ao lado de uma mesa de exame.

Uma das guardas ordenou:

– Entrem em fila.

As mulheres formaram uma fila comprida. O homem anunciou:

– Sou o Dr. Glasco. Tirem as roupas.

As mulheres se entreolharam, indecisas. Uma delas disse:

– Até onde precisamos...

– Não sabem o que significa *tirem as roupas?* Dispam-se... tirem todas as roupas!

Lentamente, as mulheres começaram a se despir. Algumas se mostraram inibidas, algumas indignadas, algumas indiferentes. À esquerda de Tracy estava uma mulher quase chegando aos 50 anos, tremendo violentamente; à sua direita, havia uma garota pateticamente magra, que parecia não ter mais do que 17 anos. Sua pele se achava coberta de espinhas. O médico gesticulou para a primeira mulher na fila.

– Deite na mesa e ponha os pés nos estribos.

A mulher hesitou.

– Vamos logo. Está atrasando a fila.

Ela obedeceu. O médico inseriu um espéculo em sua vagina. Enquanto sondava, ele perguntou:

Tem alguma doença venérea?

– Não.

– Pois descobriremos em breve.

A mulher seguinte subiu na mesa. Quando o médico fez menção de inserir-lhe o espéculo, Tracy gritou:

– Espere um pouco!

O médico parou, levantando os olhos, surpreso.

– Como?

Todos olhavam fixamente para Tracy. Ela disse:

– Eu... o senhor não esterilizou o instrumento.

O Dr. Glasco presenteou Tracy com um sorriso lento e frio.

– Ora, ora, temos uma ginecologista na casa! Está preocupada com os germes, hein? Pois passe para o fim da fila.

– Como?

– Não ouviu? Vá para o fim da fila.

Sem compreender o motivo, Tracy deslocou-se para o último lugar na fila.

– E agora, se não se importam – disse o médico – vamos continuar.

Ele inseriu o espéculo na mulher que se encontrava na mesa e Tracy compreendeu subitamente o motivo pelo qual se tornara a última. Ele examinaria a todas com o mesmo espéculo não esterilizado e ela seria a última em quem o usaria. Tracy sentiu a raiva fervendo dentro de si. O médico poderia examiná-las em separado, em vez de privá-las deliberadamente de sua dignidade. E estavam deixando que ele escapasse impune com uma coisa assim. *Se todas protestassem...* Chegou a sua vez.

– Na mesa, *madame doutora.*

Tracy ainda hesitou, mas não tinha opção. Subiu na mesa e fechou os olhos. Pôde senti-lo a abrir suas pernas, depois o espéculo frio a penetrá-la, sondando, pressionando, machucando. Deliberadamente machucando. Ela rangeu os dentes.

– Tem sífilis ou gonorreia? – indagou o médico.

– Não.

Ela não lhe falaria do filho. Não àquele monstro. Falaria a respeito com a diretora. Sentiu o espéculo sendo retirado bruscamente. O Dr. Glasco pôs um par de luvas de borracha.

– Muito bem – disse ele. – Entrem em fila e inclinem-se. Vamos examinar as suas lindas bundinhas.

Antes que Tracy pudesse se conter, as palavras saíram:

– Por que está fazendo isso?

O Dr. Glasco lançou-lhe um olhar irado.

– Vou explicar por que, *doutora.* Porque os rabos são grandes esconderijos. Tenho uma coleção grande de maconha e cocaína que tirei de mulheres como você. E agora trate de se inclinar.

Enquanto ele percorria a fila, enfiando os dedos num ânus depois de outro, Tracy sentiu-se enjoada. Podia sentir a bílis quente subir pela garganta e começou a ter ânsias de vômito.

– Vomite aqui e esfregarei a sua cara na sujeira. – O médico virou-se para as guardas. – Podem levá-las para os chuveiros. Elas fedem.

Carregando as roupas, as presas nuas foram conduzidas por outro corredor, até uma sala grande de concreto, com uma dúzia de boxes de chuveiro abertos.

– Deixem as roupas no canto – ordenou uma das guardas. E entrem nos chuveiros. Usem o sabão desinfetante. Lavem todas as partes do corpo, da cabeça aos pés. E ensaboem bem os cabelos.

Tracy passou do chão de cimento áspero para o chuveiro. O jato de água era frio. Ela esfregou-se com toda força, pensando: "Nunca mais voltarei a ser limpa. Que espécie de pessoas são estas? Como podem tratar outros seres humanos assim? Não posso suportar 15 anos disso."

Uma guarda gritou-lhe:

– Ei, você! O tempo já acabou. Saia logo.

Tracy saiu do chuveiro e outra presa tomou o seu lugar. Tracy recebeu uma toalha fina e usada, enxugou mais ou menos o corpo.

Depois que a última reclusa deixou o chuveiro, elas foram levadas a uma sala de suprimentos grande, onde havia prateleiras com roupas, aos cuidados de uma reclusa latina, que calculou o tamanho de cada uma e distribuiu os uniformes cinzas. Tracy e as outras receberam dois uniformes, duas calcinhas, dois sutiãs, dois pares de sapatos, duas camisolas, um cinto sanitário, uma escova de cabelos e um saco para a roupa suja. As guardas ficaram observando enquanto as prisioneiras se vestiam. Depois que terminaram, elas foram levadas a uma sala em que uma presa de confiança operava uma câmera fotográfica grande, montada num tripé.

– Fiquem paradas ali naquela parede.

Tracy foi para a parede.

– De frente.

Ela olhou para a câmera. Clique.

– Vire a cabeça para a direita.

Ela obedeceu. Clique.

– Para a esquerda. – Clique. – Vá para a mesa.

A mesa continha o equipamento para tirar impressões digitais. Os dedos de Tracy foram rolados por uma almofada com tinta, depois comprimidos contra um cartão branco.

– Mão esquerda. Mão direita. Limpe as mãos com aquele pano. Você está acabada.

"Ela tem razão", pensou Tracy atordoada. "Estou acabada. Sou um número. Sem nome, sem rosto." Uma guarda apontou para Tracy.

– Whitney? O diretor que falar com você. Acompanhe-me.

O coração de Tracy disparou, animado. Charles fizera alguma coisa, no fim das contas! *É claro* que ele não a abandonara, assim como ela também nunca poderia abandoná-lo. Fora o súbito choque que o levara a se comportar daquela maneira estranha. Ele já tivera tempo de pensar em tudo e compreender que a amava. Falara com o diretor e explicara o erro terrível que fora cometido. Ela seria libertada.

Tracy foi levada por um corredor diferente, passando por duas portas de barras grossas, vigiadas por guardas dos dois sexos. Ao ser admitida pela segunda porta, ela foi quase derrubada por uma presa. Era uma gigante, a maior mulher que Tracy já vira... chegando a 1,90 metro de altura, pesando em torno de 130 quilos. Tinha um rosto achatado, bexiguento, os olhos de um amarelo-claro. Ela agarrou o braço de Tracy para firmá-la, comprimiu seu próprio braço contra os seios de Tracy.

– Ei! – disse a mulher à guarda. – Temos franga nova. Por que não põe esta comigo?

Ela tinha um forte sotaque sueco.

– Sinto muito, Bertha, mas esta já foi designada.

A amazona afagou o rosto de Tracy, que se afastou bruscamente. A gigante soltou uma risada.

– Está tudo bem, *littbarn.* Big Bertha a verá depois. Temos bastante tempo. Você não vai sair daqui tão cedo.

Chegaram ao gabinete do diretor. Tracy estava trêmula de expectativa. Charles estaria ali? Ou teria enviado seu advogado? A secretária do diretor acenou com a cabeça para a guarda.

– Ele está esperando você. Fique aqui.

O DIRETOR GEORGE Brannigan estava sentado a uma escrivaninha escalavrada, estudando alguns documentos à sua frente. Era um homem de quarenta e poucos anos, magro, de aparência ansiosa, com um rosto sensível, olhos fundos, castanhos-claros.

Brannigan se achava no comando da Penitenciária Meridional da Louisiana para Mulheres há cinco anos. Ali chegara com o preparo de um criminalista moderno e o empenho de um idealista, determinado a efetuar profundas reformas na prisão. Mas o sistema vigente o derrotara, como já o fizera com muitos outros antes.

A prisão fora originalmente construída para alojar duas prisioneiras em cada cela, mas agora havia quatro ou até mesmo seis. Ele sabia que a mesma situação se encontrava por toda parte. As prisões do país sofriam de excesso de lotação e uma deficiência de funcionários. Milhares de criminosos eram sentenciados dia e noite, nada tinham para fazer, além de acalentar seu ódio e tramar sua vingança. Era um sistema estúpido e brutal, mas era tudo o que existia. Ele chamou a secretária.

– Muito bem, pode mandá-la entrar.

A guarda abriu a porta para sua sala e Tracy entrou. O diretor Brannigan levantou os olhos para a mulher parada à sua frente. Vestida no tosco uniforme da prisão, rosto marcado pela fadiga, Tracy Whitney ainda parecia bonita. Tinha um rosto adorável e franco, e

Brannigan se perguntou por quanto tempo mais permaneceria assim. Ficou particularmente interessado naquela prisioneira porque lera a respeito de seu caso nos jornais e estudara sua ficha. Ela era primária, não matara ninguém e 15 anos era uma sentença excessivamente rigorosa. O fato de Joseph Romano ser o acusador fazia com que a sua condenação se tornasse ainda mais suspeita. Mas o diretor era simplesmente o guardião dos corpos. Não podia investir contra o sistema. Ele *era* o sistema.

– Sente-se, por favor.

Tracy ficou contente pela oportunidade de se sentar. Sentia os joelhos fracos. Ele ia falar-lhe agora sobre Charles, informá-la que seria libertada em breve.

– Estive verificando a sua ficha – começou o diretor.

"Charles teria lhe pedido para fazer isso."

– Vejo que passará uma longa temporada conosco. Sua sentença é de 15 anos.

Tracy levou um momento para absorver as palavras. Alguma coisa estava terrivelmente errada.

– Não... fa-falou com... Char-Charles?

Em seu nervosismo, ela estava gaguejando. O diretor fitou-a com uma expressão impassível.

– Charles?

E Tracy compreendeu tudo. Teve a sensação de que o estômago se dissolvia em água.

– Por favor... tem de me escutar, por favor. Sou inocente. Não pertenço a este lugar.

Quantas vezes ele já ouvira isso? Cem? Mil? *Sou inocente.* O diretor disse:

– O tribunal considerou-a culpada. O melhor conselho que posso dar é o de tentar fazer com que tudo lhe seja mais fácil aqui. A partir do momento em que aceitar os termos de sua prisão, tudo se tornará mais fácil. Não há relógios na prisão, apenas calendários.

"Não posso ficar trancafiada aqui por 15 anos", pensou Tracy, desesperada. "Quero morrer. Por favor, Deus, deixe-me morrer. Mas não posso morrer, não é mesmo? Eu mataria meu filho. É seu filho também, Charles. Por que não está aqui me ajudando?" Foi nesse momento que ela começou a odiá-lo.

– Se tiver problemas especiais – disse Brannigan – se eu puder ajudá-la de alguma forma, quero que venha me procurar.

Mesmo enquanto falava, ele sabia como suas palavras eram inúteis. Ela era jovem, bonita e viçosa. As homossexuais da prisão cairiam em cima dela como animais. Nem mesmo havia uma cela segura para a qual pudesse encaminhá-la. Quase todas as celas eram controladas por uma homossexual. O diretor Brannigan ouvira rumores de estupros nos chuveiros, nos toaletes e nos corredores à noite. Mas eram apenas rumores, porque as vítimas sempre se mantinham em silêncio depois. Ou morriam. Brannigan acrescentou, gentilmente:

– Com bom comportamento, você pode ser libertada em 12 ou...

– Não!

Era um brado de profundo desespero. Tracy sentia as paredes da sala se comprimindo sobre ela. Estava de pé, gritando. A guarda entrou correndo e agarrou-lhe os braços.

– Calma, calma... – murmurou o diretor Brannigan.

Ele ficou sentado ali, impotente, observando Tracy ser levada de sua sala.

ELA FOI CONDUZIDA por uma série de corredores, passando por celas cheias de detentas de todos os tipos. Havia negras, brancas, mulatas e amarelas. Olhavam fixamente para Tracy, enquanto ela passava, gritando-lhe em uma dúzia de sotaques. Os gritos não faziam o menor sentido para Tracy.

– Carta forte...

– Carro fino...

– Canto fresco...

– Carne fraca...

Foi somente quando chegou a seu bloco que Tracy compreendeu o que as mulheres estavam entoando:

– Carne fresca.

6

Havia 60 mulheres no Bloco C, quatro em cada cela. Rostos espiavam de trás das barras, enquanto Tracy era conduzida pelo corredor comprido e malcheiroso. As expressões variavam da indiferença ao desejo e ao ódio. Tracy tinha a sensação de que andava por baixo d'água, em alguma terra estranha e desconhecida, uma forasteira num sonho que se desenrolava lentamente. O chamado ao gabinete do diretor fora a sua última tênue esperança. Agora, nada mais restava. Nada além da perspectiva atordoante de ficar encarcerada naquele purgatório pelos próximos 15 anos. A guarda abriu a porta de uma cela.

– Entre!

Tracy piscou, olhou ao redor. Havia três mulheres na cela, observando-a em silêncio.

– Vamos logo! – insistiu a guarda.

Tracy hesitou por mais um instante, depois entrou na cela. Ouviu a porta bater às suas costas.

Estava em casa.

A cela apertada mal cabia os quatro catres, uma mesinha com um espelho quebrado por cima, quatro armários pequenos, um vaso sem tampa no canto. As companheiras de cela fitavam-na fixamente. A mulher porto-riquenha rompeu o silêncio:

– Parece que temos uma nova colega de cela.

Sua voz era profunda e gutural. Seria bonita se não fosse por uma cicatriz lívida de faca, que se estendia da têmpora à garganta. Parecia não ter mais que 14 anos, até que se fitava seus olhos. Uma mexicana atarracada, de meia-idade, disse:

– *Que surte verte!* Prazer em vê-la. Por que a mandaram para cá, querida?

Tracy estava paralisada demais para responder.

A terceira mulher era negra. Tinha mais de 1,80 metro de altura, olhos estreitos e vigilantes, um rosto frio e duro, mais parecendo uma máscara. A cabeça era raspada e o crânio tinha um brilho negro azulado na débil claridade.

– Seu catre é ali no canto.

Tracy aproximou-se do catre. O colchão era imundo, manchado com os excrementos que só Deus sabia de quantas ocupantes anteriores. Ela não foi capaz de tocá-lo. E, involuntariamente, manifestou sua repulsa:

– Eu... eu não posso dormir neste colchão...

A gorda mexicana sorriu.

– Nem precisa, meu bem. *Hay tiempo.* Pode dormir no meu.

Tracy percebeu subitamente as tendências ocultas na cela, atingindo-a como uma força física. As três mulheres observavam-na, atentamente, fazendo-a sentir-se nua. *Carne fresca.* Ela sentiu-se subitamente aterrorizada. "Estou enganada", pensou Tracy. "Oh, por favor, permita que eu esteja enganada." Ela recuperou a voz:

– Quem... com quem eu posso falar para conseguir um colchão limpo?

– Com Deus – grunhiu a negra. – Mas ele não tem aparecido por aqui ultimamente.

Tracy virou-se para olhar novamente o colchão. Diversas baratas cascudas rastejavam por cima a dele. "Não posso ficar neste lugar", pensou Tracy. "Acabarei louca." Como se lesse os seus pensamentos, a negra disse:

– Siga com a correnteza, meu bem

"O melhor conselho que posso dar é o de tentar fazer com que tudo lhe seja mais fácil aqui..." A voz do diretor soava nitidamente nos ouvidos de Tracy. A negra continuou a falar:

– Sou Ernestine Littlechap. – Ela acenou com a cabeça para a mulher da cicatriz. – Aquela é Lola. É de Porto Rico. E a gorda aqui é Paulita, do México. Quem é você?

– Eu... eu sou Tracy Whitney.

Ela quase dissera "Eu *era* Tracy Whitney". Tinha a sensação de estar perdendo a identidade. Um espasmo de náusea percorreu-lhe o corpo e segurou-se na beira do catre para se firmar.

– De onde você vem, meu bem? – indagou a gorda.

– Desculpe, mas... mas não estou com vontade de conversar.

Tracy sentia-se subitamente fraca demais para ficar de pé. Arriou na beira do catre imundo, enxugou as gotas de suor frio no rosto com a saia. "Meu filho", pensou ela. "Eu deveria ter falado com o diretor que vou ter um filho. Ele me transferirá para uma cela limpa. Talvez até me deixem ficar numa cela sozinha."

Ela ouviu passos se aproximando pelo corredor. Uma guarda passava pela cela. Tracy adiantou-se rapidamente até a porta.

– Com licença, mas preciso falar com o diretor. Eu estou...

– Mandarei chamá-lo imediatamente – disse a guarda, virando a cabeça para trás, enquanto continuava a seguir adiante.

– Você não compreende. Eu estou...

Mas a guarda já estava longe.

Tracy comprimiu o punho contra a boca, com toda força, para não chorar.

– Está doente ou algo parecido, meu bem? – perguntou a porto-riquenha.

Tracy sacudiu a cabeça, incapaz de falar. Voltou para o catre, contemplou-o por um momento, depois se deitou, lentamente. Era um ato de desesperança, um ato de rendição. Ela fechou os olhos.

O DÉCIMO ANIVERSÁRIO fora o mais emocionante de sua vida. "Vamos jantar no Antoine's", anunciou o pai.

Antoine's! Era um nome que evocava outro mundo, um mundo de beleza, encanto e riqueza. Tracy sabia que o pai não tinha muito dinheiro: "Poderemos sair em férias no próximo ano" era um refrão constante na casa. E agora eles iam jantar no Antoine's! A mãe de Tracy vestiu-a com o casaco verde novo.

– É maravilhoso olhar para vocês duas, – o pai se gabou. – Estou com as duas mais lindas mulheres de Nova Orleans. Todos ficarão com inveja de mim.

O Antoine's era tudo o que Tracy sonhara que seria e ainda mais. Muito mais. Era um palácio encantado, elegante e decorado com bom gosto, a toalha de mesa branca, pratos com monograma em prateado e dourado. "É um autêntico palácio", pensou Tracy. "Aposto que reis e rainhas vêm aqui." Ela estava excitada demais para comer, muito absorvida a contemplar todos os homens e mulheres tão bem-vestidos. "Quando eu crescer", Tracy prometeu a si mesma, "virei ao Antoine's todas as noites e trarei papai e mamãe comigo."

– Você não está comendo, Tracy, – disse a mãe.

E, para agradá-la, Tracy forçou-se a comer um pouco. Havia um bolo para ela, com dez velas, os garçons cantaram o *Parabéns pra você*, os outros clientes se viraram e aplaudiram, Tracy sentiu-se como uma princesa. Podia ouvir lá fora o barulho de um bonde passando.

A CAMPAINHA do bonde era alta e insistente.

– Hora do jantar – anunciou Ernestine Littlechap.

Tracy abriu os olhos. Portas de celas se abriam estrepitosamente por todo o bloco. Tracy permaneceu deitada no catre, tentando desesperadamente se apegar ao passado.

– Ei, hora do grude! – gritou a jovem porto-riquenha.

A simples ideia de comida deixava-a enjoada.

– Não estou com fome.

Paulita, a gorda mexicana, falou:

– *Es llano.* É simples. Não querem saber se você está ou não com fome. Todo mundo tem de ir para o refeitório.

As presas estavam entrando em fila no corredor lá fora.

– É melhor você ir ou cairão em cima – advertiu Ernestine.

"Não posso me mexer", pensou Tracy. "Ficarei aqui."

As companheiras de cela saíram e entraram na fila dupla. Uma guarda baixa e atarracada, de cabelos oxigenados, viu Tracy deitada no catre e gritou:

– Você! Não ouviu a campainha? Saia logo daí!

Tracy respondeu:

– Obrigada, mas não estou com fome. Gostaria que me dispensasse.

Os olhos da guarda se arregalaram em incredulidade. Ela entrou furiosa na cela e se aproximou do catre de Tracy.

– Que merda você pensa que é? Está esperando pelo serviço de quarto? Entre logo na porra da fila. Eu poderia incluí-la no relatório por causa disso. Se acontecer novamente, você vai se dar mal. Entendido?

Tracy não entendia. Não era capaz de entender coisa alguma do que estava lhe acontecendo. Ela deixou o catre quase se arrastando e foi para a fila. Ficou parada ao lado da negra.

– Por que eu...

– Cale a boca! – Ernestine Littlechap resmungou pelo canto da boca. – Não fale na fila.

As mulheres foram levadas por um corredor estreito e sem qualquer ventilação, passando por duas portas gradeadas e entrando num enorme refeitório, cheio de mesas grandes de madeira e muitas cadeiras. Havia um balcão de serviço comprido, com compartimentos fumegantes, pelo qual as presas passavam para pegar a comida. O cardápio do dia consistia de um ensopado de atum aguado, vagens murchas, um creme pálido e a opção entre um café fraco ou um suco de fruta artificial. Conchas da comida de aspecto repulsivo eram despejadas nos pratos de metal das presas, enquanto elas avançavam pela fila. As reclusas que serviam por trás do balcão gritavam incessantemente:

– Todas andando na fila... A próxima... Mantenham a fila em movimento... A próxima...

Depois que foi servida, Tracy ficou parada por um momento, indecisa, sem saber para onde ir. Ela olhou ao redor, à procura de Ernestine Littlechap, mas a negra desaparecera. Tracy encaminhou-se para o lugar em que estava sentada Paulita, a gorda mexicana. Havia vinte mulheres à mesa, devorando vorazmente a comida. Tracy olhou o que havia em seu prato, depois empurrou-o para o lado, enquanto a bílis subia e aflorava em sua garganta. Paulita se inclinou e pegou o prato de Tracy.

– Se não vai comer, então eu fico com isto.

Lola disse:

– Ei, é melhor você comer ou não durará muito aqui.

"Eu não quero durar", pensou Tracy, desesperada. "Quero morrer. Como essas mulheres suportam viver assim? Há quanto tempo estão aqui? Meses? Anos?" Ela pensou na cela fétida, no colchão imundo, sentiu vontade de gritar. Comprimiu as mandíbulas com tanta força que nenhum som podia escapar. A mexicana estava dizendo:

– Se a pegarem sem comer, vão mandá-la para a geladeira. – Ela viu a expressão de perplexidade no rosto de Tracy e explicou: – O buraco... a solitária. Você não gostaria.

Lola fez uma pausa, inclinando-se para a frente, antes de acrescentar:

– É a sua primeira vez aqui, hein? Pois vou lhe dar um aviso, querida. Ernestine Littlechap manda neste lugar. Seja boazinha com ela e estará feita.

Trinta minutos depois que as mulheres entraram no refeitório, soou uma campainha alta e todas se levantaram. Paulita arrebatou uma vagem solitária de um prato a seu lado. Tracy juntou-se a ela na fila dupla e as mulheres começaram a marchar de volta às celas. O jantar terminara. Eram 16 horas... cinco longas horas a suportar antes que as luzes se apagassem.

Quando Tracy voltou à cela, Ernestine Littlechap já estava lá. Tracy se perguntou, sem qualquer curiosidade, onde ela estivera durante o jantar. Ela olhou para o vaso no canto. Precisava desesperadamente usá-lo, mas não podia fazê-lo na frente das outras. Esperaria até que as luzes apagassem. Sentou na beira do catre. Ernestine Littlechap disse:

– Soube que você não comeu nada do seu jantar. Isso é uma estupidez.

"Como ela poderia ter descoberto? E por que se importaria?"

– Como posso falar com o diretor?

– Apresente um pedido por escrito. As guardas usam para limpar a bunda. Acham que qualquer mulher que quer falar com o diretor é uma encrenqueira. – Ernestine aproximou-se de Tracy. – Há uma porção de coisas que podem criar problemas para você aqui. O que precisa é de uma amiga que possa manter você fora de encrencas.

Ela sorriu, mostrando um dente da frente de ouro, antes de acrescentar, suavemente:

– Alguém que conheça os caminhos do jardim zoológico.

Tracy levantou os olhos para o rosto sorridente da negra. Parecia estar flutuando em algum lugar perto do teto.

ERA A COISA mais alta que ela já vira.

– Isto é uma girafa –, disse o pai.

Estavam no jardim zoológico, no Audubon Park. Tracy adorava o parque. Sempre iam lá aos domingos, para assistir aos concertos da banda. Depois, a mãe e o pai levavam-na ao aquário ou ao zoológico. Circulavam devagar, contemplando os animais em suas jaulas.

–Eles não detestam ficar trancados, papai?

O pai riu.

– Não, Tracy. Eles têm uma vida maravilhosa. São bem cuidados e alimentados, seus inimigos não podem pegá-los.

Para Tracy bichos pareciam infelizes. Ela sentiu vontade de abrir as jaulas e deixá-los escapar. "Jamais vou querer ficar trancafiada assim", pensou.

A CAMPAINHA DE aviso soou por toda a prisão às 20h45. As companheiras de cela de Tracy começaram a se despir. Tracy não se mexeu. Lola disse:

– Você tem 15 minutos para se aprontar para dormir.

As mulheres puseram as camisolas. A guarda loura oxigenada passou pela cela. Parou ao ver Tracy estendida no catre.

– Dispa-se. – Ela olhou para Ernestine e perguntou: – Não disse a ela?

– Claro. Já falamos com ela.

A guarda tornou a se virar para Tracy, advertindo:

– Temos um jeito todo especial de lidar com as encrenqueiras. Faça o que lhe for mandado ou vai se dar mal.

A guarda afastou-se pelo corredor. Paulita avisou:

– E melhor fazer o que ela diz, meu bem. A velha Calcinha de Ferro é uma sacana muito escrota.

Lentamente, Tracy levantou-se e começou a tirar as roupas, mantendo-se de costas para as outras. Tirou todas as roupas, à exceção da calcinha, vestiu a camisola áspera pela cabeça. Sentia os olhos das outras a observarem-na.

– Você tem um corpo muito bonito – comentou Paulita.

– Isso mesmo, muito bonito – murmurou Lola.

Tracy sentiu um calafrio percorrer-lhe. Ernestine aproximou-se.

– Somos suas amigas. Cuidaremos direitinho de você. – Sua voz estava rouca de excitamento. Tracy virou-se bruscamente.

– Deixem-me em paz! Todas vocês. Eu... eu não sou desse tipo.

A negra soltou uma risada.

– Você será qualquer coisa que a gente quiser, meu bem.

– *Hay tiempo.* Há bastante tempo.

As luzes se apagaram.

A ESCURIDÃO ERA inimiga de Tracy. Ela sentou na beira do catre, o corpo tenso. Podia sentir as outras esperando para agarrá-la. Ou era sua imaginação? Estava tão nervosa que tudo lhe parecia uma ameaça: Elas haviam-na ameaçado? Não realmente. Provavelmente tentavam apenas ser amistosas e ela interpretara implicações sinistras em tudo o que diziam. Ouvira falar de atividade homossexual nas prisões, mas isso tinha de ser a exceção e não a regra. Uma prisão não permitiria esse tipo de comportamento.

Mesmo assim, persistia uma dúvida inquietante. Ela decidiu que passaria a noite inteira acordada. Se uma delas fizesse qualquer movimento, ela gritaria por socorro. Era responsabilidade das guardas providenciar para que nada acontecesse às reclusas. Tracy garantiu a si mesma que não havia motivo para se preocupar. Precisaria apenas se manter alerta.

Tracy continuou sentada na beira do catre, no escuro, atenta a cada som. Uma a uma, ouviu as três mulheres irem ao vaso sanitário, usá-lo, e voltar a seus catres. Quando não conseguia mais aguentar, Tracy também foi ao vaso. Tentou a descarga, mas não funcionava. O fedor era quase insuportável. Ela voltou apressadamente ao catre e tornou a sentar-se na beira. "Estará clareando em breve", pensou ela. "E pela manhã pedirei para falar com o diretor. Contarei a ele que espero um filho. Ele me transferirá para outra cela."

O corpo de Tracy estava tenso, cheio de cãibras. Estendeu-se no catre e segundos depois sentiu algo rastejar por seu pescoço. Sufocou um grito. "Tenho de ficar acordada até de manhã." Tudo estará bem pela manhã, pensou Tracy. "Um minuto de cada vez."

As 3 horas ela não pôde mais manter os olhos abertos. E mergulhou no sono.

FOI DESPERTADA com uma mão a lhe tapar a boca e outras duas lhe apertando os seios. Tentou sentar e gritar, sentiu que lhe arrancavam a camisola e a calcinha. Mãos se insinuaram entre suas coxas, abrindo-lhe as pernas. Tracy lutou selvagemente, fazendo o maior esforço para se levantar.

– Fique calma e não sairá machucada – sussurrou uma voz na escuridão.

Tracy golpeou com os pés na direção da voz. Acertou alguém.

– *Carajo!* – balbuciou a voz. – Vamos dar uma lição na sacana. Ponham ela no chão.

Um punho duro acertou o rosto de Tracy, outro atingiu-a na barriga. Alguém estava por cima dela, imobilizando-a, sufocando-a, enquanto mãos obscenas a violavam.

Tracy desvencilhou-se por um instante, mas uma das mulheres tornou a agarrá-la, bateu com a sua cabeça contra as grades. Ela sentiu o sangue esguichar de seu nariz. Foi derrubada outra vez no chão de concreto, imobilizaram suas mãos e pernas. Tracy lutou como uma louca, mas não era uma adversária para as três. Sentiu mãos frias e línguas quentes acariciando seu corpo. Suas pernas estavam abertas e um objeto duro e frio foi empurrado para dentro dela. Debateu-se impotente, tentando com desespero gritar. Um braço passou diante de sua boca e Tracy cravou-lhe os dentes, mordendo com toda a sua força. Houve um grito abafado:

– Sua puta!

Punhos lhe socaram o rosto... Ela mergulhou no pavor, cada vez mais fundo, até que finalmente não sentia mais nada.

Foi o clangor metálico da campainha que a despertou. Estava deitada no chão frio de cimento da cela, nua. As três companheiras de cela se achavam em seus catres. No corredor, Calcinha de Ferro gritava:

– Hora de levantar!

Ao passar pela cela, a guarda viu Tracy estendida no chão, no meio de uma pequena poça de sangue, o rosto todo machucado, um dos olhos fechado, de tão inchado.

– Que diabo está acontecendo por aqui?

Ela destrancou a porta e entrou na cela. Ernestine Littlechap sugeriu:

– Ela deve ter caído de seu catre.

A guarda aproximou-se de Tracy e cutucou-a com o pé.

– Levante-se!

Tracy ouviu a voz de uma longa distância. "Isso mesmo", pensou ela, "tenho de me levantar. Tenho de sair daqui." Mas ela foi incapaz de se mexer. O corpo vibrava de dor.

A guarda agarrou os cotovelos de Tracy e puxou-a para uma posição sentada. Tracy quase desmaiou da agonia.

– O que aconteceu?

Com apenas um dos olhos, Tracy divisou os contornos meio indefinidos de suas companheiras de cela, esperando silenciosamente por sua resposta.

– Eu... eu... – Tracy tentou falar, mas as palavras não saíam. – Ela tentou de novo e algum instinto atávico, profundamente arraigado, levou-a a balbuciar: – Caí do meu catre...

A guarda disse rispidamente:

– Detesto as espertinhas. Vamos metê-la na geladeira até você aprender algum respeito.

ERA UMA FORMA de esquecimento. Ela estava sozinha no escuro. Não havia móveis na sala de porão apertada, apenas um colchão fino e velho, sobre o chão frio de cimento. Um buraco fétido no chão servia como vaso. Tracy ficou deitada no escuro, cantarolando para si mesma cantigas folclóricas que o pai lhe ensinara há muitos e muitos anos. Não tinha noção de quão perto se encontrava da insanidade.

Não sabia direito onde se achava, mas isso não tinha importância. Somente o sofrimento de seu corpo seviciado importava. "Devo ter caído e me machucado, mas mamãe cuidará disso." Ela gritou em voz trêmula:

– Mamãe...

Como não houvesse resposta, tornou a resvalar para o sono.

Dormiu por 48 horas e a agonia finalmente desvaneceu para a dor, a dor foi diminuindo. Tracy abriu os olhos. Estava cercada pelo nada. Era tão escuro que não podia sequer divisar os contornos da cela. Recordações afloraram. Haviam-na levado ao médico. Podia ouvir a voz dele:

– ...uma costela quebrada e um pulso fraturado. Faremos uma atadura... Os cortes e equimoses estão bem ruins, mas vão sarar. Ela perdeu o filho...

Tracy balbuciou:

– Oh, meu filho... assassinaram meu filho...

E ela chorou. Chorou pela perda do filho. Chorou por si mesma. Chorou por todo o mundo doente.

Tracy continuou deitada no colchão fino, na escuridão fria. Foi dominada por um ódio tão intenso que literalmente sacudiu-lhe o corpo. Os pensamentos ardiam e flamejavam, até que a mente se esvaziou de toda a emoção, a não ser uma única: *vingança.* Não era uma vingança dirigida contra as suas companheiras de cela. As três eram tão vítimas quanto ela. Nada disso. Ela queria vingança contra os homens que haviam destruído a sua vida.

Joe Romano· "Sua velha me enganou. Não disse que tinha uma filha tão gostosa."

Anthony Orsatti: "Joe Romano trabalha para um homem chamado Anthony Orsatti. Orsatti manda em Nova Orleans."

Perry Pope: "Declarando-se culpada, você poupa ao Estado a despesa de um julgamento..."

Juiz Henry Lawrence: "Pelos próximos 15 anos você estará encarcerada na Penitenciária Meridional da Louisiana para Mulheres."

Esses eram os seus inimigos. E havia ainda Charles, que não a escutara: "Se precisava de dinheiro tão desesperadamente deveria ter falado comigo... Obviamente, eu nunca a conheci de verdade... Terá de fazer o que julgar melhor com seu filho..."

Ela faria com que todos pagassem. Até o último. Não tinha ideia como. Mas sabia que o faria. "Amanhã", pensou ela. "Se houver amanhã."

7

O tempo perdera todo significado. Nunca havia luz na cela e assim não havia qualquer diferença entre dia e noite. Ela não tinha a menor ideia do tempo que estava no confinamento solitário. De vez em quando lhe empurravam refeições frias por uma abertura na base da porta. Tracy não sentia apetite, mas forçava-se a comer cada porção. "Tem de comer ou não vai durar muito aqui." Ela compreendia isso agora; sabia que precisaria de todas as suas energias para o que planejava fazer. Encontrava-se numa situação que qualquer outra pessoa consideraria desesperadora: condenada a 15 anos de prisão, sem dinheiro, sem amigos, sem recursos de qualquer tipo. Mas havia uma fonte profunda de força dentro dela. "Eu sobreviverei", pensou Tracy. "Enfrento meus inimigos nua e minha coragem é meu escudo." Sobreviveria como seus ancestrais haviam sobrevivido. Nela se misturava o sangue inglês, irlandês e escocês, herdara o melhor de suas qualidades, a inteligência, a coragem e a determinação. "Meus ancestrais sobreviveram a fome, pragas e inundações. Eu sobreviverei a isto." Estavam com ela agora naquela cela do inferno, os pastores e caçadores, os camponeses e mercadores, os médicos e professores. Os fantasmas do passado e todos eram uma parte dela.

– Não os desapontarei, – sussurrou Tracy para a escuridão.

Ela começou a planejar sua fuga.

TRACY SABIA QUE a primeira coisa que precisava fazer era recuperar a força física. A cela era apertada demais para exercícios amplos, mas suficientemente grande para o *tai chi chuan*, a arte marcial milenar que era ensinada aos guerreiros que se preparavam para o combate. Os exercícios exigiam pouco espaço e acionavam todos os músculos do corpo. Tracy levantou-se e executou os movimentos iniciais. Cada movimento possuía um nome e um significado. Ela começou pelo agressivo Socando os Demônios, passou para o Acumulando Luz, mais suave. Os movimentos eram fluidos e graciosos, executados bem devagar. Cada gesto provinha do *tan tien,* o centro psíquico; todos os movimentos eram circulares. Tracy podia ouvir a voz de seu mestre: "Desperte a sua *chi*, a sua energia vital. Começa pesada como uma montanha e se torna leve como a pena de um pássaro." Tracy podia sentir a *chi* fluindo por seus dedos. Concentrou-se até que todo o seu ser se focalizava em seu corpo se movimentando através de padrões eternos.

"Agarre a cauda da ave, torne-se a cegonha branca, repila o macaco, enfrente o tigre, deixe as mãos se tornarem nuvens e circule a água da vida. Deixe a serpente branca rastejar e monte no tigre. Abata o tigre, reúna a sua *chi* e volte ao *tan tien*, o centro."

O ciclo completo levou uma hora; quando acabou, Tracy estava exausta. Efetuava o ritual duas vezes ao dia, até que o corpo começou a reagir, foi se tornando forte.

Quando não estava exercitando o corpo, Tracy exercitava a mente. Deitada no escuro, efetuava complexas equações matemáticas, operava mentalmente o computador do banco, recitava poesia, recordava as falas de peças em que participara na escola. Era uma perfeccionista. Quando obtinha um papel numa peça em que exigia usar sotaques diferentes, estudava esses sotaques por semanas, antes que a peça fosse apresentada. Um caçador de talentos a abordara certa vez, oferecendo-lhe um teste para o cinema em Hollywood.

– Não, obrigada – respondera Tracy. – Não quero a fama. É uma coisa que não me serve.

A voz de Charles: "Você é a manchete no *Daily News* desta manhã."

Tracy afastou a recordação. Havia portas em sua mente que tinham de permanecer fechadas por enquanto.

Ela lançou-se ao jogo do ensino: Indique três coisas absolutamente impossíveis de ensinar.

Ensinar a uma formiga a diferença entre católicos e protestantes.

Fazer uma abelha compreender que é a Terra que viaja em torno do Sol.

Explicar a um gato a diferença entre comunismo e democracia.

Mas ela se concentrava principalmente na maneira como destruiria seus inimigos, um de cada vez. Lembrou-se de um jogo que fazia quando era pequena. Levantando uma das mãos para o céu, era possível bloquear o Sol, apagá-lo por completo. Era o que haviam feito com ela. Levantaram a mão e apagaram a sua vida.

TRACY NÃO TINHA ideia de quantas prisioneiras haviam sido dobradas pelo confinamento na solitária e isso também não faria diferença para ela. No sétimo dia, quando a porta da cela foi aberta, Tracy ficou ofuscada pela súbita luz que inundou a cela. Um guarda estava parado do lado de fora.

– Levante-se. Você vai subir agora.

Ele se inclinou para ajudar Tracy. Contudo, para sua surpresa, ela se levantou facilmente e saiu da cela sem qualquer ajuda. As outras prisioneiras que tirara da solitária saíam abaladas ou com uma atitude de desafio, mas aquela não exibia qualquer das duas reações. Havia nela uma aura de dignidade, uma confiança que não condizia com aquele lugar. Tracy parou na claridade, deixando que os olhos gradativamente se acostumassem. "E uma mulher e tanto", pensou o guarda. "Com uma boa limpeza, dá para se levá-la a qualquer lugar. E aposto que ela faria qualquer coisa por uns poucos favores." Em voz alta, ele disse:

– Uma garota bonita como você não deveria passar por esse tipo de coisa. Se nós fôssemos amigos, eu cuidaria para que isso nunca mais acontecesse.

Tracy virou-se para fitá-lo; quando o guarda viu a expressão em seus olhos, decidiu prontamente não insistir.

Ele acompanhou Tracy até o andar de cima e entregou-a a uma inspetora, que a observou por um instante e murmurou:

– Deus do céu, como você fede! Vá tomar uma chuveirada. E queimaremos estas roupas.

A água fria estava maravilhosa. Tracy ensaboou os cabelos, esfregou-se vigorosamente da cabeça aos pés com o sabão áspero.

Enxugou-se e vestiu-se. A inspetora estava à sua espera:

– O diretor quer falar com você.

Na última vez em que ouvira essas palavras, Tracy pensara que significassem a liberdade. Nunca mais seria tão ingênua.

O DIRETOR BRANNIGAN estava de pé junto a uma janela quando Tracy entrou em sua sala. Ele virou-se e disse:

– Sente-se, por favor. – Tracy ocupou uma cadeira. – Estive em Washington numa conferência. Voltei esta manhã e encontrei um relatório sobre o que aconteceu. Você não deveria ter sido confinada na solitária.

Ela o observava atentamente, o rosto impassível. O diretor olhou para um papel em sua mesa.

– Segundo este relatório, você foi agredida sexualmente por suas companheiras de cela.

– Não, senhor.

Brannigan acenou com a cabeça, uma expressão de compreensão.

– Entendo o seu medo, mas não posso permitir que as reclusas comandem esta prisão. Quero punir quem fez isso com você, mas preciso do seu testemunho. Providenciarei para que seja devidamente protegida. Quero agora que me conte o que aconteceu exatamente e quem foram as responsáveis.

Tracy fitou-o nos olhos.

– Fui eu. Caí do catre.

O diretor estudou-a por um longo tempo e ela percebeu o desapontamento em seu rosto.

– Tem certeza?

– Tenho, sim, senhor.

– Não vai mudar de ideia?

– Não, senhor.

Brannigan suspirou.

– Está bem. Se é essa a sua decisão, mandarei transferi-la para outra cela...

– Não quero ser transferida.

Ele ficou surpreso.

– Está querendo dizer que pretende voltar à mesma cela?

– Isso mesmo, senhor.

O diretor ficou perplexo. Talvez houvesse se enganado em relação a ela; talvez ela tivesse atraído o que lhe acontecera. Só Deus sabia o que aquelas malditas presas estavam pensando ou fazendo. Ele gostaria de ser transferido para alguma penitenciária de homens, boa e sã. Mas a esposa e Amy, a filha pequena, gostavam dali. Residiam num chalé encantador, havia um terreno aprazível em torno da prisão. Para elas, era como viver no campo; mas ele, no entanto, tinha de lidar com aquelas mulheres doidas 24 horas por dia. O diretor olhou para a mulher à sua frente e murmurou, contrafeito:

– Muito bem. Mas trate de se manter longe de encrencas no futuro.

– Está certo, senhor.

VOLTAR À CELA foi a coisa mais difícil que Tracy já fizera. Foi dominada pelo horror do que acontecera ali no momento em que entrou. As companheiras de cela estavam ausentes, no trabalho. Tracy deitou no catre e ficou olhando para o teto, planejando. Finalmente se inclinou para baixo do catre e arrancou um pedaço de metal solto no lado. Escondeu-o por baixo do colchão. Quando soou a campainha do almoço, às 11 horas, Tracy foi a primeira a entrar em fila no corredor.

No refeitório, Paulita e Lola sentavam-se a uma mesa perto da entrada. Não havia qualquer sinal de Ernestine Littlechap.

Tracy escolheu uma mesa ocupada por estranhas, sentou e comeu toda a refeição insípida. Passou o início da tarde sozinha na cela. As três companheiras de cela voltaram às 14h45. Paulita sorriu surpresa quando viu Tracy.

– Então voltou para nós, coisinha bonita. Gostou do que lhe fizemos, hein?

– Isso é ótimo – disse Lola. – Temos mais para você.

Tracy não deu qualquer indicação de que ouvira as zombarias. Estava se concentrando na negra. Ernestine Littlechap era o motivo para a volta de Tracy àquela cela. Tracy não confiava absolutamente em Ernestine. Mas precisava dela.

"Vou lhe dar um aviso, querida. Ernestine Littlechap manda naquele lugar..."

Naquela noite, quando soou a campainha, assinalando o prazo de 15 minutos antes das luzes se apagarem, Tracy levantou-se do catre e começou a despir-se. Não houve agora falso recato. Tirou todas as roupas. A mexicana deixou escapar um assobio longo e baixo ao contemplar os seios cheios e firmes de Tracy, as pernas compridas e bem torneadas, as coxas roliças. Lola respirava fundo. Tracy pôs uma camisola e deitou-se de costas no catre. As luzes se apagaram. A cela mergulhou na escuridão.

Trinta minutos se passaram. Tracy permaneceu imóvel, escutando a respiração das outras. Do outro lado da cela, Paulita sussurrou:

– Mamãe vai lhe dar um amor de verdade esta noite, meu bem. Tire a camisola.

– Vamos ensinar você a chupar uma cona e terá de fazer até aprender direito – murmurou Lola, soltando uma risadinha.

Ainda não havia qualquer palavra da negra. Tracy sentiu o movimento quando Lola e Paulita se aproximaram. Mas estava pronta para elas. Levantou o pedaço de metal que escondera e golpeou com toda a sua força, atingindo uma das mulheres no rosto. Houve um grito de dor. Tracy desferiu um chute no outro vulto, que caiu no chão.

– Cheguem perto de mim outra vez e eu as matarei – disse Tracy.

– Sua puta!

Tracy ouviu-as avançarem de novo em sua direção e levantou o pedaço de metal. A voz de Ernestine soou abruptamente na escuridão:

– Já chega. Deixem a garota em paz.

– Estou sangrando, Ernie. Vou dar um jeito nela...

– Pare de merda e faça o que estou mandando.

Houve um longo silêncio. Tracy ouviu as duas mulheres voltarem a seus catres, a respiração ofegante. Ela continuou deitada, tensa, pronta para o próximo movimento delas. Ernestine Littlechap disse:

– Você tem coragem, menina.

Tracy ficou em silêncio.

– Não contou nada ao diretor. – Ernestine riu baixinho na escuridão. – Se tivesse falado, seria carne morta.

Tracy acreditava nela.

– Por que não deixou que o diretor a transferisse para outra cela?

Então ela sabia até disso.

– Eu queria voltar para cá.

– É mesmo? Por quê?

Havia um tom de perplexidade na voz de Ernestine Littlechap. Aquele era o momento que Tracy estava esperando.

– Porque você vai me ajudar a fugir daqui.

8

Uma inspetora aproximou-se de Tracy e anunciou:

– Um visitante, Whitney.

Tracy fitou-a com uma expressão de surpresa.

– Um visitante?

Quem poderia ser? E subitamente ela compreendeu. *Charles.*

Ele viera procurá-la, no final das contas. Mas chegava atrasado demais. Não estava ali quando precisara dele desesperadamente.

"Pois nunca mais precisarei dele. Nem de qualquer outra pessoa."

Tracy acompanhou a inspetora pelo corredor até a sala das visitas.

Tracy entrou.

Um homem totalmente estranho estava sentado a uma pequena mesa de madeira. Era um dos homens mais desprovidos de atrativos que Tracy já conhecera. Era baixo, o corpo inchado, andrógino, um nariz saliente, a boca pequena, com uma expressão amargurada. Tinha a testa alta e projetada para a frente, olhos castanhos profundos, ampliados pelas lentes grossas dos óculos. Ele não se levantou.

– Meu nome é Daniel Cooper. O diretor me concedeu permissão para falar com você.

– Sobre o quê? – indagou Tracy, desconfiada.

– Sou um investigador da AIPS... Associação Internacional de Proteção do Seguro. Um de nossos clientes segurou o Renoir que você roubou do Sr. Joseph Romano.

Tracy respirou fundo.

– Não posso ajudá-lo, pois não roubei o quadro.

Ela encaminhou-se para a porta, mas parou ao ouvir as palavras seguintes de Cooper:

– Sei disso.

Tracy tornou a virar-se e fitou-o, todos os sentidos alertas, cautelosa.

– Ninguém roubou o quadro. Foi vítima de uma armadilha, Srta. Whitney.

Lentamente, Tracy se arriou numa cadeira.

O ENVOLVIMENTO DE Daniel Cooper com o caso começara três semanas antes, quando fora chamado à sala de seu superior, J.J. Reynolds, na sede da AIPS, em Manhattan.

– Tenho um trabalho para você, Dan.

Daniel Cooper detestava ser chamado de Dan.

– Serei breve.

Reynolds tencionava ser o mais breve possível porque Cooper o deixava nervoso. Na verdade, Cooper deixava todos nervosos na organização. Era um homem estranho – *esquisito,* como muitos o descreviam. Daniel Cooper se mantinha totalmente isolado. Ninguém sabia onde ele morava, se era casado ou tinha filhos. Não confraternizava com ninguém, jamais comparecia às festas do escritório ou mesmo às reuniões. Era um solitário. Reynolds só o tolerava porque o homem era um verdadeiro gênio. Era excepcionalmente persistente, tendo um computador como cérebro. Daniel Cooper era responsável sozinho por recuperar mais mercadorias roubadas e denunciar mais fraudes de seguros do que todos os outros investigadores da organização reunidos. Mas Reynolds bem que gostaria de saber quem era Cooper afinal. Sentia-se inquieto só de ter o homem sentado à sua frente, com aqueles olhos castanhos profundos a fitá-lo. Reynolds disse:

– Um de nossos clientes segurou um quadro por meio milhão de dólares e...

– O Renoir. Nova Orleans, Joe Romano. Uma mulher chamada Tracy Whitney foi condenada a 15 anos. O quadro não foi recuperado.

"Filho da puta!", pensou Reynolds. "Se fosse qualquer outro, eu pensaria que estava se exibindo."

– Isso mesmo – confirmou Reynolds, relutantemente. – A mulher Whitney escondeu o quadro em algum lugar e o queremos de volta. Cuide do caso.

Cooper deixou a sala sem dizer mais nada. Observando-o se retirar, J. J. Reynolds pensou, não pela primeira vez: "Algum dia descobrirei o que faz esse desgraçado se mexer."

Cooper passou pelo escritório, onde cinquenta funcionários trabalhavam, lado a lado, programando computadores, datilografando relatórios, atendendo a telefonemas. Era um tumulto total. Quando Cooper passou por uma mesa, um colega comentou:

– Soube que pegou o caso de Romano. Sorte sua. Nova Orleans é...

Cooper seguiu adiante sem responder. Por que não podiam deixá-lo em paz? Isso era tudo o que pedia aos outros, mas estavam sempre atormentando-o com suas aberturas intrometidas.

Tornara-se um jogo no escritório. Todos estavam determinados a romper sua misteriosa reserva e descobrir quem ele era realmente.

– O que vai fazer na noite de sexta-feira, Dan...?

– Se não é casado, Sarah e eu conhecemos uma garota sensacional, Dan...

Será que não podiam compreender que não precisava de nenhum deles... e não queria nenhum deles?

– Vamos tomar um drinque, Dan...

Mas Daniel Cooper sabia ao que isso podia levar. Um drinque inocente podia levar a um jantar, um jantar podia iniciar amizades, amizades podiam levar a confidências. Era perigoso demais.

Daniel Cooper vivia no terror mortal de que um dia alguém pudesse descobrir o seu passado. *Deixem que os mortos enterrem seus mortos* era uma mentira. Os mortos nunca permaneciam enterrados. A cada dois ou três anos, uma das publicações sensacionalistas desencavava o velho escândalo e Daniel Cooper desaparecia por vários dias. Eram as únicas ocasiões em que ele se embriagava.

Daniel Cooper poderia manter um psiquiatra ocupado em tempo integral se fosse capaz de expor suas emoções. Mas nunca seria capaz de falar do passado a ninguém. A única peça de evidência física que conservava daquele dia terrível, há tanto tempo, era um recorte de jornal, desbotado e amarelado, trancado seguramente em seu quarto, onde ninguém poderia encontrá-lo. Ele o olhava de vez em quando, como uma punição, mas cada palavra da notícia se achava gravada a fogo em sua mente.

Ele tomava três banhos por dia, mas nunca se sentia limpo. Acreditava firmemente no inferno e no fogo do inferno, sabia que a sua única salvação neste mundo era a expiação. Tentara ingressar na força policial de Nova York, mas fora reprovado no exame físico, por estar 10 centímetros abaixo da altura mínima. Tornara-se então um investigador particular. Pensava em si mesmo como um caçador, perseguindo aqueles que violavam a lei. Era a vingança de Deus, o instrumento que lançava a ira de Deus sobre as cabeças dos malfeitores. Era a única maneira pela qual podia expiar o passado e preparar-se para a eternidade.

E ele especulou se haveria tempo de tomar um banho antes de pegar o avião.

A PRIMEIRA PARADA de Daniel Cooper foi em Nova Orleans. Passou cinco dias na cidade. Antes de terminar, já sabia de tudo o que precisava saber a respeito de Joe Romano, Anthony Orsatti, Perry Pope e o juiz Henry Lawrence. Cooper leu as transcrições da audiência inicial de Tracy Whitney e da seção em que ela foi condenada. Conversou com o tenente Miller e soube do suicídio da mãe de Tracy Whitney. Procurou Otto Schmidt e descobriu como a companhia das Whitney fora roubada. Daniel Cooper não tomou qualquer anotação em todas essas conversas, mas poderia repetir cada uma literalmente. Tinha 99 por cento de certeza que Tracy Whitney era uma vítima inocente. Mas, para Daniel Cooper, essa era uma porcentagem inaceitável. Ele voou para a Filadélfia e conversou com Clarence Desmond, o vice-presidente do banco em que Tracy Whitney trabalhara. Charles Stanhope III recusou-se a recebê-lo.

AGORA, OLHANDO para a mulher sentada à sua frente, Cooper estava cem por cento convencido de que ela nada tinha a ver com o roubo do quadro. Estava pronto para escrever seu relatório.

– Romano a incriminou falsamente, Srta. Whitney. Mais cedo ou mais tarde ele alegaria o roubo do quadro e reclamaria o seguro. Você simplesmente apareceu por acaso no momento oportuno e facilitou-lhe tudo.

Tracy podia sentir seu coração disparar. Aquele homem *sabia* que ela era inocente. Provavelmente dispunha de provas suficientes contra Joe Romano para inocentá-la. Falaria com o diretor ou o governador, haveria de tirá-la daquele pesadelo. Descobriu subitamente que tinha dificuldade para respirar.

– Então vai me ajudar?

Daniel Cooper ficou perplexo.

– Ajudá-la?

– Isso mesmo. Obter um perdão ou...

– Não.

A palavra foi como uma bofetada

– *Não?* Mas por quê? Se sabe que sou inocente...

"Como as pessoas podiam ser tão estúpidas?"

– Meu trabalho está encerrado – murmurou Daniel Cooper, indiferente.

Quando voltou a seu quarto no hotel, a primeira providência de Cooper foi despir-se e entrar debaixo do chuveiro. Esfregou-se da cabeça aos pés, deixando que a água quente enxaguasse o corpo por quase meia hora. Depois de se enxugar e se vestir, sentou e escreveu seu relatório.

PARA: J. J. Reynolds Relatório N° Y-72-830-412
DE: Daniel Cooper
ASSUNTO: *Deux Femmes dans le Café Rouge*, Renoir – Óleo sobre tela

É minha conclusão que Tracy Whitney não está absolutamente envolvida no roubo do quadro acima. Creio que Joe Romano fez o seguro com a intenção de simular um roubo, cobrar a apólice e vender o quadro a um colecionador particular. A esta altura, o quadro provavelmente já se encontra fora do país. Como a obra é bastante conhecida, eu esperaria que aparecesse na Suíça, onde existe uma lei de proteção à compra de boa-fé. Se um colecionador declarar que comprou uma obra de arte em boa-fé, o governo suíço permite que a mantenha, mesmo sendo roubada.

Recomendação: Como não há prova concreta da culpa de Romano, nosso cliente terá de pagar. Além disso, seria inútil procurar Tracy Whitney para recuperação do quadro ou a cobrança de indenização, já que ela não tem conhecimento do quadro nem quaisquer bens para cobrir os prejuízos, ao que eu pudesse descobrir. Acresce que ela estará encarcerada na Penitenciária Meridional de Louisiana para Mulheres pelos próximos 15 anos.

Daniel Cooper fez uma pausa, pensando em Tracy Whitney. Calculou que outros homens poderiam considerá-la bonita. E especulou, sem qualquer interesse real, o que 15 anos na prisão lhe fariam. Mas não era relevante.

Daniel Cooper assinou o relatório e refletiu se havia tempo para tomar outro banho.

9

Calcinha de Ferro providenciou para que Tracy Whitney fosse destacada para a lavanderia. Entre os 35 trabalhos disponíveis para as prisioneiras, a lavanderia era o pior. A sala enorme e quente estava cheia de máquinas de lavar roupa e tábuas de passar, as cargas de roupa suja eram intermináveis. Encher e esvaziar as máquinas de lavar e carregar os cestos pesados para a seção de passar era um trabalho brutal e exaustivo.

O trabalho começava às 6 horas e as prisioneiras tinham um descanso de dez minutos a cada duas horas. Ao final da jornada de nove horas, a maioria das mulheres estava prestes a cair de exaustão. Tracy cumpria seu trabalho mecanicamente, sem falar com ninguém, encasulada em seus pensamentos. Ao saber do trabalho para o qual Tracy fora designada, Ernestine Littlechap comentou.

– Calcinha de Ferro está mesmo a fim de arrancar o seu couro.

Ao que Tracy respondeu:

– Ela não me incomoda.

Ernestine Littlechap estava espantada. Aquela era uma mulher completamente diferente da mocinha apavorada que chegara à prisão três semanas antes. Alguma coisa a mudara e Ernestine Littlechap estava curiosa para descobrir o que fora.

NO OITAVO DIA DE TRABALHO de Tracy na lavanderia um guarda foi procurá-la, no início da tarde.

– Tenho aqui a sua transferência. Você foi destacada para a cozinha.

O trabalho mais cobiçado na prisão. Havia dois padrões de alimentação: as prisioneiras comiam picadinho, cachorro-quente, feijão ou guisados incomestíveis, enquanto as refeições para as guardas e as autoridades da penitenciária eram preparadas por cozinheiros profissionais, incluindo bifes, peixe fresco, costeletas, galinha, legumes e frutas frescas, sobremesas apetitosas. As condenadas que trabalhavam na cozinha tinham acesso a essas refeições e aproveitavam ao máximo. Quando se apresentou na cozinha, Tracy não ficou surpresa ao deparar com Ernestine Littlechap ali. Aproximou-se dela e disse:

– Obrigada.

Com alguma dificuldade, ela forçou um tom amistoso à voz. Ernestine soltou um grunhido, não disse nada.

– Como conseguiu me livrar de Calcinha de Ferro?

– Ela não está mais com a gente.

– O que lhe aconteceu?

– Temos um pequeno sistema. Se uma guarda é sacana e começa a nos criar muitos problemas, a gente se livra dela.

– Está querendo dizer que o diretor...

– Por que pensa que o diretor tem alguma coisa a ver com isso?

– Então como conseguem...

– É fácil. Quando a guarda de quem a gente quer se livrar está de serviço, começam a surgir problemas. Vêm as reclamações. Uma presa informa que Calcinha de Ferro agarrou-a pela xoxota. E no dia seguinte outra presa a acusa de brutalidade. E depois alguém reclama que ela tirou alguma coisa de sua cela... um rádio, por exemplo... e com toda certeza vai aparecer no quarto de Calcinha de Ferro. E foi assim que acabamos tirando Calcinha de Ferro daqui. Não são os guardas que mandam nesta prisão, mas *nós*.

– Por que você está aqui? – perguntou Tracy.

Ela não tinha o menor interesse na resposta. O importante era estabelecer um relacionamento amistoso com aquela mulher.

– É melhor acreditar que não foi por culpa de Ernestine Littlechap. Eu tinha todo um bando de garotas trabalhando para mim.

Tracy fitou-a nos olhos.

– Está querendo dizer algo como...

Ela hesitou.

– Como vigaristas? – Ernestine riu. – Não. Elas trabalhavam como criadas em casas ricas. Abri uma agência de empregos. Tinha pelo menos vinte garotas. A gente rica tem a maior dificuldade para arrumar criadas. Pus uma porção de anúncios bonitos nos melhores jornais e mandava as minhas garotas quando telefonavam. As garotas estudavam as casas, e quando os patrões estavam trabalhando ou viajando pegavam toda a prataria, joias, peles e todo o resto que valesse alguma coisa, desaparecendo em seguida.

Ernestine fez uma pausa, suspirando.

– Não acreditaria se eu lhe dissesse quanto dinheiro livre de impostos estávamos ganhando assim.

– E como você foi apanhada?

– Foi o dedo caprichoso do destino, meu bem. Uma das minhas criadas estava servindo um banquete na casa do prefeito. Uma das convidadas era uma velha para a qual ela trabalhara e limpara. Quando a polícia encheu-a de porrada, minha garota se pôs a falar e cantou a ópera inteira. E aqui está a pobre Ernestine.

Elas estavam paradas ao lado de um fogão, afastadas das outras.

– Não posso ficar aqui – sussurrou Tracy. – Tenho de cuidar de alguém lá fora. Vai me ajudar a fugir? Eu...

– É melhor começar a cortar as cebolas. Teremos guisado irlandês esta noite.

E Ernestine Littlechap se afastou.

O SERVIÇO DE informações da prisão era incrível. As prisioneiras sabiam de tudo o que estava para acontecer muito antes que ocorresse. Reclusas conhecidas como ratazanas de lixo recolhiam os memorandos descartados, escutavam os telefonemas, liam a correspondência do diretor. Todas as informações eram cuidadosamente digeridas e transmitidas às presas importantes. Ernestine Littlechap figurava no alto da lista. Tracy percebeu como os guardas e as outras reclusas tratavam Ernestine com toda deferência. Como as outras concluíram que Ernestine se tornara a protetora de Tracy, ela foi deixada em paz. Tracy esperou cautelosamente que Ernestine lhe fizesse avanços, mas a negra enorme se manteve a distância. "Por quê?", perguntou-se Tracy.

A REGRA NÚMERO 7, no folheto oficial de dez páginas entregue às prisioneiras novas, dizia: "Qualquer forma de sexo é rigorosamente proibida. Não haverá mais que quatro reclusas em cada cela. Não mais que uma prisioneira terá permissão para ocupar uma cama de cada vez."

A realidade era tão incrivelmente diferente que as prisioneiras se referiam ao folheto como o livro de piadas da prisão. À medida que as semanas foram passando, Tracy observou as novas prisioneiras chegarem à prisão todos os dias. O padrão era sempre o mesmo. As criminosas primárias que eram heterossexuais nunca tinham a menor chance. Entravam tímidas e assustadas, as homossexuais lá estavam, esperando. O drama se desenrolava em atos planejados. Num mundo aterrador e hostil, a sapatão se mostrava amistosa e simpática. Convidava a vítima ao salão de lazer, onde assistiam TV juntas; quando a outra lhe segurava a mão, a nova prisioneira deixava, com receio de ofender sua única amiga. A prisioneira nova percebia rapidamente que as outras reclusas deixavam-na em paz; à medida que aumentava a sua dependência da sapatão, também se aprofundavam as intimidades, até que finalmente estava disposta a fazer qualquer coisa para manter sua única amiga.

As que se recusavam a ceder eram violentadas. Noventa por cento das mulheres que entravam na prisão eram forçadas a atividades homossexuais – voluntária ou involuntariamente – nos primeiros trinta dias. Tracy estava horrorizada.

– Como as autoridades podem permitir que isso aconteça? – ela perguntou a Ernestine.

– É o sistema. Acontece a mesma coisa em todas as prisões, meu bem. Não há qualquer possibilidade de se separar 1.200 mulheres de seus homens e esperar que não fodam com alguém. E não violentamos apenas por sexo. E também por poder, para mostrar quem é que manda. As garotas novas que entram aqui são alvos para todas que querem fodê-las. A única proteção delas é se tornarem a esposa de uma sapatão. Só assim ninguém mais se mete com elas.

Tracy tinha motivos para saber que estava ouvindo a análise de uma profunda conhecedora.

– E não são apenas as presas – continuou Ernestine. – As guardas são igualmente terríveis. Aparece uma carne fresca e está na pior. Não se aguenta, precisa desesperadamente de uma dose. Está suando e tremendo, caindo aos pedaços. A guarda arruma uma dose de heroína para ela, mas em troca quer um favor. Entende? A carne fresca topa e a inspetora a mantém satisfeita. Os guardas machos são ainda piores. Eles têm chaves de todas as celas e tudo o que precisam fazer é aparecer à noite e se servir de xoxota de graça. Podem engravidar uma garota, mas também podem arrumar uma porção de favores. Você quer uma barra de chocolate, ou uma visita de seu namorado, pois basta dar para o guarda. É o que se chama de permuta, e acontece em todas as prisões do país.

– É horrível!

– É sobrevivência. – A luz no teto da cela brilhava sobre a cabeça raspada de Ernestine. – Sabe por que não permitem chiclete neste lugar?

– Não.

– Porque as garotas o usam para prender as fechaduras e impedir de trancarem, saindo à noite para se visitarem. Aceitamos as regras que queremos. As garotas que as fazem por aqui podem ser estúpidas, mas são estúpidas *espertas*.

AS RELAÇÕES AMOROSAS dentro dos muros da prisão floresciam. O protocolo entre amantes era respeitado ainda mais rigorosamente do que no mundo exterior. Num mundo antinatural, os papéis artificiais de maridos e mulheres eram criados e devidamente representados. As sapatões assumiam um papel de homem num mundo em que não havia homens. Mudavam seus nomes. Ernestine era chamada Ernie; Tessie era Tex; Barbara se tornava Bob; Katherine era Kelly. Cortavam os cabelos bem curtos ou raspavam a cabeça, não cuidavam dos chamados afazeres domésticos. A *mary femme*, a esposa, tinha de fazer a limpeza, costurar as roupas, passá-las para seu marido. Laia e Paulita competiam ferozmente pelas atenções de Ernestine, uma lutando para superar a outra.

O ciúme era intenso e frequentemente levava à violência; se a esposa era surpreendida a olhar para outra sapatão ou a conversar no pátio da prisão, os ânimos se exaltavam. Cartas de amor circulavam constantemente pela prisão, levadas pelas ratazanas de lixo.

As cartas eram dobradas em pequenos formatos triangulares, conhecidos como pipas, podendo assim ser facilmente escondidos num sutiã ou sapato. Tracy observava pipas sendo trocadas pelas mulheres, ao passarem umas pelas outras na entrada do refeitório ou a caminho do trabalho.

Tracy observou muitas vezes as reclusas se apaixonarem pelos guardas. Era um amor nascido do desespero, desamparo e submissão. As prisioneiras eram dependentes dos guardas em tudo: na comida, no bem-estar e às vezes nas próprias vidas. Mas Tracy não se permitia sentir emoção por ninguém.

O sexo acontecia noite e dia. Ocorria nos chuveiros, nos banheiros, nas celas e à noite havia sexo oral através das grades. As *mary femmes* que pertenciam aos guardas dos dois sexos ficavam fora das celas à noite para irem aos alojamentos deles.

Depois que as luzes se apagavam, Tracy ficava deitada em seu catre e tampava os ouvidos com as mãos, num esforço para não escutar os sons.

Houve uma noite em que Ernestine tirou uma caixa de sucrilhos de arroz de sob seu catre e se pôs a espalhá-los pelo corredor fora da cela. Tracy ouviu reclusas em outras celas fazendo a mesma coisa.

– O que está acontecendo? – perguntou ela.

Ernestine virou-se para Tracy e disse asperamente:

– Não é da sua conta. Trate de ficar na sua cama. Simplesmente fique na porra da sua cama.

Poucos minutos depois houve um grito aterrorizado numa cela próxima.

– Oh, Deus, não! Não! Por favor, deixem-me em paz!

Tracy compreendeu então o que estava acontecendo e sentiu uma náusea profunda. Os gritos continuaram por um longo tempo, até que finalmente se desvaneceram para soluços desamparados. Tracy apertou os olhos com toda força, dominada por uma raiva ardente. Como mulheres podiam fazer uma coisa assim a outras? Ela pensara que a prisão a deixara calejada, mas quando despertou pela manhã tinha o rosto manchado por lágrimas ressequidas. Ela estava determinada a não deixar transparecer seus sentimentos para Ernestine e perguntou-lhe casualmente:

– Para que os sucrilhos?

– É o nosso sistema de aviso. Se os guardas tentam nos surpreender podemos ouvi-los se aproximando.

TRACY LOGO APRENDEU por que as reclusas se referiam a uma pena na penitenciária como "ir ao colégio". A prisão era uma experiência educacional, mas o que as prisioneiras aprendiam era heterodoxo.

A prisão se achava repleta de especialistas em todos os tipos concebíveis de crimes. Elas trocavam métodos de vigarices, roubos em lojas, suadouros em bêbados. Espalhavam informações sobre alcaguetes e agentes policiais disfarçados.

Uma manhã, no pátio de recreação, Tracy ouviu uma reclusa mais velha dar uma conferência sobre punga para um grupo jovem fascinado.

– Os grandes profissionais vêm da Colômbia. Há uma escola em Bogotá que é conhecida como a escola dos dez sinos. Paga-se 250 dólares para se aprender a ser punguista. Eles penduram um boneco do teto, vestindo um terno com dez bolsos, cheios de dinheiro e joias.

– E qual é o truque?

– O truque é que cada bolso tem um sino. Ninguém se forma até conseguir esvaziar todos os bolsos sem tocar um sino sequer. Lola suspirou.

– Eu costumava sair com um cara que circulava pelas multidões num sobretudo, com as duas mãos à vista, enquanto pungueava as pessoas como um louco.

E como diabo ele conseguia fazer isso?

– A mão direita era falsa. Ele estendia a mão verdadeira por uma abertura no sobretudo, fazia a festa com bolsos, carteiras e bolsas.

A educação continuava na sala de lazer.

– Gosto muito do golpe da chave – disse uma veterana. – A gente fica por uma estação ferroviária até aparecer uma velhinha tentando meter uma mala ou um pacote grande num desses armários de aluguel. A gente ajuda e lhe entrega a chave. Só que a chave é de um armário vazio. Depois que ela vai embora, a gente esvazia seu armário e some.

No pátio, em outra tarde, duas reclusas condenadas por prostituição e posse de cocaína conversavam com uma recém-chegada, uma garota bonita, que parecia não ter mais do que 17 anos.

– Não é de admirar que você tenha sido enganada, meu bem – disse uma das mulheres mais velhas. – Antes de falar em preço com um cara, você tem de apalpá-lo para se certificar de que ele não carrega uma arma. E *nunca* diga a ele o que você vai fazer. Em vez disso, faça *ele* dizer o que quer. E se depois descobrir que ele é um tira, a coisa vira uma armadilha, entende?

A outra profissional acrescentou:

– É isso mesmo. E sempre examine as mãos. Se um cara diz que é operário, veja se suas mãos são calosas. Muitos tiras à paisana usam roupas de operários, mas esquecem que suas mãos são lisas.

O TEMPO NÃO passava devagar nem depressa. Era simplesmente o tempo. Tracy pensava no aforismo de Santo Agostinho: "O que é o tempo? Se ninguém me pergunta, eu sei. Mas se tenho de explicar, não sei."

A rotina da prisão jamais variava:

4h40	Campainha de aviso
4h45	Levantar e vestir
5h00	Café da manhã
5h30	Volta à cela
5h55	Campainha de aviso

6h00	Fila para o trabalho
10h00	Pátio para exercício
10h30	Almoço
11h00	Fila para o trabalho
15h30	Jantar
16h00	Volta à cela
17h00	Salão de recreação
18h00	Volta à cela
20h45	Campainha de aviso
21h00	Luzes apagadas

As regras eram inflexíveis. Todas as presas tinham de comparecer às refeições e não se permitiam conversas na fila. Não se podia guardar mais de cinco itens cosméticos nos pequenos armários nas celas. As camas tinham de ser arrumadas antes do café da manhã e assim mantidas durante o dia inteiro.

A penitenciária tinha a sua própria música: o retinir da campainha, o arrastar de pés pelo cimento, o bater de portas de ferro, os sussurros de dia e os gritos de noite... o crepitar rouco dos *walkie-talkies* dos guardas, o estrépito das bandejas nas refeições. E sempre havia o arame farpado, os muros altos, a solidão e o isolamento, a aura penetrante de ódio.

Tracy tornou-se uma prisioneira exemplar. Seu corpo reagia automaticamente aos sons da rotina da prisão: a barra deslizando através da cela na hora de deitar e na hora de acordar; a campainha para se apresentar ao trabalho, a sirene quando o trabalho acabava.

O corpo de Tracy era prisioneiro naquele lugar, mas a mente estava livre para planejar a fuga.

AS PRESAS NÃO podiam dar telefonemas, mas tinham permissão de receber dois telefonemas de cinco minutos por mês. Tracy recebeu um telefonema de Otto Schmidt.

– Achei que você gostaria de saber – disse ele. – Foi um enterro muito bonito. E eu paguei todas as contas, Tracy.

– Obrigada, Otto. Eu... obrigada.

Não havia mais nada que qualquer um dos dois pudesse dizer. E não houve mais telefonemas para ela.

– Garota, é melhor você esquecer o mundo lá fora – advertiu-a Ernestine. – Não tem ninguém lá para você.

"Está enganada", pensou Tracy.

Joe Romano.

Perry Pope.

Juiz Henry Lawrence.

Anthony Orsatti.

Charles Stanhope III.

FOI NO PÁTIO de exercício que Tracy tornou a encontrar Big Bertha. O pátio era um retângulo grande, descoberto, limitado num lado pelo alto muro externo e no outro pelo muro interno. As reclusas tinham permissão de ficar no pátio por trinta minutos todas as manhãs. Era um dos poucos lugares em que se permitia conversar e grupos de prisioneiras se reuniam para trocar as últimas notícias e rumores, antes do almoço. Quando entrou no pátio pela primeira vez, Tracy experimentou uma súbita sensação de liberdade. Compreendeu que isso acontecia porque se encontrava ao ar livre. Podia ver o sol lá no alto, assim como as nuvens; ouviu em algum lugar no céu azul distante o zumbido de um avião, voando livre.

– Você! – disse uma voz. – Eu estava à sua procura. Tracy virou-se para deparar com a enorme sueca que roçara nela em seu primeiro dia na prisão.

– Soube que arrumou uma sapatão negra.

Tracy tentou se afastar, mas Big Bertha agarrou-a pelo braço, com uma pressão implacável.

– Ninguém se afasta de mim assim – sussurrou ela. – Seja boazinha, *littbarn.*

Ela empurrava Tracy para o muro, comprimindo-se contra o seu corpo.

– Largue-me!

– O que você está precisando é de uma boa chupada. Sabe do que estou falando? Pois é o que vou dar a você. Vai ser toda minha, *alskade.*

Uma voz familiar soou irritada por trás de Tracy:

– Tire as porras das suas mãos de cima dela, sua idiota.

Ernestine Littlechap estava parada ali, as enormes mãos cerradas, os olhos faiscando, o sol se refletindo em seu crânio raspado.

– Você não é homem bastante para ela, Ernie.

– Sou homem bastante para *você* – explodiu a negra. – Torne a incomodá-la e comerei seu rabo no café da manhã. *Frito*

O ar estava subitamente carregado. As duas amazonas se fitavam com um ódio intenso. "Elas estão prestes a se matar por minha causa", pensou Tracy. E depois ela compreendeu que tinha muito pouco a ver com aquilo. Lembrou-se de uma coisa que Ernestine lhe dissera:

– Neste lugar, você tem de lutar, foder ou pular a cerca. Ou você finca pé ou está morta.

Foi Big Bertha quem recuou. Ela lançou um olhar desdenhoso para Ernestine.

– Não tenho pressa. – Contemplando Tracy com um olhar lúbrico, ela acrescentou: – Ficará por aqui durante muito tempo, meu bem. E eu também. Ainda tornaremos a nos encontrar.

Ela virou-se e afastou-se. Ernestine observou-a por um momento e comentou:

– Ela é uma terrível mãe. Lembra daquela enfermeira em Chicago que matou todos os seus pacientes? Encheu-os de cianureto e ficou assistindo eles morrerem? Pois é esse anjo de misericórdia que está agora cheio de tesão por você, Whitney. Merda! Você está mesmo precisando de uma porra de uma guardiã. Ela não vai deixar você em paz.

– Vai me ajudar a escapar?

Uma campainha soou.

– Está na hora da boia – disse Ernestine Litdechap.

Naquela noite, deitada em seu catre, Tracy ficou pensando em Ernestine. Apesar de Ernestine nunca mais tentar tocá-la, Tracy ainda não confiava nela. Nunca poderia esquecer o que Ernestine e as outras companheiras de cela lhe haviam feito. Mas precisava dela.

TODAS AS TARDES, depois do jantar, as reclusas tinham permissão para passar uma hora na sala de recreação, onde podiam assistir à televisão, conversar ou ler as últimas revistas e jornais. Tracy folheava uma revista quando uma fotografia atraiu sua atenção. Era uma foto do casamento de Charles Stanhope III, saindo da capela de braço dado com a esposa, rindo. Atingiu Tracy como um golpe físico. Contemplando a foto, o sorriso feliz no rosto de Charles, ela foi invadida por uma angústia, que logo se transformou em fúria fria. Planejara outrora partilhar sua vida com aquele homem, mas ele lhe virara as costas, deixara que a destruíssem, deixara que o filho dos dois morresse. Mas isso acontecera em outra era, outro lugar, outro tempo. *Aquilo era fantasia. Isto é a realidade.*

Tracy fechou a revista bruscamente.

NOS DIAS DE VISITA era fácil saber quais as reclusas que tinham amigos ou parentes que vinham vê-las. Elas tomavam um banho de chuveiro, punham roupas limpas, maquilavam-se. Ernestine geralmente voltava da sala de visitas sorridente e jovial.

– Meu Al sempre vem me visitar – ela disse a Tracy. – Estará esperando quando eu sair. E sabe por quê? Porque dou a ele o que nenhuma outra mulher pode dar.

Tracy não pôde esconder a sua confusão.

– Está querendo dizer... sexualmente?

– Pode apostar que sim. O que acontece dentro destes muros não tem nada a ver com o mundo lá fora. Aqui, a gente precisa às vezes de um corpo quente para abraçar... alguém para nos acariciar e dizer que nos ama. Temos de sentir que há alguém que se importa com a gente. Não importa que não seja real ou que não dure muito. É tudo o que temos. Mas quando estou lá fora... – Ernestine se desmanchou num sorriso largo – ...então me transformo numa sacana de uma ninfomaníaca, entende?

Havia uma coisa que deixava Tracy aturdida. Ela resolveu levantar o assunto agora.

– Ernie, você está sempre me protegendo. Por quê?

Ernestine deu de ombros.

– Sei lá.

– Eu gostaria realmente de saber. – Tracy escolheu cuidadosamente as palavras. – Todas as outras que são... suas *amigas* pertencem a você. Elas fazem tudo o que você manda.

– Se não quiserem se estrepar, é isso mesmo.

– Mas não eu. Por quê?

– Está se queixando?

– Não. Estou apenas curiosa.

Ernestine pensou a respeito por um momento.

– Muito bem. Você tem uma coisa que eu quero. – Ela viu a expressão no rosto de Tracy. – Não é isso. Já tenho tudo o que quero, meu bem. Você tem classe. E estou falando de classe de verdade. Como aquelas donas frias que a gente vê em *Vogue* e *Town and Country*, todas muito bem-vestidas e servindo chá em bules de prata. É o lugar a que você pertence. Este não é o seu mundo. Não sei como você se envolveu com toda aquela merda lá fora, mas meu palpite é que foi enganada por alguém.

Ela fez uma pausa, fitou Tracy nos olhos e acrescentou, quase timidamente:

– Não encontrei muitas coisas decentes na minha vida. Você é uma delas. – Ernestine virou-se e suas palavras seguintes soaram quase inaudíveis. – E lamento muito sobre o seu garoto. Lamento de verdade.

Naquela noite, depois que as luzes apagaram, Tracy sussurrou no escuro:

– Ernestine, tenho de fugir. Ajude-me. Por favor.

– Estou tentando dormir, pelo amor de Deus! Cale essa boca, está bem?

ERNESTINE APRESENTOU Tracy à linguagem misteriosa da prisão. Grupos de mulheres no pátio estavam falando:

– A sapatão largou o cinto em cima da garotinha e depois disso tinha de se dar comida a ela com uma colher de cabo bem comprido...

– Ela estava curta, mas a pegaram numa tempestade de neve e um tira de pedra entregou-a ao carniceiro. Isso acabou com a sua estrutura. Adeus, Ruby-do..

Para Tracy, era como escutar uma conversa de marcianos. E ela perguntou:

– Sobre o que estão falando?

Ernestine explodiu numa gargalhada.

– Não sabe falar inglês, garota? Quando a lésbica "largou o cinto", significa que passou de machona para *mary femme*. Envolveu-se com uma "garotinha"... uma dona como você. Não merecia confiança, o que significava que você se manteve a distância. Ela estava "curta", significando que se aproximava o fim de sua sentença de prisão. Mas foi apanhada tomando heroína por um tira de pedra... isto é, alguém que vive pelos regulamentos e não dá para comprar... e despachada para o "carniceiro", o médico da prisão.

– O que é "Ruby-do" e "estrutura"?

– Ainda não aprendeu nada? "Ruby-do" é livramento condicional. E "estrutura" é o dia da libertação.

Tracy sabia que não poderia esperar por nenhuma das duas coisas.

A EXPLOSÃO ENTRE Ernestine Littlechap e Big Bertha aconteceu no pátio no dia seguinte. As prisioneiras jogavam *softball*, uma variação mais suave do beisebol, sob a supervisão dos guardas. Big Bertha, com o bastão, acertou uma bola com toda força e correu para a primeira base, que Tracy estava cobrindo. Big Bertha golpeou Tracy, derrubando-a, depois montou em cima dela. Suas mãos se insinuaram entre as pernas de Tracy, enquanto ela murmurava:

– Ninguém me diz não, sua puta. Vou agarrá-la esta noite, *littbarn*, vou foder você até não aguentar mais.

Tracy lutou freneticamente para se desvencilhar. Subitamente, sentiu que Big Bertha era arrancada de cima dela. Ernestine segurava a imensa sueca pelo pescoço e a sufocava.

– Sua puta escrota! – Ernestine estava gritando. – Eu avisei!

Ernestine meteu as unhas no rosto de Big Bertha, atingindo os olhos.

– Estou cega! – berrou Big Bertha. – Estou cega!

Ela agarrou os seios de Ernestine e começou a puxá-los. As duas mulheres estavam se esmurrando e se dilacerando quando quatro guardas se aproximaram correndo. Os guardas precisaram de cinco minutos para separá-las. As duas foram levadas para a enfermaria. Já era tarde da noite quando Ernestine voltou à cela.

Lola e Paulita foram para sua cama, a fim de consolá-la.

– Você está bem? – sussurrou Tracy.

– Claro que estou – respondeu Ernestine. A voz soava abafada e Tracy se perguntou até que ponto ela ficara gravemente ferida. – Recebi meu Ruby-do ontem e vou sair daqui. Você está com um problema. Aquela mulher não vai deixá-la em paz. De jeito nenhum. E quando acabar de fodê-la, vai matar você.

Elas ficaram deitadas em silêncio na escuridão. Finalmente, Ernestine acrescentou:

– Talvez esteja na hora da gente conversar sobre a maneira de tirá-la daqui.

10

– Vai perder a sua governanta amanhã – anunciou o diretor Brannigan à esposa.

Sue Ellen Brannigan levantou os olhos, com uma expressão de surpresa.

– Por quê? Judy é muito boa com Amy.

– Sei disso. Mas acontece que a sentença dela acabou. Será solta pela manhã.

Os dois tomavam o café da manhã no confortável chalé que era um dos privilégios do cargo de Brannigan. Outros benefícios incluíam uma cozinheira, uma arrumadeira, um motorista e uma governanta para a filha Amy, que tinha quase 5 anos. Todas as criadas eram presas de confiança. Quando Sue Ellen Brannigan ali chegara, cinco anos antes, estava nervosa com a perspectiva de viver na área de uma penitenciária e ainda mais apreensiva por ter a casa cheia de criadas que eram criminosas condenadas.

– Como sabe que elas não nos roubarão e não nos cortarão a garganta no meio da noite? – perguntara Sue Ellen.

– Se fizerem isso – prometera Brannigan – serão devidamente punidas.

Ele persuadira a esposa, sem chegar a convencê-la plenamente. Mas ficara constatado que os temores de Sue Ellen eram infundados. As presas de confiança estavam ansiosas em causar uma boa impressão e reduzir sua pena ao máximo possível, por isso se mostravam conscienciosas.

– Logo agora que eu começava a me sentir tranquila com a ideia de deixar Amy aos cuidados de Judy – queixou-se a Sra. Brannigan.

Ela gostava de Judy e lhe queria bem, mas não desejava que ela fosse embora. Quem podia saber que tipo de mulher seria a próxima governanta de Amy? Havia tantas histórias de horror sobre as coisas terríveis que estranhas faziam com crianças.

– Já tem em mente alguém em particular para substituir Judy, George?

O diretor pensara bastante a respeito. Havia uma dúzia de presas de confiança em condições de assumir o encargo de cuidar de sua filha. Mas ele não conseguia tirar Tracy Whitney do pensamento. Havia alguma coisa no caso dela que ele achava profundamente perturbador. Era criminologista profissional há 15 anos e se orgulhava de incluir entre suas qualidades a capacidade de avaliar prisioneiras. Algumas das condenadas aos seus cuidados eram criminosas empedernidas, outras se achavam na prisão por terem cometido crimes de paixão ou sucumbido a uma tentação momentânea. Mas Brannigan tinha a impressão de que Tracy Whitney não pertencia a qualquer categoria. Ele não fora influenciado por seus protestos de inocência, pois esse era o procedimento normal de todas as condenadas. O que o perturbava era o conhecimento das pessoas que haviam conspirado para enviar Tracy Whitney à prisão. O diretor fora designado por uma comissão cívica de Nova Orleans, liderada pelo governador do estado. Embora ele se recusasse firmemente a qualquer envolvimento em política, sabia quem eram todos os participantes do caso. Joe Romano era da Máfia, um subordinado de Anthony Orsatti. Perry Pope, o advogado que defendera Tracy Whitney, estava na folha de pagamento da Máfia, o mesmo acontecendo com o juiz Henry Lawrence. Não podia haver a menor dúvida de que havia algo estranho na condenação de Tracy Whitney.

E agora, Brannigan tomou finalmente uma decisão, declarando à esposa:

– Tenho, sim... estou pensando numa pessoa.

HAVIA UMA ALCOVA na cozinha da prisão, com uma pequena mesa de tampo de fórmica e quatro cadeiras, o único lugar em que era possível se ter um mínimo de privacidade. Ernestine Littlechap e Tracy estavam sentadas ali, tomando café, durante o intervalo de descanso de dez minutos.

– Acho que está na hora de você me contar por que toda a pressa de sair daqui – sugeriu Ernestine.

Tracy hesitou por um instante. Podia confiar em Ernestine?

Mas não tinha opção.

– Há... há algumas pessoas que fizeram coisas à minha família e a mim. Tenho de sair daqui para fazê-las pagar.

– É mesmo? E o que essas pessoas fizeram?

As palavras de Tracy saíram lentamente, cada palavra uma pontada de angústia:

– Eles mataram minha mãe.

– Quem são *eles*?

– Não creio que os nomes signifiquem alguma coisa para você. Joe Romano, Perry Pope, um juiz chamado Henry Lawrence, Anthony Orsatti...

Ernestine fitava-a fixamente, com a boca escancarada.

– Santo Deus! Está querendo me gozar, garota?

Tracy ficou surpresa.

– Já ouviu falar deles?

– Se já ouvi? Mas quem não ouviu falar deles? Nada acontece em Nova Orleans se Orsatti ou Romano não permitirem. Não pode se meter com eles. Vão explodir você como fumaça, apagá-la por completo.

Tracy disse, sem qualquer inflexão na voz:

– Já me apagaram.

Ernestine olhou ao redor, a fim de certificar-se que ninguém podia ouvi-las.

– Você está louca ou então é a mulher mais estúpida que já conheci. Como pode falar assim sobre os *intocáveis*? – Ela sacudiu a cabeça. – Esqueça esses homens. E depressa!

– Não posso. Tenho de sair daqui. Isso é possível?

Ernestine manteve-se em silêncio por um longo tempo. E finalmente murmurou:

– Conversaremos no pátio.

ELAS ESTAVAM NO pátio, num canto, isoladas.

– Já houve 12 fugas daqui – disse Ernestine. – Duas das prisioneiras foram baleadas e mortas. As outras 10 foram apanhadas! E trazidas de volta.

Tracy não fez qualquer comentário e Ernestine continuou:

– A torre é guarnecida 24 horas por dia por guardas armados de metralhadoras. Eles são uns filhos da puta. Se alguém escapa, isso lhes custa o emprego. Por isso, não pensam duas vezes antes de matá-la. Há arame farpado em torno de toda a prisão. Se você conseguir passar pelo arame farpado e pelas metralhadoras, eles ainda têm cachorros que podem farejar o peido de um mosquito. Há um quartel da Guarda Nacional a poucos quilômetros daqui. Quando uma prisioneira escapa, eles mandam helicópteros, armados e com holofotes. Ninguém se importa se a trazem de volta viva ou morta, garota. Acham que morta é melhor. Desencoraja qualquer outra que esteja com planos.

– Mas as pessoas ainda tentam – insistiu Tracy, obstinadamente.

– As que conseguiram escapar tiveram ajuda do exterior... amigos que contrabandearam armas, dinheiro e roupas. Tinham carros de fuga à sua espera. – Ernestine fez uma pausa. – E ainda assim foram recapturadas.

– Não vão me recapturar – garantiu Tracy.

Uma inspetora se aproximava. E gritou para Tracy.

– O diretor Brannigan quer falar com você. Depressa!

– PRECISAMOS DE alguém para cuidar de nossa filha pequena – disse Brannigan. – É um trabalho voluntário. Você não precisa aceitar, se não quiser.

"Alguém para cuidar de nossa filha pequena." A mente de Tracy estava em disparada. Isso poderia facilitar a sua fuga. Trabalhando na casa do diretor, poderia provavelmente aprender muito mais sobre a organização da prisão.

– Eu gostaria de ficar com o trabalho – murmurou Tracy.

O diretor Brannigan ficou satisfeito. Tinha o sentimento estranho e irracional de que devia alguma coisa àquela mulher.

– Ótimo. O salário é de 60 centavos por hora. O dinheiro será depositado numa conta em seu nome ao final de cada mês.

As prisioneiras não tinham permissão de manipular dinheiro, e tudo o que ganhavam lhes era entregue no momento em que saíam da prisão.

"Não estarei aqui ao final do mês", pensou Tracy. Mas, em voz alta, ela disse:

– Será ótimo.

– Pode começar pela manhã. A inspetora-chefe lhe dará instruções detalhadas.

– Obrigada, senhor diretor.

George Brannigan fitou Tracy e sentiu-se tentado a acrescentar mais alguma coisa. Não tinha muita certeza do que era. Mas limitou-se a murmurar:

– Isso é tudo.

QUANDO TRACY lhe transmitiu a notícia, Ernestine comentou, pensativa:

– Isso significa que vão convertê-la numa presa de confiança. Saberá como a prisão funciona. E isso pode tornar a fuga um pouco mais fácil.

– Como posso fazer? – perguntou Tracy.

– Tem três opções e todas são arriscadas. A primeira é uma fuga furtiva. À noite, use chiclete para prender as trancas de sua cela e das portas do corredor. Saia para o pátio, jogue um cobertor sobre o arame farpado, pule para o lado de fora e comece a correr.

Com cachorros e helicópteros em seu encalço. Tracy podia sentir as balas das armas dos guardas a lhe dilacerarem a carne. Ela estremeceu.

– Quais são os outros meios?

– A segunda opção é uma fuga na marra. Você usa uma arma e leva um refém. Se a pegarem, vai levar um duque para quina. Ela viu a expressão de perplexidade no rosto de Tracy e explicou: É o aumento de sua sentença em dois a cinco anos.

– E qual é o terceiro meio?

– Um passeio. É para as presas de confiança em serviços especiais. Assim que você se descobre fora dos muros, garota, começa a andar e não para mais.

Tracy pensou a respeito. Sem dinheiro, sem um carro e sem um lugar para se esconder, não teria muita chance.

– Eles descobririam a fuga na primeira chamada e partiriam à minha procura.

Ernestine suspirou.

– Não há plano de fuga perfeito, garota. É por isso que ninguém jamais conseguiu escapar para sempre deste lugar.

"Pois eu escaparei", jurou Tracy. "Eu escaparei."

A MANHÃ EM QUE Tracy foi levada para a casa do diretor Brannigan assinalou o seu quinto mês como prisioneira. Ela estava nervosa com a perspectiva de encontrar a esposa e a filha do diretor, pois queria o cargo desesperadamente. Seria a sua chave para a liberdade.

Tracy entrou na cozinha grande e agradável, sentou. Pôde sentir o suor escorrer. Uma mulher num chambre rosa-claro apareceu na porta, dizendo:

– Bom dia.

– Bom dia.

A mulher fez menção de se sentar, mudou de ideia e continuou de pé. Sue Ellen Brannigan era uma loura de rosto simpático, trinta e poucos anos, um comportamento vago e distraído. Era esguia e nervosa, nunca sabia direito como tratar as presas que a serviam como criadas. Deveria se mostrar amistosa ou tratá-las friamente como prisioneiras? Sue Ellen ainda não se acostumara à ideia de viver no meio de viciadas em drogas, sequestradoras e assassinas.

– Sou a Sra. Brannigan. Amy tem quase 5 anos e você sabe como as crianças são ativas nesta idade. Infelizmente, ela precisa ser vigiada durante todo o tempo.

Ela fez uma pausa, olhando para a mão esquerda de Tracy. Não havia aliança ali, mas também isso nada significava atualmente. "Particularmente com as classes inferiores", pensou Sue Ellen. Ela perguntou, delicadamente:

– Você tem filhos?

Tracy pensou no filho que não chegara a nascer.

– Não.

– Entendo... – Sue Ellen sentia-se confusa com aquela mulher. Não era absolutamente o que imaginara. Havia algo nela quase elegante. – Vou buscar Amy.

Ela deixou apressadamente a cozinha. Tracy olhou ao redor. Era um chalé relativamente grande, bem arrumado e atraentemente decorado. Pareceu-lhe que já se haviam passado muitos anos desde que entrara pela última vez na casa de alguma pessoa. Isso tudo era parte do outro mundo... o mundo exterior. Sue Ellen voltou, puxando uma garotinha pela mão.

– Amy, esta é... – Devia chamar uma prisioneira pelo primeiro nome ou pelo sobrenome? Ela ficou num meio-termo. Esta é Tracy Whitney.

– Oi – disse Amy.

Ela era esguia como a mãe, tinha os mesmos olhos castanhos-claros, fundos e inteligentes. Não era uma criança bonita, mas irradiava uma cordialidade tão franca que chegava a ser comovente.

"Não deixarei que ela me comova", jurou Tracy.

– Você vai ser minha nova babá?

– Ajudarei sua mãe a cuidar de você.

– Sabia que Judy saiu sob livramento condicional? Você também vai embora sob livramento condicional?

Não, pensou Tracy.

– Ficarei aqui por um longo tempo, Amy.

– Isso é ótimo – disse Sue Ellen, jovialmente. Ela ficou ruborizada em constrangimento, mordeu o lábio. – Isto é...

Pôs-se a andar nervosamente pela cozinha, explicando os deveres de Tracy:

– Fará as refeições com Amy. Pode preparar o café da manhã para ela e passar a manhã brincando. A cozinheira fará o almoço aqui. Depois de comer, Amy sempre tira um cochilo. A tarde, ela gosta de passear pelo terreno da fazenda Não acha que é bom para uma criança ver as plantas crescendo?

– Acho, sim.

A fazenda ficava no outro lado do conjunto principal da prisão, tinha legumes e árvores frutíferas, cultivados por reclusas de confiança. Havia um enorme lago artificial usado para a irrigação, cercado por um muro de pedra.

OS CINCO DIAS subsequentes foram quase que uma vida nova para Tracy. Em circunstâncias diferentes, ela teria desfrutado o fato de se afastar dos muros sombrios da prisão, poder andar livremente pela fazenda, respirar o ar puro dos campos. Mas tudo o que podia pensar agora era em sua fuga. Quando não estava trabalhando com Amy, ela tinha de retornar à prisão. À noite, era sempre trancafiada em sua cela; mas, durante o dia, tinha a ilusão de liberdade. Depois do café da manhã na cozinha da prisão, ela ia para o chalé do diretor e preparava a primeira refeição de Amy. Tracy aprendera com Charles muita coisa sobre cozinhar e sentia-se tentada pela variedade de alimentos na despensa do diretor. Mas Amy preferia uma refeição simples, de mingau de aveia ou cereais com frutas. Depois, Tracy brincava com a menina ou lia para ela. Sem pensar, Tracy pôs-se a ensinar a Amy as brincadeiras que aprendera com a mãe.

Amy adorava marionetes. Tracy tentou lhe fazer uma cópia do cordeiro de Shari Lewis com uma meia velha do diretor, mas acabou saindo uma coisa intermediária entre uma raposa e um pato.

– Acho que está muito bonito – comentou Amy, lealmente.

Tracy fazia a marionete falar com sotaques diferentes: francês, italiano, alemão e o que Amy mais adorava, a cadência mexicana de Paulita. Tracy contemplava o prazer no rosto da criança e pensava: "Não me deixarei envolver. Ela é apenas um meio para eu sair daqui."

Depois do cochilo de Amy à tarde, as duas faziam longos passeios. Tracy sempre dava um jeito para que percorressem áreas da prisão que ainda não conhecia. Observava cuidadosamente cada entrada e saída, como as torres de guarda eram guarnecidas, registrava as mudanças de turno. Logo ficou evidente que nenhum dos planos de fuga que discutira com Ernestine poderia dar certo.

– Alguém já tentou escapar escondendo-se num dos caminhões de entrega que trazem coisas para a prisão? Já vi caminhões de leite e de alimentos...

– Esqueça – disse Ernestine, taxativamente. – Cada veículo que entra e sai do portão é revistado.

CERTA MANHÃ, quando fazia a sua primeira refeição, Amy disse:

– Eu amo você, Tracy. Quer ser minha mãe?

As palavras provocaram uma pontada de angústia em Tracy.

– Uma mãe já é suficiente. Não precisa de duas.

– Preciso, sim. O pai de minha amiga Sally Ann casou-se de novo e ela tem agora duas mães.

– Você não é Sally Ann – disse Tracy, bruscamente. – Acabe logo de comer.

Amy fitava-a com uma expressão magoada.

– Não estou mais com fome.

– Está bem. Vou ler para você.

Quando começou a ler, Tracy sentiu a mãozinha de Amy na sua.

– Posso me sentar no seu colo?

– Não.

"Dê toda a sua atenção à sua própria família", pensou Tracy. "Você não pertence a mim. Nada pertence a mim."

OS DIAS TRANQUILOS, longe da rotina da prisão, de certa forma tornavam as noites piores. Tracy detestava voltar à cela, detestava ser enjaulada como um animal. Ainda era incapaz de se acostumar aos gritos que partiam das celas próximas, na escuridão indiferente. Rangia os dentes até que as mandíbulas doíam. "Uma noite de cada vez", ela prometia a si mesma. "Posso suportar uma noite de cada vez."

Ela dormia pouco, pois sua mente estava ocupada em planejar. O primeiro passo era fugir. O segundo era cuidar de Joe Romano, Perry Pope, juiz Henry Lawrence e Anthony Orsatti. O terceiro era Charles. Mas esse era angustiante demais até para pensar a respeito. "Cuidarei disso quando chegar o momento", ela dizia a si mesma.

COMEÇAVA A SE tornar impossível ficar longe do caminho de Big Bertha. Tracy tinha certeza de que a enorme sueca a espionava. Se Tracy ia para o salão de recreação, Big Bertha aparecia poucos minutos depois; quando Tracy saía para o pátio, Big Bertha lá se mostrava logo em seguida. Houve um dia em que Big Bertha se aproximou de Tracy e disse:

– Está linda hoje, *littbarn.* Mal posso esperar o momento em que estaremos juntas.

– Fique longe de mim – advertiu Tracy.

A amazona sorriu.

– Ou o quê? Sua negra está saindo. E eu estou dando um jeito para que você seja transferida para a minha cela.

Tracy fitou-a nos olhos. Big Bertha assentiu.

– Posso fazer isso, meu bem. Acredite em mim.

O tempo de Tracy estava se esgotando. Ela tinha de fugir antes que Ernestine fosse solta.

O PASSEIO PREDILETO de Amy era através da campina, onde havia um arco-íris de flores silvestres. O vasto lago artificial ficava próximo. cercado por um muro baixo de concreto, caindo por uma boa distância para a água profunda.

– Vamos nadar – suplicou Amy. – Por favor, Tracy, podemos nadar?

– Não é para nadar – disse Tracy – Usam a água para irrigação.

A visão do lago frio, de aparência assustadora, fazia Tracy sentir calafrios. O pai carregando-a para o mar nos ombros; quando ela gritava, o pai dizia "Não seja criança, Tracy", largando-a na água fria; e quando a água se fechava sobre a sua cabeça, ela entrava em pânico e começava a sufocar..

FOI UM CHOQUE quando a notícia chegou, embora Tracy já a esperasse.

– Sairei daqui dentro de uma semana, a contar do sábado – informou Ernestine.

As palavras provocaram um calafrio em Tracy. Não falaria a Ernestine sobre a conversa com Big Bertha. Ernestine não estaria ali para ajudá-la Big Bertha provavelmente teria influência suficiente para que Tracy fosse transferida para a sua cela. O único jeito de Tracy evitar era falar com o diretor; mas ela sabia que, se fizesse isso, poderia se considerar morta. Cada presa se viraria contra ela. "Você tem de lutar, foder ou pular o muro". Pois ela pularia o muro.

Tracy e Ernestine repassaram as possibilidades de fuga. Nenhuma delas era satisfatória.

– Você não tem carro e não tem ninguém lá fora para ajudá-la. Certamente será apanhada e ficará então numa situação ainda pior. É melhor esfriar e terminar sua sentença.

Mas Tracy sabia que não haveria tempo para isso. Não com Big Bertha atrás dela. O simples pensamento do que a gigante sueca tencionava fazer com ela deixava-a fisicamente doente.

FOI NA MANHÃ de sábado, sete dias antes da soltura de Ernestine. Sue Ellen Brannigan levara Amy para passar o fim de semana em Nova Orleans e Tracy trabalhava na cozinha da prisão.

– Como vai o trabalho de babá? – perguntou Ernestine.

– Muito bem.

– Já vi a garotinha. Ela parece sensacional.

– É, sim.

O tom de Tracy era de indiferença.

– Terei o maior prazer em sair daqui. E vou lhe dizer uma coisa: nunca mais voltarei para este lugar. Se houver alguma coisa que Al e eu pudermos fazer por você lá fora...

– Olha a passagem! – gritou uma voz de homem.

Tracy virou-se. Um homem empurrava um imenso carrinho de mão, empilhado até o alto com uniformes e outras roupas sujas. Tracy observou, perplexa, enquanto ele se encaminhava para a saída.

– O que eu estava dizendo é que se Al e eu pudermos fazer alguma coisa por você... sabe como é... mandar coisas para você ou...

– Ernie, o que um caminhão de lavanderia está fazendo aqui? A prisão dispõe de sua própria lavanderia.

– É para os guardas. – Ernestine soltou uma risada. – Eles costumavam mandar os uniformes para a lavanderia da prisão, mas todos os botões acabavam arrancados, as mangas se despregavam, bilhetes obscenos eram costurados por dentro, camisas encolhiam, tudo se rasgava misteriosamente. Não é uma pena? Agora, os guardas mandam as suas coisas para uma lavanderia de fora.

Ernestine tornou a rir, na sua imitação de Butterfly McQueen. Mas Tracy não prestava mais atenção.

11

— George, não tenho certeza se devemos manter Tracy. O diretor Brannigan levantou os olhos de seu jornal.

– Por quê? Qual é o problema?

– Não sei direito. Mas tenho a impressão de que Tracy não gosta de Amy. Talvez ela simplesmente não goste de crianças.

– Ela não tem sido má com Amy, não é mesmo? Não tem lhe batido nem gritado?

– Não.

– Então o que é?

– Ontem Amy correu para ela e abraçou-a, mas Tracy afastou-a. Isso me incomodou, porque Amy é louca por ela. Para dizer a verdade, acho que estou com um pouco de ciúme. Isso é possível?

Brannigan riu.

– Pode explicar muita coisa, Sue Ellen. Creio que Tracy Whitney é a pessoa certa para o trabalho. Mas se ela lhe causar algum problema de verdade, trate de me comunicar imediatamente e tomarei uma providência.

– Está bem, querido.

Mas Sue Ellen ainda não se sentia satisfeita. Ela pegou a agulha de tricô e pôs-se a trabalhar. O assunto ainda não estava encerrado.

– POR QUE NÃO pode dar certo?

– Já lhe disse, garota. Os guardas revistam todos os caminhões que passam pelo portão.

– Mas um caminhão levando roupa suja... eles não vão tirar todas as roupas para verificar.

– Nem precisam. O cesto de roupa suja é levado para uma sala, onde um guarda observa enquanto é enchido.

Tracy pensou por um momento.

– Ernie... alguém poderia distrair esse guarda por cinco minutos?

– Mas de que diabo serviria... – Ela parou de falar subitamente, um sorriso iluminando seu rosto. – Enquanto alguém distrai o guarda, você se mete no fundo do cesto e se cobre de roupa suja!

Ernestine balançou a cabeça, acrescentando:

– Quer saber de uma coisa? Acho que o negócio pode perfeitamente dar certo!

– E vai me ajudar?

Ernestine pensou por outro momento. E depois respondeu:

– Claro que a ajudarei. É a minha última oportunidade de sacanear Big Bertha.

O serviço de informações da prisão fervilhou com a notícia da fuga iminente de Tracy Whitney. Uma fuga era um evento que afetava todas as prisioneiras. Elas viviam indiretamente cada tentativa, desejando ter a coragem de executá-la pessoalmente. Mas havia os guardas, os cães e os helicópteros; e, ao final, os corpos das prisioneiras que eram trazidos de volta.

Com a ajuda de Ernestine, o plano de fuga entrou rapidamente em execução. Ernestine tirou as medidas de Tracy, Lola desviou o material necessário para um vestido da oficina de costura, Paulita providenciou uma costureira em outro bloco para fazê-lo. Um par de sapatos da prisão foi roubado do almoxarifado e pintado para combinar com o vestido. Apareceram chapéu, luvas e uma bolsa, como num passe de mágica

– Agora temos de arrumar alguns documentos de identidade para você – informou Ernestine a Tracy. – Precisará de uns dois cartões de crédito e carteira de motorista.

– Mas como eu poderia...

Ernestine sorriu.

– Basta deixar tudo isso aos cuidados da velha Ernie Littlechap.

Na noite seguinte, Ernestine entregou a Tracy três cartões de crédito, em nome de Jane Smith.

– Você precisa agora de uma carteira de motorista.

EM ALGUM momento, depois de meia-noite, Tracy ouviu a porta da cela sendo aberta. Alguém entrara sorrateiramente. Tracy sentou em sua cama, instantaneamente de guarda. Uma voz sussurrou:

– Whitney? Vamos embora.

Tracy reconheceu a voz de Lillian, uma presa de confiança.

– O que você quer?

A voz de Ernestine soou na escuridão:

– Que tipo de criança idiota sua mãe criou? Cale a boca e não faça perguntas.

Lillian acrescentou, baixinho:

– Temos de agir depressa. Se formos apanhadas, eles me tirarão o couro. Vamos logo.

– Para onde estamos indo? – perguntou Tracy, enquanto seguia Lillian pelo corredor escuro, na direção de uma escada.

Elas subiram para o patamar superior. Depois de se certificarem de que não havia guardas por perto, seguiram apressadamente por um corredor, até a sala em que Tracy fora fotografada e tirara as impressões digitais. Lillian empurrou a porta, sussurrando:

– É aqui.

Tracy seguiu-a pelo interior da sala, Outra prisioneira já estava ali, esperando.

– Encoste na parede.

A reclusa parecia bastante nervosa. Tracy foi se postar junto à parede, o estômago todo contraído.

– Olhe para a câmera. Tente parecer relaxada.

"Muito engraçado", pensou Tracy. Ela nunca se sentira tão nervosa, em toda a sua vida. A câmara disparou.

– A fotografia será entregue pela manhã – disse a presa. – É para sua carteira de motorista. E agora saiam daqui... depressa!

Tracy e Lillian voltaram pelo mesmo caminho. No caminho, Lillian comentou.

– Ouvi dizer que você vai mudar de cela.

Tracy sentiu um calafrio.

– Como?

– Não sabia? Vai para a cela de Big Bertha.

ERNESTINE, LOLA E PAULITA estavam à espera quando Tracy voltou à cela.

– Como foi?

– Tudo bem.

"Não sabia? Vai para a cela de Big Bertha."

– Seu vestido ficará pronto no sábado – informou Paulita. O dia da soltura de Ernestine. "Esse é o meu prazo final", pensou Tracy. Ernestine sussurrou:

– Temos tudo sob controle. O recolhimento da lavanderia no sábado é às 14 horas. Você tem de estar na sala de serviço às 13h30. Não precisa se preocupar com o guarda. Lola o manterá ocupado na sala ao lado. Lola e Paulita estarão lá à sua espera. Paulita levará suas roupas. O documento de identidade estará na bolsa. Você atravessará os portões da prisão às 14h15.

Tracy sentiu alguma dificuldade em respirar. Só falar sobre a fuga já a fazia tremer. "Ninguém se importa se a trazem de volta viva ou morta... Acham até que morta é melhor."

Dentro de poucos dias ela estaria tentando a sua fuga para a liberdade. Não tinha ilusões. Todas as chances eram contra ela. Acabariam por encontrá-la e trazê-la de volta. Mas tinha uma coisa que ela jurara resolver primeiro.

O SERVIÇO DE informações da prisão sabia de tudo sobre a competição entre Ernestine Littlechap e Big Bertha por causa de Tracy. Agora que circulara a notícia de que Tracy seria transferida para a cela de Big Bertha, não era por acaso que ninguém lhe mencionara o plano de fuga de Tracy. Afinal, Big Bertha não gostava de ouvir más notícias. Era propensa com frequência a confundir a notícia com a portadora e tratar a pessoa de acordo. Big Bertha só teve conhecimento do plano na própria manhã em que deveria ocorrer a fuga de Tracy. Foi-lhe revelado pela presa de confiança que tirara a fotografia de Tracy.

Big Bertha recebeu a notícia em silêncio. Seu corpo pareceu se tornar ainda maior, enquanto escutava.

– A que horas? – foi tudo o que ela perguntou.

– Esta tarde, às 14 horas, Bert. Vão escondê-la no fundo de um cesto de roupa suja.

Big Bertha pensou a respeito por um longo tempo. Depois, procurou uma inspetora e disse:

– Preciso falar imediatamente com o diretor Brannigan.

TRACY NÃO DORMIRA durante a noite inteira. Sentia-se nauseada de tanta tensão. Os meses que passara na prisão pareciam uma eternidade. Imagens do passado afloraram em sua mente enquanto estava deitada, os olhos perdidos na escuridão.

"Eu me sinto como uma princesa num conto de fadas, mamãe. Não sabia que alguém podia ser tão feliz."

"Então você e Charles querem se casar."

"Estão planejando uma lua de mel por quanto tempo?"

"Você me baleou, sua puta estúpida!"

"Sua mãe cometeu suicídio..."

"Eu nunca a conheci de verdade..."

A fotografia do casamento de Charles sorrindo para a noiva. Há quantos séculos atrás? A quantos planetas de distância?

A CAMPAINHA DA MANHÃ ressoou pelo corredor como uma onda de choque. Tracy sentou no catre, inteiramente alerta. Ernestine observava-a.

– Como está se sentindo, garota?

– Muito bem – mentiu Tracy.

Ela sentia a boca ressequida, o coração batia descompassadamente.

– Nós duas estaremos saindo daqui hoje.

Tracy encontrou dificuldade para engolir em seco.

– Hum-hum...

– Tem certeza de que pode sair da casa do diretor por volta das 13h30?

– Não há problema. Amy sempre tira um cochilo depois do almoço.

Paulita disse:

– Não pode se atrasar ou não dará certo.

– Estarei lá.

Ernestine meteu a mão por baixo de seu colchão e tirou um rolo de notas.

– Precisará de algum dinheiro para circular. São apenas 200 dólares, mas darão para você se afastar.

– Ernie, eu não sei o que...

– Ora, garota, basta calar a boca e pegar logo o dinheiro.

TRACY FORÇOU-SE a comer alguma coisa no café da manhã. A cabeça latejava, cada músculo do corpo doía. "Nunca conseguirei sobreviver até o fim do dia, pensou ela. Tenho de conseguir aguentar firme durante todo o dia."

Havia um silêncio tenso e anormal na cozinha. Tracy compreendeu subitamente que ela era a causa disso . Era o alvo de olhares furtivos e sussurros nervosos. Uma fuga estava prestes a acontecer e ela era a heroína do drama. Dentro de poucas horas estaria livre. Ou morta.

Ela levantou-se do café da manhã inacabado e foi para a casa do diretor Warden. Enquanto esperava que um guarda abrisse a porta do corredor, Tracy deparou com Big Bertha. A enorme sueca estava lhe sorrindo.

"Ela terá uma grande surpresa", pensou Tracy.

"Ela será toda minha agora", pensou Big Bertha.

A MANHÃ PASSOU tão devagar que Tracy teve a impressão de que acabaria perdendo o juízo. Os minutos pareciam se arrastar interminavelmente. Ela leu para Amy, mas não tinha a menor ideia do que estava lendo. Percebeu que a Sra. Brannigan observava da janela.

– Tracy, vamos brincar de esconde-esconde.

Tracy se achava nervosa demais para brincadeiras, mas não se atrevia a fazer qualquer coisa que pudesse despertar as suspeitas da Sra. Brannigan.

– Claro. Por que você não se esconde primeiro, Amy?

Estavam no jardim na frente do chalé. A distância, Tracy podia divisar o prédio em que ficava a sala de serviço. Tinha de estar ali exatamente às 13h30. Vestiria as roupas que lhe haviam sido feitas e 15 minutos depois estaria deitada no fundo do enorme cesto de roupa suja, coberta por uniformes. Às 14 horas o cesto seria posto no caminhão e levado para fora da prisão, seguindo para a cidadezinha próxima, onde se localizava a lavanderia.

"O motorista não pode ver o que acontece na traseira lá do banco da frente. Quando o caminhão chegar à cidade e parar num sinal vermelho, basta abrir a porta e saltar, parecendo absolutamente calma, pegar um ônibus para qualquer lugar que queira ir."

– Pode me ver? – gritou Amy.

Ela se escondera parcialmente por trás do tronco de uma magnólia. Levou a mão à boca para reprimir uma risadinha.

"Sentirei saudade dela", pensou Tracy. "Quando for embora, as duas pessoas de que mais terei saudade serão uma sapatão negra e careca e uma garotinha." Ela se perguntou o que Charles Stanhope III pensaria disso.

– Já vou procurá-la – disse Tracy.

SUE ELLEN observava a brincadeira do interior da casa. Parecia-lhe que Tracy se comportava de maneira estranha. Ela passara a manhã inteira olhando a todo instante para o relógio, como se esperasse alguém; seus pensamentos não estavam obviamente concentrados em Amy.

"Devo falar com George sobre isso quando ele chegar para o almoço", decidiu Sue Ellen. "Insistirei para que ele a substitua."

NO JARDIM, Tracy e Amy brincaram de amarelinha por algum tempo, depois Tracy leu para Amy. E finalmente, graças a Deus, era meio-dia e meia, hora do almoço de Amy. E hora de Tracy entrar em ação. Ela levou Amy para a casa.

– Vou embora agora, Sra. Brannigan.

– Como? Ahn... Ninguém lhe disse, Tracy? Temos hoje uma delegação de visitantes importantes. Almoçarão aqui e por isso Amy não tirará seu cochilo. Pode levá-la com você.

Tracy ficou imóvel, fazendo um tremendo esforço para não gritar.

– Eu... eu não posso fazer isso, Sra. Brannigan.

Sue Ellen Brannigan empertigou-se.

– Que história é essa de que não pode fazer isso?

Tracy percebeu a ira no rosto da mulher e pensou: "Não posso irritá-la. Ela chamará o diretor e serei levada de volta à minha cela." Tracy forçou um sorriso.

– Eu estava querendo dizer... Amy não almoçou. Ela sentirá fome.

– Mandei a cozinheira preparar uma cesta de piquenique para vocês duas. Podem sair para um passeio pela campina e comer lá. Amy adora piqueniques... não é mesmo, querida?

– Adoro piqueniques. – Ela olhou para Tracy com uma expressão suplicante. – Podemos ir, Tracy? Podemos?

"Não! Sim. Cuidado. Ainda pode dar certo. Esteja na sala de serviço às 13h30. Não se atrase."

Tracy virou-se para a Sra. Brannigan.

– A que horas... quer que eu traga Amy de volta?

– Por volta das 15 horas. A esta altura, eles já deverão ter ido embora.

"E o caminhão da lavanderia também!" O mundo desmoronava sobre Tracy.

– Eu...

- Sente-se bem? Parece muito pálida.

"Era isso!" Ela diria que estava doente. Iria para o hospital. Mas, nesse caso, haveriam de querer examiná-la e a manteriam lá. Nunca conseguiria se esquivar a tempo. Tinha de haver algum outro meio.

A Sra. Brannigan fitava-a fixamente.

– Estou bem.

"Há alguma coisa errada com ela", concluiu Sue Ellen Brannigan. "Não dá mais para adiar. Pedirei a George que arrume outra pessoa." Os olhos de Amy brilhavam de alegria.

– Eu darei a você os sanduíches maiores, Tracy. E vamos nos divertir muito, não é mesmo?

Tracy não tinha resposta a dar.

ERA UMA VISITA de surpresa. O próprio governador William Haber acompanhava o comitê de reforma penitenciária. Era uma coisa que Brannigan tinha de suportar uma vez por ano.

– É algo inevitável ao cargo, George – explicara o governador. – Basta limpar o lugar, mandar as suas mulheres sorrirem bonito e teremos outro aumento no orçamento.

O chefe da guarda dera o aviso naquela manhã:

– Livrem-se de todos os tóxicos, facas e consolos.

O governador Haber e sua comitiva deveriam chegar às 10 horas, inspecionariam primeiro o interior da penitenciária, visitariam a fazenda e depois almoçariam no chalé do diretor.

Big Bertha estava impaciente. Fora informada ao apresentar o pedido para falar com o diretor:

– O diretor estará muito ocupado hoje. Amanhã seria mais fácil. Ele...

– Foda-se amanhã! – explodira Big Bertha. – Quero falar com ele agora. É importante.

Havia poucas reclusas que poderiam escapar impunes a uma reação assim, mas Big Bertha era uma delas. As autoridades da prisão estavam perfeitamente a par de seu poder. Haviam testemunhado Big Bertha desencadear motins e também suspendê-los. Nenhuma prisão do mundo podia ser controlada sem a cooperação dos líderes dos reclusos... e Big Bertha era uma líder.

Ela se encontrava sentada na sala de espera do gabinete do diretor há quase uma hora, o corpo imenso transbordando da cadeira. "Ela é uma criatura de aspecto repulsivo", pensou a secretária do diretor. "E me deixa arrepiada."

– Quanto tempo mais? – indagou Big Bertha.

– Não deve demorar muito mais. Ele está com um grupo importante esta manhã, muito ocupado.

Big Bertha disse:

– Pois ele vai ficar ainda mais ocupado.

Ela olhou para o relógio. Faltavam 15 minutos para as 13 horas. *Tempo suficiente.*

ERA UM DIA perfeito, sem nuvens e quente, uma brisa amena espalhava uma mistura de fragrâncias pela campina verdejante. Tracy estendera uma toalha sobre a relva, perto do lago, Amy mastigava feliz um sanduíche de salada de ovo. Tracy olhou para seu relógio. Já eram 13 horas. Ela não pôde acreditar. A manhã se arrastara lentamente, mas a tarde parecia voar. Tinha de pensar em alguma coisa depressa ou o tempo a privaria de sua última chance de alcançar a liberdade.

13H10. NO GABINETE de Brannigan, sua secretária desligou o telefone e disse a Big Bertha:

– Sinto muito. O diretor diz que é impossível falar com você hoje. Marcaremos outra reunião para...

Big Bertha levantou-se abruptamente.

– Mas ele tem de me receber! E...

– Passaremos a reunião para amanhã.

Big Bertha já ia dizer "Amanhã será tarde demais", mas conteve-se a tempo. Somente o próprio diretor podia saber o que ela estava fazendo. As delatoras costumavam sofrer acidentes fatais. Mas ela não tinha a menor intenção de desistir. Não havia possibilidade de permitir que Tracy Whitney lhe escapasse. Ela foi para a biblioteca da prisão, sentou em uma das mesas compridas no fundo da sala. Escreveu um bilhete. Assim que a inspetora se afastou por um corredor, a fim de ajudar uma reclusa, Big Bertha largou o bilhete em sua mesa e se retirou.

Quando a inspetora voltou, encontrou o bilhete e abriu-o. Leu duas vezes:

É MELHOR VERIFICAR O CAMINHÃO DA LAVANDERIA HOJE.

Não havia assinatura. Uma brincadeira? A inspetora não tinha meio de saber com certeza. Ela pegou o telefone.

– Ligue-me com o superintendente dos guardas...

13H15.

– Você não está comendo – disse Amy. – Quer um pedaço do meu sanduíche?

– Não! Deixe-me em paz!

Tracy não tivera intenção de falar tão asperamente. Amy parou de comer.

– Está zangada comigo, Tracy? Por favor, não fique zangada comigo. Eu a amo muito. E nunca fiquei zangada com você.

Os olhos ternos da menina estavam cheios de mágoa.

– Não estou zangada.

Ela estava no inferno.

– Também não sinto fome, se você não sente. Vamos jogar bola, Tracy.

Amy tirou a sua bola de borracha do bolso.

13H16. ELA DEVERIA estar a caminho. Levaria pelo menos 15 minutos para chegar à sala de serviço. Poderia chegar a tempo, se se apressasse. Mas não podia deixar Amy sozinha. Tracy olhou ao redor. Avistou a distância um grupo de presas de confiança, colhendo os produtos da plantação. E no mesmo instante Tracy compreendeu o que ia fazer.

– Não quer jogar bola, Tracy?

Tracy levantou-se.

– Quero, sim. Vamos fazer um jogo novo. Quem consegue jogar a bola mais longe. Eu jogarei primeiro e depois será a sua vez.

Tracy pegou a bola de borracha dura e jogou o mais longe que podia, na direção das trabalhadoras.

– Puxa, foi sensacional! – comentou Amy, com genuína admiração. – E foi bem longe.

– Vou buscar a bola – disse Tracy. – Fique esperando aqui.

E no instante seguinte ela estava correndo, correndo por sua vida, os pés voando pelos campos. 13h18. Se atrasasse um pouco, esperariam por ela. *Ou não?* Tracy correu ainda mais depressa. Por trás dela, ouviu Amy gritando, mas não deu atenção. As mulheres que trabalhavam na plantação se deslocavam agora na outra direção. Tracy gritou-lhes e elas pararam. Estava ofegante quando alcançou-as.

– Algum problema? – perguntou uma delas.

– Não... nada. – Tracy ofegava, lutando para respirar. – A garotinha lá atrás. Uma de vocês cuide dela. Tenho algo importante para fazer e...

Ela ouviu seu nome ser chamado a distância e virou-se. Amy estava em cima do muro de concreto que cercava o lago. E acenava. – Olhe para mim, Tracy.

– Não! – gritou Tracy. – Desça daí!

E enquanto Tracy observava, horrorizada, Amy perdeu o equilíbrio e mergulhou no lago.

– Oh, Deus!

O sangue esvaiu-se do rosto de Tracy. Ela tinha uma opção a fazer... só que não havia qualquer opção. "Não posso ajudá-la. Não agora. Alguém mais a salvará. Eu tenho de salvar a mim mesma. Tenho de sair deste lugar ou morrerei." Eram 13h20.

Tracy virou-se e recomeçou a correr, mais depressa do que jamais o fizera em toda a sua vida. As outras chamaram-na, mas ela não lhes deu atenção. Voava pelo ar, sem perceber que perdera os sapatos, sem se importar que o chão estivesse lhe cortando os pés. O coração batia forte, os pulmões pareciam prestes a estourar, mas ela se obrigava a correr cada vez mais depressa. Alcançou o muro em torno do lago e pulou em cima. Lá embaixo, podia avistar Amy na água profunda e aterradora, debatendo-se para permanecer à tona. Sem um segundo de hesitação, Tracy pulou atrás dela. E, no instante em que bateu na água, Tracy pensou: "Oh, meu Deus! Não sei nadar..."

Livro II

12

Nova Orleans
Sexta-feira, 25 de agosto
10 horas

Lester Torrance, um dos caixas do First Merchants Bank de Nova Orleans, orgulhava-se de duas coisas: suas proezas sexuais com as mulheres e sua capacidade de avaliar os clientes. Lester era um homem que se aproximava dos 50 anos, magro, rosto pálido, costeletas compridas e um bigode como o do ator Tom Selleck. Fora preterido duas vezes numa promoção; em represália, Lester usava o banco como um serviço de encontros pessoais. Podia reconhecer mulheres fáceis a um quilômetro de distância e gostava de tentar persuadi-las a lhe conceder seus favores de graça. As viúvas solitárias eram presas especialmente frágeis. Não importava a idade ou o estado emocional, mais cedo ou mais tarde surgiam no guichê de Lester. Lester se mostrava compreensivo e retardava os cheques, atrasando sua compensação enquanto suas contas encontravam-se temporariamente descobertas. Em troca, não poderiam talvez ter um tranquilo jantar a sós?

Muitas de suas clientes lhe solicitavam ajuda e confidenciavam segredos: Precisavam de um empréstimo sem o conhecimento do marido... Queriam manter em sigilo determinados cheques que haviam emitido... Estavam cogitando um divórcio; Lester não poderia ajudar a encerrar imediatamente a conta conjunta? Ele mostrava-se sempre ansioso em agradar. E em ser agradado.

Lester compreendeu que tirara a sorte grande naquela manhã de sexta-feira em particular. Viu a mulher no momento em que ela passou pela porta do banco. Era absolutamente espetacular. Tinha cabelos pretos lustrosos caindo pelos ombros, usava uma saia e um suéter justos que delineavam um corpo que faria inveja a uma corista de Las Vegas.

Havia quatro caixas no banco e os olhos da jovem se deslocaram de um guichê para outro, como se procurasse ajuda. Quando ela olhou para Lester, ele acenou com a cabeça ansiosamente e presenteou-a com um sorriso encorajador. Ela se aproximou de seu guichê, como Lester sabia que aconteceria.

– Bom dia – disse Lester, efusivamente. – Em que posso servi la?

Ele podia ver os mamilos se comprimindo contra o suéter de *cashmere* e pensou: "Meu bem, quanta coisa eu gostaria de fazer por você!"

– Receio estar com um problema – disse a mulher, suavemente.

Ela possuía o mais delicioso sotaque sulista que Lester já ouvira.

– É para isso que estou aqui – disse ele, exuberante. – Para resolver problemas.

– Espero que sim Infelizmente, fiz uma coisa horrível.

Lester ofereceu-lhe seu melhor sorriso paternal, o sorriso pode-contar-comigo.

– Não consigo acreditar que alguém tão adorável como você tenha feito alguma coisa horrível.

– Mas eu fiz! – Os olhos castanhos suaves estavam arregalados pelo pânico. – Sou a secretária de Joseph Romano. Ele me mandou providenciar um novo talão de cheques de sua conta há uma semana e eu simplesmente esqueci. Os cheques agora acabaram e não sei o que ele fará comigo quando descobrir que não providenciei outro talão.

A explicação saiu num ímpeto suave, aveludado. Lester conhecia muito bem o nome de Joseph Romano. Era um importante cliente do banco, embora mantivesse quantias relativamente reduzidas em sua conta. Todos sabiam que o seu verdadeiro dinheiro era "lavado" em outros lugares.

"Ele certamente tem um excelente gosto em matéria de secretárias", pensou Lester, tornando a sorrir.

– Ora, isso não é tão sério assim, Sra....

– Srta. Hartford... Lureen Hartford.

"Senhorita." Era o seu dia de sorte. Lester pressentiu que tudo correria de maneira esplêndida.

– Pedirei imediatamente um novo talão de cheques. Deverá receber dentro de duas ou três semanas e...

Ela deixou escapar um pequeno gemido, um som que pareceu a Lester conter uma promessa infinita.

– Oh, mas isso já seria tarde demais e o Sr. Romano anda muito zangado comigo! Não consigo manter meus pensamentos concentrados no trabalho, entende?

Ela inclinou-se para a frente, os seios tocando o guichê, e acrescentou, num sussurro:

– Se pudesse dar um jeito de apressar o talão, eu pagaria um preço extra.

Lester disse, pesaroso:

– Infelizmente, Lureen, seria impossível...

Ele parou de falar percebendo que ela estava à beira das lágrimas.

– Para dizer a verdade, isso pode custar meu emprego.

– Por favor... farei *qualquer coisa.*

As palavras soaram como música nos ouvidos de Lester.

– Darei um jeito, Lureen. Pedirei um prazo especial e poderá receber na segunda-feira. Está bom assim?

– Oh, você é *maravilhoso!*

A voz dela transbordava de gratidão.

– Mandarei para o escritório e...

– Seria melhor se eu viesse buscar pessoalmente. Não quero que o Sr. Romano saiba como fui incompetente.

Lester sorriu, indulgentemente.

– Não tem nada de incompetente, Lureen. Todos nos esquecemos às vezes de algumas coisas.

Ela murmurou:

– Nunca o esquecerei. Até segunda-feira.

– Estarei à sua espera.

Seria preciso estar com as duas pernas quebradas para que ele ficasse em casa. Ela presenteou-o com um sorriso deslumbrante e saiu do banco, andando devagar, oferecendo um espetáculo inesquecível. Lester sorria ao se inclinar sobre um arquivo, verificando o número da conta de Joseph Romano e telefonando para pedir outro talão de cheques.

O HOTEL NA CARMEN Street não era diferente de uma centena de outros hotéis em Nova Orleans e fora justamente por isso que Tracy o escolhera. Ela ocupava um quarto pequeno, com uma decoração pobre, havia uma semana. Em comparação com a cela na penitenciária, era um palácio para ela.

Ao voltar do encontro com Lester, ela tirou a peruca preta, passou os dedos por seus próprios cabelos abundantes, removeu as lentes de contato e limpou com creme a maquiagem escura. Sentou-se na única cadeira no quarto e respirou fundo. Tudo estava correndo bem. Fora fácil descobrir onde Joe Romano tinha sua conta bancária. Tracy verificara o cheque cancelado do espólio de sua mãe, emitido por Joe Romano.

– Joe Romano? Você não pode tocar nele – dissera Ernestine.

Pois Ernestine estava enganada. Joe Romano era apenas o primeiro. Os outros se seguiriam. Um a um.

Tracy fechou os olhos e reconstituiu o milagre que a levara até ali...

ELA SENTIU AS ÁGUAS frias e escuras fechando-se sobre sua cabeça. Estava se afogando, dominada pelo terror. Mergulhou e suas mãos encontraram a criança, agarrando-a e puxando-a para a superfície. Amy debateu-se em pânico cego para se desvencilhar, tornando a arrastar as duas para o fundo, sacudindo braços e pernas freneticamente. Os pulmões de Tracy pareciam prestes a estourar. Ela lutou para emergir daquele túmulo de água, agarrando a menina firmemente. Sentiu que suas forças se desvaneciam. "Não vamos conseguir", pensou ela. "Estamos perdidas." Vozes chamavam e ela sentiu o corpo de Amy escapar de seus braços. E gritou:

– Oh, Deus, não!

Mãos fortes seguravam a cintura de Tracy e uma voz disse:

Está tudo bem agora. Fique calma. Já acabou.

Tracy olhou ao redor, desesperada, à procura de Amy.

Descobriu a menina sã e salva nos braços de um homem. E momentos depois as duas foram retiradas da água profunda e cruel...

O incidente não teria merecido mais que um parágrafo numa página interna dos jornais da manhã se não fosse pelo fato de uma prisioneira que não sabia nadar ter arriscado a vida para salvar a filha do diretor da penitenciária. Da noite para o dia, os jornais e as emissoras de televisão transformaram Tracy numa heroína. O próprio governador Haber foi ao hospital da prisão junto com o diretor Brannigan para visitar Tracy.

– Foi um ato de extrema coragem de sua parte – disse o diretor. – A Sra. Brannigan e eu queremos que saiba que somos profundamente gratos.

A voz dele estava embargada de emoção. Tracy ainda se sentia fraca e abalada da emoção.

– Como está Amy?

– Ela ficará boa.

Tracy fechou os olhos. "Eu não poderia suportar se alguma coisa acontecesse com a menina", pensou ela. Lembrou-se de sua frieza, quando tudo o que a menina queria era amor. E sentiu-se envergonhada. O incidente lhe custara a chance de escapar, mas Tracy sabia que, nas mesmas circunstâncias, faria tudo de novo.

Houve um inquérito sumário sobre o acidente.

– A culpa foi minha – disse Amy ao pai. – Estávamos jogando bola. Tracy correu atrás da bola e me disse para esperar. Eu subi no muro para poder ver Tracy melhor, acabei caindo na água. Mas Tracy me salvou, papai.

Mantiveram Tracy em observação no hospital naquela noite. Ela foi conduzida ao gabinete do diretor Brannigan na manhã seguinte. Os meios de comunicação a aguardavam. Sabiam reconhecer uma história de interesse humano quando a encontravam e lá estavam correspondentes da UPI e da Associated Press. A emissora de televisão local mandara uma equipe.

A notícia do heroísmo de Tracy se espalhou naquela tarde. O relato do seu ato de salvação foi divulgado pela televisão nacional e transformou-se numa autêntica bola de neve. *Time, Newsweek, People* e centenas de jornais de todo o país publicaram a história. À medida que a cobertura da imprensa continuava, cartas e telegramas se despejaram sobre a penitenciária, exigindo o perdão de Tracy Whitney.

O governador Haber discutiu o assunto com o diretor Brannigan.

– Tracy Whitney está aqui por crimes graves – comentou o diretor.

O governador ficou pensativo.

– Mas ela não tinha antecedentes, não é mesmo, George?

– Não, senhor, não tinha.

– Não me importo de lhe contar: estou sofrendo uma tremenda pressão para fazer alguma coisa por ela.

– Eu também, governador.

– É claro que não podemos deixar o público nos dizer como devemos dirigir nossas prisões, não é mesmo?

– Claro que não.

– Por outro lado, a garota Whitney certamente demonstrou uma coragem extraordinária. E se tornou uma heroína.

– Não resta a menor dúvida.

O governador fez uma pausa para acender um charuto.

– Qual é a sua opinião, George?

George Brannigan escolheu suas palavras com todo cuidado.

– Deve saber, governador, que tenho um interesse muito especial neste caso. Mas, mesmo pondo isso de lado, não creio que Tracy Whitney seja do tipo criminoso. Não posso acreditar que ela constituísse uma ameaça à sociedade, se estivesse solta no mundo. Minha recomendação é que lhe conceda o perdão.

O governador, que estava prestes a anunciar sua candidatura a um novo mandato, sabia reconhecer uma boa ideia quando a ouvia.

– Vamos esperar mais um pouco.

Em política, a escolha do momento certo era tudo.

DEPOIS DE CONVERSAR sobre o assunto com o marido, Sue Ellen disse a Tracy:

– O diretor Brannigan e eu gostaríamos muito que viesse morar no chalé. Temos um quarto vago nos fundos. Você pode tomar conta de Amy em tempo integral.

– Obrigada – disse Tracy, sinceramente agradecida. – Nada poderia me fazer mais feliz.

TUDO OCORRIA COM perfeição. Não apenas Tracy não precisava mais passar a noite trancafiada numa cela, mas também o seu relacionamento com Amy mudara completamente. Amy adorava Tracy e Tracy retribuía o caminho. Gostava da companhia daquela garota inteligente e amorosa. Divertiam-se com brincadeiras antigas, assistiam a filmes da Disney pela televisão, liam juntas. Era quase como ser parte da família.

Mas sempre que tinha de fazer alguma coisa nas celas, Tracy invariavelmente esbarrava em Big Bertha.

– Você é uma sacana de sorte – resmungava Big Bertha. Mas um dia, muito em breve, voltará para cá, junto das presas comuns. Estou trabalhando para isso, *littbarn.*

TRÊS SEMANAS depois da salvação de Amy, Tracy brincava com a menina no jardim da frente quando Sue Ellen Brannigan saiu apressada da casa. Parou por um momento, observando-as, antes de dizer:

– Tracy, o diretor acaba de telefonar. Gostaria de lhe falar imediatamente em seu gabinete.

Tracy foi invadida por um medo repentino. "Aquilo significava que seria transferida de volta à prisão?" Big Bertha usara sua influência para conseguir isso? Ou a Sra. Brannigan chegara à conclusão de que Amy e Tracy estavam se tornando próximas demais?

– Está bem, Sra. Brannigan.

O diretor esperava na porta de sua sala quando Tracy chegou, devidamente escoltada.

– É melhor você se sentar – disse ele.

Tracy tentou descobrir uma indicação do seu destino pelo tom de voz de Brannigan.

– Tenho notícias para você. – Ele fez uma pausa, dominado por uma emoção que Tracy não podia compreender. – Acabei de receber uma ordem do governador da Louisiana concedendo-lhe o perdão, a entrar em vigor imediatamente.

"Santo Deus, ele disse mesmo o que julgo ter ouvido?" Tracy ficou com medo de falar.

– Quero que saiba que isso não está sendo feito porque foi a minha filha que você salvou – continuou o diretor. – Você agiu instintivamente, como qualquer cidadão decente teria feito. Não há a menor possibilidade de eu acreditar que você seria uma ameaça à sociedade.

Ele fez uma pausa, sorrindo, antes de acrescentar:

– Amy sentirá muita saudade de você. E nós também.

Tracy não tinha palavras. Se o diretor soubesse a verdade... que seus homens a estariam caçando como uma fugitiva, se o acidente não tivesse ocorrido...

– Será libertada depois de amanhã.

Tracy ainda não era capaz de absorver.

– Eu... eu não sei o que dizer...

– Não precisa dizer nada. Todos aqui sentem muito orgulho de você. A Sra. Brannigan e eu esperamos que tenha grandes realizações lá fora.

Então era verdade: Ela estava livre. Tracy sentia-se tão fraca que teve de se apoiar na mesa do diretor. Mas sua voz era segura quando finalmente falou:

– Há muito o que eu quero realizar, diretor Brannigan.

NO SEU ÚLTIMO dia na prisão, Tracy foi procurada por uma companheira do seu antigo bloco.

– Então você vai sair.

– É verdade.

A mulher, Betty Franciscus, tinha quarenta e poucos anos, ainda era atraente, com uma aura de orgulho.

– Se precisar de ajuda lá fora, há um homem em Nova York que deve procurar. O nome dele é Conrad Morgan. – Ela entregou um papel a Tracy. – Ele se empenha na reforma criminal. E gosta de ajudar as pessoas que já passaram pela prisão.

– Obrigada, mas acho que não precisarei...

– Nunca se sabe. Guarde o endereço.

Duas horas depois Tracy atravessava os portões da penitenciária, diante das câmeras de televisão. Ela não falaria com os repórteres. Mas quando Amy se desvencilhou da mãe e correu para se jogar nos braços de Tracy, as câmeras enlouqueceram. Foi a imagem que apareceu em todos os noticiários daquela noite.

A liberdade para Tracy não era mais simplesmente uma palavra abstrata. Era uma coisa concreta, uma condição física a ser desfrutada e saboreada. Significava respirar ar fresco, ter privacidade, não entrar em fila para comer, não ouvir campainhas. Significava banhos quentes e sabonetes perfumados, lingerie macia, bonitos vestidos, sapatos de saltos altos. Significava ter um nome em vez de um número. Liberdade significava escapar de Big Bertha e dos bandos de estupradoras, da terrível monotonia da rotina da prisão.

A liberdade recém-descoberta de Tracy exigiu que ela se habituasse aos poucos. Andando por uma rua, ela tomava cuidado para não esbarrar em ninguém. Na penitenciária, esbarrar em outra presa podia ser a faísca que desencadearia um incêndio. O mais difícil para Tracy era se ajustar à ausência de ameaça constante. Ninguém a ameaçava.

Ela estava livre para executar seus planos.

NA FILADÉLFIA, Charles Stanhope III viu Tracy pela televisão, saindo da penitenciária. "Ela ainda é linda", pensou. Observando-a, pareceu-lhe impossível que ela tivesse cometido os crimes pelos quais fora condenada. Ele olhou para sua esposa exemplar, sentada placidamente no outro lado da sala, tricotando. *Será que cometi um erro?*

DANIEL COOPER viu Tracy no noticiário da televisão em seu apartamento em Nova York. Manteve-se totalmente indiferente ao fato de ela sair da prisão. Desligou o aparelho e voltou a se concentrar no arquivo em que trabalhava.

JOE ROMANO soltou uma risada quando assistiu à notícia da televisão. A garota Whitney tinha muita sorte.

– Aposto que a prisão foi boa para ela. Deve estar com o maior tesão a esta altura. Talvez um dia desses tornemos a nos encontrar.

Romano estava muito satisfeito consigo mesmo. Já entregara a um receptador o Renoir, que fora comprado por um colecionador particular de Zurique. Meio milhão de dólares da seguradora, outros 250 mil do receptador. Naturalmente, Romano dividira o dinheiro com Anthony Orsatti. Era muito meticuloso em suas transações com Orsatti, pois já testemunhara o que acontecia com as pessoas que *não* eram corretas em seus negócios com o chefão de Nova Orleans.

NA SEGUNDA-FEIRA, ao meio-dia, apresentando-se como Lureen Hartford, Tracy voltou ao First Merchants Bank de Nova Orleans, àquela hora, apinhado de clientes. Diversas pessoas formavam uma fila diante do guichê de Lester Torrance. Tracy entrou na fila. Quando a viu, Lester ficou radiante e acenou com a cabeça. Ela era ainda mais linda do que ele se lembrara. E quando Tracy chegou finalmente ao guichê, Lester disse, exultante:

– Não foi fácil, Lureen, mas fiz isso por você.

Um sorriso ardente iluminou o rosto de Lureen.

– Você é maravilhoso.

– Está aqui mesmo. – Lester abriu uma gaveta, retirou o talão de cheques que guardara cuidadosamente e entregou a ela. Aqui estão. São quatrocentos cheques. Será suficiente?

– Oh, mais do que suficiente, a menos que o Sr. Romano resolva fazer uma orgia de preenchimento de cheques. – Ela fitou Lester nos olhos e suspirou. – Salvou-me a vida.

Lester sentiu uma agradável comichão na virilha.

– Acredito que as pessoas devem ser prestativas umas com as outras. Não concorda, Lureen?

– Tem toda razão, Lester.

– Você também deveria abrir uma conta aqui, Lureen. Eu cuidaria bem de você. Muito bem mesmo.

– Sei que cuidaria – respondeu Tracy, suavemente.

– Por que nós dois não conversamos a respeito durante um jantar sossegado em algum lugar?

– Eu adoraria.

– Onde posso encontrá-la, Lureen?

– Eu telefonarei para você, Lester.

Ela se afastou.

– Espere um...

O cliente seguinte já se adiantara, entregando ao frustrado Lester um saco com moedas.

No meio do banco havia quatro mesas, em que se encontravam fichas de depósitos em branco. Todas as mesas se achavam ocupadas por pessoas empenhadas em preencher as fichas. Tracy afastou-se para um ponto em que Lester não poderia vê-la. Assim que um cliente abriu vaga numa das mesas, Tracy ocupou o seu lugar. Lester lhe entregara oito talões de cheques. Mas não era nos cheques que Tracy estava interessada e sim nas fichas de depósitos, no fim dos talões.

Ele separou cuidadosamente as fichas de depósitos dos cheques; em menos de três minutos tinha oitenta fichas de depósitos na mão. Certificando-se de que não era observada, Tracy colocou vinte fichas de depósitos na estante de metal sobre a mesa.

Deslocando-se para a mesa seguinte, ela deixou ali outras vinte fichas de depósitos. Em poucos minutos distribuíra todas pelas diversas mesas. As fichas de depósitos estavam em branco, mas cada uma continha um código magnetizado na base; o computador creditaria automaticamente cada depósito na conta de Joe Romano. Pela sua experiência trabalhando num banco, Tracy sabia que em dois dias todas as fichas de depósitos magnetizadas teriam sido usadas e que transcorreriam pelo menos cinco dias antes que a confusão fosse descoberta. Isso lhe proporcionaria tempo mais do que suficiente para o que planejava fazer.

Voltando para o hotel, Tracy largou os cheques em branco numa cesta de lixo. O Sr. Joe Romano não precisaria deles.

A próxima parada de Tracy foi na Agência de Viagens Holiday, de Nova Orleans. A moça por trás do balcão perguntou-lhe:

– O que deseja?

– Sou a secretária de Joseph Romano. O Sr. Romano quer fazer uma reserva para o Rio de Janeiro. Ele pretende viajar nesta sexta-feira.

– Só uma passagem?

– Isso mesmo. Primeira classe. Uma poltrona no corredor. E na seção de fumantes, por favor.

– Passagem de ida e volta?

– Só de ida.

A moça virou-se para o terminal de computador. E informou alguns segundos depois:

– Está tudo acertado. Uma poltrona em primeira classe no voo 728 da Pan American, partindo às 18 horas de sexta-feira, com uma rápida escala em Miami.

– Ele ficará muito satisfeito – assegurou Tracy.

– São 1.929 dólares. Pagamento à vista ou a prazo?

– O Sr. Romano sempre paga à vista. Na entrega. Pode fazer o favor de enviar a passagem a seu escritório na quinta-feira?

– Podemos entregar amanhã, se quiser.

– O Sr. Romano não estará no escritório amanhã. Pode deixar para as 11 horas de quinta-feira?

– Claro. Qual é o endereço?

– Sr. Joseph Romano, Poydras Street 217, sala 408.

A mulher anotou.

– Está certo. Providenciarei para que a passagem seja entregue na manhã de quinta-feira.

– Às 11 horas em ponto – disse Tracy. – Obrigada.

A meio quarteirão de distância ficava a Loja de Malas Acme. Tracy observou a vitrine antes de entrar. Um vendedor aproximou-se.

– Bom dia. Em que posso servi-la?

– Quero comprar uma mala para meu marido.

– Pois veio ao lugar certo. Estamos fazendo uma liquidação. Temos algumas malas ótimas e baratas...

– Não, obrigada.

Tracy encaminhou-se para um mostruário de malas Vuitton, encostado numa parede.

– Isto é mais o que estou procurando. Vamos fazer uma viagem.

– Estou certo que ele ficará satisfeito com uma destas. Temos três tamanhos diferentes. Qual deles...

– Levarei uma mala de cada tamanho.

– Ahn... Ótimo. Pagamento à vista ou a prazo?

– Contraentrega. O nome é Joseph Romano. Poderia entregar no escritório de meu marido na manhã de quinta-feira?

– Claro, Sra. Romano.

– Às 11 horas?

– Providenciarei tudo pessoalmente.

Como se só agora lembrasse disso, Tracy acrescentou:

– Ah, sim. poderia pôr as iniciais de meu marido nas malas... em ouro? J.R.

– Claro. Será um prazer, Sra. Romano.

Tracy sorriu e deu o endereço do escritório.

Numa agência próxima da Western Union, Tracy mandou um telegrama para o Rio Othon Palace, na Praia de Copacabana, no Rio de Janeiro:

QUERO RESERVAR A SUÍTE MAIS CARA A PARTIR DESTA SEXTA-FEIRA POR DOIS MESES. CONFIRMEM POR FAVOR EM TELEGRAMA A COBRAR. JOSEPH ROMANO, POYDRAS STREET, 217, SALA 408, NOVA ORLEANS, LOUISIANA, EUA.

TRACY TELEFONOU para o banco três dias depois e pediu para falar com Lester Torrance. Ao ouvir a voz dele, ela disse suavemente:

– Provavelmente não se lembra de mim, Lester, mas aqui é Lureen Hartford, a secretária do Sr. Romano...

Não se lembrava dela? A voz de Lester soou extremamente ansiosa:

– Mas é claro que me lembro de você, Lureen! Eu...

– Lembra mesmo? Ora, eu me sinto lisonjeada. Deve conhecer uma porção de pessoas.

– Mas não como você. Não esqueceu o nosso compromisso para o jantar, não é mesmo?

– Não pode imaginar como estou ansiosa por essa oportunidade. Poderia ser na próxima terça-feira, Lester?

– Claro!

– Então está combinado. Oh, mas que idiota que eu sou! Você me deixou tão agitada que quase esquecia o motivo para o telefonema. O Sr. Romano pediu-me para conferir seu saldo. Podia me dizer a cifra?

– Não há problema.

Normalmente, Lester Torrance teria pedido a data de nascimento ou alguma forma de identificação da interlocutora. Mas, naquele caso, isso não era necessário. De jeito nenhum.

– Espere um instante, Lureen.

Ele foi até o arquivo e puxou a ficha de Joseph Romano. Teve uma surpresa. Houvera diversos depósitos na conta de Romano durante os últimos dias. Romano nunca mantivera tanto dinheiro em sua conta antes. Lester Torrance se perguntou o que estaria acontecendo. Obviamente, alguma transação em larga escala. Arrancaria toda a história quando jantasse com Lureen Hartford. Uma pequena informação confidencial era sempre bem-vinda. Ele voltou ao telefone.

– Seu patrão vem nos mantendo bastante ocupados. Ele tem pouco mais de 300 mil dólares em sua conta.

– Isso é ótimo. Confere com os meus cálculos.

– Ele não gostaria que transferíssemos uma parte para uma conta de investimentos? Não haverá juros e eu poderia...

– Não. Ele quer deixar o dinheiro assim mesmo.

– Muito bem.

– Obrigada, Lester. Você é maravilhoso.

– Ei, espere um momento! Devo telefonar para o seu escritório para acertar o jantar na terça-feira?

– Eu telefonarei para você.

A ligação foi cortada.

O MODERNO PRÉDIO de escritório pertencente a Anthony Orsatti ficava na Poydras Street entre a beira do rio e o gigantesco Louisiana Superdome.* Os escritórios da Pacific Import-Export Company situavam-se no quarto andar. Numa extremidade ficava a sala de Orsatti e na outra a de Joe Romano. O espaço entre as duas era ocupado por quatro jovens recepcionistas, sempre disponíveis à noite para divertir os amigos e os associados de negócios de Anthony Orsatti. Na frente da sala de Orsatti se sentavam dois homens enormes, cujas vidas eram devotadas a guardar o chefe. Também serviam como motoristas, massagistas e mensageiros do *capo*.

Orsatti estava em sua sala naquela manhã de quinta-feira, conferindo as receitas do dia anterior do jogo, apostas em cavalos, prostituição e uma dúzia de outras atividades lucrativas controladas pela Pacific Import-Export Company.

Anthony Orsatti se achava próximo dos 70 anos. Era um homem de estranha constituição, com um tronco enorme e largo, pernas curtas e finas, que pareciam ter sido projetadas para um homem menor. De pé, ele parecia um sapo sentado. Tinha o rosto coberto por uma teia irregular de cicatrizes que poderia ter sido feita por uma aranha embriagada, uma boca descomunal, olhos pretos e empapuçados. Era totalmente calvo desde a idade de 15 anos, depois de um ataque de alopecia; usava uma peruca preta desde então. A peruca não se ajustava a ele, ficava inteiramente deslocada, mas durante todos aqueles anos ninguém se atrevera a fazer qualquer comentário na sua frente. Os olhos frios de Orsatti eram os de um jogador, nada deixando transparecer; o rosto, a não ser quando em companhia das cinco filhas, as quais adorava, era inexpressivo. A única pista para as emoções de Orsatti estava na voz. Tinha a voz rouca e dissonante, resultado de um fio que fora apertado em seu pescoço quando contava 21 anos e o deram por morto. Os dois homens que cometeram esse erro apareceram no necrotério na semana seguinte. Quando Orsatti ficava realmente furioso, sua voz baixava para um sussurro estrangulado que mal podia ser ouvido.

*Estádio esportivo coberto localizado no centro financeiro de Nova Orleans. (*N. do E.*)

Anthony Orsatti era um rei que comandava seus domínios com subornos, armas de fogo e chantagem. Controlava Nova Orleans e a cidade lhe prestava homenagem sob a forma de riquezas incalculáveis. Os *capos* das outras famílias da Máfia norte-americana respeitavam-no e constantemente solicitavam seus conselhos.

No momento, Anthony Orsatti achava-se num ânimo benevolente. Tomara o café da manhã com sua amante, a quem mantinha num prédio de apartamentos que possuía em Lake Vista. Visitava-a três vezes por semana e a visita daquela manhã fora particularmente agradável. Ela o satisfazia na cama como nenhuma outra mulher jamais sonhara. Orsatti acreditava sinceramente que isso acontecia porque ela o amava muito. Sua organização funcionava com perfeição. Não havia qualquer problema, porque Anthony Orsatti sabia como resolver as dificuldades antes que se transformassem em problemas. Ele explicara um dia sua filosofia a Joe Romano:

– Nunca permita que um pequeno problema se transforme num grande problema, Joe, ou crescerá como a porra de uma bola de neve descendo a ladeira. Se há um capitão de delegacia que acha que deve receber mais dinheiro... acabe com ele, entende? Nada de bola de neve. Algum cara de Chicago que pede permissão para abrir uma pequena operação aqui em Nova Orleans? Sabe que muito em breve essa "pequena" operação vai se tornar uma *grande* operação e começar a reduzir seus lucros. Pois diga que sim e quando ele chegar aqui acabe com o filho da puta. Nada de bola de neve. Entende como é?

Joe Romano entendia.

Anthony Orsatti amava Romano. Era como um filho para ele. Orsatti o recolhera quando Romano era um delinquente juvenil, roubando bêbados nos becos. Treinara Romano pessoalmente e agora o garoto podia se igualar aos melhores. Era rápido, esperto e confiável. Em dez anos Romano subira ao posto de lugar-tenente de Anthony Orsatti. Supervisionava todas as operações da Família e se reportava somente a Orsatti.

Lucy, a secretária particular de Orsatti, bateu na porta e entrou na sala. Tinha 24 anos, diploma universitário, um rosto e um corpo que haviam ganhado concursos de beleza locais. Orsatti gostava de ter lindas mulheres ao seu redor.

Ele olhou para o relógio em sua mesa. Eram 10h45. Dissera a Lucy que não queria interrupções antes de meio-dia. Orsatti franziu o rosto.

– O que é?

– Desculpe incomodá-lo, Sr. Orsatti. Uma tal de Srta. Gigi Dupres está ao telefone. Ela parece histérica, mas não quer me dizer o que deseja. Insiste em lhe falar pessoalmente. Achei que poderia ser importante.

Orsatti ficou imóvel por um momento, passando o nome pelo computador em seu cérebro. *Gigi Dupres?* Não conseguia se lembrar e orgulhava-se de possuir uma mente que não esquecia coisa alguma. Por curiosidade, Orsatti pegou o telefone e acenou com a mão, dispensando Lucy.

– Quem está falando?

– É o Sr. Anthony Orsatti?

Ela tinha um sotaque francês.

– E daí?

– Oh, graças a Deus que consegui lhe falar, Sr. Orsatti!

Lucy tinha razão. A mulher era histérica. Anthony Orsatti perdeu o interesse pela mulher. Ele já ia desligar quando a voz acrescentou:

– Tem de impedi-lo, por favor!

– Dona, não tenho a menor ideia de sobre quem você está falando e estou ocupado...

– Meu Joe... Joe Romano. Ele prometeu que me levaria junto, *comprenez-vous?*

– Se tem alguma coisa a acertar com Joe, fale com ele diretamente. Não sou babá de Joe.

– Ele mentiu para mim! Acabei de descobrir que Joe vai viajar sozinho para o Brasil. E metade daqueles 300 mil dólares me pertence.

Anthony Orsatti descobriu subitamente que, afinal, o caso o interessava.

– Que dólares são esses de que está falando?

– O dinheiro que Joe está escondendo em sua conta no banco. O dinheiro que ele... como é mesmo que se diz?... desviou.

Antony Orsatti estava *muito* interessado.

– Por favor, diga a Joe que deve me levar também para o Brasil. Por favor! Pode fazer isso para mim?

– Claro – prometeu Anthony Orsatti. – Pode deixar que cuidarei de tudo.

A SALA DE JOE Romano era moderna, toda branca e cromada, feita por um dos decoradores mais em alta em Nova Orleans. Os únicos toques de cores eram os três quadros valiosos de impressionistas franceses nas paredes. Romano orgulhava-se de seu bom gosto. Lutara muito para sair dos cortiços de Nova Orleans e no processo se instruíra. Possuía bom olho para quadros e um ótimo ouvido para música. Quando jantava num restaurante, sustentava longas e interessadas conversas com o *sommelier* sobre vinhos. Isso mesmo, Joe Romano tinha todos os motivos para sentir-se orgulhoso. Enquanto seus contemporâneos sobreviveram pelo uso dos punhos, ele usara o cérebro. Se era verdade que Anthony Orsatti possuía Nova Orleans, também era verdade que Joe Romano controlava a cidade para ele.

Sua secretária entrou na sala.

– Sr. Romano, há um mensageiro aqui com sua passagem de avião para o Rio de Janeiro. Devo fazer um cheque? É pagamento contraentrega.

– Rio de Janeiro? – Romano sacudiu a cabeça. – Diga a ele que houve algum engano.

O mensageiro uniformizado estava na porta.

– Mandaram entregar a Joseph Romano, neste endereço.

– Pois então mandaram errado. Que história é essa? Uma ideia de promoção de alguma nova empresa de aviação?

– Não, senhor. Eu...

– Deixe-me ver isso. – Romano arrancou a passagem da mão do mensageiro e deu uma olhada. – Sexta-feira... Por que eu haveria de viajar para o Rio na sexta-feira?

– É uma boa pergunta – disse Anthony Orsatti, parado por trás do mensageiro. – Por que faria isso, Joe?

– É algum erro estúpido, Tony. – Romano devolveu a passagem ao mensageiro. – Leve isso de volta ao lugar de onde veio e...

– Não tão depressa. – Anthony Orsatti pegou a passagem e examinou-a. – Aqui diz que é primeira classe, poltrona no corredor, seção de fumantes, para o Rio de Janeiro, na sexta-feira. Passagem só de ida.

Joe Romano soltou uma risada.

– Alguém cometeu um engano. – Ele virou-se para sua secretária. – Madge, telefone para a agência de viagens e diga que deram uma mancada. Algum idiota vai perder a sua passagem de avião.

Joleen, a outra secretária, entrou na sala.

– Com licença, Sr. Romano. As malas acabaram de chegar. Quer que eu assine o recibo?

Joe Romano fitou-a aturdido.

– Que malas? Não encomendei mala nenhuma.

– Mande trazê-las para cá – ordenou Anthony Orsatti.

– Santo Deus! – exclamou Joe Romano. – Será que todo mundo enlouqueceu?

Um mensageiro entrou na sala com as três malas Vuitton.

– Mas o que é isso? Não encomendei essas malas.

O mensageiro conferiu a fatura de entrega.

– Diz aqui Sr. Joseph Romano, Poydras Street 217. Esta não é a sala 408?

Joe Romano começava a perder o controle.

– Não me interessa a porra que diz aí. Não encomendei coisa nenhuma. E agora leve essas malas daqui.

Anthony Orsatti agora examinava as malas.

– Elas têm as suas iniciais, Joe.

– Como? Ei, espere um instante! Provavelmente são um presente de alguém.

– É seu aniversário?

– Não. Mas sabe como são as mulheres, Tony. Estão sempre dando presentes.

– Tem alguma coisa acontecendo no Brasil? – perguntou Anthony Orsatti.

– Brasil? – Joe Romano riu. – Deve ser brincadeira de alguém, Tony.

Orsatti sorriu gentilmente, depois virou-se para as secretárias e os dois mensageiros.

– Saiam.

Assim que eles saíram e a porta foi fechada, Anthony Orsatti voltou-se para Romano:

– Quanto dinheiro tem na sua conta bancária, Joe?

Joe Romano ficou perplexo.

– Acho que 1.500 dólares, talvez 2 mil, Tony. Por quê?

– Apenas por curiosidade, por que não liga para o seu banco e confere?

– Para quê? Eu...

– Verifique, Joe.

– Está certo, se isso o deixará feliz. – Romano chamou a secretária pelo interfone. – Ligue-me para a tesoureira no First Merchants.

Um minuto depois ela estava na linha.

– Olá, meu bem. Aqui é Joseph Romano. Poderia me dar o saldo atual na minha conta? Minha data de nascimento é 14 de outubro.

Anthony Orsatti pegou a extensão do telefone A tesoureira voltou à linha logo depois.

– Desculpe mantê-lo à espera, Sr. Romano. Nesta manhã, o saldo em sua conta é de 310.905 dólares e 35 centavos.

Romano pôde sentir o sangue se esvair de seu rosto.

– Quanto?

– O saldo é de 310.905 dólares e...

– Sua puta estúpida! – berrou Romano. – Não tenho todo esse dinheiro na minha conta. Está cometendo um erro. Quero falar com...

Ele sentiu o telefone ser retirado de sua mão. Anthony Orsatti repôs o fone no gancho.

– De onde saiu esse dinheiro, Joe?

O rosto de Joe Romano tornou-se muito pálido.

– Juro por Deus, Tony, que não sei de nada a respeito desse dinheiro.

– Não?

– Ei, você tem de acreditar em mim! Sabe o que está acontecendo? Alguém quer me meter numa encrenca!

– Pois então deve ser alguém que gosta muito de você. E lhe dá um presente de 310 mil dólares.

Orsatti arriou pesadamente na poltrona Scalamander forrada com seda e ficou olhando para Joe Romano por um longo tempo, antes de acrescentar, suavemente:

– Tudo foi planejado, hein? Uma passagem só de ida para o Rio, malas novas... Parece até que você estava preparando para si mesmo toda uma vida nova.

– Não! – Havia pânico na voz de Joe Romano. – Por Deus, Tony, você me conhece. Sempre fui honesto com você. É como um pai para mim.

Ele estava suando agora. Houve uma batida na porta e Madge abriu uma fresta. Tinha um envelope na mão.

– Desculpe interromper, Sr. Romano. Acaba de chegar um telegrama, mas o senhor tem de assinar o recibo.

Com o instinto de um animal acuado, Joe Romano respondeu:

– Não agora. Estou ocupado.

– Pode deixar que eu recebo – disse Anthony Orsatti.

Ele se levantou antes que a secretária tivesse tempo de fechar a porta. Levou algum tempo lendo o telegrama e depois olhou atentamente para Joe Romano. E, num tom de voz tão baixo que Romano mal conseguiu ouvir, Anthony Orsatti disse:

– Lerei o telegrama para você, Joe. "Confirmo sua reserva para nossa suíte presidencial por dois meses a partir desta sexta-feira, 1º de setembro. S. Montalband, gerente, Rio Othon Palace, Praia de Copacabana, Rio de Janeiro." É sua reserva, Joe. Mas não vai precisar, não é mesmo?

13

André Gillian estava na cozinha, preparando o *spaghetti alla carbonara*, uma grande salada italiana e uma torta de pera, quando ouviu um estalo e, logo depois, o confortável zumbido do ar-condicionado central silenciou. André bateu com o pé no chão e disse.

– *Merde!* Não na noite do jogo!

Ele foi apressadamente para a caixa de controle elétrico e puxou os disjuntores, um a um. Nada aconteceu.

O Sr. Pope ficaria furioso. Simplesmente *furioso*! André sabia o quanto seu patrão apreciava o jogo de pôquer semanal, na noite de sexta-feira. Era uma tradição que se mantinha há anos e sempre com o mesmo grupo de elite. Sem ar-condicionado, a casa ficaria insuportável. *Simplesmente insuportável*! Nova Orleans em setembro era apenas para os bárbaros. Mesmo depois do pôr do sol, não havia qualquer alívio do calor e da umidade.

André voltou à cozinha e olhou para o relógio na parede. Quatro horas da tarde. Os convidados chegariam às 20 horas. André pensou em telefonar para o Sr. Pope e comunicar-lhe o problema. Mas, depois, lembrou-se que o advogado dissera que estaria ocupado no tribunal durante o dia inteiro. O pobre coitado vivia sempre tão ocupado... Precisava de sua distração. E agora acontecia isso!

André tirou de uma gaveta da cozinha um pequeno caderninho preto de endereços, procurou um número e discou. Depois de três toques, uma voz metálica entoou:

– Aqui é o Serviço de Ar-Condicionado Esquimó. Nossos técnicos não estão disponíveis neste momento. Se deixar seu nome e telefone, assim como uma breve mensagem, entraremos em contato o mais breve possível. Por favor, espere pelo bipe.

Foutre! Somente na América é que se era obrigado a conversar com uma máquina. Um bipe estridente e irritante soou no ouvido de André. Ele deixou uma mensagem:

– Aqui é da residência de *monsieur* Perry Pope, Charles Street 42. Nosso ar-condicionado parou de funcionar. Devem mandar alguém aqui o mais depressa possível. *Vite!*

Ele bateu com o fone. E claro que não havia ninguém disponível. O ar-condicionado provavelmente estava pifando por toda aquela horrível cidade. Era impossível aos aparelhos de ar-condicionado acabarem com o maldito calor e umidade. Pois era melhor que alguém viesse logo. O Sr. Pope era um homem que se irritava com facilidade.

Nos três anos em que trabalhava como cozinheiro para o advogado, André Gillian aprendera como seu patrão era influente. Era simplesmente espantoso. Toda aquela importância em alguém tão jovem. Perry Pope simplesmente conhecia todo mundo. Quando ele estalava os dedos, as pessoas pulavam.

André Gillian teve a sensação de que a casa já estava mais quente.

– *Ça va chier dur*. Se alguma coisa não for feita depressa, a merda vai bater no ventilador.

Voltando a cortar em fatias finas como papel o salame e o queijo provolone, André não pôde se desvencilhar do terrível pressentimento de que a noite estava condenada a ser um desastre.

Quando a campainha da porta tocou, meia hora depois, as roupas de André se achavam encharcadas de suor e a cozinha parecia um forno. Gillian foi apressadamente abrir a porta dos fundos.

Dois operários de macacão achavam-se parados ali, carregando caixas de ferramentas. Um deles era um negro alto. Seu companheiro era branco, vários centímetros mais baixo, com uma expressão sonolenta e entediada no rosto. Um furgão estava parado lá atrás.

– Algum problema com o ar-condicionado? – perguntou o negro.

– *Oui!* Graças a Deus que vocês estão aqui. Precisam pôr a coisa para funcionar imediatamente. Os convidados não demorarão a chegar.

O negro passou pelo fogão, farejou a torta no forno e comentou:

– O cheiro é gostoso.

– Por favor! – exortou Gillian. – Façam alguma coisa!

– Vamos dar uma olhada no aparelho – disse o homem mais baixo. – Onde fica?

– Por aqui.

André levou-os por um corredor até a sala em que estava a unidade de ar-condicionado.

– Esta é uma boa unidade, Ralph – disse o negro a seu companheiro.

– Tem razão, Al. Não fazem mais com essa qualidade.

– Mas então por que não está funcionando, pelo amor de Deus? – perguntou Gillian.

Os dois se viraram para fitá-lo.

– Acabamos de chegar – comentou Ralph, em tom de censura.

Ele ajoelhou-se e abriu uma portinhola na base da unidade, pegou uma lanterna, deitou-se de bruços e espiou o interior.

Levantou-se depois de um momento.

– O problema não é aqui.

– Onde é então? – indagou André.

– Deve ter havido um curto em alguma saída. E provavelmente parou todo o sistema. Quantas são as saídas do ar-condicionado?

– Cada cômodo tem uma. Deixe-me ver... Deve haver pelo menos nove.

– Provavelmente é esse o problema. Excesso de carga. Vamos dar uma olhada.

Os três voltaram pelo corredor. Ao passarem pela sala de estar, Al disse:

– É uma bonita casa que o Sr. Pope tem aqui.

A sala de estar era decorada com requinte, com muitas antiguidades autenticadas que valiam uma fortuna. O assoalho era coberto por tapetes persas de cores suaves. À esquerda ficava uma sala de jantar, grande e formal, à direita outra sala, com uma mesa de jogo grande no centro. Num canto dessa sala havia uma mesa redonda, já posta para o jantar. Os dois técnicos entraram ali. Al iluminou com a lanterna a saída do ar-condicionado no alto da parede.

– Hum... – Ele olhou para o teto, por cima da mesa de jogo.

– O que tem acima desta sala?

– O sótão.

– Vamos dar uma olhada.

Os técnicos seguiram André até o sótão comprido, de teto baixo, empoeirado e com muitas teias de aranha. Al encaminhou-se para uma caixa elétrica na parede, examinou o emaranhado de fios.

– Ah!

– Descobriu alguma coisa? – indagou André, ansiosamente.

– Problema de condensador. É a umidade. Devemos ter recebido uma centena de chamados esta semana. Entrou em curto. Teremos de substituir o condensador.

– Oh, Deus! Vai demorar muito?

– Não. Temos um condensador novo no carro.

– Por favor, apressem-se – suplicou André. – O Sr. Pope estará em casa daqui a pouco.

– Deixe tudo com a gente – disse Al.

De volta à cozinha André confidenciou:

– Preciso terminar de preparar o molho da salada. Podem encontrar sozinhos o caminho de volta ao sótão?

Al levantou a mão.

– Não se preocupe, companheiro. Cuide do seu trabalho e nós cuidaremos do nosso.

– Obrigado... muito obrigado.

André observou os homens saírem para o furgão e voltarem um instante depois com duas bolsas grandes de lona.

– Se precisarem de algum coisa – disse ele – basta me chamarem.

– Está certo.

Os técnicos subiram a escada e André voltou à cozinha. Chegando ao sótão, Ralph e Al abriram as bolsas de lona e removeram uma pequena cadeira dobrável de acampamento, uma perfuradora com broca de aço, uma bandeja com sanduíches, duas latas de cerveja, um binóculo Zeiss 12 por 40 para observar objetos distantes com pouca claridade e dois hamsters vivos, que haviam sido injetados com três quartos de miligrama de promazine acetílica.

Os dois homens se puseram a trabalhar.

A velha Ernestine ficará orgulhosa de mim – comentou Al, com uma risadinha.

A PRINCÍPIO, AL resistira obstinadamente à ideia.

– Deve ter perdido o juízo, mulher. Não vou me meter com Perry Pope. O cara vai me dar uma porrada tão forte que nunca mais verei a luz do dia.

– Não precisa se preocupar com ele. O cara nunca mais tornará a sacanear ninguém.

Os dois se encontravam nus, no colchão-d'água, no apartamento de Ernestine.

– Afinal, meu bem, o que está ganhando com esse negócio? – perguntou Al.

– Ele é um filho da puta.

– Ora, querida, o mundo está cheio de filhos da puta, mas você não passa a vida cortando os colhões deles.

– Tem razão. Estou fazendo isso por uma amiga.

– Tracy?

– Exatamente.

Al gostava de Tracy. Haviam jantado juntos no dia em que ela saíra da prisão.

– Ela é uma dona de classe – admitiu Al. – Mas por que estamos arriscando nossos pescoços por ela?

– Porque se não a ajudarmos, ela terá de arrumar alguém que nem de longe é tão bom quanto você, e se a apanharem será despachada de volta à prisão.

Al sentou na cama e olhou para Ernestine, curioso.

– Isso significa tanto para você?

– Significa, sim, querido.

Ela nunca poderia fazê-lo compreender, mas a verdade pura e simples era que Ernestine não podia suportar a ideia de Tracy voltar à prisão e ficar à mercê de Big Bertha. E não era apenas com Tracy que Ernestine se preocupava, mas também consigo mesma. Assumira o papel de protetora de Tracy e se Big Bertha pusesse as mãos nela seria uma derrota para a própria Ernestine. E, por isso, ela acrescentou:

– E significa muito. Fará isso por mim?

– Não dá para fazer sozinho – resmungou Al.

E Ernestine compreendeu que vencera. Ela começou a mordiscar o corpo comprido e esguio de Al, murmurando:

– O velho Ralph não deverá ser libertado dentro de poucos dias?

ERAM 18H30 QUANDO os dois homens voltaram à cozinha de André, cobertos de suor e poeira.

– Está consertado? – indagou André, ansiosamente.

– Não foi fácil – informou Al. – O que tem aqui é um condensador com um dispositivo AC/DC que...

– Não se preocupe com isso – interrompeu-o André, impacientemente. – Deram um jeito?

– Claro. Está tudo consertado. Em cinco minutos voltará a funcionar, como se estivesse novo.

– *Formidable!* Se deixarem a conta na mesa da cozinha...

Ralph sacudiu a cabeça.

– Não se preocupe com isso. A companhia mandará a conta depois.

– Abençoados sejam vocês dois. *Au revoir.*

André observou os dois homens saírem pela porta dos fundos, carregando as bolsas de lona. Fora de vista, eles contornaram o pátio e foram abrir a caixa que alojava o condensador externo da unidade de ar-condicionado. Ralph segurou a lanterna, enquanto Al religava os fios que soltara duas horas antes. A unidade de ar-condicionado voltou a funcionar imediatamente.

Al anotou o número do telefone na etiqueta presa no condensador. Pouco depois, fez a ligação; ao ouvir a mensagem gravada do Serviço de Ar-Condicionado Esquimó, Al disse:

– Aqui é da residência de Perry Pope, na Charles Street 42. Nosso ar-condicionado está funcionando direito agora. Não precisam mais mandar alguém. Obrigado.

O JOGO DE PÔQUER semanal, nas noites de sexta-feira, na casa de Perry Pope, era um evento aguardado ansiosamente por todos os jogadores. Era sempre o mesmo grupo seleto: Anthony Orsatti, Joe Romano, o juiz Henry Lawrence, um vereador, um senador e o anfitrião. As apostas eram altas, a comida sensacional e a companhia representava o poder.

Perry Pope se achava em seu quarto, vestindo uma calça branca de seda e uma camisa que combinava. Cantarolava feliz, pensando na noite pela frente. Estava numa maré vencedora ultimamente. "Na verdade, toda a minha vida é uma grande maré vencedora", pensou ele.

Se alguém precisava de um favor judicial em Nova Orleans, Perry Pope era o advogado que devia procurar. Seu poder derivava das ligações com a Família Orsatti. Era conhecido como "O Arrumador" e podia dar um jeito em qualquer coisa, de uma multa de trânsito a uma acusação de tráfico de drogas ou de homicídio. A vida era boa.

Anthony Orsatti chegou com um convidado e anunciou:

– Joe Romano não jogará mais conosco. Todos vocês conhecem o inspetor Newhouse.

Os homens trocaram apertos de mão.

– Os drinques estão no aparador – informou Perry Pope. – E teremos uma ceia mais tarde. Por que não entramos logo em ação?

Os homens ocuparam seus lugares habituais em torno da mesa de feltro verde. Orsatti apontou para a cadeira vazia de Joe Romano e disse ao inspetor Newhouse:

– Aquele será o seu lugar daqui por diante, Mel.

Enquanto um dos homens abria os baralhos novos, Pope começou a distribuir as fichas. Ele explicou ao inspetor Newhouse:

– As fichas pretas valem 5 dólares, as vermelhas 10, as azuis 50 e as brancas 100. Cada homem começa comprando 500 dólares de fichas. Jogamos o pôquer à escolha de quem dá as cartas, com três aumentos.

– Está ótimo para mim – comentou o inspetor. Anthony Orsatti parecia de mau humor.

– Vamos começar logo de uma vez.

Sua voz era um sussurro estrangulado, o que não aparentava um bom sinal. Perry Pope daria muito para saber o que acontecera com Joe Romano, mas a experiência lhe dizia que era melhor não tocar no assunto. Orsatti falaria com ele a respeito quando achasse que o momento era oportuno.

Os pensamentos de Orsatti eram sombrios: "Fui como um pai para Joe Romano. Confiei nele, promovi-o a meu lugar-tenente. E o filho da puta me apunhalou pelas costas. E se aquela francesa maluca não tivesse me telefonado, ele poderia escapar impune. Mas agora nunca mais escapará de coisa alguma. Não onde está. Se ele é tão esperto, que trate de foder com os peixes lá embaixo."

– Tony, você entra ou passa?

Anthony Orsatti tornou a concentrar sua atenção no jogo. Enormes quantias haviam sido ganhadas e perdidas naquela mesa. Anthony Orsatti sempre ficava aborrecido ao perder, embora isso nada tivesse a ver com o dinheiro. Ele não podia suportar estar no lado perdedor. Pensava em si mesmo como um vencedor natural. Somente os vencedores ascendiam à sua posição na vida. Nas últimas seis semanas Perry Pope estava numa maré vencedora e naquela noite Anthony Orsatti queria rompê-la de qualquer maneira.

Como a variedade de pôquer era determinada por quem dava as cartas, cada um escolhia aquela em que se considerava mais forte. Jogavam o pôquer fechado comum, o *stick*, o canadense de cinco e sete cartas... naquela noite, porém, não importava o jogo escolhido, pois Anthony Orsatti se descobria sempre no lado perdedor. Ele passou a aumentar as apostas, jogando temerariamente, tentando recuperar os prejuízos. Por volta da meia-noite, quando pararam para comer a refeição que André preparara, Orsatti já estava perdendo 50 mil dólares e Perry Pope era o grande vencedor.

A comida estava deliciosa. Geralmente Anthony Orsatti gostava da refeição da meia-noite. Naquele dia, no entanto, ele ansiava por voltar à mesa.

– Não está comendo, Tony – comentou Perry Pope.

– Não sinto fome.

Orsatti pegou o bule de prata com café ao seu lado, encheu uma xícara de porcelana Herend e sentou-se à mesa de pôquer. Ficou observando os outros comerem, desejando que se apressassem. Estava impaciente em recuperar seu dinheiro. Quando começou a mexer o café, uma pequena partícula caiu na xícara. Com repugnância, Orsatti removeu a partícula com a colher e examinou-a. Parecia um pedaço de reboco. Ele levantou os olhos para o teto e nesse instante alguma coisa bateu em sua testa. E percebeu subitamente um ruído de correria por cima.

– Que diabo está acontecendo lá em cima? – indagou Anthony Orsatti.

Perry Pope estava no meio de uma piada que contava ao inspetor Newhouse.

– Desculpe, mas o que foi mesmo que disse, Tony?

O barulho de correria era mais perceptível agora. Fragmentos de reboco se despejavam sobre o feltro verde.

– A impressão é de que são camundongos – disse o senador.

– Não *nesta* casa – protestou Perry Pope, indignado.

– Mas com toda certeza tem alguma coisa – resmungou Orsatti.

Um pedaço maior de reboco caiu sobre o feltro verde da mesa.

– Terei de mandar André cuidar disso – declarou Pope. – Se todos já terminaram de comer, por que não voltamos ao jogo?

Anthony Orsatti olhava fixamente para um pequeno buraco no teto, bem por cima de sua cabeça.

– Espere um pouco. Vamos primeiro dar uma olhada lá em cima.

– Para quê, Tony? André pode...

Orsatti já se levantara e se encaminhava para a escada. Os outros se entreolharam por um instante e depois partiram atrás dele.

– Provavelmente um esquilo entrou no sótão – sugeriu Perry Pope. – Eles estão por toda parte nesta época do ano. Provavelmente escondendo as suas nozes para o inverno.

Ele riu de sua piada. Quando chegaram ao sótão, Anthony Orsatti abriu a porta bruscamente. Perry Pope acendeu a luz. Vislumbraram dois hamsters brancos correndo freneticamente de um lado para outro.

– Santo Deus! – exclamou Perry Pope. – Tenho ratos no meu sótão!

Anthony Orsatti não estava prestando atenção. Olhava fixamente para o meio do sótão. Havia ali uma cadeira dobrável de acampamento, com uma bandeja de sanduíches por cima e duas latas de cerveja. Havia um binóculo no chão, ao lado.

Orsatti adiantou-se, pegou os objetos, um a um, examinando-os cuidadosamente. Depois ficou de joelhos no chão empoeirado, removeu o pequeno cilindro de madeira que escondia um buraco perfurado no teto. Encostou o olho nesse buraco. A mesa de jogo era claramente visível por baixo. Perry Pope estava parado no meio do sótão, atordoado.

– Quem trouxe todas estas porcarias aqui para cima? André vai se ver comigo por causa disso.

Orsatti levantou-se lentamente, limpou a poeira da calça. Perry Pope baixou os olhos para o chão.

– Olhem só! – exclamou ele. – Deixaram um buraco no chão. Os operários atuais não valem mais merda nenhuma.

Ele agachou-se e deu uma espiada pelo buraco. O rosto empalideceu de repente. Levantou-se e olhou ao redor, desesperado, encontrando todos os homens a fitá-lo fixamente.

– Ei! – disse Perry Pope. – Vocês não podem estar pensando que eu... Ora, pessoal, sou *eu*. Não sei de nada a respeito disso. Eu não enganaria vocês. Por Deus, somos *amigos*!

Sua mão voou para a boca e ele se pôs a roer furiosamente as cutículas. Orsatti apalpou-lhe o braço.

– Não se preocupe com isso.

Sua voz era quase inaudível. Perry Pope continuou a roer desesperadamente a carne do polegar direito.

14

– Agora já são dois, Tracy – disse Ernestine Littlechap, soltando uma risadinha. – A notícia pelas ruas é de que seu amigo advogado Perry Pope não poderá mais exercer a sua profissão. Ele sofreu um terrível acidente.

As duas tomavam *café au lait* com *beignets* num pequeno café com mesinhas na calçada, perto da Royal Street. Ernestine soltou outra risada e acrescentou:

– Você tem cabeça, garota. Não gostaria de entrar no negócio comigo?

– Obrigada, Ernestine, mas tenho outros planos.

Ernestine indagou, ansiosamente:

– Quem é o próximo?

– O juiz Henry Lawrence.

HENRY LAWRENCE iniciara sua carreira como um advogado de cidade pequena, em Leesville, Louisiana. Não tinha muita aptidão para a advocacia, mas possuía dois atributos muito importantes: era fisicamente impressivo e moralmente flexível. Sua filosofia era de que a lei não passava de uma vara frágil, destinada a ser entortada de acordo com as necessidades de seus clientes. Com essa orientação, não era de surpreender que, pouco depois de se transferir para Nova Orleans, o escritório de advocacia de Henry Lawrence começasse a prosperar, com um grupo especial de clientes. Ele passou de contravenções e acidentes de trânsito para crimes mais graves. Ao subir para os altos escalões, já era um especialista em comprar jurados, desacreditar testemunhas e subornar qualquer um que pudesse ajudar em seus casos. Em suma, era o tipo de advogado que Anthony Orsatti queria. Assim, era inevitável que os caminhos dos dois se cruzassem. Foi um casamento efetuado no paraíso da Máfia. Lawrence tornou-se o porta-voz da Família Orsatti. E, quando chegou o momento oportuno, Orsatti providenciou a sua promoção a juiz.

– NÃO SEI COMO você poderá pegar o juiz – comentou Ernestine. Ele é rico, poderoso e intocável.

– Ele é rico e poderoso, mas não é intocável – corrigiu-a Tracy.

Tracy já elaborara seu plano, mas quando telefonou para o gabinete do juiz Lawrence compreendeu imediatamente que teria de mudá-lo.

– Eu gostaria de falar com o juiz Lawrence, por favor.

A secretária respondeu:

– Lamento, mas o juiz não está.

– Quando poderei encontrá-lo?

– Não sei dizer.

– É muito importante. Ele estará aí amanhã?

– Não. O juiz Lawrence está viajando.

– E eu não poderia localizá-lo em algum lugar?

– Infelizmente, não será possível. O juiz está fora do país.

Tracy tomou o cuidado de impedir que o desapontamento transparecesse em sua voz.

– Posso saber onde ele se encontra?

– O juiz está na Europa, participando de um simpósio judiciário internacional.

– Mas que pena!

– Quem está falando, por favor?

A mente de Tracy estava em disparada.

– Aqui é Elizabeth Rowane Dastin, presidente da divisão sul da Associação Americana de Advogados Criminais. Vamos promover o nosso banquete anual de reconhecimentos em Nova Orleans, no dia 20 deste mês, e escolhemos o juiz Henry Lawrence para ser o nosso homem do ano.

– Isso é maravilhoso! – exclamou a secretária. – Mas, infelizmente, o juiz não estará de volta antes disso.

– É uma pena. Aguardávamos com ansiedade a oportunidade de ouvir um dos seus famosos discursos. O juiz Lawrence foi a escolha unânime de nosso comitê de seleção.

– Tenho certeza que ele ficará desapontado por perder essa oportunidade.

– Estou certa que você compreende como isso é uma grande honra. Alguns dos juízes mais proeminentes do país já foram eleitos no passado. Ei, espere um pouco! Tenho uma ideia. O juiz não poderia gravar um pequeno discurso de aceitação para nós... umas poucas palavras de agradecimentos?

– Bom... não posso responder por ele. O juiz anda muito ocupado.

– Haverá uma grande cobertura nacional de jornais e emissoras de televisão.

Houve um momento de silêncio. A secretária do juiz Lawrence sabia o quanto o meritíssimo apreciava a cobertura dos meios de comunicação. Na verdade, até onde ela podia saber, a viagem que ele fazia parecia ter justamente esse propósito.

– Talvez ele encontre tempo para gravar algumas palavras. Posso perguntar a ele.

– Mas isso seria sensacional! – declarou Tracy, entusiasmada. – O grande momento da noite!

– Gostaria que o juiz fizesse comentários sobre alguma coisa específica?

– Claro que sim. Gostaríamos que ele falasse sobre... – Tracy hesitou. – Receio que seja um pouco complicado. Seria melhor se eu pudesse explicar a ele diretamente.

Houve outro silêncio momentâneo. A secretária enfrentava um dilema. Tinha ordens para não revelar o itinerário de seu chefe. Por outro lado, seria típico do juiz culpá-la se deixasse de receber uma homenagem tão importante.

– Eu não deveria dar qualquer informação, mas tenho certeza de que o juiz gostaria que se abrisse uma exceção para algo tão prestigioso. Poderá encontrá-lo em Moscou, no Hotel Rossia. Ele estará lá durante os próximos cinco dias e depois disso...

– Isso é ótimo! Entrarei em contato com ele imediatamente. Muito obrigada.

– Eu é que lhe agradeço, Srta. Dastin.

OS TELEGRAMAS eram endereçados ao juiz Henry Lawrence, Hotel Rossia, Moscou. O primeiro dizia:

PRÓXIMO ENCONTRO DO CONSELHO JUDICIÁRIO PODE AGORA SER ACERTADO. CONFIRME DATA CONVENIENTE ASSIM COMO RESERVADO LOCAL SOLICITADO.

BORIS.

O segundo telegrama, que chegou no dia seguinte, dizia:

ACONSELHE SOBRE PROBLEMAS EM PLANOS VIAGEM. AVIÃO DE SUA IRMÃ CHEGOU ATRASADO MAS POUSOU EM SEGURANÇA. PERDEU

PASSAPORTE E DINHEIRO. ELA SERÁ ALOCADA EM HOTEL DA SUÍÇA DE PRIMEIRA CLASSE. MAIS TARDE ACERTAREMOS CONTA.

BORIS.

O último telegrama dizia:

SUA IRMÃ TENTARÁ EMBAIXADA AMERICANA PARA OBTER PASSAPORTE TEMPORÁRIO. SEM INFORMAÇÕES DISPONÍVEIS SOBRE O NOVO VISTO SUÍÇO. ELA PARTIRÁ DE NAVIO O MAIS DEPRESSA POSSÍVEL.

BORIS.

Os homens do NKVD ficaram aguardando a chegada de novos telegramas. Como não houvesse mais nenhum, eles prenderam o juiz Lawrence.

O interrogatório durou dez dias e dez noites.

– Para quem enviou as informações?

– Que informações? Não sei do que estão falando.

– Estamos falando sobre os planos. Quem lhe deu os planos?

– Que planos?

– Os planos do novo submarino atômico soviético.

– Vocês devem estar loucos. O que pensam que eu sei sobre submarinos soviéticos?

– É o que queremos descobrir. Com quem foi o seu encontro secreto?

– Que encontro secreto? Não tenho nada de secreto.

– Ótimo. Pode então nos dizer quem é Boris.

– Que Boris?

– O homem que depositou o dinheiro em sua conta na Suíça.

– Que conta na Suíça?

Eles estavam furiosos.

– Você é um idiota. Vamos fazer um exemplo de você e de todos os outros espiões americanos que tentam solapar a nossa grande pátria.

Quando o embaixador americano teve permissão para visitá-lo, o juiz Henry Lawrence já havia perdido 7 quilos. Não podia se lembrar da última vez em que seus algozes lhe haviam permitido dormir, transformara-se num trêmulo farrapo humano.

– Por que estão fazendo isso comigo? – lamuriou-se o juiz. – Sou um cidadão americano. E um juiz. Pelo amor de Deus, tire-me daqui!

– Estou fazendo tudo o que posso.

O embaixador ficou chocado com a aparência de Lawrence. Recepcionara o juiz Lawrence e os outros membros do Comitê Judiciário ao chegarem, duas semanas antes. O homem que o embaixador conhecera então não tinha qualquer semelhança com a criatura trêmula e apavorada que agora rastejava à sua frente.

"Que diabo os russos estão querendo desta vez?", especulou o embaixador. "O juiz não é mais espião do que eu." Uma pausa e ele pensou, ironicamente: "Eu poderia ter escolhido um exemplo melhor."

O embaixador exigiu uma audiência com o presidente do Politburo. O pedido foi recusado e ele se contentou com um dos ministros.

– Devo apresentar um protesto formal – declarou o embaixador, furioso. – O comportamento de seu país no tratamento dispensado ao juiz Henry Lawrence é indesculpável. Classificar um homem de sua estatura de espião é um absurdo.

– Se já acabou de falar – disse o ministro, friamente – eu gostaria que desse uma olhada nisto.

Ele entregou cópias dos telegramas ao embaixador. Depois de ler, o embaixador levantou os olhos, perplexo.

– O que há de errado com estes telegramas? São perfeitamente inocentes.

– Acha mesmo? Talvez seja melhor lê-los de novo. Devidamente decifrados.

Ele entregou ao embaixador outras cópias dos telegramas. Algumas palavras estavam sublinhadas.

PRÓXIMO <u>ENCONTRO</u> DO CONSELHO JUDICIÁRIO PODE AGORA SER <u>ACERTADO</u>. CONFIRME DATA CONVENIENTE ASSIM <u>COMO</u> RESERVA DO LOCAL <u>SOLICITADO</u>.

BORIS.

ACONSELHE SOBRE PROBLEMAS EM PLANOS VIAGEM. VOO DE SUA IRMÃ CHEGOU ATRASADO MAS POUSOU EM SEGURANÇA. PERDEU PASSAPORTE E DINHEIRO. ELA SERÁ ALOCADA EM HOTEL DA SUÍÇA DE PRIMEIRA CLASSE. MAIS TARDE ACERTAREMOS CONTA.

BORIS.

SUA IRMÃ TENTARÁ EMBAIXADA AMERICANA PARA OBTER PASSAPORTE TEMPORÁRIO. SEM INFORMAÇÕES DISPONÍVEIS SOBRE O NOVO VISTO SUÍÇO. ELA PARTIRÁ DE NAVIO MAIS DEPRESSA POSSÍVEL.

BORIS.

"Mas que filho da puta!", pensou o embaixador.

A IMPRENSA E o público não tiveram acesso ao julgamento. O prisioneiro permaneceu obstinado até o fim, continuando a negar que estivesse na União Soviética em missão de espionagem. A promotoria prometeu clemência se ele revelasse quem eram os seus superiores. O juiz Lawrence daria a própria alma para poder fazer isso, mas infelizmente não era possível.

No dia seguinte ao julgamento saiu uma pequena notícia no *Pravda,* informando que o notório espião americano juiz Henry Lawrence fora considerado culpado de espionagem e condenado a 14 anos de trabalhos forçados na Sibéria.

A comunidade de informações americana estava espantada com o caso Lawrence. Os rumores fervilhavam na CIA, FBI, Serviço Secreto e Departamento do Tesouro.

– Ele não é um dos nossos – garantiu a CIA. – Provavelmente pertence ao Tesouro.

O Departamento do Tesouro negou qualquer conhecimento do caso:

– Nada disso. Não temos nada a ver com Lawrence. Provavelmente é a porra do FBI se intrometendo mais uma vez em nosso território.

Mas o FBI afirmou:

– Nunca ouvimos falar do homem. Provavelmente ele era controlado pelo Departamento de Estado ou pela Agência de Informações do Departamento de Defesa.

A Agência de Informações do Departamento de Defesa estava tão no escuro quanto as outras organizações, mas limitou-se a declarar, astutamente:

– Sem comentários.

Cada serviço estava absolutamente convencido de que o juiz Henry Lawrence fora enviado ao exterior por um dos outros.

– Não podemos deixar de reconhecer a sua coragem – comentou o diretor da CIA. – Ele é dos mais duros. Não confessou e não revelou o nome de ninguém. Para dizer a verdade, eu bem que gostaria de ter muitos agentes como ele.

AS COISAS NÃO corriam bem para Anthony Orsatti e o *capo* era incapaz de compreender o motivo. Pela primeira vez em sua vida, a sorte lhe era adversa. Começara com a deserção de Joe Romano, depois viera a traição de Perry Pope e agora era o juiz que se envolvia em alguma história maluca de espionagem. Todos eram partes intrínsecas da máquina de Orsatti, homens em quem se apoiava.

Joe Romano era a alavanca na organização da Família e Orsatti não encontrara ninguém para substituí-lo. Os negócios estavam agora descuidados, começavam a se acumular queixas de pessoas que nunca antes haviam se atrevido a reclamar. Espalhara-se a notícia de que Tony Orsatti estava ficando velho, não era mais capaz de manter os seus homens na linha, sua organização começava a desmoronar.

A gota d'água foi um telefonema de Nova Jersey.

– Soubemos que está com um pequeno problema por aí, Tony. Gostaríamos de ajudar.

– Não tenho problema nenhum – respondeu Orsatti, bruscamente. – É verdade que tivemos duas dificuldades recentemente, mas já foi tudo resolvido.

– Não é o que soubemos, Tony. A informação é de que sua cidade se encontra à deriva. Não há ninguém para controlá-la.

– *Eu* estou controlando.

– Talvez tenha se tornado demais para você. Quem sabe você não tem trabalhado excessivamente? Talvez precise de um pequeno descanso.

– Esta é a *minha* cidade. Ninguém vai tirá-la de mim.

– Ora, Tony, quem falou em tirá-la de você? Só queremos ajudar. As famílias aqui no leste se reuniram e decidiram mandar alguns dos nossos homens para lhe dar uma mãozinha. Não há nada de errado numa colaboração entre velhos amigos, não é mesmo?

Anthony Orsatti sentiu um calafrio subir-lhe pela espinha. Só havia uma coisinha errada com aquilo: a mãozinha se transformaria numa enorme mão, viraria uma bola de neve.

ERNESTINE FIZERA camarão com quiabo para o jantar e o estava fervendo no fogão em fogo brando, enquanto elas esperavam pela chegada de Al. A onda de calor de setembro já afetara profundamente o humor de todo mundo. Quando Al finalmente entrou no pequeno apartamento, Ernestine gritou:

– Onde diabos você se meteu? A porra do jantar está queimando e eu também!

Mas Al se achava eufórico demais para se incomodar com a rispidez de Ernestine.

– Eu estava ocupado a buscando notícias, mulher. E espere só até ouvir o que descobri. – Ele virou-se para Tracy. – A Máfia agarrou Tony Orsatti pelo colarinho. A Família de Nova Jersey vem assumir tudo aqui.

Al fez uma pausa, o rosto se desmanchando num largo sorriso.

– Você liquidou mesmo o filho da puta! – Ele fitou Tracy nos olhos e o sorriso se desvaneceu. – Não está feliz, Tracy?

"Que estranha palavra", pensou Tracy. *Feliz.* Ela esquecera o que isso significava. E se perguntou se algum dia poderia ser feliz outra vez, se algum dia tornaria a sentir quaisquer emoções normais. Há muito tempo que todo seu pensamento se concentrava em vingar o que haviam feito à sua mãe e a si mesma. Agora que estava quase acabado, restava apenas um vazio interior.

TRACY FOI A UM florista na manhã seguinte.

– Quero mandar flores para Anthony Orsatti. Uma coroa fúnebre, de cravos brancos, montada numa estante, com uma fita larga. E quero que na fita esteja escrito DESCANSE EM PAZ.

Ela pegou um pequeno cartão em branco e escreveu, para acompanhar a coroa: DA FILHA DE DORIS WHITNEY.

Livro III

15

Filadélfia
Terça-feira, 7 de outubro
16 horas

Chegara a hora de cuidar de Charles Stanhope III. Os outros eram estranhos. Charles fora seu namorado, o pai de seu filho que não nascera... e ele virara as costas a ambos.

ERNESTINE E AL foram ao aeroporto de Nova Orleans para se despedirem de Tracy.

– Sentirei sua falta – dissera Ernestine. – Você pôs esta cidade de pernas pro ar. Deveriam elegê-la prefeita do povo. – O que vai fazer na Filadélfia? – perguntara Al.

Ela respondera metade da verdade:

– Voltarei a meu antigo emprego no banco.

Ernestine e Al trocaram um olhar.

– Eles... ahn... sabem que você está voltando?

– Não. Mas o vice-presidente gosta de mim. Não haverá qualquer problema. É difícil encontrar pessoas qualificadas para operar os computadores.

– Boa sorte. Mantenha-se em contato, está bem? E não se meta em encrencas, garota.

Meia hora depois Tracy seguia de avião rumo a Filadélfia.

ELA HOSPEDOU-SE no Hilton Hotel e lavou a vapor o seu único vestido bom, por cima da banheira cheia de água quente. As 11 horas da manhã seguinte foi para o banco e procurou a secretária de Clarence Desmond.

– Olá, Mae.

Ela olhou aturdida para Tracy, como se estivesse vendo um fantasma.

– Tracy! – A moça ficou visivelmente embaraçada. – Eu... Como vai?

– Muito bem. O Sr. Desmond está?

– Eu... eu não sei. Deixe-me verificar. Com licença.

Ela se levantou, afogueada, entrou apressadamente na sala do vice-presidente. Voltou um momento depois.

– Pode entrar.

Mae ficou de lado quando Tracy se encaminhou para a porta. "O que há com ela?" pensou Tracy.

Clarence Desmond estava de pé, ao lado de sua mesa.

– Olá, Sr. Desmond – disse Tracy, jovialmente. – Eu voltei.

– Para quê?

O tom era inamistoso. Decididamente hostil. Pegou Tracy de surpresa. Ela insistiu:

– Disse que eu era a melhor operadora de computador que já conheceu e pensei...

– Pensou que eu lhe devolveria o seu antigo emprego?

– Isso mesmo, senhor. Não esqueci nada do que sabia. Ainda posso..

– Lamento muito, Srta. Whitney. – Não era mais Tracy. – O que está me pedindo é inteiramente impossível. Tenho certeza de que pode compreender que nossos clientes não ficariam satisfeitos em lidar com uma pessoa que cumpriu pena numa penitenciária por assalto à mão armada e tentativa de homicídio. Isso não estaria de acordo com a nossa imagem ética. E acho improvável que, tendo em vista os seus antecedentes, qualquer banco possa contratá-la. Sugiro que tente encontrar um emprego mais condizente com as suas circunstâncias. E espero que compreenda que não há nada de pessoal nesta decisão.

Tracy escutou as palavras primeiro com choque e depois com uma raiva crescente. Ele fazia com que parecesse uma pária, uma leprosa. "Não gostaríamos de perdê-la. É uma de nossas funcionárias mais valiosas."

– Deseja mais alguma coisa, Srta. Whitney?

Era uma maneira de encerrar a entrevista. Havia uma centena de coisas que Tracy sentia vontade de dizer, mas sabia que de nada adiantariam.

– Não. Acho que você já disse tudo.

Tracy virou-se e deixou a sala, o rosto ardendo. Todos os funcionários do banco pareciam observá-la. Mae espalhara a notícia: A condenada voltara. Tracy encaminhou-se para a saída, a cabeça erguida, morrendo por dentro. "Não posso permitir que façam isso comigo. O orgulho é tudo o que me resta e ninguém vai tirá-lo de mim."

TRACY PASSOU o dia inteiro no quarto, angustiada. Como pudera ser tão ingênua para acreditar que a receberiam de braços abertos? Era agora uma pessoa notória.

"Você é a manchete no *Daily News* da Filadélfia."

"Pois Filadélfia que se dane!", pensou Tracy. Tinha um negócio inacabado ali, mas iria embora depois que o concluísse. Seguiria para Nova York, onde seria anônima. A decisão fez com que se sentisse melhor.

Tracy presenteou-se naquela noite com um jantar no Café Royal, um dos melhores restaurantes da Filadélfia. Depois do sórdido encontro com Clarence Desmond naquela manhã, ela precisava do clima tranquilizador de luzes suaves, ambiente elegante e música de fundo. Pediu um martíni de vodca. Quando o garçom o trouxe, Tracy levantou os olhos e sentiu que o coração subitamente parava. Sentados num reservado, no outro lado do salão, estavam Charles e sua esposa. Ainda não a tinham visto. O primeiro impulso de Tracy foi se levantar e ir embora. Ainda não se sentia preparada para enfrentar Charles, enquanto não tivesse uma oportunidade de pôr seu plano em execução.

– Gostaria de pedir o jantar agora? – o *maître* estava perguntando.

– Eu... eu esperarei mais um pouco. Obrigada.

Ela precisava decidir se ia ou não ficar. Olhou novamente para Charles e um fenômeno espantoso ocorreu: Era como se contemplasse um estranho. Viu um homem pálido, de meia-idade, aparência cansada, calvo, ombros encurvados, tendo no rosto uma expressão de inefável tédio. Era impossível acreditar que ela tivesse pensado outrora que amava aquele homem, fora para a cama com ele, planejara passar o resto da vida em sua companhia. Tracy olhou para a esposa. Ela exibia a mesma expressão entediada de Charles. Davam a impressão de duas pessoas encurraladas juntas pela eternidade, congeladas no tempo. Simplesmente sentavam ali, sem dizerem uma só palavra um para o outro. Tracy pôde visualizar os anos tediosos e intermináveis que os dois teriam pela frente. Sem amor. Sem alegria. Essa é a punição de Charles, pensou ela, experimentando uma repentina sensação de alívio, uma libertação das profundas e sinistras correntes emocionais que antes a agrilhoavam. Tracy fez sinal para o *maître* e disse:

– Estou pronta para pedir agora.

Estava acabado. O passado fora finalmente sepultado.

Foi somente quando voltou ao quarto no hotel, naquela noite, que Tracy se lembrou que tinha dinheiro a receber do fundo dos funcionários do banco. Sentou-se e calculou a quantia. Dava exatamente 1.376 dólares e 65 centavos.

Ela escreveu uma carta para Clarence Desmond e dois dias depois recebeu uma resposta de Mae:

Prezada Srta. Whitney:
Em resposta a seu pedido, o Sr. Desmond pediu-me que lhe comunicasse que, por causa da política moral do plano financeiro dos funcionários, sua cota reverteu para o fundo geral. O Sr. Desmond pede também para lhe assegurar que não guarda qualquer ressentimento pessoal.
Atenciosamente,

Mae Trenton
Secretária do Vice-Presidente Sênior.

Tracy não podia acreditar. Estavam roubando o seu dinheiro, sob o pretexto de resguardar a moral do banco! Ela sentiu-se indignada. E jurou:

– Não deixarei que me enganem. Nunca mais deixarei que qualquer pessoa me engane.

DOIS DIAS DEPOIS Tracy se achava parada do lado de fora da entrada familiar do Trust and Fidelity Bank de Filadélfia. Usava uma peruca preta comprida, uma maquiagem morena, uma cicatriz vermelha no queixo. Se alguma coisa saísse errada, seria da cicatriz que se lembrariam. Apesar do disfarce, Tracy tinha a sensação de estar nua, pois trabalhara naquele banco durante cinco anos e os empregados eram pessoas que haviam-na conhecido muito bem. Teria de tomar todo cuidado para não se trair.

Ela tirou uma tampa de vidro da bolsa, colocou-a no sapato e entrou claudicando no banco. Havia muitos clientes lá dentro, pois Tracy escolhera deliberadamente a hora do pique do movimento. Aproximou-se de uma das mesas de atendimento dos clientes. O homem sentado por trás concluiu um telefonema e disse:

– Pois não?

Era Jon Creighton, o fanático do banco. Odiava judeus, negros e porto-riquenhos, mas não necessariamente nessa ordem. Sempre fora um motivo de irritação para Tracy durante os anos em que ali trabalhara. Agora, não houve qualquer sinal de reconhecimento no rosto dele.

– *Buenos días, señor.* Eu gostaria de abrir uma conta corrente, *ahora*.

O sotaque de Tracy era mexicano, o mesmo sotaque que ouvira por tantos meses de Paulita, sua companheira de cela. Havia uma expressão de desdém no rosto de Creighton.

– Nome?

– Rita Gonzales.

– E quanto gostaria de depositar em sua conta?

– Dez dólares.

A voz de Creighton era escarninha:

– Em cheque ou em dinheiro?

– Acho que em dinheiro.

Ela tirou cuidadosamente da bolsa uma nota de 10 dólares, toda amassada, meio rasgada, entregou a Creighton. Ele estendeu um formulário em branco para ela.

– Preencha isto.

Tracy não tinha a menor intenção de escrever qualquer coisa com sua letra. Franziu o rosto.

– Desculpe, *señor.* Machuquei *mi mano*... minna mão... num acidente. Importa-se de escrever para mim, *si se puede?*

Creighton bufou. "Esses mexicanos analfabetos!"

– Disse que seu nome é Rita Gonzales?

– *Sí.*

– Endereço?

Tracy forneceu o endereço e o telefone do hotel em que estava hospedada.

– Nome de solteira de sua mãe?

– Gonzales. Minha mãe casou com seu tio.

– E sua data de nascimento?

– 20 de dezembro de 1958.

– Lugar de nascimento?

– *Ciudad de Mexico.*

– Cidade do México. Assine aqui.

– Terei de usar a mão esquerda.

Tracy pegou uma caneta e desajeitadamente escreveu uma assinatura ilegível. Jon Creighton preencheu uma ficha de depósito.

– Eu lhe darei um talão de cheques provisório. Seus cheques impressos serão remetidos pelo correio dentro de três ou quatro semanas.

– *Bueno. Muchas gracias, señor.*

– De nada.

Ele observou-a sair do banco. Malditos mexicanos.

HÁ DIVERSOS MEIOS ilegais de se obter acesso a um computador e Tracy era uma especialista no assunto. Ajudara a montar o sistema de segurança do banco e agora estava prestes a contorná-lo.

Seu primeiro passo era encontrar uma loja de computadores, onde poderia usar um terminal para fazer contato com o computador do banco. Encontrou uma a vários quarteirões do banco, quase vazia. Um vendedor ansioso se aproximou.

– Posso ajudá-la, dona?

– *Eso si que no, señor.* Estou apenas dando uma olhada. Os olhos dele foram atraídos por um adolescente interessado num jogo de computador.

– Com licença.

O vendedor afastou-se apressadamente. Tracy virou-se para o computador à sua frente, um modelo de mesa, ligado a um telefone. Entrar no sistema seria fácil, mas ela estaria obstruída sem o código de acesso apropriado. Esse código era mudado diariamente. Tracy participara da reunião em que fora decidido o código de autorização original.

– Devemos mudá-lo constantemente – dissera Clarence Desmond – a fim de que ninguém possa violá-la. Contudo, queremos que seja bastante simples para as pessoas que estão autorizadas a usá-la.

O código finalmente escolhido usava as quatro estações do ano e o dia corrente.

Tracy ligou o computador e digitou o código para o Trust and Fidelity Bank de Filadélfia. Ouviu um zumbido estridente e pôs o receptor do telefone no módulo do computador. Um aviso apareceu na pequena tela: SEU CÓDIGO DE AUTORIZAÇÃO, POR FAVOR?

Era o dia 10.

OUTONO 10, digitou Tracy.

ESTE É UM CÓDIGO DE AUTORIZAÇÃO IMPRÓPRIO. A tela do computador ficou em branco.

"Eles teriam mudado o código?" Pelo canto do olho, Tracy percebeu o vendedor se aproximando novamente. Ela deslocou-se para outro computador, lançando-lhe um olhar casual e seguindo para o corredor. O vendedor diminuiu as passadas. "Uma curiosa", concluiu ele. E adiantou-se apressadamente para cumprimentar um casal de aparência próspera que entrava na loja. Tracy voltou ao primeiro computador.

Tentou se situar na mente de Clarence Desmond. Ele era um homem de hábitos e Tracy tinha certeza de que não teria variado demais o código. Provavelmente mantivera o conceito original das estações e dos números. Mas como os mudara? Seria complicado demais inverter todos os números; portanto, era provável que ele tivesse apenas trocado as estações.

Tracy tentou de novo.

SEU CÓDIGO DE AUTORIZAÇÃO, POR FAVOR?

INVERNO 10.

ESTE É UM CÓDIGO DE AUTORIZAÇÃO IMPRÓPRIO.

A tela tornou a ficar vazia.

"Não vai dar certo", pensou Tracy, desesperada. "Farei só mais uma tentativa."

SEU CÓDIGO DE AUTORIZAÇÃO, POR FAVOR?

PRIMAVERA 10.

A tela ficou vazia por um instante e depois a mensagem apareceu: CONTINUE, POR FAVOR.

Então Desmond trocara mesmo as estações. Ela digitou rapidamente: TRANSAÇÃO INTERNA DE DINHEIRO.

No mesmo instante, o menu do banco, com as categorias de transações disponíveis, apareceu na tela:

VOCÊ DESEJA

A DEPÓSITO DE DINHEIRO

B TRANSFERÊNCIA DE DINHEIRO

C RETIRADA DE DINHEIRO DE CONTA DE POUPANÇA

D TRANSFERÊNCIA ENTRE SUCURSAIS

E RETIRADA DE DINHEIRO DE CONTA CORRENTE

REGISTRE POR FAVOR SUA OPÇÃO

Tracy escolheu a opção B. A tela tornou a se apagar e logo um novo menu apareceu.

VALOR DA TRANSFERÊNCIA?

PARA ONDE?

DE ONDE?

Em seu segundo dia de trabalho, uma cliente histérica reconheceu-a e comunicou ao gerente do andar que se recusava a ser atendida por uma assassina que afogara uma criancinha. Tracy não teve sequer a oportunidade de explicar. Foi imediatamente despedida.

Parecia a Tracy que os homens contra os quais executara a sua vingança estavam dando a última palavra, no final das contas, convertendo-a numa criminosa pública, uma pária. A injustiça do que estava lhe acontecendo era corrosiva. Não tinha ideia de como poderia viver e pela primeira vez começou a experimentar um sentimento de desespero. Ela vasculhou a bolsa naquela noite para verificar quanto dinheiro lhe restava. Num canto da carteira viu o pedaço de papel que Betty Franciscus lhe dera na prisão. CONRAD MORGAN, JOALHEIRO, QUINTA AVENIDA 640, CIDADE DE NOVA YORK. *Ele se empenha na reforma criminal. E gosta de ajudar as pessoas que já passaram pela prisão.*

CONRAD MORGAN E CIA., Joalheiros era um estabelecimento elegante, com um porteiro de libré do lado de fora e um guarda armado do lado de dentro. A loja propriamente dita era simples, mas as joias eram requintadas e caras. Tracy disse à recepcionista:

– Eu gostaria de falar com o Sr. Conrad Morgan, por favor.

– Tem um encontro marcado?

– Não. Uma... uma amiga em comum sugeriu que eu o procurasse.

– Seu nome?

– Tracy Whitney.

– Um momento, por favor.

A recepcionista pegou um telefone e murmurou alguma coisa que Tracy não pôde entender. Ela repôs o fone no gancho.

– O Sr. Morgan está muito ocupado neste momento. Pergunta se poderia voltar às 18 horas.

– Posso, sim. Obrigada.

Tracy saiu da loja e parou na calçada, indecisa. Vir para Nova York fora um erro. Provavelmente não havia nada que Conrad Morgan pudesse fazer por ela. E por que deveria fazer? Ela era uma estranha total. "Ele me fará uma preleção e me dará uma esmola.

Não preciso de qualquer das duas coisas. Nem dele nem de qualquer outra pessoa. Sou uma sobrevivente. Darei um jeito, de alguma forma. Que se dane Conrad Morgan. Não voltarei a procurá-lo."

Tracy vagueou pelas ruas a esmo, passando pelos salões reluzentes da Quinta Avenida, os prédios de apartamentos na Park Avenue, as lojas movimentadas na Lexington e na Terceira Avenida. Passeava pelas ruas de Nova York sem pensar, sem ver nada, dominada por uma amarga frustração.

Às 18 horas viu-se de volta à Quinta Avenida, diante de Conrad Morgan e Cia., Joalheiros. O porteiro se fora e a porta estava trancada. Tracy bateu na porta, num gesto de desafio, depois virou-se. Mas, para sua surpresa, a porta abriu-se abruptamente.

Um homem de aparência paternal estava parado ali, a fitá-la. Era calvo, com tufos de cabelos brancos por cima das orelhas, um rosto rubicundo e jovial, olhos azuis faiscantes. Parecia um alegre gnomo.

– É a Srta. Whitney?

– Sou...

– Sou Conrad Morgan. Não quer entrar, por favor?

Tracy entrou na loja deserta.

– Eu estava à sua espera – disse Conrad Morgan. – Vamos para o meu escritório, onde poderemos conversar mais à vontade.

Ele conduziu-a através da loja até uma porta fechada, que destrancou com uma chave. O escritório era elegantemente mobiliado e mais parecia um apartamento que um lugar de negócios, sem escrivaninhas, apenas sofás, cadeiras e mesas distribuídas com bom gosto. As paredes estavam cobertas por quadros de velhos mestres.

– Gostaria de tomar um drinque? – ofereceu Conrad Morgan. – Uísque, conhaque ou talvez um xerez?

– Não quero nada, obrigada.

Tracy sentia-se subitamente nervosa. Descartara a ideia de que aquele homem faria alguma coisa para ajudá-la; contudo, ao mesmo tempo, descobriu-se a torcer desesperadamente para que ele pudesse fazê-lo.

– Betty Franciscus sugeriu que eu o procurasse, Sr. Morgan. Ela disse que o senhor... ajudava pessoas que já estiveram... em dificuldades.

Ela não foi capaz de dizer *prisão.* Conrad Morgan cruzou as mãos e Tracy notou que as unhas eram impecavelmente cuidadas.

– Pobre Betty. Uma moça maravilhosa. Mas não teve sorte.

– Não teve sorte?

– Isso mesmo. Foi apanhada.

– Eu... eu não compreendo...

– É realmente muito simples, Srta. Whitney. Betty trabalhava para mim. Era bem protegida. Mas a pobre coitada se apaixonou por um chofer de Nova Orleans e resolveu operar por conta própria. E... acabou sendo apanhada.

Tracy estava confusa.

Ela trabalhou aqui como uma vendedora?

Conrad Morgan recostou-se na cadeira e riu até que os olhos ficaram marejados de lágrimas.

– Não, minha cara – disse ele, enxugando as lágrimas.

Obviamente, Betty não lhe explicou tudo.

Ele tornou a se recostar e uniu as pontas dos dedos, antes de continuar:

– Tenho um pequeno negócio paralelo muito lucrativo, Srta. Whitney. Sinto o maior prazer em partilhar esses lucros com meus colegas. Sou bem-sucedido em contratar pessoas como você... se me perdoa dizê-lo... que já cumpriram uma pena de prisão.

Tracy estudou o rosto dele, mais perplexa do que nunca.

– Deve compreender que me encontro numa posição singular. Tenho uma clientela extremamente rica. Meus clientes tornam-se meus amigos. E me fazem suas confidências. – Ele bateu com os dedos, delicadamente. – Sei quando meus clientes viajam. Bem poucas pessoas viajam com joias nestes tempos perigosos. Assim, suas joias ficam guardadas em casa. Recomendo as medidas de segurança que devem adotar para protegê-las. Sei exatamente quais as joias que possuem, pois as compraram de mim. E os clientes...

Tracy descobriu-se de pé.

– Obrigada por seu tempo, Sr. Morgan.

– Já vai embora?

– Se está dizendo o que eu penso...

– Claro que estou.

Tracy podia sentir as suas faces ardendo.

– Não sou uma criminosa. Vim aqui à procura de um emprego.

– E é justamente o que estou lhe oferecendo, minha cara. Ocupará uma ou duas horas de seu tempo e posso lhe prometer 25 mil dólares. – Ele sorriu maliciosamente. – E livre de impostos, é claro.

Tracy fazia um grande esforço para controlar sua raiva.

– Não estou interessada. Pode me deixar sair, por favor?

– Pois não, se é isso o que deseja. – Ele levantou-se e acompanhou-a até a porta. – Deve compreender, Srta. Whitney, que se houvesse o menor perigo de alguém ser apanhado eu não estaria envolvido. Tenho uma reputação a zelar.

– Prometo que não falarei nada a respeito – disse Tracy, friamente.

Morgan tornou a sorrir.

– Não há nada que possa dizer, minha cara, não é mesmo? Afinal, quem acreditaria em você? *Eu* sou Conrad Morgan.

Ao chegarem à porta da loja, ele acrescentou:

– Não quer me avisar se mudar de ideia? O melhor momento para me telefonar é depois das 18 horas. Ficarei à espera de sua ligação.

– Pois não fique – disse Tracy bruscamente.

Ela saiu para a noite que caía. Ainda tremia quando chegou a seu quarto.

Mandou um empregado do hotel buscar um sanduíche e café. Não tinha vontade de falar com ninguém. A conversa com Conrad Morgan deixara-a com a sensação de ter sido contaminada. Ele a confundira com todas as criminosas tristes, confusas e derrotadas que a cercavam na Penitenciária Meridional da Louisiana para Mulheres. Mas ela não era uma delas. Era Tracy Whitney, uma perita em computadores, uma cidadã decente, que respeitava as leis.

A quem ninguém queria contratar.

Tracy passou a noite inteira acordada, pensando em seu futuro. Não tinha emprego e lhe restava muito pouco dinheiro. Tomou duas decisões: Pela manhã, iria se mudar para um lugar mais barato e arrumaria um emprego. Qualquer tipo de emprego.

O LUGAR MAIS barato era um horrível apartamento de um só cômodo, no quarto andar de um prédio sem elevador, no Lower East Side. De seu quarto, através das paredes finas como papel, Tracy podia ouvir os vizinhos gritando uns com os outros, em línguas estrangeiras. As janelas e portas das lojas que margeavam as ruas eram gradeadas e Tracy podia compreender por quê. A área parecia povoada por bêbados, prostitutas e mendigos.

A caminho do supermercado para fazer compras, Tracy foi abordada três vezes... duas vezes por homens e a outra por uma mulher.

"Não posso suportar isso. Não ficarei aqui por muito tempo", Tracy garantiu a si mesma.

ELA FOI A UMA pequena agência de empregos, a poucos quarteirões de seu apartamento. Era dirigida por uma certa Sra. Murphy, uma mulher corpulenta, de aparência matronal. Ela examinou o currículo de Tracy com uma expressão irônica.

– Não sei para que precisa de mim. Deve haver pelo menos uma dúzia de empresas que brigariam para ter alguém como você. Tracy respirou fundo.

– Acontece que tenho um problema.

Ela explicou tudo. A Sra. Murphy escutou em silêncio e disse, quando Tracy terminou:

– Pode esquecer a procura de um emprego em computadores.

– Mas acabou de dizer...

– As companhias andam muito preocupadas atualmente com os crimes por computador. Não contratarão ninguém que tenha uma ficha criminal.

– Mas *preciso* de um emprego. Eu...

– Há outros tipos de emprego. Já pensou em trabalhar como vendedora?

Tracy lembrou-se de sua experiência na loja de departamentos. Não podia suportar passar de novo pela mesma situação.

– Há mais alguma coisa?

A mulher hesitou. Tracy Whitney era obviamente alguém muito acima do emprego que tinha em mente.

– Sei que não é da sua classe, mas há uma vaga de garçonete no Jackson Hole. É uma lanchonete no Upper East Side.

– Um emprego de garçonete?

– Isso mesmo. Se quiser aceitar, não cobrarei qualquer comissão. Acabei de ser informada.

Tracy ficou em silêncio por um momento, pensando. Servira a mesas no refeitório da universidade. Fora então divertido. Agora, era uma questão de sobrevivência.

– Vou experimentar.

JACKSON HOLE era um tumulto, com clientes ruidosos e impacientes, cozinheiros mortificados e irritados. A comida era boa e os preços razoáveis, a lanchonete estava sempre apinhada. As garçonetes trabalhavam num ritmo frenético, sem tempo para descansar. Ao fim do primeiro dia, Tracy encontrava-se exausta. Mas estava ganhando dinheiro.

No segundo dia, por volta do meio-dia, quando Tracy servia a uma mesa cheia de vendedores, um dos homens subiu a mão por baixo de sua saia. Tracy deixou cair um pote de chili em sua cabeça. Foi o fim do emprego.

Ela voltou à Sra. Murphy e relatou o que acontecera.

– Talvez eu tenha uma boa notícia – disse a Sra. Murphy. – O Wellington Arms precisa de uma arrumadeira-assistente. Mandarei você para lá.

O Wellington Arms era um hotel pequeno e elegante na Park Avenue que atendia aos ricos e famosos. Tracy foi entrevistada pela chefe das arrumadeiras e contratada. O trabalho não era difícil, as colegas simpáticas e o horário razoável.

Uma semana depois, Tracy foi chamada à sala de sua superior. O gerente-assistente também estava ali.

– Verificou a Suíte 827 hoje? – perguntou-lhe a sua superior.

A suíte era ocupada por Jennifer Marlowe, uma atriz de Hollywood. Parte das funções de Tracy era inspecionar cada suíte e verificar se as arrumadeiras tinham feito seu trabalho direito.

– Verifiquei, sim.

– A que horas?

– Às 14 horas. Algum problema?

O gerente-assistente interveio:

– A Srta. Marlowe voltou às 15 horas e descobriu que um valioso anel de diamante desaparecera.

Tracy pôde sentir seu corpo ficar tenso.

– Você entrou no quarto, Tracy?

– Claro. Verifico todos os cômodos.

– Viu alguma joia quando esteve no quarto?

– Bom... não. Acho que não.

O gerente-assistente insistiu:

– Você *acha* que não? Não tem *certeza?*

– Eu não estava procurando por joias – respondeu Tracy.

Apenas verificava as camas e as toalhas.

– A Srta. Marlowe afirma que deixou o anel na penteadeira quando saiu da suíte.

– Não sei de nada a respeito.

– Ninguém mais tem acesso à suíte. E as arrumadeiras já estão conosco há muitos anos.

– Não peguei nenhum anel.

O gerente-assistente suspirou.

– Teremos de chamar a polícia para investigar.

– Só pode ter sido outra pessoa! – protestou Tracy. – Ou talvez a Srta. Marlowe tenha esquecido onde guardou o anel...

– Com a sua ficha...

Lá estava, às claras. *Com a sua ficha...*

– Terei de pedir-lhe que faça o favor de esperar no escritório da segurança até a chegada da polícia.

Tracy sentiu o rosto corar.

– Está bem, senhor.

Ela foi acompanhada até a sala por um dos agentes de segurança, teve a sensação de que estava de volta à prisão. Lera sobre ex-condenados que eram perseguidos porque tinham passado pela prisão, mas nunca lhe ocorrera que isso pudesse acontecer com ela. Haviam-lhe posto um rótulo e esperavam que ela vivesse de acordo. "Ou em desacordo", pensou Tracy, amargurada.

Meia hora depois o gerente-assistente entrou na sala e disse, sorrindo:

– A Srta. Marlowe encontrou seu anel. No final das contas, ela esquecera onde o guardara. Foi apenas um pequeno equívoco.

– Maravilhoso – murmurou Tracy.

Ela deixou o hotel e seguiu diretamente para Conrad Morgan e Cia., Joalheiros.

– É RIDICULAMENTE simples – Conrad Morgan estava dizendo. – Uma cliente minha, Lois Bellamy, acaba de viajar para a Europa. Sua casa é em Sea Cliff, Long Island. Os empregados tiram folga nos fins de semana e não há ninguém por lá. Uma patrulha particular efetua uma inspeção a cada quatro horas. Você pode entrar e sair da casa em poucos minutos.

Eles estavam sentados no escritório de Conrad Morgan.

– Conheço o sistema de alarme e tenho a combinação do cofre. Tudo o que você tem de fazer, minha cara, é entrar, pegar as joias e sair. Traga-me as joias, eu tiro as pedras dos engastes, torno a lapidar as maiores e as vendo.

– Se é tão simples assim, por que você não faz tudo pessoalmente? – indagou Tracy, bruscamente.

Os olhos azuis de Morgan faiscaram.

– Porque estou saindo da cidade a negócios. Sempre que um desses pequenos incidentes "ocorre", eu me encontro invariavelmente fora da cidade a negócios.

– Entendo...

– Se está com escrúpulos sobre a possibilidade de o roubo afetar a Sra. Bellamy, pode esquecer. Ela é uma mulher horrível, que tem casas por todo o mundo, cheias das coisas mais caras. Além disso, segurou as joias pelo dobro do valor real. Naturalmente, eu fiz todas as avaliações.

Tracy olhava fixamente para Conrad Morgan, pensando: "Devo ter ficado louca. Estou aqui discutindo calmamente um roubo de joias com este homem."

– Não quero voltar à prisão, Sr. Morgan.

– Não há qualquer perigo. Nenhuma das pessoas que trabalhou para mim foi apanhada. Pelo menos não enquanto trabalhavam para mim. E então... o que me diz?

A resposta era óbvia. Ela diria que não. Toda a ideia era insana.

– Você disse 25 mil dólares?

– Pagamento contraentrega.

Era uma fortuna, o suficiente para sustentá-la até poder definir o que fazer com sua vida. Tracy pensou no apartamento sinistro em que vivia, nos berros dos inquilinos. Lembrou-se da mulher gritando:

– Não quero uma assassina me servindo.

E lembrou-se das palavras do gerente-assistente do hotel:

– Teremos de chamar a polícia para investigar.

Mas Tracy ainda não tinha condições de dizer sim.

– Eu sugeriria a noite deste sábado – acrescentou Conrad Morgan. – Os empregados saem ao meio-dia de sábado. Providenciarei uma carteira de motorista para você, sob um nome falso. Alugará um carro aqui em Manhattan e seguirá para Long Island, lá chegando às 11 horas. Pegará as joias, voltará a Nova York e devolverá o carro... Sabe dirigir, não é mesmo?

– Sei, sim.

– Excelente. Há um trem partindo para St. Louis às 7h45.

Reservarei um compartimento para você. Irei encontrá-la na estação em St. Louis e você me entregará as joias. Eu lhe darei então os 25 mil dólares.

Ele fazia com que tudo parecesse muito simples.

Aquele era o momento de dizer não, levantar e ir embora... *ir embora para onde?*

– Precisarei de uma peruca loura – disse Tracy, falando muito devagar.

DEPOIS QUE TRACY se retirou, Conrad Morgan permaneceu sentado em seu escritório, no escuro, pensando nela. Uma linda mulher. Muito linda. Era uma pena. Talvez devesse tê-la avisado que não estava realmente tão familiarizado assim com aquele tipo de sistema de alarme contra ladrões.

16

Com os mil dólares que Conrad Morgan lhe adiantara, Tracy comprou duas perucas, uma loura e uma preta, com uma infinidade de pequenas tranças. Comprou uma calça comprida azul-marinho, um macacão preto e uma valise, imitação de Gucci, num ambulante da Lexington Avenue. Até agora, tudo corria perfeitamente bem. Conforme Morgan prometera, Tracy recebeu um envelope contendo uma carteira de motorista, em nome de Ellen Branch, um diagrama do sistema de segurança da casa da Sra. Bellamy, a combinação do cofre no quarto e uma passagem da Amtrack para St. Louis, numa cabine particular. Tracy recolheu seus poucos pertences e partiu. "Nunca mais tornarei a viver num lugar como este", ela prometeu a si mesma. Alugou um carro e seguiu para Long Island. Estava indo cometer um roubo.

O que fazia tinha a irrealidade de um sonho e ela sentia-se apavorada. E se fosse apanhada? O que estava prestes a fazer valia o risco?

"É ridiculamente simples", dissera Conrad Morgan.

"Ele não estaria envolvido em qualquer coisa assim se não tivesse certeza absoluta. Ele tem sua reputação a zelar. Eu também tenho uma reputação", pensou Tracy, amargurada, "só que é a pior possível. A qualquer momento que uma joia esteja desaparecida eu serei culpada até que se prove a minha inocência."

Tracy sabia o que estava fazendo. Tentava se pôr num estado de raiva, tentava se preparar psicologicamente para cometer um crime. Mas não deu certo. Ao chegar a Sea Cliff, era um destroço nervoso. Por duas vezes quase saiu com o carro da estrada. "Talvez a polícia me detenha por direção perigosa", pensou ela, esperançosa. "Poderei então dizer ao Sr. Morgan que tudo saiu errado antes mesmo de começar."

Mas não havia qualquer carro da polícia à vista. "Claro", pensou Tracy, furiosa, "eles nunca estão por perto quando se precisa."

Ela foi para o estreito de Long Island, seguindo a orientação de Conrad Morgan. "A casa fica à beira-mar. Tem o nome de Embers. É uma antiga mansão vitoriana. Não há como errar."

"Por favor, Deus, faça-me errar", rezou Tracy.

Mas lá estava a casa, assomando da escuridão, como um castelo de ogre num pesadelo. Parecia deserta. "Como os criados se atrevem a tirar folga no sábado!", pensou Tracy, indignada. "Todos deveriam ser despedidos."

Ela levou o carro para trás de um grupo de enormes salgueiros, onde ficaria escondido. Desligou o motor. Ficou escutando os ruídos noturnos dos insetos. Nada mais perturbava o silêncio. A casa ficava longe da estrada principal e não havia qualquer tráfego àquela hora.

"A propriedade é protegida por árvores, minha cara, o vizinho mais próximo está a quilômetros de distância. Portanto, não precisa se preocupar com a possibilidade de ser vista. A patrulha de segurança efetua a sua inspeção às 22 horas e novamente às 2 horas. Você já estará muito longe às 2 horas."

Tracy olhou para o seu relógio. Eram 23 horas. A primeira inspeção já fora feita. Ela tinha três horas antes que a patrulha voltasse para a segunda inspeção. Ou três segundos para fazer a manobra com o carro e voltar a Nova York, esquecer toda aquela loucura. Mas voltar para *o quê?* As imagens afloraram espontâneas em sua mente. O gerente-assistente na Saks: "Lamento profundamente, Srta. Whitney, mas devemos fazer a vontade de nossos clientes." "Pode esquecer a ideia de trabalhar com computadores. Eles não contratarão alguém que tenha uma ficha criminal." "São 25 mil dólares, livres de impostos, por uma ou duas horas. Se tem escrúpulos, saiba que ela é realmente uma mulher horrível."

"O que estou fazendo?", pensou Tracy. "Não sou realmente uma ladra. Não uma ladra genuína. Sou uma estúpida amadora, que está prestes a sofrer um colapso nervoso."

"Se eu tivesse metade de um cérebro, escaparia daqui enquanto ainda há tempo. Antes que os homens da SWAT me encontrem, haja um tiroteio e levem meu corpo crivado de balas para o necrotério. Posso ver a manchete: PERIGOSA CRIMINOSA MORTA DURANTE TENTATIVA DE ROUBO FRUSTRADA."

Quem haveria de chorar em seu enterro? Ernestine e Amy.

Tracy olhou para o relógio.

– Oh, Deus!

Estava sentada ali, pensando, havia vinte minutos. "Se vou fazer, é melhor começar logo."

Ela não podia se mexer. Estava paralisada pelo medo. "Não posso ficar sentada aqui eternamente", disse a si mesma. "Por que não dou uma olhada na casa? Apenas isso, nada mais."

Tracy respirou fundo e saiu do carro. Usava o macacão preto. Podia sentir os joelhos tremendo. Aproximou-se da casa lentamente e constatou que se achava completamente às escuras.

"Não se esqueça de usar luvas."

Tracy meteu a mão no bolso, tirou um par de luvas, calçou-as. "Oh, Deus, eu vou fazer!", pensou ela. "Vou realmente seguir em frente e cometer um roubo." Seu coração batia tão alto que não podia mais ouvir quaisquer outros sons.

"O alarme fica à esquerda da porta da frente. Há cinco botões. A luz vermelha estará acesa, o que significa que o alarme se acha ativado. O código para desligá-lo é 3-2-4-1-1. Quando a luz vermelha se apagar, você saberá que o alarme está desativado.

Aqui está a chave da porta da frente. Depois de entrar, não se esqueça de fechar a porta. Use esta lanterna. Não acenda nenhuma das luzes da casa, pois sempre é possível que alguém passe de carro. O quarto principal fica no segundo andar, à esquerda, de frente para o mar. Encontrará o cofre por trás de um retrato de Lois Bellamy. É um cofre muito simples. Tudo o que tem a fazer é seguir esta combinação."

Tracy ficou imóvel, tremendo, pronta para fugir ao menor ruído. Silêncio. Lentamente, ela se inclinou e apertou a sequência dos botões do alarme, rezando para que não desse certo. A luz vermelha se apagou. O passo seguinte a comprometeria irremediavelmente. Ela lembrou-se de que os pilotos de avião tinham uma frase para isso: o ponto do qual não se podia mais voltar.

Tracy inseriu a chave na fechadura e a porta se abriu. Ela esperou um minuto inteiro antes de entrar. Todos os nervos de seu corpo vibravam num ritmo frenético quando parou na entrada, escutando, com medo de se mexer. Um silêncio pesado povoava a casa. Ela pegou a lanterna, acendeu-a, viu a escada. Adiantou-se e começou a subir. Tudo o que queria agora era acabar com aquilo o mais depressa possível e fugir.

O hall superior parecia fantasmagórico ao clarão da lanterna, o facho bruxuleante fazia com que as paredes tremessem. Tracy espiou em cada cômodo por que passou. Estavam todos vazios.

O quarto principal ficava no final do corredor, dando para o mar, exatamente como Morgan o descrevera. Era aconchegante, numa tonalidade rosa suave, uma cama de dossel e uma cômoda adornada com rosas. Havia duas poltronas, uma lareira e uma mesa pequena de refeição na frente. "Eu quase vivi numa casa assim, com Charles e nosso filho", pensou Tracy.

Ela foi até a janela panorâmica e contemplou os barcos distantes, ancorados na baía. "Diga-me, Deus, o que o levou a decidir que Lois Bellamy deveria viver nesta linda casa e que eu deveria estar aqui para roubá-la? Vamos, menina", ela disse a si mesma, "não se torne filosófica. Será uma vez só. Tudo acabará em poucos minutos, mas não se ficar parada aqui sem fazer nada."

Tracy virou-se e foi até o retrato que Morgan descrevera. Lois Bellamy tinha uma expressão dura e arrogante. "É verdade. Ela parece mesmo uma mulher horrível." O quadro virava para fora, afastando-se da parede, havia um pequeno cofre por trás. Tracy memorizara a combinação. Três voltas para a direita, pare em 42. Duas voltas para a esquerda, pare em 10. Uma volta para a direita, pare em 30.

Suas mãos tremiam tanto que ela teve de recomeçar duas vezes. Ouviu um clique. A porta do cofre estava aberta.

Em seu interior havia diversos envelopes grossos e documentos, mas Tracy ignorou-os. Lá no fundo, sobre uma pequena prateleira, ela viu um saco de joias de camurça. Tracy estendeu a mão e levantou-o da prateleira. E foi nesse instante que o alarme começou a soar, o barulho mais alto que Tracy já ouvira em toda a sua vida. Parecia reverberar de todos os cantos da casa, gritando o seu alerta. Ela ficou imóvel, paralisada pelo choque.

"O que saíra errado? Conrad Morgan não sabia do alarme dentro do cofre, que era acionado quando se removiam as joias da prateleira?"

Ela tinha de sair dali rapidamente. Meteu a bolsa de camurça no bolso e começou a correr para a escada. E de repente, acima do som do alarme, ouviu outro ruído, o barulho de sirenes se aproximando. Tracy parou no alto da escada, apavorada, o coração disparado, a boca seca. Correu em direção a uma janela, entreabriu uma cortina, espiou. Uma radiopatrulha preta e branca estava parando diante da casa. Enquanto Tracy observava, um policial uniformizado correu para os fundos, enquanto um segundo se encaminhava para a porta da frente. Não havia escapatória. O alarme ainda ressoava e subitamente parecia a terrível campainha nos corredores da Penitenciária Meridional da Louisiana para Mulheres.

"Não!", pensou Tracy. "Não permitirei que me mandem de volta para lá."

A porta da frente soou estridentemente.

O TENENTE MELVIN Durkin integrava a força policial de Sea Cliff há dez anos. Sea Cliff era uma cidadezinha tranquila e a principal atividade da polícia era reprimir o vandalismo, uns poucos roubos de carros e ocasionais brigas de bêbados nas noites de sábado. A ativação do alarme Bellamy se enquadrava numa categoria diferente.

Era o tipo de atividade criminosa pelo qual o tenente Durkin ingressara na polícia. Ele conhecia Lois Bellamy e sabia da valiosa coleção de quadros e joias que ela possuía. E com a Sra. Bellamy viajando, ele fizera questão de inspecionar a casa periodicamente, pois constituía um alvo tentador para qualquer ladrão. "E agora", pensou o tenente Durkin, "parece que peguei um ladrão." Ele se encontrava a apenas dois quarteirões de distância quando recebera o chamado pelo rádio da companhia de segurança. "Isso ficará sensacional na minha folha."

O tenente Durkin apertou a campainha da porta da frente.

Queria poder registrar em seu relatório que tocara a campainha três vezes, antes de forçar a entrada. Seu companheiro cobria os fundos e assim não havia qualquer possibilidade de o ladrão escapar. Ele tentaria provavelmente se esconder no interior da casa, mas teria uma surpresa. Ninguém podia se esconder de Melvin Durkin.

Quando o tenente estendia a mão para tocar a campainha pela terceira vez, a porta da frente se abriu subitamente. Ele ficou aturdido. Parada à sua frente se achava uma mulher, numa camisola fina, que deixava muito pouco à imaginação. O rosto se apresentava coberto por um creme escuro, os cabelos metidos numa touca. Ela perguntou:

– Que diabo está acontecendo?

O tenente Durkin engoliu em seco.

– Eu... quem é você?

– Sou Ellen Branch. Uma hóspede de Lois Bellamy. Ela está na Europa.

– Sei disso. – O tenente ficou confuso. – Ela não nos disse que teria uma hóspede.

A mulher na porta balançou a cabeça ironicamente.

– Isso não é típico de Lois? Com licença, mas não posso suportar este barulho.

Enquanto o tenente Durkin observava, a hóspede de Lois Bellamy estendeu a mão para os botões do alarme, apertou uma sequência de números. O som cessou.

– Assim está melhor. – Ela suspirou. – Não posso lhe dizer o quanto estou contente em vê-lo.

A mulher fez uma pausa, rindo, trêmula.

– Eu estava me aprontando para deitar quando o alarme começou a tocar. Tinha certeza de que havia ladrões na casa e me encontro sozinha aqui. Todos os criados saíram de folga ao meio-dia.

– Não se importa se dermos uma olhada?

– Por favor, eu insisto!

O tenente e seu companheiro levaram apenas poucos minutos para se certificarem de que não havia ninguém à espreita no interior da residência.

– Tudo certo – anunciou o tenente Durkin. – Alarme falso. Algum defeito deve tê-lo ativado. Nem sempre se pode confiar nesses inventos eletrônicos. Eu ligaria para a companhia de segurança e pediria que verificassem o sistema.

– E exatamente o que vou fazer.

– Acho melhor eu ir...

– Obrigada por ter vindo. Eu me sinto muito mais segura agora.

"Ela tem mesmo um corpo sensacional', pensou o tenente Durkin. Ele se perguntou como a mulher pareceria sem o creme no rosto e sem a touca.

Ficará aqui muito tempo, Srta. Branch?

– Mais uma ou duas semanas, até Lois voltar.

– Se houver algo que eu possa fazer, basta me avisar.

– Obrigada. Não esquecerei.

Tracy ficou observando enquanto o carro da polícia se afastava pela noite. Sentiu que podia desmaiar de alívio. Depois que o carro sumira, ela subiu correndo a escada, tirou do rosto o creme que encontrara no banheiro, arrancou a touca e a camisola de Lois Bellamy, tornou a vestir o seu macacão preto e saiu pela porta da frente, tornando cuidadosamente a ligar o alarme.

FOI SOMENTE quando já atingira a metade do caminho de volta a Manhattan que Tracy absorveu completamente a audácia do que fizera. Ela soltou uma risadinha, que acabou se transformando em gargalhadas trêmulas e incontroláveis, até que finalmente parou o carro à beira da estrada. E continuou a rir, as lágrimas escorrendo pelas faces. Era a primeira vez que ria em um ano inteiro. E a sensação era maravilhosa.

17

Somente depois que o trem Amtrak partiu da Estação Pensilvânia é que Tracy começou a relaxar. Esperara a cada segundo que uma mão pesada pousasse em seu ombro e uma voz dissesse:

– Você está presa.

Ela observara atentamente os outros passageiros que haviam embarcado no trem e nada percebera de alarmante. Mesmo assim, os ombros de Tracy se achavam contraídos em tensão. Ela insistia em garantir a si mesma que era improvável que alguém tivesse descoberto o roubo tão cedo; e mesmo que isso acontecesse, não havia nada que pudesse ligá-la ao fato. Conrad Morgan estaria à sua espera em St. Louis com 25 mil dólares. Todo esse dinheiro para fazer o que bem lhe aprouvesse! Teria de trabalhar um ano inteiro no banco para ganhar tanto dinheiro. "Viajarei para a Europa", pensou Tracy. "Paris. Não. Paris, não. Charles e eu passaríamos lá a nossa lua de mel. Irei para Londres. Ali não serei uma ex-condenada." De certa forma, a experiência por que passara fazia com que Tracy se sentisse uma pessoa diferente. Era como se tivesse renascido.

Ela trancou a porta da cabine, pegou a bolsa de camurça e abriu-a. Uma cascata de cores faiscantes despejou-se em suas mãos. Havia três enormes anéis de diamantes, um broche de esmeralda, uma pulseira de safira, três pares de brincos e dois colares, um de rubis, outro de pérolas.

"Estas joias devem valer mais de um milhão de dólares", especulou Tracy. Enquanto o trem rolava pelos campos, ela recostou-se no banco e reconstituiu mentalmente a noite. Alugando o carro... seguindo para Sea Cliff... o silêncio da noite... desligando o alarme e entrando na casa... abrindo o cofre... o choque do alarme disparando, a polícia aparecendo. Nunca lhes ocorrera que a mulher de creme no rosto, com uma camisola transparente e uma touca na cabeça, era a ladra que procuravam.

Agora, sentada na cabine do trem, seguindo para St. Louis, Tracy permitiu-se um sorriso de satisfação. Gostara de enganar a polícia.

Havia alguma coisa de maravilhosamente inebriante de se colocar à beira do perigo. Ela sentia-se ousada, inteligente e invencível. Sentia-se absolutamente sensacional.

Houve uma batida na porta da cabine. Tracy tornou a guardar as joias na bolsa de camurça apressadamente e pôs a bolsa em sua mala. Pegou a passagem e destrancou a porta para entregá-la ao cabineiro.

Dois homens de terno cinza estavam parados no corredor. Um deles parecia ter trinta e poucos anos, o outro era uns dez anos mais velho. O mais jovem era atraente, com o corpo de um atleta. Tinha um queixo forte, bigode pequeno e aparado, usava óculos de aros de osso, por trás dos quais brilhavam olhos azuis inteligentes. O mais velho tinha uma vasta cabeleira preta e era corpulento, os olhos castanhos se mostravam frios.

– Desejam alguma coisa? – perguntou Tracy.

– Desejamos, sim.

O homem mais velho tirou uma carteira do bolso e exibiu uma identificação:

FBI

DEPARTAMENTO DE JUSTIÇA DOS ESTADOS UNIDOS

– Sou o Agente Especial Dennis Trevor. E este é o Agente Especial Thomas Bowers.

Tracy sentiu a boca subitamente ressequida. Forçou um sorriso.

– Eu... eu receio não estar entendendo. Algum problema?

– Infelizmente, sim, madame – disse o agente mais jovem, com um suave sotaque sulista. – Este trem cruzou a fronteira de Nova Jersey há poucos minutos. Transportar mercadoria roubada por uma fronteira estadual constitui um crime federal.

Tracy teve a sensação de que ia desmaiar. Uma película vermelha surgiu diante de seus olhos, tornando tudo indefinido. O homem mais velho, Dennis Trevor, estava dizendo:

– Poderia abrir sua bagagem, por favor?

Não era um pedido, mas sim uma ordem. A única esperança de Tracy era blefar.

– Claro que não! Como se atreve a entrar em minha cabine desse jeito? – A voz dela transbordava de indignação. – Isso é tudo o que vocês têm a fazer... andar por aí incomodando cidadãos inocentes? Vou chamar o cabineiro.

– Já falamos com o cabineiro – informou Trevor.

O blefe não estava funcionando.

– Vocês... vocês têm um mandado judicial?

O homem mais jovem disse, gentilmente:

– Não precisamos de um mandado judicial, Srta. Whitney. Estamos prendendo-a em flagrante.

Eles sabiam até o seu nome. Ela estava acuada. Não havia saída. *Absolutamente nenhuma.*

Trevor já se adiantara para a sua mala, começava a abri-la. Era inútil tentar impedi-lo. Tracy observou enquanto ele retirava a bolsa de camurça. O agente abriu-a, olhou para o seu companheiro, acenou com a cabeça. Tracy arriou no banco, sentindo-se de repente fraca demais para ficar de pé.

Trevor tirou uma lista do bolso, conferiu o conteúdo da bolsa, guardou-a consigo.

– Está tudo aqui, Tom.

– Como... como descobriram? – indagou Tracy, desesperada.

– Não temos permissão para fornecer qualquer informação – respondeu Trevor. – Você está presa. Tem o direito de permanecer em silêncio e chamar um advogado antes de falar qualquer coisa. E tudo o que disser poderá ser usado como prova contra você. Entendido?

A resposta de Tracy foi um sussurro quase inaudível.

– Entendido.

Tom Bowers disse.

– Lamento muito. Sei de seus antecedentes e lamento sinceramente.

– Pelo amor de Deus – interveio o homem mais velho – isto não é um encontro social.

– Sei disso. Mesmo assim...

O homem mais velho estendeu um par de algemas para Tracy.

– Dê os pulsos, por favor.

Tracy sentia o coração se contorcendo em agonia. Lembrou-se do aeroporto em Nova Orleans, quando haviam-na algemado, as pessoas se virando para olhar.

– Por favor! Tem mesmo... de fazer isso?

– Tenho, sim, madame.

O homem mais jovem interveio.

– Posso lhe falar a sós por um instante, Dennis?

Dennis Trevor deu de ombros.

– Está certo.

Os dois homens saíram para o corredor. Tracy continuou sentada, atordoada, dominada pelo desespero. Podia ouvir trechos da conversa dos dois.

– Pelo amor de Deus, Dennis, não há necessidade de algemá-la. Ela não vai fugir...

– Quando você vai parar de se comportar como um escoteiro? Depois que estiver no FBI há tanto tempo quanto eu...

– Ora, deixe disso. Dê uma chance à moça. Ela já está bastante constrangida e...

– Ainda não é nada em comparação com o que ela vai...

Ela não pôde ouvir o resto da conversa. Não queria ouvir o resto da conversa. Os agentes voltaram à cabine um momento depois. O mais velho parecia irritado.

– Está bem – disse ele. – Não vamos algemá-la. Você desembarcará na próxima estação. Pediremos pelo rádio um carro do FBI. Até lá, não deixará esta cabine. Entendido?

Tracy acenou com a cabeça, angustiada demais para falar. O homem mais jovem, Tom Bowers, deu de ombros com uma expressão compreensiva, como se dissesse: "Bem que gostaria que houvesse mais alguma coisa que eu pudesse fazer."

Mas não havia nada que alguém pudesse fazer. Não agora. Era tarde demais. Ela fora apanhada em flagrante. De alguma forma, a polícia a descobrira e comunicara ao FBI.

Os agentes estavam no corredor, conversando com o cabineiro. Trevor apontou para Tracy e disse alguma coisa que ela não pôde ouvir. O cabineiro assentiu. Trevor fechou a porta da cabine. Para Tracy, foi como bater a porta de uma cela.

Os campos passavam velozmente, parecendo vinhetas emolduradas brevemente pela janela. Mas Tracy tornou-se indiferente à paisagem. Achava-se paralisada pelo medo. Havia um troar em seus ouvidos que nada tinha a ver com os ruídos do trem. Não existiria uma segunda oportunidade. Era uma criminosa condenada. Receberia agora a sentença máxima e desta vez não haveria a filha do diretor para salvar, não haveria coisa alguma além dos anos terríveis e intermináveis de prisão pela frente. E Big Bertha. *Como conseguiram agarrá-la*? A única pessoa que sabia do roubo era Conrad Morgan e ele não teria qualquer motivo possível para entregar a ela e as joias ao FBI. Possivelmente algum empregado de sua loja tomara conhecimento do plano e comunicara à polícia. Mas não fazia a menor diferença como acontecera. Ela fora apanhada. E na próxima estação desembarcaria e seguiria outra vez para a prisão. Passaria por uma audiência preliminar, em seguida o julgamento e depois...

Tracy apertou os olhos com toda força, recusando-se a pensar mais a respeito. Sentiu lágrimas quentes lhe escorrerem pelas faces.

O TREM COMEÇOU a reduzir a velocidade. Tracy começou a sufocar. Não conseguia absorver ar em quantidade suficiente. Os dois agentes do FBI viriam buscá-la a qualquer momento. Uma estação surgiu à frente e o trem parou poucos segundos depois, com um solavanco. Estava na hora de partir. Tracy fechou a mala, levantou-se para vestir o casaco, tornou a sentar. Ficou olhando fixamente para a porta fechada da cabine, esperando que se abrisse. Os minutos foram passando. Os dois agentes não apareciam. O que poderiam estar fazendo? Ela recordou o que lhe haviam dito: "Você desembarcará na próxima estação. Pediremos pelo rádio um carro do FBI. Até lá, não deixará esta cabine."

Ela ouviu o chefe do trem gritar:

– Todos a bordo!

Tracy começou a entrar em pânico. Talvez os agentes tivessem dito que a esperariam na plataforma. *Devia ser isso.* Se ela ficasse no trem, seria acusada de tentar fugir, o que tornaria sua situação ainda pior. Tracy pegou a mala, abriu a porta da cabine e afastou-se apressadamente pelo corredor. O cabineiro se aproximou.

– Vai saltar aqui, dona? É melhor se apressar. Deixe-me ajudá-la. Uma mulher no seu estado não deveria carregar peso. Ela fitou-o, aturdida.

– No meu estado?

– Não precisa se sentir embaraçada. Seus irmãos me disseram que está grávida e me pediram para ficar de olho em você.

– Meus irmãos...?

– Ótimos rapazes. Pareciam realmente preocupados com você.

O mundo girava vertiginosamente. O mundo estava virado pelo avesso.

O cabineiro levou a mala até a extremidade do vagão e ajudou Tracy a descer os degraus. O trem começou a andar.

– Sabe para onde meus irmãos foram? – gritou Tracy. – Não, dona. Eles pegaram um táxi assim que o trem parou.

Levando joias no valor de um milhão de dólares.

TRACY SEGUIU para o aeroporto. Foi o único lugar em que pôde pensar. Se os homens pegaram um táxi, isso significava que não dispunham de transporte próprio e certamente haveriam de querer deixar a cidade o mais depressa possível. Ela recostou-se no banco do táxi, dominada por uma raiva intensa pelo que lhe haviam feito e com vergonha por ter sido enganada tão facilmente. Mas não podia negar que os dois eram bons. Realmente bons. Haviam-se mostrado extremamente convincentes. Tracy corou ao pensar como caíra no golpe antigo do tira mau e tira bonzinho.

"Pelo amor de Deus, Dennis, não há necessidade de algemá-la. Ela não vai fugir..."

"Quando você vai parar de se comportar com um escoteiro?"

"Depois que estiver no FBI há tanto tempo quanto eu..."

O FBI? Eles eram provavelmente fugitivos da lei. Mas ela haveria de recuperar as joias. Sofrera demais para se deixar enganar por dois vigaristas. *Tinha* de chegar ao aeroporto a tempo. Ela inclinou-se para a frente e disse ao motorista:

– Pode ir mais depressa, por favor?

ELES ESTAVAM parados na fila de embarque, no portão de partida. Tracy não os reconheceu imediatamente. O mais jovem, que dissera chamar-se Thomas Bowers, estava sem os óculos, os olhos haviam passado de azuis para cinzentos, o bigode desaparecera. O outro homem, Dennis Trevor, que tinha uma vasta cabeleira preta, era agora completamente calvo. Mesmo assim, ela não estava enganada. Eles não tiveram tempo para trocar de roupa. Já estavam quase passando pelo portão de embarque quando Tracy os alcançou.

Esqueceram uma coisa – disse ela.

Os dois se viraram para fitá-la, surpresos. O mais jovem franziu o rosto.

– O que faz aqui? Um carro do serviço deveria estar na estação para recolhê-la.

O sotaque sulista havia desaparecido.

Então por que não voltam e verificam se está mesmo lá? – sugeriu Tracy.

– Não podemos, pois já começamos a trabalhar em outro caso – explicou Trevor. – Temos de pegar este avião.

– Devolvam-me as joias antes.

Lamento, mas não podemos fazer isso – protestou Thomas Bowers. – É a prova. Nós lhe mandaremos um recibo.

– Não quero um recibo. Quero as joias.

Lamento, mas não podemos entregá-las – disse Trevor.

Eles já se achavam no portão. Trevor entregou os passes de embarque ao atendente. Tracy olhou ao redor, desesperada. Avistou um guarda do aeroporto parado ali perto. E chamou:

– Guarda! Guarda!

Os dois homens se entreolharam, espantados

– Que diabo pensa que está fazendo? – sussurrou Trevor. – Quer que todos nós sejamos presos?

O guarda estava se aproximando.

– Pois não, senhora? Algum problema?

– Não há problema algum – respondeu Tracy, jovialmente. – Estes dois cavalheiros maravilhosos encontraram algumas joias valiosas que eu havia perdido e estão me devolvendo. Eu já pensava em procurar o FBI e pedir que as procurassem.

Os dois homens trocaram um olhar tenso.

– Eles sugeriram que seria melhor se um guarda me escoltasse até um táxi – acrescentou Tracy.

– Certamente. Terei o maior prazer.

Tracy virou-se para os dois homens.

– É seguro me entregarem as joias agora. Este simpático guarda tomará conta de mim.

– Não há necessidade – protestou Tom Bowers. – Será melhor se nós...

– Oh, não, eu insisto! – disse Tracy. – Sei como é importante para vocês pegarem seu avião.

Os dois homens olharam para o guarda, depois um para o outro, impotentes. Não havia nada que pudessem fazer. Relutantemente, Tom Bowers tirou a bolsa de camurça de seu bolso.

– É isso! – Tracy pegou a bolsa, abriu-a, deu uma espiada. – Graças a Deus! Está tudo aqui.

Tom Bowers ainda fez uma última e desesperada tentativa:

– Por que não ficamos com as joias, por segurança, até você...

– Isso não será necessário – disse Tracy, jovialmente. Ela abriu sua bolsa, guardou as joias, tirou duas notas de 5 dólares. Entregou uma a cada homem.

– Aqui está um pequeno símbolo da minha gratidão.

Todos os outros passageiros já haviam passado pelo portão. O atendente disse:

– Esta foi a última chamada. Vocês terão de embarcar agora, senhores.

– Outra vez obrigada – disse Tracy, radiante, já se afastando com o guarda. – É tão raro encontrar pessoas honestas atualmente...

18

Thomas Bowers, nascido Jeff Stevens, sentou-se junto à janela do avião e ficou olhando para fora, enquanto o aparelho decolava. Pegou um lenço e cobriu o rosto com ele.

Dennis Trevor, também conhecido como Brandon Higgins, sentado ao seu lado, fitou-o espantado.

– Ei, era apenas dinheiro! – disse ele. – Não há motivo para chorar.

Jeff Stevens virou-se para ele, as lágrimas escorrendo pelas faces. Espantado, Higgins descobriu que Jeff se estava em meio a um ataque de riso.

– Que diabo deu em você? – indagou Higgins. – Também não é motivo para *rir.*

Para Jeff, era, sim. A maneira como Tracy Whitney os enganara no aeroporto era o golpe mais engenhoso que ele já testemunhara. Um golpe por cima de um golpe. Conrad Morgan lhes dissera que a mulher era uma amadora. "Por Deus", pensou Jeff, "como seria se ela fosse uma profissional?" Tracy Whitney era certamente a mulher mais linda que Jeff Stevens já vira. E esperta. Jeff orgulhava-se de ser o melhor vigarista em ação e ela conseguira passá-lo para trás. "Tio Willie a teria adorado, pensou Jeff."

FOI TIO WILLIE quem educou Jeff. A mãe de Jeff era a herdeira confiante de uma fortuna em implementos agrícolas, casada com um homem imprevidente, com muitos projetos de enriquecer depressa que nunca davam certo. O pai de Jeff era encantador, moreno, bonito, persuasivo. Conseguiu acabar com a herança da esposa nos primeiros cinco anos de casamento. As recordações mais antigas de Jeff eram do pai e da mãe brigando por causa de dinheiro e das relações extraconjugais do pai. Era um casamento amargo e o garoto resolvera: "Nunca me casarei. Nunca."

O irmão do pai, tio Willie, possuía um pequeno parque de diversões ambulante. Sempre que passava perto de Marion, Ohio, onde os Steven viviam, ele ia visitá-los. Era o homem mais jovial que Jeff já conhecera, otimista e cheio de perspectiva. Sempre dava um jeito de levar para o garoto ótimos presentes. Ensinou a Jeff truques de mágica maravilhosos. Tio Willie começara como mágico num parque de diversões e assumira o comando quando a empresa falira.

Jeff tinha 14 anos quando a mãe morreu num acidente de automóvel. Dois meses depois, o pai de Jeff se casou com uma garçonete de 19 anos, se deu a seguinte explicação:

– Não é natural um homem viver sozinho.

Mas o rapaz experimentou um profundo ressentimento, sentindo-se traído pela insensibilidade do pai.

O pai de Jeff arrumou um emprego de caixeiro-viajante e passava três dias por semana viajando. Uma noite, quando somente Jeff e a madrasta se encontravam na casa, ele foi acordado pelo barulho da porta de seu quarto se abrindo. E momentos depois ele sentiu um corpo macio e nu se estendendo ao lado do seu. Jeff sentou na cama, alarmado.

– Abrace-me, Jeffie – sussurrou a madrasta. – Estou com medo da trovoada.

– Mas... mas não está trovejando – balbuciou Jeff.

– Pode trovejar. O jornal dizia que ia chover. – Ela comprimiu o corpo contra o dele. – Faça amor comigo, meu bem.

O garoto entrou em pânico.

– Está bem. Mas podemos fazer na cama de papai?

– Claro. – Ela riu. – Taradinho, hein?

– Irei para lá num instante.

Ela saiu da cama e foi para o outro quarto. Jeff nunca se vestira tão depressa em sua vida. Saiu pela janela e seguiu para Cimarron, Kansas, onde o parque de diversões de tio Willie estava se apresentando. Nunca olhou para trás.

Quando tio Willie perguntou por que ele fugira de casa, Jeff limitou-se a responder:

– Não me dou bem com minha madrasta.

Tio Willie telefonou para o pai de Jeff. Depois de uma longa conversa, ficou decidido que o garoto permaneceria no parque de diversões. Tio Willie prometeu:

– Ele terá aqui uma educação melhor do que qualquer escola poderia oferecer.

O PARQUE de diversões era um mundo em si mesmo.

– Não promovemos um show de escola de catecismo – explicou tio Willie a Jeff. – Somos artistas da vigarice. Mas nunca se esqueça, filho, que não se pode enganar pessoas que não sejam gananciosas. W.C. Fields estava certo. Não se pode passar para trás um homem honesto.

Todos no parque se tornaram amigos de Jeff. Havia os homens da "fachada", que tinham as concessões, e a turma dos "bastidores", que comandava os espetáculos, como a mulher gorda e a dama tatuada, sem falar nos operadores das barracas em que se promoviam os jogos. O parque tinha a sua cota de moças núbeis e todas se sentiram atraídas pelo rapaz. Jeff herdara a sensibilidade da mãe e a beleza morena do pai. As moças disputaram quem aliviaria Jeff de sua virgindade. Sua primeira experiência sexual foi com uma linda contorcionista e durante anos ela foi a nota alta a que todas as outras mulheres tinham de corresponder.

Tio Willie providenciou para que Jeff trabalhasse em diversas funções no parque.

– Algum dia tudo isto lhe pertencerá – disse tio Willie ao rapaz. – A única maneira de você conservar é conhecer mais do parque que qualquer outra pessoa.

Jeff começou com o golpe dos seis gatos. Os fregueses pagavam para jogar bolas, tentando derrubar numa rede seis gatos feitos de lona, com uma base de madeira. O operador dirigindo a barraca mostrava como era fácil derrubar os gatos. Mas quando o freguês tentava, um "artilheiro" escondido por trás da lona da barraca levantava uma vareta para firmar as bases de madeira. Nem mesmo Sandy Koufax podia afogar aqueles gatos.

– Ei, você acertou muito baixo! – dizia o operador. – Tudo o que precisa fazer é jogar firme e forte.

Firme e forte era a senha No momento em que o operador a dizia, o artilheiro retirava a vareta. Assim, o operador não tinha a menor dificuldade para derrubaı o gato. Ele acrescentava então:

– Vê como é fácil?

Esse era o sinal para que o artilheiro tornasse a levantar a vareta. Havia sempre um caipira que queria mostrar à namorada risonha como tinha o braço forte e certeiro.

Jeff trabalhou também com a barraca dos pinos. Os fregueses tinham de jogar argolas de borracha sobre pinos numerados, dispostos em filas; se o total fosse de 29, ele ganharia um brinquedo caro. Mas o que o otário não sabia era que os pinos tinham números diferentes nas duas extremidades e que o operador podia esconder o número que daria a soma de 29, providenciando assim para que ele jamais ganhasse. E tio Willie disse um dia a Jeff:

– Você está indo muito bem, garoto. Sinto-me orgulhoso de você. Está pronto para ser promovido ao *skillo*.

Os operadores do *skillo* eram o máximo, convidados por todos os parques. Ganhavam mais dinheiro que qualquer outro, hospedavam-se nos melhores hotéis e dirigiam carros vistosos. O jogo de *skillo* consistia de uma roda horizontal, com uma flecha equilibrada cuidadosamente em vidro e um pedaço de papel fino no centro. Cada seção era numerada; o freguês girava a roda, a agulha apontava para um número ao parar, esse número era tapado. O freguês pagava para girar outra vez a roda, outro número ficava tapado. O operador do *skillo* explicava que o freguês ganharia uma quantia fabulosa quando todos os números estivessem tapados. À medida que o freguês se aproximava da cobertura de todos os números, o operador encorajava-o a aumentar suas apostas. Ele olhava nervosamente ao redor e sussurrava:

– Não sou o dono deste jogo e gostaria que você vencesse. Se isso acontecer, talvez me dê uma pequena comissão.

O operador chegava mesmo a entregar sorrateiramente ao freguês uma nota de 5 ou 10 dólares, murmurando:

– Aposte isso por mim, está bem? Você não pode perder agora.

O otário sentia que conquistara um cúmplice. Jeff tornou-se um perito em ordenhar os fregueses. À medida que diminuíam os espaços abertos no tabuleiro e aumentavam as chances de ganhar, a excitação se intensificava.

– Você não pode perder agora! – exclamava Jeff.

Ansiosamente, o jogador empenhava mais dinheiro. Por fim, quando só restava um espaço a preencher, a excitação chegava ao clímax. O otário jogava todo o dinheiro que tinha, muitas vezes ia apressadamente em casa para buscar mais. O freguês nunca vencia, porque o operador ou seu preposto dava um empurrão imperceptível na mesa e a flecha passava a parar invariavelmente no lugar errado.

Jeff aprendeu rapidamente os termos do parque. "Fisgar" significava arrumar os jogos para que os otários nunca pudessem ganhar. Os homens que se postavam na frente de uma barraca, anunciando seu espetáculo, eram conhecidos como "faladores". O falador ganhava 10 por cento por aumentar a ponta... a "ponta" sendo uma multidão. "Cortiço" era um prêmio dado. O "carteiro" era um tira que precisava ser subornado.

Jeff tornou-se um perito na "explosão". Quando os fregueses pagavam para assistir a um espetáculo, Jeff jogava a sua conversa:

– Senhoras e senhores, verão no interior desta barraca tudo por que pagaram e está anunciado no lado de fora. *Mas...* imediatamente depois que a moça na cadeira elétrica terminar de ser torturada, o pobre corpo atormentado por 50 mil watts de eletricidade, temos uma atração extra que não tem absolutamente nada a ver com o espetáculo e não está anunciada no lado de fora. Lá dentro vocês verão algo realmente extraordinário, tão assustador e arrepiante que não nos atrevemos a mostrar do lado de fora, porque não deve ser visto por crianças inocentes ou mulheres impressionáveis.

E depois que os otários pagavam um dólar extra, Jeff os levava para verem uma mulher sem a parte do meio do corpo ou um bebê com duas cabeças... tudo, é claro, um jogo de espelhos.

Um dos jogos mais lucrativos do parque era a "corrida de camundongo". Um camundongo vivo era posto no centro de uma mesa, com uma tigela por cima. Havia dez buracos em torno do perímetro da mesa e o camundongo podia correr para qualquer um, quando a tigela fosse levantada. Cada freguês apostava num buraco numerado. O prêmio ficava para quem acertasse o buraco para o qual o camundongo corria.

– Como fisga uma coisa assim? – perguntou Jeff a tio Willie – Usa camundongos treinados?

Tio Willie explodiu em gargalhadas.

– Quem tem tempo para treinar camundongos? Nada disso. A coisa é muito simples. O operador vê qual é o número em que ninguém apostou, põe um pouco de vinagre na ponta do dedo e toca na beira do buraco em que quer que o camundongo corra. E o camundongo seguirá invariavelmente para esse buraco.

Karen, uma jovem e atraente dançarina do ventre, introduziu Jeff no golpe da "chave".

– Depois de jogar a sua conversa na noite de sábado – disse-lhe Karen – chame alguns fregueses para um lado, um de cada vez, venda-lhes uma chave do meu trailer.

As chaves custavam 5 dólares. Por volta da meia-noite, uma dúzia ou mais de homens circulavam em torno do trailer. A esta altura, Karen já se achava num hotel na cidade, passando a noite com Jeff. Quando os otários voltavam ao parque na manhã seguinte, a fim de se vingarem, as barracas já tinham sido desmontadas e há muito que o pessoal caíra na estrada.

JEFF APRENDEU muita coisa sobre a natureza humana durante os quatro anos seguintes. Descobriu como era fácil atiçar a ganância, como as pessoas podiam ser crédulas. Acreditavam em histórias inacreditáveis porque a ganância as levava a *querer* acreditar. Aos 18 anos, Jeff era excepcionalmente bonito. Até mesmo a observadora feminina mais casual notava instantaneamente seus olhos cinzentos, o corpo alto e forte, os cabelos pretos crespos. Os homens gostavam de sua inteligência e de seu bom humor. Até as crianças, como se falassem a uma criança receptiva nele, concediam-lhe a sua confiança imediata. As freguesas flertavam abertamente com Jeff, mas tio Willie não perdia a oportunidade de advertir:

– Fique longe das garotas das cidades, rapaz. Os pais delas são sempre os xerifes.

FOI A MULHER do lançador de facas que levou Jeff a deixar o parque. Haviam acabado de chegar a Milledgeville, Geórgia, as barracas estavam sendo armadas. Um novo ator fora contratado, um atirador de facas siciliano conhecido como Grande Zorbini e sua atraente esposa loura. Enquanto o Grande Zorbini se encontrava no parque, preparando seu equipamento, a mulher convidou Jeff para uma visita a seu quarto no hotel na cidade.

– Zorbini estará ocupado durante o dia inteiro – disse ela a Jeff. – Vamos nos divertir um pouco.

Parecia bastante promissor.

– Dê-me uma hora e depois suba para o quarto – disse ela.

– Por que esperar uma hora? – indagou Jeff.

Ela sorriu e respondeu:

– É o tempo que precisarei para aprontar tudo.

Jeff esperou, a curiosidade aumentando. Quando finalmente chegou ao quarto do hotel, ela recebeu-o na porta inteiramente nua.

Jeff agarrou-a, mas ela tirou sua mão e disse:

– Entre aqui.

Ele foi para o banheiro e ficou espantado com o que viu. Ela enchera a banheira com seis sabores de gelatina, misturada com água quente.

– O que é isso? – perguntou Jeff.

– É a sobremesa. Dispa-se, meu bem.

Jeff despiu-se.

– E agora entre na banheira.

Ele entrou na banheira e sentou. Foi a sensação mais incrível que já experimentara. A gelatina macia e escorregadia parecia preencher todas as fendas de seu corpo, massageando-o por completo. A loura também entrou na banheira.

– Agora – disse ela – o almoço.

A loura começou pelo peito de Jeff e foi descendo para a virilha, lambendo a gelatina pelo caminho.

– Hum... Você tem um gosto delicioso. Gosto mais do morango...

Entre a língua veloz da loura e a fricção da gelatina quente e viscosa, era uma experiência erótica incrível. De repente, porém, a porta do banheiro abriu-se bruscamente e o Grande Zorbini entrou. O siciliano lançou um olhar para a esposa e o aturdido Jeff, depois berrou:

– *Tu sei una puttana! Vi ammazzo tutti e due! Dove sono i miei coltelli?*

Jeff não reconheceu qualquer das palavras, mas o tom era familiar. Enquanto o Grande Zorbini saía correndo do banheiro para buscar suas facas, Jeff pulou da banheira, o corpo parecendo um arco-íris com a gelatina multicolorida grudada, e pegou suas roupas. Pulou pela janela, nu, e desatou a correr pelo beco. Ouviu um grito atrás dele e sentiu uma faca passar zunindo perto de sua cabeça. *Zing!* Outra faca, e depois ele se achava fora do alcance. Vestiu-se num bueiro, pondo a camisa e a calça por cima da gelatina viscosa. Foi para a estação rodoviária, onde pegou o primeiro ônibus que saía da cidade.

Seis meses depois estava no Vietnã.

CADA SOLDADO luta uma guerra diferente e Jeff saiu da experiência do Vietnã com um profundo desprezo pela burocracia e um ressentimento permanente contra a autoridade. Passou dois anos numa guerra que nunca poderia ser vencida, ficou consternado com o desperdício de dinheiro, material e vidas, revoltado com a traição e fraude dos generais e políticos que executavam a sua prestidigitação verbal. "Fomos levados como otários a uma guerra que ninguém quer", pensou Jeff. "É uma vigarice. A maior vigarice do mundo."

Uma semana antes da baixa, Jeff recebeu a notícia da morte de tio Willie. O parque de diversões se dissolvera. O passado acabara. Estava na hora de ele começar a desfrutar o futuro.

OS ANOS subsequentes foram repletos de aventuras. Para Jeff, o mundo inteiro era um parque de diversões e as pessoas que neste viviam eram os seus otários. Ele criava os seus próprios golpes. Colocava anúncios nos jornais oferecendo uma fotografia a cores do presidente dos Estados Unidos por um dólar. Quando recebia o dólar, mandava para a vítima um selo postal com um retrato do presidente.

Pôs anúncios em revistas avisando ao público que restavam apenas sessenta dias para o envio de 5 dólares; depois disso, seria tarde demais. O anúncio não especificava o que os 5 dólares comprariam, mas o dinheiro se despejou.

Por três meses Jeff trabalhou numa sala de caldeira, vendendo falsas ações de companhias petrolíferas pelo telefone.

Adorava barcos, e, quando um amigo ofereceu-lhe emprego numa escuna de partida para o Taiti, Jeff assinou um contrato como marujo.

A escuna era uma beleza, branca, com 165 pés, rebrilhando ao sol, todas as velas enfunadas. Tinha o deque de teca, pinheiro do Oregon no casco, um salão de jantar que acomodava 12 pessoas, uma cozinha moderna, com fogões elétricos. Os alojamentos da tripulação eram no porão de vante. Além do comandante, do camareiro e do cozinheiro, havia cinco marujos. O trabalho de Jeff consistia em ajudar a içar as velas, polir as vigias de latão, subir pelo enfrechate para mastrear a vela principal. A escuna estava transportando oito passageiros.

– A pessoa que possui a escuna se chama Hollander – informou o amigo de Jeff.

Hollander era Louise Hollander, uma beldade loura de 25 anos, cujo pai possuía metade da América Central. Os outros passageiros eram seus amigos, aos quais os amigos de Jeff se referiam desdenhosamente como "jest set", usando o *jest* (pilhéria) para alterar a expressão "jet set".

Em seu primeiro dia no mar, Jeff trabalhava ao sol, polindo os metais no deque, quando Louise Hollander se aproximou e parou ao seu lado.

– Você é novo a bordo.

Ele levantou os olhos.

– Isso mesmo.

– Tem um nome?

– Jeff Stevens.

– Um nome bonito.

Ele não fez qualquer comentário.

– Sabe quem eu sou?

– Não.

– Louise Hollander. Dona deste barco.

– Ou seja, estou trabalhando para você.

Ela presenteou-o com um sorriso lento.

– Isso mesmo.

– Pois então, se quer que eu mereça o dinheiro que me paga, é melhor deixar-me continuar a trabalhar.

E Jeff passara para o espeque seguinte.

EM SEUS ALOJAMENTOS, à noite, os tripulantes depreciavam os passageiros e contavam piadas a seu respeito. Mas Jeff admitia para si mesmo que os invejava – por sua criação, instrução e vida fácil. Tinham famílias ricas e haviam cursado as melhores escolas. A sua escola fora tio Willie e o parque de diversões.

Um dos homens do parque fora professor de arqueologia, até ser expulso da universidade por roubar e vender relíquias valiosas. Ele e Jeff mantinham longas conversas. O professor incutira em Jeff um entusiasmo pela arqueologia.

– Pode-se ler todo o futuro da humanidade no passado – dizia o professor. – Pense nisso, filho. Há milhares de anos existiam pessoas como você e eu, acalentando sonhos, inventando histórias, vivendo as suas vidas, gerando os nossos ancestrais.

Os olhos do ex-professor assumiam uma expressão distante, enquanto continuava a falar:

– Cartago... é lá que eu gostaria de fazer uma escavação. Era uma grande cidade, muito antes de Cristo nascer, a Paris da antiga África.

O povo tinha seus jogos, banhos, as corridas de carros. O Circo Máximo era tão grande quanto cinco campos de futebol americano.

Os olhos do rapaz se iluminavam de interesse.

– Sabe como Catão, o Velho, terminava seus discursos no Senado romano? Ele dizia: "*Delenda est Cartago.*" Cartago deve ser destruída. Seu desejo finalmente se consumou. Os romanos reduziram a cidade a escombros, mas voltaram 25 anos depois para construir uma grande cidade sobre as cinzas. Eu gostaria de poder levá-lo algum dia para fazermos uma escavação, meu rapaz.

O professor morrera de alcoolismo um ano depois, mas Jeff prometera a si mesmo que um dia se empenharia numa escavação. Cartago primeiro, pelo professor.

NA ÚLTIMA NOITE, antes de a escuna atracar no Taiti, Jeff foi chamado ao camarote de Louise Hollander. Ela usava um chambre de seda.

– Queria falar comigo, senhorita?

– Você é homossexual, Jeff?

– Não creio que isso seja da sua conta, Srta. Hollander, mas a resposta é não. Apenas sou exigente.

Os lábios de Louise Hollander se contraíram.

– Que tipo de mulheres você aprecia? Suponho que prostitutas.

– Às vezes – disse Jeff, amavelmente. – Deseja mais alguma coisa, Srta. Hollander?

– Desejo, sim. Oferecerei um jantar amanhã à noite. Gostaria de comparecer?

Jeff fitou-a em silêncio por um longo tempo antes de responder:

– Por que não?

E foi assim que começou.

LOUISE HOLLANDER já tivera dois maridos antes de completar 21 anos. Seu advogado fez um acordo com o terceiro marido quando ela conheceu Jeff. Na segunda noite em que estavam ancorados na enseada de Papeete, enquanto passageiros e tripulantes iam para a terra, Jeff recebeu outro chamado ao camarote de Louise Hollander.

Quando Jeff ali chegou, ela vestia um pareô de seda colorido, aberto na lateral até a coxa.

– Estou tentando tirar isto, mas estou tendo dificuldade com o zíper – disse ela.

Jeff adiantou-se e examinou o pareô.

– Não tem nenhum zíper.

Ela virou-se para fitá-lo e sorriu.

– Sei disso. É justamente o meu problema.

Eles fizeram amor no tombadilho, onde o suave ar tropical lhes acariciava os corpos como um bálsamo. Depois, ficaram de lado, fitando-se. Jeff soergueu-se, apoiado no cotovelo, contemplou Louise de alto a baixo.

– Seu pai não é o xerife, não é mesmo?

Ela sentou-se, surpresa.

– Como?

– Você é a primeira garota de cidade com quem faço amor. Tio Willie costumava me avisar que os pais delas sempre eram os xerifes.

Depois disso, eles passavam todas as noites juntos. A princípio, os amigos de Louise acharam divertido. "Ele é outro dos caprichos de Louise", pensaram. Mas ficaram frenéticos quando ela informou-os que pretendia se casar com Jeff.

– Pelo amor de Deus, Louise, ele é um *nada!* Ele trabalhou num parque de diversões. Por Deus, é a mesma coisa que casar-se com um cavalariço. Ele é bonito... não se pode deixar de admitir. E tem um corpo fabuloso. Mas, fora o sexo, vocês não têm absolutamente nada em comum, querida.

– Louise, Jeff é para o café da manhã, não para um jantar. – Você tem uma posição social a resguardar.

– Francamente, meu anjo, ele não vai se adaptar, não é mesmo?

Mas nada do que disseram os amigos pôde dissuadir Louise. Jeff era o homem mais fascinante que ela já conhecera. Descobrira que os homens extraordinariamente bonitos eram monumentalmente estúpidos ou insuportavelmente insípidos. Jeff era inteligente e divertido, o que fazia uma combinação irresistível.

Quando Louise falou em casamento, Jeff ficou tão surpreso quanto os amigos dela.

– Por que casamento? Você já tem o meu corpo. Não posso lhe dar qualquer coisa que já não possua.

– E muito simples, Jeff. Eu o amo. Quero partilhar o resto da minha vida com você.

O casamento fora uma ideia estranha, mas subitamente deixou de ser. Sob o verniz mundano e sofisticado de Louise Hollander havia uma garotinha vulnerável e perdida. "Ela precisa de mim", pensou Jeff. A perspectiva de uma vida doméstica estável e filhos tornou-se subitamente atraente. Jeff tinha a impressão de que vivia correndo desde que podia se lembrar. Chegara o momento de parar.

Eles se casaram na prefeitura do Taiti três dias depois.

QUANDO VOLTARAM a Nova York, Jeff foi convocado ao escritório de Scott Fogarty, o advogado de Louise Hollander, um homem pequeno e frio, de lábios comprimidos.

– Tenho um documento aqui para você assinar – anunciou o advogado.

– Que documento?

– É uma declaração. Diz simplesmente que no caso de dissolução de seu casamento com Louise Hollander...

– Louise Stevens.

– ...Louise Stevens, você não participará financeiramente de qualquer...

Jeff sentiu os músculos das mandíbulas se contraindo.

– Onde eu assino?

– Não quer que eu termine de ler?

– Não. Acho que você não entendeu. Não casei com ela pela porra do dinheiro.

– Por favor, Sr. Stevens! Eu apenas...

– Quer que eu assine ou não?

O advogado estendeu o documento para Jeff. Ele assinou e saiu furioso do escritório. A limusine e o motorista de Louise estavam à sua espera lá embaixo. Ao embarcar, Jeff teve de rir para si mesmo.

"Por que diabo estou tão furioso? Fui um vigarista durante toda a minha vida; quando me torno honesto pela primeira vez e alguém pensa que estou dando um golpe, eu me comporto como a porra de um professor de catecismo."

LOUISE LEVOU Jeff ao melhor alfaiate de Manhattan, comentando:

– Você ficará fantástico num smoking.

E foi exatamente o que aconteceu. Antes do segundo mês de casamento, cinco das melhores amigas de Louise já haviam tentado seduzir o atraente recém-chegado a seu círculo. Mas Jeff ignorou-as. Estava determinado a fazer com que seu casamento desse certo.

Budge Hollander, o irmão de Louise, apresentou a proposta de Jeff para sócio do exclusivo Pilgrim Club, de Nova York. Jeff foi aceito. Budge era corpulento, de meia-idade, ganhara esse apelido, que significava mover, na equipe de futebol americano de Harvard, pela reputação de ser um jogador que os oponentes não podiam deslocar. Possuía uma empresa de navegação, plantações de banana, ranchos de gado, um frigorífico e inúmeras outras empresas, mais do que Jeff podia contar. Budge Hollander não era sutil em esconder seu desdém por Jeff Stevens.

– Você é realmente abaixo de nossa classe, não é mesmo, meu velho? Mas não tem problema enquanto divertir Louise na cama. Gosto muito de minha irmã.

Jeff teve de recorrer a toda a sua força de vontade para se controlar. "Não estou casado com este idiota. Casei-me com Louise."

Os outros sócios do Pilgrim Club se mostravam igualmente ofensivos. Mas achavam Jeff muito engraçado. Almoçavam no clube todos os dias e pediam a Jeff que lhes contasse histórias sobre os seus dias no parque de diversões. E Jeff fazia questão de contar histórias cada vez mais chocantes.

JEFF E LOUISE viviam numa casa de vinte cômodos, cheia de criados, no East Side de Manhattan. Louise tinha propriedades em Long Island e nas Bahamas, uma *villa* na Sardenha e um enorme apartamento na

Avenue Foch, em Paris. Além do iate, ela possuía uma Maserati, um Rolls Corniche, um Lamborghini e um Daimler.

"É fantástico", pensou Jeff.

"E sensacional", pensou Jeff.

"É tedioso", pensou Jeff. "E degradante."

Ele levantou-se uma manhã da cama de dossel do século XVIII, pôs um chambre Sulka e foi procurar Louise. Encontrou-a na sala do café da manhã.

– Tenho de arrumar um emprego – declarou Jeff.

– Pelo amor de Deus, querido, por quê? Não precisamos do dinheiro.

– Não tem nada a ver com dinheiro. Você não pode esperar que eu passe a vida toda refestelado, com alguém a me dar comida na boca. Preciso trabalhar.

Louise pensou por um momento.

– Está bem, meu anjo. Falarei com Budge. Ele possui uma firma de corretagem de valores. Você gostaria de ser um corretor, querido?

– Quero apenas começar a trabalhar – murmurou Jeff.

ELE FOI TRABALHAR para Budge. Nunca antes tivera um emprego de horário regular. "Vou adorar", pensou Jeff.

Ele detestou. Só continuou porque queria levar seu pagamento para a esposa.

– Quando vamos ter um filho? – ele perguntou a Louise numa tarde de domingo, depois de um almoço prolongado.

– Em breve, querido. Estou tentando.

– Pois então vamos para a cama. Tentemos de novo.

JEFF ESTAVA sentado à mesa reservada para seu cunhado e meia dúzia de outros líderes industriais da América, no Pilgrim Club. Budge anunciou:

– Acabamos de divulgar nosso relatório anual do frigorífico.

Os lucros aumentaram em 40 por cento.

– Por que não haveriam de aumentar? – disse um dos homens à mesa, rindo. – Você subornou os inspetores.

Ele virou-se para os outros à mesa e explicou:

– O velho Budge, sempre esperto, compra carne de terceira, obtém a classificação carne de primeira e depois vende por uma fortuna.

Jeff ficou chocado.

– Mas as pessoas comem essa carne, pelo amor de Deus! E dão para seus filhos! Ele está brincando, não é mesmo, Budge?

Budge sorriu e gritou:

– Olhem só quem está querendo bancar o moralista!

DURANTE OS TRÊS meses seguintes Jeff passou a conhecer muito bem os seus companheiros de mesa. Ed Zeller pagara um milhão de dólares em subornos para construir uma fábrica na Líbia. Mike Quincy, o líder de um conglomerado, era um trapaceiro que adquiria empresas e ilegalmente avisava aos amigos quando comprar e vender as ações. Alan Thompson, o homem mais rico à mesa, gabava-se da política de sua companhia:

– Antes de mudarem a maldita lei, costumávamos despedir os velhos um ano antes de terem direito a suas pensões. E com isso poupávamos uma fortuna.

Todos os homens sonegavam impostos, cometiam fraudes de seguros, falsificações nas contas de representação e punham as amantes correntes na folha de pagamento, como secretárias ou assistentes.

"Por Deus", pensou Jeff, "eles são simplesmente vigaristas bem-vestidos. Todos dão os seus golpes sujos."

As esposas não eram melhores. Agarravam tudo o que podiam com suas mãos gananciosas e enganavam os maridos abertamente. "Elas estão no jogo da chave", pensava Jeff. Quando tentou explicar a Louise como se sentia, ela riu.

– Não seja ingênuo, Jeff. Você está gozando a vida, não é mesmo?

A verdade é que ele não sentia assim. Casara com Louise porque acreditava que ela precisava dele. Achava que os filhos mudariam tudo.

– Vamos ter um casal. Está na hora. Afinal, já estamos casados há um ano.

– Seja paciente, meu anjo. Fui ao médico e ele me disse que estou bem. Talvez você devesse fazer um checkup para descobrir se também está tudo bem com você.

Foi o que Jeff fez.

– Você não tem qualquer problema para gerar filhos saudáveis – garantiu o médico.

E nada acontecia.

O MUNDO DE JEFF desmoronou na Segunda-feira Negra. Começou pela manhã, quando foi ao armarinho de remédios de Louise para pegar uma aspirina. Encontrou uma prateleira cheia de cartelas de pílulas anticoncepcionais. Uma delas estava quase vazia. Ao lado, inocentemente, havia um frasco com um pó branco e uma colherzinha de ouro. E isso foi apenas o começo do dia.

Ao meio-dia, Jeff se encontrava sentado numa poltrona profunda, no Pilgrim Club, esperando por Budge, quando ouviu dois homens por trás dele conversando.

– Ela jura que o pau do seu italiano tem mais de 25 centímetros de comprimento.

Houve uma risadinha.

– Louise sempre gostou de pau grande.

"Eles estão falando sobre outra Louise", disse Jeff a si mesmo.

– Provavelmente foi por isso que ela casou com aquele sujeito do parque de diversões. Mas Louise conta as histórias mais engraçadas a respeito dele. Não vai acreditar no que ele fez outro dia...

Jeff levantou e saiu do clube às cegas.

Estava dominado por uma raiva que nunca conhecera. Tinha vontade de matar. Queria matar o italiano desconhecido. Queria matar Louise. Com quantos outros homens ela teria deitado durante o último ano? Riam dele sem parar. Budge, Ed Zeller, Mike Quincy e Alan Thompson e suas esposas vinham-se divertindo enormemente à sua custa. E Louise, a mulher que ele quisera proteger. A reação imediata de Jeff era pegar suas coisas e ir embora. Mas isso não era suficiente. Não tinha a menor intenção de permitir que os filhos da puta rissem por último.

Louise não estava quando Jeff chegou em casa naquela tarde. Pickens, o mordomo, informou:

– Madame saiu de manhã. Creio que tinha diversos compromissos.

"Aposto que tinha mesmo", pensou Jeff. "Deve estar fodendo com a porra do italiano com um pau de 25 centímetros. Oh, Deus!"

Quando Louise chegou, Jeff já havia conseguido recuperar o controle. – ele perguntou.

– Teve um bom dia?

– As coisas tediosas de sempre, querido. Uma hora no salão de beleza, compras... E como foi o seu dia, meu anjo?

– Foi interessante – respondeu Jeff, com toda sinceridade. – Aprendi uma porção de coisas.

– Budge me disse que você está indo muito bem.

– Estou, sim. E muito em breve estarei ainda melhor.

Louise afagou-lhe a mão.

– Meu marido brilhante. Por que não vamos cedo para a cama?

– Não esta noite – disse Jeff. – Estou com dor de cabeça.

ELE PASSOU a semana seguinte fazendo seus planos. E começou pelo almoço no clube.

– Algum de vocês sabe qualquer coisa sobre as fraudes de computador?

– Por quê? – perguntou Ed Zeller. – Está planejando cometer alguma?

Houve uma explosão de risos.

– Estou falando sério – insistiu Jeff. – É um grande problema. Muitas pessoas estão interferindo nos computadores e roubando bilhões de dólares dos bancos, seguradoras e outras empresas. E a coisa se torna pior a cada dia.

– Parece matéria que você conhece muito bem – murmurou Budge.

– Conheci um homem que afirma ter inventado um computador que é à prova de interferência.

– E você quer mandar liquidá-lo por causa disso – gracejou Mike Quincy.

– Para dizer a verdade, estou interessado em levantar um dinheiro para financiá-lo. E pensei que algum de vocês poderia conhe cer um pouco de computadores.

– Não, não sabemos. – Budge sorriu. – Mas conhecemos tudo sobre financiamento a inventores. Não é mesmo, pessoal?

Houve outra explosão de risos.

Dois dias depois, no clube, Jeff passou por sua mesa habitual e explicou a Budge:

– Desculpe, mas não poderei me juntar a vocês hoje. Tenho um convidado para o almoço.

Depois que Jeff se afastou para outra mesa, Alan Thompson comentou, sorrindo:

– Provavelmente ele vai almoçar com a mulher barbada do circo.

Um homem grisalho e meio encurvado entrou no restaurante e foi conduzido à mesa de Jeff.

– Ei, aquele não é o professor Ackerman? – indagou Mike Quincy.

– E quem é o professor Ackerman?

– Nunca lê qualquer coisa além dos relatórios financeiros, Budge? Vernon Ackerman saiu na capa do *Time* no mês passado. É o presidente do Conselho Científico Nacional que assessora o nosso presidente. O cientista mais brilhante do país.

– Que diabo ele está fazendo com o meu caro cunhado?

Jeff e o professor se mantiveram absorvidos em profunda conversa durante todo o almoço. Budge e seus amigos foram ficando cada vez mais curiosos. Depois que o professor foi embora, Budge fez sinal para que Jeff viesse até sua mesa.

– Quem era aquele, Jeff?

Jeff assumiu uma expressão culpada.

– Oh... está se referindo a Vernon?

– Isso mesmo. Sobre o que estavam conversando?

– Nós... ahn... – Os outros quase que podiam observar o processo de pensamento de Jeff, enquanto tentava se esquivar à pergunta. –

Eu... ahn... posso escrever um livro sobre ele. É uma personalidade muito interessante.

– Eu não sabia que você era escritor.

– Ora, acho que todos temos de começar algum dia.

TRÊS DIAS DEPOIS Jeff teve outro convidado para o almoço. Desta vez foi Budge quem o reconheceu:

– Ei, aquele é Seymour Jarrett, presidente do Conselho de Administração da Jarrett Internacional Computer. Que diabo ele está fazendo aqui com Jeff?

Jeff e seu convidado tiveram uma conversa longa e animada. Depois que o almoço terminou, Budge foi sondar Jeff:

– Jeffrey, meu rapaz, o que estava fazendo com Seymour Jarrett?

– Nada – disse Jeff rapidamente. – Apenas conversando. – Ele começou a se afastar, mas Budge deteve-o.

– Não tão depressa, meu velho. Seymour Jarrett é um homem muito ocupado. Ele não senta com os outros só para ter uma conversa fiada.

Jeff disse, ansiosamente:

– Está bem, Budge. A verdade é que Seymour coleciona selos e eu lhe falei sobre um selo raro que posso lhe arrumar.

"A verdade coisa nenhuma", pensou Budge.

NA SEMANA SEGUINTE, Jeff almoçou no clube com Charlie Bartlett, presidente da Bartlett & Bartlett, um dos maiores grupos de capital de risco do mundo. Budge, Ed Zeller, Alan Thompson e Mike Quincy observaram fascinados, enquanto os dois homens conversavam, muito absortos.

– Seu cunhado tem voado alto ultimamente – comentou Zeller. – Que tipo de negócio ele está preparando, Budge?

Budge respondeu, irritado:

– Não sei, mas pode ter certeza de que vou descobrir. Se Jarrett e Bartlett estão interessados, deve haver muito dinheiro envolvido.

Eles observavam quando Bartlett se levantou, apertou efusivamente a mão de Jeff e depois foi embora. Quando Jeff passava por sua mesa, Budge agarrou-o pelo braço.

– Preciso voltar ao escritório – protestou Jeff. – Eu...

– Você trabalha para *mim*, está lembrado? Sente-se. – Jeff obedeceu. – Com quem você almoçou hoje?

Jeff hesitou por um instante.

– Ninguém especial. Um velho amigo.

– Charlie Bartlett é um velho amigo?

– De certa forma.

– Sobre o que você e seu velho amigo Charlie conversaram, Jeff?

– Ahn... principalmente sobre carros. O velho Charlie gosta de carros antigos e eu soube de um Packard 37, quatro portas, conversível..

– Pare com essa merda! – disse Budge bruscamente. – Você não coleciona selos, não vende carros antigos e não escreve livro algum. O que está realmente fazendo?

– Nada. Eu...

– Está levantando dinheiro para alguma coisa, não é mesmo, Jeff? – indagou Ed Zeller.

– Não!

Mas Jeff foi precipitado demais na negativa. Budge passou o braço enorme em torno de Jeff.

– Ei, companheiro, sou o seu cunhado. Da mesma família, lembra? – Ele deu um aperto efusivo em Jeff. – É alguma coisa sobre aquele computador à prova de interferência que você mencionou na semana passada, não é mesmo?

Todos puderam perceber, pela expressão no rosto de Jeff, que ele estava acuado.

– Ahn... é, sim...

– Por que não nos disse que o professor Ackerman estava envolvido?

– Achei que vocês não estavam interessados.

– Pois se enganou. Quando precisa de capital, deve procurar primeiro os amigos.

– O professor e eu não precisamos de capital – disse Jeff. – Jarrett e Bartlett...

– Jarrett e Bartlett são autênticos tubarões e vão devorá-lo vivo! – interveio Alan Thompson.

Ed Zeller aproveitou a deixa:

– Mas quando lida com amigos, Jeff, não há qualquer risco de sair machucado.

– Já está tudo acertado – confessou Jeff. – Charlie Bartlett...

– Assinou alguma coisa?

– Ainda não. Mas dei minha palavra...

– Então *nada* está acertado. Mas que diabo, Jeff, nos negócios as pessoas mudam de ideia a cada hora.

– Eu nem deveria estar discutindo o assunto com vocês – protestou Jeff. – O nome do professor Ackerman não pode ser mencionado. Ele tem contrato com uma agência do governo.

– Sabemos disso – interveio Thompson, suavemente. – O professor acha que a coisa funcionará?

– Ele sabe disso com certeza.

– Se é bom o bastante para Ackerman, então o é também para nós... não é mesmo, pessoal?

Houve um coro de assentimento.

– Ei, não sou um cientista! – disse Jeff. – Não posso garantir nada. Pelo que sei, a coisa pode não ter o menor valor.

Claro, claro... Compreendemos perfeitamente. Mas suponhamos que tenha um valor, Jeff. Quais poderiam ser as dimensões?

– O mercado para isso é mundial, Budge. Não dá nem para começar a fixar um valor. Todo mundo poderá usar.

– Qual é o financiamento inicial que você está procurando?

– Dois milhões de dólares. Mas tudo o que precisamos é de 250 mil dólares de entrada. Bartlett prometeu...

– Esqueça Bartlett. Isso é uma ninharia, companheiro. Entraremos com essa quantia pessoalmente. E manteremos tudo em família. Certo, pessoal?

– Certo!

Budge levantou os olhos e estalou os dedos. Um *maître* aproximou-se apressadamente.

– Dominick, traga papel e uma caneta para o Sr. Stevens.

O pedido foi atendido prontamente.

– Podemos fechar o negócio agora mesmo – disse Budge a Jeff. – Basta escrever uma cessão dos direitos para nós. Todos assinaremos e pela manhã você terá um cheque visado no valor de 250 mil dólares. Está bom assim para você?

Jeff mordia o lábio inferior.

– Budge, prometi ao Sr. Bartlett...

– Foda-se Bartlett! – rosnou Budge. – Casou-se com a irmã dele ou com a minha? E agora *escreva.*

– Não temos uma patente e...

– *Escreva logo!*

Budge empurrou a caneta para a mão de Jeff. Relutantemente, Jeff começou a escrever: "Por este documento transfiro todos os meus direitos, título e interesse num computador matemático chamado SUCABA, aos compradores Donald 'Budge' Hollander, Ed Zeller, Alan Thompson e Mike Quincy, em troca de um pagamento de 250 mil dólares na assinatura. O SUCABA foi amplamente testado, é barato, não apresenta problemas e consome menos energia do que qualquer outro computador atualmente no mercado. O SUCABA não precisará de manutenção ou peças por um período mínimo de dez anos." Todos olhavam por cima do ombro de Jeff, enquanto ele escrevia.

– Santo Deus! – exclamou Ed Zeller. – Dez anos! Não há um só computador no mercado que ofereça essa vantagem!

Jeff continuou a escrever: "Os compradores sabem que nem o professor Ackerman nem eu temos uma patente sobre o SUCABA..."

– Nós cuidaremos disso – interveio Alan Thompson, impaciente. – Tenho o melhor advogado de patentes.

Jeff continuou a escrever: "Expliquei aos compradores que o SUCABA pode não ter qualquer valor e que nem o professor Vernon Ackerman nem eu assumimos quaisquer responsabilidades ou garantias sobre o SUCABA, a não ser as que estão relacionadas acima." Ele assinou e estendeu o documento, indagando:

– Está bom assim?

– Tem certeza sobre os dez anos? – perguntou Budge. – Garantia absoluta. Vou escrever uma cópia.

Eles ficaram observando enquanto Jeff escrevia uma cópia do documento. Ao final, Budge pegou as duas cópias e assinou, seguido por Zeller, Quincy e Thompson. Budge estava radiante.

– Uma cópia para nós e uma cópia para você. O velho Seymour Jarrett e Charlie Bartlett ficarão furiosos, hein? Mal posso esperar para ver a cara dos dois quando souberem que os passamos para trás neste negócio.

Na manhã seguinte, Budge entregou a Jeff um cheque visado no valor de 250 mil dólares.

– Onde está o computador? – perguntou Budge.

– Providenciei para que seja entregue no clube ao meio-dia. Achei que seria apropriado que todos estivéssemos juntos quando o receberem.

Budge bateu afetuosamente no ombro do cunhado.

– Sabe, Jeff, você é um cara esperto. Até a hora do almoço.

Pontualmente ao meio-dia um mensageiro entrou no restaurante do Pilgrim Club e foi conduzido à mesa de Budge, que ali estava com Zeller, Thompson e Quincy. O mensageiro entregou um pacote.

– Aqui está! – exclamou Budge. – Santos Deus! A coisa é até portátil!

– Devemos esperar por Jeff? – indagou Thompson.

– Ele que se dane. A coisa agora nos pertence.

Ele rasgou o papel e abriu a caixa. Havia palha lá dentro. Cuidadosamente, quase com reverência, Budge tirou o objeto que repousava sobre a palha. Os homens ficaram olhando fixamente. Era uma estrutura quadrada, com cerca de 30 centímetros de diâmetro, contendo uma série de fios com contas. Houve um silêncio prolongado.

– O que é isso? – perguntou Quincy finalmente.

Foi Alan Thompson quem respondeu:

– É um ábaco. Uma dessas coisas que os orientais usavam para fazer contas... – Sua expressão mudou abruptamente. – Ei, SUCABA é *abacus*,* soletrada ao contrário!

Ele virou-se para Budge, acrescentando:

– Essa é a sua ideia de brincadeira?

---

*Em português,ábaco. (*N. do E.*)

Zeller falou atabalhoadamente:

– Pouca energia, sem problemas, usa menos força do que qualquer computador atualmente no mercado... Cancelem o maldito cheque!

Houve uma corrida coletiva para o telefone.

– O cheque visado? – disse o gerente. – Não precisa se preocupar. O Sr. Stevens descontou-o esta manhã.

PICKENS, o mordomo, lamentava muito, mas o Sr. Stevens fizera as malas e partira.

– Ele falou alguma coisa sobre uma longa viagem.

NAQUELA TARDE, um frenético Budge conseguiu finalmente entrar em contato com o professor Vernon Ackerman.

– Claro que lembro de Jeff Stevens. Um homem muito simpático. Ele é seu cunhado?

– Professor, sobre o que conversou com Jeff?

– Acho que não é segredo. Jeff está querendo escrever um livro a meu respeito. Ele me convenceu de que o mundo está interessado no homem por trás do cientista...

SEYMOUR JARRETT mostrou-se reticente:

– Por que quer saber o que conversei com o Sr. Stevens? É um colecionador de selos rival?

– Não. Eu...

– Pois não vai adiantar bisbilhotar. Só existe um selo desse tipo e o Sr. Stevens concordou em vendê-lo a mim assim que o obtiver.

E ele bateu o telefone.

BUDGE SABIA o que Charlie Bartlett ia dizer antes mesmo de ouvir as palavras:

– Jeff Stevens? Ah, sim... Coleciono carros antigos. Jeff sabe onde existe um Packard 37, quatro portas, conversível, em excelente estado.

Desta vez foi Budge quem desligou.

– Não se preocupem – disse ele a seus companheiros. – Recuperaremos o nosso dinheiro e ainda meteremos o filho da puta na cadeia pelo resto da vida. Há leis contra a fraude.

O GRUPO FOI ao escritório de Soou Fogarty.

– Ele nos tomou 250 mil dólares – explicou Budge ao advogado. – Quero metê-lo atrás das grades pelo resto da vida. Providencie um mandado para...

– Está com o contrato, Budge?

– Estou, sim.

Ele entregou a Fogarty o documento que Jeff escrevera. O advogado examinou-o rapidamente, depois leu mais devagar.

– Ele falsificou as assinaturas de vocês neste documento?

– Claro que não – respondeu Mike Quincy. – Fomos nós mesmos que assinamos.

– E leram antes?

Ed Zeller disse, irritado:

– Claro que lemos. Acha que somos estúpidos?

– Deixarei que vocês mesmos julguem isso, senhores. Assinaram um contrato em que foram informados que estavam comprando, com uma entrada de 250 mil dólares, uma coisa que não tinha patente e podia ser completamente sem valor. Nos termos legais de um velho professor meu: "Vocês se foderam".

JEFF OBTEVE o divórcio em Reno. Foi quando estava lá, fixando residência como era necessário para a concessão do divórcio automático, que encontrou com Conrad Morgan. Morgan trabalhara outrora para tio Willie.

– Poderia me fazer um pequeno favor, Jeff? – perguntou Conrad Morgan. – Há uma jovem viajando num trem de Nova York para St. Louis com algumas joias...

Nesse momento, Jeff olhava pela janela do avião e pensava em Tracy. Havia um sorriso em seu rosto.

QUANDO VOLTOU a Nova York, o primeiro lugar a que Tracy compareceu foi a Conrad Morgan e Cia., Joalheiros. Conrad Morgan levou Tracy para sua sala e fechou a porta. Ele esfregou as mãos e disse:

– Eu estava começando a ficar preocupado, minha cara. Esperei por você em St. Louis e...

– Você não estava em St. Louis.

– Como? O que disse?

Os olhos azuis de Morgan pareciam faiscar.

– Disse que não foi a St. Louis. Nunca teve a intenção de se encontrar comigo.

– Mas claro que tinha! Você está com as joias e eu...

– Mandou dois homens me tirarem as joias.

Uma expressão de perplexidade se insinuou no rosto de Morgan.

– Não compreendo...

– A princípio, pensei que houvesse um vazamento em sua organização. Mas não havia, não é mesmo? Foi você. Disse-me que comprou pessoalmente a minha passagem de trem. Portanto, era a única pessoa que sabia o número da cabine. Usei um nome diferente e um disfarce, mas seus homens sabiam exatamente onde me encontrar.

A surpresa no rosto de querubim de Morgan era agora total.

– Está tentando me dizer que alguns homens lhe roubaram as joias?

Tracy sorriu.

– Estou tentando dizer que eles *não* roubaram.

E desta vez o espanto no rosto de Morgan era genuíno.

– *Você* está com as joias?

– Isso mesmo. Seus amigos ficaram com tanta pressa de pegar um avião que as deixaram para trás.

Morgan estudou Tracy em silêncio por um momento.

– Com licença.

Ele passou por uma porta particular e Tracy continuou sentada no sofá, esperando, perfeitamente relaxada.

Conrad Morgan se ausentou por quase 15 minutos. Quando voltou, havia uma expressão de consternação em seu rosto.

– Receio que um erro tenha sido cometido. Um *grande* erro. É uma jovem muito esperta, Srta. Whitney. Mereceu os seus 25 mil dólares. – Ele sorriu em admiração. – Dê-me as joias e...

– Agora são 50 mil.

– Como?

– Tive de roubar as joias duas vezes. E por isso o preço agora é de 50 mil, Sr. Morgan.

– Não. – Os olhos dele perderam o brilho. – Não posso lhe dar tanto.

Tracy levantou-se.

– Não tem problema. Tentarei encontrar alguém em Las Vegas que ache que as joias valem isso.

Ela se encaminhou para a porta.

– Cinquenta mil dólares? – murmurou Conrad Morgan.

– Cinquenta mil.

– Onde estão as joias?

– Num armário de aluguel na Estação Pensilvânia. Assim que me der o dinheiro e me puser num táxi, eu lhe entregarei a chave.

Conrad Morgan deixou escapar um suspiro de derrota.

– Negócio fechado.

– Obrigada – disse Tracy, jovialmente. – Foi um prazer fazer negócios com você.

19

Daniel Cooper já sabia qual o propósito da reunião daquela ma nhã na sala de J.J. Reynolds, pois todos os investigadores da companhia haviam recebido no dia anterior um memorando sobre o roubo de Lois Bellamy, que ocorrera uma semana antes. Daniel Cooper detestava reuniões. Era impaciente demais para ficar sentado a escutar uma conversa estúpida

Ele chegou ao gabinete de J.J. Reynolds com 45 minutos de atraso. Reynolds estava no meio de um discurso.

– Foi muita gentileza sua aparecer – comentou J.J. Reynolds, sarcasticamente.

Não houve reação.

– É uma perda de tempo, – concluiu Reynolds. Cooper não compreendia o sarcasmo... nem qualquer outra coisa, na opinião de

Reynolds. Só sabia como pegar criminosos. E nisso, ele tinha de admitir, o homem era um verdadeiro gênio.

Três dos principais investigadores da organização estavam sentados na sala: David Swift, Robert Schiffer e Jerry Davis.

– Todos vocês leram o relatório sobre o roubo Bellamy – disse Reynolds. – Mas uma coisa nova foi acrescentada. Acontece que Lois Bellamy é prima do comissário de polícia e ele está furioso.

– E o que a polícia tem feito? – perguntou Davis.

– Tem-se escondido da imprensa. Não posso culpá-lo por isso. Os agentes que foram investigar se comportaram como Keystone Kops. Chegaram a falar com a ladra, que surpreenderam na casa, mas deixaram-na escapar.

– Então devem ter uma boa descrição dela – sugeriu Swift.

– Eles têm uma boa descrição de sua camisola – respondeu Reynolds, fulminante. – Ficaram tão impressionados com o corpo da mulher que seus cérebros derreteram. Nem mesmo sabem a cor de seus cabelos. Ela usava uma touca e o rosto se achava coberto por um creme escuro. A descrição que forneceram é de uma mulher de vinte e poucos anos, com um corpo fantástico e peitos maravilhosos. Não há uma única pista. Não temos qualquer informação em que nos basear. Absolutamente nada.

Daniel Cooper falou pela primeira vez:

– Isso não é verdade.

Todos se viraram para fitá-lo.

– Do que está falando? – indagou Reynolds.

– Sei quem é ela.

DEPOIS DE LER o relatório, na manhã anterior, Cooper resolvera dar uma olhada na casa Bellamy, como o primeiro passo lógico. Para Daniel Cooper, a lógica era a ordenação da mente de Deus, a solução básica para todos os problemas; aplicando-se a lógica, sempre se começava pelo começo. Cooper seguira de carro para a propriedade Bellamy, em Long Island, dera uma olhada e voltara para Manhattan, sem saltar. Descobrira tudo o que precisava saber. A casa era isolada e não havia meio de transporte público nas proximidades, o que significava que a ladra só poderia ter chegado lá de carro particular. E ele explicou seu raciocínio aos homens na sala de Reynolds:

– Como ela provavelmente relutaria em usar seu próprio carro, que poderia levar à sua identificação, o veículo tinha de ser roubado ou alugado. Resolvi verificar primeiro as agências de aluguel. Presumi que ela teria alugado o carro em Manhattan, onde lhe seria mais fácil cobrir sua pista.

Jerry Davis não ficou impressionado.

– Você deve estar brincando, Cooper. Milhares de carros são alugados todos os dias em Manhattan.

Cooper ignorou a interrupção.

– Todas as operações de aluguel de carros são computadorizadas. Relativamente poucos carros são alugados por mulheres. Verifiquei todas. A mulher em questão foi à Budget Rent-a-Car, na Rua 23 Oeste, alugou um Chevy Caprice às 20 horas da noite do roubo, devolveu-o às 2 horas da madrugada.

– E como sabe que foi o carro usado no roubo? – perguntou Reynolds.

Cooper sentia-se entediado com as perguntas estúpidas.

– Verifiquei a quilometragem. São 51 quilômetros até a casa de Lois Bellamy e outros 51 quilômetros para voltar. Confere exatamente com o velocímetro no Caprice. O carro foi alugado em nome de Ellen Branch.

– Um nome falso – disse David Swift.

– O verdadeiro nome dela é TRACY WHITNEY.

Todos o fitavam aturdidos e foi Schiffer quem indagou:

– Como sabe disso?

– Ela deu um nome e endereço falsos, mas tinha de assinar o contrato de aluguel. Levei o original para a polícia e pedi que verificassem as impressões digitais. Eram as de Tracy Whitney. Ela cumpriu a pena na Penitenciária Meridional da Louisiana para Mulheres. Se estão lembrados, conversei com ela há cerca de um ano, a propósito daquele Renoir roubado.

– Claro que me lembro – disse Reynolds. – Falou na ocasião que ela era inocente.

– E era mesmo... naquela ocasião. Não é mais inocente. Cometeu o roubo na casa Bellamy.

O filho da puta conseguira novamente! E fizera com que tudo parecesse muito simples. Reynolds fez um esforço para não se mostrar relutante:

– Foi... foi um ótimo trabalho, Cooper. Um trabalho realmente excelente. Vamos agarrá-la. Entraremos em contato com a polícia e...

– Sob que acusação? – perguntou Cooper, suavemente. – Alugar um carro? A polícia não pode identificá-la e não há qualquer vestígio de prova contra ela.

– O que devemos fazer então? – indagou Schiffer. – Deixar que ela escape impune?

– Desta vez, sim – respondeu Cooper. – Mas sei agora quem ela é. Tentará alguma coisa novamente. E quando isso acontecer, eu a pegarei.

A reunião finalmente terminou. Cooper queria desesperadamente tomar um banho de chuveiro. Tirou do bolso um caderninho preto e anotou com extremo cuidado: TRACY WHITNEY.

20

"Está na hora de começar minha vida nova", decidiu Tracy. "Mas que tipo de vida? Passei de uma vítima inocente e ingênua para uma... uma o quê? Uma ladra, simplesmente isso." Ela pensou em Joe Romano, Anthony Orsatti, Perry Pope e o juiz Lawrence. "Não. Uma vingadora. É isso o que me tornei. E talvez uma aventureira." Ela fora mais esperta do que a polícia, dois vigaristas profissionais e um joalheiro traidor. Pensou em Ernestine e Amy, sentiu uma pontada de saudade. Num súbito impulso, foi a F.A.O. Schwarz e comprou um teatro de marionetes, completo, com meia dúzia de tipos. Mandou despachar para Amy. O cartão dizia: ALGUNS NOVOS AMIGOS PARA VOCÊ. SINTO SAUDADE. AMOR TRACY.

Ela foi em seguida a um peleteiro na Madison Avenue, comprou um boá de raposa azul para Ernestine e remeteu, junto com uma ordem de pagamento de 200 dólares. O cartão dizia apenas: OBRIGADA, ERNIE. TRACY.

"Todas as minhas dívidas estão pagas agora", pensou Tracy. Era uma sensação agradável. Estava livre para ir a qualquer lugar que quisesse, fazer o que bem lhe aprouvesse.

Resolveu comemorar sua independência hospedando-se numa Suíte da Torre, no Helmsley Palace Hotel. De sua sala de estar, no 47º andar, podia ver a Catedral de St. Patrick e a Ponte George Washington, a distância. Somente a poucos quilômetros dali, em outra direção, ficava o terrível lugar em que vivera recentemente. "Nunca mais", jurou Tracy.

Ela abriu a garrafa de champanhe que a gerência mandara para a suíte e sentou-se para beber, contemplando o sol se pôr sobre os edifícios de Manhattan. Quando a lua surgiu no céu, Tracy já tomara uma decisão. Iria para Londres. Estava pronta para todas as coisas maravilhosas que a vida tinha a oferecer. "Paguei minhas dívidas", pensou Tracy. "Mereço um pouco de felicidade."

DEITOU-SE NA CAMA e ligou a televisão para assistir ao último noticiário. Dois homens estavam sendo entrevistados. Boris Melnikov era um russo baixo e corpulento, vestindo um temo marrom malfeito, Pietr Negulesco era o oposto, alto e magro, de aparência elegante. Tracy se perguntou o que os dois homens poderiam ter em comum.

– Onde será realizada a partida de xadrez? – perguntou o locutor.

– Em Sotchi, no lindo Mar Negro – respondeu Melnikov.

– Ambos são grandes mestres internacionais e esta partida tem despertado o maior interesse, senhores. Em partidas anteriores, arrebataram o título um do outro. A última partida foi um empate. Sr. Negulesco, o Sr. Melnikov detém o título atualmente. Acha que poderá conquistá-lo novamente?

– Claro – respondeu o romeno.

– Ele não tem a menor chance – garantiu o russo

Tracy nada sabia de xadrez, mas havia uma arrogância nos dois homens que achou extremamente desagradável. Ela apertou o botão do controle remoto que desligava o aparelho de televisão e foi dormir.

NA MANHÃ SEGUINTE, bem cedo, Tracy foi a uma agência de viagens e reservou uma suíte no Signal Deck do *Queen Elizabeth II.* Estava tão animada como uma criança com a sua primeira viagem ao exterior e passou os três dias seguintes comprando roupas e malas.

Na manhã da partida, Tracy alugou uma limusine para levá-la ao píer. Quando chegou ao Píer 90, na esquina da Rua 55 com a 12ª Avenida, onde o navio estava atracado, deparou com uma multidão de fotógrafos e repórteres de televisão. Por um momento, Tracy foi dominada pelo pânico. Mas logo compreendeu que tinham ido ali para entrevistar os dois homens posando na base da prancha de embarque – Melnikov e Negulesco, os dois grandes mestres internacionais. Tracy passou por eles, mostrou seu passaporte a um oficial do navio e subiu para bordo. No convés, um camareiro verificou a passagem de Tracy e conduziu-a a seu camarote. Era uma suíte maravilhosa, com um terraço particular. Saíra absurdamente cara, mas Tracy concluiu que valera a pena.

Ela arrumou sua bagagem e depois saiu para o corredor. Havia festas de despedida em quase todos os camarotes, com risos, champanhe e conversas. Ela sentiu uma repentina pontada de solidão. Não havia ninguém para se despedir dela, ninguém com quem ela se preocupasse, ninguém para se preocupar com ela. "Isso não é verdade", disse Tracy a si mesma. "Big Bertha me quer." E ela riu alto.

Subiu para o convés superior, sem perceber os olhares de admiração dos homens e os invejosos das mulheres lançados à sua passagem. Tracy ouviu o som de um apito rouco de navio e gritos avisando:

– Vamos zarpar! Todos que não viajarão devem desembarcar!

Ela foi dominada por uma intensa agitação. Partia rumo a um futuro completamente desconhecido. Sentiu o navio estremecer, quando os rebocadores começaram a puxá-lo para fora do porto. Ficou na amurada, junto com incontáveis outros passageiros, contemplando a Estátua da Liberdade desaparecer lentamente, depois saiu para explorar o navio.

O *Queen Elizabeth II* era uma cidade, com quase 300 metros de comprimento e 13 andares de altura. Tinha quatro restaurantes, seis bares, dois salões de baile, duas boates e um "Balneário dourado ao mar". Havia dezenas de lojas, quatro piscinas, um ginásio, um pequeno campo de golfe, uma pista de corrida. "Talvez eu nunca mais queira deixar este navio", pensou Tracy.

ELA RESERVARA uma mesa no Princess Grill, que era menor e mais elegante do que o restaurante principal. Mal sentara quando uma voz familiar disse:

– Ora, ora, você aqui!

Tracy levantou os olhos e lá estava Tom Bowers, o falso agente do FBI. "Oh, não, eu não mereço isso", pensou Tracy.

– Mas que surpresa agradável! Importa-se que eu sente com você?

– Claro que me importo.

Ele se instalou numa cadeira diante de Tracy e presenteou-a com um sorriso cativante.

– Podemos muito bem ser amigos. Afinal, ambos estamos aqui pelo mesmo motivo, não é mesmo?

Tracy não tinha a menor ideia do que ele estava falando.

– Escute aqui, Sr. Bowers...

– Stevens – disse ele, suavemente. – Jeff Stevens.

– O nome não importa.

Tracy começou a se levantar.

– Espere um momento. Explicarei tudo sobre a última vez em que nos encontramos.

– Não há nada a explicar. Uma criança idiota poderia ter calculado tudo... e foi o que aconteceu.

– Eu devia um favor a Conrad Morgan. – Ele sorriu tristemente. – E receio que ele não tenha ficado muito feliz comigo.

Lá estava o mesmo charme insinuante e infantil que a enganara completamente antes. "Pelo amor de Deus, Dennis, não há necessidade de algemá-la. Ela não vai fugir." Tracy disse, com evidente hostilidade:

– Eu também não estou feliz com você. O que faz a bordo deste navio? Não deveria estar numa barca do Mississippi?

Ele riu.

– Com Maximilian Pierpont a bordo, o navio vira uma barca do Mississippi.

– Quem?

Ele fitou-a surpreso.

– Ora, deixe disso. Está querendo dizer que realmente não sabe?

– Não sei o quê?

– Max Pierpont é um dos homens mais ricos do mundo. Seu *hobby* é forçar empresas concorrentes a fecharem. Adora cavalos lentos e mulheres rápidas, possui uma porção de ambos. É o último dos grandes perdulários.

– E você pretende aliviá-lo de um pouco desse excesso de riqueza.

– Mais do que um pouco, para dizer a verdade. – Ele a fitava com uma expressão especulativa. – Sabe o que você e eu deveríamos fazer?

– Claro que sei, Sr. Stevens. Deveríamos nos despedir para sempre.

Ele permaneceu sentado, observando, enquanto Tracy se levantava e saía do restaurante.

Ela jantou em seu camarote. Enquanto comia, perguntou-se qual o azar que pusera Jeff Stevens novamente em seu caminho. Queria esquecer o medo que sentira no trem, quando pensava que estava presa. "Mas não vou deixar que ele estrague esta viagem. Simplesmente o ignorarei."

Tracy subiu para o convés superior depois do jantar. Era uma noite fantástica, com um dossel mágico de estrelas se espalhando contra o céu aveludado. Ficou parada ao luar, na amurada, contemplando a suave fosforescência das ondas e escutando os sons do vento noturno, quando ele veio se postar ao seu lado.

– Não faz ideia de como está linda parada aqui. Acredita em romances de bordo?

– Claro. O que não acredito é em *você*.

Tracy começou a se afastar.

– Espere um instante. Tenho notícias para você. Acabei de descobrir que o Sr. Pierpont não está a bordo. Cancelou a viagem no último minuto.

– Ora, mas que pena! Desperdiçou a sua passagem.

– Não necessariamente. – Ele tornou a fitá-la com uma expressão especulativa. – Gostaria de ganhar uma pequena fortuna nesta viagem?

"O homem é incrível".

– A menos que tenha um submarino ou um helicóptero no bolso, não creio que possa escapar impune se roubar alguém a bordo.

– E quem falou em roubar alguém? Já ouviu falar de Boris Melnikov ou Pietr Negulesco?

– E se já ouvi?

– Melnikov e Negulesco estão a caminho da Rússia para uma disputa do campeonato. Se eu der um jeito para você jogar com os dois, poderemos ganhar muito dinheiro. É um golpe perfeito.

Tracy estava incrédula.

– Se puder arrumar para *eu* jogar com os dois? É esse o seu golpe perfeito?

– Exatamente. O que acha?

– Eu adoraria. Só há um pequeno problema.

– Qual é?

– Não sei jogar xadrez.

Ele sorriu afavelmente.

– Não tem importância. Eu lhe ensinarei.

– Você é louco. Se quer um conselho, procure imediatamente um bom psiquiatra. Boa noite.

NA MANHÃ SEGUINTE, Tracy esbarrou em Boris Melnikov. Ele corria pelo tombadilho quando esbarrou em Tracy e a derrubou.

– Olhe para onde vai! – resmungou Melnikov, continuando a correr.

Tracy ficou sentada no chão, olhando para ele. Um camareiro aproximou-se.

– Está machucada, senhora? Eu vi...

– Não se preocupe. Estou bem, obrigada.

Ninguém estragaria aquela viagem.

Quando voltou a seu camarote, Tracy encontrou seis recados do Sr. Jeff Stevens. Ignorou-os. Nadou à tarde, leu, fez uma massagem. Ao entrar no bar, ao cair da noite, a fim de tomar um coquetel antes do jantar, sentia-se maravilhosa. Mas a euforia foi de curta duração. Pietr Negulesco, o romeno, estava sentado no bar.

Quando viu Tracy, ele levantou-se e disse:

– Posso lhe oferecer um drinque, linda dama?

Tracy hesitou, depois sorriu.

– Aceito, obrigada.

– O que gostaria de tomar?

– Uma vodca com tônica, por favor.

Negulesco fez o pedido ao *barman* e tornou a virar-se para Tracy.

– Sou Pietr Negulesco.

– Sei disso.

– Claro. Todo mundo me conhece. Sou o maior jogador de xadrez do mundo. E sou um herói nacional no meu país. – Ele inclinou-se para Tracy, pôs a mão em seu joelho. – E sou também uma grande foda.

Tracy achou que entendera mal.

– Como?

– Sou uma grande foda.

A primeira reação de Tracy foi jogar o drinque na cara dele, mas controlou-se. Tinha uma ideia melhor.

– Com licença – disse ela. – Tenho de me encontrar com um amigo.

Ela foi procurar Jeff Stevens. Encontrou-o no Princess Grill. Mas quando se adiantou para a sua mesa, percebeu que ele jantava com uma loura atraente, usando um longo que dava a impressão de ter sido pintado em seu corpo. "Eu deveria ter imaginado", pensou Tracy. Ela virou-se e afastou-se pelo corredor. Jeff estava a seu lado um momento depois.

– Tracy... você queria falar comigo?

– Não quero afastá-lo do seu... jantar.

– Ela é a sobremesa – disse Jeff, jovialmente. – O que posso fazer por você?

– Falava sério sobre Melnikov e Negulesco?

– Absolutamente sério. Por quê?

– Acho que ambos precisam de uma lição de boas maneiras.

– Eu também acho. E ganharemos dinheiro enquanto lhes damos essa lição.

– Ótimo. Qual é o seu plano?

– Você vencerá os dois no xadrez.

– Estou falando sério.

– Eu também.

– Já lhe disse que não sei jogar xadrez. Não sei distinguir um peão de um rei. Eu...

– Não se preocupe – prometeu Jeff. – Basta algumas lições minhas e massacrará os dois.

– Os dois?

– Não lhe falei ainda? Jogará com os dois simultaneamente.

JEFF ESTAVA sentado ao lado de Boris Melnikov no Double Down Piano Bar.

– A mulher é uma enxadrista fantástica – confidenciou Jeff a Melnikov. – Viaja incógnita.

O russo soltou um grunhido.

– As mulheres nada sabem de xadrez. Não são capazes de pensar.

– Pois esta é. E ela diz que pode vencê-lo facilmente. Boris Melnikov soltou uma gargalhada.

– *Ninguém* pode me vencer... facilmente ou não.

– Ela está disposta a apostar 10 mil dólares que pode jogar com você e Pietr Negulesco ao mesmo tempo e conseguir um empate pelo menos com um dos dois.

Boris Melnikov engasgou com seu drinque.

– *O quê?* Isso... isso é absurdo! Jogar com os *dois* ao mesmo tempo? Essa... essa mulher *amadora?*

– Isso mesmo. Por 10 mil dólares cada.

– Eu deveria aceitar só para dar uma lição à idiota estúpida.

– Se você ganhar, o dinheiro será depositado em qualquer país que escolher.

Uma expressão gananciosa se insinuou no rosto do russo.

– Nunca sequer ouvi falar dessa mulher. E jogar com nós *dois* simultaneamente! Ela deve ser louca.

– Ela tem 20 mil dólares em dinheiro.

– E qual é a nacionalidade dela?

– Americana.

– Ah, isso explica tudo. Todos os americanos ricos são doidos, especialmente as mulheres.

Jeff começou a se levantar.

– Bem, acho que ela terá de jogar somente com Pietr Negulesco.

– *Negulesco* jogará com ela?

– Isso mesmo. Não lhe contei? Ela queria jogar com os dois, mas se você está com medo...

– *Com medo?* Boris Melnikov *com medo?* – A voz do russo era um rugido. – Eu a destruirei! Quando essa partida ridícula ocorrerá?

– Ela pensou que poderia ser na sexta-feira. A última noite da viagem.

Boris Melnikov pensava rapidamente.

– Melhor de três?

– Não. Apenas uma partida.

– Por 10 mil dólares?

– Correto.

O russo suspirou.

– Não tenho tanto dinheiro comigo.

– Não há problema – garantiu Jeff. – Tudo o que a Srta. Whitney realmente quer é a glória de jogar contra o grande Boris Melnikov. Se você perder, dá a ela um retrato autografado. Se ganhar, leva dez mil dólares.

– Quem fica com as apostas?

Havia um tom de suspeita na voz do russo.

– O comissário de bordo.

– Muito bem – decidiu Melnikov. – Sexta-feira à noite. Começaremos às 22 horas, pontualmente.

– Ela ficara satisfeita.

Na manhã seguinte, Jeff conversou com Pietr Negulesco no ginásio, onde ambos se exercitavam.

– Ela é americana, hein? – disse Pietr Negulesco. – Eu devia ter imaginado. Todos os americanos são doidos.

– Ela é uma grande enxadrista.

Pietr Negulesco fez um gesto desdenhoso.

– Grande não é o suficiente. *Melhor* é o que conta. E eu sou o melhor.

– É por isso que ela está tão ansiosa por jogar contra você. Se você perder, dá a ela um retrato autografado. Se vencer, recebe 10 mil dólares em dinheiro...

– Negulesco não joga com amadoras.

– ...depositados em qualquer país que quiser.

– Não há a menor possibilidade.

– Nesse caso, acho que ela terá de jogar somente contra Boris Melnikov.

– Como? Está dizendo que Melnikov concordou em jogar contra essa mulher?

– Exatamente. Mas ela tinha a esperança de jogar contra os dois simultaneamente.

– Nunca ouvi falar de nada tão... tão... – Negulesco titubeou, a palavra lhe faltando. – A arrogância! Quem é essa mulher que pensa que pode derrotar os dois maiores enxadristas do mundo? Ela deve ter escapado de algum hospício.

– Ela é um pouco excêntrica – reconheceu Jeff – mas tem muito dinheiro.

– Você disse 10 mil dólares para derrotá-la?

– Isso mesmo.

– E Boris Melnikov recebe a mesma quantia?

– *Se* ele a vencer.

Pietr Negulesco sorriu.

– Ora, ele vai vencê-la. E eu também.

– Aqui entre nós, eu não ficaria absolutamente surpreso com isso.

– Quem ficará com as apostas?

– O comissário de bordo.

"Por que Melnikov deveria ser o único a tirar o dinheiro daquela mulher?", pensou Pietr Negulesco.

– Negócio fechado, meu amigo. Onde e quando?

– Na noite de sexta-feira. Às 22 horas. Na Sala da Rainha.

Pietr Negulesco sorriu ganânciosamente.

– Estarei lá.

– ESTÁ QUERENDO dizer que eles *concordaram?* – murmurou Tracy.

– Exatamente.

– Acho que vou vomitar.

– Pegarei uma toalha molhada.

Jeff correu para o banheiro da suíte de Tracy, molhou uma toalha e levou para ela. Tracy estava deitada na espreguiçadeira. Ele pôs a toalha em sua testa.

– Como se sente?

– Horrível. Acho que terei uma enxaqueca.

– Já teve enxaqueca antes?

– Nunca.

– Então não terá uma agora. É perfeitamente natural ficar nervosa antes de algo assim, Tracy.

Ela levantou-se de um pulo, jogou a toalha no chão.

– Algo assim? Nunca houve nada *assim!* Jogarei com dois mestres internacionais do xadrez depois de receber uma única lição do jogo de você e...

– Duas – corrigiu-a Jeff. – Você possui um talento natural para o xadrez.

– Oh, Deus, por que deixei que você me metesse nisso?

– Porque vamos ganhar muito dinheiro.

– Não quero ganhar muito dinheiro – lamuriou-se Tracy. – Quero que este navio afunde! Por que não podemos estar no *Titanic?*

– Basta ficar calma – disse Jeff, suavemente. – Vai ser...

– Vai ser um *desastre!* Todos neste navio estarão observando.

– Não é isso exatamente o que estamos querendo? – comentou Jeff, radiante.

Jeff combinara tudo com o comissário de bordo. Entregara-lhe as apostas – 20 mil dólares em *traveler's checks* – e pedira que reservasse as duas mesas de xadrez para a noite de sexta-feira. A notícia espalhara-se rapidamente pelo navio. Os passageiros começaram a abordar Jeff para indagar se as partidas ocorreriam mesmo.

– Claro – assegurou Jeff a todos que perguntaram. – É algo inacreditável. A pobre Srta. Whitney acredita mesmo que pode vencer. E está até apostando nisso.

– Será que eu poderia fazer uma pequena aposta? – indagou um passageiro.

– Claro. Tanto dinheiro quanto quiser. A Srta. Whitney pede apenas uma vantagem de dez para um.

Uma proporção de um milhão para um teria feito mais sentido. Desde o momento em que a primeira aposta foi aceita, as comportas se abriram. Parece que todos a bordo, inclusive os homens da casa de máquinas e os oficiais do navio, queriam apostar nas partidas. As quantias variavam de 5 a 5 mil dólares e todas as apostas eram no russo e no romeno.

O desconfiado comissário de bordo resolveu alertar o comandante.

– Nunca vi nada parecido, senhor. Parece um estouro da boiada. Quase todos os passageiros apostaram. Devo estar guardando no mínimo 200 mil dólares em apostas.

O comandante fitou-o em silêncio por um momento, com uma expressão pensativa.

– Diz que a Srta. Whitney vai jogar com Melnikov e Negulesco ao mesmo tempo?

– Exatamente, comandante.

– Já confirmou que os dois homens são mesmo Pietr Negulesco e Boris Melnikov?

– Claro, senhor.

– E não há qualquer possibilidade de eles perderem as partidas deliberadamente?

– Não com seus egos, senhor. Acho que eles prefeririam morrer. E se perderem para essa mulher, é provavelmente o que acontecerá quando voltarem para suas terras.

O comandante passou os dedos pelos cabelos, o rosto franzido em perplexidade.

– Sabe alguma coisa sobre a Srta. Whitney ou esse Sr. Stevens?

– Absolutamente nada, senhor. Até onde posso determinar, eles viajam separadamente.

O comandante tomou a sua decisão.

– Parece alguma espécie de vigarice e normalmente eu não permitiria que continuasse. Contudo, acontece que também gosto de xadrez. E se há uma coisa em que eu apostaria a minha vida é no fato de que não há possibilidade de trapacear no xadrez. Vamos deixá-los jogar. – Ele foi até sua mesa e pegou uma carteira preta de couro. Aposte 50 dólares para mim. Nos mestres.

ÀS 21 HORAS DE sexta-feira, a Sala da Rainha se encontrava apinhada de passageiros da primeira classe, os que haviam se esgueirado da segunda e terceira classe, os oficiais do navio e tripulantes que se achavam de folga. A pedido de Jeff Stevens, dois lugares haviam sido reservados para o torneio. Uma mesa de xadrez fora armada no centro da Sala da Rainha e a outra no salão adjacente. Havia cortinas arriadas para separar os dois lugares.

– É para que os jogadores não sejam distraídos um pelo outro – explicou Jeff Stevens. – E gostaríamos também que os espectadores não saíssem da sala que escolhessem.

Cordas de veludo foram estendidas em torno das duas mesas, a fim de conter as multidões. Os espectadores estavam prestes a testemunhar algo que certamente nunca mais tornariam a ver. Nada sabiam a respeito da linda e jovem americana, a não ser que seria impossível para ela – ou para qualquer outra pessoa – jogar contra os grandes Negulesco e Melnikov simultaneamente e obter sequer um empate com qualquer dos dois.

Jeff apresentou Tracy aos dois grandes mestres pouco antes das partidas começarem. Tracy parecia uma pintura grega, num vestido

Galanos de *chiffon* verde suave, que deixava um ombro a descoberto. Seus olhos pareciam enormes no rosto pálido. Pietr Negulesco contemplou-a atentamente e perguntou:

– Venceu todos os torneios nacionais de que participou?

– Venci – respondeu Tracy, com absoluta sinceridade. O romeno deu de ombros.

– Nunca ouvi falar a seu respeito.

Boris Melnikov mostrou-se igualmente rude:

– Vocês, americanos, não sabem o que fazer com seu dinheiro. Eu gostaria de agradecer-lhe antecipadamente. O ganho deixará minha família muito feliz.

Os olhos de Tracy eram de um verde-jade.

– Ainda não venceu, Sr. Melnikov.

O riso de Melnikov ressoou pela sala.

– Minha cara, não sei quem você é, mas sei quem *eu* sou... e eu sou o grande Boris Melnikov.

Eram 22 horas. Jeff olhou ao redor e constatou que os dois salões se apresentavam repletos de espectadores.

– Está na hora de as partidas começarem.

Tracy sentou-se à mesa, diante de Melnikov, perguntou-se pela centésima vez como se metera naquilo.

– Não há problema algum – garantira Jeff. – Confie em mim.

E ela, como uma idiota, confiara. "Devo ter perdido o juízo", pensou Tracy. Ela estava jogando contra os dois maiores enxadristas do mundo e nada sabia do jogo, exceto o que aprendera com Jeff em quatro horas de aulas.

O grande momento chegara. Tracy sentia as pernas tremendo. Melnikov virou-se para a multidão em intensa expectativa e sorriu. Fez sinal para um camareiro.

– Traga-me um conhaque. Napoléon.

Jeff dissera a Melnikov:

– A fim de ser justo com todos, sugiro que você jogue com as brancas e comece. E na partida com o Sr. Negulesco, será a vez da Srta. Whitney jogar com as brancas e começar.

Os dois grandes mestres haviam concordado.

Enquanto a plateia permanecia em silêncio, Boris Melnikov inclinou-se sobre o tabuleiro e fez a abertura do gambito da rainha, avançando por duas casas o peão da rainha. "Não vou simplesmente vencer esta mulher. Vou arrasá-la."

Ele olhou para Tracy. Ela estudou o tabuleiro, acenou com a cabeça e levantou-se, sem mover qualquer peça. Um camareiro abriu caminho através da multidão para que Tracy se dirigisse ao segundo salão, onde Pietr Negulesco se encontrava sentado a uma mesa, esperando-a. Havia pelo menos cem pessoas no salão quando Tracy sentou-se diante de Negulesco.

– Ah, minha pombinha! Já derrotou Boris?

Pietr Negulesco riu ruidosamente de seu gracejo.

– Estou trabalhando nisso, Sr. Negulesco – disse Tracy, calmamente.

Ela se inclinou para a frente e deslocou por duas casas o peão da rainha. Negulesco levantou os olhos e sorriu. Marcara uma massagem para dentro de uma hora, mas planejava terminar aquela partida antes. Ele inclinou-se e deslocou por duas casas o peão de sua rainha preta. Tracy estudou o tabuleiro por um momento, depois levantou-se. O camareiro escoltou-a de volta a Boris Melnikov.

Tracy sentou à mesa e deslocou o peão de sua rainha preta por duas casas. Ao fundo, percebeu o aceno de aprovação quase imperceptível de Jeff.

Sem hesitação, Boris Melnikov deslocou por duas casas o peão do bispo da rainha branca.

Dois minutos depois, à mesa de Negulesco, Tracy deslocou por duas casas o seu peão do bispo da rainha.

Negulesco acionou por uma casa o seu peão do rei.

Tracy levantou-se e voltou ao salão em que Boris Melnikov esperava. Avançou uma casa o seu peão do rei.

"Com que então ela não é uma total amadora!", pensou Melnikov, surpreso. "Mas vejamos o que ela faz com isto." Ele jogou o cavalo da rainha para a casa 3 do bispo da rainha.

Tracy estudou o movimento, acenou com a cabeça, voltou a Negulesco, repetiu o movimento de Melnikov.

Com crescente espanto, os dois grandes mestres compreenderam que enfrentavam uma brilhante oponente. Não importava quão espertos fossem os seus movimentos, aquela amadora conseguia neutralizá-los.

Como estavam separados, Boris Melnikov e Pietr Negulesco não tinham a menor ideia de que, na realidade, jogavam um contra o outro. Cada movimento que Melnikov fazia contra Tracy, ela repetia contra Negulesco. E quando Negulesco contra-atacava com esse movimento, Tracy usava-o contra Melnikov.

No meio da partida os grandes mestres não estavam mais presunçosos. Agora lutavam por suas reputações. Andavam de um lado para outro enquanto planejavam seus movimentos, fumando furiosamente. Tracy parecia ser a única calma.

No começo, a fim de tentar terminar a partida rapidamente, Melnikov tentara um sacrifício de cavalo, a fim de permitir que seu bispo branco exercesse pressão sobre o lado do rei preto. Tracy levara o movimento para Negulesco. O romeno examinara o movimento cuidadosamente, depois recusara o sacrifício com a cobertura do lado exposto. Quando Negulesco ofereceu um bispo, a fim de avançar uma torre pela defesa branca, Melnikov se recusou a aceitar, antes que a torre preta pudesse abalar a sua estrutura de peões.

Não havia como deter Tracy. A partida vinha sendo travada há quatro horas e nenhuma pessoa em qualquer das plateias se mexia.

Cada grande mestre tem na cabeça centenas de partidas jogadas por outros grandes mestres. Foi quando aquela partida em particular se aproximava do final que tanto Melnikov como Negulesco reconheceram a marca registrada do outro.

"A sacana", pensou Melnikov. "Ela estudou com Negulesco. Ele lhe ensinou tudo."

E Negulesco pensou: "Ela é protegida de Melnikov. O filho da puta ensinou-a a jogar."

Quanto mais eles lutavam contra Tracy, mais chegavam à conclusão de que não havia como derrotá-la. A partida se aproximava do empate.

Na sexta hora de jogo, às 4 horas da manhã, as peças em cada tabuleiro estavam reduzidas a três peões, uma torre e um rei. Não havia como qualquer dos lados vencer. Melnikov estudou o tabuleiro por um longo tempo, depois respirou fundo, meio sufocado, e murmurou:

– Ofereço o empate.

Por cima do burburinho, Tracy respondeu:

– Eu aceito.

A multidão delirou.

Tracy levantou-se e atravessou a multidão para o salão ao lado. Quando se sentava, Negulesco disse, a voz meio estrangulada:

– Ofereço o empate.

E a comoção do outro salão se repetiu. A multidão não podia acreditar no que acabara de testemunhar. Uma mulher surgira do nada e obtivera um empate simultaneamente com os dois maiores enxadristas do mundo. Jeff apareceu ao lado de Tracy e disse, sorrindo:

– Vamos embora. Ambos precisamos de um drinque.

Quando eles saíram, Boris Melnikov e Pietr Negulesco ainda estavam arriados em suas cadeiras, olhando apaticamente para seus tabuleiros.

Tracy e Jeff sentaram a uma mesa para dois no bar do convés superior.

– Você esteve maravilhosa. – Jeff riu. – Notou a expressão de Melnikov? Pensei que ele ia ter um enfarte.

– Pensei que *eu* fosse ter um enfarte – murmurou Tracy. – Quanto ganhamos?

– Cerca de 200 mil dólares. Receberemos do comissário de bordo pela manhã, quando atracarmos em Southampton. Encontrarei com você para o café da manhã no restaurante.

– Está bem.

– Acho que vou me recolher agora. Acompanharei você até seu camarote.

– Ainda não me sinto pronta para deitar, Jeff. Estou agitada demais. Vá na frente.

– Você foi uma autêntica campeã. – Jeff inclinou-se e beijou-a de leve na face. – Boa noite, Tracy.

– Boa noite, Jeff.

Ela observou-o se afastar. Ir dormir? Impossível! Fora uma das noites mais fantásticas de sua vida. O russo e o romeno haviam-se mostrado muito confiantes, terrivelmente arrogantes. Jeff dissera: "Confie em mim"... e ela confiara. Não tinha ilusões sobre o que ele era. Um vigarista. Inteligente, divertido e esperto, uma companhia agradável. Mas é claro que ela nunca poderia se interessar a sério por ele.

JEFF ESTAVA a caminho de seu camarote quando encontrou um dos oficiais do navio.

– Um grande espetáculo, Sr. Stevens. A notícia sobre a partida já foi transmitida pelo telégrafo. Prevejo que a imprensa estará à espera de vocês em Southampton. É o agente da Srta. Whitney?

– Não. Somos apenas conhecidos de bordo – respondeu Jeff, afavelmente.

Mas sua mente funcionava com rapidez. Se o ligassem a Tracy, poderia parecer um golpe. Talvez até houvesse uma investigação. Ele resolveu recolher o dinheiro antes que houvesse uma investigação.

Escreveu um bilhete para Tracy: PEGUEI O DINHEIRO E ESTAREI À SUA ESPERA PARA UM CAFÉ DA MANHÃ DE COMEMORAÇÃO NO SAVOY HOTEL. VOCÊ ESTEVE MAGNÍFICA. JEFF. Ele pôs o bilhete num envelope fechado e entregou a um camareiro.

– Por favor, entregue isto à Srta. Whitney pela manhã, o mais cedo possível.

– Pois não, senhor.

Jeff foi para a sala do comissário de bordo.

– Lamento incomodá-lo, mas atracaremos dentro de poucas horas e sei como estará ocupado então. Sendo assim, importa-se de me pagar agora?

– Claro que não. – O comissário sorriu. – A moça é realmente extraordinária, não é mesmo?

– É sim.

– Se não se importa que eu pergunte, Sr. Stevens, onde ela aprendeu a jogar xadrez assim?

– Soube que ela estudou com Bobby Fischer.

O comissário tirou do cofre dois envelopes pardos grandes. – É muito dinheiro para se andar por aí. Não preferia que eu lhe desse um cheque pela quantia?

– Não precisa se incomodar. Posso perfeitamente ficar com o dinheiro. Será que se importaria de me fazer um favor? O barco de correspondência vem ao encontro do navio antes de atracarmos, não é mesmo?

– Exatamente. Estamos esperando-o às 6 horas da manhã.

– Eu agradeceria se pudesse providenciar para que eu partisse no barco de correspondência. Minha mãe está gravemente doente e eu gostaria de encontrá-la antes... – Ele fez uma pausa e baixou a voz para acrescentar – ...antes que seja tarde demais.

– Oh, lamento profundamente, Sr. Stevens. E é claro que posso dar um jeito. Falarei com o pessoal da alfândega.

ERAM 6H15 QUANDO Jeff Stevens, com os dois envelopes pardos cuidadosamente guardados em sua mala, desceu a escada do navio para o barco de correspondência. Ele virou-se para lançar uma última olhada aos contornos do enorme navio, pairando acima. Os passageiros do transatlântico ainda dormiam profundamente. Jeff estaria no cais muito antes que o *Queen Elizabeth II* atracasse.

– Foi uma bela viagem – comentou Jeff para um dos tripulantes do barco de correspondência.

– Foi mesmo – concordou uma voz.

Jeff virou-se, Tracy estava sentada num rolo de corda, os cabelos flutuando suavemente em torno de seu rosto.

– Tracy! O que está fazendo aqui?

– O que acha que estou fazendo?

Ele percebeu a expressão no rosto dela.

– Ei, espere um pouco! Não pensou que eu fosse fugir de você, não é mesmo?

– Por que eu pensaria assim?

O tom dela era irônico.

– Deixei um bilhete para você, Tracy. Ia encontrá-la no Savoy e...

– Claro que ia – disse ela, incisivamente. – Você nunca desiste, não é mesmo?

Ele fitou-a e nada mais tinha a dizer.

EM SUA SUÍTE, no Savoy, Tracy observava atentamente, enquanto Jeff contava o dinheiro.

– Sua parte dá 101 mil dólares.

– Obrigada.

O tom dela era gelado.

– Está enganada a meu respeito, Tracy. E gostaria que me desse uma chance de explicar. Quer jantar comigo esta noite?

Ela hesitou por um instante, depois assentiu.

– Está bem.

– Ótimo. Virei buscá-la às 20 horas.

QUANDO JEFF Stevens chegou ao hotel naquela noite e pediu para falar com Tracy, o recepcionista informou:

– Lamento muito, senhor. A Srta. Whitney deixou o hotel esta tarde. E não deixou seu novo endereço.

21

Foi o convite manuscrito, Tracy concluiu mais tarde, que mudou sua vida.

Depois que Jeff Stevens lhe entregou a sua parte do dinheiro, Tracy deixou o Savoy e foi para Park Street, 47, um hotel sossegado, semirresidencial, com quartos grandes e agradáveis, um serviço impecável.

No seu segundo dia em Londres, o convite foi entregue em sua suíte pelo porteiro. Estava escrito numa letra pomposa: "Um amigo comum sugeriu que poderia ser proveitoso para nós dois se nos conhecêssemos. Não gostaria de tomar chá comigo esta tarde, no Ritz, às 16 horas? Se me perdoar o clichê, estarei usando um cravo vermelho." A assinatura era "Gunther Hartog".

Tracy nunca ouvira falar dele. Sua primeira inclinação foi ignorar o bilhete, mas a curiosidade acabou prevalecendo. Às 16h45 estava na entrada do elegante restaurante do Ritz Hotel. Notou-o imediatamente. Era um homem na faixa dos 60 anos, calculou Tracy, de aparência atraente, um rosto fino, intelectual. A pele era lisa e clara, quase translúcida. Vestia um terno cinza de corte perfeito, com um cravo vermelho na lapela. Quando Tracy se aproximou da mesa, ele levantou-se e se inclinou ligeiramente.

– Obrigado por ter aceito meu convite.

Ele sentou-a com um galanteio antiquado que Tracy achou muito atraente. Parecia pertencer a outro mundo. Tracy não podia imaginar o que um homem assim haveria de querer com ela.

– Só vim porque estava curiosa – confessou Tracy. – Mas tem certeza de que não me confundiu com outra Tracy Whitney?

Gunther Hartog sorriu.

– Pelo que ouvi dizer, só pode existir uma única Tracy Whitney.

– O que exatamente ouviu?

– Não é melhor conversarmos sobre isso enquanto tomamos o chá?

O chá consistia de pequenos sanduíches, com ovo picado, salmão, pepino, agrião e frango. Havia bolinhos quentes, com manteiga ou geleia, doces frescos, tudo acompanhado por chá Twinings. Eles conversaram enquanto comiam.

– Seu bilhete mencionava um amigo comum – comentou Tracy.

– Conrad Morgan. Tive negócios ocasionais com ele.

"Fiz negócios com ele uma vez", pensou Tracy, sombriamente. "E ele tentou me passar para trás."

– Ele é um grande admirador seu – acrescentou Gunther Hartog.

Tracy observou mais atentamente o seu anfitrião. Tinha o porte de um aristocrata e a aparência de riqueza. "O que ele quer comigo?", especulou Tracy novamente. Ela resolveu deixá-lo continuar, mas não houve menção adicional a Conrad Morgan ou a qualquer possível benefício mútuo que pudesse decorrer de uma ligação entre Gunther Hartog e Tracy Whitney.

Tracy achou o encontro extremamente agradável. Gunther lhe falou a respeito de suas origens.

– Nasci em Munique. Meu pai era banqueiro, um homem rico. Infelizmente, cresci um tanto mimado, cercado por belos quadros e antiguidades. Minha mãe era judia. Quando Hitler subiu ao poder, meu pai recusou-se a abandoná-la. Por isso, foi despojado de tudo o que possuía. Ambos morreram nos bombardeios. Amigos me mandaram às escondidas da Alemanha para a Suíça. Depois que a guerra terminou, resolvi não voltar à Alemanha. Vim para Londres e abri uma pequena loja de antiguidades na Mount Street. Espero que a visite um dia.

"Então isso é tudo", pensou Tracy, surpresa. "Ele quer me vender alguma coisa."

Mas ela descobriu que estava enganada.

Enquanto pagava a conta, Gunther Hartog disse, casualmente:

– Tenho uma pequena casa de campo em Hampshire. Receberei alguns amigos para o fim de semana e ficaria encantado se quisesse se juntar a nós.

Tracy hesitou. O homem era um completo estranho e não tinha a menor ideia do que ele queria dela. Mas acabou chegando à conclusão que nada tinha a perder.

O FIM DE SEMANA foi fascinante. A "pequena casa de campo" de Gunther Hartog era um lindo solar do século XVII, numa propriedade de 30 acres. Gunther era viúvo e vivia sozinho, exceto pelos criados. Levou Tracy para uma excursão pela propriedade. Havia um estábulo com meia dúzia de cavalos, uma área em que ele criava galinhas e porcos.

– Assim, nunca passaremos fome – disse ele, solenemente. – Mas vou lhe mostrar agora o meu verdadeiro hobby.

Ele conduziu Tracy a um galpão cheio de pombos.

– Estes são pombos-correios. – A voz de Gunther transbordava de orgulho. – Veja só que belezas! Está vendo aquela cinzenta ali? É Margo.

Ele pegou a pomba, afagou-a.

– Sabia que você é uma garota terrível? Ela implica com os outros. Mas é a mais inteligente.

Hartog alisou as penas por cima da cabeça pequena e largou-a com todo cuidado. As cores dos pombos eram espetaculares. Havia uma ampla variedade de preto azulado, cinza azulado e diversos padrões de prateado.

– Mas não há brancos – comentou Tracy.

– Os pombos-correios nunca são brancos – explicou Gunther. – As penas brancas se soltam facilmente, e quando os pombos voltam para casa voam a uma velocidade média de 65 quilômetros por hora.

Tracy observou enquanto Gunther alimentava as aves com uma ração especial de corrida, contendo vitaminas extras.

– Os pombos-correios constituem uma espécie espantosa – disse Gunther. – Sabia que são capazes de encontrar seu pombal de uma distância superior a 800 quilômetros?

– Isso é fascinante...

Os outros convidados eram igualmente fascinantes. Havia um ministro de Estado, com sua esposa; um conde; um general e sua amante; a Maharani de Morvi, uma jovem muito atraente e simpática.

– Por favor, chame-me de V.J. – disse ela, numa voz quase sem sotaque.

Ela usava um sari vermelho, com fios de ouro, as joias mais lindas que Tracy já vira.

– Guardo a maioria das minhas joias num cofre-forte – explicou V.J. – Há tantos roubos atualmente...

NA TARDE DE domingo, pouco antes do momento em que Tracy deveria voltar a Londres; Gunther convidou-a a seu estúdio. Sentaram com uma bandeja de chá entre os dois. Enquanto servia o chá nas delicadas xícaras Belleek, Tracy disse:

– Não sei por que me convidou para vir aqui, Gunther, mas qualquer que seja o motivo tive um fim de semana maravilhoso.

– Fico satisfeito por isso, Tracy. – Depois de um momento, ele acrescentou:

– Estive observando-a.

– Entendo...

– Tem planos para o futuro?

Ela hesitou.

– Não. Ainda não decidi o que vou fazer.

– Creio que poderíamos trabalhar muito bem juntos.

– Na loja de antiguidades?

Gunther riu.

– Não, minha cara. Seria uma pena desperdiçar os seus talentos. Sei de sua aventura com Conrad Morgan. E devo dizer que controlou tudo de maneira brilhante.

– Gunther... tudo isso pertence ao passado.

– Mas o que tem pela frente? Disse que não fez planos. Deve pensar em seu futuro. Não importa quanto dinheiro possua agora, certamente acabará um dia. Estou sugerindo uma sociedade. Eu frequento círculos influentes, internacionais. Compareço a bailes de caridade, caçadas e passeios de iate. Conheço as idas e vindas dos ricos.

– Ainda não entendi o que isso tem a ver comigo...

– Posso introduzi-la nesse círculo dourado. E dourado, Tracy, neste caso, é mesmo por causa do ouro. Posso fornecer informações sobre joias fabulosas e quadros extraordinários, como consegui-los com absoluta segurança. Posso vendê-los particularmente. Você estaria equilibrando um pouco a situação de pessoas que enriqueceram demais à custa de outras. Tudo seria dividido igualmente entre nós. O que me diz?

– Digo que não.

Ele estudou-a com um ar pensativo.

– Entendo. Poderia me procurar, se por acaso mudar de ideia?

– Não mudarei de ideia, Gunther.

Tracy retornou a Londres ao fim daquela tarde.

TRACY ADOROU Londres. Jantou em Le Gavroche, Bill Bentley's e Coin du Feu, foi ao Drones depois do teatro para comer autênticos hambúrgueres americanos e chili apimentado. Foi ao National

Theatre e ao Royal Opera House, compareceu a leilões na Christie's e Sotheby's. Fez compras na Harrods, Fortnum e Mason's, folheou livros na Hatchards e Foyles. Alugou um carro com motorista e passou um fim de semana memorável no Chewton Glen Hotel, em Hampshire, à beira da New Forest, onde o cenário era espetacular e o serviço impecável.

Mas todas essas coisas eram caras. "Não importa quanto dinheiro possua agora, certamente acabará um dia." Gunther Hartog estava certo. Seu dinheiro não duraria para sempre e Tracy compreendeu que precisaria fazer planos para o futuro.

ELA FOI CONVIDADA para outros fins de semana na casa de campo de Gunther, apreciando intensamente cada visita e a companhia dele.

Um domingo, ao jantar, um membro do Parlamento virou-se para Tracy e disse:

– Nunca conheci um verdadeiro texano, Srta. Whitney. Como eles são?

Tracy se lançou a uma imitação maliciosa de uma matrona nova-rica do Texas, arrancando risos efusivos de todos. Mais tarde, quando ficou a sós com ela, Gunther indagou:

– Não gostaria de ganhar uma pequena fortuna fazendo essa imitação?

– Não sou uma atriz, Gunther.

– Está se subestimando. Há uma joalheria em Londres... Parker & Parker... cujos donos sentem o maior prazer... como dizem os americanos... em explorar seus clientes. Você me deu uma ideia sobre a maneira de fazê-los pagar por sua desonestidade.

Ele expôs a ideia a Tracy, que respondeu ao final:

– Não.

Quanto mais pensou a respeito, no entanto, mais se sentiu atraída. Lembrou-se da emoção de ser mais esperta do que a polícia em Long Island, de Boris Melnikov, Pietr Negulesco e Jeff Stevens. Fora uma emoção indescritível. Mesmo assim, isso era parte do passado.

– Não, Gunther – insistiu ela.

Mas desta vez não havia tanta certeza em sua voz.

LONDRES ESTAVA excepcionalmente quente para outubro e ingleses e turistas aproveitavam igualmente o sol forte. O tráfego de meio-dia era intenso, com paralisações em Trafalgar Square, Charing Cross e Piccadilly Circus. Um Daimler branco saiu da Oxford Street e entrou na New Bond Street, avançando pelo tráfego, passando por Roland Cartier, Geigers e Royal Bank of Scotland. Poucas portas além, o Daimler parou diante de uma joalheria. Uma discreta placa polida no lado da porta anunciava: PARKER & PARKER. Um motorista de libré saltou da limusine e deu a volta apressadamente para abrir a porta da passageira. Uma jovem loura, com excesso de maquiagem e um vestido italiano de tricô muito justo, sob o casaco de zibelina, totalmente impróprio para o tempo, saltou do carro.

– Onde fica a espelunca, Júnior? – perguntou ela, em voz muito alta, com um desagradável sotaque texano.

O motorista indicou a entrada.

– Ali, senhora.

– Ok, meu bem. Fique esperando. Não vai demorar muito.

– Talvez eu tenha de dar uma volta pelo quarteirão, senhora. Não me permitirão ficar estacionado aqui.

A mulher deu-lhe um tapinha nas costas.

– Faça o que tiver de fazer, cara.

"Cara!" O motorista estremeceu. Era sua punição por estar reduzido a dirigir carros de aluguel. Ele detestava todos os americanos, particularmente os texanos. Eram selvagens... mas selvagens com dinheiro. Ficaria espantado se soubesse que sua passageira nunca estivera no Texas, o Estado da Estrela Solitária.

Tracy verificou seu reflexo na vitrine, armou um sorriso e avançou para a porta, que foi aberta por um empregado uniformizado.

– Boa tarde, senhora.

– Boa tarde, cara. Vende alguma coisa nesta espelunca além de joias de fantasia?

Ela riu de sua piada. O porteiro empalideceu. Tracy entrou pela loja, deixando em sua esteira uma fragrância irresistível de Chloé. Arthur Chilton, um vendedor de fraque, adiantou-se.

– Posso ajudá-la, madame?

– Talvez sim, talvez não. O velho P. J. disse para eu comprar um presentinho de aniversário para mim mesma. E aqui estou. O que tem para me mostrar?

– Madame está interessada em alguma coisa em particular?

– Ei, parceiro, vocês ingleses não perdem tempo, hein? – Ela riu escandalosamente e bateu em seu ombro. Chilton precisou fazer um grande esforço para permanecer impassível. – Talvez alguma coisa de esmeraldas. O velho P. J. adora quando eu compro esmeraldas.

– Se quiser me acompanhar, por favor...

Chilton conduziu-a a um mostruário em que havia diversas bandejas com esmeraldas. A loura oxigenada lançou um olhar desdenhoso para as pedras.

– Estas são as bebês. Onde estão os papais e mamães?

Chilton disse, tensamente:

– Estas peças têm um preço que vão até 30 mil dólares.

– Ora, isso eu dou de gorjeta ao meu cabeleireiro. – A mulher soltou uma risada. – O velho P. J. ficaria insultado se eu voltasse com uma dessas pedrinhas.

Chilton visualizou o velho P. J. Gordo e barrigudo, tão escandaloso e repulsivo quanto a mulher. Eles bem que se mereciam. "Por que o dinheiro sempre corre para quem não o merece?"

– Em que nível de preço madame está interessada?

– Por que não começamos logo por alguma coisa em torno dos 100 bagarotes?

Ele permaneceu impassível.

– Cem bagarotes?

– Ora essa, pensei que todos vocês falassem a língua do rei. Cem mil dólares.

Chilton engoliu em seco.

– Nesse caso, talvez seja melhor falar com o nosso diretor-executivo.

O diretor-executivo, Gregory Halston, insistia em cuidar pessoalmente de todas as vendas grandes. Como os empregados da Parker & Parker não recebiam comissão, não fazia a menor diferença para eles. Com uma cliente tão desagradável quanto aquela, Chilton sentia-se aliviado em passá-la para Halston. Ele apertou um botão por baixo do balcão e um momento depois um homem pálido e magro saiu de uma sala nos fundos. Olhou para a loura vestida tão afrontosamente e rezou para que nenhum de seus clientes regulares aparecesse até que a mulher fosse embora. Chilton disse:

– Sr. Halston, esta é a Sra. ahn...

Ele virou-se para a mulher.

– Benecke, meu bem. Mary Lou Benecke. A esposa do velho P. J. Benecke. Aposto que todos já ouviram falar de P.J. Benecke.

– Claro.

Gregory Halston concedeu à mulher um sorriso que mal tocava seus lábios.

– A Sra. Benecke está interessada em comprar uma esmeralda, Sr. Halston.

Gregory Halston indicou as bandejas de esmeraldas.

– Temos aqui algumas esmeraldas excelentes que...

– Ela queria algo em torno de 100 mil dólares.

Desta vez o sorriso que iluminou o rosto de Gregory Halston era genuíno. Uma ótima maneira de começar o dia.

– É o meu aniversário e o velho P.J. quer que eu compre alguma coisa bem bonita.

– Pois não – disse Halston. – Quer me acompanhar, por favor?

– Ora, seu pequeno patife, o que está pensando em fazer comigo?

A loura soltou uma risadinha. Halston e Chilton trocaram um olhar angustiado. "Malditos americanos!"

Halston conduziu a mulher a uma porta trancada, tirou uma chave do bolso e abriu-a. Entraram numa sala pequena, intensamente iluminada. Halston tornou a trancar a porta, cuidadosamente, explicando:

– É aqui que guardamos as nossas mercadorias para os clientes mais importantes.

Havia no centro da sala um mostruário com uma coleção espetacular de diamantes, rubis e esmeraldas.

– Assim está melhor. O velho P.J. ficaria doido aqui dentro.

– A senhora vê alguma coisa que lhe agrade?

– Vamos ver o que tem aqui. – Ela foi até a caixa contendo as esmeraldas. – Deixe-me dar uma olhada nestas coisas.

Halston tirou outra chave do bolso, destrancou o mostruário e tirou uma bandeja com esmeraldas, colocando em cima da mesa. Havia dez esmeraldas na bandeja de veludo. Halston observava, enquanto a mulher pegava a maior, um broche requintado, engastado em platina.

– Como diria o velho P.J., esta aqui tem o meu nome escrito nela.

– A senhora tem excelente gosto. Esta é uma colombiana de 10 quilates, impecável e...

– As esmeraldas nunca são impecáveis.

Halston ficou aturdido por um momento.

– A senhora está correta, é claro. O que eu quis dizer foi...

Pela primeira vez, ele notou que os olhos da mulher eram tão verdes quanto a pedra que ela virava nas mãos, estudando as suas facetas.

– Temos uma coleção maior se...

– Não se afobe, queridinho. Ficarei com esta aqui.

A venda levara menos de três minutos.

– Esplêndido! – Uma pausa e Halston acrescentou: – Em dólares, dá 100 mil. Como a senhora vai pagar?

– Não se preocupe, Halston, doçura. Tenho uma conta em dólares num banco aqui de Londres. Farei um chequinho pessoal. P.J. pode me pagar depois.

– Excelente. Mandarei limpar a pedra e depois entregar em seu hotel.

A pedra não precisava de limpeza, mas Halston não tinha a menor intenção de entregá-la antes que o cheque fosse devidamente descontado, pois eram muitos os joalheiros que haviam sido enganados por vigaristas espertos. Halston orgulhava-se de jamais ter sido trapaceado em uma libra sequer.

– Onde devo entregar a esmeralda?

– Estamos na suíte Oliver Messel, no Dorch.

Halston escreveu uma anotação.

– O Dorchester.

– Eu chamo de suíte Oliver Bagunça. – Ela riu. – Uma porção de gente não gosta mais do hotel porque vive cheio de árabes. Mas o velho P.J. faz uma porção de negócios com eles. "O petróleo é o seu próprio país", como ele sempre diz. P.J. Benecke é um cara muito esperto.

– Tenho certeza que sim – respondeu Halston, afavelmente.

Ele observou-a pegar um cheque e começar a preencher. Notou que era do Barclays Bank. Ótimo. Tinha um amigo ali que poderia verificar a conta dos Beneckes. Halston pegou o cheque.

– Mandarei entregar-lhe a esmeralda pessoalmente amanhã de manhã.

– O velho P. J. vai adorar – comentou a mulher, radiante.

– Não tenho a menor dúvida – comentou Halston, polidamente.

Ele acompanhou-a até a porta da loja.

– Ralston...

Ele quase corrigiu-a, mas depois se decidiu contra. Por que se incomodar? Nunca mais tornaria a ver aquela mulher, graças a Deus!

– Pois não, senhora?

– Tem de aparecer para tomar um chá com a gente um dia desses. Vai adorar o velho P. J.

– Tenho certeza que sim, madame. Mas, infelizmente, trabalho durante a tarde.

– É uma pena.

Ele observou a cliente sair para a calçada. Um Daimler branco parou um momento depois, um motorista saltou e abriu a porta. A loura fez um sinal com o polegar para cima na direção de Halston, enquanto o carro se afastava.

Halston voltou à sua sala, pegou o telefone e ligou para seu amigo no Barclays:

– Peter, meu caro, tenho aqui um cheque de 100 mil dólares de uma certa Sra. Mary Lou Benecke. É quente?

– Espere um instante, meu velho.

Halston esperou. Contava que o cheque tivesse fundos, pois os negócios andavam meio parados ultimamente. Os sovinas irmãos

Parker, que possuíam a loja, viviam constantemente reclamando, como se fosse ele o responsável e não a recessão. É claro que os lucros não haviam caído tanto quanto poderiam, pois Parker & Parker tinha um departamento que se especializava na limpeza de joias; a intervalos frequentes, a joia devolvida ao cliente era inferior à que fora recebida. Já houvera queixas, mas nada ficara provado. Peter voltou ao telefone:

– Não há problema, Gregory. Tem dinheiro mais do que suficiente na conta para cobrir o cheque.

Halston sentiu um tremor de alívio.

– Obrigado, Peter.

– Não há de quê.

– Vamos almoçar juntos na próxima semana... por minha conta.

O CHEQUE FOI compensado sem problemas na manhã seguinte e a esmeralda colombiana foi entregue por um mensageiro de confiança à Sra. P. J. Benecke, no Dorchester Hotel.

Naquela tarde, pouco antes da hora de fechar, a secretária de Gregory Halston informou-o:

– Uma certa Sra. Benecke está aqui e deseja lhe falar, Sr. Halston.

Ele sentiu um aperto no coração. Ela viera devolver o broche e ele não podia se recusar a aceitá-la. "Malditas sejam as mulheres, todos os americanos e todos os texanos!" Halston afixou um sorriso e saiu para cumprimentá-la.

– Boa tarde, Sra. Benecke. Presumo que seu marido não gostou do broche.

Ela sorriu.

– Pois presumiu errado, meu chapa. O velho P.J. ficou louquinho pela pedra.

O coração de Halston se encheu de alegria.

– É mesmo?

– Para dizer a verdade, ele gostou tanto que quer que eu arrume outra esmeralda igual, para fazer um par de brincos. Arrume uma pedra gêmea da que me vendeu.

Um pequeno franzido apareceu no rosto de Gregory Halston.

– Infelizmente, Sra. Benecke, talvez haja um pequeno problema.

– Que tipo de problema, doçura?

– A sua pedra é única. Não há outra igual. Mas tenho um jogo maravilhoso, num estilo diferente, que poderia...

– Não quero um estilo diferente. Quero uma pedra igualzinha à que comprei.

– Para ser absolutamente franco, Sra. Benecke, não há muitas pedras colombianas de 10 quilates impecáveis... – Ele percebeu a expressão no rosto da mulher. – ... *quase* impecáveis disponíveis.

– Ora, cara, deixe disso. Tem de haver outra pedra em algum lugar.

– Com toda honestidade, só encontrei bem poucas pedras dessa qualidade e tentar duplicá-la exatamente, no formato e na cor, seria quase impossível.

– Temos um ditado no Texas de que o impossível só demora um pouco mais. Sábado é meu aniversário e P.J. me quer ver com os brincos. E o que P.J. quer, P.J. consegue.

– Creio que não é possível...

– Quanto paguei pelo broche... cem mil? Sei que o velho P.J. está disposto a pagar 200 mil ou até 300 mil pela outra pedra.

Gregory Halston pensava depressa. Tinha de haver uma duplicata daquela pedra em algum lugar. Se P.J. Benecke estava disposto a pagar 200 mil dólares extras, isso representaria um lucro apreciável. "Na verdade", pensou Halston, "posso dar um jeito para que represente um lucro apreciável para mim." Em voz alta, ele disse:

– Farei algumas indagações, Sra. Benecke. Tenho certeza de que nenhum outro joalheiro de Londres possui uma esmeralda idêntica, mas sempre há coleções sendo leiloadas. Veremos se obtemos resultados.

– Tem até o fim da semana para conseguir – advertiu a loura. – E aqui entre nós e o lampião, o velho P.J. provavelmente estará disposto a pagar até 350 mil.

E a Sra. Benecke se foi, o casaco de zibelina esvoaçando em sua esteira.

GREGORY HALSTON ficou sentado em sua sala, imerso em devaneio. O destino jogara em suas mãos um homem tão apaixonado por sua sirigaita loura que se mostrava disposto a pagar 350 mil dólares por uma esmeralda que valia 100 mil. O que daria um lucro líquido de 250 mil dólares. Gregory Halston não via necessidade de sobrecarregar os irmãos Parker com os detalhes da transação. Seria muito simples registrar a venda da segunda esmeralda por 100 mil dólares e embolsar o resto. Os 250 mil dólares extras seriam uma garantia pelo resto de sua vida.

Tudo o que tinha de fazer agora era descobrir uma esmeralda igual à que vendera à Sra. P.J. Benecke.

Só que isso se tornou muito mais difícil do que Halston previra. Nenhum dos joalheiros para os quais telefonou tinha em estoque uma pedra que sequer se parecesse com a que precisava. Ele pôs anúncios no *Times* de Londres e no *Financial Times,* entrou em contato com a Christie's e a Sotheby's, com uma dúzia de outros leiloeiros. Nos dias subsequentes ofereceram a Halston incontáveis esmeraldas inferiores, boas esmeraldas e umas poucas esmeraldas de primeira qualidade, mas nenhuma se aproximava da que estava procurando. A Sra. Benecke telefonou-lhe na quarta-feira e avisou:

– O velho P.J. está ficando impaciente. Ainda não descobriu a pedra?

– Ainda não, Sra. Benecke. Mas não se preocupe. Acabaremos encontrando.

Ela tornou a telefonar na sexta-feira:

– Amanhã é o meu aniversário.

– Sei disso, Sra. Benecke. Se me desse mais alguns dias, tenho certeza que poderia...

– Não se preocupe com isso, doçura. Se não tiver a outra esmeralda até amanhã de manhã, devolverei a que comprei. O velho P.J., abençoado seja o seu coração... diz que vai me comprar em vez disso uma velha propriedade rural. Já ouviu falar de um lugar chamado Sussex?

Halston começou a suar.

– Detestaria viver em Sussex, Sra. Benecke. Detestaria uma dessas velhas mansões rurais. Quase todas se encontram em estado deplorável. Não possuem aquecimento central e..

Ela interrompeu-o:

– Aqui entre nós, eu preferia ficar com os brincos. O velho P.J. até mencionou alguma coisa sobre pagar 400 mil dólares por uma gêmea daquela esmeralda. Não faz ideia de como o velho P.J. pode ser teimoso.

"Quatrocentos mil dólares!" Halston podia sentir o dinheiro escapulindo entre seus dedos.

– Pode estar certa de que estou fazendo tudo o que é possível – suplicou ele. – Dê-me um pouco mais de tempo.

– Isso não compete a mim, doçura. O problema é com P.J. – E a linha ficou muda.

Halston continuou sentado, amaldiçoando o destino. Onde poderia encontrar uma esmeralda de 10 quilates idêntica? Ele estava tão absorvido em seus pensamentos amargurados que não ouviu a campainha do interfone até o terceiro toque. Apertou o botão e disse bruscamente:

– O que é?

– Há uma certa condessa Marissa no telefone, Sr. Halston. Quer falar sobre o nosso anúncio da esmeralda.

Mais uma! Ele já recebera pelo menos dez telefonemas naquela manhã e todos haviam sido uma perda de tempo. Ele pegou o fone e disse rudemente:

– Pois não?

Uma voz feminina suave disse, com um sotaque italiano:

– *Buon giorno, signore.* Li que está interessado em comprar uma esmeralda. É verdade?

– Se corresponde às minhas exigências, é, sim.

Ele não podia esconder a impaciência de sua voz.

– Tenho uma esmeralda que pertence à minha família há muitos anos. É um *peccato*... uma pena... mas me encontro agora numa situação em que sou obrigada a vendê-la.

Ele já ouvira aquela história antes. "Devo tentar a Christie's novamente, pensou Halston. Ou a Sothesby's. Talvez alguma coisa tenha aparecido no último momento ou..."

– *Signore?* Está procurando por uma esmeralda de 10 quilates, *sì?*

– Exatamente.

– Tenho uma verde de 10 quilates... colombiana. Quando começou a falar, Halston descobriu que sua voz estava estrangulada:

– Pode... pode dizer isso de novo, por favor?

– *Sì.* Tenho uma verde colombiana de 10 quilates. Estaria interessado?

– Posso estar – disse Halston, cuidadosamente. – Poderia passar por aqui para eu dar uma olhada na pedra?

– Não, *scusi,* mas infelizmente me encontro muito ocupada neste momento. Estamos preparando uma festa na embaixada para meu marido. Talvez na próxima semana eu poderia...

Não! Na próxima semana seria tarde demais.

– Posso então ir procurá-la? – Halston tentou eliminar a ansiedade de sua voz. – Posso ir agora mesmo.

– *Ma, no. Sono occupata stamani.* Planejei sair para fazer algumas compras e...

– Onde está hospedada, condessa?

– No Savoy.

– Posso estar aí dentro de 15 minutos. *Dez.*

A voz de Halston era quase desesperada.

– *Molto bene.* E seu nome é...

– Halston... Gregory Halston.

– Suíte *ventisei...* vinte e seis.

A CORRIDA DE TÁXI foi interminável. Halston passou das culminâncias do paraíso para as profundezas do inferno e tornou a voltar. Se a esmeralda fosse realmente similar à outra, ele seria rico além de seus sonhos mais desvairados. "Ele pagará 400 mil dólares!" Um lucro de 300 mil. Compraria uma propriedade na Riviera, talvez um iate. Com uma *villa* e seu próprio barco, poderia atrair tantos rapazes bonitos quanto quisesse...

Gregory Halston era ateu, mas ao seguir pelo corredor do Savoy Hotel para a Suíte 26 descobriu-se a rezar: "Faça com que a pedra seja bastante parecida para satisfazer o velho P. J. Benecke."

Ele parou diante da porta da condessa, respirando fundo, lutando para se controlar. Bateu na porta. Não houve resposta.

"Oh, Deus", pensou Halston, "ela não esperou por mim. Saiu para fazer compras e..."

A porta se abriu e Halston descobriu-se na frente de uma mulher elegante, na casa dos 50 anos, olhos escuros, um rosto vincado, cabelos pretos com muitos fios brancos. Quando ela falou, a voz era suave, com o familiar sotaque italiano melodioso:

– *Sì?*

– Sou Gre-gregory Halston. Re-recebi seu telefonema. – Em seu nervosismo, ele estava gaguejando.

– Ah, *sì.* Sou a condessa Marissa. Entre, *signore, per favore* – Obrigado.

Halston entrou na suíte, comprimindo os joelhos juntos, para impedir que tremessem. Quase disse impulsivamente: "Onde está a esmeralda?" Mas sabia que devia se controlar. Não era conveniente que parecesse muito ansioso. Se a pedra fosse satisfatória, teria a vantagem na negociação. Afinal, ele era o perito, enquanto a mulher não passava de uma amadora.

– Sente-se, por favor – disse a condessa

Ele ocupou uma cadeira.

– *Scusi. Non parlo molto bene inglese.* Não falo muito bem o inglês.

– Não, não. É encantador, encantador...

– *Grazie.* Aceita um café? Chá?

– Não, obrigado, condessa.

Halston podia sentir o estômago se contraindo. Seria cedo demais para falar da esmeralda? Mas não podia esperar por mais um segundo sequer.

– A esmeralda...

– Ah, *sì*... A esmeralda me foi dada por minha avó. Eu gostaria de dá-la à minha filha quando completasse 25 anos, mas meu marido está iniciando um novo negócio em Milão e...

A mente de Halston estava em outras coisas. Não se interessava pela tediosa história da vida da estranha sentada à sua frente. Sentia-se ansioso em ver a esmeralda. O suspense era mais do que podia suportar.

– *Credo che sia importante* ajudar meu marido a iniciar seu novo negócio. – Ela sorriu tristemente. – Talvez eu esteja cometendo um erro...

– Não, não – Halston apressou-se em dizer. – Absolutamente, condessa. O dever de uma esposa é ficar ao lado de seu marido. Onde se encontra a esmeralda?

– Está aqui.

Ela meteu a mão no bolso e tirou uma joia, envolta em papel de seda, estendendo para Halston. Ele contemplou-a e seu coração se reanimou. Olhava agora para a mais perfeita esmeralda colombiana de 10 quilates que já vira. Era tão próxima, na aparência, tamanho e cor, da que vendera à Sra. Benecke que era quase impossível distinguir uma da outra. "Não é exatamente a mesma coisa", disse Halston a si mesmo, "mas somente um perito poderia reconhecer a diferença."

Ele virou a pedra, deixando a luz incidir sobre as facetas, depois disse em tom de quase desinteresse:

– É uma pedra bastante bonita.

– *Splendente, signore.* Eu a tenho amado muito por todos estes anos. Detestarei me separar dela.

– Está fazendo a coisa certa – assegurou-lhe Halston. – Assim que o empreendimento de seu marido começar a dar bons resultados, poderá comprar tantas pedras assim quantas desejar.

A condessa suspirou.

– É exatamente o que eu penso. Você é *molto simpatico.*

– Estou prestando um pequeno serviço a um amigo, *contessa.* Temos pedras muito melhores do que esta em nossa loja, mas meu amigo quer uma que combine exatamente com a esmeralda que comprou para a esposa. Calculo que ele estaria disposto a pagar até 60 mil dólares por esta pedra.

– Minha avó me amaldiçoaria da sepultura se eu vendesse sua esmeralda por 60 mil dólares.

Halston contraiu os lábios. Tinha margem para subir o preço. Ele sorriu.

– Vamos fazer uma coisa... acho que posso persuadir meu amigo a subir até 100 mil dólares. É muito dinheiro, mas ele está ansioso em obter a pedra.

– Parece um bom preço.

O coração de Gregory Halston inflou dentro do peito.

– *Bene!* Eu trouxe o talão de cheques. Assim, farei um cheque agora mesmo...

– *Ma, no...* Infelizmente, isso não resolverá o problema. – A voz da condessa era triste. Halston ficou aturdido.

– O problema?

– *Sì.* Como expliquei, meu marido vai se lançar em um novo negócio e precisa de 350 mil dólares. Eu tenho 100 mil dólares do meu dinheiro para lhe dar, mas preciso de mais 250 mil. Esperava conseguir isso com a esmeralda.

Ele sacudiu a cabeça.

– Minha cara condessa, nenhuma esmeralda no mundo vale tanto dinheiro. Acredite em mim, 100 mil dólares é mais do que uma oferta justa.

– Tenho certeza disso, Sr. Halston. Mas não poderei ajudar meu marido, não é mesmo? – A condessa levantou-se. – Guardarei a esmeralda para a nossa filha.

Ela estendeu a mão esguia e delicada.

– *Grazie, signore.* Obrigada por ter vindo.

Halston entrou em pânico.

– Espere um momento. – Sua ganância duelava com o bom-senso, mas ele sabia que não devia perder aquela esmeralda agora. Sente-se, por favor, condessa. Tenho certeza de que podemos chegar a um acordo justo. Se eu puder persuadir meu cliente a pagar 150 mil...

– Eu só venderia por 250 mil...

– Que tal 200 mil?

– Só 250 mil dólares.

Não havia como demovê-la. Halston tomou sua decisão. Um lucro de 150 mil dólares era melhor do que nada. Significaria uma *villa* e um barco menores, mas ainda era uma fortuna. E seria bem feito para os irmãos Parker pela maneira mesquinha como o haviam tratado. Esperaria um dia ou dois e depois lhes daria o aviso prévio. E na próxima semana estaria na Côte d'Azur.

– Negócio fechado – disse ele finalmente.

– *Meraviglioso! Sono contenta!*

"Deve mesmo estar contente, sua cadela", pensou Halston. Mas ele nada tinha do que se queixar. Estava com a vida feita. Lançou um último olhar para a esmeralda e depois guardou-a no bolso.

– Eu lhe darei um cheque da conta da loja.

– *Bene, signore...*

Halston preencheu o cheque e entregou-o. Faria a Sra. P. J. Benecke pagar 400 mil dólares pela esmeralda. Peter descontaria o cheque para ele, cobriria o cheque dos irmãos Parker que dera à condessa e embolsaria a diferença. Combinaria com Peter para que o cheque de 250 mil dólares não constasse do extrato mensal dos irmãos Parker. Eram 150 mil dólares!

Ele já podia sentir o quente sol francês em seu rosto.

A VIAGEM DE volta à loja pareceu demorar apenas uns poucos segundos. Halston imaginou a felicidade da Sra. Benecke quando lhe transmitisse a boa notícia. Não apenas encontrara a joia que ela queria, mas também lhe poupara a experiência dolorosa de viver numa casa de campo desmantelada e cheia de correntes de ar. Assim que Halston entrou na loja, Chilton aproximou-se e disse:

– Senhor, um cliente aqui está interessado em...

Halston dispensou-o com um aceno jovial.

– Mais tarde.

Ele não tinha tempo para os clientes agora. Nem agora nem nunca mais. Dali por diante, as pessoas teriam de servir a *ele*. Faria compras na Hermes, Gucci e Lanvin.

Halston foi para a sua sala, fechou a porta, pôs a esmeralda em cima da mesa e discou um número. A telefonista atendeu:

– Dorchester Hotel.

– Suíte Oliver Messel, por favor.

- Com quem deseja falar?

– Sra. P.J. Benecke.

– Um momento, por favor.

Halston ficou assoviando baixinho enquanto esperava. A telefonista voltou à linha:

– Lamento, mas a Sra. Benecke já deixou a suíte.

– Pois então ligue-me para a suíte em que ela está agora.

– A Sra. Benecke deixou o hotel.

– Mas isso é impossível! Ela...

– Vou ligá-lo com a recepção.

Uma voz de homem disse:

– Recepção. Em que posso servi-lo?

– Qual é a suíte em que está a Sra. Benecke?

– A Sra. Benecke deixou o hotel esta manhã.

Tinha de haver alguma explicação. Alguma emergência inesperada.

– Pode me informar o endereço que ela deixou, por favor? Aqui é...

– Lamento, mas ela não deixou qualquer endereço.

– Mas é claro que ela deixou!

– Fiz pessoalmente o registro de saída da Sra. Benecke. Ela não deixou qualquer endereço.

Foi um murro na boca do estômago. Lentamente, Halston repôs o fone no gancho e ficou imóvel na cadeira, atordoado. Tinha de encontrar um meio de entrar em contato com a mulher, informá-la que conseguira finalmente localizar a esmeralda. Enquanto isso, tinha de recuperar o cheque de 250 mil dólares que entregara à condessa Marissa. Ele discou prontamente para o Savoy Hotel.

– Suíte 26.

– Com quem deseja falar, por favor?

– Condessa Marissa.

– Um momento, por favor.

Mas, antes mesmo que a telefonista voltasse à linha, alguma terrível premonição revelou a Gregory Halston a notícia desastrosa que estava prestes a ouvir.

– Lamento muito, mas a condessa Marissa já saiu do hotel.

Ele desligou. Os dedos tremiam tanto que mal conseguiu discar o número do banco.

– Chame o chefe dos caixas... depressa! Eu gostaria de sustar o pagamento de um cheque.

Mas é claro que ele estava atrasado demais. Vendera uma esmeralda por 100 mil dólares e comprara de volta a mesma esmeralda por 250 mil dólares. Gregory Halston continuou sentado, arriado na cadeira, imaginando como iria explicar aos irmãos Parker.

22

Foi o início de uma vida nova para Tracy. Ela comprou uma linda casa georgiana, na Eaton Square 45, esplêndida e alegre, perfeita para receber. Tinha um Queen Anne – o jargão britânico para designar um jardim na frente – e um Mary Anne – um jardim nos fundos – magníficos quando chegava a primavera. Gunther ajudou Tracy a decorar a casa e antes que os dois acabassem já era um dos lugares de destaque de Londres.

Gunther apresentava Tracy como uma jovem viúva rica, cujo marido ganhara sua fortuna em operações de importação e exportação. Ela foi um sucesso instantâneo: bonita, inteligente e charmosa, logo se viu inundada de convites.

A intervalos, Tracy realizava pequenas viagens à Suíça, Bélgica, Itália e França, a cada vez obtendo novos lucros para ela e Gunther Hartog.

Sob a orientação de Gunther, Tracy estudou o *Almanach de Gotha* e o *Debreu's Peerage and Baronetage,* os livros mais autorizados com informações detalhadas sobre a realeza e títulos da Europa. Tracy tornou-se como um camaleão, uma perita em maquiagem, disfarces e sotaques. Adquiriu meia dúzia de passaportes. Em vários países, era uma duquesa britânica, uma aeromoça francesa e uma herdeira sul-americana. Em um ano, acumulara mais dinheiro do que jamais precisaria. Instituiu um fundo, que fazia contribuições vultosas e anônimas a organizações empenhadas em ajudar as mulheres que haviam passado pela prisão. Providenciou uma pensão generosa a ser enviada todos os meses a Otto Schmidt. Não mais sequer acalentava o pensamento de deixar aquela vida. Adorava o desafio de sobrepujar pessoas espertas e bem-sucedidas. A emoção de cada aventura ousada agia como uma droga. Tracy descobriu que constantemente precisava de novos e maiores desafios. Havia um credo pelo qual vivia: sempre tomava o cuidado de não prejudicar os inocentes. As pessoas que caíam em seus golpes eram gananciosas ou imorais, se não as duas coisas. "Ninguém jamais cometerá suicídio por causa de um ato meu", prometeu Tracy a si mesma.

Os jornais começaram a publicar notícias sobre os golpes audaciosos que ocorriam por toda a Europa. Como Tracy usava disfarces diferentes, a polícia ficara convencida de que uma erupção de golpes e assaltos engenhosos estava sendo promovida por uma quadrilha de mulheres. A Interpol começou a se interessar.

EM MANHATTAN, na sede da Associação Internacional de Proteção do Seguro, J. J. Reynolds mandou chamar Daniel Cooper.

– Temos um problema – disse Reynolds. – Muitos dos nossos clientes europeus estão sendo gravemente atingidos... aparentemente por uma quadrilha de mulheres. Todos estão furiosos. Querem que a quadrilha seja desbaratada. A Interpol já concordou em cooperar conosco. A missão é sua, Dan. Você parte rumo a Paris pela manhã.

TRACY ESTAVA jantando com Gunther no Scott's, na Mount Street.

– Já ouviu falar de Maximilian Pierpont, Tracy?

O nome parecia familiar. Onde ela o ouvira antes? Lembrou de repente. Jeff Stevens, a bordo do *Queen Elizabeth II*, dissera: "Estamos aqui pelo mesmo motivo. Maximilian Pierpont."

Ela disse:

– Ele é muito rico, não é mesmo?

– E absolutamente implacável. Especializa-se em comprar companhias e saqueá-las.

"Quando Joe Romano assumiu a companhia, despediu todo mundo e trouxe o seu próprio pessoal. E começaram a saquear a companhia... Tiraram tudo – a companhia, esta casa, o carro de sua mãe."

Gunther observava-a com estranheza:

– Você está bem, Tracy?

– Estou, sim. – "A vida pode às vezes ser injusta e compete a nós endireitar as coisas", pensou ela. – Fale-me mais a respeito de Maximilian Pierpont.

– A terceira esposa divorciou-se e ele está sozinho agora. Acho que poderia ser proveitoso se você o conhecesse. Ele tem uma reserva no Expresso do Oriente de sexta-feira, partindo de Londres para Istambul.

Tracy sorriu.

– Nunca viajei no Expresso do Oriente. Acho que vou gostar.

Gunther sorriu também.

– Ótimo. Maximilian Pierpont possui a única coleção de ovos Fabergé importante fora do Museu Hermitage, de Leningrado. Um cálculo moderado lhe atribui o valor de 20 milhões de dólares.

– Se eu conseguisse lhe arrumar alguns desses ovos, Gunther, o que faria com eles? – indagou Tracy, curiosa. – Não são conhecidos demais para vendê-los?

– Colecionadores particulares, minha cara Tracy. Traga os ovinhos para mim e conseguirei encontrar-lhes um ninho.

– Verei o que posso fazer.

– Maximilian Pierpont não é um homem fácil de abordar. Contudo, há dois outros alvos que também viajarão no Expresso do Oriente, a caminho do festival de cinema em Veneza. Creio que estão maduros para serem depenados. Já ouviu falar de Silvana Luadi?

– A atriz de cinema italiana? Claro.

– Ela é casada com Alberto Fornati, que produz aqueles horríveis filmes épicos. Fornati é famoso por contratar atores e diretores por pouco dinheiro, mas prometendo participação nos lucros. Contudo ele sempre dá um jeito de açambarcar todos de lucros. E ganha o suficiente para comprar as joias mais caras para a esposa. Quanto mais lhe é infiel, mais joias para ela Fornati compra. A esta altura, Silvana já deve estar em condições de abrir uma joalheria. Tenho certeza de que os achará uma companhia muito interessante.

– Estou ansiosa em conhecê-los.

O EXPRESSO DO Oriente Veneza Simplon parte da Victoria Station, em Londres, toda manhã de sexta-feira, às 11h44, seguindo de Londres para Istambul, com escalas em Boulogne, Paris, Lausanne, Milão e Veneza. Meia hora antes da partida, uma roleta portátil é armada à entrada da plataforma de embarque no terminal, dois corpulentos homens uniformizados estendem um tapete vermelho, empurrando para o lado os outros passageiros à espera.

Os novos proprietários do Expresso do Oriente tentaram reconstituir a época áurea da viagem ferroviária, conforme ocorria ao fim do século XIX. O trem era uma réplica do original, com um vagão Pullman britânico, vagões-restaurantes, um bar e os vagões-dormitórios.

Um atendente com um uniforme azul-marinho da década de 1920, com alamares dourados, levou as duas malas de Tracy e a sua frasqueira para a cabine, que era desapontadoramente pequena. Havia uma única poltrona, estofada em *mohair*, num padrão florido. O tapete, assim como a escada para se subir ao beliche, era coberto por pelúcia verde. Era como estar numa caixa de bombons.

Tracy leu o cartão que acompanhava a garrafa de champanhe num balde de prata: OLIVER AUBERT, GERENTE DO TREM.

"Guardarei o champanhe até ter alguma coisa para comemorar", decidiu Tracy. Maximilian Pierpont. Jeff Stevens fracassara. Seria maravilhoso superar o Sr. Stevens. Tracy sorriu ao pensar nisso.

Ela desfez as malas no espaço apertado, pendurou as roupas que precisaria. Preferia um jato da Pan American ao trem, mas aquela viagem prometia ser das mais emocionantes.

Pontualmente no horário, o Expresso do Oriente começou a deixar a estação. Tracy sentou e ficou observando a passagem dos subúrbios meridionais de Londres.

Às 13h15 o trem chegou ao porto de Folkestone, onde os passageiros foram transferidos para a barca Sealink, que os levaria através do Canal da Mancha até Boulogne, onde embarcariam em outro Expresso do Oriente, seguindo para o sul. Tracy aproximou-se de um dos camareiros:

– Soube que Maximilian Pierpont está viajando conosco. Poderia apontá-lo para mim?

O camareiro sacudiu a cabeça.

– Eu bem que gostaria, madame. Ele reservou uma cabine e pagou, mas nunca apareceu. Pelo que me disseram, trata-se de um cavalheiro bastante imprevisível.

Assim, restavam Silvana Luadi e seu marido, o produtor de épicos esquecíveis.

EM BOULOGNE, os passageiros foram conduzidos ao Expresso do Oriente continental. Infelizmente, a cabine de Tracy no segundo trem era idêntica à outra que acabara de deixar, o leito irregular da estrada tornando a viagem ainda mais desconfortável. Ela permaneceu na cabine durante o dia inteiro, fazendo planos. Às 20 horas começou a se vestir.

A etiqueta do Expresso do Oriente recomendava traje a rigor. Tracy escolheu um deslumbrante vestido cinza-claro de *chiffon*, com sapatos de cetim da mesma cor. A única joia era uma magnífica fieira de pérolas iguais. Ela parou diante do espelho antes de deixar a cabine, contemplando sua imagem por um longo tempo. Os olhos verdes tinham uma expressão de inocência, o rosto parecia ingênuo e vulnerável. "O espelho está mentindo", pensou Tracy. "Não sou mais essa mulher. Vivo uma fantasia. Só que das mais emocionantes."

No instante em que Tracy deixou a cabine, a bolsa escorregou de sua mão. Ela ajoelhou-se para recuperá-la e aproveitou para examinar rapidamente as fechaduras pelo lado de fora da porta. Havia duas, uma Yale e uma Universal. "Não serão problemas". Tracy levantou-se e seguiu para os vagões-restaurantes.

Havia três. Os assentos eram forrados de pelúcia, as paredes envernizadas, luzes suaves brilhando em candelabros de latão, com anteparos Lalique. Tracy entrou no primeiro restaurante e notou que havia diversas mesas vazias. O *maître* cumprimentou-a.

– Uma mesa só para uma pessoa, senhora?

Tracy olhou ao redor.

– Vou me encontrar com alguns amigos. Mas obrigada. Ela continuou para o vagão-restaurante seguinte. Este estava mais cheio, mas ainda havia diversas mesas vazias.

– Boa noite – disse o *maître*. – Vai jantar sozinha?

– Não. Vou encontrar com alguém. Obrigada.

Tracy deslocou-se para o terceiro vagão-restaurante. Ali, todas as mesas se achavam ocupadas. O *maître* deteve-a na porta.

– Infelizmente, terá de esperar por uma mesa, senhora. Mas há algumas disponíveis nos outros carros.

Tracy correu os olhos pelo vagão e avistou o que procurava numa mesa no outro canto.

– Não se preocupe – disse ela. – Estou vendo alguns amigos.

Ela passou pelo *maître* e se encaminhou para o objetivo.

– Com licença. Todas as mesas estão ocupadas. Importam-se que eu sente aqui?

O homem levantou-se no mesmo instante, lançou um olhar apreciativo para Tracy e exclamou:

– *Prego! Com piacere!* Sou Alberto Fornati e esta é minha esposa, Silvana Luadi.

– Tracy Whitney.

Ela estava usando o seu próprio passaporte.

– Ah, é americana! Falo um excelente inglês.

Alberto Fornati era baixo, calvo e gordo. Por que Silvana Luadi se casara com ele era um tema de animadas conversas em Roma durante os 12 anos em que viviam juntos. Silvana Luadi era uma beleza clássica, com um corpo sensacional e um talento natural e irresistível. Ganhara um Oscar e uma Palma de Prata, constantemente era solicitada para novos filmes. Tracy reconheceu que ela vestia um Valentino, que valia pelo menos 5 mil dólares. As joias que ostentava deviam valer quase um milhão. Tracy lembrou-se das palavras de Gunther Hartog: "Quanto mais lhe é infiel, mais Fornati compra joias para ela. A esta altura, Silvana já deve estar em condições de abrir uma joalheria."

– Esta é a sua primeira viagem no Expresso do Oriente, *signorina?* – perguntou Fornati, puxando conversa, depois que Tracy se sentou.

– É, sim.

– Trata-se de um trem muito romântico, cheio de histórias. Os olhos de Fornati estavam úmidos. – E histórias muito interessantes. Sir Basil Zaharoff, o magnata das armas, por exemplo, costumava viajar no velho Expresso do Oriente... sempre na sétima cabine. Uma noite ouviu um grito e uma batida em sua porta. E uma linda duquesa espanhola jogou-se em cima dele.

Ele fez uma pausa, passando manteiga num pãozinho e comendo.

– O marido estava tentando assassiná-la. O casamento fora promovido pelos pais e só então a pobre moça descobria que o marido era insano. Zaharoff conteve o marido, acalmou a jovem histérica. Assim começou um romance que durou quarenta anos.

– Emocionante! – murmurou Tracy, os olhos arregalados de interesse.

– *Sì*. Depois disso, eles se encontravam no Expresso do Oriente, Zaharoff na cabine 7, ela na 8. Quando o marido morreu, a duquesa casou com Zaharoff. Como símbolo de seu amor e presente de casa mento, Zaharoff comprou para ela o casino de Monte Carlo.

– Uma linda história, Sr. Fornati.

Silvana Luadi se mantinha num silêncio impassível.

– *Mangia* – recomendou Fornati a Tracy. – Coma.

O CARDÁPIO consistia de seis pratos. Tracy notou que Alberto Fornati comia cada um e ainda terminava o que a esposa deixava no prato. Entre os bocados, ele falava sem parar.

– Por acaso é atriz? – ele perguntou a Tracy.

Ela riu.

– Oh, não! Sou apenas uma turista.

Ele contemplou-a com uma expressão radiante.

– Pois é bastante bonita para ser uma atriz.

– Ela já disse que não é uma atriz – interveio Silvana, bruscamente.

Alberto Fornati ignorou-a e disse a Tracy:

– Sou produtor de filmes. E tenho certeza que os conhece. *Os selvagens, Os titãs contra a supermulher...*

– Quase não vou ao cinema – desculpou-se Tracy, sentindo a perna gorda de Fornati a comprimir-se contra a sua.

– Talvez eu possa dar um jeito para lhe mostrar alguns dos meus filmes.

Silvana ficou pálida de raiva.

– Já esteve alguma vez em Roma, minha cara? – indagou Fornati, subindo e descendo a perna pela de Tracy.

– Para dizer a verdade, eu planejava ir a Roma depois de Veneza.

– Esplêndido! *Benissimo!* Vamos nos encontrar todos para jantar. Não é mesmo, *cara mia?* – Ele lançou um olhar rápido para Silvana, antes de continuar: – Temos uma residência espetacular na Via Ápia. Dez acres de...

Ele fez um gesto amplo com a mão, derrubando uma tigela de molho no colo da esposa. Tracy não pôde determinar se fora ou não um acidente. Silvana Luadi levantou-se, olhando para a mancha a se espalhar em seu vestido.

– *Sei un mascalzone!* – gritou ela. – *Tieni le tue puttane lontano da me!*

Ela saiu furiosa do vagão-restaurante, acompanhada por todos os olhos.

– Mas que pena! – murmurou Tracy. – É um vestido tão bonito...

Ela tinha vontade de esbofetear o homem por aviltar a esposa daquela maneira. "Ela merece cada quilate de joia que ganha." pensou Tracy. "E muito mais." Fornati suspirou.

– Fornati comprará outro vestido para ela. E não dê importância a suas maneiras. Ela tem muito ciúme de Fornati.

– Tenho certeza que ela tem bom motivo para isso.

Tracy disfarçou a ironia com um pequeno sorriso. Fornati sentiu-se envaidecido.

– Tem razão. As mulheres acham Fornati muito atraente.

Tracy teve de fazer um grande esforço para não desatar a rir do pomposo homenzinho.

– O que posso perfeitamente compreender.

Ele inclinou-se por cima da mesa e pegou-lhe a mão.

– Fornati gosta de você. Fornati gosta muito de você. O que faz para ganhar a vida?

– Sou secretária-executiva. E poupei todo o meu dinheiro para esta viagem. Espero conseguir um bom emprego na Europa.

Os olhos esbugalhados de Fornati percorreram o corpo de Tracy.

– Fornati lhe promete que não terá qualquer problema. Ele trata muito bem as pessoas que o tratam bem.

– É um homem muito generoso – disse Tracy, timidamente.

Ele baixou a voz para acrescentar:

– Talvez pudéssemos conversar a respeito mais tarde, em sua cabine.

– Isso poderia ser embaraçoso.

– *Perchè?* Por quê?

– É um homem muito famoso. E todos no trem sabem provavelmente quem é.

– Mas é claro!

– Se o virem entrar em minha cabine... algumas pessoas podem interpretar de maneira errada. Mas se sua cabine for perto da minha... Qual é o número de sua cabine?

– *È settanta...* setenta.

Ele fitou-a com uma expressão esperançosa. Tracy suspirou. – Estou em outro vagão. Por que não nos encontramos em Veneza?

Fornati ficou radiante.

– *Bene!* Minha esposa passa a maior parte do tempo no quarto. Não suporta o sol em seu rosto. Já esteve alguma vez em Veneza?

– Não.

– Pois iremos a Torcello, uma linda ilhota, com um restaurante maravilhoso, o Locanda Cipriani. É também um pequeno hotel. – Os olhos dele brilharam. – *Molto privato.*

Tracy presenteou-o com um sorriso lento e compreensivo.

– Parece excitante...

Ela baixou os olhos, triunfante demais para acrescentar qualquer outra coisa. Fornati inclinou-se para a frente, apertou a mão de Tracy e sussurrou:

– Ainda não sabe o que é excitamento, *cara mia.*

Meia hora depois Tracy estava de volta à sua cabine.

O EXPRESSO DO Oriente avançava velozmente pela noite solitária, passando por Paris, Dijon e Vallarbe, enquanto os passageiros dormiam. Todos haviam entregue seus passaportes na noite anterior e as formalidades na fronteira seriam tratadas pelos cabineiros.

Às 3h30 Tracy deixou discretamente sua cabine. Era o momento crítico. O trem chegaria a Lausanne e atravessaria a fronteira suíça às 5h21, e deveria chegar em Milão, na Itália, às 9h15.

De pijama e chambre, levando uma bolsa, Tracy seguiu pelo corredor, todos os sentidos alertas, a emoção familiar fazendo seu pulso disparar. Não havia banheiros nas cabines, apenas um na extremidade de cada vagão. Se alguém a detivesse, Tracy diria que estava à procura de um banheiro de mulheres, mas não encontrara nenhum. Os cabineiros aproveitavam as horas sossegadas da madrugada para recuperar o sono atrasado.

Tracy chegou à cabine E-70 sem qualquer incidente. Experimentou a maçaneta. A porta se achava trancada. Tracy abriu a bolsa, tirou um objeto metálico e um pequeno vidro com uma seringa, começou a trabalhar.

Dez minutos depois retornava à sua cabine e meia hora mais tarde dormia profundamente, com o vestígio de um sorriso no rosto recentemente lavado.

ÀS 7 HORAS, DUAS ANTES de o Expresso do Oriente chegar a Milão, houve uma sucessão de gritos penetrantes. Partiam da Cabine E-70 e despertaram todo o vagão. Passageiros abriram as portas de suas cabines para descobrir o que estava acontecendo. Um cabineiro aproximou-se correndo e entrou na E-70. Silvana Luadi estava histérica.

– *Aiuto!* Socorro! Todas as minhas joias sumiram! Este trem miserável está cheio de ladrões!

– Acalme-se, por favor, senhora – suplicou o cabineiro. – Os outros...

– *Acalmar-me?* – A voz de Silvana Luadi ergueu-se uma oitava. – Como se atreve a me mandar acalmar, *stupido maiale?* Alguém roubou minhas joias que valem mais de um milhão de dólares!

– Como isso pode ter acontecido? – indagou Alberto Fornati. – A porta estava trancada... e Fornati tem o sono leve. Se alguém tivesse entrado, eu acordaria imediatamente.

O cabineiro suspirou. Sabia muito bem como acontecera, porque já ocorrera antes. Durante a noite, alguém se esgueirara pelo corredor e lançara uma seringa com éter pelo buraco da fechadura. As trancas seriam brincadeira de criança para quem soubesse o que estava fazendo. O ladrão fecharia a porta, saquearia a cabine, pegando o que bem quisesse, voltando a seu lugar, enquanto as vítimas continuavam inconscientes. Mas havia uma coisa naquele roubo que o tornava diferente dos outros. No passado, os furtos só haviam sido descobertos *depois* que o trem chegara a seu destino. Com isso, os ladrões tiveram chance de escapar. Mas aquela situação era diferente. Ninguém desembarcara desde o roubo, o que significava que as joias ainda se encontravam a bordo.

– Não se preocupem – prometeu o cabineiro a Fornati. – Terão suas joias de volta. O ladrão ainda está no trem.

E ele afastou-se apressadamente, a fim de se comunicar com a polícia de Milão.

QUANDO O Expresso do Oriente entrou no terminal de Milão, vinte guardas de uniforme e detetives à paisana esperavam na plataforma da estação, com ordens para não deixar quaisquer passageiros ou bagagens saírem do trem.

Luigi Ricci, o inspetor encarregado do caso, foi levado diretamente à cabine dos Fornatis. A histeria de Silvana Luadi aumentara.

– Todas as joias que eu possuía estavam nesta caixa! – gritou ela. – E nenhuma se achava segurada!

O inspetor examinou a caixa de joias vazia.

– Tem certeza de que pôs as joias aqui na noite passada, *signora?*

– Mas claro que tenho certeza! Guardo-as todas as noites!

Seus olhos luminosos, que haviam emocionado milhões de fãs apaixonados, exibiam lágrimas. O inspetor Ricci estava disposto a enfrentar dragões por ela.

Ele foi até a porta da cabine, abaixou-se, farejou o buraco da fechadura. Percebeu o odor persistente de éter. Houvera um roubo e ele tencionava agarrar o bandido insensível. O inspetor Ricci empertigou-se e disse:

– Não se preocupe, *signora.* Não há qualquer possibilidade de as jóias serem retiradas deste trem. Pegaremos o ladrão e suas joias serão devolvidas.

O inspetor Ricci tinha todos os motivos para estar confiante. A armadilha estava hermeticamente fechada e não havia qualquer possibilidade de o culpado escapar.

Um a um, os detetives levaram os passageiros a uma sala de espera da estação que fora cercada, revistando-os meticulosamente. Muitos passageiros eram proeminentes e ficaram indignados.

– Lamento profundamente – explicava o inspetor Ricci a cada um – mas um roubo de um milhão de dólares é uma coisa muito grave.

À medida que cada passageiro deixava o trem, os detetives reviravam suas cabines pelo avesso. Cada centímetro de espaço era examinado. Aquela constituía uma oportunidade esplêndida para o inspetor Ricci e ele tencionava tirar o máximo proveito. A recuperação das joias roubadas significaria uma promoção e um aumento. Sua imaginação entrou em delírio. Silvana Luadi ficaria tão grata que provavelmente o convidaria para... Ele deu ordens com um vigor renovado.

Houve uma batida na porta da cabine de Tracy e um detetive entrou no instante seguinte.

– Com licença, *signorina.* Houve um roubo. É necessário revistar todos os passageiros. Se fizer o favor de me acompanhar...

– Um roubo? – Tracy se mostrou chocada. – Neste trem?

– Receio que sim, *signorina.*

Quando Tracy saiu da cabine, dois detetives entraram e abriram suas malas, começaram a verificar cuidadosamente o conteúdo.

Ao fim de quatro horas de busca, a polícia encontrara vários maços de marijuana, papelotes de cocaína, uma faca e um revólver ilegal. Mas não havia qualquer sinal das joias desaparecidas. O inspetor Ricci não podia acreditar.

– Revistaram todo o trem? – ele perguntou a seu lugar-tenente.

– Inspetor, revistamos cada palmo do trem. Examinamos a locomotiva, os vagões-restaurantes, o bar, os banheiros, as cabines. Revistamos os passageiros e os tripulantes, examinamos a bagagem inteira. Posso jurar que as joias não se encontram no trem. Talvez a mulher tenha simplesmente imaginado o roubo.

Mas o inspetor Ricci sabia que isso não acontecera. Conversara com os garçons, que confirmaram que Silvana Luadi realmente usara joias espetaculares no jantar, na noite anterior. Um representante do Expresso do Oriente chegara de avião a Milão.

– Não pode reter o trem por mais tempo – insistiu ele. – Já estamos muito atrasados.

O inspetor Ricci sentiu-se derrotado. Não tinha desculpa para segurar o trem por mais tempo. Não havia mais nada que pudesse fazer. A única explicação que podia pensar era a de que o ladrão, de alguma forma, jogara as joias do trem para um cúmplice à espera perto da linha, durante a noite. Mas poderia ter acontecido assim? O cálculo do tempo seria impossível. O ladrão não poderia saber de antemão quando o corredor estaria livre, quando um cabineiro ou passageiro poderia surgir, em que momento o trem passaria por um local deserto determinado. Era um mistério além da capacidade do inspetor para resolvê-lo.

– O trem pode continuar – ordenou ele.

O inspetor Ricci observava desolado quando o Expresso do Oriente deixou a estação. Lá se ia sua promoção, o aumento e uma orgia feliz com Silvana Luadi.

O ÚNICO TÓPICO de todas as conversas, ao café da manhã no trem, foi o roubo.

– É a coisa mais emocionante que me aconteceu em muitos anos – confessou uma empertigada professora de uma escola feminina. Ela pôs a mão num colar de ouro, com uma lasca mínima de diamante. – Estou com sorte de não terem levado o meu colar.

– Muita sorte – concordou Tracy, solenemente.

Ao entrar no vagão-restaurante, Alberto Fornati avistou Tracy e aproximou-se dela rapidamente.

– Já sabe o que aconteceu, é claro. Mas sabia que foi a esposa de Fornati que roubaram?

– Oh, não!

– Exatamente! Minha esposa corre grande perigo. Uma quadrilha entrou em minha cabine e deixou-me desacordado com clorofórmio. Fornati poderia ter sido assassinado enquanto dormia.

– Que coisa terrível!

– *È una bella fregatura!* Terei agora de substituir todas as joias de Silvana. O que me custará uma fortuna.

– A polícia não encontrou as joias?

– Não. Mas Fornati sabe como os ladrões se livraram das joias.

– É mesmo? E como foi?

Ele olhou ao redor e baixou a voz para dizer:

– Um cúmplice esperava numa das estações por que passamos durante a noite. O *ladri* jogou as joias do trem e... *ecco*... estava acabado.

Tracy disse, com evidente admiração:

– Como foi esperto ao calcular isso!

– *Sì*. – Ele alteou as sobrancelhas, sugestivamente. – Não esquecerá o nosso pequeno encontro secreto em Veneza, não é mesmo?

– Como poderia esquecer? – respondeu Tracy, sorrindo. Ele apertou-lhe o braço com força.

– Fornati está ansioso pelo encontro. E agora tenho de ir consolar Silvana. Ela está histérica.

QUANDO O Expresso do Oriente chegou à estação de Santa Lucia, em Veneza, Tracy estava entre os primeiros passageiros a desembarcarem. Foi com a bagagem diretamente para o aeroporto e embarcou no primeiro avião para Londres, levando as joias de Silvana Luadi.

Gunther Hartog ficaria bastante satisfeito.

23

O prédio de sete andares que é a sede da Interpol, a Organização Internacional de Polícia Criminal, fica na Rue Armengaud 26, nas colinas de St. Cloud, cerca de 10 quilômetros a oeste de Paris, discretamente oculto por trás de uma sebe alta e de um muro branco de pedra. O portão que dá para a rua permanece trancado 24 horas por dia, os visitantes só são admitidos depois de meticulosamente examinados por meio de um circuito fechado de televisão.

A segurança extraordinária é indispensável, pois dentro do prédio são guardados os mais completos dossiês do mundo, com fichas de dois milhões e meio de criminosos. A Interpol funciona como uma câmara de compensação de informações para 126 forças policiais em 78 países, coordena as atividades internacionais de forças policiais que lidam com vigaristas, falsários, traficantes de drogas, assaltantes e assassinos. Divulga informações atualizadas por meio de um boletim conhecido como *circulação,* transmitido por rádio, fototelegrafia e satélite. O quartel-general de Paris é operado por ex-detetives da Sureté Nationale ou da Préfecture de Paris.

NUMA MANHÃ de maio, bem cedo, houve uma reunião no gabinete do inspetor André Trignant, no comando do quartel-general da Interpol. O gabinete era pequeno e mobiliado com simplicidade, mas a vista era espetacular. A distância, a leste assomava a Torre Eiffel; em outra direção, o domo branco do Sacre-Coeur, em Montmartre, era claramente visível. O inspetor era um homem de quarenta e poucos anos, uma presença atraente e autoridade, com um rosto inteligente, cabelos escuros, olhos castanhos penetrantes, por trás de óculos de aros de osso. Sentados com ele no escritório estavam detetives da Inglaterra, Bélgica, França e Itália.

– Senhores – disse o inspetor Trignant – recebi pedidos urgentes de seus países de informações sobre a onda de crimes que eclodiu recentemente por toda a Europa. Meia dúzia de países foram atingidos por uma epidemia de trapaças e roubos em que há várias similaridades. As vítimas são geralmente de reputação duvidosa, nunca há violência envolvida e a responsável é sempre uma mulher. Chegamos à conclusão de que estamos enfrentando uma quadrilha internacional de mulheres. Temos retratos falados, baseados nas descrições das vítimas e de testemunhas casuais. Como poderão verificar, não há duas mulheres com retratos parecidos. Algumas são louras, outras morenas. As nacionalidades informadas são as mais diversas, inglesa, francesa, espanhola, italiana, americana... ou texana.

O inspetor Trignant apertou um botão e uma série de retratos surgiu na tela na parede.

– Aqui está o retrato falado de uma morena de cabelos curtos. – Ele tornou a apertar o botão. – E aqui está uma loura também de cabelos curtos... outra loura com uma ondulação permanente... uma morena com um corte de pajem... uma mulher mais velha, tipicamente francesa... uma jovem com reflexos louros... uma mulher mais velha com um *coup sauvage.*

O inspetor desligou o projetor.

– Não temos ideia de quem lidera a quadrilha ou onde fica a base de operações. Elas nunca deixam quaisquer pistas e desaparecem como fumaça. Mais cedo ou mais tarde, porém, pegaremos uma... e quando isso acontecer, todas cairão em nossas mãos. Enquanto isso, senhores, até que um de vocês possa nos fornecer informações específicas, receio que nos encontremos num beco sem saída.

QUANDO SEU AVIÃO pousou em Paris, Daniel Cooper foi recebido no Aeroporto Charles de Gaulle por um dos assistentes do inspetor Trignant. Foi levado ao Prince de Galles, que fica ao lado do hotel irmão mais ilustre, o George V.

– Está tudo acertado para o seu encontro com o inspetor Trignant amanhã – informou o assistente a Cooper. – Virei buscá-lo às 8h15.

DANIEL COOPER não se sentia satisfeito com a viagem à Europa. Pretendia concluir a sua missão o mais depressa possível e voltar para casa. Conhecia a vida regalada de Paris e não tinha a menor intenção de se deixar envolver.

Ele entrou no quarto e se dirigiu diretamente ao banheiro. Para sua surpresa, a banheira era satisfatória. Na verdade, admitiu para si mesmo, era muito maior do que a que tinha em casa. Ele abriu a água e foi para o quarto desfazer as malas. Perto do fundo da mala estava a pequena caixa trancada, segura entre seu terno extra e as cuecas. Ele pegou a caixa, contemplou-a por um momento; parecia vibrar com uma vida própria. Levou-a para o banheiro e colocou-a em cima da pia. Com a chave pequena pendurada em seu chaveiro, destrancou a caixa e abriu-a. As palavras lhe saltaram do recorte de jornal amarelado:

> GAROTO TESTEMUNHA UM JULGAMENTO DE HOMICÍDIO
> Daniel Cooper, de 12 anos, testemunhou hoje no julgamento de Fred Zimmer, acusado de violentar e assassinar a mãe do garoto. Segundo o seu depoimento, ele voltava da escola e viu Zimmer, o vizinho da casa ao lado, deixar a residência de sua família, com sangue nas mãos e no rosto. Quando entrou em casa, o garoto encontrou o corpo de sua mãe na banheira. Ela fora brutalmente esfaqueada até a morte. Zimmer confessou que era amante da Sra. Cooper, mas negou que a tivesse matado.
> O garoto foi entregue aos cuidados de uma tia.

As mãos trêmulas de Daniel Cooper tornaram a largar o recorte na caixa. Ele trancou-a. Olhou ao redor, freneticamente. As paredes e o teto do banheiro do hotel estavam salpicados de sangue. Viu o corpo nu da mãe flutuando na água vermelha. Sentiu uma onda de vertigem e agarrou-se na pia. Os gritos dentro dele tornaram-se gemidos guturais. Arrancou as roupas desesperadamente e afundou no banho de sangue quente.

– DEVO INFORMÁ-LO, Sr. Cooper – disse o inspetor Trignant – que sua posição aqui é excepcional. Não é membro de qualquer força policial e sua presença é extra-oficial. Contudo, fomos solicitados pelos departamentos de polícia de diversos países europeus a lhe oferecer a nossa cooperação.

Daniel Cooper não disse nada.

– Fui informado de que é um investigador da Associação Internacional de Proteção do Seguro, um consórcio formado pelas seguradoras.

– Alguns de nossos clientes europeus sofreram grandes prejuízos ultimamente. E, pelo que sei, não há pistas.

O inspetor Trignant suspirou.

– Infelizmente, é isso mesmo. Sabemos que estamos lidando com uma quadrilha de mulheres muito espertas. Mas, além disso...

– Não há informações de alcaguetes?

– Não. Absolutamente nada.

– Não acha isso estranho?

– Como assim, *monsieur?*

Parecia tão óbvio a Cooper que ele não se deu ao trabalho de disfarçar a sua impaciência.

– Quando uma quadrilha está envolvida, há sempre alguém que fala demais, bebe demais, gasta demais. E impossível para um grupo grande de pessoas manter um segredo. Importa-se de me dar as suas fichas sobre essa quadrilha?

O inspetor pensou em recusar. Achava Daniel Cooper um dos homens mais desgraciosos fisicamente que já conhecera. E certamente o mais arrogante. Ele seria um *chierie,* "um pé no saco"; mas haviam pedido ao inspetor que cooperasse plenamente. Com relutância, ele disse:

– Providenciarei cópias para você.

Ele falou pelo interfone e deu a ordem. Para puxar conversa, o inspetor Trignant disse:

– Acabo de receber um relatório interessante. Algumas joias valiosas foram roubadas de bordo do Expresso do Oriente, enquanto estava...

– Li a notícia. O ladrão fez de tolos os policiais italianos.

– Ninguém pôde ainda imaginar como o roubo foi consumado.

– É óbvio – disse Daniel Cooper, rudemente. – Uma questão de simples lógica.

O inspetor Trignant olhou por cima dos óculos. *Mon Dieu, ele tem o comportamento de um porco.* O inspetor declarou, friamente:

– Neste caso, a lógica não existe. Cada palmo do trem foi revistado, os empregados, os passageiros, toda a bagagem.

– Não foi, não – contestou Daniel Cooper.

"Este homem é louco", concluiu o inspetor Trignant.

– Não? Como assim?

– Eles não revistaram toda a bagagem.

– Claro que revistaram – insistiu o inspetor Trignant. – Li o relatório da polícia.

– A mulher de quem roubaram as joias... Silvana Luadi...

– O que tem ela?

– Ela não guardou as joias numa valise, de onde foram roubadas?

– Correto.

– A polícia revistou a bagagem de Silvana Luadi?

– Somente a valise. Ela foi a vítima. Por que deveriam revistar sua bagagem?

– Porque é logicamente o único lugar em que o ladrão poderia ter escondido as joias... no fundo de uma de suas malas. Provavelmente ele tinha uma mala igual. Quando toda a bagagem foi empilhada na plataforma da estação em Veneza, ele só precisou trocar as malas e desaparecer em seguida. – Daniel Cooper levantou-se. – Se as cópias já estão prontas, eu vou embora agora.

MEIA HORA DEPOIS, o inspetor Trignant falava pelo telefone com Alberto Fornati, em Veneza.

– *Monsieur* – disse o inspetor – eu gostaria de saber se houve algum problema com a bagagem de sua esposa, quando chegaram em Veneza.

– *Sì, sì* – queixou-se Fornati. – O idiota do carregador trocou uma das malas. Quando minha esposa abriu-a, no hotel, descobriu que só continha uma porção de revistas velhas. Comuniquei ao escritório do Expresso do Oriente. Já localizaram a mala de minha esposa?

– Não, *monsieur.*

O inspetor acrescentou para si mesmo, silenciosamente: "E eu não esperaria que isso acontecesse, se estivesse no seu lugar."

Depois de encerrar a ligação, ele recostou-se em sua cadeira, pensando: "Esse Daniel Cooper *é très formidable*. Realmente formidável."

24

A casa de Tracy, na Eaton Square, era um refúgio. Ficava numa das áreas mais bonitas de Londres, com velhas casas georgianas, viradas para parques particulares com muitas árvores. Babás em uniformes engomados empurravam carrinhos de bebês por caminhos cobertos de cascalho, crianças brincavam. "Sinto saudade de Amy", pensava Tracy.

Ela andava pelas ruas antigas, fazia compras em quitandas e na farmácia da Elizabeth Street. Admirava a variedade de flores de cores brilhantes vendidas fora das pequenas lojas.

Gunther Hartog cuidava para que Tracy contribuísse para as caridades certas e conhecesse as pessoas certas. Saía com duques ricos e condes empobrecidos, recebia numerosos pedidos de casamento. Era jovem, bela e rica, parecia extremamente vulnerável.

– Todos pensam que você é um alvo perfeito – comentava Gunther, rindo. – Tem se saído de maneira esplêndida, Tracy. Está feita agora. Possui tudo o que jamais precisará.

Era verdade. Ela tinha dinheiro em cofres em bancos por toda a Europa, a casa em Londres e um chalé em St. Moritz. Tudo o que jamais poderia precisar. Exceto alguém com quem partilhar. Tracy pensava muito na vida que quase tivera, com um marido e um filho. Isso algum dia seria possível para ela novamente? Nunca poderia revelar a qualquer homem quem era realmente, também não podia viver uma mentira ao esconder o passado. Desempenhara vários papéis, não mais tinha certeza de quem realmente era. Mas sabia que nunca poderia retornar à vida que outrora levara. "Está tudo bem", pensava Tracy, assumindo uma atitude de desafio. "Muitas pessoas são solitárias. Gunther está certo. Eu tenho tudo."

ELA OFERECEU um coquetel na primeira noite depois de sua volta de Veneza.

– Estou aguardando ansiosamente – dissera-lhe Gunther. – Suas festas são as mais quentes de Londres.

Tracy comentara, afetuosamente:

– Com o meu patrocinador, não poderia ser de outra forma.

– Quem estará presente?

– Todo mundo.

Todo mundo incluía um convidado a mais que Tracy não previra. Ela convidara a baronesa Lithgow, uma jovem e atraente herdeira. Quando viu a baronesa chegar, Tracy adiantou-se para cumprimentá-la. Mas a saudação morreu em seus lábios. A baronesa se apresentou acompanhada por Jeff Stevens.

– Tracy, querida, creio que não conhece o Sr. Stevens. Jeff, esta é a Sra. Whitney, sua anfitriã.

Tracy disse, rigidamente:

– Como vai, Sr. Stevens?

Jeff pegou a mão de Tracy, segurando-a por uma fração de tempo a mais do que o necessário.

– Sra. Tracy Whitney? – disse ele. – Mas é claro! Fui amigo de seu marido. Estivemos juntos na Índia.

– Mas que coisa emocionante! – exclamou a baronesa Lithgow.

– É estranho – disse Tracy, friamente. – Ele nunca o mencionou.

– É mesmo? Isso me deixa surpreso. Um sujeito muito interessante. Uma pena que tenha acabado daquela maneira.

– O que aconteceu? – indagou a baronesa Lithgow, muito excitada.

Tracy lançou um olhar furioso para Jeff.

– Não foi nada.

– *Nada?* – repetiu Jeff, num tom de censura. – Se me lembro corretamente, ele foi enforcado na Índia.

– Paquistão – disse Tracy, tensamente. – E creio que me lembro agora de meu marido se referir a você. Como vai sua esposa?

A baronesa Lithgow olhou para Jeff.

– Nunca me disse que era casado, Jeff.

– Cecily e eu estamos divorciados.

Tracy sorriu docemente.

– Eu estava me referindo a Rose.

– Ah, sim... *essa* esposa.

A baronesa Lithgow estava espantada.

– Foi casado duas vezes?

– Uma só – respondeu ele, jovialmente. – Rose e eu obtivemos uma anulação. Éramos muito jovens.

Ele começou a se afastar, mas Tracy perguntou:

– Mas não houve gêmeos?

A baronesa Lithgow estava mais aturdida do que nunca.

– Gêmeos?

– Eles vivem com a mãe. – Jeff olhou para Tracy.

– Não tenho palavras para exprimir como foi agradável lhe falar, Sra. Whitney. Mas não devemos monopolizá-la.

Ele pegou a mão da baronesa e os dois se afastaram. No dia seguinte, Tracy deparou com Jeff num elevador na Harrods. A loja estava apinhada. Tracy saltou no segundo andar. Ao deixar o elevador, virou-se para Jeff e disse, a voz alta e clara:

– Por falar nisso, Sr. Stevens, como conseguiu se livrar daquele processo de atentado ao pudor?

A porta fechou e Jeff ficou encurralado dentro do elevador com um bando de estranhos indignados. Naquela noite, Tracy ficou deitada na cama pensando em Jeff. Não pôde deixar de rir. Ele era realmente encantador. Um patife, mas cativante. Ela se perguntou qual seria o relacionamento dele com a baronesa Lithgow. Mas sabia muito bem qual era. "Jeff e eu somos da mesma espécie", pensou Tracy.

Nenhum dos dois jamais assentaria. A vida que levavam era muito excitante, estimulante e gratificante.

Ela concentrou os pensamentos em seu próximo trabalho. Seria no sul da França, um grande desafio. Gunther lhe dissera que a polícia estava à procura de uma quadrilha. Ela adormeceu com um sorriso nos lábios.

EM SEU QUARTO de hotel, em Paris, Daniel Cooper estava lendo os relatórios que o inspetor Trignant lhe entregara. Eram 4 horas e Cooper vinha estudando os papéis há horas, analisando a mistura imaginativa de roubos e fraudes. Cooper se familiarizara com alguns dos golpes, mas outros lhe eram inteiramente novos. Como o inspetor Trignant ressaltara, todas as vítimas tinham reputações duvidosas. "Esta quadrilha aparentemente pensa que é formada por Robin Hoods", refletiu Cooper.

Ele estava quase terminando. Restavam apenas três relatórios. O de cima tinha o cabeçalho de BRUXELAS. Cooper abriu-o e leu. Joias no valor de 2 milhões de dólares haviam sido roubadas do cofre na parede de um certo Sr. Van Ruysen, um corretor de valores belga.

Os donos se encontravam ausentes em férias e a casa se achava vazia, a não ser... Cooper descobriu alguma coisa na página que fez seu coração se acelerar. Ele voltou à primeira página, pôs-se a reler o relatório, concentrando-se totalmente em cada palavra. Aquele trabalho se diferenciava dos outros num aspecto significativo. O assaltante acionara um alarme. Quando a polícia chegara, fora recebida na porta por uma mulher com um negligê transparente. Ela tinha os cabelos metidos numa touca e o rosto coberto por um creme de beleza. Alegara ser hóspede dos Van Ruysens. A polícia aceitara a história; quando conferiu com os proprietários ausentes, a mulher e as joias já haviam desaparecido.

Cooper largou o relatório. Lógica, lógica. Ele olhou para seu relógio. Eram 10 horas da manhã em Nova York. Cooper fez uma ligação para J.J. Reynolds.

– Quero que verifique uma coisa – pediu Cooper. – Pergunte aos policiais de Long Island que entrevistaram a mulher no roubo de Lois Bellamy se têm certeza de que ela era americana.

Reynolds ligou-lhe uma hora depois.

– Eles confirmaram. Mas por que... Cooper já desligara.

O INSPETOR TRIGNANT estava perdendo a paciência.

– Estou lhe garantindo que é impossível para uma só mulher ser responsável por todos esses crimes.

– Há uma maneira de verificar – disse Daniel Cooper.

– Que maneira?

– Eu gostaria de passar por um computador as datas e locações dos últimos roubos e fraudes que se enquadram nesta categoria. – Isto é bastante simples. Mas...

– Em seguida, eu gostaria de obter um relatório da imigração local sobre cada turista americana que esteve naquelas cidades nas ocasiões em que os crimes foram cometidos. É possível que ela use passaportes falsos algumas vezes, mas as probabilidades são de que também se apresente com sua verdadeira identidade.

O inspetor Trignant estava pensativo.

– Percebo a sua linha de raciocínio, *monsieur.*

Ele estudou o homenzinho à sua frente esperando que Cooper estivesse enganado. O americano era presunçoso demais.

– Está bem. Acionarei tudo.

O primeiro roubo da série fora cometido em Estocolmo. O relatório da Interpol Sektionen Riskpolis Styrelsen, a seção sueca da Interpol, relacionou as turistas americanas em Estocolmo naquela semana. Os nomes das mulheres foram fornecidos a um computador. A próxima cidade verificada foi Milão. Quando os nomes das turistas americanas em Milão por ocasião do roubo foram conferidos com a lista de Estocolmo, ficaram 52 nomes. Essa lista foi conferida com as americanas que se encontravam na Irlanda por ocasião de um golpe de mestre ali executado. A lista ficou reduzida a 15 nomes. O Inspetor Trignant entregou o resultado a Daniel Cooper.

– Começarei a conferir esses nomes com as americanas que estavam em Berlim durante o golpe ali realizado e...

Daniel Cooper levantou os olhos.

– Não precisa se incomodar.

O primeiro nome na lista era *Tracy Whitney.*

DISPONDO FINALMENTE de alguma coisa concreta em que se basear, a Interpol entrou em ação. *Circulações* vermelhas, que significavam alta prioridade, foram enviadas a todas as nações-membros, aconselhando-as a procurarem por Tracy Whitney.

– Também estamos teletipando avisos verdes – disse o inspetor Trignant a Cooper.

– Avisos verdes?

– Usamos um sistema de código de cores. Uma *circulação* vermelha é alta prioridade, azul é um pedido de informação sobre um suspeito, um aviso verde põe em alerta os departamentos de polícia para a presença de um indivíduo suspeito que deve ser vigiado, o preto é uma indagação sobre corpos não-identificados. X-D informa que uma mensagem é muito urgente, enquanto D é urgente. Não importa qual seja o país para onde a Srta. Whitney vá, estará sob vigilância a partir do momento em que passar pela alfândega.

No dia seguinte, telefotos de Tracy Whitney na Penitenciária Meridional da Louisiana para Mulheres estavam nas mãos da Interpol.

Daniel Cooper telefonou para a casa de J.J. Reynolds. A campainha tocou uma dúzia de vezes, antes de ser atendida a ligação.

– Alô...

– Preciso de algumas informações.

– É você, Cooper? Pelo amor de Deus, são 4 horas aqui! Eu estava dormindo...

– Quero que me mande tudo o que puder descobrir sobre Tracy Whitney. Recortes de imprensa, videoteipes... tudo.

– Mas o que está acontecendo por...

Cooper já desligara.

"Um dia ainda matarei o filho da puta", jurou Reynolds.

ANTES, DANIEL COOPER só estava casualmente interessado em Tracy Whitney. Agora, ela era a sua missão. Ele pôs as suas fotografias nas paredes do seu pequeno quarto de hotel em Paris, leu todas as notícias dos jornais a seu respeito. Alugou um aparelho de videocassete e passou várias vezes os trechos dos noticiários de televisão em que Tracy aparecera, depois de ser condenada e até sair da prisão. Cooper permanecia sentado no seu quarto às escuras hora após hora, olhando para os filmes. O vislumbre inicial de suspeita acabou se transformando em certeza.

– Você é a quadrilha de mulheres, Srta. Whitney – disse Daniel Cooper, em voz alta.

E depois, ele apertou um botão no aparelho de videocassete voltando a fita ao começo mais uma vez.

25

Todos os anos, no primeiro sábado de junho, o conde de Matigny promovia um baile de caridade em benefício do Hospital Infantil de Paris. Cada ingresso custava mil dólares e a elite da sociedade voava do mundo inteiro para comparecer.

O Château de Matigny, em Cap d'Antibes, era um dos lugares mais espetaculares da França. Os jardins cuidadosamente tratados eram magníficos, o castelo propriamente dito datava do século XV. Na noite da festa, o grande salão de baile e o pequeno salão ficavam repletos de convidados elegantemente vestidos e criados de libré servindo copos de champanhe intermináveis. Imensas mesas de bufê eram armadas, exibindo uma variedade espantosa de *hors d'oeuvres*, em travessas de prata georgiana.

Tracy, deslumbrante num vestido branco de renda, os cabelos armados e presos por uma tiara de diamantes, estava dançando com o anfitrião, o conde de Matigny, um viúvo de sessenta e poucos anos, baixo e magro, com um rosto pálido e delicado. "O baile de caridade que o conde oferece todos os anos em benefício do Hospital Infantil é uma fraude", dissera Gunther Hartog a Tracy. "Dez por cento do dinheiro vai para as crianças... e noventa por cento fica em seu bolso."

– Você é uma excelente dançarina – comentou o conde.

Tracy sorriu.

– É por causa do meu parceiro.

– Como é possível que não nos tenhamos encontrado antes?

– Tenho vivido na América do Sul – explicou Tracy. – E na selva, infelizmente.

– Mas por quê?

– Meu marido possui algumas minas no Brasil.

– Ah... E seu marido se encontra aqui esta noite?

– Não. Infelizmente, ele teve de ficar no Brasil para cuidar dos negócios.

– Azar para ele, sorte para mim. – O braço do conde comprimiu mais firmemente a cintura de Tracy. – Estou ansioso pela oportunidade de nos tornarmos amigos mais íntimos.

– E eu também – murmurou Tracy.

Por cima do ombro do conde, Tracy avistou subitamente Jeff Stevens, bronzeado e parecendo absurdamente em perfeita forma física. Ele dançava com uma morena bonita e esguia, num vestido de tafetá vermelho. Ela o agarrava possessivamente. Jeff divisou Tracy no mesmo momento e sorriu.

"O filho da puta tem todos os motivos para sorrir", pensou Tracy, sombriamente. Durante as duas semanas anteriores, Tracy planejara meticulosamente dois roubos. Entrara na primeira casa e abrira o cofre, só para encontrá-lo vazio. Jeff Stevens estivera ali primeiro. Na segunda ocasião, Tracy avançava pelos jardins para a casa visada quando ouviu de repente um carro acelerar. Virou-se e vislumbrou Jeff a se afastar rapidamente. Ele tornara a batê-la. Era irritante. "E agora ele está aqui, na casa que planejo assaltar em seguida", pensou Tracy. Jeff e sua parceira se aproximaram, sempre dançando. Ele sorriu e disse:

– Boa noite, conde.

O conde de Matigny retribuiu ao sorriso.

– Ah, Jeffrey... Boa noite. Fico satisfeito que tenha podido vir.

– Eu não faltaria de jeito nenhum. – Jeff indicou a mulher de aparência sensual em seus braços. – Esta é a Srta. Wallace. O conde de Matigny.

– *Enchanté!* – O conde indicou Tracy. – Duquesa, posso apresentar-lhe a Srta. Wallace e o Sr. Jeffrey Stevens? A duquesa de Larosa.

As sobrancelhas de Jeff se altearam, inquisitivas.

– Perdão, mas não entendi direito o nome.

– De Larosa – disse Tracy, calmamente.

– De Larosa... De Larosa. – Jeff observava Tracy atentamente. – O nome me parece familiar Mas é claro! Conheço seu marido. Ele também está aqui?

– Ele ficou no Brasil.

Tracy descobriu que estava rangendo os dentes. Jeff sorriu.

– Ah, uma pena... Costumávamos caçar juntos. Antes de ele sofrer o acidente, é claro.

– Acidente? – repetiu o conde.

– Isso mesmo. – O tom de Jeff era pesaroso. – A arma disparou e a bala atingiu-o numa área muito sensível. Uma dessas coisas estúpidas que acontecem...

Ele virou-se para Tracy e acrescentou:

– Há alguma esperança de que ele volte a ser normal?

Tracy disse, sem qualquer inflexão na voz:

– Tenho certeza de que algum dia ele será tão normal como você, Sr. Stevens.

– Isso é ótimo. Pode lhe transmitir meus respeitos quando falar com ele, duquesa?

A música parou. O conde de Matigny pediu desculpas a Tracy.

– Se me dá licença, minha cara, tenho alguns deveres de anfitrião a cumprir. – Ele apertou-lhe a mão. – Não se esqueça de que está sentada à minha mesa.

Enquanto o conde se afastava, Jeff disse à sua companheira:

– Anjo, você não trouxe alguma aspirina em sua bolsa? Poderia ir buscar para mim? Estou com uma terrível dor de cabeça.

– Oh, meu pobre querido! – Havia uma expressão de adoração nos olhos da mulher. – Já vou buscar, amor.

Tracy observou-a deslizar pelo salão.

– Não tem medo de que ela o deixe diabético?

– Ela é um doce, não é mesmo? E como tem passado ultimamente, duquesa?

Tracy sorriu, em benefício dos que se encontravam ao redor.

– Isso não é da sua conta, não é mesmo?

– Mas claro que é. Na verdade, é da minha conta oferecer-lhe um conselho amigável. Não tente roubar este castelo.

– Por quê? Você está planejando fazê-lo primeiro?

Jeff pegou Tracy pelo braço e levou-a para um lugar deserto, perto do piano, onde um rapaz de olhos escuros estava comoventemente massacrando melodias americanas. Somente Tracy podia ouvir a voz de Jeff por cima da música.

– Para ser franco, eu estava mesmo planejando fazer uma coisinha. Mas tornou-se perigoso demais.

– É mesmo?

Tracy estava começando a gostar da conversa. Era um alívio ser ela própria, parar de representar. "Os gregos tinham a palavra certa para isso", pensou Tracy. Hipócrita era da palavra grega para "ator".

– Preste atenção, Tracy. – O tom de Jeff era sério. – Não tente nada. Em primeiro lugar, você não conseguiria escapar com vida da propriedade. Há um cão de guarda assassino à solta esta noite.

Subitamente, Tracy escutava com toda atenção. Jeff estava mesmo planejando roubar o castelo.

– Todas as janelas e portas estão armadas. O alarme se liga diretamente à delegacia de polícia. E mesmo que você conseguisse entrar, todo o lugar se encontra cruzado por raios infravermelhos invisíveis.

– Sei de tudo isso.

Tracy ainda se achava um pouco presunçosa.

– Então deve saber também que os raios infravermelhos não soam o alarme quando você entra, mas sim quando sai. Sentem a mudança de calor. Não há qualquer possibilidade de atravessá-los sem desencadear o alarme.

Ela não sabia disso. Como Jeff descobrira?

– Por que está me contando tudo isso?

Ele sorriu e Tracy pensou que Jeff nunca parecera tão atraente.

– Para ser franco, duquesa, não quero que seja apanhada. Gosto de tê-la por perto. Você e eu poderíamos nos tornar bons amigos, Tracy.

– Está enganado. – Ela avistou a companheira de Jeff se aproximar apressadamente. – Lá vem a Srta. Diabetes. Divirta-se.

Enquanto se afastava, Tracy ouviu a companheira de Jeff dizer:

– Trouxe também um copo de champanhe para você poder tomar a aspirina, meu pobre querido.

O jantar foi suntuoso. Cada prato era acompanhado pelo vinho apropriado, impecavelmente servido por lacaios de luvas brancas. O primeiro prato foi aspargos naturais, seguindo-se um consomê com delicados cogumelos. Depois, veio um lombo de ovelha com legumes frescos da horta do conde. Uma salada de endívia foi o prato seguinte. A sobremesa foi sorvete num *epergne* de prata, acompanhado por *petits fours.* Café e conhaque vieram por último. Charutos foram oferecidos aos homens, enquanto as mulheres recebiam perfume Joy num frasco de cristal Baccarat. Depois do jantar, o conde de Matigny virou-se para Tracy e disse:

– Comentou que estava interessada em ver alguns dos meus quadros. Não quer dar uma olhada agora?

– Eu adoraria.

A galeria de quadros era um autêntico museu, com mestres italianos, impressionistas franceses e Picassos. O salão comprido resplandecia com as cores e formas fascinantes pintadas por imortais. Havia Monets e Renoirs, Canalettos, Guardis e Hobbemas. Havia um refinado Menling e um Rubens, além de um Ticiano. Uma parede estava quase que completamente coberta por Cézannes. Não havia a menor possibilidade de calcular o valor daquela coleção. Tracy ficou contemplando os quadros por um longo tempo, saboreando sua beleza.

– Espero que estes quadros estejam bem guardados.

O conde sorriu.

– Ladrões tentaram se apossar de meus tesouros em três ocasiões. Um foi morto por meu cachorro, o segundo ficou mutilado e o terceiro está cumprindo uma pena de prisão perpétua. O castelo é uma fortaleza invulnerável, duquesa.

– Fico aliviada em saber disso, conde.

Houve um súbito clarão lá fora.

– Os fogos de artifício estão começando – disse o conde. – Acho que você vai gostar.

Ele pegou a mão macia de Tracy em sua mão ressequida e áspera, saindo da galeria.

– Partirei para Deauville pela manhã. Tenho ali uma *villa* à beira do mar e convidei alguns amigos para o fim de semana. Creio que iria gostar.

– Tenho certeza de que gostaria – declarou Tracy, pesarosa. – Mas, infelizmente, meu marido começa a ficar impaciente. Insiste em que eu volte o mais depressa possível.

Os fogos de artifício se prolongaram por quase uma hora. Tracy aproveitou a distração para fazer um reconhecimento da casa. Era verdade o que Jeff dissera. As chances contra um roubo bem-sucedido eram formidáveis, mas justamente por esse motivo Tracy achou que o desafio era irresistível. Sabia que lá em cima, no quarto do conde, havia joias no valor de 2 milhões de dólares, além de meia dúzia de obras-primas, incluindo um Leonardo.

"O castelo é uma autêntica casa de tesouros", dissera-lhe Gunther Hartog. "Mas também é guardado como tal. Não faça nada, se não tiver um plano infalível."

"Pois tenho um plano", pensou Tracy. "Se é ou não infalível só saberei amanhã."

A NOITE SEGUINTE estava fria e nublada, os muros altos em torno do castelo pareciam sombrios e ameaçadores quando Tracy parou nas sombras, vestindo um macacão preto, sapatos de sola de borracha e luvas pretas e flexíveis de pelica, carregando uma bolsa no ombro. Por um momento descuidado, a mente de Tracy foi dominada pela recordação dos muros da penitenciária. Um tremor involuntário percorreu-lhe o corpo.

Ela encostara o furgão alugado no muro de pedra, nos fundos da propriedade. Do outro lado do muro veio um rosnado baixo e furioso, que se desenvolveu em latidos frenéticos, enquanto o cão saltava pelo ar, tentando atacar. Tracy visualizou o corpo pesado e poderoso do *doberman*, seus dentes mortíferos. Ela disse baixinho para alguém no furgão:

– Agora.

Um homem franzino, de meia-idade, com uma mochila nas costas, saiu do furgão, puxando uma fêmea *doberman*. A cadela estava no cio e o tom dos latidos no outro lado do muro mudou subitamente para um ganido excitado.

Tracy ajudou a levantar a cadela para o alto do furgão, que tinha quase a mesma altura do muro.

– Um... dois... três! – sussurrou ela.

Os dois empurraram a cadela por cima do muro para o interior da propriedade. Houve dois latidos bruscos, o barulho de um cachorro a farejar, depois o som dos animais correndo para longe. Houve silêncio em seguida. Tracy virou-se para o seu cúmplice.

– Vamos embora.

O homem, Jean-Louis, acenou com a cabeça. Tracy o encontrara em Antibes. Era um ladrão que passara a maior parte de sua vida na prisão. Jean-Louis não era muito inteligente, mas se destacava como um gênio em fechaduras e alarmes, perfeito para aquele trabalho.

Tracy passou do teto do furgão para o alto do muro. Desenrolou uma escada de corda e prendeu-a na beira do muro. Os dois desceram para a relva lá embaixo. A propriedade estava muito diferente de sua aparência na noite anterior, quando se achava intensamente iluminada e povoada por convidados risonhos. Agora, tudo era escuridão e desolação.

Jean-Louis foi seguindo atrás de Tracy, apreensivo, atento à aproximação dos *dobermans*.

O castelo estava coberto por uma hera de muitos séculos, subindo do chão ao telhado. Tracy experimentara discretamente a hera na noite anterior. Agora, a planta aguentou o peso de seu corpo. Ela começou a subir, sempre esquadrinhando a propriedade por baixo. Não havia o menor sinal dos cachorros. "Espero que eles fiquem ocupados por muito tempo", pensou Tracy.

Quando chegou ao telhado, Tracy fez sinal para Jean-Louis e ficou esperando enquanto ele subia. À luz da lanterna de facho mínimo que Tracy acendeu, eles viram uma claraboia de vidro, trancada seguramente por dentro. Enquanto Tracy observava, Jean-Louis meteu a mão na mochila em suas costas e tirou um pequeno cortador de vidro. Levou menos de cinco minutos para remover um pedaço do vidro. Tracy baixou os olhos e constatou que o caminho se achava bloqueado por uma teia de fios de alarme.

– Pode dar um jeito nisso, Jean? – sussurrou ela.

– *Je peux faire ça.* Não há problema.

Ele meteu a mão no bolso e tirou um fio com 30 centímetros de comprimento, um grampo em cada ponta. Deslocando-se lentamente, determinou o início do fio do alarme. Desencapou-o e prendeu um grampo ali. Depois, pegou um alicate e cortou o fio com todo cuidado. Tracy ficou tensa, esperando pelo som do alarme. Mas o silêncio persistiu. Jean-Louis levantou os olhos para ela e sorriu.

– *Voilà. Fini.*

"Errado", pensou Tracy. "Está apenas começando."

Eles usaram uma segunda escada de corda para descer pela claraboia. Até ali, tudo bem. Haviam alcançado o sótão em segurança. Mas quando Tracy pensou no que haveria pela frente, seu coração começou a bater mais forte. Ela tirou de sua bolsa dois óculos de proteção de lentes vermelhas, entregando um par a Jean-Louis.

– Ponha isto.

Ela imaginara uma maneira de distrair o *doberman*, mas os alarmes infravermelhos haviam se mostrado um problema mais difícil de resolver. Jeff estava correto: a casa era entrecruzada por fachos invisíveis. Tracy respirou fundo por várias vezes. "Concentre sua energia, sua *chi*. Relaxe." Ela forçou a mente a uma lucidez total. "Quando uma pessoa entra num facho, nada acontece; mas no instante em que sai do facho, o sensor detecta a diferença na temperatura e o alarme é desencadeado. Foi armado para soar antes do ladrão abrir o cofre, não lhe dando tempo para fazer qualquer coisa antes da chegada da polícia."

E nisso, concluíra Tracy, estava a fraqueza do sistema. Ela precisara encontrar um meio para manter o alarme silencioso *depois* de o cofre ser aberto. Encontrara a solução às 6h30 daquela manhã e sentira a agitação familiar invadi-la.

Agora, ela pôs os óculos infravermelhos e no mesmo instante todo o sótão adquiriu um clarão vermelho fantasmagórico. Tracy avistou na frente da porta do sótão um facho de luz, que seria invisível sem os óculos.

– Passe por baixo – ela avisou a Jean-Louis. – E tome todo cuidado.

Eles rastejaram por sob o facho. Foram para um corredor às escuras, que levava ao quarto do conde de Matigny. Tracy acendeu a lanterna e seguiu na frente. Através dos óculos infravermelhos, ela divisou outro facho, este muito próximo ao chão, no limiar da porta do quarto. Cautelosamente, pulou por cima. Jean-Louis se encontrava logo atrás dela.

Tracy passou a lanterna pelas paredes. Lá estavam os quadros, impressivos, espantosos.

– Prometa que me trará o Leonardo, – dissera Gunther. – E também as joias, é claro.

Tracy tirou o quadro da parede, virou-o e pôs no chão. Removeu cuidadosamente a tela da moldura, enrolou-a e guardou na bolsa. Agora, só restava o cofre, que ficava numa alcova com cortina, na outra extremidade do quarto.

Tracy abriu a cortina. Quatro fachos infravermelhos atravessavam a alcova, cruzando-se. Era impossível alcançar o cofre sem passar por um dos fachos. Jean-Louis olhou para os fachos, consternado.

– *Bon Dieu de merde!* Não podemos passar por isso. Os fachos são muito rentes ao chão para se rastejar por baixo ou muito altos para se pular por cima.

– Quero que faça exatamente o que eu mandar, Jean-Louis. – Tracy se postou atrás dele e passou os braços por sua cintura. – E agora ande comigo. Primeiro o pé esquerdo.

Juntos, eles deram um passo na direção dos fachos, depois outro. Jean-Louis balbuciou:

– *Alors!* Vamos entrar neles!

– Isso mesmo.

Eles avançaram diretamente para o centro dos fachos, ao ponto em que convergiam. Tracy parou.

– E agora, Jean-Louis, quero que você preste toda atenção. Vá até o cofre.

– Mas os fachos...

– Não se preocupe. Não haverá qualquer problema.

Tracy torcia fervorosamente para estar certa. Hesitante, Jean-Louis afastou-se dos fachos infravermelhos. O silêncio não foi rompido. Ele virou a cabeça e fitou Tracy, os olhos enormes e assustados. Ela se colocou no meio dos fachos, o calor de seu corpo impedindo que os sensores soassem o alarme. Jean-Louis adiantou-se apressadamente para o cofre. Tracy permaneceu completamente imóvel, sabendo que o alarme soaria no instante em que se mexesse.

Pelo canto dos olhos, ela podia ver Jean-Louis, retirando algumas ferramentas da mochila nas costas e começando a trabalhar imediatamente no cofre. Tracy continuou imóvel, respirando fundo, bem devagar. O tempo parou. Jean-Louis parecia estar demorando uma eternidade. A panturrilha da perna direita de Tracy começou a doer, depois entrou em espasmo. Ela rangeu os dentes. Não se atrevia a fazer qualquer movimento.

– Quanto tempo? – sussurrou ela.

– Mais uns 10 ou 15 minutos.

Parecia a Tracy que estava parada ali por toda a sua vida. Os músculos da perna esquerda começavam a ter cãibras. Achava-se imobilizada pelos fachos, congelada. Ouviu um estalido. O cofre estava aberto.

– *Magnifique! Est la banque!* Quer tudo? – indagou Jean Louis.

– Nada de documentos. Somente as joias. E todo o dinheiro que tiver aí será seu.

– *Merci.*

Tracy ouviu Jean-Louis vasculhar o cofre e poucos momentos depois ele se aproximava dela.

– *Formidable!* – disse ele. – Mas como sairemos daqui sem romper os fachos?

– Não o faremos.

Ele ficou aturdido.

– Como?

– Fique na minha frente.

– Mas...

– Faça o que estou mandando.

Em pânico, Jean-Louis avançou pelo facho. Tracy prendeu a respiração. Nada aconteceu.

– Muito bem. Agora, bem devagar, vamos recuar para fora da alcova.

– E depois?

Os olhos de Jean-Louis pareciam enormes por trás dos óculos infravermelhos.

– E depois, meu amigo, sairemos correndo.

Lentamente, eles recuaram pelos fachos, na direção da cortina, onde começavam. Ao chegarem ali, Tracy respirou fundo.

– Ótimo. Quando eu disser *agora*, saímos pelo mesmo caminho por que entramos.

Jean-Louis engoliu em seco e assentiu. Tracy podia sentir o corpo pequeno dele tremer.

– *Agora!*

Tracy virou-se e correu para a porta, Jean-Louis em seu encalço. No instante em que se afastaram dos fachos, o alarme soou. O barulho era ensurdecedor, assustador.

Tracy disparou para o sótão, subiu pela escada de corda, com Jean-Louis logo atrás. Correram pelo telhado, desceram pela hera, atravessaram os jardins para o ponto no muro em que a segunda escada de corda esperava. Momentos depois estavam em cima do furgão, no lado de fora da propriedade. Tracy sentou ao volante, com Jean-Louis a seu lado.

Enquanto o furgão descia por uma estradinha de terra secundária, Tracy avistou um sedã escuro estacionado sob algumas árvores. Por um instante, os faróis do furgão iluminaram o interior do carro. Jeff Stevens sentava ao volante. A seu lado, um enorme *doberman*. Tracy riu alto e soprou-lhe um beijo, o furgão logo se afastando a toda velocidade.

A distância, soava o gemido das sirenes de carros da polícia se aproximando.

26

Biarritz, na costa sudoeste da França, perdera muito do encanto que possuía na passagem do século. O outrora famoso Casino Bellevue está fechado para reparos muito necessários, enquanto o Casino Municipal, na Rue Mazagran, é agora um prédio desmantelado, alojando pequenas lojas e uma escola de dança. As antigas *villas* nos morros assumiram uma aparência de nobreza maltrapilha.

Mesmo assim, durante a temporada, de julho a setembro, os ricos e titulados da Europa continuam a ir para Biarritz, a fim de desfrutar o jogo, o sol e suas recordações. Os que não possuem residências próprias ficam hospedados no luxuoso Hôtel du Palais, na Avenue Impératrice. A antiga residência de verão de Napoleão III está situada num promontório sobre o Oceano Atlântico, num dos mais espetaculares cenários da natureza: um farol num lado, flanqueado por imensos rochedos pontiagudos assomando do mar cinzento como monstros pré-históricos, e a calçada de madeira no outro.

Certa tarde, ao fim de agosto, a baronesa francesa Marguerite de Chantilly entrou no saguão do Hôtel du Palais. Era uma mulher elegante, de cabelos louros lustrosos. Usava um Givenchy de seda verde e branco, que delineava um corpo que fazia as mulheres se virarem e a olharem com inveja, deixava os homens embasbacados. A baronesa encaminhou-se para a recepção e disse:

– *Ma clé, s'il vous plaît.*

Tinha um encantador sotaque francês.

– Pois não, baronesa.

O recepcionista entregou a Tracy a chave e diversos recados telefônicos. Quando ela se encaminhou para o elevador, um homem de óculos, aparência amarfanhada, virou-se abruptamente da vitrine que expunha echarpes Hermes e esbarrou nela, derrubando a bolsa de sua mão.

– Oh, minha cara, lamento profundamente! – Ele pegou a bolsa e entregou a Tracy. – Por favor, perdoe-me.

Ele falava com um sotaque da Europa Central. A baronesa Marguerite de Chantilly deu-lhe um aceno de cabeça arrogante e seguiu em frente.

O ascensorista abriu a porta do elevador e deixou-a no terceiro andar. Tracy escolhera a suíte 312, tendo aprendido que muitas vezes a seleção das acomodações no hotel era tão importante quanto o próprio hotel. Em Capri, era o bangalô 522, no Quisisana. Em Maiorca, era a suíte real do Son Vida, dando para as montanhas e a baía distante. Em Nova York, era a suíte da torre 4717, no Helmsley Palace Hotel. Em Amsterdã, era o quarto 325, no Amstel, onde o hóspede era embalado ao sono pelo marulhar suave das águas no canal.

A suíte 312 do Hôtel du Palais oferecia uma vista panorâmica tanto do mar como da cidade. Tracy podia observar, de todas as janelas, as ondas se lançando contra os rochedos eternos, projetando-se do mar como vultos afogados. Diretamente abaixo de sua janela ficava uma piscina enorme, em formato de rim, a água de um azul brilhante contrastando com o cinzento do oceano, tendo ao lado um terraço amplo, com guarda-sóis para proteger do sol do verão. As paredes da suíte eram forradas em damasco azul e branco, os rodapés eram de mármore, os tapetes e cortinas cor-de-rosa desbotados. A madeira das portas e janelas era manchada com a suave pátina do tempo.

Depois de trancar a porta, Tracy tirou a peruca loura muito justa e massageou o couro cabeludo. A personagem da baronesa era uma de suas melhores. Havia centenas de títulos a escolher em

Debrett' s Peerage and Baronetage e no *Almanach de Gotha,* duquesas, princesas, baronesas e condessas às dezenas, de duas dúzias de países. Os livros eram valiosos para Tracy, pois forneciam histórias de família remontando por séculos, com os nomes de pais, mães e filhos, escolas e casas, endereços de residências. Era uma questão simples escolher uma família preeminente e tornar-se uma prima distante – particularmente uma prima distante *rica.* As pessoas sempre se impressionavam por títulos e dinheiro.

Tracy pensou no estranho que esbarrara nela no saguão do hotel e sorriu.

ÀS 20 HORAS DAQUELA NOITE, a baronesa Marguerite de Chantilly estava sentada no bar do hotel quando o homem com quem colidira no saguão aproximou-se de sua mesa.

– Com licença – disse ele, timidamente – mas quero pedir desculpas outra vez por minha falta de jeito indesculpável esta tarde.

Tracy presenteou-o com um sorriso gracioso.

– Não foi nada. Apenas um acidente.

– É muito gentil. – O homem hesitou. – Eu me sentiria muito melhor se me permitisse lhe oferecer um drinque.

– *Oui...* se faz questão.

Ele ocupou uma cadeira à frente de Tracy.

– Permita que eu me apresente. Sou o professor Adolf Zuckerman.

– Marguerite de Chantilly.

Zuckerman fez sinal para o *maître* e depois perguntou a Tracy:

– O que gostaria de beber?

– Champanhe. Isto é, se...

Ele levantou a mão, num gesto tranquilizador.

– Tenho condições. E, para dizer a verdade, estou prestes a ter condições de oferecer qualquer coisa no mundo.

– É mesmo? – Tracy sorriu. – Isso é ótimo para você.

– Tem toda razão.

Zuckerman pediu uma garrafa de Bollinger, depois tornou a virar-se para Tracy.

– Aconteceu-me a coisa mais extraordinária. Eu não deveria estar discutindo isso com uma estranha, mas é excitante demais para me manter calado. – Ele inclinou-se para a frente e baixou a voz. Para ser franco, sou um simples professor... ou era, até recentemente. Ensino História. É bastante agradável, mas não muito emocionante.

Tracy escutava com uma expressão de interesse polido no rosto.

– Ou melhor, não era emocionante até poucos meses atrás.

– Posso perguntar o que aconteceu há poucos meses, professor Zuckerman?

– Eu fazia pesquisas sobre a Armada Espanhola, procurando informações que pudessem tomar o assunto mais interessante para meus alunos. Nos arquivos do museu local, encontrei um velho documento que de alguma forma se misturara com outros papéis. Continha detalhes sobre uma expedição secreta que o príncipe Felipe despachou em 1588. Um dos navios, carregado de barras de ouro, supostamente naufragou numa tempestade, desaparecendo sem deixar qualquer vestígio.

Tracy fitou-o com uma expressão pensativa.

– *Supostamente* naufragou?

– Exatamente. Mas, de acordo com esse documento que descobri, o comandante e a tripulação deliberadamente afundaram o navio numa enseada deserta, planejando voltar depois para recolher o tesouro. Mas foram atacados e mortos por piratas, antes que pudessem voltar. O documento só sobreviveu porque nenhum dos piratas sabia ler ou escrever. E, assim, ignoravam o que tinham em mãos.

A voz do professor tremia agora de excitação.

– Agora... – Ele olhou ao redor, certificando-se de que era seguro continuar, baixou ainda mais a voz para acrescentar: – ... *eu* tenho o documento, com instruções detalhadas sobre a maneira de chegar ao tesouro.

– Uma descoberta fabulosa, professor.

Havia um tom de admiração na voz de Tracy.

– O ouro vale provavelmente 50 milhões de dólares hoje – disse Zuckerman. – Tudo o que tenho de fazer é tirá-lo lá do fundo.

– O que o está impedindo?

Ele deu de ombros, embaraçado.

– Dinheiro. Preciso equipar um navio para trazer o ouro à superfície.

– Entendo... Quanto isso custa?

– Cem mil dólares. Devo confessar que fiz uma tremenda tolice. Peguei 20 mil dólares... as economias de minha vida... e vim para Biarritz jogar no cassino, esperando ganhar o suficiente para...

A voz dele sumiu.

– E perdeu tudo.

O professor assentiu. Tracy percebeu o brilho de lágrimas por trás dos óculos.

O champanhe chegou, o *maître* tirou a rolha, despejou o líquido dourado nos copos.

– *Bonne chance* – brindou Tracy.

– Obrigado.

Eles tomaram um gole de champanhe, num silêncio pensativo.

– Por favor, perdoe-me por entediá-la com a minha história – disse Zuckerman. – Eu não deveria estar expondo os meus problemas a uma linda dama.

– Achei a sua história fascinante, professor. Tem certeza de que o ouro está mesmo lá?

– Sem a menor sombra de dúvida. Tenho as ordens de embarque originais e um mapa desenhado pelo próprio comandante. Conheço a localização exata do tesouro.

Tracy observava-o com uma expressão cada vez mais pensativa.

– Mas precisa de 100 mil dólares, não é mesmo?

Zuckerman riu, tristemente.

– Exatamente. Para obter um tesouro que vale 50 milhões de dólares.

Ele tomou outro gole de champanhe.

– *C'est possible...*

Tracy não acrescentou mais nada.

– O quê?

– Já pensou em arrumar um sócio?

Ele ficou surpreso.

– Um sócio? Não. Planejei fazer tudo sozinho. Mas é claro que agora que perdi meu dinheiro... Sua voz tornou a sumir.

– E se eu lhe desse os 100 mil dólares, professor Zuckerman?

Ele sacudiu a cabeça.

– Absolutamente não, baronesa. Eu não permitiria. Pode perder seu dinheiro.

– Mas se tem certeza de que o tesouro se encontra lá...

– Quanto a isso, tenho certeza absoluta. Mas mil coisas podem sair erradas. Não há garantias.

– Há poucas garantias na vida. Seu problema é *très interessant*. Se eu o ajudasse a resolver, poderia ser lucrativo para nós dois.

– Não. Eu jamais me perdoaria se, por algum acaso *remoto*, perdesse o seu dinheiro.

– Posso arcar com o prejuízo. E poderia obter um grande lucro com meu investimento, *n'est-ce pas?*

– Claro que tem esse lado.

Zuckerman ficou em silêncio por um longo tempo, obviamente dilacerado pelas dúvidas.

– Se é o que deseja, será uma sociedade meio a meio.

Ela sorriu, satisfeita.

– *D'accord*. Eu aceito.

O professor apressou-se em acrescentar:

– Descontadas as despesas, é claro.

– *Naturellement*. Quando podemos começar?

– Imediatamente. – O professor exibia uma repentina vitalidade. – Já encontrei o barco que quero usar. Possui um equipamento moderno de dragagem e quatro tripulantes. E claro que teremos de dar a eles uma pequena parcela do que encontrarmos.

– *Bien sûr*.

– Devemos começar o mais depressa possível ou poderemos perder o barco.

– Posso ter o dinheiro disponível em cinco dias.

– Maravilhoso! – exclamou Zuckerman. – Isso me dará tempo suficiente para todos os preparativos. Ah, que encontro fortuito para nós dois, não é mesmo?

– *Oui. Sans doute.*

– À nossa aventura.

O professor ergueu seu copo. Tracy também ergueu o seu e brindou:

– Que seja tão lucrativa quanto eu pressinto que será.

Os copos retiniram. Tracy olhou através do bar e ficou paralisada. Jeff Stevens se encontrava a uma mesa no canto, observando-a com um sorriso divertido. Tinha em sua companhia uma mulher atraente, carregada de joias.

Jeff acenou com a cabeça para Tracy e ela sorriu, recordando como o vira pela última vez, no lado de fora da propriedade do conde de Matigny, acompanhado por um enorme cão. "Aquela foi uma vitória minha", pensou Tracy, feliz.

– Com licença, mas é melhor eu me retirar agora – Zuckerman estava dizendo. – Tenho muito o que fazer. Ficarei em contato.

Tracy estendeu a mão, graciosamente, ele beijou-a e partiu.

– VI QUE SEU AMIGO a abandonou e não posso imaginar o motivo. Você, loura, está absolutamente sensacional.

Tracy levantou os olhos. Jeff estava de pé ao lado de sua mesa. Ele sentou na cadeira que Adolf Zuckerman desocupara poucos minutos antes.

– Meus parabéns – acrescentou Jeff. – O golpe do conde de Matigny foi muito engenhoso. Impecável.

– Partindo de você, Jeff, é um grande elogio.

– Está me custando muito dinheiro, Tracy.

– Acabará se acostumando.

Ele ficou brincando com o copo à sua frente.

– O que o professor Zuckerman queria?

– Você o conhece?

– Pode-se dizer que sim.

– Ele... ahn... apenas queria tomar um drinque.

– E lhe falou sobre o tesouro afundado?

Tracy tornou-se subitamente cautelosa.

– Como sabe disso?

Jeff fitou-a com uma expressão surpresa.

– Não me diga que caiu! É a mais antiga vigarice do mundo.

– Não desta vez.

– Está querendo dizer que *acreditou* nele?

Tracy disse, rigidamente:

– Não estou em liberdade para discutir o assunto, mas acontece que o professor dispõe de informações confidenciais.

Jeff sacudiu a cabeça, incrédulo.

– Ele está tentando passá-la para trás, Tracy. Quanto lhe pediu para investir em seu tesouro afundado?

– Não interessa – respondeu Tracy, bruscamente. – É meu dinheiro e só da minha conta.

Jeff deu de ombros.

– Certo. Mas depois não diga que o velho Jeff não tentou avisá-la.

– Isso não significa que você está interessado no ouro, pois não?

Ele levantou as mãos, num gesto irônico de desespero.

– Por que está sempre tão desconfiada de mim?

– É muito simples. Não confio em você. Quem era aquela mulher que lhe fazia companhia?

Tracy desejou no mesmo instante poder retirar a pergunta.

– Suzanne? Uma amiga.

– Rica, é claro.

Jeff exibiu um sorriso prolongado.

– Para ser franco, acho que ela tem algum dinheiro. Se quiser nos acompanhar no almoço amanhã, o *chef* de Suzanne, em seu iate de 250 pés ancorado no porto, faz um...

– Obrigada, mas por nada neste mundo eu poderia atrapalhar o seu almoço. O que está vendendo a ela?

– Isso é pessoal.

– Tenho certeza de que é mesmo.

As palavras saíram mais ásperas do que Tracy desejara. Ela estudou-o por cima da borda de seu copo. Ele tinha feições firmes, lindos olhos cinzentos, pestanas compridas e o coração de uma cascavel. Uma cascavel muito inteligente.

– Já pensou alguma vez em se meter num negócio legítimo? – perguntou Tracy. – Provavelmente seria muito bem-sucedido.

Jeff ficou chocado.

– E renunciar a tudo isto? Você só pode estar gracejando!

– Sempre foi um vigarista?

– Vigarista? Sou um *entrepreneur.*

– E como se tornou um... um *entrepreneur?*

– Fugi de casa quando tinha 14 anos e me juntei a um parque de diversões ambulante.

– Aos 14 anos?

Era o primeiro vislumbre que Tracy tinha do que havia por trás do verniz sofisticado e charmoso.

– Foi bom para mim... aprendi a enfrentar as coisas. Quando surgiu essa maravilhosa Guerra do Vietnã, ingressei nos Boinas Verdes e fiz um curso de pós-graduação. Creio que o principal que aprendi foi que a guerra era a maior das vigarices. Em comparação com aquilo, você e eu não passamos de amadores. – Ele mudou de assunto abruptamente. – Gosta de pelota?

– Se está vendendo, não, obrigada.

– É um jogo, uma variação do *jai alai.* Tenho dois ingressos para esta noite, mas Suzanne não poderá ir. Gostaria de ir?

Tracy descobriu-se a dizer que sim.

ELES JANTARAM num pequeno restaurante na praça municipal, tomando um vinho local e comendo *confit de canard d'aile* – pato assado em seus próprios sumos, com batatas e alho. Estava delicioso.

– A especialidade da casa – informou Jeff a Tracy. Conversaram sobre política, livros e viagens. Tracy descobriu que Jeff era surpreendentemente bem informado.

– Quando se está entregue à própria sorte aos 14 anos – explicou Jeff – é preciso aprender as coisas depressa. Primeiro, aprende-se o que motiva a gente, depois o que motiva as outras pessoas. Uma vigarice é igual ao jiu-jitsu. No jiu-jitsu, usa-se a força do oponente para vencer. Numa vigarice, usa-se a sua ganância. Você só faz o primeiro movimento. Ele cuida de todo o resto por você.

Tracy sorriu, especulando se Jeff tinha alguma ideia do quanto os dois eram parecidos. Ela gostava de sua companhia, mas tinha certeza de que, havendo a oportunidade, Jeff não hesitaria em traí-la. Era um homem com quem se tinha de tomar todo cuidado e ela não tencionava facilitar.

A PELOTA ERA jogada numa grande arena ao ar livre, do tamanho de um campo de futebol, no alto das colinas de Biarritz. Havia enormes tabelas verdes de concreto nos dois lados da quadra, com uma área de jogar no centro, quatro fileiras de arquibancadas de pedra nos lados. Os refletores foram acesos ao anoitecer. Quando Jeff e Tracy chegaram, as arquibancadas estavam quase lotadas de fãs. As duas equipes entraram em ação.

Membros de cada equipe se revezavam em arremessar a bola no muro de concreto e apanhá-la no rebote em suas cestas, compridas e estreitas, presas nos braços. A pelota era um jogo rápido e perigoso. Quando um dos jogadores errava, a multidão se punha a gritar.

– Eles realmente levam esse jogo muito a sério – comentou Tracy.

– Muito dinheiro é apostado nas partidas. Os bascos formam uma raça de jogadores.

Enquanto os espectadores continuavam achegar, as arquibancadas foram ficando cada vez mais cheias. Tracy se descobriu comprimida contra Jeff. Se ele estava consciente do calor do corpo dela junto ao seu, não deixou transparecer.

O ritmo e ferocidade do jogo pareciam se intensificar à medida que os minutos passavam. Os gritos dos torcedores ressoavam pela noite.

– É mesmo tão perigoso quanto parece? – perguntou Tracy.

– Baronesa, aquela bola viaja pelo ar a uma velocidade superior a 150 quilômetros por hora. Se bater em sua cabeça, está morta. Mas é raro um jogador errar.

Jeff afagou-lhe a mão distraidamente, os olhos concentrados no jogo. Os jogadores eram extraordinários, movendo-se graciosamente, em perfeito controle. Mas, no meio da partida, inesperadamente, um dos jogadores arremessou a bola contra a tabela num ângulo errado. A bola mortífera avançou para o banco em que Jeff e Tracy estavam sentados. Os espectadores tentaram se proteger. Jeff agarrou Tracy e empurrou-a para o chão, seu corpo cobrindo o dela. Ouviram a bola passar diretamente por cima de suas cabeças e bater na parede. Tracy ficou deitada no chão, sentindo a dureza do corpo de Jeff. O rosto dele estava muito próximo do seu.

Ele segurou-a por um momento, depois levantou-se e ajudou-a a se erguer também. Havia um súbito constrangimento entre os dois.

– Eu... eu acho que já tive emoção suficiente por uma noite – murmurou Tracy. – Gostaria de voltar ao hotel, por favor.

Despediram-se no saguão.

– Gostei muito da noite – disse Tracy a Jeff, falando com absoluta sinceridade.

– Tracy, pretende mesmo levar adiante a história maluca do tesouro afundado de Zuckerman?

– Claro.

Ele estudou-a por um longo momento.

– Ainda pensa que estou atrás daquele ouro, não é mesmo?

Tracy fitou-o nos olhos.

– E não está?

A expressão de Jeff se endureceu.

– Boa sorte.

– Boa noite, Jeff.

Tracy observou-o virar-se e deixar o hotel. Calculou que ele ia ao encontro de Suzanne. *Pobre mulher.* Quando ela foi pegar a chave, o recepcionista disse:

– Boa noite, baronesa. Há um recado à sua espera.

Era do professor Zuckerman.

ADOLF ZUCKERMAN tinha um problema. Um problema muito grande. Estava sentado no escritório de Armand Grangier e ficara tão apavorado pelo que estava acontecendo que urinara na calça. Grangier era o proprietário de um cassino particular ilegal, localizado numa elegante *villa*, na Rue Frias, 123. Não fazia a menor diferença para Grangier se o Casino Municipal estava fechado ou não, pois o clube da Rue Frias sempre ficava repleto de clientes ricos. Ao contrário dos cassinos supervisionados pelo governo, as apostas ali eram ilimitadas. Aquele era o lugar em que os grandes apostadores iam jogar roleta, *chemin de ter* e dados. Os clientes de Grangier incluíam príncipes árabes, a nobreza inglesa, homens de negócios orientais, chefes de Estado africanos. Jovens escassamente vestidas circulavam pela sala, recebendo pedidos para mais champanhe e uísque. Armand Grangier aprendera há muito tempo que os ricos, mais do que qualquer outra classe, apreciavam obter alguma coisa de graça. Grangier podia se dar ao luxo de oferecer bebidas de graça, pois suas roletas eram viciadas e os jogos de cartas combinados.

O clube geralmente vivia repleto, com lindas jovens escoltadas por homens mais velhos e endinheirados. Mais cedo ou mais tarde, as mulheres eram atraídas para Grangier. Ele era uma miniatura de homem, com feições perfeitas, olhos castanhos profundos, uma boca suave e sensual. Tinha 1,60 metro de altura e a combinação de beleza e pequena estatura atraía as mulheres como um ímã. Grangier tratava a todos com uma admiração simulada.

– Eu a acho irresistível, *chérie,* mas infelizmente para nós dois estou loucamente apaixonado por outra mulher.

E era verdade. E claro que a *outra mulher* mudava de semana para semana, pois em Biarritz havia um suprimento interminável de lindas jovens e Armand Grangier concedia a cada uma o seu breve lugar ao sol.

As ligações de Grangier com o submundo e a polícia eram bastante poderosas para que pudesse manter seu cassino. Empenhara-se arduamente para subir pela escada do crime, começando como mensageiro no tráfico de drogas, até finalmente conquistar seu feudo em Biarritz. Os que se opunham a ele sempre descobriam, tarde demais, como o homenzinho podia ser mortífero.

Agora, Adolf Zuckerman estava sendo interrogado por Armand Grangier.

– Fale-me mais a respeito dessa baronesa com quem você falou sobre o golpe de tesouro afundado.

Pelo tom furioso de sua voz, Zuckerman compreendeu que alguma coisa estava errada, terrivelmente errada. Ele engoliu em seco e disse:

– Ela é viúva. O marido deixou-lhe muito dinheiro. Disse que vai entrar com 100 mil dólares. – O som de sua própria voz deu-lhe confiança para continuar: – Depois que recebermos o dinheiro, é claro, diremos a ela que o navio de salvamento sofreu um acidente e precisamos de mais 50 mil. E depois haverá outros 100 mil... e assim por diante.

Ele percebeu a expressão desdenhosa no rosto de Armand Grangier e balbuciou:

– Qual... qual é o problema, chefe?

– O problema é que acabei de receber um telefone de um dos meus homens em Paris. Ele falsificou um passaporte para a sua baronesa. Ela se chama Tracy Whitney e é americana.

Zuckerman sentiu a boca subitamente ressequida. Passou a língua pelos lábios.

– Ela... ela parecia realmente interessante, chefe.

– *Balle! Conneau!* Ela é uma vigarista. Você tentou dar um golpe numa golpista!

– Então... então por que ela aceitou? Por que simplesmente não me repeliu?

A voz de Armand Grangier era gelada:

– Não sei, professor, mas prentendo descobrir. E quando o fizer, mandarei a mulher dar um mergulho na baía. Ninguém pode fazer Armand Grangier de idiota. Agora, pegue o telefone. Diga a ela que um amigo seu propôs entrar com a metade do dinheiro e que eu estou indo falar-lhe. Acha que pode fazer isso?

Zuckerman disse ansiosamente:

– Claro, chefe. Não se preocupe.

– Eu me preocupo – disse Armand Grangier, falando bem devagar. – Eu me preocupo muito com você.

ARMAND GRANGIER não gostava de mistérios. O golpe do tesouro afundado vinha dando certo há séculos, mas era necessário que as vítimas fossem crédulas. Não havia a menor possibilidade de uma vigarista cair num golpe assim. Era esse o mistério que perturbava Grangier. Ele tencionava esclarecê-lo; e depois que o fizesse, a mulher seria entregue a Bruno Vicente. Vicente gostava de se divertir com suas vítimas, antes de liquidá-las.

Armand Grangier saltou da limusine diante do Hôtel du Palais, entrou no saguão e aproximou-se de Jules Bergerac, o basco de cabeça branca que trabalhava no hotel desde os 13 anos de idade.

– Qual é o número da suíte da baronesa Marguerite de Chantilly?

Havia uma regra rigorosa que vedava aos recepcionistas informarem os números dos quartos dos hóspedes. Mas as regras não se aplicavam a Armand Grangier.

– Suíte 312, *monsieur* Grangier.

– *Merci.*

– E quarto 311.

Grangier parou.

– Como?

– A baronesa também tem um quarto ao lado de sua suíte. – É mesmo? E quem o ocupa?

– Ninguém.

– Ninguém? Tem certeza?

– *Oui, monsieur.* Ela mantém esse quarto sempre trancado. As criadas foram avisadas para não entrarem ali.

Grangier franziu o rosto, numa expressão de perplexidade. – Tem uma chave mestra?

– Claro.

Sem a menor hesitação, o recepcionista meteu a mão por baixo do balcão, pegou a chave mestra e entregou-a a Armand Grangier. Jules observou Armand Grangier se encaminhar para o elevador. Nunca se discutia com um homem como Grangier.

Ao chegar à porta da suíte da baronesa, Armand Grangier encontrou-a entreaberta. Empurrou-a e entrou. A sala de estar se encontrava vazia.

– Olá? Tem alguém aqui?

Uma voz feminina respondeu do outro cômodo:

– Estou no banho. Espere só um momento. Sirva-se de um drinque, por favor.

Grangier vagueou pela suíte. Conhecia tudo ali, pois ao longo dos anos instalara no hotel muitas de suas amigas. Entrou no quarto.

Joias caras estavam negligentemente espalhadas sobre a penteadeira.

– Não vou demorar – gritou a voz feminina do banheiro.

– Não há pressa, baronesa.

"*Baronesa mon cul!*", pensou ele, furioso. "Qualquer que seja o seu golpe, *chérie*, vai malograr." Ele foi até a porta que dava para o quarto adjacente. Estava trancada. Grangier tirou a chave mestra do bolso e abriu a porta. O quarto em que entrou tinha um cheiro estranho, bolorento. O recepcionista dissera que ninguém o ocupava. Então por que ela precisava... A atenção de Grangier foi atraída para uma coisa estranhamente deslocada. Um fio elétrico, preto e grosso, preso a uma tomada na parede, estendia-se pelo assoalho e desaparecia num armário. A porta do armário se achava aberta para dar passagem ao fio. Curioso, Grangier adiantou-se e abriu a porta.

Uma fileira de notas de 100 dólares úmidas, presas por pregadores a um arame, estendia-se de um lado a outro do armário grande. Havia um objeto coberto por um pano numa mesinha de máquina de escrever. Ele levantou o pano, descobrindo uma pequena impressora, com uma nota de 100 dólares ainda molhada. Ao lado da impressora havia folhas de papel em branco, do tamanho da nota americana, assim como um cortador de papel. Várias notas de 100 dólares, cortadas de maneira errada, estavam espalhadas pelo chão. Uma voz furiosa, por trás de Grangier, perguntou:

– O que faz aqui?

Grangier virou-se. Tracy Whitney, os cabelos molhados do banho e envolta numa toalha, entrara no quarto. Armand Grangier disse, suavemente:

– Dinheiro falso! Você ia nos pagar com dinheiro falso!

Ele observou a reação da mulher. Negativa, indignação e depois desafio.

– Está bem – admitiu Tracy. – Mas não faria a menor diferença. Ninguém pode distinguir estas notas das verdadeiras.

– Isso é demais!

Seria um prazer destruir aquela mulher.

– Estas notas são tão boas quanto ouro.

– É mesmo?

Havia desdém na voz de Grangier. Ele pegou uma das notas úmidas e examinou-a. Olhou um lado, depois o outro, examinou mais atentamente. Era uma falsificação excelente.

– Quem fez as matrizes?

– Que importância isso tem? Posso ter os 100 mil dólares prontos até sexta-feira.

Grangier fitou-a aturdido. E quando compreendeu o que ela estava pensando, não pôde conter uma risada.

– Essa não! Você é mesmo estúpida. Não existe nenhum navio.

Tracy mostrou-se desconcertada.

– Como assim? Não existe nenhum navio? Mas o professor Zuckerman me garantiu...

– E acreditou nele? Mas que pena, *baronesa*. – Ele tornou a estudar a nota em sua mão. – Levarei isto.

Tracy deu de ombros.

– Pode levar quantas quiser. É apenas papel.

Grangier pegou um punhado das notas úmidas de 100 dólares.

– Como pode saber que uma das criadas não entrará aqui?

– Eu pago para elas ficarem longe. E tranco o armário quando saio.

"Ela é fria", pensou Armand Grangier. "Mas isso não será suficiente para mantê-la viva."

– Não deixe o hotel – ordenou ele. – Tenho um amigo que quero que você conheça.

ARMAND GRANGIER pretendia entregar a mulher a Bruno Vicente imediatamente, mas algum instinto o conteve. Tornou a examinar uma das notas. Já manipulara muito dinheiro falsificado, mas nada tão bom quanto aquele. Quem quer que fizera as matrizes era um gênio. O papel parecia autêntico, as linhas eram perfeitas e limpas. As cores permaneciam definidas, mesmo com a nota úmida. A imagem de Benjamin Franklin era perfeita. A mulher estava certa. Era difícil dizer a diferença entre a nota que ele tinha na mão e a verdadeira. Grangier especulou se seria possível passá-la como dinheiro genuíno. Era uma ideia tentadora.

Ele decidiu manter Bruno Vicente à espera por mais algum tempo. Na manhã seguinte, bem cedo, Armand Grangier mandou chamar Adolf Zuckerman e entregou-lhe uma das notas de 100 dólares.

– Vá ao banco e troque isto por francos.

– Certo, chefe.

Grangier observou-o deixar apressadamente o escritório. Aquela era a punição de Zuckerman por sua estupidez. Se ele fosse preso, nunca diria de onde saíra a nota falsa... não se quisesse viver. Mas se ele conseguisse passar a nota sem problemas... "Vamos esperar para ver o que acontece", pensou Grangier.

Zuckerman voltou ao escritório 15 minutos depois. Contou um bolo de francos franceses, no valor de 100 dólares.

– Mais alguma coisa, chefe?

Grangier ficou olhando para os francos.

– Teve algum problema?

– Problema? Não. Por quê?

– Quero que volte ao mesmo banco e diga o seguinte...

ADOLF ZUCKERMAN entrou no saguão do Banque de France e aproximou-se da mesa do gerente. Desta vez, Zuckerman tinha consciência do perigo que corria, mas preferia enfrentá-lo a ficar exposto à ira de Grangier.

– O que deseja? – perguntou o gerente.

Zuckerman fez um esforço para disfarçar seu nervosismo.

– O problema é que me meti num jogo de pôquer ontem à noite, com alguns americanos que conheci num bar.

Ele parou de falar. O gerente do banco acenou com a cabeça vigorosamente.

– E perdeu todo o seu dinheiro e está precisando agora de um pequeno empréstimo?

– Não é isso. Para dizer a verdade, eu ganhei. O problema é que os homens não pareciam muito honestos. – Zuckerman tirou do bolso duas notas de 100 dólares – Pagaram-me com este dinheiro e receio... receio que talvez seja falso.

Zuckerman prendeu a respiração, enquanto o gerente se inclinava para a frente e pegava as notas com suas mãos rechonchudas. Examinou-as meticulosamente, primeiro uma, depois a outra, suspendeu-as contra a luz. Finalmente, ele olhou para Zuckerman e sorriu.

– Teve sorte, *monsieur.* Estas notas são genuínas. – Zuckerman permitiu-se deixar o ar escapar dos pulmões.

"Graças a Deus!" Tudo daria certo.

– NÃO HÁ QUALQUER problema, chefe. Ele disse que as notas são genuínas.

Era quase bom demais para ser verdade. Armand Grangier pôs-se a pensar, um plano já parcialmente formulado em sua mente.

– Vá buscar a baronesa.

TRACY ESTAVA sentada no escritório de Armand Grangier, fitando-o através da mesa.

– Nós vamos ser sócios – informou-a Grangier.

Tracy começou a se levantar.

– Não preciso de um sócio e...

– Sente-se.

Ela fitou Grangier nos olhos e sentou.

– Biarritz é minha cidade. Tente passar uma só dessas notas e será presa tão depressa que nem saberá o que lhe aconteceu. *Comprenez vous?* Coisas terríveis acontecem com as mulheres bonitas em nossas prisões. Não poderá fazer qualquer coisa por aqui sem a minha permissão.

Ela estudou-o.

– Então o que estou comprando de você é proteção?

– Errado. O que está comprando de mim é a sua vida.

Tracy acreditou.

– E agora me diga onde arrumou suas matrizes.

Tracy hesitou e Grangier gostou de vê-la se contorcer e acabar por se render. Ela disse, relutante:

– Comprei de um americano que vive na Suíça. Ele foi gravador da Casa da Moeda dos Estados Unidos por 25 anos. Quando o aposentaram, houve algum problema técnico e nunca lhe pagaram a pensão. Ele sentiu-se trapaceado e resolveu se vingar. Tirou dos Estados Unidos algumas chapas de notas de 100 dólares que deveriam ter sido destruídas, usou seus contatos para obter o papel com que o Departamento de Tesouro imprime dinheiro.

"Isso explica tudo", pensou Grangier, triunfante. "É por isso que as notas parecem tão boas." Seu excitamento era cada vez maior.

– Quanto dinheiro a impressora pode produzir em um dia?

– Somente uma nota por hora. Cada lado do papel tem de ser processado e...

Grangier interrompeu-a:

– Não há uma impressora maior?

– Há, sim. Ele tem uma que produz cinquenta notas a cada oito horas, mas só venderia por meio milhão de dólares.

– Compre-a – ordenou Grangier.

– Acontece que não tenho 500 mil dólares.

– Mas eu tenho. Quando poderá ter essa impressora maior?

Tracy respondeu, relutante:

– Acho que imediatamente. Mas eu não...

Grangier pegou o telefone e disse:

– Louis, quero 500 mil dólares em francos franceses.

Tire o que temos no cofre e pegue o resto com os bancos. Traga ao meu escritório. *Vite!*

Tracy levantou-se, bastante nervosa.

– É melhor eu ir e...

– Você não vai a lugar nenhum.

– Mas eu preciso...

– Fique sentada aí e mantenha-se calada. Estou pensando.

Ele tinha associados nos negócios que esperariam ser incluídos numa operação como aquela. "Mas o que eles não sabem não lhes fará mal", decidiu Grangier. Compraria a impressora maior para si mesmo e substituiria o dinheiro que tomara emprestado da conta do cassino nos bancos pelos dólares que imprimiria. Depois disso, mandaria Bruno Vicente cuidar da mulher. Ela não gostava de sócios.

Armand Grangier também não.

O DINHEIRO chegou duas horas depois, numa sacola grande. Grangier disse a Tracy:

– Você sairá do Palais. Tenho uma casa nas colinas que é muito particular. Ficará lá até iniciarmos a operação. – Ele empurrou o telefone na direção de Tracy. – Agora, ligue para o seu amigo na Suíça e diga a ele que vamos comprar a impressora grande.

– Tenho o telefone dele no hotel. Ligarei de lá. Dê-me o endereço de sua casa. Avisarei a ele para enviar a impressora para lá e...

– *Non!* – gritou Grangier, rispidamente. – Não quero deixar qualquer pista. Mandarei buscá-la no aeroporto. Conversaremos a respeito esta noite, durante o jantar. Eu a verei às 20 horas.

Era uma dispensa. Tracy levantou-se. Grangier acenou com a cabeça para a sacola que continha o dinheiro.

– Tome cuidado com o dinheiro. Eu não gostaria que nada acontecesse com o dinheiro... nem com você.

– Nada acontecerá.

Ele sorriu sugestivamente.

– Sei disso. O professor Zuckerman a acompanhará de volta ao hotel.

Os dois seguiram em silêncio na limusine, a sacola com o dinheiro entre eles, cada um absorto em seus pensamentos. Zuckerman não sabia direito o que estava acontecendo, mas tinha a impressão de que seria ótimo para ele. A mulher era a chave de tudo. Grangier lhe ordenara que ficasse de olho nela e era o que Zuckerman pretendia fazer.

ARMAND GRANGIER ficou eufórico naquela noite. Àquela altura, a compra da impressora grande já deveria estar acertada. A mulher Whitney dissera que imprimiria 5 mil dólares por dia. Mas Grangier tinha um plano melhor. Tencionava operá-la em turnos, 24 horas por dia. Isso daria 15 mil dólares por dia, mais de 100 mil dólares por semana, um milhão a cada dez semanas. E isso era apenas o começo. Descobriria quem era o gravador naquela noite e faria um acordo com ele para obter mais máquinas. Não havia limite para a fortuna que a operação lhe traria.

Eram precisamente oito horas quando a limusine de Grangier parou diante da entrada do Hôtel du Palais. Grangier saltou. Ao entrar no saguão, notou com satisfação que Zuckerman se achava sentado perto da entrada, observando atentamente as portas. Grangier encaminhou-se para a recepção.

– Jules, avise à baronesa de Chantilly que eu estou aqui. Mande-a descer para o saguão.

O recepcionista ficou surpreso.

– Mas a baronesa já deixou o hotel, Sr. Grangier.

– Está enganado. Ligue para ela.

Jules Bergerac sentiu-se consternado. Não era saudável contestar Armand Grangier.

– Eu mesmo fiz o registro de saída.

– *Impossible!* Quando?

– Pouco depois que ela voltou ao hotel. Pediu-me para levar a conta à sua suíte, a fim de poder pagar em dinheiro...

A mente de Armand Grangier estava em disparada vertiginosa.

– Em dinheiro? Francos franceses?

– Isso mesmo, *monsieur.*

Grangier perguntou, freneticamente:

– Ela levou alguma coisa de sua suíte? Qualquer bagagem ou caixas?

– Não. Ela disse que mandaria buscar a bagagem mais tarde.

Então ela levara o seu dinheiro e fora para a Suíça, a fim de comprar pessoalmente a impressora maior!

– Leve-me para a sua suíte. Depressa!

– *Oui, monsieur Grangier.*

Jules Bergerac pegou a chave e seguiu apressadamente para o elevador, junto com Armand Grangier. Ao passar por Zuckerman, Grangier sibilou:

– Por que está sentado aí, seu idiota? Ela já foi embora.

Zuckerman fitou-o sem compreender.

– Ela não pode ter ido embora. Não desceu para o saguão. Fiquei atento a ela.

– *Atento a ela!* – imitou-o Grangier, brutalmente. – Mas por acaso esteve atento a uma enfermeira, uma velhinha de cabeça branca ou uma criada saindo pela porta de serviço?

Zuckerman ficou aturdido.

– Por que eu deveria fazer isso?

– Volte ao cassino – disse Grangier asperamente – Cuidarei de você mais tarde.

A suíte parecia exatamente como quando Grangier ali fora anteriormente. A porta de ligação com o quarto adjacente se achava aberta. Grangier entrou, foi apressadamente até o armário, abriu a porta. A impressora ainda estava ali, graças a Deus! A mulher Whitney tinha tanta pressa em partir que a deixara. Isso fora um erro. "E não é o seu único erro", pensou Grangier. Ela o trapaceara em 500 mil dólares e ele a faria pagar com uma vingança. Deixaria a polícia ajudá-lo a descobrir a mulher e a mandaria para a cadeia, onde seus homens poderiam alcançá-la. Eles a obrigariam a revelar quem era o gravador e depois a calariam para sempre.

Armand Grangier discou o número da chefatura de polícia e pediu para falar com o inspetor Dumont. Disse tudo o que queria durante três minutos, ansiosamente, depois arrematou:

– Ficarei esperando aqui.

Quinze minutos depois o inspetor, que era seu amigo, chegou à suíte, acompanhado por um homem de corpo andrógino e uma das caras mais feias que Grangier já vira. A testa parecia prestes a explodir do rosto, os olhos castanhos, quase escondidos por trás dos óculos de lentes grossas, possuíam a expressão penetrante de um fanático.

– Este é *monsieur* Daniel Cooper – disse o inspetor Dumont. – *monsieur* Grangier. O Sr. Cooper também está interessado na mulher a respeito de quem me telefonou.

Cooper falou:

– Mencionou ao inspetor Dumont que ela está envolvida numa operação de falsificação.

– *Vraiment.* A mulher está a caminho da Suíça neste momento. Poderão pegá-la na fronteira. E tenho bem aqui todas as provas necessárias.

Ele levou-os ao armário. Daniel Cooper e o inspetor Dumont deram uma olhada no interior.

– Lá está a impressora usada para fazer o dinheiro.

Daniel Cooper examinou a máquina cuidadosamente.

– Ela imprimiu o dinheiro nisto?

– Foi o que acabei de falar – disse Grangier bruscamente. Ele tirou uma nota do bolso. – Olhem para isto. É uma das notas falsas de 100 dólares que ela me deu.

Cooper foi até a janela e examinou a nota contra a luz.

– Esta nota é genuína.

– É que ela usou as chapas roubadas que comprou de um gravador que trabalhou para a Casa da Moeda americana, em Filadélfia. E imprimiu as notas nesta impressora.

Cooper disse rudemente:

– Esta é uma impressora comum. Você é muito estúpido. A única coisa que se pode imprimir nesta máquina é papel timbrado.

– Papel timbrado?

Grangier tinha a sensação de que o quarto começava a rodar.

– Acreditou realmente na fábula de uma máquina que transforma papel em notas de 100 dólares genuínas?

– Estou lhe dizendo que vi com meus próprios olhos...

Grangier parou de falar abruptamente. O que vira? Algumas notas molhadas de 100 dólares penduradas para secar, papel em branco e um cortador de papel. Ele começou a perceber a enormidade do golpe de que fora vítima. Não havia qualquer operação de falsificação, não havia gravador esperando na Suíça. Tracy Whitney jamais caíra na história do tesouro afundado. A desgraçada usara o seu próprio golpe como uma isca para arrancar-lhe meio milhão de dólares. Se a notícia do golpe se espalhasse...

Os dois homens observavam-no.

– Deseja apresentar acusação de alguma espécie, Armand? – perguntou o inspetor Dumont.

Como poderia? O que diria? Que fora enganado ao tentar financiar uma operação de falsificação? E o que fariam seus associados com ele quando soubessem que lhes roubara meio milhão de dólares e perdera tudo? Ele foi dominado por um temor súbito.

– Não. Eu... eu não desejo apresentar qualquer acusação.

Havia pânico em sua voz. "África", pensou Armand Grangier. "Eles nunca me encontrarão na África."

Daniel Cooper estava pensando: "Na próxima vez. Eu a pegarei na próxima vez."

27

Foi Tracy quem sugeriu a Gunther Hartog que se encontrassem em Maiorca. Tracy adorava a ilha. Era um dos lugares realmente pitorescos do mundo.

– Além do mais – disse ela a Gunther – foi outrora o refúgio de piratas. Nós nos sentiremos à vontade ali.

– Seria melhor se não fôssemos vistos juntos.

– Pode deixar que providenciarei tudo.

COMEÇARA COM o telefonema de Gunther de Londres:

– Tenho uma coisa para você que é de fato excepcional, Tracy. Creio que você achará um grande desafio.

Na manhã seguinte, Tracy voou para Palma, a capital de Maiorca. Por causa da *circulação vermelha* da Interpol sobre Tracy, sua partida de Biarritz e a chegada em Maiorca foram comunicadas às autoridades locais. Assim que Tracy se registrou na suíte real do Hotel Son Vida, uma equipe de vigilância entrou em ação, numa base de 24 horas por dia. O chefe de polícia de Palma, Ernesto Marze, falara com o inspetor Trignant, da Interpol, que lhe dissera:

– Estou convencido de que Tracy Whitney é uma onda de crime de uma só mulher.

– Pior para ela. Se cometer um crime em Maiorca, descobrirá que nossa justiça é muito rápida.

O inspetor Trignant acrescentou:

– *Monsieur*, há outra coisa que devo mencionar.

– *Sì?*

– Receberá um visitante americano. Seu nome é Daniel Cooper.

PARECIA AOS DETETIVES que vigiavam Tracy que ela só estava interessada em passeios turísticos. Seguiram-na em suas excursões pela ilha, na visita ao claustro de San Francesco, ao pitoresco Castelo Bellver e à praia em Illetas. Ela assistiu a uma tourada em Palma, comeu *sobrasadas* e *camaiot* na Plaza de la Reine. Estava sempre sozinha.

Tracy fez viagens a Formentor, Valldemosa e La Granja, visitou as fábricas de pérolas em Manacor.

– Nada – comunicaram os detetives a Ernesto Marze. – Ela está aqui como uma turista, comandante.

A secretária do comandante entrou na sala e informou:

– Há um americano aqui querendo lhe falar. *Señor* Daniel Cooper.

O comandante Marze tinha muitos amigos americanos. Gostava dos americanos e tinha o pressentimento de que, apesar do que o inspetor Trignant lhe dissera, também gostaria daquele Daniel Cooper.

Ele estava enganado.

– Vocês são idiotas – disse Daniel Cooper asperamente. – Todos vocês. É claro que ela não está aqui como turista. Veio atrás de alguma coisa.

O comandante Marze teve de fazer um grande esforço para manter o controle.

– *Señor*, acaba de dizer que os alvos da Srta. Whitney são sempre espetaculares, que ela gosta do impossível. Verifiquei meticulosamente, *Señor* Cooper. Não há nada em Maiorca que possa atrair os talentos da Srta. Whitney.

– Ela se encontrou com alguém... conversou com qualquer pessoa?

O tom insolente do *ojete!*

– Não. Com ninguém.

– Pois então isso ainda vai acontecer – garantiu Daniel Cooper, incisivamente.

"Finalmente compreendo o que se quer dizer com *Ugly American*, o Americano Feio", pensou o comandante Marze.

HÁ DUZENTAS CAVERNAS conhecidas em Maiorca, porém as mais sensacionais são as Cuevas del Drach, as "Cavernas do Dragão", perto de Porto Cristo, a uma hora de viagem de Palma. As cavernas antigas descem pela terra profundamente, enormes câmaras abobadadas, com estalagmites e estalactites, um silêncio tumular, exceto pela passagem ocasional de sinuosos córregos subterrâneos, a água virando verde, azul ou branco, cada cor indicando a extensão das tremendas profundezas.

As cavernas constituem uma terra de conto de fadas em arquitetura de um marfim claro, uma sucessão aparentemente interminável de labirintos, escassamente iluminados por tochas estrategicamente colocadas.

Ninguém tem permissão para visitá-las sem um guia. Mas, a partir do momento em que são abertas ao público, pela manhã, as cavernas ficam repletas de turistas.

Tracy escolheu o sábado para conhecê-las quando se achavam mais apinhadas, com centenas de turistas de países do mundo inteiro. Ela comprou seu ingresso no balcão e desapareceu no meio da multidão. Daniel Cooper e dois homens do comandante Marze vinham logo atrás. Um guia levou os excursionistas por trilhas rochosas estreitas, escorregadias por causa da água pingando das estalactites, apontando para baixo como dedos esqueléticos acusadores.

Havia alcovas em que os visitantes podiam sair das trilhas e parar, admirando as formações de cálcio que pareciam enormes aves, estranhos animais e árvores. Havia pontos de escuridão ao longo das trilhas mal-iluminadas e foi num deles que Tracy desapareceu.

Daniel Cooper adiantou-se apressadamente, mas ela não se encontrava mais à vista em parte alguma. A multidão descendo pelos degraus tornava impossível localizá-la. Ele não tinha meios de saber se ela estava à sua frente ou atrás. "Ela está planejando alguma coisa aqui", disse Cooper a si mesmo. "Mas como? Onde? O quê?"

NUMA GRUTA do tamanho de uma arena, no ponto mais baixo das cavernas, diante do Grande Lago, há um anfiteatro romano. Fileiras de bancos de pedra foram construídas para acomodar as audiências que vêm assistir ao espetáculo, encenado de hora em hora. Os espectadores ocupam seus lugares no escuro, esperando pelo início do espetáculo.

Tracy subiu até a décima fila, deslocou-se por vinte lugares. O homem no 21º virou-se para ela

– Algum problema?

– Nenhum, Gunther.

– Ela inclinou-se e beijou-o no rosto. Ele disse alguma coisa e Tracy teve de se inclinar para ouvi-lo, acima da babel de vozes ao redor.

– Achei que seria melhor se não fôssemos vistos juntos, no caso de você estar sendo seguida.

Tracy correu os olhos pela caverna imensa, escura e apinhada.

– Estamos seguros aqui. – Ela tornou a se fixar em Gunther. – Deve ser importante.

– E é mesmo. – Ele inclinou-se para mais perto dela. – Um cliente rico está interessado em adquirir um determinado quadro. É um Goya, chamado *Puerto*. Ele pagará meio milhão de dólares em dinheiro a quem conseguir obtê-lo. Além da minha comissão.

Tracy ficou pensativa.

– A quem conseguir obtê-lo... Há outros tentando?

– Para ser franco, há, sim. E, na minha opinião, as possibilidades de sucesso são muito limitadas.

– Onde está o quadro?

– No Museu do Prado, em Madri.

– *No Prado!*

A palavra que aflorou prontamente à cabeça de Tracy foi *impossível.* Gunther se inclinava em sua direção, falando em seu ouvido, ignorando a multidão ruidosa ao redor, enquanto a arena se enchia.

– É preciso muita engenhosidade e foi por isso que pensei em você, minha cara Tracy.

– Sinto-me lisonjeada. Você disse meio milhão de dólares?

– Livres e desimpedidos.

O espetáculo começou e subitamente houve silêncio. Gradativamente, lâmpadas invisíveis foram se acendendo, a música espalhou-se pela enorme caverna. O centro do palco era um lago na frente da plateia sentada. Uma gôndola surgiu de trás de uma estalagmite, iluminada por refletores ocultos. Um organista se encontrava no barco, enchendo o ar com uma serenata melodiosa, que ecoou pela água. Os espectadores observavam, extasiados, enquanto luzes coloridas varavam a escuridão. O barco atravessou lentamente o lago e desapareceu, a música se desvanecendo suavemente.

– Fantástico – disse Gunther. – Vale a pena viajar para Maiorca só para assistir isto.

– Adoro viajar – comentou Tracy. – E quer saber qual é a cidade que eu sempre quis conhecer, Gunther? Madri.

PARADO NA SAÍDA das cavernas, Daniel Cooper observou Tracy Whitney emergir.

Ela estava sozinha.

28

O Hotel Ritz, na Plaza de la Lealtad, em Madri, é considerado o melhor da Espanha; por mais de um século, tem alojado e alimentado monarcas de uma dúzia de países europeus. Presidentes, ditadores e bilionários já dormiram ali. Tracy ouvira falar tanto sobre o Ritz que a realidade foi um desapontamento. O saguão era desbotado e de aparência andrajosa.

O gerente-assistente escoltou-a à suíte que ela escolhera, 411-412, na ala sul do hotel, na Calle Felipe V.

– Espero que considere a suíte satisfatória, Srta. Whitney.

Tracy foi até a janela e deu uma olhada. Diretamente abaixo, no outro lado da rua, ficava o Museu do Prado.

– É ótima. Obrigada.

A suíte estava povoada pelos sons estrepitosos do tráfego intenso nas ruas lá embaixo. Mas tinha o que ela queria: uma vista ampla para o Prado.

Tracy pediu um jantar leve, servido no quarto, foi deitar cedo. Quando se meteu na cama, concluiu que tentar dormir ali só podia ser uma forma moderna de tortura medieval.

À meia-noite, um detetive postado no saguão do hotel foi substituído por um colega e informou:

– Ela não saiu do quarto. Creio que já se recolheu para a noite.

EM MADRI, a Dirección General de Seguridad, a chefatura de polícia, fica na Puerta del Sol e ocupa todo um quarteirão. É um prédio escuro, de tijolos vermelhos, com uma enorme torre de relógio por cima. Sobre a entrada principal está hasteada a bandeira espanhola, vermelha e amarela. Há sempre um guarda na porta, de uniforme bege e boina marrom-escura, armado com uma submetralhadora, um cassetete, um revólver e algemas. É ali que funciona o serviço de ligação com a Interpol.

No dia anterior, um telegrama X-D fora entregue a Santiago Ramiro, o chefe de polícia de Madri, comunicando a chegada iminente de Tracy Whitney. Ele lera duas vezes a última frase do telegrama e depois telefonara para André Trignant, no quartel-general da Interpol, em Paris.

– Não compreendi a sua mensagem – dissera Ramiro. – Está me pedindo para conceder plena cooperação de meu departamento a um americano que nem mesmo é um policial? Por que motivo?

– Tenho certeza de que descobrirá que o Sr. Cooper é extremamente útil, comandante. Ele compreende a Srta. Whitney.

– O que há para compreender? Ela é uma criminosa. Talvez engenhosa... mas as prisões espanholas estão repletas de criminosos engenhosos. Essa mulher não escapulirá de nossa rede.

– *Bon.* Mas consultará o Sr. Cooper?

O comandante disse, relutante:

– Se diz que ele pode ser útil, então não tenho qualquer objeção.

– *Merci, monsieur.*

– *De nada, señor.*

O COMANDANTE RAMIRO, como seu equivalente em Paris, não gostava de americanos. Achava-os grosseiros, materialistas e ingênuos. "Este pode ser diferente", pensou ele. "Provavelmente gostarei dele."

O comandante Ramiro odiou Daniel Cooper à primeira vista.

– Ela já enganou metade das forças policiais da Europa – garantiu Daniel Cooper, logo depois de entrar na sala do comandante. – E provavelmente fará a mesma coisa aqui.

O comandante teve de fazer um grande esforço para se controlar.

– *Señor,* não precisamos de ninguém para nos ensinar a trabalhar. A *señorita* Whitney está sob vigilância desde o momento em que chegou ao Aeroporto Barajas, esta manhã. Posso lhe assegurar que ela será prontamente levada para a prisão se alguém deixar cair um alfinete na rua e a jovem o pegar.

– Ela não está aqui para pegar um alfinete na rua.

– Por que acha que ela veio a Madri?

– Não tenho certeza. Só posso garantir que é por algo muito grande.

O comandante Ramiro declarou, presunçosamente:

– Quanto maior, melhor. Vigiaremos cada movimento da *señorita* Whitney.

QUANDO TRACY acordou, pela manhã, tonta de uma noite de sono torturante na cama projetada por Tomás de Torquemada, pediu um desjejum ligeiro e café puro e bem quente, depois foi até a janela que dava para o Museu do Prado. Era uma fortaleza imponente, de pedras e tijolos vermelhos do solo local, cercada por relva e árvores. Havia duas entradas laterais, ao nível da rua. Duas colunas dóricas se erguiam na frente, tendo nos dois lados escadas gêmeas, que subiam para a entrada principal. Colegiais e turistas de uma dúzia de países estavam em fila na frente do museu. Pontualmente às 10 horas, as duas portas principais foram abertas por guardas. Os visitantes começaram a passar pela porta giratória no centro e pelas duas passagens laterais, ao nível da rua.

O telefone tocou, surpreendendo Tracy. À exceção de Gunther Hartog, ninguém sabia que ela se encontrava em Madri. Ela atendeu.

– Alô?

– *Buenos días, señorita.* – Era uma voz familiar. – Estou ligando da Câmara de Comércio de Madri. Fui instruído a fazer tudo ao meu alcance para que seja emocionante a sua estada em nossa cidade.

– Como soube que eu estava em Madri, Jeff?

– *Señorita,* a Câmara de Comércio sabe de tudo. É a sua primeira vez em Madri?

– É, sim.

– *Bueno!* Neste caso, posso lhe mostrar alguns lugares. Quanto tempo planeja ficar, Tracy?

Era uma pergunta insinuante.

– Não sei ainda – respondeu ela, jovialmente. – Apenas o suficiente para fazer algumas compras e conhecer a cidade. O que você está fazendo em Madri?

– A mesma coisa. – O tom de Jeff era de igual jovialidade. Fazer compras e conhecer a cidade.

Tracy não acreditava em coincidência. Jeff Stevens estava ali pelo mesmo motivo que ela: roubar o *Puerto.*

– Está livre para jantar comigo hoje, Tracy?

Era um desafio.

– Estou.

– Ótimo. Farei uma reserva no Jockey.

TRACY CERTAMENTE não tinha ilusões sobre Jeff. Mas quando ela saiu do elevador para o saguão e viu-o parado ali, à sua espera, sentiu-se irracionalmente satisfeita por encontrá-lo. Jeff pegou-lhe a mão.

– *Fantástico, querida!* Você está maravilhosa.

Ela se vestira com esmero. Usava um costume azul-marinho de Valentino, com uma zibelina russa em torno do pescoço, sapatos de saltos altos de Maud Frizon, uma bolsa também azul-marinho com o H da Hermes.

Daniel Cooper, sentado a uma mesinha redonda num canto do saguão, com um copo de água Perrier à sua frente, observou Tracy, enquanto ela cumprimentava seu acompanhante. Ele sentiu um imenso poder: "A justiça é minha, diz o Senhor, eu sou sua espada e seu instrumento de vingança. Minha vida é uma penitência e você me ajudará a pagar. Eu vou puni-la."

Cooper sabia que nenhuma força policial do mundo era bastante esperta para pegar Tracy Whitney. "Mas eu sou", pensou Cooper. "Ela me pertence".

TRACY TORNARA-SE mais do que uma missão para Daniel Cooper: era agora uma obsessão. Levava suas fotografias e ficha a toda parte; à noite, antes de dormir, examinava-as atentamente. Chegara a Biarritz tarde demais para agarrá-la e ela se esquivara em Majorca. Mas agora que a Interpol redescobrira a sua pista, Cooper estava determinado a não perdê-la.

Ele sonhava com Tracy à noite. Ela presa numa jaula enorme, inteiramente nua, suplicando-lhe que a libertasse. "Eu amo você", dizia ele, "mas nunca a libertarei."

O JOCKEY ERA um restaurante pequeno e elegante, na Amador de los Rios.

– A comida é excelente – garantiu Jeff.

Ele estava particularmente bonito, pensou Tracy. Havia nele uma agitação interior que se comparava com a de Tracy. Ela sabia por quê: Ambos competiam entre si, num duelo de inteligência por apostas muito altas. "Mas eu vencerei", pensou Tracy. "Encontrarei um meio de roubar o quadro do Prado antes de Jeff."

– Há um estranho rumor circulando – comentou Jeff.

Ela focalizou sua atenção nele.

– Que rumor?

– Já ouviu falar de Daniel Cooper? Ele é um investigador de seguros, muito eficiente.

– Não. O que há com ele?

– Tome cuidado. É um homem perigoso. E eu não gostaria que nada lhe acontecesse.

– Não se preocupe.

– Mas tenho de me preocupar, Tracy.

Ela riu.

– Comigo? Por quê?

Ele pôs a mão sobre a dela e disse jovialmente:

– Você é muito especial. A vida é mais interessante com você por perto, meu amor.

"Ele é terrivelmente convincente", pensou Tracy. "Se eu não o conhecesse melhor, acreditaria nele."

– Vamos fazer o pedido – disse Tracy. – Estou com fome.

JEFF E TRACY exploraram Madri nos dias subsequentes. Nunca estavam sozinhos. Dois dos homens do comandante Ramiro seguiam-nos por toda parte, acompanhados pelo estranho americano. Ramiro permitira que Cooper integrasse a equipe de vigilância somente para afastá-lo de seu gabinete. O americano era *loco,* estava convencido de que a mulher Whitney daria um jeito de roubar algum grande tesouro debaixo de nossos narizes. *Que ridículo!*

TRACY E JEFF comeram nos restaurantes clássicos de Madri – Horcher, o Príncipe de Viana, Casa Botín – mas Jeff também conhecia lugares que não haviam sido descobertos pelos turistas: Cases Paco, La Chuletta e El Lacón, onde ele e Tracy saborearam deliciosos pratos nativos, como *cocido madrileño* e *olla podrida.* Visitaram um pequeno bar, onde foram servidos deliciosos *tapas.*

Onde quer que fossem, Daniel Cooper e os dois detetives nunca estavam muito atrás.

Observando-os a uma distância cautelosa, Daniel Cooper sentia-se perplexo pelo papel de Jeff Stevens no drama sendo encenado. Quem era ele? A próxima vítima de Tracy? Ou os dois conspiravam juntos alguma coisa? Cooper procurou o comandante Ramiro e perguntou:

– Que informações possui sobre Jeff Stevens?

– *Nada.* Ele não tem ficha criminal e está registrado como turista. Creio que é simplesmente um companheiro que a mulher arrumou aqui.

Os instintos de Cooper lhe diziam que não era bem isso. Mas também não era Jeff Stevens que ele estava querendo. "Tracy", pensou ele. "Eu quero você, Tracy."

Quando Tracy e Jeff voltaram ao Ritz, ao fim de uma noitada, Jeff acompanhou-a até sua porta e sugeriu:

– Por que não me convida para entrar e tomar o último drinque da noite?

Tracy quase foi tentada. Ela inclinou-se para a frente e beijou-o de leve no rosto.

– Pense em mim como sua irmã, Jeff.

– Qual é a sua opinião sobre incesto?

Mas ela já fechara a porta.

Jeff telefonou poucos minutos depois de seu quarto.

– Não gostaria de passar o dia de amanhã comigo em Segóvia? É uma velha cidade fascinante, a poucas horas de carro de Madri.

– Parece uma ideia maravilhosa. E obrigada por uma noite linda. Até amanhã, Jeff.

Tracy permaneceu acordada por muito tempo, a mente povoada por pensamentos que não tinha o direito de acalentar. Já fazia muito tempo que estivera emocionalmente envolvida com um homem. Charles a magoara profundamente e ela não queria que isso tornasse a acontecer. Jeff Stevens era uma companhia divertida, mas ela sabia que nunca deveria permitir-lhe se tornar algo mais. Seria muito fácil se apaixonar por ele. E uma besteira rematada.

Ruinosa.

Divertida.

Tracy teve a maior dificuldade para dormir.

A VIAGEM A Segóvia foi perfeita. Jeff alugara um pequeno carro e eles saíram de Madri para a mais linda região vinícola da Espanha. Um Seat sem qualquer identificação seguiu-os durante o dia inteiro. Só que não era um Seat comum.

O Seat é o único automóvel fabricado na Espanha, o veículo oficial da polícia espanhola. O modelo padrão tem apenas 100 cavalos, mas os vendidos para a Polícia Nacional e a Guarda Civil são especiais, com 150 cavalos. Assim, não havia qualquer perigo de Tracy Whitney e Jeff Stevens se esquivarem de Daniel Cooper e dos dois detetives.

Tracy e Jeff chegaram a Segóvia a tempo para o almoço e foram comer num restaurante encantador, na praça principal, à sombra de um aqueduto de dois mil anos, construído pelos romanos. Depois do almoço, passearam pela cidade medieval, visitaram a velha Catedral de Santa Maria e o prédio renascentista da prefeitura. Depois, subiram para Alcázar, a antiga fortaleza romana empoleirada num rochedo, por cima da cidade. A vista era espetacular.

– Aposto que, se ficarmos aqui por tempo suficiente, acabaremos vendo Dom Quixote e Sancho Pança cavalgando pelas planícies lá embaixo – comentou Jeff.

Ela observou-o atentamente.

– Você gosta de investir contra moinhos de vento, não é mesmo?

– Depende do formato do moinho – disse ele, suavemente, chegando mais perto dela.

Tracy afastou-se da beira do penhasco.

– Fale-me mais sobre Segóvia.

E o encantamento foi rompido.

Jeff era um guia entusiástico, conhecedor de história, arqueologia e arquitetura. Tracy tinha de lembrar a si mesma que ele era também um vigarista. Era o dia mais agradável que Tracy podia se lembrar.

Um dos detetives espanhóis, José Pereira, resmungou para Cooper:

– A única coisa que eles estão roubando é o nosso tempo. Será que não percebe que esses dois não passam de apaixonados? Tem mesmo certeza de que ela planeja alguma coisa?

– Tenho, sim.

Cooper estava desconcertado com suas próprias reações. Tudo o que queria era agarrar Tracy Whitney, puni-la como ela merecia. Ela era apenas outra criminosa, uma missão. Contudo, a cada vez que o companheiro de Tracy lhe pegava o braço, Cooper descobria-se dominado pela fúria.

Assim que chegaram de volta a Madri, Jeff disse a Tracy:

– Se não está exausta demais, conheço um lugar muito especial para jantarmos.

– Maravilhoso.

Tracy não queria que o dia terminasse. "Eu me entregarei a este dia, este único dia, serei como as outras mulheres."

OS MADRILENOS jantam tarde e poucos restaurantes abrem para o jantar antes das 21 horas. Jeff fez uma reserva para as 22 horas no Zalacaín, um elegante restaurante, onde a comida era excepcional e servida com perfeição. Tracy não pediu sobremesa, mas o *maître* trouxe-lhe um delicado mil-folhas, a coisa mais deliciosa que já provara na vida. Depois, Tracy recostou-se na cadeira, saciada e feliz.

– Foi um jantar maravilhoso. Obrigada.

– Fico contente que tenha gostado. Este é o lugar para se trazer as pessoas quando se quer impressioná-las.

Ela estudou-o.

– Está tentando me impressionar, Jeff?

Ele sorriu.

– Pode apostar que sim. Espere só até ver o que teremos em seguida.

O que tiveram em seguida foi uma *bodega* despretensiosa, enfumaçada, repleta de trabalhadores espanhóis em blusões de couro, bebendo no balcão e em uma dúzia de mesas espalhadas pela sala. Numa extremidade havia um *tablado*, onde dois homens dedilhavam guitarras. Tracy e Jeff foram sentados a uma mesinha perto do palco.

– Sabe alguma coisa sobre o flamenco? – perguntou Jeff, precisando alterar a voz por causa do nível de barulho no bar.

– Somente que é uma dança espanhola.

– Cigana, originalmente. Pode-se ir a boates luxuosas de Madri e se assistir a imitações de flamenco. Mas esta noite você verá o verdadeiro.

Tracy sorriu pela animação na voz de Jeff.

– Verá um clássico *cuadro flamenco.* É um grupo de cantores, dançarinos e guitarristas. Primeiro, eles se apresentam juntos, depois um de cada vez.

Observando Tracy e Jeff de uma mesa no canto, perto da cozinha, Daniel Cooper se perguntou o que os dois estariam conversando, tão absorvidos.

– A dança é muito sutil, porque tudo tem de ser feito junto... movimento, música, trajes, o desenvolvimento do ritmo...

– Como sabe tanta coisa a respeito?

– Já fui um dançarino do flamenco.

"Naturalmente", pensou Tracy.

As luzes na *bodega* diminuíram e o pequeno palco foi iluminado por refletores. E depois a magia começou. O início foi lento. Um grupo de artistas subiu casualmente à plataforma. As mulheres usavam saias e blusas coloridas, travessas altas com flores nos lindos penteados andaluzes. Os homens vestiam as calças justas tradicionais e coletes, usavam botas curtas de couro. Os guitarristas dedilharam uma melodia melancólica, enquanto uma das mulheres sentadas cantava, em espanhol:

Yo quería dejar
A mi amante,
Pero antes de que pudiera
Hacerlo ella me abandonó
Y destrozó mi corazón.

– Entende o que ela está cantando? – sussurrou Tracy.

– Claro. "Eu queria deixar minha amante, mas antes que pudesse fazê-lo ela me abandonou e destruiu meu coração."

Uma dançarina se deslocou para o centro do palco. Começou com um *zapateado* simples, batendo com os pés, cada vez mais depressa, impelida pela vibração das guitarras. O ritmo foi se tornando mais e mais vertiginoso, a dança tornou-se uma forma de violência sensual, variações dos passos que haviam nascido em cavernas ciganas um século antes. Enquanto a música aumentava de intensidade, passando pelos movimentos clássicos de *alegrías*, *fandanguillo*, *zambra* e *seguiriya*, à medida que o ritmo se tornava mais frenético, soaram gritos de encorajamento dos artistas nos lados do palco.

Eram gritos de "*Olé tu madre*" e "*Olé tus santos*", "*Anda, anda*", os tradicionais *jaleos* e *piropos*, brados de estímulo, espicaçando os dançarinos a ritmos mais desvairados e frenéticos.

Quando a música e a dança terminaram abruptamente, um silêncio ressoou pelo bar e depois houve uma explosão de aplausos.

– Ela é maravilhosa! – exclamou Tracy.

– Espere pelo restante – disse Jeff.

Uma segunda mulher avançou para o centro do palco. Tinha uma beleza morena castelhana, clássica, parecia profundamente alienada, completamente inconsciente da audiência. As guitarras começaram a tocar um bolero, triste e suave, um canto que parecia oriental. Um dançarino se juntou à mulher. As castanholas começaram a es talar, num ritmo firme, compulsivo.

Os artistas sentados acompanharam com o *jaleo*, as palmas que marcam o ritmo do flamenco. As palmas aceleravam a dança e a música, até que a sala começou a vibrar com o eco do *zapateado*, as batidas hipnóticas da ponta dos pés e dos calcanhares, da sola inteira, em variações intermináveis de tom e sensações rítmicas.

Os corpos se separavam e se encontravam, num frenesi crescente de desejo, até que os dançarinos faziam um amor desvairado, violento, animal, sem jamais se tocarem, encaminhando-se para um clímax ardente, com a plateia a berrar. As luzes se apagaram e tornaram a se acender, com a multidão rugindo. Tracy descobriu-se a gritar junto com os outros. Para seu constrangimento, sentia-se sexualmente excitada. Tinha medo de enfrentar os olhos de Jeff. O ar entre eles vibrava de tensão. Tracy baixou os olhos para a mesa, contemplou as mãos fortes e bronzeadas de Jeff. Podia senti-las a acariciarem seu corpo, lentamente, rapidamente, com urgência. Ela se apressou em baixar as mãos para o colo, a fim de esconder o tremor.

Eles falaram muito pouco durante a viagem de volta ao hotel. À porta de seu quarto, Tracy virou-se e disse:

– Foi uma...

Os lábios de Jeff se encontraram com os dela, seus braços envolveram-na, ele apertou-a firmemente.

– Tracy...

A palavra nos lábios de Tracy era *sim* e ela precisou recorrer aos últimos resquícios de força de vontade para murmurar:

– Foi um dia comprido, Jeff. E eu estou com muito sono.

– Ahn...

– Acho que amanhã passarei o dia inteiro em meu quarto descansando.

A voz de Jeff era calma quando ele respondeu:

– Boa ideia. Provavelmente farei a mesma coisa.

Nenhum dos dois acreditou no outro.

29

Às 10 horas da manhã seguinte Tracy estava parada na fila comprida à entrada do Museu do Prado. As portas se abriram, com um guarda uniformizado operando uma roleta, que só deixava passar um visitante de cada vez.

Tracy comprou um ingresso e acompanhou a multidão para a rotunda grande. Daniel Cooper e o detetive Pereira permaneceram bem atrás dela. Cooper começou a experimentar uma crescente excitação. Tracy Whitney não estava ali como uma visitante comum. Qualquer que fosse o seu plano, começava a ser executado.

Tracy foi de sala em sala, andando devagar, passando pelos Rubens, por Ticianos, Tintorettos e Boschs, contemplando as pinturas de Domenikos Theotokopoulos, que se tornou famoso como

El Greco. Os Goyas estavam em exposição numa galeria especial por baixo, no andar térreo.

Tracy notou que havia um guarda uniformizado postado à en trada de cada sala, tendo a seu lado um botão de alarme vermelho. Ela sabia que, no instante em que o alarme fosse acionado, todas as entradas e saídas do museu seriam fechadas, não haveria a menor possibilidade de escapar.

Ela sentou no banco no centro da Sala das Musas, repleta de quadros dos mestres flamengos do século XVIII, deixando o olhar vaguear pelo chão. Avistou dois artefatos redondos nos lados da porta. Deviam ser os fachos infravermelhos que eram ligados à noite. Em outros museus que Tracy visitara, os guardas se mostravam sonolentos e entediados, não prestando muita atenção ao fluxo de turistas agitados. Mas Tracy observou que ali os guardas se mantinham alertas. Obras de arte vinham sendo desfiguradas por fanáticos em museus do mundo inteiro e o Prado não queria correr qualquer risco de que isso se repetisse ali.

Em uma dúzia de salas diferentes, pintores haviam armado seus cavaletes, que se concentravam em copiar os quadros dos mestres. O museu permitia isso, mas Tracy notou que os guardas se mantinham atentos até aos copiadores.

Depois que terminou de percorrer as salas no andar principal, Tracy desceu para o térreo, ao encontro da exposição de Francisco de Goya. O detetive Pereira disse a Cooper:

– Ela não está fazendo coisa alguma além de olhar. Acho que...

– Você está enganado.

Cooper começou a descer a escada apressadamente. Tracy teve a impressão de que a exposição de Goya estava ainda mais intensamente vigiada do que o restante. E bem merecia. Uma parede depois de outra se achava coberta por uma exibição incrível de beleza eterna. Tracy foi de uma tela para outra, fascinada pelo gênio do homem. O *Autorretrato* de Goya, fazendo-o parecer um Pã de meia-idade... o retrato colorido refinado de *A família de Carlos W*... A *Maja vestida* e a famosa *Maja desnuda*.

E lá estava o *Puerto,* depois de *O sabá das feiticeiras,* Tracy parou e contemplou-o fixamente, o coração batendo forte. Em primeiro plano, havia uma dúzia de homens e mulheres muito bem vestidos, parados na frente de um muro de pedra, enquanto ao fundo, vistos através de uma névoa luminosa, havia barcos de pesca numa enseada e um farol distante. No canto inferior esquerdo do quadro estava a assinatura de Goya.

Aquele era o alvo. *Meio milhão de dólares.*

Tracy olhou ao redor. Um guarda se mantinha parado à entrada. Além dele, através do corredor comprido que levava a outras salas, Tracy podia avistar mais guardas. Ela ficou ali por um longo tempo, estudando o *Puerto.* Quando começou a se afastar, um grupo de turistas descia a escada. E Jeff Stevens estava no meio deles. Tracy virou o rosto e saiu apressadamente pela porta lateral, antes que ele pudesse vê-la.

"Será uma corrida, Sr. Stevens. E eu vou vencê-la."

– ELA ESTÁ PLANEJANDO roubar um quadro do Prado.

O comandante Ramiro olhou para Daniel Cooper com uma expressão de incredulidade.

– *Cagajón!* Ninguém pode roubar um quadro do Prado. Cooper disse, obstinado:

– Ela passou a manhã inteira lá.

– Nunca houve um roubo no Prado e nunca haverá. E quer saber por quê? Porque é impossível.

– Ela não tentará por qualquer dos meios usuais. Deve mandar proteger os tubos de ventilação do museu, para a eventualidade de um ataque com gás. Se os guardas tomam café durante o serviço, descubra de onde vem e se pode ser drogado. Verifique a água que eles bebem...

Os limites da paciência do comandante Ramiro estavam esgotados. Já era bastante terrível que fosse obrigado a aturar aquele americano grosseiro e desgracioso durante a última semana, desperdiçando homens valiosos para seguir Tracy Whitney 24 horas por dia, quando a sua Polícia Nacional operava com um orçamento de austeridade. Mas agora, diante daquele *pito,* o americano lhe dizendo como devia dirigir o *seu* departamento de polícia, ele não podia mais suportar.

– Na minha opinião, a mulher se encontra em Madri de férias. E estou suspendendo a vigilância.

Cooper ficou aturdido.

– Mas não pode fazer isso! Tracy Whitney está...

O comandante Ramiro levantou-se, empertigado.

– Faça o favor de se abster de dizer o que posso ou não fazer, *señor.* E agora, se não tem mais nada a dizer, queira se retirar, pois sou um homem muito ocupado.

Cooper continuou onde estava, dominado pela frustração.

– Neste caso, eu gostaria de continuar sozinho.

O comandante sorriu.

– Para manter o Museu do Prado a salvo da terrível ameaça dessa mulher? Mas é claro, *señor* Cooper! Agora posso dormir à noite tranquilamente.

30

"As possibilidades de sucesso são bastante limitadas", dissera Gunther Hartog a Tracy. "Será preciso muita engenhosidade."

"É a meia-verdade do século", pensou Tracy.

Ela olhava pela janela de sua suíte para a claraboia do Prado, revisando mentalmente tudo o que descobrira a respeito do museu. Ficava aberto das 10 às 18 horas. Os alarmes permaneciam desligados durante esse período, mas havia guardas em cada entrada e em todas as salas.

"Mesmo que alguém conseguisse retirar um quadro da parede", pensou Tracy, "não há qualquer meio de sair com ele do museu". Todos os pacotes eram verificados na saída.

Ela estudou o telhado do Prado e considerou a possibilidade de uma incursão noturna. Havia vários inconvenientes. O primeiro era a estrema visibilidade. Tracy observara os refletores se acendendo à noite, iluminando o telhado, tornando-o visível por quilômetros ao redor. E mesmo que pudesse entrar no prédio sem ser vista, ainda havia os fachos infravermelhos no interior e os vigias noturnos.

O Prado parecia inexpugnável.

O que Jeff estaria planejando? Tracy tinha certeza de que ele faria uma tentativa de roubar o Goya. "Eu daria qualquer coisa para saber o que ele tem em sua mente astuciosa." De uma coisa Tracy tinha certeza: Não deixaria que Jeff chegasse lá na sua frente. Tinha de encontrar um meio.

Ela voltou ao Prado na manhã seguinte.

Nada mudara, exceto os rostos dos visitantes. Tracy procurou atentamente por Jeff, mas ele não apareceu.

Tracy pensou: "Ele já imaginou um meio de roubar o quadro. Desgraçado! Todo aquele seu charme era apenas para me distrair e impedir que eu chegasse ao quadro primeiro."

Ela reprimiu a raiva e substituiu-a pela lógica fria e objetiva.

Foi novamente se postar diante do *Puerto,* os olhos vaguearam para as telas próximas, os guardas alertas, os pintores amadores sentados em bancos diante de seus cavaletes, os visitantes entrando e saindo da sala. E enquanto Tracy olhava ao redor, seu coração começou a bater mais depressa.

"Sei como poderei fazê-lo!"

ELA FEZ UMA LIGAÇÃO de uma cabine telefônica na Gran Via. Daniel Cooper, parado na entrada de um café, esperando, daria um ano de salário para saber quem era a pessoa para a qual Tracy estava telefonando. Ele tinha certeza que era uma ligação internacional e Tracy telefonava a cobrar; assim, não haveria qualquer registro. Estava também consciente do vestido verde de linho que não vira antes e que as pernas de Tracy se achavam à mostra. "A fim de que os homens possam ficar olhando", pensou ele. *Puta!*

Ele foi dominado por uma raiva intensa.

Na cabine telefônica, Tracy concluía a conversa:

– Cuide para que ele seja rápido, Gunther. Terá apenas cerca de dois minutos. Tudo dependerá da rapidez.

PARA: J.J. Reynolds Ficha Nº Y-72-830-412
DE: Daniel Cooper CONFIDENCIAL
ASSUNTO: Tracy Whitney

É minha opinião que a mulher em questão se encontra em Madri para cometer um grande ato criminoso. O alvo provável é o Museu do Prado. A polícia espanhola não quer cooperar, mas eu a manterei pessoalmente sob vigilância e a prenderei no momento oportuno.

Dois dias depois, às 9 horas, Tracy estava sentada num banco nos jardins do Retiro, o lindo parque que se estende pelo centro de Madri, dando milho aos pombos. O Retiro, com seu lago e árvores graciosas, gramados bem cuidados e palcos em miniatura com espetáculos para crianças, era um verdadeiro ímã para os madrilenos.

Cesar Porretta, um homem idoso, de cabelos grisalhos, ligeiramente encurvado, aproximou-se pelo caminho. Sentou no banco, ao lado de Tracy, abriu um saco de pão e começou a jogar migalhas para os pombos.

– *Buenos días, señorita.*

– *Buenos días.* Acha que há algum problema?

– Nenhum, *señorita.* Tudo o que preciso agora é do dia e da hora.

– Ainda não tenho – respondeu Tracy. – Mas será muito em breve.

Ele sorriu, um sorriso desdentado.

– A polícia ficará maluca. Ninguém jamais tentou fazer algo assim antes.

– É por isso que dará certo – comentou Tracy. – Aguarde notícias minhas.

Ela jogou os últimos grãos de milho para os pombos e levantou-se. Foi andando, o vestido de seda balançando de maneira provocante em torno dos joelhos.

ENQUANTO TRACY se encontrava no parque, conversando com Cesar Porretta, Daniel Cooper revistava seu quarto no hotel. Observara do saguão quando Tracy deixara o hotel e se encaminhara para o parque. Ela não pedira coisa alguma à copa e Cooper concluíra que saíra para tomar o café da manhã fora do hotel. Ele esperara meia hora. Entrar na suíte fora uma questão simples de evitar as camareiras e usar uma gazua. Sabia o que estava procurando: uma cópia de um quadro. Não tinha ideia de como Tracy planejava efetuar a substituição, mas estava absolutamente convencido de que esse era o plano dela.

Ele revistou a suíte com uma eficiência rápida e silenciosa, nada lhe escapando e deixando o quarto para o fim. Revistou o armário, verificando cada vestido, depois passou para a cômoda. Abriu as gavetas, uma a uma. Estavam cheias de calcinhas, sutiã e meias-calças. Ele pegou uma calcinha rosa e esfregou contra seu rosto, imaginando o cheiro suave de carne. A fragrância de Tracy estava subitamente por toda parte. Ele tornou a guardar a calcinha e examinou rapidamente as outras gavetas. Nenhum quadro.

Cooper foi para o banheiro. Havia gotas de água na banheira. O corpo de Tracy estivera deitado ali, coberto de água quente. Cooper visualizou-a, nua, a água lhe acariciando os seios, os quadris ondulando, para cima e para baixo. Sentiu o início de uma ereção. Levantou a toalha úmida da banheira, levando-a aos lábios. O odor do corpo de Tracy envolveu-o, enquanto baixava o zíper da calça. Esfregou um sabonete úmido na toalha e usou-a para se masturbar, diante do espelho, fitando seus olhos ardentes.

Saiu poucos minutos depois, tão discretamente quanto chegara, seguiu direto para uma igreja próxima.

NA MANHÃ SEGUINTE, quando Tracy deixou o Ritz, Daniel Cooper seguiu-a. Havia uma intimidade entre eles que não existira antes. Ele conhecia o cheiro de Tracy; vira-a no banho, contemplara seu corpo nu a se mexer na água quente. Ela lhe pertencia completamente; era sua para destruir. Observou-a a caminhar pela Gran Via, parando para admirar as mercadorias oferecidas nas vitrines, seguiu-a pelo interior de uma grande loja de departamentos, tomando cuidado para permanecer fora de vista. Viu-a falar com uma vendedora e depois se encaminhar em direção ao banheiro das mulheres. Cooper parou perto da porta, frustrado. Era o único lugar para onde não podia segui-la.

Se Cooper pudesse entrar, teria visto Tracy falando com uma mulher muito gorda, de meia-idade.

– *Mañana* – disse Tracy, enquanto aplicava batom nos lábios, diante do espelho. – Amanhã de manhã, às 11 horas.

A mulher sacudiu a cabeça.

– Não, *señorita.* Ele não gostará disso. Não poderia escolher um dia pior. O Príncipe de Luxemburgo chega amanhã em visita oficial e os jornais dizem que irá ao Museu do Prado. Haverá guardas de segurança extras e a polícia estará por todo o museu.

– Quanto mais, melhor. Amanhã.

Tracy saiu pela porta e a mulher ficou olhando para ela, murmurando:

– *La cucha es loca...*

A COMITIVA REAL deveria chegar ao Prado pontualmente às 11 horas. As ruas ao redor do museu haviam sido bloqueadas pela Guarda Civil. Mas, por causa de um atraso da cerimônia no palácio presidencial, a comitiva só chegou perto do meio-dia. Soaram sirenes, enquanto as motocicletas da polícia apareciam, escoltando meia dúzia de limusines pretas até a escadaria na frente do Prado.

À entrada, o diretor do museu, Christian Machada, aguardava nervosamente a chegada de Sua Alteza.

Machada efetuara uma inspeção cuidadosa naquela manhã para certificar-se de que tudo se achava em ordem. Os guardas haviam sido avisados para se manterem especialmente alerta. O diretor tinha orgulho de seu museu e queria causar uma boa impressão no príncipe.

"Nunca faz mal ter amigos nos lugares mais altos, pensou Machada. Quem sabe? Eu posso até ser convidado a jantar com Sua Alteza esta noite, no palácio presidencial."

O único pesar de Christian Machada era a impossibilidade de reprimir as hordas de turistas que circulavam pelo museu. Mas os guarda-costas do príncipe e os seguranças do museu garantiriam uma proteção adequada. Tudo estava pronto.

A excursão real começou pelo andar superior, o principal. O diretor concedeu uma recepção efusiva à Sua Alteza e escoltou-o, seguido por guardas armados, através das rotundas, entrando nas salas em que se encontravam em exposição os pintores espanhóis do século XVI: Juan de Juanes, Pedro Machuca, Fernando Yáñez.

O príncipe andava devagar, deleitando-se com o banquete visual que lhe era oferecido. Era um patrono das artes e amava sinceramente os pintores que podiam fazer o passado adquirir vida e permanecer eterno. Não tendo pessoalmente qualquer talento para a pintura, o príncipe mesmo assim invejava os pintores que se postavam diante de seus cavaletes, tentando absorver centelhas do gênio dos mestres.

Depois que o grupo oficial visitara os salões superiores, Christian Machada disse, orgulhosamente:

– E agora, se Sua Alteza me permite, eu o levarei à nossa exposição de Goya lá embaixo.

TRACY PASSARA uma manhã exasperante. Quando o príncipe não chegara ao Prado no horário marcado, às 11 horas, ela começara a entrar em pânico. Todos os seus planos haviam sido formulados com uma exatidão de segundos, mas precisava do príncipe para executá-los.

Ela foi de sala em sala, misturando-se com os visitantes, tentando evitar qualquer atenção. "Ele não virá", pensou Tracy, finalmente. "Terei de cancelar a operação." E foi nesse momento que ela ouviu o barulho das sirenes se aproximando pela rua.

Observando Tracy da sala ao lado, Daniel Cooper também ouviu as sirenes. A razão lhe dizia que era impossível para qualquer pessoa roubar um quadro do museu, mas o instinto garantia que Tracy tentaria... e Cooper confiava em seu instinto. Ele chegou mais perto dela, escondido pelas multidões. Pretendia mantê-la sob sua vista durante todo o tempo.

Tracy se achava na sala ao lado daquela em que o *Puerto* estava em exposição. Através do portal, ela podia ver o corcunda, Cesar Porretta, sentado diante de um cavalete, copiando a *Maja vestida* de Goya, pendurado ao lado do *Puerto*. Um guarda se encontrava parado a um metro de distância. Na sala com Tracy, uma pintora se postava diante de seu cavalete, copiando meticulosamente *A leiteira de Bordeaux*, tentando capturar os marrons e verdes brilhantes da tela de Goya.

Alguns turistas japoneses entraram na sala, falando rapidamente, como um grupo de aves exóticas. "Agora!", disse Tracy a si mesma. Aquele era o momento pelo qual esperava. Seu coração batia tão alto que teve medo que o guarda pudesse ouvir. Ela saiu do caminho dos japoneses que se aproximavam, recuando na direção da pintora. Quando um japonês passou por perto, Tracy caiu para trás; como se tivesse sido empurrada, esbarrando na mulher e derrubando-a, assim como seu cavalete, tela e tintas.

– Oh, lamento profundamente! — exclamou Tracy. – Deixe-me ajudá-la!

Enquanto ela se adiantava para ajudar a atordoada pintora, seus calcanhares pisaram nos tubos espalhados, as tintas manchando o chão. Daniel Cooper, que a tudo observava, adiantou-se apressadamente, todos os sentidos alerta. Tinha certeza de que Tracy Whitney fizera o seu primeiro movimento. O guarda se aproximou, gritando:

– *Qué pasa? Qué pasa?*

O acidente atraíra a atenção dos turistas, que se concentraram em torno da mulher caída, espalhando as tintas dos tubos pisados em imagens grotescas pelo assoalho de madeira de lei. Era uma horrível confusão e o príncipe deveria aparecer a qualquer momento. O guarda entrou em pânico e gritou:

– Sergio! *Ven acá! Pronto!*

Tracy observou quando o guarda da sala ao lado veio correndo para ajudar. Cesar Porretta ficou sozinho na sala com o *Puerto*.

Tracy se achava bem no meio do tumulto. Os dois guardas tentavam em vão afastar os turistas da área do assoalho toda manchada de tinta.

– Vá chamar o diretor! – berrou Sergio. – *En seguida!*

O outro guarda afastou-se apressadamente para a escada. *Que birria! Que trapalhada!*

Dois minutos depois, Christian Machada estava no local do desastre. O diretor lançou um olhar horrorizado para a cena e prontamente gritou:

– Tragam algumas faxineiras para cá... depressa! Com panos de chão, água e terebintina! *Pronto!*

Um jovem assistente correu para cumprir a ordem. Machada virou-se para Sergio e disse-lhe bruscamente:

– Vá para o seu posto!

– Pois não, senhor.

Tracy observou o guarda abrir caminho pela multidão, a caminho da sala em que Cesar Porretta trabalhava.

Cooper não desviara os olhos de Tracy por um instante sequer. Esperava pelo próximo movimento. Mas não houve. Ela não se aproximara de qualquer quadro, não fizera contato com nenhum cúmplice. Apenas derrubara um cavalete e derramara algumas tintas pelo assoalho. Mas ele tinha certeza que isso fora feito deliberadamente. Mas com que objetivo? Cooper tinha a impressão de que o plano, qualquer que fosse, já fora executado, de alguma forma. Ele correu os olhos pelas paredes da sala. Nenhum dos quadros estava faltando.

Cooper seguiu apressadamente para a sala ao lado. Não havia ninguém ali, além do guarda e de um corcunda idoso, sentado diante de seu cavalete, copiando a *Maja vestida.* Todos os quadros se encontravam em seus lugares. Mas alguma coisa estava errada. Cooper não tinha a menor dúvida quanto a isso.

Ele se aproximou rapidamente do angustiado diretor, com quem já conversara anteriormente, e disse-lhe:

– Tenho motivos para acreditar que um quadro foi roubado daqui nos últimos minutos.

Christian Machada olhou para o americano de olhos desvairados.

– Mas do que está falando? Se isso tivesse acontecido, os guardas acionariam o alarme.

– Acho que de alguma maneira um quadro falso substituiu um verdadeiro.

O diretor concedeu-lhe um sorriso tolerante.

– Há uma coisinha errada com sua teoria, *señor.* O fato não é conhecido do público em geral, mas há sensores escondidos por trás de cada quadro. Se alguém tentasse remover um quadro da parede... o que certamente seria necessário fazer para pôr um quadro falso no lugar... o alarme soaria instantaneamente.

Daniel Cooper ainda não estava satisfeito.

– Seu alarme não poderia ser desligado?

– Não. Se alguém cortasse o fio elétrico, isso também acionaria o alarme. *Señor,* é *impossível* roubar um quadro deste museu. Nossa segurança é o que os americanos gostam de chamar de infalível.

Cooper permaneceu onde estava, tremendo de frustração. Tudo o que o diretor dissera era convincente. Parecia mesmo impossível. Mas então por que Tracy Whitney derrubara deliberadamente aquelas tintas? Cooper não estava disposto a desistir.

– Poderia fazer o favor de pedir a seus assistentes para verificarem se não está faltando alguma coisa no museu? Estarei em meu hotel aguardando uma resposta.

Não havia mais nada que Daniel Cooper pudesse fazer. Christian Machada telefonou para Cooper às 19 horas daquela noite.

– Efetuei pessoalmente uma inspeção, *señor.* Não falta nada do museu.

Então está acabado. Aparentemente, fora um acidente. Mas Daniel Cooper, com o instinto de um caçador, sentia que sua presa tornara a escapar.

JEFF CONVIDARA Tracy para jantar no restaurante principal do Ritz Hotel.

– Você está parecendo especialmente radiante esta noite – elogiou-a Jeff.

– Obrigada. É que eu me sinto absolutamente maravilhosa.

– É a companhia. Vamos juntos para Barcelona na próxima semana, Tracy. E uma cidade fascinante. Você adoraria...

– Lamento, Jeff, mas não posso. Estou deixando a Espanha.

– É mesmo? – A voz dele era pesarosa. – Quando?

– Dentro de poucos dias.

– Ahn... Estou desapontado.

"E ficará ainda mais desapontado quando souber que eu roubei o *Puerto*", pensou Tracy. Ela se perguntou como ele planejara roubar o quadro. Não que isso tivesse mais qualquer importância. "Fui mais esperta do que Jeff Stevens." Contudo, por alguma razão inexplicável, Tracy sentia um tênue vestígio de pesar.

CHRISTIAN MACHADA se encontrava sentado em seu escritório, tomando a sua xícara matutina de café forte e se dando os parabéns pelo sucesso da visita do príncipe. Exceto pelo lamentável incidente das tintas derramadas, tudo correra exatamente de acordo com o planejado. Sentia-se grato pelo príncipe e sua comitiva terem sido desviados até que a sujeira fosse limpa. O diretor sorriu ao pensar no investigador americano idiota que tentara convencê-lo de que alguém roubara um quadro do Prado. "Não ontem, não hoje, não amanhã", pensou ele, presunçosamente.

Sua secretária entrou na sala nesse momento.

– Com licença, senhor. Há um homem aqui desejando lhe falar. Pediu-me para lhe entregar isto.

Ela entregou uma carta do diretor. Era no papel timbrado de um museu de Genebra.

> Meu estimado colega:
> Esta carta visa a apresentar *monsieur* Remi Rendell, nosso maior perito em arte. *Monsieur* Rendell está realizando uma excursão pelos museus do mundo e particularmente ansioso em ver a sua coleção incomparável. Eu agradeceria todas as cortesias que pudesse lhe oferecer.

A carta estava assinada pelo diretor do museu de Genebra.

"Mais cedo ou mais tarde", pensou o diretor do Prado, feliz, "todos vêm a mim."

– Mande-o entrar.

Henri Rendell era um homem alto, calvo, de aparência distinta, com um forte sotaque suíço. Quando se apertaram as mãos, Machada notou que o visitante não tinha o indicador da mão direita. Henri Rendell disse:

– Agradeço a sua gentileza. É a primeira oportunidade que tenho de visitar Madri e estou ansioso em conhecer as suas renomadas obras de arte.

Christian Machada respondeu, modestamente:

– Creio que não ficará desapontado, *monsieur* Rendell. Por favor, acompanhe-me. Eu o escoltarei pessoalmente.

Eles se deslocaram lentamente pela rotunda, com seus mestres flamengos, Rubens e seus seguidores, visitaram a galeria, com os mestres espanhóis. Henri Rendell estudou cada quadro atentamente. Os dois homens falavam como peritos, avaliando o estilo, perspectiva e senso de cor dos vários artistas.

– E agora – disse o diretor do Prado – vamos ao orgulho da Espanha.

Ele conduziu o visitante para baixo, até a galeria repleta de Goyas.

– E um banquete para os olhos! – exclamou Rendell, impressionado. – Por favor, deixe-me ficar parado por um momento, em silêncio, só contemplando!

Christian Machada esperou, feliz com a reverência do homem.

– Nunca vi nada tão espetacular – murmurou Rendell. Ele andou lentamente pela galeria, estudando um quadro de cada vez.

O sabá das feiticeiras. Brilhante!

Eles seguiram adiante.

– *Autorretrato* de Goya... fantástico!

Christian Machada estava radiante. Rendell parou diante do *Puerto.*

– Uma excelente cópia.

Ele começou a se afastar. O diretor agarrou-o pelo braço.

– Como? O que foi mesmo que disse, *señor?*

– Disse que é uma excelente cópia.

– Está completamente enganado.

O diretor sentia-se profundamente indignado.

– Não creio.

– Claro que está enganado – insistiu Machada, rigidamente. – Posso lhe garantir que o quadro é genuíno. Tenho a proveniência.

Henri Rendell aproximou-se do quadro e examinou-o mais atentamente.

– Então a proveniência também foi falsificada. Este quadro foi feito pelo discípulo de Goya, Eugenio Lucas y Padilla. Deve saber, é claro, que Lucas pintou centenas de falsos Goyas.

– Claro que sei disso – respondeu Machada, asperamente. – Mas este não é um deles.

Rendell deu de ombros.

– Eu me curvo a seu julgamento.

Ele fez menção de se afastar.

– Comprei este quadro pessoalmente. Foi submetido ao teste do espectógrafo, ao teste de pigmentos...

– Não duvido disso. Lucas pintou no mesmo período de Goya e usou os mesmos materiais. – Henri Rendell inclinou-se para examinar a assinatura no fundo do quadro. – Pode se certificar com muita facilidade, se desejar. Leve o quadro para a sua sala de restauração e teste a assinatura.

Ele riu, divertido, antes de acrescentar:

– O ego de Lucas levava-o a assinar seus próprios quadros, mas a bolsa forçava-o a falsificar o nome de Goya por cima do seu, aumentando o preço consideravelmente. – Rendell olhou para seu relógio. – Peço que me perdoe. Eu não tinha ideia de que era tão tarde. Infelizmente, já estou atrasado para um compromisso. Muito obrigado por partilhar comigo os seus tesouros.

– Não foi nada – disse o diretor, friamente.

"O homem é obviamente um idiota", pensou ele.

– Estou no Villa Magna, se precisar de alguma coisa. E novamente obrigado, *señor.*

Henri Rendell foi embora. Christian Machada ficou observando-o se afastar. Como aquele suíço idiota se atrevia a insinuar que seu Goya era falso?

Ele virou-se para observar o quadro novamente. Era uma obra-prima. O diretor inclinou-se para examinar a assinatura de Goya. Absolutamente normal. Mesmo assim... seria possível? A pequena semente de dúvida recusava-se a sumir. Todos sabiam que o contemporâneo de Goya, Eugenio Lucas y Padilla, pintara centenas de falsos Goyas, construindo uma carreira nessa base. Machada pagara 3,5 milhões de dólares pelo *Puerto* de Goya. Se ele fora enganado, seria um descrédito terrível, algo que não suportava sequer pensar.

Henri Rendell dissera uma coisa que fazia sentido: havia de fato um meio simples de comprovar a autenticidade. Testaria a assinatura e depois telefonaria para Rendell, sugerindo polidamente que talvez ele devesse procurar uma vocação mais apropriada.

O diretor chamou seu assistente e ordenou que o *Puerto* fosse levado para a sala de restauração.

O TESTE DE UMA obra-prima é uma operação extremamente delicada, pois pode destrui-la, se houver qualquer negligência, algo de valor inestimável e insubstituível. Os restauradores do Prado eram peritos, quase todos pintores malsucedidos que haviam optado pelo trabalho de restauração a fim de poderem permanecer próximos de sua amada arte. Começavam como aprendizes, estudando com os mestres restauradores, trabalhavam por anos antes de se tornarem assistentes e terem permissão para manipular obras-primas, sempre sob a supervisão do restaurador sênior.

Juan Delgado, o homem no comando da restauração de arte no Prado, colocou o *Puerto* numa estante de madeira especial, enquanto Christian Machada observava.

– Quero que teste a assinatura – informou o diretor.

Delgado disfarçou a sua surpresa.

– *Sí, senor Director.*

Ele despejou álcool isopropilo numa pequena mecha de algodão e pôs na mesa ao lado do quadro. Despejou numa segunda mecha petróleo destilado, o agente neutralizador.

– Estou pronto, *señor.*

– Pois então pode começar. Mas tome todo cuidado.

Machada descobriu subitamente que lhe era difícil respirar.

Observou Delgado pegar a primeira mecha de algodão e encostar gentilmente no G da assinatura de Goya. No mesmo instante, Delgado pegou a segunda mecha e neutralizou a área, a fim de evitar que o álcool penetrasse mais profundamente. Os dois homens examinaram a tela. A primeira letra se desbotara um pouco. Delgado franziu o rosto.

– Lamento, *señor*, mas ainda não dá para dizer. Preciso usar um solvente mais forte.

– Está certo.

Delgado abriu outro vidro. Cuidadosamente despejou dimentilpentona em outra mecha de algodão e tocou-a novamente na primeira letra da assinatura, aplicando imediatamente em seguida a outra mecha. A sala ficou impregnada do odor penetrante dos agentes químicos. Christian Machada se mantinha imóvel, olhando fixamente para o quadro, incapaz de acreditar no que estava vendo. O G no nome de Goya estava-se desvanecendo, surgindo em seu lugar um L, perfeitamente visível. Delgado virou-se para o diretor, o rosto muito pálido.

– Devo... devo continuar?

– Deve – balbuciou Machada, a voz rouca. – Continue.

Lentamente, letra a letra, a assinatura de Goya se diluiu sob a aplicação do solvente, dando lugar à assinatura de Lucas. Cada letra era um golpe violento no estômago de Machada. Ele, o diretor de um dos museus mais importantes do mundo, fora enganado. O conselho curador tomaria conhecimento; o rei da Espanha seria informado; o mundo ficaria a par. Ele estava arruinado.

Christian Machada voltou quase cambaleando a seu escritório e telefonou para Henri Rendell.

OS DOIS HOMENS estavam sentados na sala de Machada.

– Você tinha razão – murmurou o diretor. – É um Lucas.

Quando a notícia se espalhar, eu me tornarei o alvo dos risos gerais.

– Lucas já enganou muitos peritos – comentou Rendell, confortadoramente. – Acontece apenas que suas falsificações são um hobby meu.

– Paguei 3,5 milhões de dólares por aquele quadro.

Rendell deu de ombros.

– Pode recuperar seu dinheiro?

O diretor sacudiu a cabeça, desesperado.

– Comprei-o diretamente de uma viúva, que afirmou estar o quadro na família de seu marido há três gerações. Se eu a processasse, o caso se arrastaria interminavelmente pelos tribunais, haveria uma publicidade perniciosa. Tudo neste museu se tornaria suspeito.

Henri Rendell pensava depressa.

– Não há realmente motivo para qualquer publicidade. Por que não explica a seus superiores o que aconteceu e se livra discretamente do Lucas? Pode mandar o quadro para a Sotheby's ou Christie's, deixar que o vendam em leilão.

Machada tornou a sacudir a cabeça.

– Não. O mundo inteiro saberia assim do que aconteceu. O rosto de Rendell se iluminou subitamente.

– Talvez você esteja com sorte. Lembro agora de um cliente que poderia comprar o Lucas. Ele os coleciona. E é um homem discreto.

– Eu teria o maior prazer em me livrar dele. Nunca mais quero vê-lo. Uma falsificação entre os meus lindos tesouros! – Uma pausa e o diretor acrescentou, amargurado. – Eu gostaria até de dá-lo de presente!

– Isso não será necessário. Meu cliente provavelmente estará disposto a pagar... digamos uns 50 mil dólares. Posso dar um telefonema?

– É muita gentileza sua, señor Rendell. À vontade.

NUMA REUNIÃO convocada às pressas, os atordoados curadores do Prado decidiram que era preciso evitar a qualquer custo a exposição de um dos valiosos quadros do Prado como uma falsificação. Ficou acertado que a ação mais prudente era se livrarem discretamente do quadro, o mais depressa possível. Os homens de ternos escuros saíram da sala em silêncio. Ninguém falou com Machada, que permaneceu parado a um canto, tremendo em seu desespero.

Uma transação foi concluída naquela tarde. Henri Rendell foi ao Banco da Espanha e voltou com um cheque visado no valor de 50 mil dólares. O Eugenio Lucas y Padilla foi-lhe entregue, embrulhado numa lona discreta.

– O conselho ficaria consternado se o incidente se tornasse público – disse Machada, delicadamente. – Mas eu garanti que seu cliente é um homem discreto.

– Pode contar com isso.

Deixando o museu, Henri Rendell pegou um táxi para um bairro residencial ao norte de Madri, subiu uma escada com a tela, para um apartamento no terceiro andar. Bateu na porta. Foi aberta por Tracy. Atrás dela estava Cesar Porretta. Tracy olhou inquisitiva para Rendell e ele sorriu.

– Eles estavam ansiosos em se livrarem disto! – informou Rendell, jovialmente.

Tracy abraçou-o.

– Entre.

Porretta pegou o quadro e colocou-o sobre uma mesa.

– Agora – disse ele – vocês vão testemunhar um milagre... um Goya que renasce.

Ele pegou um vidro de álcool e abriu-o. O cheiro pungente impregnou a sala no mesmo instante. Porretta despejou um pouco numa mecha de algodão e esfregou gentilmente na assinatura de Lucas, uma letra de cada vez. Gradativamente, a assinatura de Lucas foi-se apagando. Por baixo estava a assinatura de Goya. Rendell observava fixamente e murmurou:

– Brilhante!

– A ideia foi da Srta. Whitney – admitiu o corcunda. – Ela perguntou-me se seria possível cobrir a assinatura original do pintor com uma falsa assinatura e depois cobrir tudo com o nome original.

– Mas foi ele quem imaginou como isso poderia ser feito – acrescentou Tracy, sorrindo.

Porretta disse, modestamente:

– Foi ridiculamente simples. Não levou mais do que dois minutos. O truque estava nas tintas que usei. Primeiro, cobri a assinatura de Goya com uma camada de verniz branco francês super-refinado, a fim de protegê-la. Depois, pintei por cima o nome de Lucas, com uma tinta acrílica que seca depressa. Por cima, pintei o nome de Goya, com uma tinta-óleo e um verniz claro. Quando a assinatura de cima foi removida, apareceu o nome de Lucas. Se eles seguissem adiante, descobririam que a assinatura original de Goya estava escondida por baixo. Mas é claro que eles não se lembraram de fazer isso.

Tracy entregou a cada homem um envelope recheado e disse:

– Quero agradecer muito aos dois.

– A qualquer momento que precisar de um perito em arte, estou às ordens – disse Henri Rendell, piscando um olho. Porretta perguntou:

– Como planeja tirar o quadro do país?

– Um mensageiro virá buscá-lo aqui. Espere por ele.

Tracy apertou as mãos dos dois homens e saiu. Voltando para o Ritz, ela estava dominada por uma sensação de exultação. "Tudo era uma questão de psicologia", pensou ela. Desde o início ela compreendera que seria impossível roubar o quadro do Prado. Portanto, tivera de enganá-los, colocá-los num estado de espírito em que tomariam a iniciativa de se livrarem do quadro. Tracy visualizou a cara de Jeff Stevens ao saber que ela fora mais esperta do que ele e soltou uma risada.

ELA ESPEROU em sua suíte no hotel pelo mensageiro. Assim que ele chegou, telefonou para Cesar Porretta.

– O mensageiro está aqui comigo – disse-lhe Tracy. – Vou mandá-lo buscar o quadro agora. Cuide para que ele...

– *Como?* – gritou Porretta. – Do que está falando? Seu mensageiro levou o quadro há meia hora!

31

Paris
Quarta-feira, 9 de julho
Meio-dia

Num gabinete particular, na Rue Matignon, Gunther Hartog disse:

– Compreendo como se sente pelo que aconteceu em Madri, Tracy. Mas Jeff Stevens chegou lá primeiro.

– Não – corrigiu-o Tracy, amargurada. – Eu é que cheguei primeiro. Ele só apareceu depois.

– Mas Jeff entregou o quadro. O *Puerto* já se encontra a caminho do meu cliente.

Depois de todo o planejamento de Tracy, Jeff Stevens fora mais esperto do que ela. Ficara sentado de braços cruzados, deixando que ela trabalhasse e assumisse todos os riscos, no último momento arrebatara o grande prêmio e fora embora calmamente. Como ele devia ter rido dela durante todo o tempo! "Você é uma mulher muito especial", Tracy. Ela não podia suportar a humilhação que sufocou quando pensou na noite do flamenco. "Meu Deus, que tola eu banquei!"

– NUNCA PENSEI que eu poderia matar alguém – comentou Tracy para Gunther. – Mas teria a maior satisfação em exterminar Jeff Stevens.

Gunther disse, afavelmente:

– Ora, minha cara, espero que não nesta sala. Ele está vindo para cá.

– Ele está *o quê?*

Tracy levantou-se de um pulo.

– Eu disse que tenho uma proposta para você. Precisará de um parceiro. Na minha opinião, ele é o único que...

– Prefiro morrer de fome! – explodiu Tracy. – Jeff Stevens é o mais desprezível...

– Ouvi meu nome ser mencionado? – Ele estava parado na porta, com uma expressão radiante. – Tracy, querida, você está ainda mais deslumbrante do que o habitual. Gunther, meu amigo, como tem passado?

Os dois amigos trocaram um aperto de mão. Tracy levantou-se, dominada por uma fúria fria. Jeff fitou-a e suspirou.

– Você está provavelmente zangada comigo...

– *Zangada?* Eu...

Ela não pôde encontrar as palavras que queria.

– Se me permite dizê-lo, Tracy, seu plano foi brilhante. Estou falando sério. Realmente brilhante. Você só cometeu um pequeno erro. Nunca confie num suíço sem o indicador direito.

Ela respirou fundo, tentando se controlar. Virou-se para Gunther.

– Falarei com você mais tarde, Gunther.

– Tracy...

– Não. O que quer que seja, não quero participar. Não se ele está envolvido.

– Quer pelo menos escutar? – insistiu Gunther.

– Não há sentido. Eu...

– Dentro de três dias a De Beers embarcará uma remessa de diamantes, no valor de 4 milhões de dólares, de Paris para Amsterdã, num avião cargueiro da Air France. Tenho um cliente que está ansioso em adquirir essas pedras.

– Por que não as sequestra no caminho para o aeroporto? Nosso amigo aqui é um especialista em sequestros.

Tracy não podia esconder a amargura que sentia. "Por Deus", pensou Jeff, "ela é magnífica quando está furiosa". Gunther disse:

– Os diamantes estão muito bem guardados. Teremos de sequestrá-los durante o voo.

Tracy fitou-o com uma expressão de surpresa. – *Durante* o voo? Num avião cargueiro?

– Precisamos de alguém bastante pequeno para se esconder dentro de um dos containers. Quando o avião estiver no ar, tudo o que essa pessoa precisará fazer será sair, abrir o contêiner da De Beers, remover o pacote com os diamantes e substituí-lo por uma duplicata, devidamente preparada, voltar ao outro contêiner.

– E eu sou bastante pequena para caber num contêiner.

– É muito mais do que isso, Tracy – disse Gunther. – Precisamos de alguém que seja inteligente e tenha sangue-frio.

Tracy ficou parada, pensando.

– O plano me agrada, Gunther. O que não gosto é a ideia de trabalhar com *ele*. Esse homem é um escroque.

Jeff sorriu.

– Não somos todos, meu coração? Gunther está nos oferecendo um milhão de dólares para aplicar esse golpe.

Tracy olhou aturdida para Gunther.

– Um milhão de dólares?

Ele assentiu.

– Meio milhão para cada um.

– O plano pode dar certo porque eu tenho um contato na seção de embarque no aeroporto – explicou Jeff. – Ele nos ajudará a armar o golpe. Merece toda confiança.

– Ao contrário de você – disse Tracy bruscamente. – Adeus, Gunther.

Ela saiu da sala. Gunther ficou olhando para a porta.

– Ela ficou muito aborrecida com você em Madri, Jeff. E receio que não concordará de jeito nenhum em participar deste trabalho.

– Está enganado – assegurou Jeff, jovialmente. – Conheço Tracy. Ela não será capaz de resistir.

– OS CONTAINERS SÃO lacrados antes de serem embarcados no avião – explicou Ramon Vauban.

Ele era francês, ainda jovem, com um rosto velho que nada tinha a ver com sua idade, olhos pretos e mortiços. Como despachante na seção de carga da Air France, era a chave para o sucesso do plano.

Vauban, Tracy, Jeff e Gunther estavam sentados numa mesa junto à amurada no *Bateau Mouche*, o barco de turismo que cruza o Sena, circulando Paris.

– Se o contêiner é lacrado – indagou Tracy, incisivamente – como poderei entrar?

– Para os embarques de última hora – respondeu Vauban – a companhia usa o que chamamos de contêiners moles, caixotes de madeira grandes com lona num lado, presa por uma corda. Por motivos de segurança, cargas valiosas como diamantes sempre chegam no último momento. São as últimas a serem embarcadas e as primeiras desembarcadas.

– Os diamantes estariam então num container mole? – perguntou Tracy.

– Exatamente, *mademoiselle.* Providenciarei para que o container em que você estará seja colocado ao lado do caixote com os diamantes. Tudo o que terá de fazer, quando o avião estiver em voo, será cortar a corda, pegar os diamantes, deixar uma caixa idêntica no lugar, voltar a seu contêiner e fechá-lo.

Gunther acrescentou:

– Quando o avião pousar em Amsterdã, os guardas pegarão a caixa substituta de diamantes e a entregarão aos lapidadores. Quando descobrirem o que aconteceu, você já terá deixado o país de avião. Tenha certeza de uma coisa, Tracy: nada pode sair errado.

Uma frase que provocou um calafrio no coração de Tracy.

– Eu não congelaria até a morte lá no alto?

Vauban sorriu.

– Os aviões de carga são atualmente aquecidos, *mademoiselle.* Muitas vezes transportam gado e animais de estimação. Estará bastan te confortável. Talvez um pouco apertada, mas muito bem, afora isso.

Tracy concordara finalmente em *escutar* o plano. Meio milhão de dólares por algumas horas de desconforto. Ela analisara o plano por todos os ângulos. "Pode dar certo", pensou Tracy. "Se ao menos Jeff Stevens não estivesse envolvido..."

Seus sentimentos em relação a ele eram uma mistura desconcertante de emoções, deixando-a confusa e furiosa consigo mesma. Ele dera aquele golpe em Madri pelo puro prazer de se mostrar mais esperto do que ela. Traíra-a, enganara-a, agora estava secretamente rindo à sua custa.

Os três homens observavam-na, esperando por sua resposta. O barco passava sob a Pont Neuf, a mais antiga das pontes de Paris, mas que os caprichosos franceses insistiam em chamar de Nova. No outro lado do rio, dois namorados se abraçavam na margem. Tracy pôde perceber a expressão de felicidade no rosto da moça. "Ela é uma tola", pensou Tracy. E tomou sua decisão. Fitou Jeff nos olhos ao dizer:

– Muito bem, farei o trabalho.

Tracy sentiu no mesmo instante a tensão na mesa se dissipar.

– Não temos muito tempo – disse Vauban, os olhos mortiços se virando para Tracy. – Meu irmão trabalha para um agente de cargas e nos deixará carregar o container com você em seu armazém. Espero que *mademoiselle* não tenha claustrofobia.

– Não se preocupe comigo... Quanto tempo levará a viagem?

– Passará uns poucos minutos na área de embarque e uma hora voando para Amsterdã.

– Qual é o tamanho do container?

– Bastante grande para que possa sentar. Haverá outras coisas para escondê-la... no caso de acontecer algo inesperado.

"Nada pode sair errado", eles haviam prometido. *Mas...*

– Tenho uma lista de coisas Que você precisará – disse-lhe Jeff. – E já as providenciei.

"O filho da puta presunçoso." Ele tinha certeza de que ela responderia afirmativamente.

– Vauban providenciará para que você tenha no passaporte os vistos apropriados de entrada e saída, a fim de poder deixar a Holanda sem qualquer problema.

O barco iniciou a manobra para atracar.

– Podemos repassar os planos finais pela manhã – disse Ramon Vauban. – Agora, tenho de voltar ao trabalho. *Au revoir.*

Ele levantou-se e desembarcou no instante em que o barco atracou. Jeff indagou:

– Por que não jantamos todos juntos para comemorar?

– Lamento, mas já tenho um compromisso – desculpou-se Gunther.

Jeff virou-se para Tracy.

– Você...

– Não, obrigada – ela se apressou em dizer. – Estou muito cansada.

Era uma desculpa para evitar a companhia de Jeff. Mas assim que falou, Tracy percebeu que se encontrava realmente exausta. Era provavelmente a tensão que vinha vivendo há tanto tempo. Sentia-se meio tonta. "Quando isso acabar", ela prometeu a si mesma, "voltarei a Londres para um descanso prolongado." Sua cabeça começava a latejar. *Preciso mesmo...*

– Comprei-lhe um presentinho – disse Jeff.

Ele entregou a Tracy uma caixa embrulhada em papel de presente. Era uma delicada echarpe de seda, com as iniciais TW num canto.

– Obrigada.

"Ele pode comprar isto", pensou Tracy, irritada. "Comprou com meu meio milhão de dólares."

– Não vai mudar de ideia sobre o jantar?

– Não.

EM PARIS, Tracy hospedava-se no clássico Plaza Athénée, numa velha suíte adorável, dando para o restaurante no jardim. Havia um restaurante elegante no interior do hotel, com música de piano suave. Mas, naquela noite, Tracy sentia-se cansada demais para vestir uma roupa mais formal. Foi para o Relais, o pequeno café do hotel, pediu uma sopa. Empurrou o prato para o lado, deixando metade da sopa, voltou à sua suíte.

Daniel Cooper, sentado no outro lado do café, anotou a hora.

DANIEL COOPER tinha um problema. Ao voltar a Paris, pedira uma reunião com o inspetor Trignant. O diretor da Interpol fora menos do que cordial. Acabara de passar uma hora no telefone, escutando as queixas do comandante Ramiro contra o americano.

– Ele é louco! – explodira o espanhol. – Desperdicei homens, dinheiro e tempo para seguir a tal de Tracy Whitney, que ele insistia em dizer que assaltaria o Prado. Ao fim, constatou-se que a mulher não passava de uma turista inocente... como eu disse desde o início.

A conversa levara o inspetor Trignant a acreditar que Daniel Cooper podia estar enganado em relação a Tracy desde o começo. Não havia qualquer prova contra a mulher. O fato de que ela se encontrava em várias cidades, nas ocasiões em que os crimes haviam sido cometidos, não chegava a ser uma prova.

Assim, o inspetor estava contrariado quando Daniel Cooper o fora procurar e dissera:

– Tracy Whitney se encontra em Paris. Eu gostaria que ela fosse colocada sob uma vigilância de 24 horas por dia.

Trignant respondera:

– A menos que você possa me apresentar provas de que a mulher planeja cometer um crime específico, não há nada que eu possa fazer.

Cooper o contemplara com seus olhos castanhos ardentes e dissera:

– Você é um idiota.

E ele se descobrira sendo levado bruscamente para fora do escritório.

Fora por isso que Cooper iniciara a sua vigilância de um homem só. Seguia Tracy por toda parte: a lojas e restaurantes, através das ruas de Paris. Ficava sem dormir e muitas vezes sem comer. Daniel Cooper não podia permitir que Tracy Whitney o derrotasse. Sua missão não estaria encerrada enquanto não a enfiasse na prisão.

TRACY FICOU acordada na cama durante aquela noite, revisando o plano que seria executado no dia seguinte. Gostaria que sua cabeça estivesse melhor. Tomara aspirina, mas a dor continuava a latejar, cada vez pior. Estava suando e o quarto parecia insuportavelmente quente. "Amanhã estará tudo acabado. Suíça. É o lugar para onde irei. Para as frias montanhas da Suíça."

Ela pôs o despertador para tocar às 5 horas. Quando a campainha soou, descobriu-se na cela da prisão, com Calcinha de Ferro berrando:

– Hora de se vestir! Depressa!

O corredor ressoava com o estrépito da campainha. Tracy acordou. Sentia uma pressão no peito, a claridade fazia os olhos doerem. Forçou-se a ir ao banheiro. O rosto parecia inchado e avermelhado no espelho. "Não posso ficar doente agora", pensou Tracy. "Não hoje. Há muito o que fazer."

Ela vestiu-se devagar, tentando ignorar o latejar na cabeça. Pôs o macacão preto de bolsos fundos, os sapatos de solas de borracha e uma boina basca. O coração parecia bater irregularmente, mas não tinha certeza se era ansiedade ou a doença que a invadia. Sentia-se tonta e fraca. A garganta estava dolorida, dando a impressão de arranhada. A mesa, viu a echarpe que Jeff lhe dera. Pegou-a e enrolou no pescoço.

A PORTARIA DO Hotel Plaza Athénée fica na Avenue Montaigne, mas a entrada de serviço é na Rue du Boccador, além da esquina. Um cartaz discreto indica ENTRÉE DE SERVICE. Há um corredor comprido, margeado de latas de lixo, levando à rua. Daniel Cooper, que assumira um posto de observação perto da entrada principal, não viu Tracy sair pela entrada de serviço. Mas, inexplicavelmente, ele sentiu no momento em que ela se foi. Cooper saiu apressadamente para a avenida e olhou para um lado e outro. Tracy não se achava à vista.

O Renault cinza que pegou Tracy na entrada lateral do hotel seguiu para a Etoile. Havia pouco tráfego naquela hora e o motorista, um rapaz de rosto cheio de espinhas, que aparentemente não falava inglês, disparou por uma das 12 avenidas que constituem os raios da Etoile. "Eu gostaria que ele andasse mais devagar", pensou Tracy. O movimento do carro estava deixando-a enjoada.

Trinta minutos depois o carro parou com um solavanco diante de uma armazém. A placa por cima da porta dizia BRUCERE ET CIE. Tracy lembrou que era ali que trabalhava o irmão de Ramon Vauban. O rapaz abriu a porta do carro e murmurou:

– *Vite!*

Um homem de meia-idade e cabelos louros ondulados apareceu quando Tracy saía do carro, dizendo:

– Siga-me. Depressa.

Tracy foi atrás dele até os fundos do armazém, onde havia meia dúzia de contêiners, quase todos cheios e fechados, prontos para serem levados ao aeroporto. Havia um container mole, com um lado de lona, parcialmente ocupado por móveis.

– Entre. Depressa. Não temos tempo a perder.

Tracy sentiu uma vertigem. Olhou para o caixote e pensou: "Não posso ficar aí dentro. Eu morrerei".

O homem fitava-a com uma expressão estranha.

– *Avez vous mal?*

Agora era o momento de recuar, de pôr um paradeiro naquela loucura.

– Não. Estou bem.

Tudo acabará em breve. Ela estaria a caminho da Suíça dentro de poucas horas.

– *Bon.* Leve isto.

Ele entregou a Tracy uma faca de gume duplo, um rolo de corda, uma lanterna e uma pequena caixa de joias azul, com uma fita vermelha ao redor.

– Esta é a duplicata da caixa de joias que trocará.

Tracy respirou fundo, entrou no container e sentou. Segundos depois uma lona foi baixada sobre a abertura. Ela ouviu as cordas sendo amarradas na lona, a fim de mantê-la no lugar. Mal ouviu a voz do homem através da lona:

– Daqui por diante, nada de falar, nada de se mexer, nada de fumar.

Tracy tentou dizer "Eu não fumo", mas não encontrou energia suficiente.

– *Bonne chance.* Abri alguns buracos no lado da caixa para você poder respirar. Não se esqueça de respirar.

Ele riu de sua piada e Tracy ouviu os passos se afastando. Ficou sozinha no escuro.

O caixote era estreito e apertado, um jogo de cadeiras de mesa de jantar-ocupava a maior parte do espaço. Tracy tinha a sensação de que estava pegando fogo. A pele era muito quente ao contato, tinha dificuldade em respirar. "Peguei alguma espécie de vírus", pensou ela, "mas isso terá de esperar. Tenho um trabalho a realizar. Pense em outra coisa."

A voz de Gunther: "Não tem com que se preocupar, Tracy. Quando descarregarem em Amsterdã, seu container será levado para uma garagem particular, perto do aeroporto. Jeff a encontrará lá. Entregue-lhe as pedras e volte ao aeroporto. Haverá uma passagem de avião para Genebra à sua espera no balcão da Swissair. Saia de Amsterdã o mais depressa possível. Assim que souber do roubo, a polícia fechará a cidade. Nada sairá errado. Mas, caso haja alguma emergência, aqui tem o endereço e a chave de uma casa segura em Amsterdã. Está desocupada."

Ela devia ter cochilado, pois despertou com um sobressalto no momento em que o container foi levantado. Tracy sentiu que caía pelo espaço apertado e teve de se segurar nos lados em busca de apoio. O container assentou em alguma coisa dura. Houve uma batida de porta de veículo, um motor entrou em funcionamento ruidosamente e um momento depois o caminhão se achava em movimento.

Estavam a caminho do aeroporto.

O plano fora meticulosamente elaborado com toda exatidão. O container com Tracy deveria chegar ao aeroporto poucos minutos antes do container da De Beers. O motorista do caminhão levando Tracy tinha instruções rigorosas: "Mantenha uma velocidade constante de 80 quilômetros por hora."

O tráfego na estrada para o aeroporto parecia mais intenso do que o habitual naquela manhã, mas o motorista não estava preocupado. O container estaria no aeroporto a tempo e ele ganharia uma gratificação adicional de 50 mil francos, o suficiente para viajar em férias com a mulher e os dois filhos. "América", pensava ele. "Iremos à Disneyworld."

O motorista olhou para o relógio no painel e sorriu para si mesmo. Nenhum problema. O aeroporto ficava a apenas 5 quilômetros de distância e dispunha de dez minutos para chegar lá.

Exatamente no horário, ele chegou ao desvio para o terminal de carga da Air France. Passou pelo prédio cinzento e baixo em Roissy

– Aeroporto Charles de Gaulle, afastando-se da entrada de passageiros, onde cercas de arame farpado separavam a estrada da área de carga. Ao se dirigir para o vasto armazém, que se estendia por uma área de três blocos e estava repleto de caixotes, pacotes e contêiners empilhados, houve um súbito som explosivo e o volante em suas mãos deu uma guinada brusca. O caminhão começou a vibrar. "*Foutre!*", pensou ele. "Uma porra de um pneu furado logo agora!"

O GIGANTESCO avião cargueiro 747 da Air France se achava no processo de ser carregado. Os contêiners se encontravam numa plataforma na altura da abertura, prontos para deslizarem por uma esteira para o porão do avião. Eram 38 contêiners, 28 no convés principal e os restantes no porão. Um tubo de aquecimento exposto corria pelo teto do imenso compartimento, os fios e cabos que controlavam o aparelho eram visíveis. Não havia requintes naquele avião.

O processo de carregamento já estava quase concluído. Ramon Vauban tornou a olhar para seu relógio e praguejou. O caminhão estava atrasado. A remessa da De Beers já fora posta em seu contêiner, o lado de lona preso por cordas cruzadas. Vauban marcara o lado com tinta vermelha, a fim de que a mulher não tivesse qualquer dificuldade para identificá-lo. Ele observou agora, enquanto o contêiner com os diamantes da De Beers era levado para o avião e posto em seu lugar. Havia espaço ao lado para mais um contêiner antes que o avião decolasse. E havia três outros na plataforma, esperando para serem embarcados. "Onde se metera a mulher?" O responsável pela carga gritou do interior do avião:

– Vamos logo, Ramon! O que está esperando?

– Só um momento – respondeu Vauban.

Ele seguiu apressadamente até a entrada da área de carga. Nenhum sinal do caminhão.

– Vauban! Qual é o problema? – Ele virou-se. Um supervisor sênior se aproximava. – Termine logo de carregar e mande essa carga para o ar.

– Pois não, senhor. Eu só estava esperando...

Nesse momento o caminhão da Brucere et Cie entrou rapidamente na área e parou na frente de Vauban, com um ranger de pneus.

– Aqui está a última carga – disse Vauban.

– Pois embarque logo!

Vauban supervisionou a retirada do contêiner do caminhão e seu embarque no avião. Acenou para o responsável dentro do avião.

– É tudo seu!

Momentos depois, os jatos foram acionados e a gigantesca aeronave começou a taxiar para a pista. Vauban pensou: "Agora, tudo depende da mulher."

HAVIA UMA tempestade violenta. Uma onda enorme atingiu o navio, que começou a afundar. "Estou me afogando", pensou Tracy. "Tenho de sair daqui."

Ela estendeu os braços e bateu em alguma coisa. Era o lado do escaler, balançando incontrolável. Tracy tentou ficar de pé e bateu com a cabeça na perna de uma mesa. Num momento de lucidez, lembrou-se de onde estava. O rosto e os cabelos pingavam suor. Sentia-se tonta, o corpo ardia. Por quanto tempo estivera inconsciente? Era apenas uma hora de voo. O avião estava prestes a aterrissar? "Não", pensou ela. "Corre tudo bem. Tenho um pesadelo. Estou na cama em Londres, dormindo. Chamarei um médico." Ela não conseguia respirar. Fez um esforço para se erguer e pegar o telefone, mas no instante seguinte tornou a arriar, o corpo pesado como chumbo. O avião entrou num bolsão de turbulência e Tracy foi lançada contra o lado do caixote. Ficou imóvel, atordoada, tentando desesperadamente se concentrar. "Quanto tempo eu tenho?" Ela oscilava entre um sonho infernal e a realidade angustiosa. Os diamantes. De alguma forma, ela tinha de pegar os diamantes. Mas primeiro... primeiro tinha de sair do contêiner em que estava.

Ela pegou a faca no macacão e descobriu que era um terrível esforço levantá-la. "Não há ar suficiente", pensou Tracy. "Preciso de ar." Ela enfiou a mão pela beira da lona, tateou à procura de uma das cordas externas, encontrou-a e cortou-a. Teve a impressão de levar uma eternidade. A lona se abriu um pouco. Ela cortou outra corda e agora havia espaço suficiente para sair do contêiner. O ar era frio do lado de fora. Ela estava congelando. Todo o seu corpo começou a tremer. Os constantes solavancos do avião aumentavam-lhe a náusea. "Tenho de me controlar", pensou Tracy. Ela fez um esforço para se concentrar. "O que estou fazendo aqui? Alguma coisa importante... Ah, sim... Diamantes."

A visão de Tracy estava enevoada, tudo entrava e saía de foco incessantemente. "Não vou conseguir."

O avião caiu abruptamente e Tracy foi lançada ao chão, arranhando as mãos no metal. Ficou se segurando, enquanto o avião balançava; quando o movimento cessou, ela forçou-se a ficar de pé outra vez. O rugido dos jatos se misturava com o zumbido em sua cabeça. "Os diamantes. Preciso encontrar os diamantes."

Ela cambaleou entre os contêiner estreitando os olhos para observar cada um, à procura do sinal de tinta vermelha. "Graças a Deus!" Lá estava o sinal, no terceiro contêiner. Ela ficou imóvel, tentando se lembrar o que fazer em seguida. Era um grande esforço se concentrar. "Se eu pudesse deitar e dormir por uns minutos, tudo estará bem. Só preciso de um pouco de sono." Mas não havia tempo. Podiam aterrissar em Amsterdã a qualquer momento. Tracy pegou a faca e cortou as cordas no contêiner.

– Um bom corte será suficiente – haviam lhe dito.

Mal tinha força para segurar a faca. "Não posso falhar agora", pensou Tracy. Ela recomeçou a tremer, tão violentamente que largou a faca. "Não vou conseguir. Eles me pegarão e me mandarão de volta à prisão."

Ela hesitou, indecisa, segurando a corda, querendo desesperadamente rastejar de volta a seu contêiner, onde poderia dormir, sã e salva, até que tudo acabasse. Seria tão fácil. Depois, lentamente, com todo cuidado, enfrentando o latejar terrível na cabeça, Tracy estendeu a mão para a faca e pegou-a. Começou a cortar a grossa corda.

E a corda finalmente se rompeu. Tracy puxou a lona e ficou olhando fixamente para o interior escuro do contêiner. Nada podia ver. Pegou a lanterna e, nesse momento, sentiu uma súbita mudança da pressão em seus ouvidos.

O avião estava descendo para o pouso.

Tracy pensou: "Tenho de me apressar." Mas seu corpo se recusava a reagir. Ela permaneceu imóvel, atordoada. "Mexa-se", ordenou a mente.

Ela iluminou o interior do contêiner com a lanterna. Estava atulhado de pacotes, envelopes e pequenas caixas. E, por cima, lá estavam as duas caixas azuis com fitas vermelhas. "Duas caixas! Mas só devia haver uma..." Ela piscou os olhos e as duas caixas se fundiram em uma. Tudo parecia estar envolto por uma aura brilhante.

Tracy pegou a caixa, tirou a duplicata do bolso. Segurando as duas, uma náusea intensa dominou-a, sacudindo seu corpo. Cerrou os olhos, lutando contra a náusea. Começou a pôr a caixa substituta no alto do engradado e subitamente compreendeu que não mais tinha certeza qual era a genuína. Olhou atentamente para as caixas idênticas. Era a que estava na mão esquerda ou a da mão direita?

O avião entrou num ângulo de descida mais íngreme. Mais um pouco e estaria pousando. Ela tinha de tomar uma decisão. Largou uma das caixas no contêiner, rezando para que fosse a certa, afastou-se. Tirou um pedaço de corda do seu macacão. "Há alguma coisa que devo fazer com esta corda." O zumbido em sua cabeça tornava impossível pensar. Ela lembrou-se: "Depois de cortar a corda, guarde-a no bolso e substitua-a pela corda nova. Não deixe qualquer coisa que possa levá-los a desconfiar que há algo errado."

Parecera muito fácil então, sentada ao sol quente no *Bateau Mouche.* Agora, porém, era impossível. Não lhe restava mais qualquer força. Os guardas encontrariam a corda cortada, revistariam toda a carga e a prenderiam. Alguma coisa dentro dela gritou: "Não! Não! Não!"

Com um esforço tremendo, Tracy começou a prender a corda que trouxera no contêiner. Sentiu um solavanco sob os pés no momento em que o avião tocou no chão, depois outro, foi arremessada para trás, quando as turbinas entraram em reversão. A cabeça bateu no chão e ela apagou.

O 747 aumentava a velocidade agora, taxiando pela pista, na direção do terminal. Tracy estava caída no chão do avião, os cabelos se espalhando sobre o rosto pálido, muito branco. Foi o silêncio dos motores que finalmente a trouxe de volta à consciência. Soergueu-se, apoiada num cotovelo, lentamente se forçou a ficar de joelhos.

Levantou-se, cambaleando, teve de se segurar no contêiner para não cair. A corda nova estava no lugar. Ela comprimiu a caixa dos diamantes contra o peito, começou a voltar para seu contêiner. Esgueirou-se pela abertura na lona e arriou, ofegante, o corpo coberto de suor. "Eu consegui." Mas havia mais uma coisa que precisava fazer. Algo importante. "O quê? Prenda com uma fita adesiva a corda em seu contêiner."

Ela meteu a mão no bolso do macacão, à procura do rolo de fita adesiva. Desaparecera. Sua respiração era rasa, aos arrancos, o som a ensurdecia. Teve a impressão de ouvir vozes e forçou-se a parar de respirar e escutar. Isso mesmo. Estavam ali novamente. Alguém riu. A qualquer momento, a porta do compartimento de carga seria aberta, os homens começariam a descarregar. Veriam a corda cortada, dariam uma olhada dentro do contêiner e a descobririam. Tinha de encontrar um meio de unir a corda. Ficou de joelhos e nesse instante sentiu por baixo do corpo o rolo de fita adesiva, que caíra do bolso em algum momento durante a turbulência do voo. Levantou a lona e tateou ao redor, encontrou as duas pontas da corda cortada e uniu-as, enquanto tentava desajeitadamente prendê-las com a fita adesiva.

Não podia ver. O suor escorria pelo rosto e a cegava. Tirou a echarpe do pescoço e enxugou o rosto. Terminou de prender a corda e largou a lona de volta no lugar. Não havia mais nada a fazer agora, a não ser esperar. Ela tornou a apalpar a testa e pareceu-lhe ainda mais quente do que antes.

"Tenho que sair do sol", pensou Tracy. "O sol tropical pode ser perigoso."

Ela estava de férias em algum lugar do Caribe. Jeff aparecera para lhe entregar alguns diamantes, mas pulara no mar e sumira. Ela se inclinou para salvá-lo, mas Jeff escapuliu a suas mãos. A água agora cobria a cabeça dela. Estava sufocando, afogando.

Ouviu o barulho dos trabalhadores entrando no avião.

– Socorro! – gritou – Por favor, ajudem-me!

Mas o grito foi um sussurro, ninguém ouviu.

Os imensos contêiners começaram a ser retirados do avião. Tracy estava desmaiada quando levaram o seu contêiner para um caminhão da Brucere et Cie. E no chão do avião cargueiro ficou a echarpe que Jeff lhe dera.

TRACY FOI ACORDADA quando uma claridade atingiu o caminhão, no momento em que alguém levantou a lona. Lentamente, ela abriu os olhos. O caminhão estava dentro de um armazém. Jeff se achava parado ali, sorrindo-lhe.

– Você conseguiu! – exclamou ele. – É uma maravilha, Tracy. Dê-me a caixa.

Ela observou, apática, quando Jeff pegou a caixa.

– Até Lisboa. – Ele virou-se para sair, mas parou no instante seguinte e fitou-a. – Tem um aspecto horrível, Tracy. Está-se sentindo bem?

Ela mal conseguia falar.

– Jeff, eu...

Mas ele já se fora.

Tracy só teve depois uma recordação nebulosa do que aconteceu em seguida. Havia uma muda de roupas para ela nos fundos do armazém e uma mulher disse:

– Parece doente, *mademoiselle.* Deseja que eu chame um médico?

– Nada de médicos – balbuciou Tracy.

"Haverá uma passagem de avião para Genebra à sua espera no balcão da Swissair. Saia de Amsterdã o mais depressa possível. Assim que souber do roubo, a polícia fechará a cidade. Nada sairá errado Mas, caso haja alguma emergência, aqui tem o endereço e a chave de uma casa segura em Amsterdã. Está desocupada."

O aeroporto. Ela tinha de chegar ao aeroporto. Tracy murmurou:

– Quero um táxi...

A mulher hesitou por um momento e depois deu de ombros.

– Está certo. Vou chamá-lo. Espere aqui.

Tracy flutuava agora cada vez mais alto, chegando perto do sol.

– Seu táxi está aqui – disse um homem.

Ela gostaria que as pessoas parassem de incomodá-la. Só queria dormir.

O motorista perguntou:

– Para onde deseja ir, *mademoiselle?*

"Haverá uma passagem de avião para Genebra à sua espera no balcão da Swissair."

Ela estava doente demais para embarcar num avião. Iriam impedi-la, chamar um médico. Seria interrogada. Tudo o que precisava era dormir por alguns minutos e depois tudo estaria bem. A voz do motorista começava a se tornar impaciente.

– Para onde, por favor?

Ela não tinha para onde ir. E acabou dando ao motorista o endereço da casa segura.

A POLÍCIA interrogava-a a respeito dos diamantes. Como ela se recusasse a responder, eles ficaram furiosos e a trancaram sozinha numa sala, ligando o aquecimento, até que o calor se tornou insuportável. Quando isso aconteceu, baixaram a temperatura, até que pingentes de gelo começaram a se formar nas paredes.

Tracy emergiu pelo frio e abriu os olhos. Estava numa cama, tremendo incontrolavelmente. Havia um cobertor por baixo de seu corpo, mas não tinha força para estendê-lo por cima. O vestido estava encharcado de suor, o rosto e o pescoço se achavam molhados.

"Morrerei aqui. Onde era o aqui?"

"A casa segura. Estou na casa segura." E a frase pareceu-lhe tão engraçada que desatou a rir, o riso logo se transformando num paroxismo de tosse. Tudo saíra errado. Ela não escapara, no final das contas. A esta altura, a polícia deveria estar vasculhando Amsterdã à sua procura. "*Mademoiselle* Whitney tinha uma passagem para Genebra e não a usou? Então ela ainda deve estar em Amsterdã."

Ela se perguntou há quanto tempo estaria naquela cama. Levantou o pulso para olhar o relógio, mas os números se mostravam borrados. Via tudo em dobro. Havia duas camas no pequeno quarto, duas cômodas e quatro cadeiras. O tremor cessou, seu corpo ardia novamente. Precisava abrir uma janela, mas se achava fraca demais para fazer qualquer movimento. O quarto começou a congelar outra vez.

E ela se encontrava de volta ao avião, trancada no contêiner, gritando por socorro.

"Você conseguiu! É uma maravilha, Tracy. Dê-me a caixa."

Jeff levara os diamantes e provavelmente se achava a caminho do Brasil, com a sua parte do dinheiro. Estaria se divertindo com uma de suas mulheres, rindo dela. Ele a vencera mais uma vez. Ela o odiava. Não, não odiava. Sim, odiava. Ela o desprezava.

Tracy entrava e saía do delírio. A bola dura da pelota voava em sua direção, Jeff a tomava nos braços, empurrava-a para o chão, os lábios bem perto dos seus. E depois estavam jantando no Zalacaín. "Sabia que você é muito especial, Tracy?"

– Eu ofereço o empate – disse Boris Melnikov.

Seu corpo tremia novamente, descontrolado, viajava num trem expresso, atravessando um túnel escuro. Ela sabia que morreria ao fim do túnel. Todos os outros passageiros haviam desembarcado, exceto Alberto Fornati. Ele estava furioso com ela, sacudia-a e gritava:

– Pelo amor de Deus! Abra os olhos! Olhe para mim!

Com um esforço sobre-humano, Tracy abriu os olhos e deparou com Jeff. O rosto dele estava muito pálido e havia fúria em sua voz Mas é claro que tudo não passava de parte do seu sonho.

– Há quanto tempo está assim?

– Você está no Brasil – balbuciou Tracy.

Depois disso, ela não se lembrou de mais nada.

QUANDO RECEBEU a echarpe com as iniciais TW, o inspetor Trignant contemplou-a em silêncio por um longo tempo. A echarpe fora encontrada no chão do avião cargueiro da Air France. Depois, ele murmurou:

Quero falar com Daniel Cooper.

32

A pitoresca aldeia de Alkmaar, na costa noroeste da Holanda, virada para o Mar do Norte, é um ponto turístico popular. Mas há um bairro no setor leste que os turistas raramente visitam. Jeff Stevens ali estivera em férias várias vezes, com uma aeromoça da KLM que lhe ensinara a língua. Recordava-se muito bem da área, um lugar em que os residentes cuidavam de suas próprias vidas apenas e não se mostravam indevidamente curiosos em relação aos visitantes. Um lugar perfeito para se esconder.

O primeiro impulso de Jeff fora levar Tracy correndo para um hospital. Mas seria perigoso demais. Era também arriscado para ela permanecer em Amsterdã por mais um minuto sequer. Ele a envolvera em cobertores e a levara para o carro, onde ela permanecera inconsciente durante toda a viagem até Alkmaar. Sua respiração era ofegante e a pulsação irregular.

Em Alkmaar, Jeff foi para uma pequena estalagem. O estalajadeiro observou, curioso, quando Jeff carregou Tracy para o quarto no segundo andar.

– Estamos em lua de mel – explicou Jeff. – Minha esposa ficou doente... um pequeno distúrbio respiratório. Precisa de repouso.

– Gostaria que eu chamasse um médico?

O próprio Jeff não tinha certeza de qual era a resposta certa.

– Se houver necessidade, eu lhe direi.

A primeira coisa que tinha de fazer era tentar baixar a febre de Tracy. Levou-a para a cama de casal no quarto e começou a tirar-lhe as roupas, encharcadas de suor. Suspendeu-a para uma posição sentada e puxou o vestido pela cabeça. Os sapatos em seguida, depois a meia-calça. O corpo de Tracy estava muito quente. Jeff molhou uma toalha com água fria e gentilmente banhou-a, da cabeça aos pés. Cobriu-a com um cobertor e sentou ao lado da cama, prestando atenção à sua respiração.

"Se ela não estiver melhor pela manhã", decidiu Jeff, "terei de chamar um médico."

PELA MANHÃ, as roupas de cama estavam novamente encharcadas. Tracy ainda se encontrava inconsciente, mas Jeff teve a impressão de que sua respiração era um pouco mais fácil. Não queria permitir que a arrumadeira visse Tracy; isso acarretaria perguntas demais. Em vez disso, pediu uma muda de roupa de cama e levou para o quarto. Tornou a lavar o corpo de Tracy com uma toalha úmida, mudou a roupa da cama como vira enfermeiras fazerem em hospitais, sem incomodar a paciente, tornou a cobri-la.

Pondo um cartaz de FAVOR NÃO INCOMODAR na porta, Jeff saiu à procura da farmácia mais próxima. Comprou aspirina, um termômetro, uma esponja e álcool. Quando voltou ao quarto, constatou que Tracy ainda não despertara. Jeff verificou sua temperatura: 40 graus. Passou álcool pelo corpo com a esponja e a febre baixou.

Uma hora depois, a temperatura tornou a subir. Ele teria de chamar um médico. O problema era que o médico insistiria que Tracy fosse levada para um hospital. Haveria perguntas. Jeff não tinha ideia se a polícia os procurava; mas, se isso acontecesse, os dois seriam detidos. Precisava fazer alguma coisa. Esmagou quatro aspirinas, e pôs o pó entre os lábios de Tracy e gentilmente pingou água em sua boca, até que ela engolisse. Tornou a banhá-la. Quando terminou de enxugá-la, teve a impressão de que o corpo de Tracy já não se mostrava tão quente como antes. Verificou o pulso. Parecia mais firme. Encostou a cabeça no peito de Tracy e escutou. A respiração estaria menos congestionada? Não podia ter certeza. Só tinha certeza de uma coisa e repetiu-a interminavelmente, até que se transformou numa litania: "Você ficará boa." E Jeff beijou-a na testa, gentilmente.

Ele não dormia há 48 horas, sentia-se exausto, os olhos fundos. "Dormirei depois", prometeu a si mesmo. "Agora, só fecharei os olhos por um momento, a fim de descansá-los."

E ele dormiu.

QUANDO ABRIU os olhos e observou o teto entrar em foco lentamente, Tracy não tinha a menor ideia do lugar em que se encontrava. Foram necessários alguns minutos para que a percepção penetrasse em seu consciente. Sentia o corpo moído e dolorido, tinha a impressão de que retornara de uma jornada longa e extenuante. Sonolenta, correu os olhos pelo quarto desconhecido... e o coração parou subitamente. Jeff se achava arriado numa poltrona, perto da janela, adormecido. Na última vez em que o vira, ele pegara os diamantes e fora embora. O que estaria fazendo ali? E com uma repentina sensação de desespero, Tracy compreendeu a verdade: entregara-lhe a caixa errada – a caixa com os falsos diamantes – e Jeff pensava que o enganara. Devia tê-la apanhado na casa segura e levado para aquele lugar, ela não sabia onde.

Quando ela sentou na cama, Jeff se mexeu e abriu os olhos. Ao deparar com Tracy a fitá-lo, um lento sorriso de felicidade iluminou seu rosto.

– Seja bem-vinda de volta.

Havia um tom de alívio tão intenso em sua voz que Tracy sentiu-se confusa.

– Desculpe – disse Tracy, a voz um sussurro rouco. – Eu lhe dei a caixa errada.

– Como?

– Misturei as caixas.

Jeff aproximou-se da cama e disse gentilmente:

– Não, Tracy. Você me deu os diamantes autênticos. Que estão agora a caminho de Gunther.

Ela ficou aturdida.

– Então... por que... por que você está aqui?

Jeff sentou na beira da cama.

– Quando me entregou os diamantes, você estava com a máscara da morte. Resolvi que era melhor aguardar no aeroporto, a fim de me certificar se você pegava mesmo o avião para Genebra. Como não apareceu, compreendi que se encontrava em alguma encrenca. Fui à casa segura e encontrei-a.

Uma pausa e ele acrescentou, jovialmente:

– Não podia deixá-la morrer ali. Seria uma pista para a polícia.

Tracy observava-o atentamente, cada vez mais perplexa.

– Diga qual foi o verdadeiro motivo para voltar à minha procura.

– É hora de tirar sua temperatura – disse Jeff, bruscamente.

Poucos minutos depois, ele disse a Tracy:

– Não está ruim. Um pouco acima de 38. Você é uma paciente maravilhosa.

– Jeff...

– Confie em mim. Tem fome?

– Muita fome.

– Ótimo. Vou buscar alguma comida.

ELE VOLTOU das compras com uma sacola cheia de suco de laranja, leite, frutas e grandes *broodjes* holandeses, pães recheados com diferentes tipos de queijo, carne e peixe.

– Isto parece ser a versão holandesa da canja, mas deve resolver o problema. Coma devagar.

Ele ajudou-a a sentar na cama e alimentou-a. Mostrou-se cuidadoso e terno. Tracy pensou, cautelosa: "Ele pretende alguma coisa." Enquanto ela comia, Jeff disse:

– Ao sair para as compras, aproveitei e telefonei para Gunther. Ele recebeu os diamantes e depositou a sua parte do dinheiro em sua conta na Suíça.

Tracy não pôde deixar de perguntar:

– Por que você não ficou com tudo?

Quando Jeff respondeu, seu tom era sério:

– Porque já é tempo de pararmos de passar para trás um ao outro, Tracy. Certo?

Era outro dos truques de Jeff, com toda certeza. Mas Tracy sentia-se cansada demais para se preocupar com isso.

– Certo.

– Se me disser os seus tamanhos, Tracy, eu sairei e lhe comprarei algumas roupas. Os holandeses são liberais, mas poderiam ficar chocados se você saísse por aí do jeito como está.

Tracy levantou as cobertas, descobrindo subitamente a sua nudez. Tinha uma vaga impressão de Jeff a despi-la e banhá-la. Ele arriscara a sua própria segurança para cuidar dela. Por quê? Tracy acreditara que o compreendia. "Mas não o compreendo", pensou Tracy. "Não o compreendo absolutamente."

Ela dormiu.

À TARDE, Jeff voltou ao quarto com duas malas, cheias de chambres, camisolas, roupas de baixo, vestidos e sapatos, um estojo de maquiagem, escova e secador de cabelos, escova e pasta de dentes. Também comprara diversas roupas para si mesmo e o *International Herald Tribune.* Havia uma matéria sobre o roubo dos diamantes na primeira página; a polícia calculara como fora cometido, mas os ladrões não haviam deixado qualquer pista, segundo o jornal. Jeff declarou, animado:

– Estamos livres! Agora, tudo o que precisamos fazer é cuidar para que você se recupere totalmente.

FORA DANIEL COOPER quem sugerira que a informação da echarpe com as iniciais TW fosse ocultada da imprensa, explicando ao inspetor Trignant:

– Sabemos a quem pertence, mas não é prova suficiente para um indiciamento. Os advogados dela apresentariam todas as mulheres da Europa com as mesmas iniciais e nos fariam de tolos.

Na opinião de Cooper, a polícia já bancara a tola. "Mas Deus a entregará a mim."

Ele sentou na escuridão da pequena igreja, num banco duro de madeira, e rezou: "Oh, Pai, entregue-a a mim. Faça com que ela caia em minhas mãos para receber sua punição, a fim de que eu possa me expurgar dos meus pecados. O mal no espírito daquela mulher será exorcizado e seu corpo nu será açoitado..." E ele pensou no corpo nu de Tracy sob o seu domínio, sentiu o começo de uma ereção. Deixou a igreja apressadamente, aterrorizado que Deus pudesse ver e infligir-lhe uma punição.

JÁ ESCURECERA quando Tracy acordou. Sentou na cama e acendeu o abajur na mesinha de cabeceira. Descobriu que se encontrava sozinha. Jeff se fora. Um sentimento de pânico invadiu-a. Deixara-se ficar dependente de Jeff, o que fora um erro estúpido. "Mereço a lição", pensou Tracy, amargurada. "Confie em mim", dissera Jeff. E ela confiara. Ele só cuidara dela para se proteger, não por qualquer outro motivo. Chegara a acreditar que ele sentia alguma coisa por ela.

Quisera acreditar nele, *quisera* sentir que significava alguma coisa para Jeff. Ela recostou-se no travesseiro e fechou os olhos, pensando: "Sentirei saudade de Jeff. Deus me ajude, mas sentirei saudade dele."

Deus lhe pregara uma peça. Por que tivera de ser justamente *ele?* Mas o motivo não importava. Teria de fazer planos para sair dali o mais depressa possível, encontrar algum lugar em que pudesse se recuperar inteiramente, onde pudesse se sentir segura.

"Oh, sua maldita idiota!", pensou ela. "Você..."

Ela ouviu o barulho da porta se abrindo e a voz de Jeff chamou:

– Está acordada, Tracy? Trouxe alguns livros e revistas. Achei que você poderia... – Ele parou de falar abruptamente, ao ver a expressão no rosto de Tracy. Ei, houve algum problema?

– Não há mais – murmurou Tracy. – Não há mais.

A febre de Tracy desapareceu por completo na manhã seguinte.

– Eu gostaria de sair – disse ela. – Acha que podemos dar uma volta, Jeff?

Despertaram curiosidade no saguão. O casal que possuía o hotel ficou maravilhado com a recuperação de Tracy.

– Seu marido foi maravilhoso. Insistiu em fazer tudo pessoalmente. Estava muito preocupado. Uma mulher tem sorte em contar com um homem que a ama tanto.

Tracy olhou para Jeff. Poderia jurar que ele corava. Lá fora, ela disse:

– Eles são ótimos.

– Sentimentais demais – resmungou Jeff.

JEFF PROVIDENCIOU uma cama de lona para dormir, ao lado de Tracy. Naquela noite, deitada na cama, Tracy lembrou novamente como Jeff cuidara dela, atendera a todas as suas necessidades, banhara seu corpo nu. Sentia-se intensamente consciente da presença de Jeff. Dava-lhe a sensação de estar protegida.

E deixava-a nervosa.

GRADATIVAMENTE, à medida que Tracy se tornava mais forte, ela e Jeff passavam mais tempo explorando a exótica cidadezinha. Iam até o Alkmaarder Meer, percorrendo as ruas sinuosas, calçadas de pedras que datavam da Idade Média, passeavam por horas nos campos de tulipas, nos arredores da cidade. Visitavam o mercado de queijos e a velha casa de peso, vagueavam pelo museu municipal. Para surpresa de Tracy, Jeff conversava com os habitantes em holandês.

– Onde aprendeu a língua?

– Quando namorei uma holandesa.

Tracy se arrependeu de ter perguntado.

Enquanto os dias transcorriam, o corpo jovem e saudável de Tracy foi-se curando. Quando achou que ela já estava bastante forte, Jeff alugou bicicletas e visitaram os moinhos de vento que pontilhavam os campos. Cada dia era um feriado maravilhoso e Tracy não queria que aquilo acabasse.

Jeff era uma constante surpresa. Tratava-a com uma preocupação e ternura que dissipavam as defesas dela contra ele, mas ao mesmo tempo não fazia qualquer avanço sexual. Ele era um enigma para Tracy. Ela pensava nas lindas mulheres com quem o vira e tinha certeza de que Jeff poderia ter qualquer delas no momento em que quisesse. Por que então ficava com ela naquele cantinho perdido do mundo?

Tracy descobriu-se a falar sobre coisas que pensara que jamais conversaria com alguém. Contou a Jeff sobre Joe Romano, Tony Orsatti, Ernestine Littlechap, Big Bertha e a pequena Amy Brannigan. Jeff se mostrou alternadamente indignado, consternado e compadecido. Jeff falou sobre a madrasta e tio Willie, sobre os seus dias no parque de diversões, o casamento com Louise. Tracy nunca se sentira tão íntima de alguém.

E, subitamente, era o momento de ir embora. Jeff anunciou uma manhã:

– A polícia não está à nossa procura, Tracy. Acho que devemos partir.

Ela sentiu uma pontada de desapontamento.

– Tem certeza? Quando?

– Amanhã.

Tracy assentiu.

– Farei as malas pela manhã.

TRACY FICOU acordada naquela noite, incapaz de dormir. A presença de Jeff parecia povoar o quarto como nunca antes. Aquele fora um período inesquecível em sua vida e agora chegava ao fim. Ela olhou para a cama de lona em que Jeff estava deitado.

– Está dormindo, Jeff?

– Não.

– Em que pensa?

– No dia de amanhã. Em deixar esta cidade. Sentirei saudade.

– E eu sentirei saudade de você, Jeff.

As palavras saíram antes que ela pudesse se controlar. Jeff sentou lentamente e olhou para ela.

– Quanto?

– Muita.

Um momento depois, ele se achava ao lado dela na cama.

– Tracy...

– Shh... Não fale. Apenas me abrace. E aperte com força.

Começou devagar, um contato suave, carícia, sensação, exploração dos sentidos. E foi-se desenvolvendo e aumentando para um ritmo frenético, até se tornar um prazer desvairado e selvagem. O membro duro de Jeff acariciava e arremetia, enchia-a por completo, até que ela sentia vontade de gritar com a alegria insuportável. Ela se achava no centro de um arco-íris. Sentia-se arrebatada por um maremoto que a elevava mais e mais. Houve uma súbita explosão dentro dela e todo o seu corpo começou a tremer. Gradativamente, a tempestade se desvaneceu. Tracy fechou os olhos. Sentiu os lábios de Jeff descerem por seu corpo, até o próprio centro de seu ser, foi envolvida por outra onda impetuosa de sensação indescritível.

Ela puxou Jeff contra si, sentindo o coração dele bater contra o seu. Comprimiu-se contra ele, mas ainda não podia chegar bastante perto. Desceu para o pé da cama, os lábios roçando pelo corpo de Jeff, em beijos suaves, ternos, subindo devagar, até encontrar o membro duro em sua mão. Afagou-o gentilmente, meteu-o na boca, escutou os gemidos de prazer de Jeff. Depois, Jeff rolou por cima dela e penetrou-a, tudo recomeçou, mais excitante do que antes, uma fonte se derramando com um prazer insuportável. Tracy pensou:

"Agora eu sei. Pela primeira vez, eu sei. Mas devo lembrar que é apenas por esta noite, um maravilhoso presente de despedida."

E durante toda a noite eles fizeram amor, conversaram sobre tudo e sobre nada. Era como se comportas há muito trancadas se abrissem para os dois. Ao amanhecer, quando o canais começavam a cintilar com o dia que raiava, Jeff disse:

– Case comigo, Tracy.

Ela tinha certeza de que entendera errado, mas as palavras tornaram a soar. Tracy sabia que era loucura e impossível, nunca poderia dar certo, mas era delirantemente maravilhoso e é claro que daria certo. E ela sussurrou:

– Está bem.

Tracy começou a chorar, aconchegada na segurança dos braços de Jeff. "Nunca mais me sentirei solitária", pensou Tracy. "Pertencemos um ao outro. Jeff é parte de todos os meus amanhãs."

O amanhã chegara.

MUITO TEMPO depois, Tracy perguntou:

– Quando você soube, Jeff?

– Quando a vi naquela casa e pensei que fosse morrer. Fiquei meio louco.

– E eu pensei que você fugira com os diamantes – confessou Tracy.

Ele tornou a abraçá-la.

– O que fiz em Madri não foi pelo dinheiro, Tracy. Foi pelo jogo... pelo desafio. Não é por isso que nós dois estamos no ofício? Você recebe um quebra-cabeça que aparentemente não tem solução e começa a especular se na verdade não haverá algum modo de resolvê-lo.

Tracy assentiu.

– É isso mesmo. A princípio, era porque eu precisava do dinheiro. E depois tornou-se outra coisa, o dinheiro já não tinha importância. Adoro o duelo de esperteza com pessoas que são vitoriosas, inteligentes e inescrupulosas. Adoro viver na corda bamba do perigo.

Depois de um silêncio prolongado, Jeff disse:

– Tracy... estaria disposta a renunciar a tudo isso? – Ela ficou perplexa.

– Renunciar? Por quê?

– Estávamos antes por conta própria, cada um por si. Agora, tudo mudou. Eu não poderia suportar se alguma coisa acontecesse. Por que correr mais riscos? Temos todo o dinheiro que jamais precisaremos. Por que não nos consideramos aposentados?

– O que faríamos, Jeff?

Ele sorriu.

– Pensaremos em alguma coisa.

– Falando sério, querido, como passaríamos a vida?

– Faríamos qualquer coisa que quiséssemos, meu amor. Viajaríamos, teríamos hobbies. Sempre fui fascinado pela arqueologia. Gostaria de realizar uma escavação na Tunísia. Poderíamos financiar nossas próprias escavações. Conheceríamos o mundo inteiro.

– Parece excitante.

– E então... o que me diz?

Tracy contemplou-o em silêncio por um longo tempo e depois disse, suavemente:

– Se é isso o que você quer...

Jeff abraçou-a e começou a rir.

– Não deveríamos fazer um comunicado formal à polícia?

Tracy acompanhou-o no riso.

AS IGREJAS eram mais antigas do que quaisquer outras que já havia conhecido antes. Algumas datavam dos tempos pagãos e havia ocasiões em que ele não sabia se estava rezando para o demônio ou para Deus. Sentava com a cabeça inclinada na St. Bavokerk, Pieterskerk e Nieuwekerk, em Delft, a cada vez sua oração era a mesma: "Permita-me fazê-la sofrer tanto quanto eu sofro."

O TELEFONEMA de Gunther Hartog chegou no dia seguinte, quando Jeff se achava ausente.

– Como está se sentindo? – perguntou Gunther.

– Maravilhosamente – respondeu Tracy.

Gunther telefonara todos os dias, depois que soubera o que acontecera com ela. Tracy resolveu não contar a ele, por enquanto, a sua decisão e de Jeff de casarem, abandonando tudo. Queria guardar para si mesma por mais algum tempo, aprofundar a ideia, acariciar a perspectiva.

– Você e Jeff estão se dando bem?

Ela sorriu.

– Estamos nos dando bem até demais.

– Aceitaria trabalharem juntos de novo?

Agora, Tracy tinha de lhe contar.

– Gunther... nós... estamos deixando.

Houve um momento de silêncio.

– Não estou entendendo.

– Jeff e eu vamos... como se dizia nos filmes antigos de James Cagney... seguir por uma vida honesta.

– Ahn? Mas... por quê?

– Foi ideia de Jeff e eu concordei. Nada mais de riscos.

– E se eu dissesse que o trabalho que tenho vale 2 milhões de dólares e não envolve riscos?

– Eu riria muito, Gunther.

– Estou falando sério, minha cara. Viajariam para Amsterdã, que fica a apenas uma hora de carro do lugar em que estão agora, e...

– Terá de encontrar outra pessoa, Gunther.

Ele suspirou.

– Infelizmente, não há mais ninguém que possa cuidar disso. Pode pelo menos discutir a possibilidade com Jeff?

– Está certo. Mas não vai adiantar.

– Ligarei de novo esta noite.

Quando Jeff voltou, Tracy relatou a conversa.

– Não disse a ele que estamos nos tornando cidadãos respeitadores das leis?

– Claro, querido. E disse também que ele procurasse outra pessoa.

– Mas ele não quer.

– Insiste que precisa de nós, Jeff. Disse que não há qualquer risco e que poderíamos ganhar 2 milhões de dólares por um pequeno esforço.

– O que significa que ele pensa em alguma coisa tão bem guardada quanto o Forte Knox.

– Ou o Prado – acrescentou Tracy, maliciosamente.

Jeff sorriu.

– Foi um plano sensacional, amor. E quer saber de uma coisa? Acho que foi então que comecei a me apaixonar por você.

– E acho que comecei a odiá-lo quando você roubou o meu Goya.

– Seja justa – protestou Jeff. – Começou a me odiar muito antes disso.

– Tem razão. O que diremos a Gunther?

– Você já disse tudo a ele. Não estamos mais nesse ofício.

– Não deveríamos pelo menos ouvir o que ele está pensando?

– Tracy, concordamos que...

– Vamos de qualquer maneira passar por Amsterdã?

– Vamos, sim. Mas...

– Enquanto estamos lá, querido, por que não ouvimos o que ele tem a dizer?

Jeff estudou-a com uma expressão desconfiada.

– Você *quer* fazer o trabalho, não é mesmo?

– Claro que não! Mas não há mal algum em ouvir o que ele tem a dizer...

ELES FORAM DE carro para Amsterdã no dia seguinte e hospedaram-se no Amstel Hotel. Gunther Hartog veio de avião de Londres para encontrá-los.

Conseguiram dar um jeito de sentar juntos, como turistas casuais, numa lancha PIas Motor, deslizando pelo Rio Amstel.

– Fico muito satisfeito por saber que vocês vão se casar – comentou Gunther. – Meus parabéns.

– Obrigada, Gunther.

Tracy sabia que ele era sincero.

– Respeito o desejo de vocês se aposentarem, mas deparei com uma situação tão singular que achei que deveria contar-lhes. Pode ser um canto de cisne dos mais gratificantes.

– Estamos escutando – disse Tracy.

Gunther inclinou-se para a frente e começou a falar, em voz baixa. Ao fim, ele disse:

– Dois milhões de dólares, se encontrarem um meio de executar o golpe.

– É impossível – declarou Jeff, taxativamente. – Tracy...

Mas Tracy não escutava, absorvida em imaginar como poderia ser feito.

A CHEFATURA de polícia de Amsterdã, na esquina da Marnix Straat e Elandsgracht, é um prédio gracioso de cinco andares, com um corredor branco comprido no térreo e uma escada de mármore levando aos andares superiores. A Gemeentepolitie estava em conferência numa sala de reuniões no andar de cima. Havia seis detetives holandeses. O único estrangeiro era Daniel Cooper.

O inspetor Joop van Duren era um gigante, maior do que a vida, com um rosto carnudo, adornado por um enorme bigode, uma voz tonitruante. Estava se dirigindo a Toon Willems, o eficiente comissário, chefe da força policial da cidade.

– Tracy Whitney chegou a Amsterdã esta manhã, comissário. A Interpol tem certeza de que ela é a responsável pelo roubo dos diamantes da De Beers. E o Sr. Cooper aqui acha que ela voltou à Holanda para cometer outro crime.

O comissário Willems virou-se para Cooper.

– Tem alguma prova disso, Sr. Cooper?

Daniel Cooper não precisava de prova. Conhecia Tracy Whitney, de corpo e alma. *Claro* que ela estava ali para cometer um crime, algo afrontoso, algo além da imaginação restrita daqueles homens. Ele forçou-se a permanecer calmo.

– Não há qualquer prova. Por isso é que ela deve ser apanhada em flagrante.

– E como propõe que façamos isso?

– Não perdendo a mulher de nossa vista por um momento sequer.

O uso do pronome *nossa* perturbou o comissário. Ele falara com o inspetor Trignant, em Paris, a respeito de Cooper. "Ele é detestável, mas sabe o que faz. Se o tivéssemos escutado, teríamos apanhado a mulher Whitney em flagrante." Era o que Cooper acabara de dizer.

Toon Willems tomou sua decisão, baseada em parte no fracasso tão amplamente divulgado da polícia francesa em capturar os ladrões dos diamantes da De Beers. Onde a polícia francesa falhara, a polícia holandesa seria bem-sucedida.

– Muito bem – disse o comissário. – Se essa mulher veio à Holanda para testar a eficiência de nossa polícia, vamos atendê-la. Ele virou-se para o inspetor Van Duren e acrescentou:

– Tome todas as providências que julgar necessárias.

A CIDADE DE Amsterdã se divide em seis distritos policiais, cada um responsável por um território específico. Por ordens do inspetor Joop van Duren, os limites foram ignorados e detetives de diferentes distritos foram designados para as equipes de vigilância.

– Quero que ela seja vigiada 24 horas por dia. Não a percam de vista por um só instante.

O inspetor Van Duren virou-se para Daniel Cooper.

– Está satisfeito, Sr. Cooper?

– Não enquanto não a pegarmos.

– Vamos agarrá-la – garantiu o inspetor. – Nós nos orgulhamos de ter a melhor polícia do mundo, Sr. Cooper.

AMSTERDÃ É um paraíso dos turistas, uma cidade de moinhos de vento, represas e diques, casas de frontões se inclinando umas para as outras ao longo de uma rede de canais arborizados, cheios de barcos-casas enfeitados com vasos de gerânios e outras plantas, as roupas tremulando à brisa em varais. Os holandeses eram as pessoas mais cordiais que Tracy já conhecera.

– Eles parecem muito felizes – comentou ela.

– Não se esqueça de que eles formam o povo da flor original. O povo das tulipas.

Tracy riu e passou o braço pelo de Jeff. Sentia uma alegria intensa por estar em sua companhia. "Ele é maravilhoso." E Jeff, contemplando-a, pensou: "Sou o homem mais sortudo do mundo."

Tracy e Jeff realizaram todos os passeios que se esperava dos turistas. Vaguearam pela Albert Cuyp Straat, o mercado ao ar livre que se estende por sucessivos quarteirões, com barracas de antiguidades, frutas e hortaliças, flores e roupas. Foram à Praça da Represa, onde os jovens se reuniam para escutar os cantores itinerantes e os conjuntos *punk*. Visitaram Volendam, a antiga e pitoresca aldeia de pescadores no Zuider Zee, assim como Madurodam, que é a Holanda em miniatura. Ao passarem pelo movimentado Aeroporto Schiphol, Jeff comentou:

– Não faz muito tempo e toda esta terra que o aeroporto ocupa agora pertencia ao Mar do Norte. *Schiphol* significa "cemitério de navios".

Tracy aconchegou-se mais perto dele.

– Estou impressionada. E ótimo estar apaixonada por um homem tão inteligente.

– Ainda não ouviu nada. Saiba que 25 por cento da Holanda é formada de terras roubadas ao mar. O país inteiro se encontra 5 metros abaixo do nível do mar.

– Parece assustador.

– Mas não há motivo para se assustar. Estamos absolutamente seguros enquanto o garotinho mantiver o dedo no buraco do dique.

Por toda a parte a que iam, Tracy e Jeff eram seguidos pela Gemeentepolitie. A cada noite, Daniel Cooper estudava os relatórios escritos encaminhados ao inspetor Van Duren. Nada havia de insólito, mas nem por isso as suspeitas de Cooper se atenuavam. "Ela está empenhada em alguma coisa", ele dizia a si mesmo. "Alguma coisa grande. Será que ela sabe que está sendo seguida? Será que sabe que eu vou destruí-la?"

Até onde os detetives podiam calcular, Tracy Whitney e Jeff Stevens não passavam de meros turistas. O inspetor Van Duren disse a Cooper:

– Não é possível que tenha se enganado? Eles podem ter vindo à Holanda só para passearem.

– Não – insistiu Cooper, obstinado. – Eu não estou enganado. Continuem a vigiá-la.

Ele tinha um pressentimento ominoso de que o tempo se esgotava, que a vigilância policial poderia ser cancelada em breve, se Tracy Whitney não fizesse alguma coisa logo. Mas a vigilância devia continuar. E Cooper juntou-se aos detetives que mantinham Tracy sob observação.

TRACY E JEFF tinham quartos contíguos no Amstel.

– Em nome da respeitabilidade – explicara Jeff a Tracy.

Mas não deixarei que fique longe de mim.

– Promete?

Todas as noites, Jeff ficava com ela, fazendo amor, até o amanhecer. Ele era um amante múltiplo, ora terno, ora impetuoso.

– É a primeira vez que descubro para que serve meu corpo – sussurrou Tracy. – Obrigada, meu amor.

– O prazer é todo meu.

– Só a metade.

Eles vagueavam pela cidade, aparentemente a esmo. Almoçavam no Excelsior do Hotel de l'Europe e jantavam no Bowedery, comeram todos os 22 pratos servidos no Bali indonésio. Tomaram a *erwtensoep*, a famosa sopa de ervilha da Holanda; provaram a *hutspot* de batatas, cenouras e cebolas; e comeram o *boerenkool metworst*, feito com 13 legumes e salames diferentes. Passearam pelo *walletjes*, o distrito da prostituição de Amsterdã, onde prostitutas gordas sentavam de quimono em vitrines dando para a rua, exibindo as suas mercadorias. Todas as noites, o relatório, por escrito apresentado ao inspetor Joop van Duren terminava com o mesmo registro: "Nada de suspeito."

"Paciência", dizia Daniel Cooper a si mesmo. "Paciência."

Por insistência de Cooper, o inspetor Van Duren procurou o comissário Willems, solicitando permissão para colocar artefatos eletrônicos de escuta nos quartos do hotel ocupados pelos dois suspeitos. A permissão foi negada.

– Quando houver provas mais concretas por trás das suspeitas – declarou o comissário – volte a me falar. Até lá, não posso permitir que escutem secretamente pessoas que no momento só são culpadas de visitarem a Holanda como turistas.

ESSA CONVERSA ocorreu na sexta-feira. Na manhã de segunda-feira, Tracy e Jeff foram à Paulus Potter Straat, em Coster, o centro de diamantes de Amsterdã, a fim de visitarem a fábrica de lapidação. Daniel Cooper integrava a equipe de vigilância. A fábrica estava apinhada de turistas. Um guia falando inglês conduziu-os pela fábrica, explicando cada operação no processo de lapidação. Ao fim do passeio, ele levou o grupo para uma enorme sala de exposição, as paredes ocupadas por uma ampla variedade de diamantes à venda. É claro que esse era o motivo maior para oferecer a excursão pelas instalações. No centro da sala havia uma caixa de vidro, dramaticamente montada sobre um pedestal alto e preto, contendo o diamante mais espetacular que Tracy já vira. O guia anunciou, orgulhosamente:

– Eis aqui, senhoras e senhores, o famoso diamante *Lucullan*, sobre o qual todos já leram. Foi outrora adquirido por um autor de teatro para sua esposa, estrela do cinema. Está avaliado em 10 milhões de dólares. E uma pedra perfeita, um dos melhores diamantes do mundo.

– Deve ser um alvo e tanto para ladrões de joias – comentou Jeff, em voz bem alta.

Daniel Cooper adiantou-se para poder ouvir melhor. O guia sorriu, indulgentemente.

– *Nee, mijnheer.* – Ele acenou com a cabeça para o guarda armado parado ali perto. – Esta pedra é mais atentamente vigiada do que as joias na Torre de Londres. Não há qualquer perigo. Se alguém tocar no vidro, soa um alarme... e todas as janelas e portas nesta sala se fecham automaticamente. À noite, fachos eletrônicos são ligados. Se alguém entra na sala, soa um alarme na chefatura de polícia.

Jeff olhou para Tracy e disse:

– Acho que ninguém jamais roubará esse diamante.

Cooper trocou um olhar com um dos detetives. Naquela tarde, o inspetor Van Duren recebeu um relato da conversa.

TRACY E JEFF visitaram o Rijksmuseum no dia seguinte. À entrada, Jeff comprou uma planta do museu. Ele e Tracy atravessaram o saguão para a Galeria de Honra, cheia de Fra Angelicos, MuriDos, Rubens, Van Dicks e Tiepolos. Foram andando devagar, parando diante de cada quadro. A seguir se dirigiram para a Sala da Vigília Noturna, onde estava pendurado o mais famoso quadro de Rembrandt. Ali pararam. A atraente policial que os seguia, Fien Hauer, pensou: "Oh, Deus, não!"

O título oficial do quadro era *A companhia do capitão Frans Banning Cocq e do tenente Willem van Ruytenburch.* Com extraordinária nitidez e composição, mostrava um grupo de soldados preparando-se para entrar de vigília, sob o comando do seu capitão pitorescamente uniformizado. A área em torno do quadro estava cercada por cordas de veludo e um guarda se postava próximo.

– E difícil acreditar – comentou Jeff para Tracy – mas Rembrandt sofreu o diabo por causa desse quadro.

– Mas por quê? É um quadro fantástico.

– Seu cliente... o capitão no quadro... não gostou da atenção que Rembrandt dispensou às outras figuras.

Jeff virou-se para o guarda e acrescentou:

– Espero que o quadro esteja bem protegido.

– *Ja, mijnheer.* Quem tentasse roubar alguma coisa deste museu teria de passar por fachos eletrônicos, câmeras de segurança e, à noite, dois guardas com cachorros.

Jeff sorriu suavemente.

– Acho que este quadro ficará aqui para sempre.

Ao fim da tarde, a conversa foi relatada a Van Duren.

– *A vigília noturna!* – exclamou ele. – *Alstublieft.* Impossível!

Daniel Cooper limitou-se a fitá-lo com seus olhos míopes.

NO CENTRO DE CONVENÇÕES de Amsterdã havia uma reunião de filatelistas. Tracy e Jeff foram os primeiros a chegar. O salão estava muito bem vigiado, pois muitos dos selos eram extremamente valiosos. Cooper e um detetive holandês ficaram observando, enquanto os dois visitantes vagueavam pela coleção de selos raros. Tracy e Jeff pararam diant‹ do *Guiana Britânica,* um selo hexagonal, magenta, sem nada de atraente.

– Que selo horrível! – comentou Tracy.

– Não se deixe impressionar por isso, querida. É o único selo de seu tipo no mundo.

– Quanto vale?

– Um milhão de dólares.

O atendente balançou a cabeça.

– É verdade, senhor. A maioria das pessoas não imagina ao olhar para este selo. Mas vejo que ama os selos, senhor, tanto quanto eu. A história do mundo está neles.

Tracy e Jeff se deslocaram para o mostruário seguinte, que exibia um Jenny Invertido, com um avião voando de cabeça para baixo.

– Esse é muito interessante – disse Tracy.

O atendente ao lado do mostruário disse:

– Vale...

Jeff não o deixou completar, informando:

– Em torno de 75 mil dólares.

– Exatamente, senhor.

Eles passaram para um Missionário Havaiano azul de 2 centavos.

– Este vale 250 mil dólares – disse Jeff a Tracy.

Cooper estava agora logo atrás deles, misturando-se com a multidão. Jeff apontou para outro selo.

– Este é muito raro. O selo postal de um *penny* de Mauritius. Em vez de "postpaid", porte pago, algum gravador distraído escreveu "post office", agência postal. Vale uma porção de pence hoje.

– Todos parecem muito pequenos e vulneráveis – comentou Tracy. – E fáceis de levar.

O guarda ao lado sorriu.

– Um ladrão não iria longe, moça. Todas as caixas estão protegidas eletronicamente e guardas armados patrulham o centro de convenções dia e noite.

– É um grande alívio saber disso – murmurou Jeff. – Nenhum cuidado é demais hoje em dia, não é mesmo?

Naquela tarde, Daniel Cooper e o inspetor Joop van Duren foram juntos falar com o comissário Willems. Van Duren pôs os relatórios sobre a vigilância na mesa do comissário e depois esperou.

– Não há nada de definitivo aqui – disse o comissário finalmente. – Mas admito que os suspeitos andaram farejando alguns alvos muito lucrativos. Muito bem, inspetor, pode seguir em frente. Tem permissão para instalar o equipamento de escuta nos quartos do hotel.

Daniel Cooper ficou exultante. Não haveria mais privacidade para Tracy Whitney, daquele momento em diante. Ele saberia de tudo o que ela pensasse, dissesse ou fizesse. Pensou em Tracy e Jeff juntos na cama, lembrou-se da sensação da calcinha de Tracy em seu rosto. Tão macia, tão cheirosa...

Ele foi à igreja naquela tarde.

NAQUELA NOITE, quando Tracy e Jeff deixaram o hotel para jantar, uma equipe de técnicos da polícia entrou em ação, instalando transmissores sem fios nas suítes, escondidos por trás de quadros e luminárias, por baixo de mesas.

O inspetor Joop van Duren requisitara a suíte do andar de cima um técnico instalou um receptor de rádio, com uma antena e ligado a um gravador.

– É ativado pela voz – explicou o técnico. – Ninguém precisa ficar aqui para controlá-lo. Quando alguém fala, o aparelho começa a gravar automaticamente.

Mas Daniel Cooper *queria* estar ali. *Tinha* de estar ali. Era a vontade de Deus.

33

Na manhã seguinte, bem cedo, Daniel Cooper, o inspetor Joop van Duren e seu assistente, detetive Witkamp, estavam na suíte requisitada, escutando a conversa por baixo.

– Mais café?

A voz de Jeff.

– Não, obrigada, querido. – A voz de Tracy. – Experimente este queijo que nos mandaram. É uma delícia.

Um curto silêncio.

– Hum... Tem toda razão. O que gostaria de fazer hoje, Tracy? Poderíamos passear de carro até Rotterdam.

– Por que simplesmente não ficamos aqui e relaxamos? – Parece uma boa ideia.

Daniel Cooper sabia o que eles estavam querendo dizer com "relaxar" e rangeu os dentes.

– A rainha vai inaugurar um novo orfanato.

– Isso é ótimo. Acho que os holandeses constituem o povo mais hospitaleiro e generoso do mundo. Eles são iconoclastas. Detestam regras e regulamentos.

Uma risada.

– É por isso que nós dois gostamos tanto deles!

Uma conversa matutina corriqueira entre amantes. "Eles parecem se dar maravilhosamente", pensou Cooper. "Mas como ela pagará caro por tudo o que fez!"

– Por falar em generoso, adivinhe quem está neste hotel? A voz de Jeff. – O esquivo Maximilian Pierpont. Senti falta dele no *Queen Elizabeth II.*

– E eu senti sua falta no Expresso do Oriente.

– Ele está aqui provavelmente para saquear outra companhia. Agora que o encontramos, Tracy, acho que deveríamos fazer alguma coisa em relação a ele. Já que ele se encontra por perto...

A risada de Tracy.

– Concordo plenamente, querido.

– Soube que o nosso amigo tem o hábito de andar com artefatos de valor inestimável. Tenho uma ideia que...

Outra voz de mulher.

– *Dag, minjheer, dag mevrouw.* Gostariam que o quarto fosse arrumado agora?

Van Duren virou-se para o detetive Witkamp.

– Quero uma equipe de vigilância sobre Maximilian Pierpont. E quero ser informado no momento em que Whitney ou Stevens fizerem qualquer contato com ele.

O INSPETOR VAN DUREN estava se reportando ao comissário Toon Willems:

– Eles podem estar atrás de um entre muitos alvos, comissário. Demonstram um grande interesse por um rico americano que se encontra aqui, chamado Maximilian Pierpont, compareceram a uma convenção filatélica, visitaram o diamante *Lucullan* e passaram duas horas diante da *Vigília noturna*...

– *Een diefstal van de Nachtwacht? Nee!* Impossível!

O comissário recostou-se na cadeira, perguntando-se se não estaria irresponsavelmente desperdiçando um tempo e homens valiosos. Havia especulação demais, mas não fatos suficientes.

– Portanto, no momento, você não tem ideia de qual é exatamente o alvo.

– Não, comissário. E não tenho certeza se eles já decidiram. Mas no instante em que isso acontecer, eles nos informarão.

Willems franziu o rosto.

– Eles informarão?

– Os microfones – explicou Van Duren. – Eles não sabem que estamos ouvindo tudo o que conversam.

A BRECHA para a polícia surgiu às 9 horas da manhã seguinte. Tracy e Jeff terminavam o café da manhã, na suíte de Tracy. No posto de escuta, no andar de cima, estavam Daniel Cooper, o inspetor Joop van Duren e o auxiliar Witkamp. Eles ouviram o som de café sendo despejado.

– Aqui uma notícia interessante, Tracy. Nosso amigo tinha razão. Escute só: "O Banco Amro está embarcando 5 milhões de dólares em barras de ouro para as Índias Ocidentais Holandesas."

Na suíte de cima, o detetive Witkamp disse:

– Não há qualquer possibilidade...

– Shh!

Eles ficaram escutando.

– Quanto será que pesam 5 milhões de dólares em barras de ouro?

A voz era de Tracy.

– Posso responder com exatidão, querida. Dá exatamente 758 quilos, em torno de 57 barras de ouro. O melhor de tudo é o fato do ouro ser perfeitamente anônimo. Basta derretê-lo e pode pertencer a qualquer um. É claro que não seria fácil tirar as barras da Holanda.

– Mesmo que fosse possível, como poderíamos nos apossar das barras de ouro em primeiro lugar? Simplesmente entrando no banco e pegando-as?

– Algo assim.

– Está brincando.

– Nunca brinco com dinheiro nessas proporções. Por que não fazemos um pequeno passeio ao Banco Amro e aproveitamos para dar uma olhada?

– O que tem em mente?

– Eu lhe contarei no caminho.

O som de uma porta sendo fechada e as vozes desapareceram. O inspetor Van Duren torcia nervosamente o bigode.

– *Nee!* Não há qualquer possibilidade de eles pegarem aquele ouro. Eu aprovei pessoalmente os dispositivos de segurança.

Daniel Cooper anunciou, incisivamente:

– Se há alguma falha no sistema de segurança do banco, Tracy Whitney a descobrirá.

O inspetor Van Duren teve de fazer um grande esforço para controlar seu temperamento explosivo. O americano de aparência esquisita era uma abominação desde a sua chegada. Era muito difícil tolerar o seu senso de superioridade divina. Mas o inspetor Van

Duren era um policial acima de tudo; e recebera a ordem de cooperar com o homenzinho. Ele virou-se para Witkamp.

– Quero que aumente a equipe de vigilância. *Imediatamente.* Quero que todos os contatos sejam fotografados e interrogados. Entendido?

– Entendido, inspetor.

– E muito discretamente. Eles não podem saber que estão sendo vigiados.

– Certo, inspetor.

Van Duren olhou para Cooper.

– Pronto. Isso o faz sentir-se melhor?

Cooper não se deu ao trabalho de responder.

DURANTE OS cinco dias seguintes, Tracy e Jeff mantiveram os homens do inspetor Van Duren bastante ocupados. Daniel Cooper examinava meticulosamente os relatórios diários. À noite, depois que os outros detetives deixavam o posto de escuta, Cooper ficava. Ficava atento aos sons do ato sexual que sabia estar ocorrendo por baixo.

Nada podia ouvir, mas em sua imaginação Tracy estava gemendo:

– Oh, sim, querido, sim, sim... Oh, Deus, não aguento mais... é tão maravilhoso... Agora, oh, agora...

E depois o suspiro prolongado e trêmulo, o silêncio suave. E era tudo para ele.

"Muito em breve você me pertencerá", pensava Cooper. "Ninguém mais a terá."

Durante o dia, Tracy e Jeff seguiam por caminhos separados, sempre vigiados por toda parte. Jeff visitou uma gráfica perto de Leidseplein, dois detetives observaram atentamente da rua a sua conversa com o impressor. Quando Jeff saiu, um dos detetives seguiu-o. O outro entrou na gráfica, mostrou ao impressor a sua identificação de policial, com o carimbo oficial, fotografia e as listras diagonais, vermelha, branca e azul.

– O que queria o homem que acabou de sair daqui?

– Ele ficou sem cartões de visita. Quer que eu imprima mais alguns.

– Deixe-me ver o que ele deixou.

O impressor mostrou uma ficha preenchida à mão:

Serviços de Segurança de Amsterdã
Cornelius Wilson, investigador-chefe

No dia seguinte, a detetive Fien Hauer ficou esperando do lado de fora quando Tracy entrou numa loja de animais domésticos, na Leidseplein. Assim que ela saiu, 15 minutos depois, Fien Hauer entrou na loja e mostrou sua identificação.

– O que queria a mulher que acabou de sair?

– Ela comprou um aquário com peixinhos dourados, dois periquitos, um canário e um pombo.

Uma estranha combinação.

– Disse um pombo? E era um pombo comum?

– Isso mesmo. Mas nenhuma loja tem pombos em estoque. Eu disse a ela que teria de providenciar em outro lugar.

– E para onde deverá mandar esses bichos?

– Para o hotel em que ela está, o Amstel.

No outro lado da cidade, Jeff conversava com o vice-presidente do Banco Amro. Ficaram juntos por meia hora. Assim que Jeff se retirou, um detetive entrou no banco e foi falar com o vice-presidente:

– Por favor, pode me informar o que desejava o homem que acabou de sair daqui?

– O Sr. Wilson? Ele é o investigador-chefe da seguradora que o nosso banco usa. Estão reavaliando os sistemas de segurança.

– E ele lhe pediu para falar sobre os atuais dispositivos de segurança?

– Exatamente.

– E lhe falou?

– Claro. Mas, naturalmente, tomei primeiro a precaução de telefonar para conferir suas credenciais.

– Para quem telefonou?

– Para o serviço de segurança... o telefone estava impresso em sua identificação.

Às 15 horas daquela tarde um caminhão blindado parou diante do Banco Amro. Do outro lado da rua, Jeff tirou uma fotografia do caminhão, enquanto um detetive o fotografava de algumas portas de distância.

NA CHEFATURA de polícia, em Elandsgracht, o inspetor Van Duren espalhou as evidências que se acumulavam rapidamente sobre a mesa do comissário Toon Willems.

– O que significa tudo isso? – perguntou o comissário, em sua voz fina e seca.

Daniel Cooper falou:

– Eu lhe direi o que ela está planejando. – Sua voz estava cheia de convicção. – Ela planeja roubar o carregamento de ouro.

Todos o fitavam fixamente. Foi o comissário Willems quem rompeu o silêncio:

– E devo supor que você sabe como ela pretende realizar esse milagre?

– Claro que sei.

Ele conhecia uma coisa que os outros ignoravam. Conhecia o coração, a alma e a mente de Tracy Whitney. Pusera-se dentro dela, podia assim pensar como ela, planejar como ela... e antecipar todos os seus movimentos.

– Usando um falso caminhão blindado e chegando ao banco antes do caminhão verdadeiro, partindo depois com as barras de ouro.

– Isso parece um tanto exagerado, Sr. Cooper.

O inspetor Van Duren interveio:

– Não sei qual é o plano, mas tenho certeza de que eles estão mesmo planejando alguma coisa, comissário. Temos as suas vozes gravadas.

Daniel Cooper lembrou-se dos outros sons que imaginara: os sussurros noturnos, os gritos, os gemidos. Para onde ele a mandaria, nenhum homem poderia tocá-la. Nunca mais. O inspetor estava dizendo:

– Eles descobriram a rotina de segurança do banco. Sabem a que horas os caminhões blindados aparecem...

O comissário estudava o relatório à sua frente.

– Periquitos, um pombo, peixinhos dourados, um canário... acham que alguma dessas bobagens tem algo a ver com o assalto?

– Não – respondeu Van Duren.

– Sim – respondeu Cooper.

A DETETIVE FIEN HAUER, vestindo um costume de calça comprida, de poliéster, seguiu Tracy Whitney pela Prinsengracht e através da Ponte Magere. Quando Tracy chegou ao outro lado do canal, Fien Hauer ficou olhando com frustração quando ela entrou numa cabine telefônica e falou por cinco minutos. Ela ficaria igualmente frustrada se pudesse ouvir a conversa. Gunther Hartog, em Londres, disse:

Podemos contar com Margo, mas ela precisará de tempo... pelo menos mais duas semanas.

Ele escutou por um momento e depois acrescentou:

– Compreendo. Quando tudo estiver pronto, entrarei em contato com você. Tome cuidado. E dê minhas lembranças a Jeff.

Tracy desligou e saiu da cabine. Acenou afavelmente com a cabeça para a mulher de costume de calça comprida que esperava para usar o telefone.

Às 11 horas da manhã seguinte, um detetive comunicou ao inspetor Van Duren:

– Estou na companhia de aluguel de caminhões Wolters, inspetor. Jeff Stevens acaba de alugar um caminhão aqui.

– Que espécie de caminhão?

– Um caminhão fechado, senhor.

– Descubra as dimensões. Eu espero.

O detetive retornou à linha poucos minutos depois.

– Já tenho tudo, inspetor. E...

O inspetor Van Duren interrompeu-o:

– Um furgão com 6 metros de comprimento, 2 metros de largura, 1,80 metro de altura, eixo duplo.

Houve uma pausa aturdida.

– Isso mesmo, inspetor. Como descobriu?

– Não tem importância. De que cor é?

– Azul.

– Quem está seguindo Stevens?

– Jacobs.

– *Goed.* Apresente-se a mim imediatamente.

Joop van Duren repôs o fone no gancho e virou-se para Daniel Cooper.

– Você estava certo. Só que o furgão é azul.

– Ele o levará a uma oficina de pintura.

A OFICINA ERA em Damrak. Dois homens pintaram o furgão com um cinza metálico, enquanto Jeff observava. No telhado da garagem, um detetive tirava fotografias, através da claraboia.

As fotografias se encontravam na mesa do inspetor Van Duren uma hora depois. Ele estendeu-as para Daniel Cooper.

– Está sendo pintado numa cor idêntica ao do carro de segurança genuíno. Podemos prendê-los agora.

– Sob que acusação? Mandar imprimir falsos cartões de visita e pintar um caminhão? Só há um meio de incriminá-los irremediavelmente: agarrá-los no momento em que pegarem as barras de ouro.

"O filho da puta se comporta como se dirigisse o departamento."

– O que acha que ele fará em seguida?

Cooper estudava atentamente as fotografias.

– Este caminhão não suportará o peso do ouro. Terão de reforçar o chão.

ERA UMA GARAGEM pequena, na Muider Straat.

– *Goode morgen, mijnheer.* Em que posso servi-lo?

– Preciso carregar alguma sucata neste caminhão – explicou Jeff. – Não tenho certeza se o fundo é bastante forte para aguentar o peso. E gostaria de reforçá-lo com suportes de metal. Pode fazer isso?

O mecânico foi examinar o caminhão.

– *Ja.* Não tem problema.

– Ótimo.

– Posso aprontar até *vrijdag*... sexta-feira.

– Eu contava ter tudo pronto amanhã.

– *Morgen? Nee. Ik...*

– Pagarei em dobro.

– *Donderdag*... quinta-feira.

– Amanhã. Pagarei o triplo.

O mecânico coçou o queixo, pensativo.

– A que horas amanhã?

– Ao meio-dia.

– *Ja*. Está bem.

– *Dank wel.*

– *Tot uw dienst.*

Momentos depois que Jeff deixou a oficina, um detetive estava interrogando o mecânico.

Na mesma manhã, a equipe de vigilância designada para Tracy seguiu-a até o Canal Oude Schans, onde ela passou meia hora conversando com o proprietário de uma barca. Assim que Tracy foi embora, um detetive subiu a bordo. Identificou-se para o proprietário, que tomava um *bessen-jenever*, o forte gim de groselha.

– O que a mulher queria?

– Ela e o marido pensam em fazer uma excursão pelos canais. E ela alugou minha barca por uma semana.

– A partir de quando?

– Sexta-feira. Um lindo passeio, *mijnheer*. Se você e sua esposa estiverem interessados...

O detetive se foi.

O POMBO encomendado por Tracy foi entregue no hotel dentro de uma gaiola. Daniel Cooper voltou à loja de bichos e interrogou o dono.

– Que tipo de pombo mandou para ela?

– Um pombo comum.

– Tem certeza que não era um pombo-correio?

– Claro que não. – O homem soltou uma risada. – E tenho certeza que não é um pombo-correio porque o peguei ontem à noite no Vondelpark.

Meia tonelada de ouro e um pombo comum? "Por quê?", especulava Daniel Cooper.

CINCO DIAS ANTES da data da transferência das barras de ouro do Banco Amro, uma enorme pilha de fotografias se acumulara na mesa do inspetor Joop van Duren.

"Cada fotografia é um elo na corrente que vai prendê-la", pensou Cooper. A polícia de Amsterdã não tinha imaginação, mas ele não podia deixar de reconhecer que eram meticulosos. Cada passo levando ao crime iminente fora fotografado e documentado. Não havia possibilidade de Tracy Whitney escapar à justiça.

"A punição dela será a minha redenção."

NO DIA EM QUE pegou o veículo que acabara de ser pintado, Jeff levou-o para uma pequena garagem que alugara perto de Oude Zijds Kouk, a parte mais antiga de Amsterdã. Seis caixotes de madeira vazios, com a palavra MAQUINARIA pintada, foram entregues na garagem. Uma fotografia dos caixotes se achava na mesa do inspetor Van Duren enquanto ele escutava a última gravação.

A voz de Jeff:

– Quando levar o caminhão do banco para a barca, mantenha-se dentro do limite de velocidade. Quero saber quanto tempo dura a viagem exatamente. Aqui está um cronômetro.

– Não vai comigo, querido?

– Não. Estarei ocupado.

– E Monty?

– Ele chegará na noite de quinta-feira.

– Quem é esse Monty? – perguntou o inspetor Van Duren.

– O homem que se apresentará como o segundo guarda – explicou Cooper. – Eles precisarão de uniformes.

A LOJA FICA na Pieter Comeliez Hooft Straat, num centro comercial.

– Preciso de dois uniformes pra uma festa a fantasia – explicou Jeff ao vendedor. – Parecido com aquele que está na vitrine.

Uma hora depois o inspetor Van Duren estava olhando para a fotografia de um uniforme de guarda.

– Ele pediu dois uniformes. Disse ao vendedor que iria buscá-los na quinta-feira.

O tamanho do segundo uniforme indicava que o outro homem era muito maior que Jeff Stevens. O inspetor disse a Daniel Cooper:

– Nosso amigo Monty deve ter em torno de 1,90 metro e pesar uns 100 quilos. Pediremos à Interpol para passar esses dados por seus computadores e teremos a sua identificação.

Na garagem particular alugada por Jeff, ele estava em cima do caminhão, enquanto Tracy sentava ao volante.

– Tudo pronto? – gritou Jeff. – *Agora!*

Tracy apertou um botão no painel. Pedaços grandes de lona desceram pelos lados do caminhão, com as palavras HEINEKEN HOLLAND BEER.

– Funciona! – exclamou Jeff, exultante.

– *CERVEJA HEINEKEN*? *Alstublieft!*

O inspetor Van Duren correu os olhos pelos detetives reunidos em sua sala. Diversas fotografias ampliadas e memorandos estavam pregados nas paredes.

Daniel Cooper sentava no fundo da sala, em silêncio. Em sua opinião, aquela reunião era uma perda de tempo. Há muito que antecipara cada movimento que Tracy Whitney e seu amante fariam. Eles haviam caído numa armadilha, que começava a se fechar inexoravelmente. Enquanto os detetives na sala ficaram dominados por um crescente excitamento, Cooper experimentava uma estranha sensação de anticlímax.

– Todas as peças se ajustaram em seus lugares – o inspetor Van Duren falou. – Os suspeitos sabem a que horas o verdadeiro caminhão blindado deve chegar ao banco. Planejam se apresentar meia hora antes, posando como guardas de segurança bancária. Quando o caminhão verdadeiro chegar, eles já terão desaparecido há muito tempo.

Apontando para a fotografia de um carro blindado, Van Duren acrescentou:

– Eles sairão do banco parecendo assim, mas a um quarteirão do banco, em alguma rua transversal... – Ele apontou para o caminhão de cerveja Heineken. – ... o carro ficará *assim!*

Um detetive no fundo da sala falou:

– Sabe como eles planejam sair do país, inspetor?

Van Duren apontou para uma fotografia de Tracy entrando na barca.

– Primeiro, de barca. A Holanda é cruzada por canais em que eles poderiam se perder indefinidamente. – Ele indicou uma fotografia aérea do caminhão avançando pela beira do canal. Calcularam o tempo que se leva para percorrer o caminho do banco à barca. Teriam bastante tempo para transferir o ouro para a barca, antes de alguém suspeitar que há algo errado.

Van Duren aproximou-se da última fotografia na parede, uma foto ampliada de um cargueiro.

– Há dois dias, Jeff Stevens reservou espaço de carga no *Oresta,* que zarpa de Rotterdam na próxima semana. A carga foi indicada como maquinaria, destinada a Hong Kong.

Ele virou-se para os homens na sala.

– Muito bem, senhores, faremos uma ligeira alteração nos planos deles. Deixaremos que retirem as barras de ouro do banco e as ponham no caminhão. – Ele olhou para Daniel Cooper e sorriu. O flagrante. Pegaremos esses ladrões espertos em flagrante.

UM DETETIVE seguiu Tracy até o escritório da American Express, onde ela pegou um pacote de tamanho médio, voltando ao hotel imediatamente.

– Não há possibilidade de saber o que havia no pacote – disse o inspetor Van Duren a Daniel Cooper. – Revistamos as suítes quando eles saíram, mas nada encontramos.

OS COMPUTADORES da Interpol não foram capazes de fornecer qualquer informação sobre um Monty de 100 quilos.

NO AMSTEL, tarde da noite de quinta-feira, Daniel Cooper, o inspetor Van Duren e o detetive Witkamp estavam no quarto do andar de cima, escutando as vozes lá embaixo. A voz de Jeff:

– Se chegarmos ao banco exatamente 30 minutos antes dos guardas, isso nos dará tempo suficiente para carregar o ouro e partir. Quando o caminhão de verdade chegar, já estaremos transferindo o ouro para a barca.

A voz de Tracy:

– Mandei o mecânico checar todo o caminhão e encher o tanque. Está pronto.

O detetive Witkamp comentou:

– Quase que se pode admirá-los. Eles não deixam coisa alguma ao acaso.

– Todos os criminosos acabam cometendo um erro, mais cedo ou mais tarde – disse o inspetor Van Duren, bruscamente.

Cooper manteve-se em silêncio, escutando.

– Quando tudo isso terminar, Tracy, você gostaria de efetuar aquela escavação sobre a qual conversamos?

– Na Tunísia? Parece o paraíso, querido.

– Ótimo, providenciarei tudo. Daqui por diante, não faremos outra coisa que não relaxar e gozar a vida.

O inspetor Van Duren murmurou:

– Eu diria que seus próximos 10 ou 15 anos já estão muito bem definidos. – Ele se levantou e se espreguiçou. – Acho que podemos ir para a cama. Tudo está marcado para amanhã de manhã e creio que precisamos de uma boa noite de sono.

DANIEL COOPER não conseguiu dormir. Visualizava Tracy sendo agarrada e manietada pela polícia, podia ver o terror no rosto dela. Isso o excitou. Foi ao banheiro e preparou um banho muito quente. Tirou os óculos e o pijama, deitou na banheira, dentro da água fumegante. Estava quase acabado e ela pagaria, como ele obrigara também os outros a pagarem. Outras prostitutas. A esta altura, no dia seguinte, ele estaria voltando para seu lar. "Não, não o lar", corrigiu-se Daniel

Cooper. "Para meu apartamento." O lar era um lugar aconchegante e seguro, onde sua mãe o amava mais do que jamais amaria qualquer outra pessoa no mundo.

– VOCÊ É MEU homenzinho – disse ela. Não sei o que faria sem você.

O pai de Daniel desaparecera quando ele tinha 4 anos. A princípio, ele se culpara por isso, mas depois a mãe explicara que fora por causa de outra mulher. Daniel odiava essa outra mulher, porque ela fazia sua mãe chorar. Nunca a vira, mas sabia que era uma prostituta, porque ouvira sua mãe chamá-la assim. Mais tarde, porém, sentiu-se feliz pelo fato da mulher ter levado seu pai, pois agora tinha a mãe só para si. Os invernos de Minnesota eram frios e a mãe de Daniel lhe permitia ficar em sua cama, bem abrigado sob os cobertores enormes.

– Casarei com você um dia – prometia Daniel.

A mãe ria e lhe afagava os cabelos. Daniel era sempre o primeiro de sua turma na escola. Queria que a mãe sentisse orgulho dele.

"Mas que filho inteligente é o seu, Sra. Cooper!"

"Sei disso. Ninguém é tão inteligente quanto o meu homenzinho."

Quando Daniel tinha 7 anos, a mãe começou a convidar o vizinho enorme e peludo para jantar em sua casa. Daniel ficou doente. Passou uma semana na cama, com uma febre perigosamente alta. A mãe prometeu que nunca mais faria isso. "Não preciso de ninguém mais no mundo além de você, Daniel."

Ninguém podia ser tão feliz quanto Daniel. A mãe era a mulher mais linda do mundo. Quando ela saía de casa, Daniel ia para seu quarto e abria as gavetas da cômoda. Tirava a lingerie e esfregava no rosto as peças macias. Ah, como cheiravam maravilhosamente...

Ele recostou-se na banheira com água quente, no hotel em Amsterdã, fechou os olhos, recordando o dia terrível do assassinato da mãe. Era o seu 12° aniversário. Saiu da escola mais cedo, pois estava com dor de ouvido. Fingiu ser pior do que na realidade, pois queria voltar para casa, onde a mãe cuidaria dele, colocaria na cama e o acariciaria. Daniel chegou em casa e foi para o quarto da mãe.

Ela se encontrava nua na cama. Mas não estava sozinha. Fazia coisas indescritíveis com o homem que vivia na casa ao lado. Daniel observou, enquanto a mãe se punha a beijar o peito cabeludo e depois a barriga estufada do homem, descendo para a enorme arma vermelha entre as pernas dele. Antes de tomá-lo na boca, Daniel ouviu a mãe balbuciar:

– Ah, como eu o amo...

E isso foi o mais terrível de tudo. Daniel correu para seu banheiro e vomitou, sujando-se todo. Despiu-se com todo cuidado e limpou-se, porque a mãe o ensinara a ser meticuloso e asseado. A dor de cabeça era agora horrível. Ouviu vozes no corredor e prestou atenção. A mãe estava dizendo:

– É melhor você ir agora, querido. Tenho de tomar um banho e me vestir. Daniel chegará da escola a qualquer momento. Farei uma festa de aniversário para ele. Até amanhã, amor.

Ouviu o barulho da porta da frente fechando e depois o som de água correndo no banheiro da mãe. Só que ela não era mais sua mãe. Era um prostituta que fazia coisas horríveis com homens na cama, coisas que nunca fizera com ele.

Daniel foi para o banheiro da mãe, nu. Ela estava na banheira, o rosto de prostituta sorridente. Ela virou a cabeça, viu-o e disse:

– Daniel, querido! O que você...

Ele tinha na mão uma enorme tesoura de costureira.

– Daniel...

A boca da mãe estava aberta num O de linha rosada, mas não saiu qualquer som até que a primeira estocada atingiu o peito da estranha na banheira. Ele acompanhou os gritos da mãe com os seus:

– Puta! Puta! Puta!

Entoaram juntos um dueto mortal, até que finalmente só restava a voz de Daniel:

– Puta... puta...

Ele ficara todo manchado com o sangue da mãe. Entrou debaixo do chuveiro e esfregou-se, até sentir que a pele se achava em carne viva.

O homem na casa ao lado matara a sua mãe e teria de pagar por isso.

Depois, tudo pareceu ocorrer com uma clareza impressionante, como se fosse em câmara lenta. Daniel limpou as impressões digitais da tesoura com uma toalha de rosto e largou-a na banheira. Retiniu ao bater no esmalte. Vestiu-se e telefonou para a polícia. Dois carros chegaram, com as sirenes gritando, depois veio mais outro, cheio de detetives. Fizeram uma porção de perguntas e Daniel contou como saíra mais cedo da escola e vira o vizinho Fred Zimmer, saindo pela porta lateral. Quando interrogaram o homem, ele admitiu que era amante da mãe de Daniel, mas negou ter cometido o crime. Foi o depoimento de Daniel no tribunal que condenou Zimmer.

– Quando chegou da escola, viu seu vizinho, Fred Zimmer, sair correndo pela porta do lado?

– Vi, sim, senhor.

– Pôde vê-lo nitidamente?

– Pude, sim, senhor. Havia sangue em suas mãos.

– O que você fez então, Daniel?

– Eu... eu estava apavorado. Sabia que alguma coisa horrível acontecera com minha mãe.

– Então entrou em casa?

– Isso mesmo, senhor.

– E o que aconteceu?

– Gritei "Mamãe!" Ela não respondeu. Fui para o seu banheiro e...

A esta altura, o garoto teve um acesso de soluços histéricos e foi retirado do banco das testemunhas.

Fred Zimmer foi executado 13 meses depois.

O jovem Daniel foi mandado para viver com uma parente distante no Texas, tia Mattie, a quem jamais vira antes. Ela era uma mulher rigorosa, uma batista de convicções firmes, certa de que o fogo do inferno aguardava todos os pecadores. Era uma casa sem amor, alegria ou compaixão. Daniel cresceu nesse clima, apavorado pelo conhecimento secreto de sua culpa e a danação que o aguardava. Pouco depois do assassinato da mãe, Daniel começou a ter dificuldades com a visão. Os médicos classificaram o problema de psicossomático.

– Ele está bloqueando alguma coisa que não quer ver – explicaram os médicos.

As lentes de seus óculos foram se tornando cada vez mais grossas.

Aos 17 anos, Daniel fugiu de tia Mattie e do Texas para sempre. Seguiu de carona para Nova York, onde foi contratado como *boy* pela Associação Internacional de Proteção ao Seguro. Em três anos, foi promovido a investigador. Tornou-se o melhor de todos. Nunca pediu um aumento de salário ou melhores condições de trabalho. Era indiferente a essas coisas. Tornou-se o braço direito do Senhor, seu açoite, punindo os perversos.

DANIEL COOPER levantou-se da banheira e preparou-se para dormir. "Amanhã", pensou ele. "Amanhã será o dia da retaliação para a prostituta."

Ele gostaria que a mãe estivesse ali para assistir.

34

Amsterdã
Sexta-feira, 22 de agosto
8 horas

Daniel Cooper e os dois detetives de plantão no posto de escuta ouviam a conversa de Tracy e Jeff ao café da manhã.

– Um pãozinho doce, Jeff? Café?

– Não, obrigado.

Daniel Cooper pensou: "É o último café da manhã que eles farão pelo resto de suas vidas."

– Sabe o que está me deixando mais excitada? A nossa viagem na barca.

– Este é o grande dia e você está excitada com uma viagem de *barca?* Por quê?

– Porque seremos só nós dois. Acha que sou doida?

– Absolutamente doida. Mas é a *minha* doida.

– Beije-me.

O som de um beijo.

"Ela deveria estar mais nervosa", pensou Cooper. "Eu quero que ela fique nervosa."

– De certa forma, Jeff, lamentarei ir embora daqui.

– Veja a coisa por outro ângulo, querida. Não ficaremos mais pobres pela experiência.

A risada de Tracy.

– Tem razão.

A conversa continuava às 9 horas e Cooper pensou: "Eles deveriam estar se preparando. Deveriam estar aprontando os planos de última hora. E Monty? Onde irão encontrá-lo?"

Jeff estava dizendo:

– Querida, você poderia cuidar de tudo na recepção, antes de sairmos? Estarei muito ocupado.

– Claro. O *concierge* tem sido maravilhoso. Por que não existem *concierges* nos Estados Unidos?

– Acho que é somente uma instituição europeia. Sabe como começou?

– Não.

– Na França, em 1637, o rei Hugo construiu uma prisão em Paris e pôs um conde para dirigi-la. O rei deu-lhe o título de *comte des cierges* ou *concierge,* significando "conde das velas". Seu pagamento era de 2 libras e as cinzas da lareira do rei. Posteriormente, qualquer um no comando de uma prisão ou um castelo passou a ser conhecido como *concierge.* E, finalmente, isso incluiu os que trabalham em hotéis.

"De que diabo eles estão falando?", perguntou-se Cooper. "Já são 9h30. Está na hora de partirem."

A voz de Tracy:

– Não me diga onde você aprendeu isso... já namorou uma linda *concierge.*

Uma voz estranha de mulher:

– *Goede morgen, movrouw, mijnheer.*

A voz de Jeff:

– Não existem lindas *concierges.*

A voz da mulher estranha, perplexa:

– *Ik begrijp het niet.*

A voz de Tracy:

– Aposto que você as descobriria se existissem.

– Que diabo está acontecendo lá embaixo? – indagou Cooper.

Os detetives estavam aturdidos.

– Não sei. A camareira está no telefone, ligando para a sua chefe. Entrou para arrumar o quarto, mas diz que não compreende... ouve vozes, mas não vê ninguém.

– *O quê?*

Cooper estava de pé, correndo para a porta, descendo apressadamente a escada. Momentos depois, ele e os detetives irromperam na suíte de Tracy. Exceto por uma confusa camareira, se achava deserta. Um gravador tocava numa mesinha diante de um sofá. A voz de Jeff:

– Acho que vou mudar de ideia sobre o café. Ainda está quente?

A voz de Tracy:

– Está, sim.

Cooper e os detetives se entreolharam com expressões de incredulidade.

– Eu... eu não compreendo – balbuciou um dos detetives.

Cooper indagou bruscamente:

– Qual é o telefone de emergência da polícia?

– 22-22-22

Cooper correu para o telefone e discou. A voz de Jeff no gravador estava dizendo:

– Acho que o café deles é melhor do que o nosso. Como será que conseguem?

Cooper gritou pelo telefone:

– Aqui é Daniel Cooper. Entre em contato imediatamente com o inspetor Van Duren. Diga-lhe que Whitney e Stevens desapareceram. Avise-o para verificar a garagem e descobrir se o caminhão ainda continua lá. Estou indo para o banco.

Ele bateu com o telefone. A voz de Tracy estava dizendo: – Já tomou alguma vez café fermentado com cascas de ovo? Fica uma coisa..

Cooper já passara pela porta.

O INSPETOR VAN DUREN disse:

– Está tudo certo. O caminhão saiu da garagem. Eles se dirigem para cá.

Van Duren, Cooper e dois detetives se achavam no posto de comando da polícia, no telhado de um prédio em frente ao Banco Amro. O inspetor acrescentou:

– Provavelmente eles decidiriam apressar seus planos quando descobriram microfones nas suítes. Mas relaxe, meu amigo. Dê uma olhada.

Ele empurrou Cooper para a luneta no telhado. Na rua lá embaixo, um homem de macacão polia a placa de latão do banco. Um gari varria a rua... um jornaleiro estava parado na esquina... três eletricistas trabalhavam, todos equipados com *walkie-talkie* em miniatura. Van Duren falou por seu *walkie-talkie:*

– Ponto A?

O homem de macacão disse:

– Estou ouvindo, inspetor.

– Ponto B?

– Tudo bem, senhor – respondeu o gari.

– Ponto C?

O jornaleiro levantou a cabeça e balançou-a.

– Ponto D?

Os eletricistas suspenderam o trabalho por um instante e um deles disse pelo *walkie-talkie:*

– Tudo pronto aqui, senhor.

O inspetor virou-se para Cooper.

– Não se preocupe. O ouro ainda se encontra em segurança dentro do banco. E eles só poderão levá-lo se vierem buscar. No momento em que entrarem no banco, os dois lados da rua serão bloqueados. Não poderão escapar. – Ele consultou o relógio. – O caminhão deve aparecer a qualquer momento.

DENTRO DO BANCO, a tensão era crescente. Os empregados haviam sido informados e os guardas tinham ordens para ajudarem a levar as barras de ouro para o caminhão, quando este chegasse. Todos deveriam cooperar plenamente.

Os detetives disfarçados fora do banco continuavam a trabalhar, observando a rua furtivamente, atentos à aproximação do caminhão. No telhado, o inspetor Van Duren perguntou pela décima vez:

– Algum sinal do maldito caminhão?

– *Nee.*

O detetive Witkamp olhou para seu relógio.

– Eles estão 13 minutos atrasados. Se...

O *walkie-talkie* entrou em funcionamento abruptamente:

– Inspetor! O caminhão acaba de aparecer! Está cruzando a Rozengracht, a caminho do banco! Deverá vê-lo aí do telhado em um minuto!

O ar tornou-se subitamente carregado de eletricidade. O inspetor Van Duren falou rapidamente pelo *walkie-talkie:*

– Atenção, todas as unidades. O peixe está na rede. Vamos deixá-lo nadar.

Um caminhão blindado cinzento encaminhou-se para a entrada do banco e parou. Enquanto Cooper e Van Duren observaram, dois homens saltaram, usando uniformes de guardas de segurança, avançaram para a porta do banco.

– Onde ela está? – Indagou Daniel Cooper em voz alta. – Onde está Tracy Whitney?

– Isso não tem importância – disse o inspetor Van Duren. – Ela não ficará longe do ouro.

"E mesmo que fique, isso não faz diferença", pensou Daniel Cooper. "As gravações vão condená-la."

NERVOSOS EMPREGADOS ajudaram os dois homens uniformizados a levarem as barras de ouro do cofre do banco para o caminhão blindado. Cooper e Van Duren observavam os vultos distantes do telhado no outro lado da rua.

O carregamento demorou oito minutos. Depois que a traseira do caminhão fora trancada e os dois homens se encaminhavam para a boleia, o inspetor Van Duren gritou por seu aparelho:

– *Vlug! Pas op!* Todas as unidades fechem o cerco!

O pandemônio irrompeu. O homem de macacão, o jornaleiro, os três eletricistas e um enxame de outros detetives correram para o veículo blindado e o cercaram, empunhando armas. A rua foi isolada, não havendo tráfego em qualquer direção. O inspetor Van Duren virou-se para Daniel Cooper e sorriu.

– Vamos descer.

"Está tudo acabado finalmente", pensou Cooper.

Eles desceram apressadamente para a rua. Os dois homens uniformizados foram colocados contra a parede, as mãos levantadas, cercados por detetives armados. Daniel Cooper e o inspetor Van Duren se adiantaram. Van Duren disse:

– Podem se virar agora. Estão presos.

Os dois homens, muito pálidos, viraram-se para enfrentar o grupo. Daniel Cooper e o inspetor Van Duren ficaram chocados. Eram totalmente estranhos.

– Quem... quem são vocês? – indagou o inspetor Van Duren.

– Nós... nós somos os guardas da agência de segurança – balbuciou um dos homens. – Não atirem. Por favor, não atirem.

O inspetor Van Duren virou-se para Coopero.

– O plano deles saiu errado. – Havia um tom de histeria se insinuando em sua voz. – E eles acharam melhor cancelar tudo.

Uma bile verde surgira no estômago de Daniel Cooper e lentamente começava a subir pelo peito e garganta. Quando ele conseguiu finalmente falar, a voz era sufocada:

– Não... nada saiu errado.

– Do que está falando?

– Eles nunca estiveram atrás do ouro. Não passava tudo de uma armação falsa.

– Mas é impossível! O caminhão, a barca, os uniformes... temos fotografias...

– Será que não compreende? Eles sabiam que os estávamos vigiando durante todo o tempo!

O inspetor Van Duren empalideceu.

– Oh, Deus! Onde eles estão... *waar zijnze?*

NA PAULUS POTTER Straat, em Coster, Tracy e Jeff se aproximavam do centro de lapidação de diamantes. Jeff estava de barba e bigode, alterara o formato das faces e do nariz com esponjas de espuma. Vestia uma roupa esporte e carregava uma mochila. Tracy estava de peruca preta, uma bata de maternidade e enchimento na barriga, muita maquilagem no rosto e óculos escuros. Carregava uma valise e um embrulho redondo de papel pardo. Os dois entraram na sala de recepção e se juntaram aos turistas que haviam chegado num ônibus e escutavam as palavras de um guia:

– ...e agora, se me acompanharem, senhoras e senhores, verão nossos lapidadores de diamantes em ação. Terão também a oportunidade de comprarem alguns dos nossos excelentes diamantes.

Com o guia na frente, a multidão passou pelas portas que levavam à oficina. Tracy acompanhou-os, enquanto Jeff ficava para trás. Assim que os outros desapareceram, Jeff virou-se e desceu apressadamente a escada para o porão. Abriu a mochila e tirou um macacão manchado de óleo e uma caixa de ferramentas. Vestiu o macacão, foi até a caixa de fusíveis e olhou para o relógio.

Lá em cima, Tracy seguia o grupo de uma sala para outra, enquanto o guia mostrava os diversos processos que convertiam os diamantes brutos em gemas polidas. Tracy olhava para seu relógio de vez em quando. A excursão estava com um atraso de cinco minutos. Ela desejou que o guia se apressasse. Tudo dependia de uma precisão de fração de segundo.

O grupo entrou finalmente na sala de exposição. O guia foi até o pedestal cercado por cordas e anunciou, orgulhoso:

– Nesta caixa de vidro está o diamante *Lucullan*, um dos mais valiosos do mundo. Foi outrora comprado por um famoso ator de teatro para sua esposa, estrela do cinema. É avaliado em 10 milhões de dólares e protegido pelo mais moderno...

As luzes se apagaram. Um alarme soou no mesmo instante, placas de aço desceram nas portas e janelas, fechando todas as saídas. Alguns turistas começaram a gritar.

– Por favor! – gritou o guia, acima do barulho. – Não precisam se preocupar. E uma simples falha elétrica. Dentro de um momento o gerador de emergência vai...

As luzes tornaram a se acender.

– Viram? – disse o guia, tranquilizadoramente. – Não há motivo para preocupação.

Um turista alemão apontou para as placas de aço.

– O que são essas coisas?

– Uma precaução de segurança – explicou o guia.

Ele tirou do bolso uma chave de formato estranho e inseriu-a numa fenda na parede, virando-a. As placas de aço nas portas e janelas se retraíram. O telefone na mesa tocou e o guia atendeu.

– Hendrik falando. Obrigado, capitão. Não, está tudo bem. Foi um alarme falso. Provavelmente um curto-circuito no sistema elétrico. Mandarei verificar imediatamente. Está bem, senhor. – ele repôs o fone no gancho e virou-se para o grupo. – Minhas desculpas, senhoras e senhores. Com algo tão valioso quanto esta pedra, nunca se é cuidadoso demais. E agora, aqueles que quiserem comprar alguns dos nossos excelentes diamantes...

As luzes tornaram a se apagar. O alarme soou, as placas de aço tornaram a fechar as saídas. Uma mulher na multidão gritou:

– Vamos sair daqui, Harry!

– Quer calar a boca, Diane? – berrou o marido.

No porão, Jeff estava parado diante da caixa de fusíveis, escutando os gritos dos turistas lá em cima. Ele esperou um momento e depois suspendeu a chave elétrica outra vez. As luzes lá em cima se acenderam.

– Senhoras e senhores – gritou o guia, por cima do tumulto – é apenas um problema técnico.

Ele tirou de novo a chave do bolso e inseriu na fenda na parede. As placas de aço se levantaram. O telefone tocou. O guia se adiantou apressadamente para atender.

– Hendrik falando. Não, capitão. Está certo. Consertaremos o mais depressa possível. Obrigado.

Uma porta para a sala se abriu e Jeff entrou, carregando a caixa de ferramentas, o boné de operário empurrado para trás da cabeça. Ele se aproximou do guia.

– Qual é o problema? Alguém informou que houve qualquer coisa com os circuitos elétricos.

– As luzes estão apagando e acendendo – explicou o guia. Veja se pode consertar bem depressa, por favor.

Ele virou-se para os turistas, com um sorriso forçado nos lábios, e acrescentou:

– Por que não se adiantam até aqui, onde poderão escolher alguns excelentes diamantes, a preços bem razoáveis?

Os turistas começaram a se aproximar dos mostruários. Jeff, sem ser observado no meio da multidão, tirou um objeto cilíndrico pequeno do bolso do macacão, puxou o pino e jogou o artefato por trás do pedestal que guardava o diamante *Lucullan*. O artefato começou a desprender fumaça e faíscas. Jeff gritou para o guia:

– Ei, ali está o seu problema! Há um curto no fio por baixo do assoalho.

Uma turista gritou:

– Fogo!

– Calma, por favor! – suplicou o guia. – Não há necessidade de pânico. Mantenham a calma.

Ele virou-se para Jeff e acrescentou, incisivamente:

– Conserte logo isso!

– Não há problema.

Jeff aproximou-se das cordas de veludo que cercavam o pedestal.

– *Nee!* – disse o guarda. – Não pode chegar perto daí!

Jeff deu de ombros.

– Para mim, não faz diferença. Conserte *você*.

Ele virou-se para ir embora. A fumaça saía agora mais depressa. As pessoas recomeçavam a entrar em pânico.

– Espere! – suplicou o guia. – Só um minuto!

Ele foi apressadamente até o telefone e discou um número.

– Capitão? Hendrik falando. Terei de pedir para desligar o alarme. Estamos com um pequeno problema. Pois não, senhor.

Ele olhou para Jeff.

– Quanto tempo vai demorar o conserto?

– Cinco minutos.

– Cinco minutos – repetiu o guia pelo telefone. – *Dank Uwel.*

Ele repôs o fone no gancho e disse a Jeff:

– O alarme será desligado em dez segundos. Pelo amor de Deus, apresse-se! *Nunca* desligamos o alarme antes!

– Só tenho duas mãos.

Jeff esperou dez segundos, depois passou para dentro das cordas e se aproximou do pedestal. Hendrik fez um sinal para o guarda armado, que acenou com a cabeça e ficou olhando fixamente para Jeff.

Jeff trabalhava por trás do pedestal. O frustrado guia virou-se para o grupo de turistas.

– E agora, senhoras e senhores, como eu estava dizendo, temos aqui uma seleção de excelentes diamantes, a preços especiais.

Aceitamos cartões de crédito, *traveller's checks*... – Ele soltou uma risadinha. – ...e até mesmo dinheiro.

Tracy estava parada na frente do balcão e perguntou em voz alta:

– Também compram diamantes?

O guarda fitou-a.

– Como?

– Meu marido é garimpeiro. Acaba de voltar da África do Sul e quer que eu venda isto.

Enquanto falava, ela abriu a valise. Mas segurava-a ao contrário e uma cascata de diamantes faiscantes caiu, espalhando-se pelo chão.

– Meus diamantes! – gritou Tracy. – Ajudem-me!

Houve um momento de paralisia e silêncio, depois começou o maior tumulto. A multidão polida transformou-se numa turba incontrolável. Todos se puseram de quatro a catar os diamantes, empurrando-se e gritando.

– Peguei alguns...

– Leve um punhado, John...

– Largue que este é meu...

O guia e o guarda estavam completamente atordoados. Viram-se empurrados para o lado por um mar de seres humanos gananciosos e em luta, enchendo os bolsos e bolsas com diamantes. O guarda gritou:

– Recuem! Parem com isso!

Ele foi derrubado no chão. Um grupo de turistas italianos entrou na sala. Quando perceberam o que estava acontecendo, os italianos juntaram-se à luta frenética.

O guarda tentou se levantar para acionar o alarme, mas a maré humana tornava isso impossível. Ele era pisoteado pela multidão. O mundo subitamente enlouquecera. Era um pesadelo que parecia não ter fim.

Quando o atordoado guarda conseguiu finalmente se levantar, cambaleando, abriu caminho pela confusão, aproximou-se do pedestal... e parou ali, olhando fixamente, incrédulo.

O diamante *Lucullan* desaparecera.

E o mesmo acontecera com a mulher grávida e o eletricista.

TRACY REMOVEU seu disfarce num reservado do banheiro público em Oosterpark, a alguns quarteirões do centro da lapidação. Levando o embrulho de papel pardo, ela foi para um banco de parque. Tudo corria com perfeição. Ela pensou na multidão brigando pelos zircônios sem valor e soltou uma risada. Viu Jeff se aproximar, usando um temo cinza-escuro, a barba e o bigode haviam desaparecido. Tracy levantou-se, Jeff chegou ao banco, sorrindo.

– Eu amo você. – Ele tirou o diamante *Lucullan* do bolso do paletó e entregou a Tracy. – Dê isto a seu amigo, querida. Até mais tarde.

Tracy observou-o se afastar. Seus olhos brilhavam. Eles pertenciam um ao outro. Pegariam aviões separados e se encontrariam no Brasil. Depois disso, estariam juntos pelo resto de suas vidas.

Tracy olhou ao redor, a fim de certificar-se que ninguém observava. Abriu o embrulho. Lá dentro havia uma pequena gaiola, com uma pomba cinzenta. Quando chegara ao escritório da American Express, três dias antes, Tracy a levara para sua suíte e soltara o outro pombo pela janela, observando-a voar para longe, desajeitadamente. Agora, Tracy tirou da bolsa uma bolsinha de camurça e nela pôs o diamante. Retirou a pomba da gaiola e segurou-a firme, enquanto amarrava a bolsinha em sua perna.

– Boa menina, Margo. Leve isso para casa.

Um guarda uniformizado surgiu subitamente.

– Ei, espere um pouco! O que pensa que está fazendo? O coração de Tracy parou por um instante.

– Como... qual é o problema, seu guarda?

Os olhos dele se fixavam na gaiola, a expressão era furiosa.

– Você sabe muito bem qual é o problema! Uma coisa é dar comida aos pombos, mas é proibido agarrá-los e meter em gaiolas. E agora trate de largar esse pombo antes que eu a prenda.

Tracy engoliu em seco, respirou fundo.

– Está bem, seu guarda.

Ela levantou os braços e jogou a pomba para o ar. Um sorriso lindo iluminou seu rosto, enquanto a pomba se elevava, cada vez mais alto. Circulou uma vez, depois seguiu na direção de Londres, 370 quilômetros a oeste. Um pombo-correio voava a uma média de 65 quilômetros horários, como Gunther lhe dissera: portanto, Margo estaria com ele dentro de seis horas.

– Nunca mais tente isso – advertiu o guarda a Tracy.

– Está bem – prometeu Tracy, solenemente. – Nunca mais.

QUATRO HORAS DEPOIS, Tracy estava no Aeroporto Schiphol, encaminhando-se para o portão pelo qual embarcaria num avião, seguindo para o Brasil. Daniel Cooper estava parado num canto, observando-a, com uma expressão amargurada nos olhos. Tracy Whitney roubara o diamante *Lucullan*. Cooper tivera certeza disso desde o momento em que tomara conhecimento da notícia. Era o estilo dela, ousado e imaginativo. Contudo, não havia nada que se pudesse fazer. O inspetor Van Duren mostrara fotografias de Tracy e Jeff ao guarda do museu.

– *Nee.* Nunca vi qualquer dos dois. O ladrão tinha barba e bigode, as faces e o nariz eram mais gordos. A mulher dos diamantes tinha cabelos pretos e estava grávida.

Também não havia qualquer pista do diamante. As pessoas e as bagagens de Jeff e Tracy haviam sido meticulosamente revistadas.

– O diamante ainda está em Amsterdã – garantira o inspetor Van Duren a Cooper. – Nós o encontraremos.

"Não, não encontrarão", pensou Cooper, furioso. Ela trocara os pombos. O diamante fora levado para fora do país por um pombo-correio.

Cooper ficou observando, impotente, enquanto Tracy atravessava o pátio. Ela era a primeira pessoa que conseguira derrotá-lo. Iria para o inferno por sua causa.

Ao chegar ao portão de embarque, Tracy hesitou por um momento, depois virou-se e fitou Cooper nos olhos. Percebera que ele a seguia por toda a Europa, como uma espécie de anjo vingador.

Havia nele alguma coisa bizarra, assustadora e ao mesmo tempo patética. Inexplicavelmente, Tracy sentiu pena dele. Deu-lhe um pequeno aceno de despedida, depois virou-se e embarcou no avião

Daniel Cooper tocou na carta em que pedia demissão, guardada em seu bolso.

ERA UM LUXUOSO 747 da Pan American e Tracy ocupava a poltrona 4B, no corredor, primeira classe. Sentia-se excitada. Dentro de poucas horas estaria com Jeff. Casariam no Brasil. "Nada mais de aventuras", pensou ela. "Mas não sentirei saudade. A vida já será bastante emocionante sendo apenas a Sra. Jeff Stevens."

– Com licença.

Tracy levantou os olhos. Um homem obeso, de meia-idade, aparência devassa, estava parado ao seu lado. Ele indicou a poltrona junto à janela.

– Aquele é o meu lugar, doçura.

pudesse fazer. O inspetor Van Duren mostrara fotografias de Tracy e Jeff ao guarda do museu.

– *Nee.* Nunca vi qualquer dos dois. O ladrão tinha barba e bigode, as faces e o nariz eram mais gordos. A mulher dos diamantes tinha cabelos pretos e estava grávida.

Também não havia qualquer pista do diamante. As pessoas e as bagagens de Jeff e Tracy haviam sido meticulosamente revistadas.

– O diamante ainda está em Amsterdã – garantira o inspetor Van Duren a Cooper. – Nós o encontraremos.

"Não, não encontrarão", pensou Cooper, furioso. Ela trocara os pombos. O diamante fora levado para fora do país por um pombo-correio.

Cooper ficou observando, impotente, enquanto Tracy atravessava o pátio. Ela era a primeira pessoa que conseguira derrotá-lo. Iria para o inferno por sua causa.

Ao chegar ao portão de embarque, Tracy hesitou por um momento, depois virou-se e fitou Cooper nos olhos. Percebera que ele a seguia por toda a Europa, como uma espécie de anjo vingador.

Havia nele alguma coisa bizarra, assustadora e ao mesmo tempo patética. Inexplicavelmente, Tracy sentiu pena dele. Deu-lhe um pequeno aceno de despedida, depois virou-se e embarcou no avião

Daniel Cooper tocou na carta em que pedia demissão, guardada em seu bolso.

ERA UM LUXUOSO 747 da Pan American e Tracy ocupava a poltrona 4B, no corredor, primeira classe. Sentia-se excitada. Dentro de poucas horas estaria com Jeff. Casariam no Brasil. "Nada mais de aventuras", pensou ela. "Mas não sentirei saudade. A vida já será bastante emocionante sendo apenas a Sra. Jeff Stevens."

– Com licença.

Tracy levantou os olhos. Um homem obeso, de meia-idade, aparência devassa, estava parado ao seu lado. Ele indicou a poltrona junto à janela.

– Aquele é o meu lugar, doçura.

Tracy virou-se para que o homem pudesse passar. Quando sua saia levantou um pouco, o homem contemplou-lhe as pernas com uma expressão apreciativa.

– Grande dia para um voo, hein?

Havia um tom insinuante em sua voz. Tracy acenou com a cabeça e virou-se. Não tinha interesse em entabular conversa com outro passageiro. Havia muito em que pensar. "Toda uma vida nova pela frente. Eles se fixariam em algum lugar e se tornariam cidadãos exemplares. Os ultrarrespeitáveis Sr. e Sra. Jeff Stevens." O companheiro de viagem cutucou-a.

– Já que estaremos juntos neste voo, mocinha, por que não nos apresentamos? Meu nome é Maximilian Pierpont.

fim

SIDNEY SHELDON

NADA DURA PARA SEMPRE

LIVRO VIRA-VIRA 2

Tradução de
A.B. PINHEIRO DE LEMOS

7ª edição

EDIÇÕES
BestBolso
RIO DE JANEIRO – 2010

CIP-BRASIL. CATALOGAÇÃO-NA-FONTE
SINDICATO NACIONAL DOS EDITORES DE LIVROS, RJ

Sheldon, Sidney, 1917-2007
S548s Nada dura para sempre – Livro vira-vira 2 / Sidney Sheldon; tradução
7ª ed. de Pinheiro de Lemos – 7ª ed. – Rio de Janeiro: BestBolso, 2010.

Tradução de: Nothing Lasts Forever
Obras publicadas juntas em sentido contrário
Com: Se houver amanhã
ISBN 978-85-7799-215-7

1. Romance norte-americano. I. Lemos, A. B. Pinheiro de (Alfredo Barcellos Pinheiro de), 1938-2008. II. Título.

CDD: 813
09-5050 CDU: 821.111(73)-3

Nada dura para sempre, de autoria de Sidney Sheldon.
Título número 148 das Edições BestBolso.
Sétima edição impressa em março de 2010.
Texto revisado conforme o Acordo Ortográfico da Língua Portuguesa.

Título original norte-americano:
NOTHING LASTS FOREVER

www.edicoesbestbolso.com.br

Design de capa: Luciana Gobbo com foto de Olaru Radian-Alexandru (Stockxpert).

Impresso no Brasil

ISBN 978-85-7799-215-7

Para Anastácia e Roderick Mann
com amor

Desejo expressar meus profundos agradecimentos aos muitos médicos, enfermeiras e técnicos da área médica que foram bastante generosos para partilhar seus conhecimentos com o autor.

O que não pode ser curado com medicamentos é curado pela faca, o que a faca não pode curar é curado com o ferro em brasa, e o que isso não pode curar deve ser considerado incurável.

– HIPÓCRATES. CERCA DE 480 A.C.

Há três classes de seres humanos: homens, mulheres e médicas.

– SIR WILLIAM OSLER

EDIÇÕES BESTBOLSO

Nada dura para sempre

O escritor norte-americano Sidney Sheldon (1917-2007) era um adolescente pobre na Chicago dos anos 1930 quando decidiu participar de um programa de calouros que acabou conduzindo-o a Hollywood, onde passou a revisar roteiros. Depois de prestar serviço militar durante a Segunda Guerra Mundial, Sheldon começou a escrever musicais para a Broadway e roteiros cinematográficos. O sucesso das peças facilitou seu acesso aos estúdios de cinema e o aproximou de astros como Frank Sinatra, Marilyn Monroe e Cary Grant. Na TV, os seriados *Nancy*, *Casal 20* e *Jeannie é um gênio* levaram sua assinatura. Em 1969, Sidney Sheldon publicou seu primeiro romance, *A outra face*, e a partir de então seu nome se tornou sinônimo de best seller. Foi o único escritor que recebeu três dos mais cobiçados prêmios da indústria cultural norte-americana: o Oscar, do cinema, o Tony, do teatro e o Edgar Allan Poe, da literatura de suspense. *Nada dura para sempre* foi adaptado para a TV em 1995, com Brooke Shields no papel da Dra. Betty Lou Taft.

Prólogo

São Francisco
Primavera de 1995

O promotor distrital Carl Andrews estava furioso.

– Mas o que está acontecendo aqui? – indagou ele. – Temos três médicas vivendo juntas e trabalhando no mesmo hospital. Uma delas quase consegue fechar um hospital inteiro, a segunda mata um paciente por um milhão de dólares, e a terceira é assassinada.

Andrews fez uma pausa, respirou fundo.

– E três médicas ainda por cima! A mídia as trata como celebridades. Aparecem a todo instante na televisão. O programa *60 Minutes* fez um bloco com elas, e Barbara Walters um especial. Não posso pegar um jornal ou revista sem ver suas fotos ou ler a respeito delas. Aposto como Hollywood ainda vai fazer um filme sobre essas mulheres, transformando as sacanas em heroínas! Também não ficaria surpreso se o governo pusesse seus rostos em selos, como fez com Presley. Por Deus, não vou admitir!

Ele bateu com o punho na fotografia de uma mulher na capa da revista *Time*. A legenda dizia: "Dra. Paige Taylor – Anjo da Misericórdia ou Discípula do Diabo?"

– Dra. Paige Taylor. – A voz do promotor era impregnada de repulsa. Virou-se para Gus Venable, seu principal advogado de acusação. – Vou lhe entregar este caso, Gus. Quero uma condenação. Homicídio com agravantes. A câmara de gás.

– Não se preocupe – disse Gus Venable, calmamente. – Pode deixar que cuidarei disso.

SENTADO NO TRIBUNAL, observando a Dra. Paige Taylor, Gus Venable pensou: "Ela é à prova de júri." Depois, ele sorriu para si mesmo. "Ninguém é à prova de júri." Era uma mulher alta e esguia, com olhos castanho-escuros no rosto pálido. Um observador desinteressado não a acharia atraente. Outro mais atento teria notado um detalhe – que todas as diferentes fases da vida coexistiam nela. Havia o viço da criança, a que se sobrepunham a tímida incerteza da adolescente, e a sabedoria e angústia da mulher. Exibia um ar de inocência. "É o tipo de garota que um homem se orgulharia de levar para casa, e apresentar à mãe", pensou Gus Venable, cético. "Se sua mãe apreciasse assassinas a sangue-frio."

Havia uma expressão quase sinistra de distanciamento em seus olhos, algo que dizia que a Dra. Paige Taylor recuara para dentro de si mesma, para um lugar diferente, um tempo diferente, longe daquele tribunal frio que se encontrava acuada.

O JULGAMENTO ocorria no Palácio da Justiça de São Francisco, na Bryant Street. Abrigando o Superior Tribunal e a cadeia do condado, o prédio tinha uma aparência intimidadora, com sete andares, construído com pedras cinza e quadradas. Os visitantes eram obrigados a passar pelos sensores eletrônicos da segurança. Lá em cima, no terceiro andar, funcionava o Superior Tribunal. No tribunal 121, onde aconteciam julgamentos por homicídio, a bancada do juiz ficava junto da parede do fundo, com uma bandeira americana por trás. À esquerda, situava-se o recinto do júri, e no centro havia duas mesas, separadas por uma passagem larga, uma para a promotoria, outra para a defesa.

O tribunal estava apinhado de repórteres e curiosos atraídos por acidentes fatais em estradas e julgamentos por homicídio. Em matéria de julgamentos por homicídio, aquele era espetacular. Gus Venable, atuando na acusação, era um espetáculo, à parte. Corpulento, cabeleira e cavanhaque grisalhos, tinha o comportamento cortês de um plantador sulista. Só que nunca estivera no Sul. Possuía um ar de vaga perplexidade e o cérebro ágil como um computador. Sua marca registrada era um terno branco, com uma antiquada camisa de colarinho engomado.

O advogado de Paige Taylor, Alan Penn, era o oposto de Venable, compacto e dinâmico. Adquirira sua reputação por acumular absolvições para seus clientes.

Os dois já haviam se confrontado antes, e seu relacionamento era de relutante respeito e total desconfiança. Para surpresa de Venable, Alan Penn o procurara na semana anterior ao julgamento.

– Vim aqui para lhe prestar um favor, Gus.

"Tome cuidado com os presentes de advogados de defesa."

– O que tem em mente, Alan?

– Quero que compreenda... não conversei ainda com minha cliente, mas vamos supor... apenas supor... que eu pudesse persuadi-la a se declarar culpada, em troca de uma redução da pena, poupando ao Estado o custo de um julgamento?

– Está me propondo um acordo?

– Isso mesmo.

Gus Venable estendera a mão para a mesa, procurando por alguma coisa.

– Não consigo achar meu calendário. Sabe que dia é hoje?

– Primeiro de junho. Por quê?

– Por um instante, pensei que já devia ser Natal, ou você não estaria me pedindo um presente assim.

– Gus...

Venable inclinara-se para a frente.

– Sabe, Alan, em circunstâncias normais, eu me sentiria inclinado a concordar. Para ser franco, gostaria de estar neste momento no Alasca, pescando. Mas a resposta é não. Está defendendo uma assassina a sangue-frio, que matou um paciente indefeso por dinheiro. Vou exigir a pena de morte.

– Acho que ela é inocente e...

Venable soltara uma risada curta e explosiva.

– Não, não acha. Nem ninguém mais acha. Sua cliente é tão culpada quanto Caim.

– Não enquanto o júri não tomar essa decisão, Gus.

– É o que vai acontecer. – Venable fizera uma pausa. – É o que vai acontecer.

Depois que Alan Penn se retirara, Gus Venable continuara sentado, pensando na conversa. A visita de Penn era um sinal de fraqueza. Penn sabia que não tinha a menor possibilidade de ganhar o julgamento. Gus Venable refletira sobre as provas irrefutáveis de que dispunha, e as testemunhas que chamaria, e se sentira satisfeito.

Não havia a menor dúvida a respeito. A Dra. Paige Taylor iria para a câmara de gás.

NÃO FORA FÁCIL selecionar um júri. O caso ocupara as manchetes por meses. A frieza do crime causara uma onda de revolta.

O julgamento seria presidido pela juíza Vanessa Young, uma jurista negra, brilhante e rigorosa. Corria o rumor de que seria a próxima indicada para o Supremo Tribunal Federal. Não era conhecida por sua paciência com advogados e tinha um temperamento explosivo. Havia um adágio entre os criminalistas de São Francisco: "Se seu cliente é culpado, e você procura clemência, fique longe do tribunal da juíza Young."

No dia anterior ao início do julgamento, a juíza Young convocara os dois advogados ao seu gabinete.

– Vamos fixar algumas regras básicas, senhores. Por causa da gravidade deste julgamento, estou disposta a fazer certas concessões, para garantir que a ré tenha um julgamento justo. Mas devo advertir aos dois que não tentem se aproveitar disso. Entendido?

– Entendido, meritíssima.

– Entendido, meritíssima.

GUS VENABLE estava concluindo suas alegações iniciais.

– E assim, senhoras e senhores do júri, o Estado vai provar... isso mesmo, provar... que a Dra. Paige Taylor matou seu paciente, John Cronin. E não apenas cometeu o assassinato, mas também o fez por dinheiro... muito dinheiro. Ela matou John Cronin por um milhão de dólares. Acreditem em mim, depois de tomarem conhecimento de todas as provas, não terão o menor problema para considerar a Dra. Paige Taylor culpada de homicídio com agravantes. Obrigado.

O júri sentava-se em silêncio, imóvel, mas na maior expectativa. Gus Venable virou-se para a juíza.

– Se a meritíssima permite, eu gostaria de chamar Gary Williams, como primeira testemunha do Estado.

Depois que a testemunha prestou juramento, Gus Venable perguntou:

– É servente no Hospital Público Embarcadero?

– Sou, sim.

– Trabalhava na Enfermaria 3 quando John Cronin foi internado ali, no ano passado?

– Trabalhava.

– Pode nos dizer quem foi a pessoa do corpo médico encarregada do caso?

– A Dra. Taylor.

– Como descreveria o relacionamento entre a Dra. Taylor e John Cronin?

– Protesto! – Alan Penn estava de pé. – Ele está pedindo uma conclusão da testemunha.

– Protesto deferido.

– Deixe-me formular de outra maneira. Alguma vez ouviu conversas entre a Dra. Taylor e John Cronin?

– Claro. Não podia deixar de escutar. Trabalhava naquela enfermaria.

– Consideraria essas conversas como cordiais?

– Não, senhor.

– É mesmo? Por que diz isso?

– Lembro do primeiro dia do Sr. Cronin no hospital. A Dra. Taylor começou a examiná-lo, e ele disse a ela para manter... – A testemunha hesitou. – Não sei se posso repetir a palavra que o Sr. Cronin usou.

– Pode falar, Sr. Williams. Não creio que haja crianças no tribunal.

– O Sr. Cronin disse para manter as porras de suas mãos longe dele.

– Ele disse *isso* à Dra. Taylor?

– Sim, senhor.

– Por favor, conte ao tribunal o que mais viu ou ouviu.

– Ele sempre a chamava de "aquela vaca". Não queria que a Dra. Taylor chegasse perto dele. Sempre que ela entrava no quarto, dizia coisas como "Lá vem aquela vaca de novo!", ou "Digam a essa vaca para me deixar em paz", ou "Por que não me arrumam um médico de verdade?".

Gus Venable fez uma pausa e olhou para o lugar onde estava sentada a Dra. Taylor. Os olhos dos jurados acompanharam os seus. Venable balançou a cabeça, como se estivesse triste, e tornou a fitar a testemunha.

– O Sr. Cronin lhe parecia um homem que desejava dar um milhão de dólares à Dra. Taylor?

Alan Penn levantou-se de novo.

– Protesto! Ele está pedindo uma opinião outra vez.

– Indeferido – decidiu a juíza Young. – A testemunha pode responder à pergunta.

Alan Penn olhou para Paige Taylor e tornou a sentar-se.

– Claro que não. Ele a odiava.

O Dr. Arthur Kane estava no banco de testemunhas. Gus Venable disse:

– Dr. Kane, era o médico supervisor quando se descobriu que John Cronin foi assa... – Ele olhou para a juíza Young. – ...foi morto por uma injeção de insulina no soro intravenoso. Isso é correto?

– É, sim.

– E mais tarde descobriu que a Dra. Taylor era responsável?

– Isso mesmo.

– Dr. Kane, vou lhe mostrar o atestado de óbito oficial do hospital, assinado pela Dra. Taylor. – Venable pegou um papel, entregou-o a Kane. – Pode ler em voz alta, por favor?

Kane começou a ler:

– John Cronin. Causa da morte: parada respiratória, ocorrida como complicação de um infarto do miocárdio, decorrente de complicação de uma embolia pulmonar.

– E na linguagem do leigo?

– O atestado diz que o paciente morreu de um ataque do coração.

– E esse documento é assinado pela Dra. Taylor?

– É, sim.

– Dr. Kane, foi essa a verdadeira causa da morte de John Cronin?

– Não. A injeção de insulina causou a morte.

– Portanto, a Dra. Taylor ministrou uma dose fatal de insulina e depois falsificou o atestado de óbito?

– Isso mesmo.

– E denunciou o fato ao Dr. Wallace, o administrador do hospital, que em seguida o comunicou às autoridades?

– Achei que era meu dever. – A voz transbordava de indignação. – Sou um médico. Não admito tirar a vida de outro ser humano, sob quaisquer circunstâncias.

A TESTEMUNHA seguinte foi a viúva de John Cronin, Hazel Cronin, beirando os 40 anos, cabelos ruivos flamejantes e um corpo voluptuoso, que o vestido preto não conseguia ocultar. Gus Venable disse:

– Sei como isso lhe é angustiante, Sra. Cronin, mas devo pedir que descreva para o júri o relacionamento que tinha com seu falecido marido.

A viúva Cronin levou um enorme lenço rendado aos olhos.

– John e eu tínhamos um casamento de amor. Ele era maravilhoso. Disse-me muitas vezes que eu lhe fazia muito feliz.

– Por quanto tempo foi casada com John Cronin?

– Dois anos, mas John sempre dizia que foram como dois anos no paraíso.

– Sra. Cronin, seu marido alguma vez lhe falou sobre a Dra. Taylor? Disse que a considerava uma grande médica? Que o ajudara muito? Ou que gostava muito da Dra. Taylor?

– Ele nunca a mencionou.

– Nunca?

– Nunca.

– John alguma vez lhe falou em excluir a senhora e seus irmãos do testamento?

– Absolutamente. Sempre me disse que eu poderia ter tudo, e que quando ele morresse... – A voz começou a tremer. – ...que quando ele morresse, eu ficaria rica e...

Ela não pôde continuar. A juíza Young anunciou:

– Teremos um recesso de 15 minutos.

SENTADO NO fundo do tribunal, Jason Curtis sentia uma raiva intensa. Não podia acreditar no que as testemunhas diziam sobre Paige. "Essa é a mulher que eu amo", pensou ele. "A mulher com quem vou me casar."

Logo depois da prisão de Paige, Jason Curtis fora visitá-la na cadeia.

– Vamos lutar – declarara ele. – Providenciarei o melhor advogado criminalista do país.

Um nome aflorara imediatamente em sua mente. *Alan Penn.* Jason o procurara.

– Tenho acompanhado o caso pelos jornais – dissera Penn. – A imprensa já a julgou e condenou por assassinar John Cronin por dinheiro. E tem mais, ela admite que o matou.

– Eu a conheço bem – garantira Jason Curtis. – E pode acreditar que não há a menor possibilidade de Paige ter feito o que fez por dinheiro.

– Mas ela admite que o matou – reiterara Penn. – Portanto, o que temos aqui é eutanásia. A morte misericordiosa é ilegal na Califórnia, como na maioria dos Estados, e há muita polêmica sobre isso. Posso apresentar uma boa argumentação para Florence Nightingale escutando uma Voz Superior e toda essa merda, mas o problema é que sua namorada matou um paciente que lhe deixou um milhão de dólares em seu testamento. O que nasceu primeiro, o ovo ou a galinha? Ela sabia do milhão de dólares antes de matá-lo, ou só descobriu depois?

– Paige não sabia coisa alguma sobre o dinheiro.

O tom de Penn se mantivera neutro.

– Certo. Foi apenas uma feliz coincidência. O promotor vai insistir em homicídio com agravantes e pedir a pena de morte.

– Aceita o caso?

Penn hesitara. Era evidente que Jason Curtis acreditava na Dra. Taylor. "Da mesma maneira como Sansão acreditava em Dalila." Ele fitara Jason e pensara: "Eu me pergunto se o pobre coitado teve os cabelos cortados sem perceber."

Jason esperava por uma resposta.

– Aceito, desde que você saiba que será muito difícil. Só com muito empenho poderemos ganhar.

A declaração de Alan Penn era bem otimista.

QUANDO O JULGAMENTO recomeçou, na manhã seguinte, Gus Venable chamou novas testemunhas. Uma enfermeira prestou depoimento.

– Ouvi John Cronin dizer: "Sei que morrerei na mesa de cirurgia. Você vai me matar. Espero que a prendam por homicídio."

Um advogado, Roderick Pelham, foi depor. Gus Venable perguntou:

– Quando falou com a Dra. Taylor sobre o milhão de dólares do espólio de John Cronin, o que ela disse?

– Disse mais ou menos o seguinte: "Não parece ético. Ele era meu paciente."

– Ela admitiu que não era ético?

– Admitiu.

– Mas concordou em receber o dinheiro?

– Claro que sim.

ALAN PENN estava reinquirindo.

– Sr. Pelham, a Sra. Taylor esperava sua visita?

– Não. Eu...

– Não telefonou para dizer "John Cronin lhe deixou um milhão de dólares"?

– Não. Eu...

– Portanto, quando transmitiu a informação, estavam frente a frente?

– Isso mesmo.

– Em condições de ver a reação dela à notícia?

– Claro.

– E quando falou sobre o dinheiro, como ela reagiu?

– Bem... ela pareceu surpresa, mas...

– Obrigado, Sr. Pelham. Isso é tudo.

O JULGAMENTO entrava agora na quarta semana, e Gus Venable tentava amarrar os fios soltos.

– Se o tribunal permitir, eu gostaria de chamar Alma Rogers ao banco de testemunhas.

Depois que a testemunha prestou juramento, Venable perguntou:

– Sra. Rogers, qual é sua ocupação?

– Sou *Srta.* Rogers.

– Peço que me desculpe.

– Trabalho na agência de viagens Corniche.

– Sua agência organiza excursões a vários países, faz reservas em hotéis, e toma outras providências para os clientes?

– Sim, senhor.

– Quero que dê uma olhada na ré. Já a viu antes?

– Já, sim. Ela esteve em nosso escritório há dois ou três anos.

– E o que ela queria?

– Disse que estava interessada numa viagem a Londres e Paris, e creio que Veneza também.

– Ela pediu um pacote de excursão?

– Não. Disse que queria tudo em primeira classe... avião, hotel. E acho que estava interessada em fretar um iate.

Todos no tribunal mantinham um silêncio absoluto. Gus Venable foi até a mesa da promotoria, suspendeu alguns folhetos.

– A polícia encontrou isto no armário da Dra. Taylor no hospital. São itinerários de viagem a Paris, Londres e Veneza, folhetos de empresas aéreas e hotéis cinco estrelas, e um sobre o custo de fretar um iate particular.

Soaram murmúrios altos pelo tribunal.

O promotor abriu um folheto.

– Aqui estão alguns dos iates relacionados para fretamento. – Ele leu em voz alta. – O *Christina O...* 26 mil dólares por semana, mais as despesas... o *Resolute Time*, 24.500 dólares por semana... o *Lucky Dream*, 27.300 dólares por semana.

Venable levantou os olhos.

– Há uma cruz ao lado do *Lucky Dream*. Paige Taylor já escolhera o iate de 27.300 dólares por semana. Só não escolhera ainda sua vítima.

Alan Penn virou-se para fitar Paige. Ela olhava fixamente para a mesa, o rosto pálido.

– Gostaríamos de apresentar isto como a Prova A. – Venable voltou-se para Alan Penn e sorriu. – A testemunha é sua.

Penn levantou-se devagar, procurando ganhar tempo, pensando depressa.

– Como andam os negócios de turismo hoje em dia, Srta. Rogers?

– Como?

– Perguntei como andam os negócios. A Corniche é uma agência grande?

– Bastante.

– Imagino que muitas pessoas os procuram para indagar sobre viagens.

– Claro.

– Diria que cinco ou seis pessoas por dia?

– Oh, não! – A voz indignada. – Conversamos com até cinquenta pessoas por dia sobre pacotes de viagens.

– Cinquenta pessoas por dia? – Penn parecia impressionado. – E o dia em questão aqui foi há dois ou três anos. Se multiplicarmos cinquenta por novecentos dias, temos cerca de 45 mil pessoas.

– Acho que é por aí.

– E entre todas essas pessoas, lembra da Dra. Paige Taylor. Por quê?

– Ela e suas duas amigas estavam muito excitadas com a viagem à Europa. Achei maravilhoso. Pareciam colegiais. Lembro perfeitamente, porque davam a impressão de que não tinham condições de fretar um iate.

– Entendo. Posso supor que todas as pessoas que procuram a agência e pedem folhetos acabam fazendo a viagem?

– Claro que não. Mas...

– A Dra. Taylor chegou a reservar a viagem, não é mesmo?

– Não. Pelo menos não conosco. Ela...

– Nem com qualquer outra agência. Ela apenas pediu para ver alguns folhetos.

– Isso mesmo. Ela...

– Não é a mesma coisa que ir de fato a Paris ou Londres, não é?

– Não, mas...

– Obrigado. Pode se retirar.

VENABLE VIROU-SE para a juíza Young.

– Eu gostaria de chamar o Dr. Benjamin Wallace para depor...

– DR. WALLACE, é o administrador do Hospital Público Embarcadero?

– Sou, sim.

– Portanto, conhece a Dra. Taylor e seu trabalho?

– Conheço.

– Ficou surpreso ao saber que a Dra. Taylor fora indiciada por homicídio?

Penn levantou-se.

– Protesto, meritíssima. A resposta do Dr. Wallace seria irrelevante.

– Se me permite explicar – interveio Venable. – Pode ser muito relevante, se me deixar...

– Vamos ver onde quer chegar – disse a juíza Young. – Mas nada de absurdos, Sr. Venable.

– Deixe-me abordar a questão de uma maneira diferente – continuou Venable. – Dr. Wallace, todo médico é obrigado a fazer o Juramento Hipocrático, não é mesmo?

– É, sim.

– E parte desse juramento é... – O promotor leu um papel em sua mão. – ...devo me abster de todo e qualquer ato de insídia ou corrupção?

– Isso mesmo.

– Houve alguma coisa que a Dra. Taylor fez no passado que o levou a acreditar que ela era capaz de violar o Juramento Hipocrático?

– Houve, sim.

– Protesto!

– Indeferido.

– Por favor, explique o que foi.

– Tivemos um paciente que a Dra. Taylor decidiu que precisava de uma transfusão de sangue. A família se recusou a conceder permissão.

– E o que aconteceu?

– A Dra. Taylor deu a transfusão ao paciente assim mesmo.

– Isso é legal?

– Não. A não ser com uma ordem judicial.

– E o que a Dra. Taylor fez em seguida?

– Obteve a ordem judicial depois, e mudou a data.

– Ou seja, ela cometeu um ato ilegal e falsificou os registros do hospital para encobri-lo?

– Correto.

Alan Penn olhou para Paige, furioso. "O que mais ela escondeu de mim?", perguntou-se.

Se os espectadores procuravam por alguma emoção no rosto de Paige Taylor, ficaram desapontados.

"Fria como gelo", pensou o primeiro jurado.

GUS VENABLE virou-se para a juíza Young.

– Meritíssima, uma das testemunhas que eu esperava chamar era o Dr. Lawrence Barker, como sabe. Infelizmente, ele ainda sofre dos efeitos de um derrame e está incapaz de comparecer a este tribunal para depor. Em vez disso, quero chamar alguns funcionários do hospital que trabalhavam com o Dr. Barker.

Penn levantou-se.

– Protesto. Não vejo a relevância. O Dr. Barker não está presente nem em julgamento aqui. Se...

Venable interrompeu-o:

– Meritíssima, asseguro que minha linha de inquirição é muito relevante para o depoimento que acabamos de ouvir. Diz respeito à competência da ré como médica.

A juíza Young disse, cética:

– É o que veremos. Isto é um tribunal, não um rio. Não admitirei qualquer pescaria. Pode chamar suas testemunhas.

– Obrigado.

Gus Venable virou-se para o escrevente.

– Eu gostaria de chamar o Dr. Mathew Peterson.

Um homem elegante, na casa dos 60 anos, encaminhou-se para o banco de testemunhas. Prestou juramento, e depois que ele se sentou, Gus Venable perguntou:

– Dr. Peterson, por quanto tempo trabalhou no Hospital Público Embarcadero?

– Oito anos.

–E qual é sua especialização?

– Sou cirurgião cardíaco.

– E durante os anos que passou no Hospital Público Embarcadero teve alguma oportunidade de trabalhar com o Dr. Lawrence Barker?

– Claro. Muitas vezes.

– Qual sua opinião sobre ele?

– A mesma que todos os outros. Depois de DeBakey e Cooley, possivelmente, o Dr. Barker é o melhor cirurgião cardíaco do mundo.

– Estava preser te na sala de cirurgia (SC) na manhã em que a Dra. Taylor operou um paciente chamado... – Venable fingiu consultar um pedaço de papel. – ...Lance Kelly?

O tom da testemunha mudou.

– Estava, sim.

– Poderia descrever o que aconteceu naquela manhã?

O Dr. Peterson respondeu com evidente relutância:

– As coisas começaram a sair erradas. Estávamos perdendo o paciente...

– Quando diz "perdendo o paciente"...

– Seu coração parou. Tentamos trazê-lo de volta e...

– O Dr. Barker foi chamado?

– Foi.

– E entrou na sala de cirurgia durante a operação?

– Quase no final. Mas já era tarde demais para fazer qualquer coisa. Não conseguimos ressuscitar o paciente.

– E o Dr. Barker disse alguma coisa à Dra. Taylor na ocasião?

– Disse, sim.

– E o que o Dr. Barker disse?

Houve uma pausa, e no meio da pausa soou uma trovoada lá fora, como a voz de Deus. Um momento depois, a tempestade desabou, a chuva martelando o telhado do tribunal.

– O Dr. Barker disse "Você o matou".

Houve um burburinho. A juíza Young bateu com o martelo.

– Já chega! Mais um tumulto assim e mandarei que todos se retirem.

Gus Venable esperou o silêncio e indagou:

– Tem certeza de que foi isso o que o Dr. Barker disse à Dra. Taylor? "Você o matou"?

– Tenho.

– E declarou que o Dr. Barker era um homem cuja opinião médica todos acatavam?

– Isso mesmo.

– Obrigado. Isto é tudo, doutor. – Ele olhou para Alan Penn. – A testemunha é sua.

Penn levantou-se, aproximou-se da testemunha.

– Dr. Peterson, nunca presenciei uma cirurgia, mas imagino que há uma enorme tensão, ainda mais quando se trata de algo tão sério quanto uma cirurgia cardíaca.

– Há bastante tensão.

– Numa ocasião assim, quantas pessoas ficam na sala? Três ou quatro?

– Não. Sempre meia dúzia, ou mais.

– É mesmo?

– É, sim. Em geral, há dois cirurgiões, um ajudando, dois anestesistas, uma enfermeira instrumentadora e pelo menos uma enfermeira auxiliar.

– Entendo... Portanto, deve haver muito ruído e exaltação. Os cirurgiões pedindo instrumentos, e assim por diante.

– Correto.

– E pelo que ouvi dizer, é uma prática comum tocarem música durante uma cirurgia.

– É, sim.

– Quando o Dr. Barker entrou, e constatou que Lance Kelly estava morrendo, isso provavelmente aumentou a confusão.

– Todos se empenhavam em salvar o paciente.

– Fazendo muito barulho?

– Havia bastante barulho.

– E, mesmo assim, no meio de toda aquela confusão e barulho, e com música, pôde ouvir o Dr. Barker dizer que a Dra. Taylor matara o paciente. Com tanto tumulto, não poderia ter se enganado?

– Não, senhor. Eu não poderia ter me enganado.

– O que o faz ter tanta certeza?

O Dr. Peterson suspirou.

– Porque eu estava parado ao lado do Dr. Barker quando ele falou.

Não havia nenhuma saída hábil.

– Não tenho mais perguntas.

O caso desmoronava, e não havia nada que ele pudesse fazer. Iria se tornar ainda pior.

DENISE BERRY ocupou a cadeira, das testemunhas.

– É enfermeira no Hospital Público Embarcadero?

– Sou, sim.

– Há quanto tempo trabalha lá?

– Cinco anos.

– Durante esse tempo, ouviu alguma conversa entre o Dr. Barker e a Dra. Taylor?

– Claro. Muitas vezes.

– Pode relatar algumas?

A enfermeira olhou para a Dra. Taylor e hesitou.

– Bem, o Dr. Barker podia ser muito ríspido...

– Não perguntei isso, enfermeira Berry. Pedi que nos dissesse coisas específicas que o ouviu dizer à Dra. Taylor.

Houve uma longa pausa.

– Uma ocasião ele disse que ela era incompetente e...

Gus Venable simulou surpresa.

– Ouviu o Dr. Barker dizer que a Dra. Taylor era incompetente?

– Ouvi, sim, senhor. Mas ele sempre...

– Que outros comentários ouviu-o fazer sobre a Dra. Taylor?

A testemunha relutava em falar.

– Não consigo me lembrar.

– Está sob juramento, Srta. Berry.

– Uma ocasião ouvi-o dizer...

O resto da frase foi um murmúrio.

– Não pudemos escutá-la. Fale mais alto, por favor. Ouviu-o dizer o quê?

– Ele disse... que não deixaria a Dra. Taylor operar seu cachorro.

Houve um murmúrio coletivo no tribunal.

– Mas tenho certeza que ele apenas queria dizer...

– Creio que todos podemos presumir o que o Dr. Barker queria dizer.

Todos os olhos fixavam-se em Paige Taylor.

O CASO DA PROMOTORIA contra Paige parecia arrasador. Alan Penn, no entanto, tinha a reputação de ser um mágico no tribunal. Agora era a sua vez de apresentar a defesa da ré. Poderia tirar outro coelho de sua cartola?

PAIGE TAYLOR estava no banco de testemunhas, sendo interrogada por Alan Penn. Era o momento que todos aguardavam.

– John Cronin era seu paciente, Dra. Taylor?

– Era, sim.

– E quais eram seus sentimentos em relação a ele?

– Eu gostava dele. Era um homem que sabia que estava doente, mas demonstrava muita coragem. Foi submetido a uma cirurgia por causa de um tumor cardíaco.

– Fez essa cirurgia cardíaca?

– Isso mesmo.

– E o que descobriu durante a cirurgia?

– Quando abrimos seu peito, descobrimos que ele tinha um melanoma e que ocorrera a metástase.

– Em outras palavras, um câncer que se espalhara pelo resto do corpo.

– Exatamente. A metástase se processara através das glândulas linfáticas.

– E isso significava que não havia esperança para ele? Nenhuma medida drástica que pudesse lhe devolver a saúde?

– Nenhuma.

– John Cronin mantinha-se vivo com a ajuda de aparelhos?

– Correto.

– Dra. Taylor, aplicou deliberadamente uma dose fatal de insulina para acabar com a vida de John Cronin?

– Apliquei.

Houve um súbito burburinho no tribunal.

"Ela é realmente fria", pensou Gus Venable. "Fala como se tivesse lhe servido uma xícara de chá."

– Poderia dizer ao júri por que acabou com a vida de John Cronin?

– Porque ele me pediu. Suplicou. Mandou me chamar no meio da noite, sentindo dores terríveis. Os medicamentos que lhe dávamos não surtiam qualquer efeito. – A voz era firme. – Ele disse que não queria mais sofrer. Sua morte ocorreria dentro de poucos dias. Ele me suplicou. E o atendi.

– Doutora, sentiu alguma relutância em deixá-lo morrer? Teve algum sentimento de culpa?

A Dra. Paige Taylor sacudiu a cabeça.

– Não. Se o tivesse visto... Não havia o menor sentido em deixar que ele continuasse a sofrer.

– Como ministrou a insulina?

– Injetei-a no soro intravenoso.

– E isso causou-lhe alguma dor?

– Não. Ele simplesmente dormiu.

Gus Venable levantou-se.

– Protesto! Acho que a ré está querendo dizer que ele morreu! Acho...

A juíza Young bateu com o martelo.

– Sr. Venable, não é a sua vez de falar. Terá toda oportunidade quando reinquirir a testemunha. Sente-se.

O promotor olhou para o júri, balançou a cabeça e sentou.

– Dra. Taylor, quando ministrou a insulina em John Cronin, sabia que ele a incluíra em seu testamento, com a quantia de um milhão de dólares?

– Não. Fiquei espantada ao ser informada.

"Seu nariz vai crescer", pensou Gus Venable.

– Nunca falou sobre dinheiro ou presentes em qualquer ocasião, nem pediu alguma coisa a John Cronin?

Um ligeiro rubor espalhou-se pelas faces de Paige Taylor.

– Nunca!

– Mas mantinha um relacionamento amistoso com ele?

– Mantinha. Quando um paciente está tão doente assim, o relacionamento médico-paciente muda. Conversávamos sobre seus problemas de negócios, sobre problemas de família.

– Mas nunca teve motivo para esperar qualquer coisa dele?

– Nunca.

– Ele lhe deixou o dinheiro porque passou a respeitá-la, a confiar em você. Obrigado, Dra. Taylor. – Penn virou-se para Gus Venable. – A testemunha é sua.

Enquanto Penn retornava à mesa da defesa, Paige Taylor olhou para o fundo da sala. Jason estava sentado ali, tentando parecer encorajador. Ao seu lado estava Honey. Um estranho sentava-se junto a Honey, no lugar que Kat deveria ocupar. "Se ela ainda estivesse viva. Mas Kat morreu", pensou Paige. "Eu a matei também."

Gus Venable levantou-se, aproximou-se devagar da testemunha. Olhou para as fileiras da imprensa. Todos os lugares estavam ocupados e os repórteres se concentravam em escrever anotações. "Vou lhes dar alguma coisa para escreverem", pensou Venable.

Ele permaneceu parado em silêncio diante da ré por um longo momento, estudando-a, antes de dizer casualmente:

– Dra. Taylor... John Cronin foi o primeiro paciente que assassinou no Hospital Público de Embarcadero?

Alan Penn levantou-se, furioso.

– Protesto! Eu...

A juíza Young já batera com o martelo.

– Protesto deferido! Haverá um recesso de 15 minutos. Quero falar com os dois advogados em minha sala.

ASSIM QUE OS DOIS advogados entraram em sua sala, a juíza Young virou-se para Gus Venable.

– Cursou a faculdade de Direito, não é mesmo, Gus?

– Desculpe, meritíssima. Eu...

– Viu alguma lona por lá?

– Como?

A voz saiu incisiva:

– Meu tribunal não é um circo, e não vou permitir que o transforme em um. Como ousa fazer uma pergunta tão absurda?

– Desculpe, meritíssima. Reformularei a pergunta, e...

– Fará mais do que isso! – declarou a juíza Young, ríspida. – Vai reformular sua atitude. Estou lhe avisando: se fizer mais uma coisa assim, vou anular o julgamento.

– Pois não, meritíssima.

QUANDO VOLTARAM à sala de julgamento, a juíza Young disse aos jurados:

– O júri vai ignorar por completo a última pergunta do promotor. – Ela virou-se para Venable. – Pode continuar.

Gus Venable tornou a se aproximar da testemunha.

– Dra. Taylor, deve ter ficado muito surpresa quando foi informada de que o homem assassinado lhe deixou um milhão de dólares.

Alan Penn levantou-se.

– Protesto!

– Deferido. – A juíza Young olhou para Venable. – Está testando minha paciência.

– Peço desculpas, meritíssima. – Ele tornou a fitar a testemunha. – Devia manter um relacionamento *muito* amigável com seu paciente. Afinal, não é todos os dias que um quase completo estranho nos deixa um milhão de dólares, não é mesmo?

Paige Taylor corou um pouco.

– Nossa amizade era baseada no relacionamento médico-paciente.

– Não era um pouco mais do que isso? Um homem não deixa de fora a amada esposa e a família do testamento e dá um milhão de dólares para uma estranha, sem uma razão forte. Essas conversas que alegou ter tido com ele sobre seus problemas de negócios...

A juíza Young inclinou-se para a frente e disse, num tom de advertência:

– Sr. Venable...

O promotor levantou as mãos, num gesto de rendição. Virou-se outra vez para a ré.

– Portanto, você e John Cronin tinham conversas amigáveis. Ele dizia coisas pessoais, gostava de você e a respeitava. É isso, Dra. Taylor?

– Acho que sim.

– E só por isso, ele lhe deu um milhão de dólares?

Paige desviou os olhos. Não disse nada. Não tinha resposta.

Venable começou a voltar para a mesa da promotoria, mas virou-se de repente para fitar a ré de novo.

– Dra. Taylor, declarou antes que não tinha a menor ideia de que John Cronin ia lhe deixar algum dinheiro, ou que cortaria a família do testamento.

– Correto.

– Quanto ganha uma médica residente no Hospital Público Embarcadero?

Alan Penn levantou-se.

– Protesto! Não vejo...

– É uma pergunta relevante. A testemunha pode responder.

– Trinta e oito mil dólares por ano.

Venable comentou, em tom de simpatia:

– Não é muita coisa hoje em dia, não é mesmo? E ainda é preciso deduzir os impostos e as despesas do cotidiano. Não restaria muita coisa para uma viagem de luxo, a Londres, Paris e Veneza, por exemplo, não é?

– Acho que não.

– Portanto, não planejou tirar férias assim, porque sabia que não teria condições.

– Correto.

Alan Penn levantou-se mais uma vez.

– Meritíssima...

A juíza Young olhou para o promotor.

– Onde está querendo chegar, Sr. Venable?

– Só quero deixar claro que a ré não planejava uma viagem de luxo para lugar algum.

– Ela já respondeu à pergunta.

ALAN PENN sabia que precisava fazer alguma coisa. Seu ânimo não era dos melhores, mas mesmo assim aproximou-se da testemunha com a jovialidade de um homem que acabara de ganhar na loteria.

– Dra. Taylor, lembra-se de ter pegado aqueles folhetos de viagem?

– Claro.

– Planejava viajar à Europa, ou fretar um iate?

– Não. Era tudo uma brincadeira, um sonho impossível. Minhas amigas e eu pensamos que serviria para nos reanimar. Estávamos muito cansadas e... parecia uma boa ideia na ocasião.

A voz definhou ao final da frase.

Alan Penn lançou um olhar discreto para os jurados. Seus rostos transpareciam absoluta incredulidade.

GUS VENABLE interrogava a ré na reinquirição.

– Dra. Tayloı, conhece o Dr. Lawrence Barker?

Ela teve um súbito *flash* de memória. "Vou matar Lawrence Barker. E matar bem devagar. Deixarei que ele sofra primeiro... e depois o matarei."

– Conheço.

– Em que contexto?

– O Dr. Barker e eu trabalhamos juntos várias vezes, durante os últimos dois anos.

– Diria que ele é um médico competente?

Alan Penn levantou-se.

– Protesto, meritíssima! A testemunha...

Mas antes que ele pudesse concluir, ou a juíza Young decidir, Paige respondeu:

– Ele é mais do que competente. É brilhante.

Penn arriou na cadeira, atordoado demais para falar.

– Gostaria de discorrer a respeito?

– O Dr. Barker é um dos mais renomados cirurgiões cardiovasculares do mundo. Possui uma grande clínica particular, mas mesmo assim três dias por semana trabalha no Hospital Público Embarcadero.

– Ou seja, respeita o seu julgamento em questões médicas?

– Sim.

– E acha que ele seria capaz de julgar a competência de outro médico?

Penn torceu para que Paige respondesse *Não sei.*

Ela hesitou.

– Acho.

Gus Venable virou-se para o júri.

– Ouviram a ré declarar que tinha uma alta consideração pelo julgamento médico do Dr. Barker. Seria ótimo se tivesse escutado o julgamento do Dr. Barker sobre sua competência... ou falta de.

Alan Penn levantou-se de novo, furioso.

– Protesto!

– Deferido.

Mas já era tarde demais. O dano fora feito.

DURANTE O RECESSO seguinte, Alan Penn levou Jason para o banheiro.

– Em que você me meteu? – indagou ele, irritado. – John Cronin a odiava, Barker a odiava. Exijo que meus clientes me digam a verdade. É a única maneira pela qual posso ajudá-los. Pois não posso ajudá-la. Sua namorada está me deixando de tal maneira atolado na neve que preciso de esquis. Cada vez que abre a boca, ela crava mais um prego em seu caixão. A porra do caso está em queda livre!

NAQUELA TARDE, Jason Curtis foi ver Paige.

– Tem uma visita. Dra. Taylor.

Jason entrou na cela.

– Paige...

Ela virou-se para o outro lado, fazendo um esforço para conter as lágrimas.

– A situação parece muito ruim, não é?

Jason forçou um sorriso.

– Sabe o que se costuma dizer... não acaba até terminar.

– Jason, você não acredita que matei John Cronin por dinheiro, não é? Só fiz aquilo para ajudá-lo.

– Acredito em você, Paige. Eu amo você.

Ele abraçou-a. "Não quero perdê-la", pensou. "Não posso. Ela é a melhor coisa em minha vida."

– Tudo vai acabar bem. Prometi que ficaríamos juntos para sempre.

Paige apertou-o com força e pensou: "Nada dura para sempre. Nada. Como tudo pode ter saído·tão errado... tão errado... tão errado..."

Livro I

1

São Francisco
Julho de 1990

— Hunter, Kate.

– Presente.

– Taft, Betty Lou.

– Presente.

– Taylor, Paige.

– Presente.

Eram as únicas mulheres no grande grupo de residentes do primeiro ano, reunidos no auditório escuro do Hospital Público Embarcadero.

O Embarcadero era o hospital mais antigo de São Francisco e um dos mais antigos dos Estados Unidos. Durante o terremoto de 1989, Deus fizera uma brincadeira com os habitantes de São Francisco e deixara o hospital intacto. Era um complexo horrível, ocupando mais de três quarteirões, com prédios de tijolos e pedras, cinzentos da fuligem acumulada ao longo dos anos.

Logo depois da entrada do prédio principal, havia uma enorme sala de espera, com bancos de madeira para pacientes e visitantes. Nas paredes, as muitas décadas de camadas de tinta descascavam, os corredores eram desgastados pela passagem de milhares de pacientes em cadeiras de rodas, muletas e macas. Todo o complexo estava coberto pela pátina cediça do tempo.

O Hospital Público Embarcadero era uma cidade dentro de uma cidade. Havia mais de 9 mil pessoas trabalhando ali, incluindo 400 médicos da equipe permanente, 150 médicos voluntários em horários parciais, 800 residentes e 3 mil enfermeiras, além dos técnicos, assistentes e mais o pessoal de apoio. Os andares superiores abrigavam 12 salas de cirurgia, suprimento central, banco de ossos, central de programação, três enfermarias de emergência, uma enfermaria de AIDS, e mais de dois mil leitos.

Agora, no primeiro dia da chegada dos novos residentes, em julho, o Dr. Benjamin Wallace, administrador do hospital, levantou-se para lhes falar. Era a quintessência de um político, alto, de boa aparência, com pouca habilidade e charme suficiente para se insinuar até a posição que agora ocupava.

– Quero dar as boas-vindas a todos vocês, os novos médicos residentes, esta manhã. Durante os dois primeiros anos da faculdade de medicina, trabalharam com cadáveres. Nos dois últimos, trabalharam com pacientes de hospital, sob a supervisão de médicos experientes. Agora, *vocês* é que serão responsáveis por seus pacientes. É uma grande responsabilidade, e exige dedicação e habilidade.

Wallace correu os olhos pelo auditório.

– Alguns de vocês planejam se especializar em cirurgia. Outros se tornarão internistas. Cada grupo será entregue a um residente sênior, que explicará a rotina diária. Daqui por diante, tudo o que fizerem poderá ser uma questão de vida ou morte.

Todos escutavam cada palavra com a maior atenção.

– O Embarcadero é um hospital público. Isso significa que admitimos qualquer um que apareça em nossa porta. A maioria dos pacientes é constituída por indigentes. Eles vêm para cá porque não têm condições de pagar um hospital particular. Nossas salas de emergência se mantêm ocupadas 24 horas por dia. Vocês terão excesso de trabalho e baixa remuneração. Num hospital particular, o primeiro ano de vocês consistiria de trabalhos subalternos rotineiros. No segundo ano, teriam permissão para entregar um bisturi ao cirurgião, e no terceiro poderiam realizar pequenas cirurgias, sob supervisão. Pois podem esquecer tudo isso. Nosso lema aqui é "Observem uma, façam uma, ensinem uma". Temos carência de pessoal, e quanto mais depressa pudermos colocá-las nas salas de cirurgia, melhor. Alguma pergunta?

Havia um milhão de perguntas que os novos residentes queriam fazer.

– Nenhuma? Ótimo. Seu primeiro dia começa oficialmente amanhã. Devem se apresentar na recepção principal às 5h30. Boa sorte!

A reunião terminou. Houve um êxodo geral para as portas, em meio ao zumbido baixo de conversas excitadas. As três mulheres estavam juntas.

– Onde estão todas as outras mulheres?

– Acho que não há mais nenhuma.

– É muito parecido com a faculdade de medicina, não acham? O clube dos meninos. Tenho a impressão de que este lugar pertence à Idade Média.

A pessoa que falava era uma negra de beleza impecável, com mais de 1,80 metro de altura, de constituição larga, mas muito graciosa. Tudo nela, o jeito como andava, o porte, a expressão fria e irônica que os olhos irradiavam, transmitia um ar pedante.

– Sou Kate Hunter. As pessoas me chamam de Kat.

– Paige Taylor.

Jovem e afável, de ar inteligente, confiante.

As duas se viraram para a terceira mulher.

– Betty Lou Taft. Os amigos me chamam de Honey.

Ela falava com um suave sotaque sulista. Tinha um rosto franco e ingênuo, olhos cinzentos meigos, e um sorriso efusivo.

– De onde você é? – perguntou Kat.

– Memphis, Tennessee.

Elas olharam para Paige, que decidiu lhes dar a resposta simples:

– Boston.

– Minneapolis – disse Kat.

"É o mais perto possível", pensou ela.

– Parece que estamos todas bem longe de casa – comentou Paige. – Onde vocês estão hospedadas?

– Estou num hotel de terceira – respondeu Kat. – Ainda não tive a oportunidade de procurar um lugar para morar.

– Nem eu – acrescentou Honey.

Paige se mostrou radiante.

– Dei uma olhada em alguns apartamentos esta manhã. Um deles é sensacional, mas não tenho condições de arcar sozinha. Tem três quartos.

Elas se entreolharam.

– Se nós três o partilhássemos... – sugeriu Kat.

O APARTAMENTO ficava no distrito de Marina, na Filbert Street. Era perfeito para elas. Três quartos, dois banheiros, armários embutidos, lavanderia e garagem. Era mobiliado num estilo antigo, mas arrumado e limpo.

Quando as três terminaram de inspecioná-lo, Honey declarou:

– Acho que é adorável.

– Eu também – concordou Kat.

Elas olharam para Paige.

– Vamos alugá-lo.

Mudaram-se para o apartamento naquela tarde. O zelador ajudou-as a carregar a bagagem.

– Vão trabalhar no hospital, hein? – disse ele. – Enfermeiras?

– Médicas – corrigiu-o Kat.

– Médicas? Quer dizer... médicas de verdade?

– Isso mesmo. Médicas de verdade – confirmou Paige.

Ele soltou um grunhido.

– Para dizer a verdade, se eu precisasse de cuidados médicos, acho que não ia querer uma médica examinando meu corpo.

– Não vamos esquecer isso.

– Onde está o aparelho·de televisão? – perguntou Kat. – Não vi nenhum.

– Se quiserem, terão de comprá-lo. Aproveitem o apartamento, donas... isto é, doutoras.

O homem soltou uma risadinha. Elas observaram-no se retirar. Kat imitou sua voz:

– Enfermeiras? – Ela soltou um grunhido. – Porco chauvinista. Vamos escolher os quartos.

– Qualquer um serve para mim – anunciou Honey.

Examinaram os três quartos. O principal era um pouco maior.

– Por que não fica com ele, Paige? – propôs Kat. – Afinal, foi você quem descobriu o apartamento.

Paige acenou com a cabeça.

– Está certo.

Foram para os respectivos quartos e começaram a arrumar suas coisas. Paige tirou de sua mala, com todo cuidado, uma foto emoldurada de um homem com trinta e poucos anos. Era atraente, usava óculos de armação preta, o que lhe proporcionava uma aparência de intelectual. Ela pôs a foto na mesinha de cabeceira, ao lado de um maço de cartas. Kat e Honey entraram no quarto.

– Que tal sairmos para jantar?

– Estou pronta – respondeu Paige.

Kat viu a fotografia.

– Quem é ele?

Paige sorriu.

– O homem com quem vou casar. É médico, e trabalha para a Organização Mundial de Saúde, a OMS. Seu nome é Alfred Turner. Está na África, mas virá para São Francisco para ficarmos juntos.

- Sorte sua – murmurou Kat, sonhadora. – Ele parece simpático.

Paige fitou-a.

– Está envolvida com alguém?

– Não. Infelizmente, não tenho muita sorte com os homens.

– Talvez sua sorte mude no Embarcadero – disse Kat.

JANTARAM NO Tarantino's, não muito longe do prédio. Durante o jantar conversaram sobre suas experiências e suas vidas, mas havia um certo comedimento, uma hesitação. Eram três estranhas, sondando, cautelosas, começando a se conhecerem.

Honey falou muito pouco. "Há uma certa timidez nela", pensou Paige. "É vulnerável. Algum homem em Memphis deve ter partido seu coração."

Paige olhou para Kat. "Confiante. Muita dignidade. Gosto da maneira como ela fala. Pode-se perceber que veio de uma boa família."

Enquanto isso, Kat estudava Paige. "Uma garota rica que nunca teve de se esforçar por qualquer coisa na vida. Consegue tudo por sua aparência."

Honey avaliava as duas. "São muito confiantes, seguras. Enfrentarão tudo com a maior facilidade."

Todas estavam enganadas.

AO VOLTAREM ao apartamento, Paige sentia-se agitada demais para dormir. Ficou deitada na cama, pensando no futuro. Além da janela, na rua, houve o som de uma batida de carro, e depois pessoas gritaram. Na mente de Paige, tudo se dissolveu na recordação de nativos africanos gritando e cantando, os estampidos de armas de fogo. Voltou no tempo, até a pequena aldeia na selva da África Oriental, apanhada no meio de uma violenta guerra tribal. Paige estava apavorada.

– Vão nos matar!

O pai abraçou-a.

– Não nos farão mal algum, querida. Estamos aqui para ajudá-los. Sabem que somos seus amigos.

E, inesperadamente, o chefe de uma das tribos entrou na cabana...

HONEY TAMBÉM estava acordada em sua cama, pensando. "É sem dúvida uma longa distância desde Memphis, Tennessee, Betty Lou. Acho que não poderei voltar para lá. Nunca mais." Ainda podia ouvir o xerife lhe dizendo:

– Por respeito à família, vamos registrar a morte do reverendo Douglas Lipton como "suicídio por motivos desconhecidos". Mas sugiro que você saia da cidade o mais depressa possível, e fique longe daqui...

KAT OLHAVA pela janela de seu quarto, escutando os sons da cidade. Podia ouvir a chuva sussurrando: 'Você conseguiu... você conseguiu...' Provei que todos se enganavam. Você quer ser médica? Uma negra médica? E as rejeições das faculdades de medicina. 'Agradecemos o envio de seu pedido. Infelizmente, já fechamos as matrículas, tendo em vista sua experiência, permita-nos sugerir que se sentiria mais feliz numa universidade menor.'"

Ela tivera as melhores notas na escola, mas das 25 faculdades a que se candidatara apenas uma a aceitara. O diretor lhe dissera:

– Nos tempos de hoje, é ótimo ver alguém que vem de uma vida normal e decente.

Se ele conhecesse a terrível verdade...

2

Às 5h30 da manhã seguinte, quando os novos residentes se apresentaram, o pessoal do hospital esperava para conduzi-los a seus diversos postos. Mesmo tão cedo assim, o tumulto já começara.

Os pacientes haviam chegado durante toda a noite em ambulâncias, carros da polícia e até a pé. Os funcionários do hospital os chamavam de "R e R", o refugo e rebotalho, despejando-se nas salas de emergência, quebrados e sangrando, vítimas de tiros, punhaladas e acidentes de carro, os feridos na carne e no espírito, os desabrigados e indesejáveis, o fluxo e refluxo de humanidade que corre pelos esgotos lúgubres de todas as grandes cidades.

Havia uma sensação difusa de caos organizado, movimentos frenéticos, sons estridentes, uma dúzia de crises inesperadas, e todas tinham de ser atendidas ao mesmo tempo.

Os novos residentes permaneceram reunidos num grupo protetor, adaptando-se ao novo ambiente.

PAIGE, KAT E HONEY aguardavam no corredor quando um residente sênior se aproximou.

– Qual de vocês é a Dra. Taft?

Honey fitou-o.

– Sou eu.

O residente sorriu, estendeu a mão.

– É uma honra conhecê-la. Fui designado para cuidar de você. Nosso chefe de equipe diz que tirou as mais altas notas na faculdade de medicina que este hospital já viu. Sentimos a maior satisfação em tê-la aqui.

Honey sorriu, embaraçada.

– Obrigada.

Paige e Kat olharam espantadas para Honey. "Eu não teria adivinhado que ela era tão brilhante assim", pensou Paige.

– Está planejando se especializar em medicina interna, Dra. Taft?

– Isso mesmo.

O residente virou-se para Kat.

– Dra. Hunter?

– Sou eu.

– Está interessada em neurocirurgia.

– Certo.

Ele consultou uma lista.

– Será designada para o Dr. Hutton.

O residente olhou para Paige.

– Dra. Taylor?

– Isso mesmo.

– Vai para a cirurgia cardíaca.

– Certo.

– Muito bem. Vamos designá-la e à Dra. Hunter para as rondas cirúrgicas. Pode se apresentar na sala da enfermeira-chefe, Margaret Spencer. No fundo do corredor.

– Obrigada.

Paige olhou para as outras, respirou fundo.

– Aqui vou eu! Desejo boa sorte a todas nós!

A ENFERMEIRA-CHEFE, Margaret Spencer, parecia mais um couraçado do que uma mulher, corpulenta, de aparência austera, o comportamento brusco. Estava ocupada por trás do posto de enfermagem quando Paige se aproximou.

– Com licença...

A enfermeira Spencer levantou os olhos.

– O que é?

– Fui instruída a me apresentar aqui. Sou a Dra. Taylor.

A enfermeira Spencer consultou uma relação.

– Espere um momento.

Ela passou por uma porta, voltou um minuto depois, com túnicas compridas e jalecos brancos.

– Aqui está. As túnicas são para usar no centro cirúrgico e nas rondas. Quando estiver nas rondas, ponha um jaleco branco por cima da túnica.

– Obrigada.

– De nada. E leve isto também.

Ela entregou a Paige uma plaqueta de metal em que estava escrito "Paige Taylor, M.D."

– Aqui está seu crachá, doutora.

Paige pegou-o, contemplou-o em silêncio por um longo momento. "Paige Taylor, M.D." Experimentava a sensação de que acabara de receber a Medalha de Honra. Todos os longos e árduos anos de trabalho e estudo desaguavam naquelas breves palavras. "Paige Taylor, M.D."

A enfermeira Spencer a observava.

– Está se sentindo bem?

– Estou, sim. – Paige sorriu. – Obrigada. Onde eu... ?

– O vestiário dos médicos fica no fundo do corredor, à esquerda. Como vai fazer rondas, deve querer trocar de roupa.

– Obrigada.

Paige seguiu pelo corredor, espantada com a quantidade de atividade ao seu redor. O corredor se achava apinhado de médicos, enfermeiras, técnicos e pacientes, encaminhando-se apressados para diferentes destinos. O persistente clamor do sistema de alto-falantes aumentava a confusão.

– Dr. Keenan ... SC 3... Dr. Keenan... SC 3.

– Dr. Talbot... Sala de Emergência 1. Stat... Dr. Talbot... Sala de Emergência 1. Stat.

– Dr. Engel... Quarto 212... Dr. Engel... Quarto 212.

Paige alcançou a porta com a indicação de VESTIÁRIO DOS MÉDICOS, e abriu-a. Lá dentro, havia uma dúzia de médicos em diversos estágios de troca de roupa. Dois se encontravam completamente nus. Todos se viraram para fitar Paige, quando ela abriu a porta.

– Oh! Eu... desculpem – balbuciou Paige.

Ela se apressou em fechar a porta. Ficou parada ali, indecisa, sem saber o que fazer. Bem perto dali, havia uma porta com o letreiro

VESTIÁRIO DAS ENFERMEIRAS. Paige foi até lá, abriu a porta. Lá dentro, várias enfermeiras trocavam de roupa. Uma delas fitou-a.

– Olá. É uma das novas enfermeiras?

– Não, não sou – respondeu Paige, tensa.

Ela fechou a porta, voltou ao vestiário dos médicos. Parou diante da porta por um instante, respirou fundo e entrou. As conversas cessaram. Um dos homens disse:

– Desculpe, meu bem, mas este é o vestiário dos médicos.

– Sou médica – anunciou Paige.

Todos se entreolharam.

– É mesmo? Hã... seja bem-vinda.

– Obrigada.

Paige ainda hesitou um pouco, depois encaminhou-se para um vestiário vazio. Os homens observavam-na enquanto guardava as roupas do hospital no armário. Ela fitou-os por um momento, depois começou a desabotoar a blusa, lentamente.

Os médicos ficaram imóveis, sem saberem o que fazer. Um deles sugeriu:

– Talvez devêssemos... hã... dar um pouco de privacidade à mocinha, senhores.

"A mocinha!"

– Obrigada – murmurou Paige.

Ela ficou parada ali, esperando que os médicos terminassem de se vestir e saíssem do vestiário. "Terei de passar por isso todos os dias?", especulou.

NAS RONDAS de hospital, há uma formação tradicional que nunca varia. O médico responsável sempre vai na frente, seguido pelo residente sênior, depois os outros residentes, e um ou outro estudante de medicina. O médico responsável para o qual Paige fora designada era o Dr. William Radnor. Paige e cinco outros residentes reuniram-se no corredor, à sua espera. Havia um jovem médico chinês no grupo. Ele estendeu a mão.

– Tom Chang. Espero que esteja se sentindo tão nervosa quanto eu.

Paige gostou dele no mesmo instante. Um homem aproximou-se do grupo.

– Bom dia – disse ele. – Sou o Dr. Radnor.

Tinha uma fala suave, olhos azuis faiscantes. Cada residente se apresentou.

– Este é o primeiro dia de ronda de vocês. Quero que prestem o máximo de atenção a tudo o que virem e ouvirem, mas ao mesmo tempo é importante que pareçam relaxados.

Paige fez uma anotação mental. "Prestar o máximo de atenção, mas parecer relaxada."

– Se o paciente perceber que vocês estão tensos, *ele* também ficará, e é provável que pense que está morrendo de alguma doença que não querem lhe revelar.

"Não deixar os pacientes tensos."

– Lembrem-se, daqui por diante vocês serão responsáveis pelas vidas de outros seres humanos.

"Agora responsável por outras vidas. Oh, Deus!"

Quanto mais o Dr. Radnor falava, mais nervosa Paige se sentia, e quando ele terminou sua autoconfiança desaparecera por completo. "Não estou preparada para isso!", pensou ela. "Não sei o que estou fazendo. Quem disse que eu podia ser médica? E se eu matar alguém?"

O Dr. Radnor continuava a falar:

– Esperarei anotações detalhadas sobre cada um de seus pacientes... exames de laboratório, sangue, eletros, tudo. Entendido?

Houve murmúrios de "Sim, doutor".

– Há sempre de trinta a quarenta pacientes cirúrgicos aqui ao mesmo tempo. A função de vocês é providenciar para que tudo esteja bem organizado para eles. Começaremos a ronda da manhã agora. À tarde, tornaremos a fazer a mesma ronda.

TUDO PARECIA muito fácil na faculdade de medicina. Paige pensou nos quatro anos que passara ali. Eram 150 alunos, e apenas 15 mulheres. Jamais esqueceria o primeiro dia do curso de anatomia macroscópica. Os estudantes entraram numa sala grande, de ladrilhos brancos, com vinte mesas em fileiras, cada uma coberta por um lençol amarelo. Foram designados cinco estudantes para cada mesa.

O professor dissera "Muito bem, retirem os lençóis". E ali, na frente de Paige, estava seu primeiro cadáver. Ficara com medo de desmaiar ou vomitar, mas acabara se sentindo estranhamente calma. O cadáver fora preservado, o que de alguma for a o deixava a um passo da humanidade.

No início, os estudantes mantinham-se silenciosos e respeitosos no laboratório de anatomia. Mas uma semana depois – e Paige achara incrível – já comiam sanduíches durante as dissecações, e diziam piadas grosseiras. Era uma forma de defesa, uma negação da própria mortalidade. Davam nomes aos cadáveres e tratavam-nos como velhos amigos. Paige tentara se forçar a agir com a mesma descontração dos outros estudantes, mas descobrira ser muito difícil. Olhava para o cadáver em que trabalhava e pensava: "Este homem teve um lar e uma família. Ia a um escritório todos os dias, e uma vez por ano tirava férias com a mulher e os filhos. Provavelmente adorava esportes, gostava de cinema e teatro, ria e chorava, enquanto via os filhos crescendo, partilhando suas alegrias e tristezas, e acalentou sonhos grandes e maravilhosos. Espero que todos tenham se concretizado..." Um pesar a dominava, porque ele estava morto e *ela* se encontrava viva.

Com o tempo, até mesmo para Paige, as dissecações se transformaram em rotina. "Abra o peito, examine as costelas, pulmões, o pericárdio que cobre o coração, as veias, artérias, nervos."

Grande parte dos dois primeiros anos na faculdade de medicina fora consumida a memorizar longas listas, a que os estudantes se referiam como Recital dos Órgãos. Primeiro, os nervos cranianos: olfativo, ótico, motor-ocular, troclear, trigeminal, abducente, facial, auditivo, glossofaríngeo, vago, espinhal e hipoglosso.

Os estudantes recorriam a auxílios mnemônicos para a se lembrarem. O clássico era "O olímpico monte tinha torre, a frente austera gloriosa vive eterna hoje". A versão masculina moderna era "Oh, oh, meter tudo também à frente até gozar, vagina enorme hoje".

Os últimos dois anos da faculdade de medicina foram mais interessantes, com cursos de medicina interna, cirurgia, pediatria e obstetrícia, além de trabalharem no hospital local. "Lembro da ocasião...", Paige estava pensando.

– Dra. Taylor...

O residente sênior a fitava. Paige saiu de seus devaneios com um sobressalto. Os outros já se afastavam pelo corredor.

– Estou indo – murmurou ela.

A PRIMEIRA PARADA foi numa enfermaria grande, retangular, com fileiras de camas nos lados, uma mesinha ao lado de cada uma. Paige esperava ver cortinas separando os leitos, mas não havia qualquer privacidade.

O primeiro paciente era um homem idoso, com a pele amarelada. Estava num sono profundo, a respiração pesada. O Dr. Radnor foi até o pé da cama, estudou a ficha pendurada ali, depois foi para o lado da cama, tocou no ombro do paciente, gentilmente.

– Sr. Potter?

O paciente abriu os olhos.

– Hein?

– Bom dia. Sou o Dr. Radnor. Estou apenas verificando como se sente. Teve uma noite confortável?

– Tive.

– Sente alguma dor?

– Sinto. Meu peito dói.

– Deixe-me dar uma olhada.

Depois de concluir o exame, o Dr. Radnor disse:

– Está indo bem. Mandarei a enfermeira lhe dar alguma coisa para a dor.

– Obrigado, doutor.

– Voltaremos a vê-lo esta tarde.

Afastaram-se da cama. O Dr. Radnor virou-se para os assistentes.

– Sempre tentem fazer perguntas que tenham um sim ou não como resposta, a fim de que os pacientes não se cansem. E tranquilizem-no sobre sua melhora. Quero que estudem sua ficha e façam anotações. Voltaremos aqui esta tarde para verificar como ele está. Mantenham um registro atualizado do problema principal de cada paciente, doença atual, doenças passadas, histórico familiar, histórico social. Ele bebe, fuma? Quando fizermos a ronda de novo, esperarei um relatório sobre o progresso de cada paciente.

Passaram para o leito do paciente seguinte, um homem na casa dos 40 anos.

– Bom dia, Sr. Rawlings.

– Bom dia, doutor.

– Sente-se melhor esta manhã?

– Não estou muito bem. Fiquei acordado grande parte da noite. Meu estômago dói.

O Dr. Radnor virou-se para o residente sênior.

– O que a proctoscopia mostrou?

– Nenhum sinal de qualquer problema.

– Dê-lhe um enema de bário e uma GI superior, *stat*.

O residente sênior escreveu uma anotação.

O residente parado ao lado de Paige sussurrou em seu ouvido:

– Acho que sabe o que significa *stat*. "Sacuda também a tromba."

O Dr. Radnor ouviu.

– *Stat* vem do latim, *statim*. Imediatamente.

Nos anos subsequentes, Paige ouviria a palavra com frequência.

A paciente seguinte era uma mulher idosa, que fizera uma cirurgia de ponte de safena.

– Bom dia, Sra. Turkel.

– Por quanto tempo vai me manter aqui?

– Não muito mais. A cirurgia foi um sucesso. Irá para casa em breve.

Passaram para o paciente seguinte.

A rotina se repetiu, e a manhã correu depressa. Viram trinta pacientes. Depois de cada um, os residentes, frenéticos, escreviam anotações, rezando para serem capazes de decifrá-las mais tarde.

Uma paciente se revelou um enigma para Paige. Ela parecia gozar de perfeita saúde. Depois que se afastaram, Paige perguntou:

– Qual é o problema dela, doutor?

O Dr. Radnor suspirou.

– Ela não tem nenhum problema. É uma *gomer*. E para aqueles que esqueceram o que aprenderam na faculdade de medicina, *gomer* significa "*Get out of my emergency room!*" (Caia fora da minha sala de emergência). *Gomers* são pessoas que *gostam* de ter problemas de saúde. É um passatempo. Já a internei seis vezes no último ano.

Foram para a última paciente, uma senhora idosa num respirador, em coma.

– Ela sofreu um ataque cardíaco fulminante – explicou o Dr. Radnor aos residentes. – Está em coma há seis semanas. Os sinais vitais entraram em colapso. Não há mais nada que possamos fazer por ela. Vamos desligar os aparelhos esta tarde.

Paige ficou chocada.

– Desligar os aparelhos?

O Dr. Radnor acrescentou, gentilmente:

– O comitê de ética do hospital tomou a decisão esta manhã. Ela é um vegetal. Tem 87 anos e sofreu morte cerebral. É cruel mantê-la viva, e está onerando demais a família financeiramente. Tornarei a vê-los na ronda desta tarde.

Os residentes observaram-no se afastar. Paige tornou a olhar para a paciente. Estava viva. "Dentro de poucas horas estará morta. Vão desligar os aparelhos esta tarde. Isto é assassinato!", pensou Paige.

3

Naquela tarde, quando a ronda terminou, os novos residentes se reuniram na pequena sala de descanso dos médicos. Tinha oito mesas, um aparelho de televisão antigo, em preto e branco, e duas máquinas automáticas que ofereciam sanduíches velhos e café amargo.

As conversas em torno de cada mesa eram quase idênticas. Um dos residentes disse:

– Pode dar uma olhada em minha garganta? Não está em carne viva?

– Acho que tenho febre. Sinto-me muito mal.

– Meu abdômen ficou inchado e sensível. Sei que tenho apendicite.

– Sinto uma dor intensa no peito. Espero que não seja um infarto.

Kat sentou-se a uma mesa com Paige e Honey.

– Como foi o dia de vocês? – indagou ela.

– Correu tudo bem – respondeu Honey.

As duas olharam para Paige.

– Fiquei tensa, mas mantive a calma. Senti o maior nervosismo, mas me controlei. – Paige suspirou. – Foi um longo dia. Ficarei contente em sair e me divertir um pouco esta noite.

– Eu também – declarou Kat. – Por que não jantamos e depois vamos ao cinema?

– Uma boa ideia.

Um servente aproximou-se da mesa.

– Dra. Taylor?

Paige levantou os olhos.

– Sou a Dra. Taylor.

– O Dr. Wallace gostaria de lhe falar em seu gabinete.

O administrador do hospital! "O que eu fiz?", especulou Paige. O servente continuava a esperar.

– Dra. Taylor...

– Já estou indo. – Ela respirou fundo, levantou-se. – Vejo vocês mais tarde.

– Por aqui, doutora.

Paige seguiu o servente para um elevador, desceram ao quinto andar, onde ficava o gabinete do Dr. Wallace.

Benjamin Wallace estava sentado a sua mesa. Levantou o rosto quando Paige entrou na sala.

– Boa tarde, Dra. Taylor.

– Boa tarde.

Wallace limpou a garganta.

– Seu primeiro dia e já causou uma impressão e tanto!

Paige fitou-o, perplexa.

– Eu... não compreendo.

– Ouvi dizer que teve um probleminha no vestiário dos médicos esta manhã.

– Hã... – "Então era esse todo o problema!"

Wallace sorriu.

– Terei de providenciar arranjos especiais para você e as outras garotas.

– Nós... – "Nós não somos garotas", era o que Paige já ia dizer. – Ficaríamos gratas.

– Enquanto isso, se não quiser trocar de roupa junto com as enfermeiras...

– Não sou enfermeira – declarou Paige, a voz firme. – Sou médica.

– Claro, claro. Muito bem, providenciaremos acomodações especiais, doutora.

– Obrigada.

Ele estendeu um papel para Paige.

– Aqui está sua agenda. Ficará de plantão nas próximas 24 horas, a partir das 18 horas de hoje. – Wallace olhou para o relógio. – Ou seja, daqui a 30 minutos.

Paige o fitava num espanto total. Seu dia começara às 5h30 daquela manhã. "Vinte e quatro horas?"

– Para ser mais preciso, serão 36, porque voltará às rondas assim que sair do plantão.

"Trinta e seis horas! Não sei se conseguirei aguentar."

Ela descobriria em breve.

PAIGE FOI PROCURAR Kat e Honey.

– Terei de esquecer o jantar e o cinema – avisou ela. – Estou de plantão por 36 horas.

Kat balançou a cabeça.

– Acabamos de receber a má notícia. Eu entro amanhã, e Honey na quarta-feira.

– Não será tão ruim assim – comentou Paige, jovial. – Soube que há um quarto para o pessoal de plantão dormir. Vou gostar disso.

Ela estava enganada.

UM SERVENTE conduzia Paige por um corredor comprido.

– O Dr. Wallace me disse que ficarei de plantão por 36 horas – comentou Paige. – Todos os residentes dão plantões assim?

– Só nos três primeiros anos – respondeu o servente.
"Ótimo!"
– Mas terá muitas ocasiões para descansar, doutora.
– É mesmo?
– Aqui. Este é o quarto do plantão.
Ele abriu a porta e Paige entrou. O quarto parecia uma cela de monge, no mosteiro mais pobre do mundo. Continha apenas uma cama, com um colchão todo encaroçado, uma pia rachada, e uma mesinha de cabeceira, com um telefone em cima.
– Pode dormir aqui nos intervalos entre as chamadas.
– Obrigada.

AS CHAMADAS começaram quando Paige se encontrava na cantina, prestes a começar a jantar.
– Dra. Taylor... SE 3... Dra. Taylor... SE 3.
– Temos um paciente com uma costela fraturada...
– O Sr. Henegan se queixa de dores no peito...
– O paciente na Enfermaria 2 está com dor de cabeça. Podemos lhe dar um Acetaminofen?
À meia-noite, Paige mal pegara no sono quando foi despertada pelo telefone.
– Compareça à SE 2.
Era um ferimento a faca, e já era 1h30 quando Paige terminou de cuidá-lo. Foi acordada de novo às 2h15.
– Dra. Taylor... Sala de Emergência 2. Stat.
Paige balbuciou, tonta de sono:
– Certo.
"O que foi mesmo que ele disse que significava? Sacuda também a tromba." Ela fez um esforço para se levantar, atravessou o corredor para a sala de emergência. Um paciente chegara com a perna quebrada. Gritava de dor.
– Providencie a radiografia – ordenou Paige. – E dê-lhe Demerol, 50 miligramas.
Ela pôs a mão no braço do paciente.
– Vai ficar bom. Tente relaxar.

Uma voz metálica e desencarnada saiu pelo sistema de alto-falantes.

– Dra. Taylor... Enfermaria 3. Stat.

Paige olhou para o paciente gemendo, relutante em deixá-lo. A voz soou outra vez:

– Dra. Taylor... Enfermaria 3. Stat.

– Já estou indo – murmurou Paige.

Ela saiu apressada da Sala de Emergência, seguiu pelo corredor a caminho da Enfermaria 3. Um paciente vomitara, aspirara, e ficara sufocado.

– Ele não consegue respirar – disse a enfermeira.

– Faça uma sucção – ordenou Paige.

Enquanto ela observava o paciente recomeçar a respirar, ouviu seu nome de novo pelo sistema de alto-falantes:

– Dra. Taylor... Enfermaria 4.

Paige balançou a cabeça, correu para a Enfermaria 4, ao encontro de um paciente gritando com espasmos abdominais. Ela fez um exame rápido.

– Pode ser uma disfunção intestinal. Providencie um ultrassom.

Quando voltou ao paciente com a perna quebrada, o analgésico já surtira efeito. Mandou levá-lo para a sala de cirurgia, endireitou a perna. No momento em que terminava, ouviu seu nome de novo:

– Dra. Taylor, apresente-se na Sala de Emergência 2. Stat.

– A úlcera no estômago na Enfermaria 4 está com dor...

Às 3h30:

– Dra. Taylor, o paciente no quarto 310 está com hemorragia...

Houve um ataque cardíaco numa enfermaria, e Paige escutava os batimentos cardíacos do paciente, no maior nervosismo, quando seu nome saiu mais uma vez pelo sistema de alto-falantes:

– Dra. Taylor... SE 2. Stat. Dra. Taylor... SE 2. Stat.

"Não devo entrar em pânico", pensou Paige. "Tenho de me manter calma e controlada." Ela entrou em pânico. Quem era mais importante, o paciente que examinava ou o paciente seguinte?

– Fique aqui – balbuciou ela. – Voltarei num instante.

Enquanto seguia apressada para a Sala de Emergência 2, Paige ouviu seu nome ser chamado:

– Dra. Taylor... SE 1. Stat. Dra. Taylor... SE 1. Stat.

"Oh, Deus!", pensou Paige. A sensação era a de que se encontrava num pesadelo terrível e interminável.

DURANTE O QUE restava da noite, Paige foi acordada para atender a um caso de intoxicação alimentar, um braço quebrado, uma hérnia de hiato e uma costela fraturada. Ao cambalear de volta para o quarto do plantão, sentia-se tão exausta que mal conseguia se mexer. Arriou na cama, e começava a pegar no sono quando o telefone tocou. Estendeu a mão, os olhos fechados.

– Alô...

– Dra. Taylor, estamos à sua espera.

– Como?

Ela continuou deitada, fazendo um esforço para se lembrar qual era o lugar em que estava.

– Suas rondas vão começar, doutora.

– Minhas rondas?

"Só pode ser alguma piada de mau gosto", pensou Paige. "É desumano. Não podem obrigar ninguém a trabalhar assim." Mas estavam à sua espera.

Dez minutos depois, Paige acompanhava a ronda, meio adormecida. Esbarrou no Dr. Radnor.

– Desculpe, mas quase não dormi...

Ele bateu de leve em seu ombro, compreensivo.

– Vai acabar se acostumando.

Quando Paige finalmente saiu do plantão, dormiu por 14 horas seguidas.

A PRESSÃO intensa e os plantões exaustivos provaram ser demais para alguns residentes, que simplesmente desapareceram do hospital. "Isso não vai acontecer comigo", jurou Paige.

A pressão era incessante. Ao final de um dos plantões de Paige, 36 horas extenuantes, sentia-se tão cansada que não tinha a menor ideia de onde se encontrava. Cambaleou para o elevador, ficou imóvel, atordoada. Tom Chang se aproximou.

– Você está bem?

– Estou – balbuciou Paige.

Ele sorriu.

– Parece ótima.

– Obrigada. Por que fazem isso conosco?

Chang deu de ombros.

– A teoria é que isso nos mantém em contato com os pacientes. Se vamos para casa, e os deixamos, não sabemos o que acontece com eles durante nossa ausência.

Paige balançou a cabeça.

– Faz sentido. – Não fazia o menor sentido. – Como podemos cuidar deles se estamos sempre dormindo em pé?

Chang tornou a dar de ombros.

– Não faço as regras. É assim que todos os hospitais funcionam. – Ele examinou Paige mais atentamente. – Vai conseguir chegar em casa?

Paige fitou-o, altiva.

– Claro.

– Cuide-se.

Chang afastou-se pelo corredor. Paige esperou pelo elevador. Quando finalmente chegou, ela caíra num sono profundo, de pé.

DOIS DIAS DEPOIS, Paige tomava café da manhã com Kat.

– Quer ouvir uma terrível confissão? – disse ela. – As vezes, quando me acordam às 4 horas para dar uma aspirina a alguém e saio cambaleando pelo corredor, apenas meio consciente, e passo pelos quartos em que os pacientes se encontram bem acomodados, tendo uma boa noite de sono, sinto vontade de bater nas portas e gritar "Acorda todo mundo!".

Kat estendeu a mão.

– O mesmo acontece comigo. Junte-se ao clube.

OS PACIENTES apareciam em todas as formas, tamanhos, idades e cores. Mostravam-se assustados, corajosos, gentis, arrogantes, exigentes, corteses. Eram seres humanos no sofrimento.

Quase todos os médicos eram dedicados. Como em qualquer profissão, havia bons médicos e maus médicos. Uns poucos, em uma ou outra ocasião, passaram cantadas em Paige. Alguns foram sutis, outros grosseiros.

– Nunca se sente solitária à noite? Eu me sinto, e pensei..

– Essas horas são terríveis, não é mesmo? Sabe o que descobri que me proporciona energia? Um bom sexo. Por que nós não. . ?

– Minha mulher viajou por alguns dias. Tenho uma cabana perto de Carmel. Poderíamos aproveitar este fim de semana...

E os pacientes.

– Então é minha médica, hein? Sabe o que poderia me curar?

– Chegue mais perto da cama, meu bem. Quero ver se esses peitos são de verdade...

Paige rangia os dentes, ignorava a todos. "Quando Alfred e eu nos casarmos, isto vai parar." E só de pensar em Alfred ela se sentia reanimada. Ele voltaria da África em breve. *Muito em breve.*

CERTA MANHÃ, antes da ronda, Paige e Kat conversaram sobre o assédio sexual que vinham experimentando.

– A maioria dos médicos se comporta como perfeitos cavalheiros, mas uns poucos parecem pensar que somos acessórios que acompanham seus territórios, e que estamos aqui para servi-los – comentou Kat. – Creio que não se passa uma semana sem que um médico me passe uma cantada. "Por que não vamos tomar um drinque no meu apartamento? Tenho alguns CDs sensacionais." Ou na sala de cirurgia, quando estou assistindo, o cirurgião dá um jeito de roçar o braço por meu seio Um idiota me disse: "Sempre que peço frango, prefiro a carne escura."

Paige suspirou.

– Eles pensam que nos lisonjeiam ao nos tratarem como objetos sexuais. Preferia que nos tratassem como médicas.

– Muitos nem mesmo nos querem aqui. Ou querem nos comer, ou querem nos comer. Não é justo. As mulheres são julgadas inferiores até provarem o contrário, e os homens são julgados superiores até provarem que são babacas.

– É o clube dos homens – disse Paige. – Se houvesse mais de nós, poderíamos criar o clube das mulheres.

PAIGE JÁ OUVIRA falar de Arthur Kane. Era o tema de constantes conversas no hospital. Seu apelido era Doutor 007: com licença para matar. Sua solução para todos os problemas era operar, e tinha uma média de cirurgias superior à de qualquer outro médico no hospital. Também tinha uma média de mortalidade mais alta.

Era calvo, baixo, nariz adunco, os dentes manchados de nicotina, com excesso de peso. Por mais incrível que pudesse parecer, imaginava-se irresistível. Gostava de se referir às novas enfermeiras e médicas residentes como "carne fresca".

Paige Taylor era carne fresca. Ele a viu na sala de descanso lá em cima, e sentou à sua mesa sem ser convidado.

– Tenho andado de olho em você.

Paige fitou-o, surpresa.

– Como?

– Sou o Dr. Kane. Os amigos me chamam de Arthur.

Havia uma certa insinuação em sua voz. E Paige se perguntou quantos amigos ele teria.

– Como está se saindo por aqui?

A pergunta pegou Paige desprevenida.

– Eu... acho que estou indo bem.

Kane inclinou-se para a frente.

– Este é um hospital grande. É fácil se perder aqui. Entende o que estou querendo dizer?

Paige respondeu, cautelosa:

– Não exatamente.

– Você é muito bonita para ser apenas outro rosto na multidão. Se quiser chegar a algum lugar aqui, precisa de alguém para ajudá-la. Alguém que conheça bem as circunstâncias.

A conversa se tornava cada vez mais desagradável.

– E você gostaria de me ajudar.

– Isso mesmo. – Ele mostrou os dentes manchados de nicotina. – Por que não conversamos sobre isso durante o jantar?

– Não há nada para conversar – respondeu Paige. – Não estou interessada.

Arthur Kane observou Paige se levantar e se afastar, e havia uma expressão insidiosa em seu rosto.

Os residentes cirúrgicos do primeiro ano tinham uma agenda rotativa de dois meses, alternando entre obstetrícia, ortopedia, urologia e cirurgia.

Paige aprendeu que era perigoso se internar num hospital de treinamento no verão, por qualquer doença mais grave, porque muitos dos médicos da equipe permanente saíam em férias e os pacientes ficavam à mercê dos jovens e inexperientes residentes.

Quase todos os cirurgiões gostavam de ter música na sala de cirurgia. Um dos médicos tinha o apelido de Mozart, e o outro era Axel Rose, por causa de suas preferências musicais.

Por algum motivo, as cirurgias sempre pareciam deixar todos famintos. Falavam constantemente de comida. Um cirurgião comentava, enquanto removia a vesícula gangrenada de um paciente:

– Tive um jantar maravilhoso ontem à noite no Bardelli's. A melhor comida italiana de São Francisco.

– Já comeram as casquinhas de siri do Cypress Club?

– Se gostam de carne, experimentem a House of Prime Rib, lá na Van Ness.

Enquanto isso, uma enfermeira enxugava o sangue nas entranhas do paciente.

Quando não discutiam sobre comida, os médicos falavam sobre beisebol e futebol americano.

– Viu o jogo do Forty-Niners no último domingo? Aposto que eles vão sentir falta de Joe Montana. Ele sempre os salvava nos últimos dois minutos de jogo.

E saía do paciente um apêndice supurado.

"Kafka", pensava Paige. "Kafka teria adorado isto."

ÀS 3 HORAS, quando dormia no quarto do plantão, Paige foi acordada pelo telefone. Uma voz ríspida disse:

– Dra. Taylor, quarto 419, um paciente de ataque cardíaco. Terá de se apressar.

A linha ficou muda. Paige sentou-se na beira da cama, lutando contra o sono, levantou-se, trôpega. "Tem de se apressar!" Ela saiu para o corredor mas não havia tempo de esperar pelo elevador. Desceu correndo pela escada para o quarto andar, avançou apressada pelo corredor até o quarto 419, o coração batendo forte. Abriu a porta e parou, atordoada.

O 419 era um depósito.

KAT HUNTER fazia sua ronda com o Dr. Richard Hutton. Ele estava na casa dos 40 anos, era brusco e apressado. Não passava mais do que dois ou três minutos com cada paciente, examinava as fichas, gritava ordens rápidas para os residentes cirúrgicos.

– Verifiquem a hemoglobina e marquem a cirurgia para amanhã...

– Fiquem atentos à temperatura...

– Comparem quatro unidades de sangue...

– Retirem estes pontos...

– Providenciem radiografias do tórax...

Kat e os outros residentes se esforçavam para tomar anotações de tudo, tentando com afinco acompanhar seu ritmo.

Aproximaram-se de um paciente que se encontrava no hospital há uma semana, e fora submetido a uma bateria de exames por febre alta, sem resultados conclusivos. Quando saíram para o corredor, Kat perguntou:

– O que há com ele?

– É um SDS – informou um residente. – Só Deus sabe. Fizemos radiografias, tomografias, ultrassonografias, punção espinhal, biópsia do fígado. Tudo. Não sabemos o que há de errado com ele.

Foram para uma enfermaria em que um jovem paciente dormia, a cabeça enfaixada, depois de uma cirurgia. Enquanto o Dr. Hutton começava a remover as ataduras, o paciente despertou, sobressaltado.

– O que... o que está acontecendo?

– Sente-se – ordenou o Dr. Hutton, em tom brusco.

O jovem começou a tremer.

"Nunca tratarei meus pacientes assim", jurou Kat.

O paciente seguinte era um homem de aparência saudável, na casa dos 70 anos. Assim que o Dr. Hutton aproximou-se da cama, o paciente berrou:

– *Gonzo!* Vou processá-lo seu filho da puta nojento!

– Ora, Sr. Sparolini...

– Não me venha com essa de Sr. Sparolini! Você me transformou num eunuco!

"É um oxímoro", pensou Kat.

– Sr. Sparolini, concordou em fazer a vasectomia e...

– Foi ideia da minha mulher, aquela vaca miserável! Espere só até eu chegar em casa!

Deixaram-no falando sozinho.

– Qual é o problema dele? – perguntou um dos residentes.

– Seu problema é ser um bode velho cheio de tesão. A jovem esposa já tem seis filhos, e não quer mais nenhum.

A PACIENTE seguinte era uma menina de 10 anos. O Dr. Hutton examinou sua ficha.

– Vamos ter de lhe dar uma injeção para afugentar o bicho-papão.

Uma enfermeira encheu uma seringa, adiantou-se para a menina

– Não! – gritou ela. – Você vai me machucar!

– Não vai doer, meu bem – garantiu a enfermeira.

AS PALAVRAS ressoaram sinistras na mente de Kat.

Não vai doer, meu bem... Era a voz do padrasto, sussurrando-lhe no escuro assustador.

– Vai achar gostoso. Abra as pernas. Vamos, sua sacana!

E ele abrira suas pernas à força, penetrara-a, com a mão em sua boca, para impedi-la de gritar na dor. Tinha 13 anos. Depois daquela noite, as visitas do padrasto tornaram-se um aterrador ritual noturno.

– Tem sorte de contar com um homem como eu para lhe ensinar a foder – dizia ele. – Sabe o que significa uma Kat? Uma boceta pequena. E eu quero comê-la.

O padrasto se jogava em cima dela, imobilizava-a, não havia choro ou súplica que o fizesse parar.

Kat jamais conhecera o pai. A mãe era faxineira e trabalhava à noite, num prédio de escritórios perto de seu pequeno apartamento, em Gary, Indiana. O padrasto era um homem enorme, ferido num acidente numa usina siderúrgica, e que por isso passava a maior parte do tempo em casa, bebendo. De noite, quando a mulher saía para o trabalho, ele entrava no quarto de Kat.

– Eu a matarei se disser qualquer coisa à sua mãe ou a seu irmão – ameaçava ele.

"Não posso deixar que ele machuque Mike", pensava Kat. O irmão era 5 anos mais novo, e Kat o adorava.Tratava-o como seu filho, protegia-o, travava batalhas por ele. Era a única claridade na vida de Kat.

Certa manhã, apesar de apavorada pelas ameaças do padrasto, Kat decidira que tinha de contar à mãe o que estava acontecendo. A mãe acabaria com aquilo, haveria de protegê-la.

– Mamãe, seu marido vai para minha cama de noite, assim que você sai de casa, ele vai para dentro de mim.

A mãe a fitara aturdida por um momento, e depois a esbofeteara com toda força.

– Nunca mais ouse inventar mentiras assim, sua vagabunda!

Kat não tornara a tocar no assunto. E só continuara em casa por causa de Mike. "Ele estaria perdido sem mim", pensava ela. Mas no dia em que descobrira que estava grávida ela fugira de casa, para viver com a tia, em Minneapolis.

NO DIA EM QUE Kat fugiu de casa, sua vida mudou por completo.

– Não precisa me contar o que aconteceu – dissera tia Sophie. – Mas daqui por diante, você vai parar de fugir. Conhece aquela canção de *Vila Sésamo*, *Não é fácil ser verde*? Pois também não é fácil ser negra, meu bem. Você tem duas opções. Pode continuar a fugir e se esconder, culpando o mundo por seus problemas, ou pode ficar de pé sozinha e decidir ser alguém importante.

– Como posso fazer isso?

– *Sabendo* que é importante. Primeiro, você projeta em sua mente uma imagem de quem você quer ser, criança, e do que quer ser. E depois se põe a trabalhar, para se *tornar* essa pessoa.

– Não vou ter essa criança – decidira Kat. – Quero um aborto.

O aborto foi arranjado com toda discrição, num fim de semana, realizado por uma parteira que era amiga da tia de Kat. Quando acabou, Kat pensara, determinada: "Nunca mais deixarei que um homem me toque! Nunca mais!"

MINNEAPOLIS fora uma terra de encantamento para Kat. A poucos quarteirões de quase todas as casas, havia lagos, regatos e rios. E havia mais de 4 mil hectares de parques e jardins. Ela velejava nos parques da cidade, fazia passeios de barca pelo Mississippi.

Visitava o zoológico com tia Sophie, passava domingos no parque de diversões Valleyfair. Divertia-se em passeios em carroças de feno na Cedar Creek Farm, e assistia a cavaleiros em armaduras participando de justas no Festival do Renascimento Shakopee.

Tia Sophie observava Kat, e pensava: "A garota nunca teve infância."

Kat aprendia a se divertir, mas tia Sophie sentia que lá no fundo havia um lugar que ninguém podia alcançar, uma barreira que ela erguera para que não a magoassem de novo.

Fizera amizades na escola. Mas nunca com meninos. Todas as amigas tinham namorados, mas Kat era solitária, orgulhosa demais para contar a alguém por quê. Venerava a tia, por quem sentia o mais profundo amor.

Nunca se interessara muito pela escola, nem por livros, mas tia Sophie mudara tudo. Sua casa era cheia de livros, e o entusiasmo de Sophie por eles era contagiante.

– Há mundos maravilhosos nos livros – dizia ela a Kat. – Leia, e saberá de onde vem, para onde vai. Tenho o pressentimento de que você será famosa um dia, meu bem. Mas para isso terá de estudar primeiro. Estamos na América. Pode se tornar qualquer pessoa que quiser ser. Pode ser negra e pobre agora, mas assim também eram algumas de nossas congressistas, estrelas de cinema, cientistas e grandes atletas. Um dia ainda teremos um presidente negro. Pode ser qualquer coisa que quiser. Só depende de você.

Fora o começo.

KAT SE TORNARA a melhor aluna de sua turma. Era uma ávida leitora. Um dia, na biblioteca da escola, pegara por acaso um exemplar de *O doutor Arrowsmith*, de Sinclair Lewis, e ficara fascinada pela história do jovem e dedicado médico. Lera *Promises to Keep*, de Agnes Cooper, e *Woman Surgeon*, da Dra. Else Roe, e todo um mundo novo se abrira para Kat. Descobrira que havia pessoas neste mundo que se devotavam a ajudar os outros, a salvar vidas. Um dia, ao voltar da escola, Kat anunciara para tia Sophie:

– Vou ser médica. E famosa.

4

Na manhã de segunda-feira, três fichas de pacientes de Paige haviam desaparecido, e ela foi culpada por isso.

Na quarta-feira, Paige foi despertada às 4 horas, no quarto do plantão. Sonolenta, atendeu ao telefone.

– Dra. Taylor.

Silêncio.

– Alô? Alô?

Dava para ouvir a respiração no outro lado da linha. E depois houve um clique.

Paige passou o resto da noite acordada.

Pela manhã, comentou para Kat:

– Ou estou ficando paranoica, ou alguém me odeia.

Ela contou o que acontecera.

– Há pacientes que de vez em quando guardam ressentimentos contra médicos – sugeriu Kat. – Pode se lembrar de alguém que... ?

Paige suspirou.

– Dezenas.

– Tenho certeza que não há motivo para se preocupar.

Paige desejou poder acreditar nisso.

AO FINAL DO verão, o telegrama mágico chegou. Esperava por Paige quando ela voltou ao apartamento, tarde da noite. Dizia: "Chego São Francisco meio-dia domingo. Ansioso por vê-la. Amor, Alfred."

Ele finalmente voltara para ela! Paige leu o telegrama muitas vezes, sua emoção aumentando a cada uma. "Alfred!" Seu nome conjurava um caleidoscópio de lembranças emocionantes...

PAIGE E ALFRED haviam crescido juntos. Seus pais integravam uma equipe médica da OMS, que viajava por países do Terceiro Mundo, combatendo doenças exóticas e virulentas. Paige e a mãe acompanhavam o Dr. Taylor, que era o chefe da equipe.

Paige e Alfred tiveram uma infância de fantasia. Na Índia, Paige aprendera a falar hindi. Aos 2 anos, sabia que o nome para a cabana de bambu em que viviam era *basha*. O pai era um *gorashaib*, um homem branco, e ela era *nani*, a irmãzinha. Tratavam o pai de Paige como *abadhan*, o líder, ou *baba*, pai.

Quando os pais não estavam por perto, Paige tomava *bhanga*, uma bebida inebriante, feita com folhas de haxixe, e comia *chapati* com *ghi*.

E depois partiram para a África. A caminho de outra aventura!

Paige e Alfred se acostumaram a nadar em rios que tinham crocodilos e hipopótamos. Seus bichos de estimação eram filhotes de zebras, leopardos e cobras. Viviam em cabanas redondas, sem janelas, feitas de varas trançadas e cal, o chão de terra batida, e telhados cônicos de colmo. "Algum dia morarei numa casa de verdade", prometia Paige a si mesma, "um lindo chalé, com um gramado sempre verde e uma cerca branca de tábuas."

Para os médicos e enfermeiras, era uma vida difícil e frustrante. Mas para as duas crianças era uma constante aventura viver na terra dos leões, girafas e elefantes. Frequentavam escolas primitivas, construídas com blocos de concreto de cinzas, e tinham tutores particulares quando não havia escola disponível.

Paige era uma criança brilhante e sua mente parecia uma esponja, absorvendo tudo. Alfred a adorava.

– Vou me casar com você um dia, Paige – declarara ele quando tinha 14 anos, e ela 12.

– Também quero me casar com você, Alfred.

Eram duas crianças compenetradas, determinadas a passar o resto da vida juntas.

Os médicos da OMS eram altruístas, homens e mulheres dedicados, que devotavam suas vidas ao trabalho. Muitas vezes trabalhavam em circunstâncias quase insuportáveis. Na África, tinham de competir com os *wogesha* – os médicos nativos, cujos remédios primitivos eram passados de pai para filho com frequência tinham efeitos fatais. O tradicional remédio masai para ferimentos na carne era o *olkilorite*, uma mistura de sangue de boi, carne crua e essência de uma raiz misteriosa.

O remédio kikuyu para a varíola era mandar as crianças expulsarem a doença com varas.

– Devem parar com isso – insistia o Dr. Taylor. – Não adianta.

– Melhor do que deixar que espete nossa pele com suas agulhas afiadas – respondiam os nativos.

As enfermarias eram improvisadas sob árvores, e juntavam-se mesas para as cirurgias. Os médicos viam centenas de pacientes por dia, e havia sempre uma fila longa, esperando por uma consulta – leprosos, tuberculosos, nativos com coqueluche, varíola, disenteria.

Paige e Alfred eram inseparáveis. À medida que se tornavam mais velhos, iam ao mercado juntos, visitavam aldeias a quilômetros de distância. E conversavam sobre seus planos para o futuro.

A medicina fora parte integrante da infância de Paige. Aprendera a cuidar de pacientes, aplicar injeções, receitar medicamentos, e antecipava os meios de ajudar ao pai.

Paige amava o pai. Curt Taylor era o homem mais altruísta que já conhecera. Gostava sinceramente das pessoas, dedicava sua vida a ajudar os que precisavam de seus serviços, e incutira essa paixão na filha. Apesar das longas horas de trabalho, ainda conseguia encontrar tempo para passar com Paige. E tornava divertido o desconforto dos lugares primitivos em que viviam.

O relacionamento de Paige com a mãe era diferente. A mãe era uma beldade de família rica, de projeção social. Seu frio alheamento mantinha Paige a distância. Casar com um médico que ia trabalhar em lugares exóticos e distantes parecera-lhe romântico, mas a dura realidade a deixara amargurada. Não era uma mulher efusiva e afetuosa, e Paige tinha a impressão de que a mãe estava sempre se queixando.

– Por que tivemos de vir para este lugar esquecido de Deus, Curt?

– As pessoas aqui vivem como animais. Vamos contrair algumas de suas horríveis doenças.

– Por que não pode praticar a medicina nos Estados Unidos e ganhar dinheiro, como outros médicos?

E assim por diante.

Quanto mais a mãe o criticava, mais Paige adorava o pai.

Quando Paige tinha 15 anos, a mãe desaparecera, em companhia de um grande plantador de cacau no Brasil.

– Ela não vai voltar, não é? – perguntara Paige.

– Não, querida. Sinto muito.

– Estou contente!

Paige não tivera a intenção de dizer isso. Ressentira-se por constatar que a mãe se importava tão pouco com ela e com o pai que os abandonara.

A experiência a tornara ainda mais ligada a Alfred Turner. Sempre brincavam juntos, saíam em expedições, partilhavam sonhos.

– Também vou ser médico quando crescer – confidenciara Alfred. – Vamos nos casar, e viveremos juntos.

– E teremos uma porção de filhos!

– Claro. Se você quiser.

Na noite do 16º aniversário de Paige, a intimidade emocional vitalícia dos dois explodira para uma nova dimensão. Viviam numa pequena aldeia na África Oriental, e os pais haviam se ausentado numa emergência, uma epidemia. Paige, Alfred e um cozinheiro foram as únicas pessoas que ficaram no acampamento.

Jantaram e foram para a cama. No meio da noite, Paige fora despertada em sua barraca pela trovoada distante de um tropel de animais. Continuara deitada, e à medida que os minutos passavam, o barulho parecia mais próximo ela foi ficando assustada. A respiração se acelerara. Não havia como prever quando o pai e os outros voltariam.

Ela se levantara. A barraca de Alfred ficava a poucos passos de distância. Apavorada, Paige correra para a outra barraca

Ele estava dormindo.

– Alfred!

Ele sentara, desperto no mesmo instante.

– Paige? Algum problema?

– Estou com medo. Posso ficar com você na cama por um momento?

– Claro.

E ficaram deitados ali, escutando os animais passarem pelo mato. Em poucos minutos, o som começara a se desvanecer.

Alfred se tornara consciente do corpo quente de Paige, estendido ao seu lado.

– Paige, acho que é melhor você voltar para sua barraca.

Paige pudera sentir a dureza viril de Alfred se comprimindo contra seu corpo.

Todas as necessidades físicas que vinham se acumulando dentro dos dois afloraram à superfície, em turbilhão.

– Alfred...

– O que é?

A voz dele era rouca.

– Vamos nos casar, não é?

– Vamos.

– Então não tem problema.

E os sons da selva ao redor desapareceram, eles começaram a explorar e descobrir um mundo que ninguém jamais possuíra, a não ser os dois. Eram os primeiros amantes do mundo, e se deleitaram no milagre maravilhoso.

Ao amanhecer, Paige voltara para sua barraca e pensara feliz: "Sou uma mulher agora."

DE VEZ EM QUANDO, Curt Taylor sugeria que Paige devia voltar para os Estados Unidos e ir morar com o irmão dele, em sua linda casa em Deerfield, ao norte de Chicago.

– Por quê? – indagava Paige.

– Para que você possa crescer como moça respeitável.

– Já sou uma moça respeitável.

– Moças respeitáveis não provocam macacos selvagens, nem tentam montar em filhotes de zebras.

A resposta de Paige era sempre a mesma:

– Não vou deixá-lo.

QUANDO PAIGE tinha 17 anos, a equipe da OMS foi para uma aldeia no meio da selva, na África do Sul, a fim de combater uma epidemia de tifo. A situação se tornara ainda mais perigosa pouco depois da chegada dos médicos, pois irrompera uma guerra entre duas tribos locais. Curt Taylor fora orientado a ir embora.

– Não posso. Tenho pacientes que morrerão se eu os abandonar.

Quatro dias depois, a aldeia fora atacada. Paige e o pai se abrigaram em sua pequena cabana, escutando os gritos e tiros lá fora. Paige estava apavorada.

– Eles vão nos matar!

O pai a abraçara.

– Não nos farão mal, querida. Estamos aqui para ajudá-los. Sabem que somos seus amigos.

E ele tinha razão.

O chefe de uma das tribos entrara na cabana, com seus guerreiros.

– Não se preocupem. Vamos protegê-los.

E assim fizeram.

O combate finalmente cessara, mas pela manhã Curt Taylor tomara uma decisão.

Mandara uma mensagem para o irmão: Enviando Paige no próximo avião. Darei detalhes depois. Por favor; espere-a no aeroporto.

PAIGE FICARA furiosa ao saber da notícia. Fora levada, chorando desesperada, para o pequeno aeroporto de terra próximo, onde um Piper Club a esperava, para levá-la a uma cidade, onde poderia pegar um avião maior para Johannesburgo.

– Está me mandando embora porque quer se livrar de mim! – gritara ela.

O pai a abraçara.

– Eu a amo mais do que a qualquer outra coisa neste mundo, querida. Sentirei sua falta em cada minuto. Mas voltarei aos Estados Unidos em breve, e ficaremos juntos de novo.

– Promete?

– Prometo.

Alfred fora se despedir de Paige.

– Não se preocupe – dissera ele. – Irei buscá-la assim que puder. Vai esperar por mim?

Era uma pergunta tola, depois de tantos anos.

– Claro que sim.

TRÊS DIAS DEPOIS, quando o avião de Paige pousara no aeroporto O'Hare, em Chicago, seu tio Richard ali estava para recebê-la. Paige nunca o vira. Só sabia que era um homem de negócios muito rico, cuja esposa morrera anos antes.

– Ele é o bem-sucedido da família – sempre comentava o pai de Paige.

As primeiras palavras do tio a deixaram atordoada.

– Lamento ter de lhe dizer isso, Paige, mas acabei de receber a notícia de que seu pai foi morto num levante de nativos.

Todo o mundo de Paige desmoronara. A angústia fora tão intensa que ela pensara que não seria capaz de suportá-la. "Mas não deixarei que meu tio me veja chorando", decidira ela. "De jeito nenhum. Eu nunca deveria ter ido embora. Voltarei para lá."

Ao deixarem o aeroporto, Paige ficara olhando pela janela, observando o tráfego intenso.

– Detesto Chicago.

– Porque, Paige?

– É uma selva.

RICHARD NÃO permitira que Paige retornasse à África para o funeral do pai, o que a enfurecera. Ele tentara argumentar.

– Já enterraram seu pai, Paige. Não há sentido em voltar.

Mas havia um sentido: "Alfred ainda estava na África."

POUCOS DIAS depois da chegada de Paige, o tio sentara com ela para conversarem sobre seu futuro.

– Não há o que conversar – declarara Paige. – Vou ser médica.

Aos 21 anos, quando concluíra o colégio, Paige se candidatara a dez faculdades de medicina, e fora aceita por todas. Escolhera uma faculdade em Boston.

Levara dois dias para entrar em contato com Alfred pelo telefone, no Zaire, onde ele trabalhava com uma unidade da OMS. Quando Paige lhe dera a notícia, ele dissera:

– Isso é maravilhoso, querida. Estou quase terminando meu curso de medicina. Passarei mais algum tempo com a OMS, mas dentro de poucos anos estaremos trabalhando juntos.

Juntos. A palavra mágica.

– Paige, estou ansioso para vê-la. Se conseguir tirar alguns dias de folga, poderia se encontrar comigo no Havaí?

Não houvera a menor hesitação.

– Darei um jeito.

E ambos deram um jeito. Mais tarde, Paige só pudera imaginar como devia ter sido difícil para Alfred realizar a longa viagem, mas ele nunca mencionara o assunto.

Passaram três dias incríveis num pequeno hotel no Havaí, chamado Sunny Cove, e fora como se nunca tivessem se separado. Paige queria demais pedir a Alfred que voltasse com ela para Boston, mas sabia que seria egoísmo de sua parte. O trabalho que ele fazia na África era muito mais importante.

No último dia juntos, enquanto se vestiam, Paige perguntara:

– Para onde vão mandá-lo agora, Alfred?

– Gâmbia. Ou talvez Bangladesh.

"Para salvar vidas, ajudar aqueles que tão desesperadamente precisam dele." Paige o apertara com força, fechara os olhos. Não queria deixá-lo partir. Como se lesse seus pensamentos, Alfred dissera:

– Nunca deixarei que você se afaste de mim.

PAIGE INICIARA o curso de medicina e mantivera uma correspondência regular com Alfred. Não importava em que parte do mundo estivesse, ele sempre conseguia telefonar para Paige em seu aniversário e no Natal. Pouco antes do ano-novo, quando Paige estava no segundo ano da faculdade, Alfred telefonara.

– Paige?

– Querido! Onde você está?

– No Senegal. Calculei que são apenas 1.400 quilômetros para Sunny Cove.

Paige demorara um minuto para entender.

– Está querendo dizer...?

– Pode se encontrar comigo no Havaí para o ano-novo?

– Claro!

Alfred viajara por quase a metade do mundo para encontrá-la, e desta vez a magia fora ainda mais forte. O tempo parara para os dois.

– No próximo ano, estarei no comando de minha própria unidade da OMS – anunciara Alfred. – Quando você terminar a faculdade, poderemos nos casar...

Haviam conseguido se encontrar mais uma vez, e quando estavam separados, suas cartas cobriam o tempo e o espaço.

Durante todos aqueles anos, Alfred trabalhara como médico em países do Terceiro Mundo, como seu pai e o pai de Paige, fazendo o mesmo trabalho maravilhoso que os dois haviam realizado. E agora, finalmente, Alfred voltava para ela.

ENQUANTO LIA o telegrama de Alfred pela quinta vez, Paige pensou: "Ele está vindo para São Francisco!"

Kat e Honey dormiam em seus quartos. Paige acordou-as.

– Alfred está vindo para cá! Vai chegar no domingo!

– Maravilhoso – murmurou Kat. – Por que não me acorda no domingo? Acabei de me deitar.

Honey teve uma reação mais efusiva. Sentou-se na cama e disse:

– Mas isso é sensacional! Estou morrendo de vontade de conhecê-lo. Há quanto tempo você não o vê?

– Dois anos. Mas sempre permanecemos em contato.

– Você é uma mulher de sorte. – Kat suspirou. – Estamos todas acordadas agora. Vou fazer um café.

As três sentaram-se à mesa da cozinha.

– Por que não fazemos uma festa para Alfred? – sugeriu Honey. – Uma espécie de "Boas-vindas ao noivo"?

– É uma ótima idéia – concordou Kat.

– Será uma comemoração para valer... com bolo, balões... tudo!

– Faremos o jantar para ele aqui – propôs Honey.

Kat balançou a cabeça.

– Já provei sua comida. Encomendaremos o jantar fora.

Faltavam quatro dias para o domingo, e elas aproveitavam todos os momentos de folga para conversar sobre a chegada de Alfred. Por algum milagre, as três estavam de folga no domingo.

No sábado, Paige conseguiu ir a um salão de beleza. Saiu para fazer compras e se presenteou com um vestido novo.

– Estou bem com este vestido? Acham que ele vai gostar?

– Ficou sensacional! – assegurou Honey. – Espero que ele a mereça.

Paige sorriu.

– Eu é que espero merecê-lo. Vocês vão amá-lo. Ele é fantástico.

NO DOMINGO, elas arrumaram a mesa o almoço requintado que haviam encomendado, com uma garrafa de champanhe gelada. E ficaram esperando pela chegada de Alfred, na maior ansiedade.

A campainha tocou às 14 horas, e Paige correu para abrir a porta. Lá estava Alfred. Com uma aparência cansada, um pouco mais magro. Mas era o seu Alfred. Havia uma morena ao seu lado, que parecia estar na casa dos 30 anos.

– Paige! – exclamou Alfred.

Paige abraçou-o. Depois, virou-se para Honey e Kat e disse, orgulhosa:

– Este é Alfred Turner. Alfred, estas são minhas colegas de apartamento, Honey Taft e Kat Hunter.

– Prazer em conhecê-las. – Alfred virou-se para a mulher ao seu lado. – E esta é Karen Turner. Minha esposa.

As três mulheres ficaram congeladas.

– Esposa? – balbuciou Paige.

– Isso mesmo. – Ele franziu o rosto. – Você não... não recebeu minha última carta?

– Carta?

– Mandei há várias semanas

– Não...

– Oh... Sinto muito. Expliquei tudo na carta... mas se não recebeu... – A voz dele murchou. – Sinto muito, Paige. Passamos tanto tempo separados que eu... conheci Karen... e sabe como é...

– Sei como é – murmurou Paige, atordoada. Ela virou-se para Karen, forçou um sorriso. – Eu... espero que você e Alfred sejam muito felizes.

– Obrigada.

Houve um silêncio constrangedor. Karen rompeu-o:

– Acho melhor irmos embora, querido.

– Também acho – declarou Kat.

Alfred coçou a cabeça.

– Sinto muito, Paige. Eu... hã... adeus.

– Adeus, Alfred.

As três ficaram paradas, observando os recém-casados se retirarem.

– Mas que filho da puta! – exclamou Kat. – Como pôde fazer uma coisa assim?

As lágrimas afloravam aos olhos de Paige.

– Eu... ele não tinha a intenção... deve ter explicado tudo na carta.

Honey enlaçou Paige.

– Devia haver uma lei determinando que todos os homens sejam castrados.

– Farei um brinde a isso – disse Kat.

– Com licença – murmurou Paige.

Ela correu para seu quarto, fechou a porta.

Não saiu pelo resto do dia.

5

Durante os meses subsequentes. Paige quase não teve tempo para se encontrar com Kat e Honey. Tomavam juntas um café da manhã apressado na cantina, e de vez em quando se cruzavam nos corredores do hospital. Comunicavam-se em grande parte por bilhetes deixados no apartamento.

"O jantar está na geladeira."

"O micro-ondas quebrou."

"Desculpem, mas não tive tempo de fazer uma limpeza."

"O que acham de sairmos juntas para jantar na noite de sábado?"

As horas intermináveis continuavam a ser uma punição, testando os limites de resistência de todos os residentes.

Paige acolhia a pressão com satisfação. Não lhe deixava tempo para pensar em Alfred, e no futuro maravilhoso que planejavam ter juntos. E, no entanto, não conseguia esquecê-lo. O que ele fizera a enchera com uma angústia profunda, que se recusava a desaparecer. Paige se torturava com o jogo inútil do "e se?".

E se tivesse permanecido na África com Alfred?

E se ele tivesse vindo para Chicago comigo?

E se não tivesse conhecido Karen?

E se... ?

NUMA SEXTA-FEIRA, quando Paige entrou no vestiário para pôr a túnica comprida, descobriu que a palavra "vaca" fora escrita no traje, com tinta preta.

NO DIA SEGUINTE, quando procurou seu caderno de anotações, Paige descobriu que sumira. Perdera todas as suas anotações. "Talvez eu o tenha esquecido em algum lugar", pensou ela.

Mas não podia acreditar nisso.

O MUNDO FORA do hospital não existia mais. Paige sabia que o Iraque estava saqueando o Kuwait, mas isso era ofuscado pelas necessidades de um paciente de 15 anos que estava morrendo de leucemia. No dia em que a Alemanha Oriental e a Ocidental se reunificaram, Paige se empenhava na tentativa de salvar a vida de um paciente diabético. Margaret Thatcher renunciou ao cargo de primeira-ministra da Inglaterra, mas muito mais importante foi o fato de o paciente do 214 conseguir andar de novo.

Eram os médicos com que Paige trabalhava que tornavam a situação suportável. Com poucas exceções, haviam se dedicado a curar os outros, aliviar a dor, salvar vidas. Paige observava os milagres que eles realizavam todos os dias, e isto lhe proporcionava um sentimento de orgulho.

A maior tensao era trabalhar na emergência. Estava sempre apinhada de pessoas sofrendo todas as formas de traumas imagináveis.

As longas horas no hospital e as constantes pressões impunham um enorme estresse aos médicos e enfermeiras que trabalhavam ali. O índice de divórcios entre os médicos era extremamente alto, e as ligações extraconjugais uma coisa corriqueira.

Tom Chang era um dos que tinha um problema assim. Contou a Paige enquanto tomavam um café.

– Eu consigo suportar o horário, mas minha mulher não. Ela se queixa de que quase não me vê mais, que sou um estranho para nossa filha. E tem toda razão. Não sei o que fazer.

– Sua mulher já visitou o hospital?

– Não.

– Por que não a convida para almoçar aqui, Tom? Deixe-a ver o que você faz, e como seu trabalho é importante.

Chang se animou.

– É uma boa ideia. Obrigado, Paige. Farei isso. E gostaria que você a conhecesse. Não quer almoçar conosco?

– Eu adoraria.

A MULHER DE Chang, Sye, era uma jovem simpática, com uma beleza clássica, atemporal. Chang mostrou-lhe todo o hospital, e depois almoçaram na cantina com Paige.

Chang informara que Sye nascera e fora criada em Hong Kong.

– Está gostando de São Francisco? – perguntou Paige.

Houve um breve momento de silêncio.

– É uma cidade interessante – respondeu Sye, polida –, mas me sinto como uma estranha aqui. É grande demais, barulhenta demais.

– Mas, pelo que sei, Hong Kong também é uma cidade grande e barulhenta.

– Venho de uma pequena aldeia, a uma hora de Hong Kong. Ali não há barulho, nem automóveis, e todo mundo conhece os vizinhos. – Ela fez uma pausa, olhando para o marido. – Tom, eu e nossa filha nos sentimos muito felizes ali. É uma aldeia muito bonita, na ilha de Llama. Tem praias de areia branca, pequenos sítios, e uma aldeia de pescadores próxima, Sak Kwu Wan. É um lugar tranquilo.

A voz estava impregnada de uma profunda nostalgia.

– Meu marido e eu passávamos a maior parte do tempo juntos, como uma família deve fazer. Aqui, quase nunca o vejo.

Paige disse:

– Sra. Chang, sei que a situação lhe é difícil neste momento, mas dentro de poucos anos Tom poderá abrir seu próprio consultório, e tudo se tornará muito mais fácil.

Tom Chang pegou a mão da mulher.

– Está vendo? Tudo acabará bem, Sye. Você deve ser paciente.

– Sei disso – murmurou ela, sem qualquer convicção.

Enquanto conversavam, um homem entrou na cantina, parou na porta. Paige só podia ver a parte posterior da cabeça. Seu coração disparou. O homem virou-se. Era um completo estranho. Chang a observava.

– Você está bem?

– Estou – mentiu Paige.

"Tenho de esquecê-lo. Já acabou." E, no entanto, as recordações de todos aqueles anos maravilhosos, a diversão, o excitamento, o amor que sentiam um pelo outro... "Como posso esquecer tudo isso? Será que poderia convencer algum dos médicos aqui a fazer uma lobotomia em mim?"

PAIGE ENCONTROU Honey no corredor. Honey estava esbaforida, parecia preocupada.

– Tudo bem com você? – perguntou Paige.

Honey sorriu, apreensiva.

– Tudo ótimo.

Ela se afastou, apressada. Honey fora designada para trabalhar com um médico chamado Charles Isler, que era conhecido em todo o hospital como rigoroso. No primeiro dia de ronda de Honey, ele dissera:

– Estava ansioso em tê-la trabalhando comigo, Dra. Taft. O Dr. Wallace me falou de sua passagem brilhante pela faculdade de medicina. Soube que pretende se especializar em medicina interna.

– Isso mesmo.

– Ótimo. Portanto, nós a teremos aqui por mais três anos.

E começaram a ronda.

O primeiro paciente fora um menino mexicano. O Dr. Isler ignorara os outros residentes, e se virara para Honey.

– Creio que achará este caso muito interessante, Dra. Taft. O paciente tem todos os sinais e sintomas clássicos: anorexia, perda de peso, gosto metálico, fadiga, anemia, hipersensibilidade, descoordenação. Como diagnosticaria?

Ele sorrira, expectante. Honey o fitara em silêncio um momento.

– Bem, podem ser várias coisas, não é?

O Dr. Isler ficara perplexo.

– Ora, é um caso inconfundível de...

Um dos outros residentes interferira:

– Envenenamento por chumbo?

– Exatamente – confirmara o Dr. Isler.

Honey sorrira.

– Claro. Envenenamento por chumbo.

O Dr. Isler tornara a se virar para ela.

– Como trataria?

Honey respondera, evasiva:

– Há diferentes métodos de tratamento, não é?

Outro residente dissera:

– Se o paciente teve um longo período de exposição, deve ser tratado como um caso potencial de encefalopatia.

O Dr. Isler acenara com a cabeça.

– Certo. É o que estamos fazendo. Corrigimos a desidratação e os distúrbios eletrolíticos, e damos uma terapia de quelação.

Ele olhara para Honey, que balançara a cabeça em concordância.

O paciente seguinte era um homem na casa dos 80 anos. Tinha os olhos avermelhados, e as pálpebras grudadas.

– Já vamos cuidar de seus olhos – dissera o Dr. Isler. – Como está se sentindo?

– Não muito mal para um velho.

O Dr. Isler puxara o lençol, revelando os joelhos e tornozelos inchados do paciente. Havia lesões nas solas dos pés. O Dr. Isler virara-se para os pacientes.

– O inchaço é causado pela artrite. – Ele olhara para Honey. – Combinada com as lesões e a conjuntivite, tenho certeza de que sabe qual é o diagnóstico.

Honey dissera, bem devagar:

– Bom... poder ser... sabe...

– É a síndrome de Reiter – informara outro residente. – A causa é desconhecida. É geralmente acompanhada por febre baixa.

O Dr. Isler acenara com a cabeça.

– Isso mesmo. – Ele tornara a fitar Honey. – Qual é o prognóstico?

– O prognóstico?

Fora o mesmo residente que respondera:

– O prognóstico é indefinido. Pode ser tratado com drogas anti-inflamatórias.

– Muito bem – dissera o Dr. Isler.

EXAMINARAM MAIS uma dúzia de pacientes, e ao final da ronda Honey pedira ao Dr. Isler:

– Posso lhe falar a sós por um momento, Dr. Isler?

– Claro. Vamos para a minha sala.

Assim que sentaram, Honey comentara:

– Sei que está desapontado comigo.

– Devo admitir que me senti um pouco surpreso por você...

Honey interrompera-o.

– Sei disso, Dr. Isler. Não fechei os olhos ontem à noite. Para dizer a verdade, eu me sentia tão animada pela perspectiva de trabalhar com o senhor que... não consegui dormir.

Ele se mostrara espantado.

– Entendo. Sabia que tinha de haver um motivo para... Afinal, seus registros na faculdade de medicina foram fantásticos. O que a levou a tomar a decisão de ser médica?

Honey baixara os olhos por um instante, antes de murmurar:

– Eu tinha um irmão caçula que se feriu num acidente. Os médicos fizeram tudo o que podiam para tentar salvá-lo... mas eu o vi morrer. Demorou muito, e me senti impotente. Decidi naquele momento que passaria minha vida ajudando outras pessoas a recuperarem a saúde.

As lágrimas afloraram a seus olhos. "Ela é muito vulnerável", pensara Isler.

– Estou contente por termos esta conversa.

Honey o fitara nos olhos, e pensara: "Ele acreditou em mim."

6

No outro lado da cidade, repórteres e equipes de TV esperavam na rua por Lou Dinetto, quando ele saiu do tribunal, sorrindo e acenando, a saudação da realeza aos camponeses. Havia dois capangas a seu lado, um homem alto e magro conhecido como Shadow, o Sombra, e outro corpulento, chamado Rhino. Lou Dinetto, como sempre, vestia-se com elegância, terno cinza, camisa branca, gravata azul, sapatos de couro de crocodilo. As roupas caras tinham de ser feitas com o maior cuidado para fazê-lo parecer esguio, pois era baixo e atarracado, com pernas tortas. Sempre tinha um sorriso e um comentário espirituoso para a imprensa, e os repórteres gostavam de citá-lo. Dinetto já fora indiciado e julgado três vezes, por acusações que iam de incêndio criminoso a conspiração para homicídio, e em todas saíra livre.

Agora, quando deixou o tribunal, um dos repórteres gritou:
– Sabia que seria absolvido, Sr. Dinetto?
Dinetto riu.
– Claro que sabia. Sou um empresário inocente. O governo não tem nada melhor para fazer do que me perseguir. É um dos motivos pelos quais nossos impostos são tão altos.
Uma câmera de TV apontava em sua direção. Lou Dinetto parou, sorriu para a lente.
– Sr. Dinetto, pode explicar por que duas testemunhas que deveriam depôr contra o senhor em seu julgamento por homicídio deixaram de comparecer?
– Claro que posso explicar. Eram cidadãos honestos, que decidiram não cometer perjúrio.
– O governo alega que é o chefe da Máfia na Costa Oeste, e que foi o senhor quem arrumou para...
– A única coisa que arrumo é o lugar em que pessoas sentam no meu restaurante. Quero que todos fiquem confortáveis. – Ele tornou a sorrir para a multidão de repórteres. – Por falar nisso, estão todos convidados para irem ao restaurante esta noite, jantar e drinques por minha conta.
Ele se encaminhava para o meio-fio, onde uma limusine preta comprida o esperava.
– Sr. Dinetto...
– Sr. Dinetto...
– Sr. Dinetto...
– Eu os verei no meu restaurante esta noite. Todos sabem onde fica.
E Lou Dinetto entrou no carro, acenando e sorrindo. Rhino fechou a porta da limusine, e foi para o banco da frente. Shadow sentou-se ao volante.
– Foi sensacional, chefe! – exclamou Rhino. – Sabe muito bem como tratar esses vagabundos.
– Para onde? – perguntou Shadow.
– Para casa. Estou precisando de um banho quente e um bom filé.

O carro partiu.

– Não gostei daquela pergunta sobre as testemunhas – comentou Dinetto. – Tem certeza de que eles nunca...?

– Nunca, chefe, a menos que possam falar debaixo d'água.

Dinetto balançou a cabeça.

– Ótimo.

O carro avançava em alta velocidade pela Fillmore Street. Dinetto disse:

– Vocês viram a cara do promotor quando o juiz decidiu...?

Um cachorro pequeno surgiu do nada, bem na frente da limusine. Shadow deu uma guinada no volante para não atropelá-lo, ao mesmo tempo em que pisava no freio. O carro subiu na calçada, bateu num poste. A cabeça de Rhino foi lançada para a frente, bateu no para-brisa.

– Mas que *porra* é essa? – berrou Dinetto. – Está tentando me matar?

Shadow tremia.

– Desculpe, chefe. Um cachorro correu na frente do carro...

– E você decidiu que a vida dele era mais importante do que a minha? Mas que idiota!

Rhino gemia. Virou-se, e Dinetto viu o sangue escorrendo de um talho grande em sua testa.

– Pelo amor de Deus! – gritou Dinetto. – Veja só o que você fez!

– Estou bem – murmurou Rhino.

– Está porra nenhuma! – Dinetto virou-se para Shadow. – Leve-o a um hospital.

Shadow deu marcha à ré, saindo de cima da calçada.

– O Embarcadero fica a apenas dois quarteirões daqui. Vamos levá-lo para a emergência.

– Certo, chefe.

Dinetto arriou no banco traseiro.

– Um cachorro – murmurou ele, irritado. – Santo Deus!

KAT ESTAVA na emergência quando Dinetto, Shadow e Rhino entraram. Rhino sangrava bastante. Dinetto gritou para Kat:

– Ei, você!

Kat levantou os olhos.

– Ei, você!

– Com quem pensa que estou falando? Este homem sangra demais. Dê um jeito nele imediatamente.

– Há meia dúzia de pessoas na frente – respondeu Kat, impassível. – Ele terá de esperar sua vez.

– Ele não vai esperar por coisa nenhuma – insistiu Dinetto. – Cuide dele agora.

Kat aproximou-se de Rhino, examinou-o. Pegou chumaço de algodão, comprimiu-o contra o talho.

– Mantenha-o assim. Voltarei logo.

– Eu disse para cuidar dele *agora!* – explodiu Dinetto.

Kat virou-se para ele.

– Esta é a emergência de um hospital. Sou a médica no comando. Portanto, ou você fica quieto, ou é melhor se retirar.

Shadow interveio:

– Dona, não sabe com quem está falando. Acho bom fazer o que ele manda. Este é o Sr. Lou Dinetto.

– Agora que as apresentações acabaram – disse Dinetto, impaciente –, cuide logo do meu homem.

– Acho que você tem um problema de audição – disse Kat. – Vou repetir: fique quieto, ou saia daqui. Tenho um trabalho a fazer.

Rhino protestou:

– Não pode falar assim com..

Dinetto virou -se para ele.

– Cale a boca! – Ele tornou a fitar Kat, e seu tom mudou. – Agradeceria se pudesse cuidar dele o mais depressa possível...

– Farei o melhor que puder. – Kat sentou Rhino numa maca. – Deite aqui. Voltarei em poucos minutos. – Ela olhou para Dinetto. – Há algumas cadeiras ali no canto.

Dinetto e Shadow observaram-na se afastar para o outro lado da emergência, a fim de atender a alguns pacientes à espera.

– Ela não imagina quem você é – murmurou Shadow.

– Creio que isso não faria a menor diferença. Ela tem coragem.

KAT VOLTOU 15 minutos depois, fez um exame mais meticuloso em Rhino.

– Não há concussão – anunciou ela. – Teve sorte. Mas o talho é profundo.

Dinetto observou-a dar os pontos na testa de Rhino, com extrema habilidade. Ao terminar, Kat disse:

– Não deve ter nenhum problema. Volte dentro de cinco dias, e tirarei os pontos.

Dinetto adiantou-se, examinou a testa de Rhino.

– Fez um bom trabalho.

– Obrigada – respondeu Kat. – E agora, se me dão licença...

– Espere um instante. – Dinetto olhou para Shadow. – Dê-lhe uma nota de cem.

Shadow tirou uma nota de cem dólares do bolso.

– Tome aqui.

– A caixa do hospital fica lá fora.

– Não é para o hospital, mas para você.

– Não, obrigada.

Dinetto ficou olhando Kat se afastar, começar a cuidar de outro paciente. Shadow comentou:

– Talvez não tenha sido bastante, chefe.

Dinetto balançou a cabeça.

– É uma garota independente. Gosto disso. – Ele se manteve em silêncio por um momento. – Doc Evans está se aposentando, certo?

– Certo.

– Muito bem, quero que descubram tudo o que puderem sobre esta médica.

– Para quê?

– Alavanca. Acho que ela pode nos ser muito conveniente.

7

Os hospitais são controlados pelas enfermeiras. Margaret Spencer, a enfermeira-chefe, trabalhava no Hospital Público Embarcadero há vinte anos e sabia onde estavam enterrados todos os corpos... em termos literal e figurativo. A enfermeira Spencer tinha o comando do hospital, e os médicos que não reconheciam isso se metiam numa encrenca. Ela sabia que médicos tomavam drogas, ou eram viciados em álcool, que médicos eram incompetentes, e que médicos mereciam seu apoio. Sob seu comando estavam todas as estudantes de enfermagem, enfermeiras registradas, e enfermeiras das salas de cirurgia. Era Margaret Spencer quem decidia quais delas seriam designadas para as diversas cirurgias e, como as enfermeiras variavam de indispensáveis a incompetentes, compensava para os médicos se darem bem com ela. Afinal, Margaret Spencer tinha o poder de destacar uma enfermeira instrumentadora inepta para trabalhar numa complicada remoção de rim, como também podia, se gostasse do médico, enviar sua enfermeira mais competente para ajudá-lo numa simples tonsilectomia. Entre os muitos preconceitos de Margaret Spencer, havia uma aversão a médicas e a negros.

Kat Hunter era médica, e também era negra.

KAT PASSAVA por momentos difíceis. Nada se dizia ou fazia abertamente, mas o preconceito era manifesto, por meios muito sutis para serem determinados. As enfermeiras que pedia para ajudá-la estavam sempre ocupadas, as que lhe eram designadas se mostravam quase incompetentes. Descobria-se com frequência sendo encarregada de examinar os pacientes da clínica com doenças venéreas. Aceitou os primeiros casos como rotina, mas ficou desconfiada quando teve de examinar meia dúzia em um único dia. No intervalo para o almoço, pergunto a Paige:

– Tem examinado muitos homens com doenças venéreas?

Paige pensou por um momento.

– Um, na semana passada. Um servente do hospital.

“Terei de tomar alguma providência”, pensou Kat.

A ENFERMEIRA Spencer planejara se livrar da Dra. Hunter, tornando sua vida tão desagradável que ela seria forçada a ir embora. Mas não contara com a dedicação e competência de Kat. Pouco a pouco, Kat foi conquistando as pessoas com quem trabalhava. Possuía uma habilidade natural que impressionava os colegas de trabalho, e também os pacientes. Mas a grande abertura surgiu pelo que ficou conhecido no hospital como o caso do sangue de porco.

Um dia, na ronda da manhã, Kat foi trabalhar com um residente sênior chamado Dundas. Pararam ao lado da cama de um paciente inconsciente.

– O Sr. Levy sofreu um acidente de carro – informou Dundas aos residentes mais novos. – Perdeu muito sangue, e precisa de uma transfusão imediata. O hospital tem uma escassez de sangue neste momento, e a família se recusa a lhe doar sangue. É terrível.

– Onde está a família? – perguntou Kat.

– Na sala de espera – respondeu Dundas.

– Importa-se que eu fale com eles?

– Não vai adiantar. Já conversei, e eles se mantêm firmes em sua decisão.

Concluída a ronda, Kat foi à sala de espera. A mulher do paciente ali estava, junto com os filhos e filhas crescidos, usando *yarmulkes* e os *tallis* rituais.

– Sra. Levy?

A mulher se levantou.

– Como está meu marido? O médico vai operar?

– Vai, sim.

– Mas não nos peça para doar nosso sangue. É muito perigoso nos dias de hoje, com a AIDS e não sei mais o quê.

– Não se pode contrair AIDS doando sangue, Sra. Levy. Não é po...

– Sei que é possível! Leio os jornais.

Kat estudou-a em silêncio por um momento.

– Entendo. Mas está tudo bem, Sra. Levy. O hospital enfrenta uma escassez de sangue neste momento, mas já resolvemos o problema.

– Ainda bem.

– Vamos dar sangue de porco a seu marido.

Mãe e filhos ficaram chocados.

– O quê?

– Sangue de porco – repetiu Kat, jovial. – Provavelmente não lhe fará mal algum.

Ela virou-se para sair.

– Espere um instante! – gritou a Sra. Levy.

Kat parou.

– Pois não?

– Eu... hã... pode nos dar um minuto, por favor?

– Claro.

Quinze minutos depois, Kat foi procurar o Dr. Dundas.

– Não precisa mais se preocupar com a família do Sr. Levy. Todos ficarão felizes em doar sangue.

A história entrou no mesmo instante para o anedotário do hospital. Médicos e enfermeiras que antes ignoravam Kat passaram a fazer questão de lhe falar.

POUCOS DIAS depois, Kat entrou no quarto particular de Tom Leonard, um paciente com úlcera. Ele comia um lauto almoço, trazido de uma *delicatessen* próxima. Kat aproximou-se da cama.

– O que está fazendo?

Ele levantou os olhos, sorrindo.

– Comendo um almoço decente, para variar. Não quer me acompanhar? Há bastante comida aqui.

Kat chamou uma enfermeira.

– O que é, doutora?

– Tire essa comida daqui. O Sr. Leonard tem de fazer uma dieta rigorosa. Não leu sua ficha?

– Claro que li, mas ele insistiu...

– Leve tudo, por favor.

– Ei, espere um pouco! – protestou Leonard. – Não posso comer essa papa que o hospital serve!

– Tem de comer, se quiser se livrar de sua úlcera. – Kat olhou para a enfermeira. – Pode levar.

Meia hora depois, Kat foi chamada ao gabinete do administrador.

– Queria falar comigo, Dr. Wallace?

– Queria, sim. Sente-se. Tom Leonard não é um dos seus pacientes?

– É, sim. Encontrei-o comendo um sanduíche quente de *pastrami*, com picles e salada de batata, na hora do almoço, tudo muito condimentado, e...

– E mandou tirar tudo

– Claro.

Wallace inclinou-se para a frente.

– Doutora, talvez não saiba que Tom Leonard integra o conselho de administração do hospital. Queremos mantê-lo feliz. Entende o que estou sugerindo?

Kat fitou-o nos olhos e respondeu, obstinada:

– Não, senhor.

Ele piscou, aturdido.

– Como?

– Parece-me que a maneira de manter Tom Leonard feliz é ajudá-lo a recuperar a saúde. Ele não poderá ficar curado se continuar a agredir seu estômago daquela maneira.

Benjamin Wallace forçou um sorriso.

– Por que não o deixamos tomar essa decisão?

Kat levantou-se.

– Porque *eu* sou sua médica. Mais alguma coisa?

– Eu... hã... não. Isso é tudo.

Kat saiu da sala.

Benjamin Wallace continuou sentado, atordoado. “Ah, as mulheres que se tornam médicas!”

KAT FAZIA O plantão noturno. Recebeu uma chamada.

– Dra. Hunter, acho que é melhor ir ao 320.

– Certo.

A paciente no quarto 320 era a Sra. Molloy, na casa dos 80 anos. Tinha câncer, e o prognóstico era péssimo. Ao se aproximar da porta, Kat ouviu vozes lá dentro, alteadas em discussão. Kat entrou.

A Sra. Molloy estava na cama, sob o efeito de sedativos, mas consciente. O filho e duas filhas se encontravam ali.

– Devemos dividir a herança em três partes iguais! – dizia o filho naquele momento.

– Nada disso! – protestou uma das filhas. – Fomos Laurie e eu que cuidamos de mamãe. Quem cozinhava e limpava tudo para ela? Éramos nós! Temos todo direito a seu dinheiro, e...

– Sou tão filho dela quanto vocês! – gritou o filho.

Na cama, desolada, a Sra. Molloy escutava a discussão. Kat ficou furiosa e interveio:

– Com licença.

Uma das mulheres fitou-a.

– Volte mais tarde, enfermeira. Estamos ocupados.

Kat perdeu a paciência.

– Esta é minha paciente. Dou dez segundos para saírem deste quarto. Podem ficar na sala de espera. E agora tratem de se retirar, antes que eu chame a segurança, e mande expulsá-los.

O homem fez menção de dizer alguma coisa, mas foi dissuadido pela expressão nos olhos de Kat. Virou-se para as irmãs, deu de ombros.

– Podemos continuar a conversa lá fora.

Kat observou os três saírem do quarto. Virou-se para a Sra. Molloy, afagou sua cabeça.

– Eles não tinham a intenção de magoá-la.

Ela sentou-se ao lado da cama, segurando a mão da velha, até que ela dormiu.

"Estamos todos morrendo", pensou Kat. "Esqueça o que Dylan Thomas disse. O importante é ter um suave ingresso na noite eterna."

KAT FAZIA UM curativo num paciente quando um servente entrou na enfermaria.

– Há um telefonema urgente à sua espera, doutora.

Kat franziu o rosto.

– Obrigada. – Ela virou-se para o paciente, com o corpo todo engessado, as pernas suspensas por uma roldana. – Voltarei num instante.

No posto de enfermagem, no corredor, Kat atendeu à ligação.

– Alô?

– Oi, mana.

– Mike! – Ela ficou emocionada ao ouvi-lo, mas logo o excitamento se transformou em preocupação. – Pedi para nunca me procurar aqui, Mike. Tem o número do apartamento...

– Ei, desculpe. É que não podia esperar. Tenho um probleminha.

Kat sabia o que estava para acontecer.

– Tomei algum dinheiro emprestado de um cara para investir num negócio...

Kat não se deu ao trabalho de perguntar que tipo de negócio.

– E fracassou.

– Isso mesmo. Agora ele quer o dinheiro.

– Quanto, Mike?

– Se pudesse me mandar 5 mil...

– O quê?

A enfermeira no posto fitou Kat, curiosa.

"Cinco mil dólares." Kat baixou a voz.

– Não tenho tudo isso. Posso mandar a metade agora, e o resto dentro de algumas semanas. Está bom assim?

– Já que não tem outro jeito... Detesto incomodá-la, mana, mas sabe como são essas coisas.

Kat sabia exatamente como eram. O irmão tinha 22 anos e andava sempre envolvido em negócios misteriosos. Metera-se com gangues, e só Deus sabia o que faziam. Mas Kat sentia uma profunda responsabilidade em relação a Mike. "É tudo culpa minha. Se não tivesse fugido de casa, abandonando-o..."

– Fique longe das encrencas, Mike. Eu o amo.

– Também amo você, Kat.

"Terei de arrumar o dinheiro de alguma forma", pensou Kat. "Mike é tudo o que tenho no mundo."

O Dr. Isler aguardava ansioso a oportunidade de trabalhar de novo com Honey Taft. Perdoara-a por seu fraco desempenho e sentia-se lisonjeado por ela admirá-lo tanto. Mas agora, fazendo a ronda com ela, mais uma vez, observou que Honey se manteve atrás de todos os outros residentes, e não se ofereceu para responder a qualquer de suas perguntas.

Meia hora depois da ronda, o Dr. Isler estava sentado na sala de Benjamin Wallace.

– Qual é o problema? – perguntou Wallace.

– É a Dra. Taft.

A surpresa de Wallace era genuína.

– Dra. Taft? Ela tem as melhores recomendações que já vi.

– É isso o que me deixa perplexo – explicou o Dr. Isler. – Tenho recebido informações de outros residentes. Ela vem fazendo diagnósticos errados, cometendo erros graves. Eu gostaria de saber o que está acontecendo.

– Não compreendo. Ela cursou uma excelente faculdade de medicina.

– Talvez seja melhor conversar com o diretor da faculdade – sugeriu o Dr. Isler.

– É Jim Pearson. Um excelente profissional. Ligarei para ele.

Poucos minutos depois, Wallace falava com Jim Pearson pelo telefone. Trocaram algumas palavras corteses, e depois Wallace disse:

– Estou ligando por causa de Betty Lou Taft.

Houve um breve momento de silêncio.

– O que há com ela?

– Temos alguns problemas com ela, Jim. A Dra. Taft foi admitida aqui graças às suas ótimas recomendações.

– Certo.

– Tenho o seu relatório na minha mesa. Diz que ela foi uma das estudantes mais brilhantes que já teve.

– É isso mesmo.

– E que se tornaria um crédito para a profissão médica.

– Certo.

– Nunca houve qualquer dúvida sobre...?

– Absolutamente nenhuma – respondeu o Dr. Pearson, firme. – Ela deve estar um pouco nervosa. É muito tensa, mas se lhe der uma oportunidade ela vai se sair bem.

– Agradeço sua gentileza, Jim. Claro que vamos dar todas as oportunidades a ela. Obrigado.

– De nada.

A linha ficou muda. Jim Pearson continuou sentado ali, imóvel, odiando-se pelo que acabara de fazer.

"Mas minha mulher meus filhos vêm em primeiro lugar."

8

Honey Taft tivera o infortúnio de nascer numa família acima da média. O pai, um homem bonito, era o fundador e presidente de uma grande companhia de computadores em Memphis, Tennessee, a mãe adorável era uma cientista genética, e as duas irmãs mais velhas, gêmeas, eram tão atraentes, inteligentes e ambiciosas quanto os pais. A família Taft era uma das mais proeminentes de Memphis.

Honey nascera, inoportunamente, quando as irmãs já tinham 6 anos de idade.

– Honey foi nosso pequeno acidente – dizia a mãe aos amigos. – Eu queria fazer um aborto, mas Fred foi contra. Agora ele se arrepende.

Enquanto as irmãs eram deslumbrantes, Honey era feia. Enquanto elas eram brilhantes, Honey era apenas mediana. As irmãs haviam começado a falar aos 9 meses. Honey não pronunciara uma só palavra até ter quase 2 anos de idade.

– Nós a chamamos de "pateta" – dizia o pai, rindo. – Honey é o patinho feio da família Taft. Só que eu acho que ela não vai virar um cisne.

Não que Honey fosse feia, mas também não era bonita. Era uma garota de uma aparência comum, rosto fino, cabelos louros sem qualquer lustro, e um corpo sem grandes atrativos. O que Honey tinha era uma disposição extraordinariamente meiga e radiante, uma qualidade não muito apreciada numa família de realizadores competitivos.

Desde que Honey podia se lembrar, seu maior desejo era agradar aos pais e às irmãs, e fazer com que a amassem. Era um esforço inútil. Os pais viviam ocupados com suas carreiras, e as irmãs absorvidas em ganhar concursos de beleza e prêmios na escola. Para aumentar sua angústia, Honey era tímida demais. De forma consciente ou inconsciente, a família incutira nela um senso de profunda inferioridade.

Na escola secundária, Honey era conhecida como "chá de cadeira". Comparecia aos bailes e festas sozinha, sorria, tentava demonstrar que não se sentia infeliz, porque não queria estragar a diversão de ninguém. Via as irmãs serem apanhadas em casa pelos rapazes mais populares da escola, e depois subia para seu quarto solitário, a fim de fazer o dever de casa.

E tentava não chorar.

Nos fins de semana e durante as férias de verão, Honey ganhava dinheiro como babá. Adorava cuidar de crianças, e as crianças a adoravam.

Quando não estava trabalhando, Honey saía para explorar Memphis sozinha. Visitava Graceland, onde Elvis Presley vivera, passeava pela Beale Street, onde o *blues* nascera. Vagueava pelo Pink Palace Museum, ia ao Planetário, com seus dinossauros. Frequentava o Aquário.

E sempre sozinha.

Honey não podia imaginar que sua vida estava prestes a mudar, de uma maneira drástica.

HONEY SABIA que muitas de suas colegas de turma tinham ligações amorosas. Falavam sobre isso na escola.

– Já foi para a cama com Ricky? Ele é o melhor!

– Joe sabe como provocar o orgasmo numa mulher.

– Saí com Tony ontem à noite. Estou exausta. Que animal! Vou me encontrar com ele de novo hoje.

Honey escutava as conversas, sentia inveja, achava que nunca saberia realmente como era o sexo. "Quem poderia me querer?", especulava ela.

HAVIA UM BAILE na escola na noite de sexta-feira. Honey não tinha a menor intenção de ir, mas o pai insistira:

– Estou preocupado. Suas irmãs me disseram que você sempre toma chá de cadeira, e que não vai ao baile porque não tem ninguém para levá-la.

Honey ficara vermelha.

– Não é verdade. Tenho alguém para ir comigo, e estarei no baile.

"Oh, Deus, não deixe ele perguntar com quem eu vou!", rezara Honey.

O pai não perguntara.

Chegando ao baile, Honey fora sentar em seu canto habitual observando os outros dançarem e se divertirem.

E fora então que o milagre acontecera.

ROGER MERTON, o capitão do time de futebol americano e o rapaz mais popular da escola, estava na pista de dança, brigando com a namorada. Ele andara bebendo.

– Você não passa de um escroto imprestável e egoísta! – gritara ela.

– E você é uma vaca rica!

– Vá se foder!

– Não preciso foder a mim mesmo, Sally. Posso foder qualquer outra. Quem eu quiser.

– Pois faça isso!

E ela deixara a pista de dança, furiosa.

Honey não pudera deixar de ouvir a briga. Merton percebera que ela o observava.

– O que está olhando? – indagara ele, a voz engrolada.

– Nada.

– Vou mostrar àquela sacana! Acha que não vou dar uma lição nela?

– Hã... acho que vai.

– Tem toda razão. Vamos tomar um trago.

Honey hesitara. Merton estava obviamente de porre.

– Bom, eu não...

– Ótimo. Tenho uma garrafa no carro.

– Acho que é melhor...

Ele pegara Honey pelo braço, deixaram o salão. Ela o acompanhara porque não queria criar uma cena, deixá-lo embaraçado. Lá fora, Honey tentara se desvencilhar.

– Roger, acho que não é uma boa ideia.

– Mas o que você é? Uma cagona?

– Não, eu...

– Pois então vamos embora.

Merton a conduzira até seu carro, abrira a porta. Honey hesitara.

– Entre logo.

– Só posso ficar por um momento.

Ela entrara no carro porque não queria transtorná-lo ainda mais. Merton sentara ao seu lado.

– Vamos dar uma lição naquela vaca idiota, não é? – Ele estendera uma garrafa de *bourbon*. – Tome aqui.

Honey só tinha bebido uma vez, e detestara. Mas não queria contrariar Roger. Fitara-o nos olhos, tomara um pequeno gole, relutante.

– Você é uma garota legal – dissera ele. – É nova na escola, não é? Faziam três matérias juntos.

– Não. Eu...

Ele se inclinara, começara a acariciar seus seios.

Aturdida, Honey se desvencilhara.

– Ei, que história é essa? Não quer me agradar?

E essa fora a frase mágica. Honey queria agradar todo mundo, e se aquela era a maneira de consegui-lo...

No desconfortável banco traseiro do carro de Merton, Honey fizera sexo pela primeira vez, o que lhe abrira um incrível mundo novo. Não gostara muito, mas isso não era importante. O importante era que Merton gostara. Na verdade, Honey se espantara pelo quanto ele gostara. Parecera deixá-lo em êxtase. Honey nunca vira alguém gostar tanto de uma coisa. "Então essa é a maneira de agradar um homem", pensou Honey.

Era uma epifania.

HONEY NÃO conseguira parar de pensar no milagre que ocorrera. Deitara em sua cama, recordando a virilidade de Merton dentro dela, seus arremessos cada vez mais fortes e depois os gemidos:

– Oh, Deus, Sally, você é fantástica!

E Honey não se importara nem com isso. Agradara ao capitão do time de futebol americano! O rapaz mais popular da escola!

"E eu nem sabia direito o que fazer", pensara Honey. "Se aprendesse como agradar de fato a um homem..."

E fora nesse momento que Honey tivera a segunda epifania.

NA MANHÃ seguinte, Honey fora à Pleasure Chest, uma livraria pornô na Poplar Street, e comprara meia dúzia de livros sobre erotismo. Levara-os escondidos para casa, e lera tudo na privacidade de seu quarto. Ficara atônita pelo que descobrira.

Devorara as páginas de *O jardim perfumado*, *Kama Sutra*, *As artes tibetanas do amor* e *Alquimia do êxtase*. Voltara à livraria para comprar outros livros. Lera as palavras de Gedun Chopel e os relatos fantásticos de Kanchinata.

Estudara as fotografias excitantes das 37 posições do ato de amor, aprendera o significado de Meia Lua, Círculo, Pétala de Lótus, Pedaços de Nuvem, e a maneira de se mexer.

Honey se tornara uma perita nos oito tipos de sexo oral, nos caminhos dos 16 prazeres, e no êxtase da fieira de contas. Sabia como ensinar um homem a efetuar o *karuna*, para aumentar seu próprio prazer. Pelo menos em teoria.

Honey sentira que agora se encontrava preparada para pôr em prática seus conhecimentos.

O *Kama Sutra* tinha vários capítulos sobre afrodisíacos para atiçar um homem mas, como não tinha a menor ideia de onde poderia obter *Hedysarum gangeticum*, a planta *kshirika*, ou *Xanthochymus pictorius*, inventara substitutos.

Na semana seguinte, ao se encontrar com Roger Merton na sala de aula, ela o abordara e dissera:

– Gostei muito daquela noite. Podemos repeti-la?

Merton levara um momento para se lembrar de quem era Honey.

– Hã... Claro. Por que não? Meus pais vão sair esta noite. Por que não aparece lá em casa por volta das 20 horas?

Ao chegar à casa de Merton, naquela noite, Honey levava um potinho de calda de bordo.

– Para que isso? – perguntara Merton.

– Vou mostrar.

E Honey mostrara.

No dia seguinte, contara aos amigos na escola o que Honey fizera.

– Ela é incrível! – garantira ele. – Não podem acreditar no que é capaz de fazer com um pouco de calda quente!

Naquela tarde, meia dúzia de rapazes convidaram Honey para sair. A partir daquele momento, ela passara a sair todas as noites. Os rapazes ficavam muito felizes, o que deixava Honey muito feliz.

Os pais de Honey se mostraram encantados com a súbita popularidade da filha.

– Nossa filha demorou um pouco a desabrochar – comentara o pai, orgulhoso. – Mas agora se transformou numa autêntica Taft!

HONEY SEMPRE tirara péssimas notas em matemática, e sabia que não se saíra bem nas provas finais. O professor, Sr. Janson, era solteiro e morava perto da escola. Honey o visitara uma noite. Ele abrira a porta e se surpreendera ao vê-la.

– Honey! O que está fazendo aqui?

– Preciso de sua ajuda. Meu pai vai me matar se eu for reprovada em matemática. Trouxe alguns problemas que não entendo e gostaria que me ajudasse a resolvê-los.

Ele hesitara por um instante.

– É um tanto antiético, mas... está bem.

O Sr. Janson gostava de Honey. Ela não era como as outras garotas da turma, estridentes e indiferentes. Honey era sensível e interessada, sempre ansiosa em agradar. Ele bem que gostaria que ela tivesse mais aptidão para a matemática.

O Sr. Janson sentara ao lado de Honey no sofá e começara a explicar as complexidades misteriosas dos logaritmos.

Honey não estava interessada em logaritmos. Enquanto o Sr. Janson falava, fora chegando mais e mais perto. Começara a respirar em seu pescoço e ouvido. Antes de compreender o que acontecia, o Sr. Janson descobriu-a a abrir o zíper de sua calça. Ele fitara Honey, espantado.

– Mas o que está fazendo?

– Eu o desejei desde a primeira vez em que o vi – murmurara Honey.

Ela abrira a bolsa, tirara uma lata pequena de creme.

– O que é isso?

– Vou mostrar...

Honey tirara a nota mais alta em matemática.

NÃO ERAM APENAS os acessórios usados por Honey que a tornavam tão popular. Era também o conhecimento que extraíra de todos os livros antigos sobre erotismo que andara lendo. Encantava os parceiros com técnicas com que eles nunca haviam sequer sonhado, técnicas antigas, há muito esquecidas. Honey proporcionava um novo significado à palavra "êxtase".

As notas de Honey melhoraram de forma espetacular, e ela se tornara ainda mais popular do que as irmãs em seus dias na escola secundária. Era levada para jantar no Private Eye e no Bombay Bycicle Club, e também no Ice Capades, no Memphis Mall. Os rapazes chamavam-na para esquiar em Cedar Cliff, e para saltos de para-quedas no Aeroporto Landis.

Os anos de Honey no colégio também foram bem-sucedidos em termos sociais. Uma noite, ao jantar, o pai dissera:

– Você vai se formar em breve. É tempo de pensar no seu futuro. Já sabe o que quer fazer com sua vida?

Ela respondera sem hesitar:

– Quero ser enfermeira.

O pai ficara vermelho.

– Está querendo dizer médica.

– Não, pai. Eu...

– Você é uma Taft. Se quer entrar na medicina, será uma médica. Fui claro?

– Está bem, pai.

Honey falara sério ao dizer ao pai que queria ser enfermeira. Adorava cuidar das pessoas, ajudá-las, alimentá-las. Sentira-se apavorada pela perspectiva de se tornar uma médica, tornar-se responsável pelas vidas de outras pessoas, mas sabia que não devia desapontar o pai. Você é uma Taft.

AS NOTAS DE Honey no colégio não eram boas para garantir seu ingresso numa faculdade de medicina, mas a influência do pai era. Ele era um dos grandes patrocinadores de uma faculdade de medicina em Knoxville, Tennessee. Procurara o diretor, Dr. Jim Pearson.

– Está me pedindo um grande favor – dissera Pearson. – Podemos fazer o seguinte. Aceitarei Honey numa base experimental. Se em seis meses acharmos que ela não está qualificada a continuar, teremos de dispensá-la.

– É justo. Ela vai surpreendê-lo.

O pai acertara em cheio.

ELE PROVIDENCIARA para que Honey se hospedasse na casa de um primo seu em Knoxville, o reverendo Douglas Lipton.

Ministro da Igreja Batista, Douglas Lipton estava na casa dos 60 anos, e era casado com uma mulher dez anos mais velha.

Ficara feliz ao acolher Honey em sua casa.

– Ela é como um sopro de ar fresco – comentara com a esposa.

O reverendo jamais conhecera uma pessoa tão ansiosa em agradar.

HONEY SAÍRA-SE muito bem na faculdade de medicina, mas carecia de dedicação. Só estava ali para agradar ao pai.

Os professores gostavam de Honey. Ela irradiava uma gentileza genuína, que fazia com que todos torcessem por seu sucesso.

Ironicamente, a pior matéria para Honey era anatomia. Na oitava semana, o professor a chamara para uma conversa.

– Lamento, mas terei de reprová-la – dissera ele.

"Não posso fracassar", pensara Honey. "Não posso decepcionar meu pai. O que Boccaccio teria aconselhado?"

Ela chegara mais perto do professor.

– Vim para esta faculdade por sua causa. Tinha ouvido falar muitas coisas a seu respeito. – Ela se aproximara ainda mais. – Quero ser como você. – Mais perto. – Ser médica significa tudo para mim. – E mais perto. – Por favor, ajude-me...

Uma hora depois, ao deixar a sala do professor, Honey tinha as respostas para a prova seguinte.

ANTES DE CONCLUIR a faculdade de medicina, Honey seduzira vários de seus professores. Havia um desamparo nela a que eles não podiam resistir. Tinham a impressão de que eram eles que a seduziam, e sentiam-se culpados por se aproveitarem de sua inocência.

O Dr. Jim Pearson fora o último a sucumbir a Honey. Ficara intrigado pelas informações que recebera a seu respeito. Havia rumores de que ela possuía extraordinárias habilidades sexuais. Mandara chamá-la um dia, para conversar sobre suas notas. Honey levara uma caixinha com açúcar refinado. Antes da tarde terminar, o Dr. Pearson se tornara tão fisgado quanto todos os outros. Ela o fizera se sentir jovem e insaciável. Fizera-o sentir que era um rei que a subjugara e convertera em sua escrava.

Ele tentara não pensar na esposa e nos filhos.

HONEY SENTIA uma afeição genuína pelo reverendo Douglas Lipton e se irritava com o fato de sua esposa ser uma mulher fria, sempre a criticá-lo. Tinha pena do ministro. "Ele não merece isso", pensava Honey. "E precisa de conforto."

No meio de uma noite, quando a esposa viajara para outra cidade, em visita a uma irmã, Honey entrara no quarto do ministro. Estava nua.

– Douglas...

Ele abrira os olhos.

– Honey? Você está bem?

– Não. Podemos conversar?

– Claro.

O ministro estendera a mão para o abajur.

– Não acenda a luz.

Ela deitara na cama, ao seu lado.

– Qual é o problema? Não se sente bem?

– Estou preocupada.

– Com o quê?

– Você. Merece ser amado. E quero fazer amor com você.

Ele ficara chocado.

– Santo Deus! É apenas uma criança. Não pode estar falando sério.

– Claro que estou. Sua esposa não lhe dá amor..

– Isso é impossível, Honey! É melhor voltar para seu quarto agora e...

Ele sentira o corpo nu de Honey se comprimindo contra o seu.

– Não podemos fazer isso, Honey. Eu...

Honey beijara-o na boca, montara nele, e o ministro se deixara arrebatar. Ela passara a noite em sua cama.

Às 6 horas, a porta do quarto fora aberta e a Sra. Lipton entrara. Olhara para os dois por um momento e depois saíra sem dizer nada.

Duas horas depois, o reverendo Douglas Lipton cometera suicídio em sua garagem.

Ao saber, Honey ficara arrasada, incapaz de acreditar no que acontecera.

O xerife estivera na casa, conversara com a Sra. Lipton. Depois, fora falar com Honey.

– Por respeito à família, vamos registrar a morte do reverendo Douglas Lipton como "suicídio por motivos desconhecidos". Mas sugiro que você saia da cidade o mais depressa possível, e fique longe daqui...

Honey fora para o Hospital Público Embarcadero, em São Francisco.

Com uma brilhante recomendação do Dr. Jim Pearson.

9

O tempo perdera todo e qualquer significado para Paige. Não havia princípio nem fim, os dias e noites transcorriam num ritmo imutável. O hospital se tornara toda a sua vida. O mundo era um planeta estranho e distante.

O Natal chegou e passou, um novo ano começou. No mundo exterior, soldados americanos libertaram o Kuwait do jugo do Iraque.

Não havia qualquer notícia de Alfred. "Ele descobrirá que cometeu um erro", pensava Paige. "E voltará para mim."

Os telefonemas misteriosos durante a madrugada haviam cessado, tão misteriosamente quanto haviam começado. Paige sentia-se aliviada porque não lhe surgira mais nenhum incidente insólito ou ameaçador. Era quase como se tudo tivesse sido um pesadelo... só que não fora, é claro.

A rotina continuava a ser frenética. Não havia tempo para conhecer melhor os pacientes. Eram apenas vesículas e fígados rompidos, fêmures e bacias fraturados.

O hospital era uma selva povoada por demônios mecânicos – respiradores, monitores de batimentos cardíacos, equipamentos de tomografia, aparelhos de raios X. E cada um emitia seu som peculiar. Havia assovios, zumbidos, os constantes chamados pelo sistema de alto-falantes, tudo se misturando numa cacofonia alta e insana.

O SEGUNDO ANO de residência foi um ritual de passagem. Os residentes subiram um degrau para funções mais exigentes, e observaram o ingresso de um novo grupo, pelo qual sentiram uma mistura de desdém e arrogância.

– Esses pobres coitados... – comentou Kat para Paige. – Não fazem ideia daquilo em que estão se metendo.

– Descobrirão muito em breve.

PAIGE E HONEY andavam preocupadas com Kat. Ela emagrecia cada vez mais, parecia deprimida. No meio de conversas, percebiam Kat com o olhar perdido no espaço, a mente longe. De vez em quando, ela recebia um telefonema misterioso, e em seguida a depressão parecia se agravar.

Paige e Honey sentaram com ela para uma conversa franca.

– Está tudo bem com você? – perguntou Paige. – Sabe que a amamos. Se estiver com algum problema, gostaríamos de ajudar.

– Obrigada. Agradeço a preocupação, mas não há nada que possam fazer. É um problema de dinheiro.

Honey ficou surpresa.

– Para que precisa de dinheiro? Nunca vamos a lugar nenhum. Não temos tempo para comprar nada. E...

– Não é para mim, mas para meu irmão.

Kat nunca mencionara o irmao antes.

– Não sabia que tinha um irmão – comentou Paige.

– Ele vive em São Francisco? – indagou Honey.

Kat hesitou.

– Não. Mora no Leste. Em Detroit. Vão conhecê-lo um dia.

– Seria ótimo. O que ele faz?

– E uma espécie de empresário – respondeu Kat, vaga. – Anda sem sorte no momento, mas vai se recuperar. Mike sempre consegue dar a volta por cima.

"Pelo menos torço para que isso aconteça", pensou Kat.

HARRY BOWMAN fora transferido de outro programa de residência na cidade. Era jovial, otimista, fazia todo o possível para ser agradável. Um dia, ele disse a Paige:

– Vou dar uma pequena festa amanhã à noite. Se você, a Dra. Taft e a Dra. Hunter estiverem de folga, por que não aparecem? Creio que vão se divertir.

– Está certo – aceitou Paige. – O que devemos levar?

Bowman riu.

– Não precisam levar nada.

– Tem certeza? – insistiu Paige. – Uma garrafa de vinho, ou...

– Esqueça! Será no meu pequeno apartamento.

O pequeno apartamento era uma cobertura com dez cômodos, repleta de móveis antigos.

As três mulheres entraram, olharam ao redor, aturdidas.

– Santo Deus! – exclamou Kat. – De onde veio tudo isso?

– Fui bastante esperto para ter um pai esperto – explicou Bowman. – E ele me deixou todo o seu dinheiro.

– E ainda assim você trabalha? – murmurou Kat.

Bowman sorriu.

– Gosto de ser médico.

O bufê consistia de caviar Beluga Malossol, *pâté de campagne*, salmão escocês defumado, ostras, casquinha de siri, *crudités* no molho de vinagrete e champanhe Cristal.

Bowman acertara em cheio. As três se divertiram muito.

– Não tenho palavras para agradecer – disse Paige a Bowman ao fim da noite, quando saíram.

– Estão livres no sábado? – perguntou ele.

– Estamos.

– Tenho uma pequena lancha e gostaria de levá-las para um passeio.

– Parece uma grande ideia.

ÀS 4 HORAS, Kat foi despertada de um sono profundo, no quarto do plantão.

– Dra. Hunter, Sala de Emergência 3... Dra. Hunter, Sala de Emergência 3...

Kat levantou-se, lutando contra a exaustão. Esfregando os olhos para afugentar o sono, desceu no elevador para a emergência. Um servente recebeu-a na porta.

– Ele está ali naquela maca no canto. Sente muita dor.

Kat aproximou-se, e anunciou, sonolenta:

– Sou a Dra. Hunter.

O homem gemeu.

– Por Deus, doutora, tem de fazer alguma coisa. Minhas costas estão me matando.

Kat reprimiu um bocejo.

– Há quanto tempo sente essa dor?

– Há cerca de duas semanas.

Kat fitou-o com mais atenção, perplexa.

– Duas semanas? Por que não procurou um tratamento antes?

Ele tentou se mexer, estremeceu de dor.

– Para dizer a verdade, detesto hospitais.

– Então por que decidiu vir agora?

O homem se animou.

– Há um grande torneio de golfe e não poderei participar se não consertar minhas costas

Kat respirou fundo.

– Um torneio de golfe...

– Isso mesmo.

Ela teve de fazer um esforço para se controlar.

– Vou lhe dizer o que deve fazer. Volte para casa. Tome duas aspirinas e, se não estiver se sentindo melhor pela manhã, pode me telefonar.

Kat se virou e saiu da sala, deixando o homem boquiaberto.

A PEQUENA LANCHA de Harry Bowman era enorme, com 50 pés.

– Sejam bem-vindas a bordo! – gritou ele, quando Paige, Kat e Honey chegaram ao cais.

Honey contemplou a lancha com a maior admiração.

– É linda – murmurou Paige.

Passearam pela baía por três horas, desfrutando o dia quente e ensolarado. Era a primeira vez que relaxavam em muitas semanas. Com a lancha ancorada ao largo de Angel Island, enquanto comiam um almoço delicioso, Kat comentou:

– Isto é que é vida. Não vamos voltar para a praia.

– Boa ideia – concordou Honey.

Em tudo e por tudo, foi um dia maravilhoso. Quando voltaram ao cais, Paige declarou:

– Não tenho palavras para expressar o quanto gostei.

– O prazer foi meu. – Bowman afagou seu braço. – Faremos outro passeio igual. A qualquer momento. Vocês três são sempre bem-vindas.

"Que homem adorável", pensou Paige.

HONEY GOSTAVA de trabalhar em obstetrícia. Era uma enfermaria cheia de vida nova, de esperança nova, num ritual eterno e alegre.

As mães de primeira viagem se mostravam ansiosas e apreensivas. As veteranas mal podiam esperar para acabar logo com aquilo. Uma das mulheres prestes a entrar em trabalho de parto comentou para Honey:

– Graças a Deus! Serei capaz de ver os dedos dos pés de novo!

SE PAIGE mantivesse um diário, teria marcado 15 de agosto como um dia inesquecível. Foi o dia em que Jimmy Ford entrou em sua vida.

Jimmy era um servente do hospital, com o sorriso mais afável e a disposição mais otimista que Paige já vira. Era baixo e magro, parecia ter 17 anos. Tinha 25, e circulava pelos corredores do hospital como um tornado jovial. Nada era problemático demais para ele.

Estava sempre prestando pequenos serviços para todos. Não tinha o menor senso de hierarquia e tratava médicos, enfermeiras e outros serventes da mesma maneira.

Jimmy Ford adorava contar piadas.

– Já conhece aquela do paciente com o corpo todo engessado? O cara na cama ao lado perguntou o que ele fazia para ganhar a vida. E ele respondeu: "Era lavador de janelas no Empire State Building." O outro perguntou: "Quando largou?" A resposta foi imediata: "Na metade da queda."

Jimmy sorria, e se afastava apressado para ajudar alguém. Adorava Paige.

– Um dia vou me tornar um médico. Quero ser como você.

Dava-lhe pequenos presentes – barras de chocolate, bichinhos de pelúcia. Uma piada acompanhava cada presente.

– Em Houston, um homem deteve um pedestre e perguntou: "Qual é o caminho mais rápido para se chegar ao hospital?" A resposta: "Basta falar mal do Texas."

As piadas eram horríveis, mas Jimmy fazia com que parecessem engraçadas.

Ele chegava ao hospital ao mesmo tempo que Paige, aproximava-se em sua motocicleta.

O paciente perguntou: "Minha cirurgia será perigosa?" O cirurgião respondeu: "Não. Ninguém pode fazer uma cirugia perigosa por 200 dólares."

E Jimmy se afastava.

SEMPRE QUE PAIGE, Kat e Honey tinham folga no mesmo dia, saíam juntas para explorar São Francisco. Visitaram o Dutch Mill e o Japanese Tea Garden. Iam a Fisherman's Warf, o cais do pescador, e passeavam de bonde. Assistiam a peças no Curran Theater e jantavam no Maharani, na Post Street. Todos os garçons eram indianos, e para espanto de Kat e Honey, Paige falou com eles em hindi.

– *Hum Hindustani baht bahut ocho bolta hi.*

E a partir daquele momento, o restaurante lhes pertenceu.

– Onde aprendeu a falar indiano? – indagou Honey.

– Hindi – corrigiu Paige. Ela hesitou. – Nós... Morei na Índia por algum tempo.

As recordações ainda eram nítidas. Ela e Alfred em Agra, contemplando o Taj Mahal. "Shah Jahan construiu este lugar para a esposa. Demorou vinte anos para ficar pronto, Alfred."

"Vou construir um Taj Mahal para você. Não importa quanto tempo demore."

"Esta é Karen Turner. Minha esposa."

Ela ouviu seu nome ser chamado e virou-se.

– Paige... – Havia uma expressão preocupada no rosto de Kat. – Você está bem?

– Estou.

AS HORAS intermináveis continuavam. Outra véspera de ano-novo veio e passou, o segundo ano se transformou no terceiro sem que nada mudasse. O hospital não era afetado pelo mundo exterior. As guerras, fomes e desastres em países distantes eram ofuscados na comparação com as crises de vida e morte que enfrentavam ali, 24 horas por dia.

Sempre que se encontrava com Paige nos corredores do hospital, Kat sorria e indagava:

– Está se divertindo?

– Quando foi a última vez que você dormiu? – perguntava Paige.

Kat suspirava.

– Quem pode se lembrar?

Cambaleavam pelos longos dias e noites, tentando acompanhar a pressão intensa e incessante, comendo sanduíches quando tinham tempo, tomando café frio em copos de papel.

O ASSÉDIO sexual parecia ter se tornado uma parte da vida de Kat. Havia constantes insinuações, não apenas dos médicos, mas também de pacientes que tentavam o acesso à sua cama. Obtinham a mesma resposta que os médicos. "Não permitirei que nenhum homem no mundo me toque."

E ela realmente acreditava nisso.

NO MEIO de uma manhã movimentada, Kat recebeu outro telefonema de Mike.

– Oi, mana.

E Kat sabia o que estava para vir. Mandara-lhe todo o dinheiro de que podia dispor, mas no fundo tinha certeza de que, qualquer que fosse a quantia, nunca seria suficiente.

– Detesto incomodá-la, Kat. Juro que é verdade. Mas é que me meti numa pequena encrenca.

A voz de Mike parecia tensa.

– Mike... você está bem?

– Estou, sim. Não é nada sério. Acontece apenas que devo a um cara que precisa do dinheiro de volta agora, e pensei...

– Verei o que posso fazer – murmurou Kat, cansada.

– Obrigado. Sempre posso contar com você, não é mesmo, mana? Eu a amo.

– Também amo você. Mike.

UM DIA, Kat disse a Paige e Honey:

– Sabem do que todas nós precisamos?

– Um mês de sono?

– Férias. É o que merecíamos. Passear pelos Champs Elysées, admirar todas aquelas vitrines elegantes.

– É isso aí! E de primeira classe do princípio ao fim! – Paige riu. – Dormiremos durante o dia inteiro e passaremos a noite toda nos divertindo.

Honey também riu.

– Seria maravilhoso!

– Teremos algum tempo de férias dentro de poucos meses – comentou Paige. – Por que não fazemos planos de ir a algum lugar?

– Grande ideia! – exclamou Kat, entusiasmada. – Vamos procurar uma agência de viagens no sábado.

Passaram os três dias seguintes muito excitadas, fazendo planos.

– Tenho a maior vontade de conhecer Londres. Talvez acabemos encontrando a rainha.

– Paris é a cidade que quero visitar. Dizem que é o lugar mais romântico do mundo.

– Pois eu quero fazer um passeio de gôndola ao luar em Veneza.

"Talvez visitemos Veneza em nossa lua de mel, Paige, dissera Alfred. Você gostaria?"

"Claro que sim!"

Ela se perguntou se Alfred levara Karen a Veneza na lua de mel.

Na manhã de sábado, as três foram à Agência de Viagens Corniche, na Powell Street. A mulher no outro lado do balcão foi polida.

– Em que tipo de viagem estão interessadas?

– Gostaríamos de ir à Europa... Londres, Paris, Veneza...

– Uma grande viagem. Temos alguns pacotes de excursões econômicas...

– Nada disso. – Paige olhou para Honey, sorriu. – Primeira classe.

– Isso mesmo – interveio Kat. – Viagem aérea em primeira classe.

– E hotéis de primeira classe – acrescentou Honey.

– Posso recomendar o Ritz em Londres, o Crillon em Paris, o Cipriani em Veneza...

– Por que não nos dá alguns folhetos? – sugeriu Paige. – Podemos estudá-los em casa e tomar as decisões.

– Pois não – disse a mulher.

Paige examinava um folheto.

– Vocês também arrumam iates para fretar?

– Claro.

– Ótimo. Talvez fretemos um.

– Excelente. – A agente reuniu um punhado de folhetos e entregou-os a Paige. – Assim que se decidirem, basta me avisarem, e terei o maior prazer em providenciar as reservas.

– Terá notícias nossas – prometeu Honey.

Quando saíram, Kat riu e disse:

– Nada como sonhar alto, hein?

– Não se preocupe – declarou Paige. Um dia poderemos ir a todos esses lugares.

10

Seymour Wilson, o diretor médico do Hospital Público Embarcadero, era um homem frustrado, com um trabalho insuportável. Havia pacientes demais, médicos e enfermeiras de menos e horas de menos no dia. Sentia-se como o comandante de um navio afundando, correndo em vão de um lado para outro, tentando tapar os buracos.

No momento, a preocupação imediata do Dr. Wilson era Honey Taft. Enquanto alguns médicos pareciam gostar muito dela, os residentes e enfermeiras confiáveis informavam que a Dra. Taft era incapaz de realizar seu trabalho. Wilson finalmente procurou Ben Wallace.

– Quero afastar uma de nossas médicas. Os residentes com quem ela faz as rondas me dizem que é incompetente.

Wallace lembrava-se de Honey. Era a jovem que tinha notas muito altas e uma recomendação extraordinária.

– Não consigo entender. Deve haver algum engano. – Ele pensou por um momento. – Já sei o que vamos fazer, Seymour. Quem é o maior filho da puta em nossa equipe?

– Ted Allison.

– Amanhã de manhã, mandarei Honey Taft fazer a ronda com o Dr. Allison. Peça-lhe que faça um relatório sobre ela. Se Allison disser que é incompetente, vamos dispensá-la.

– É justo – concordou o Dr. Wilson. – Obrigado, Ben.

NO ALMOÇO, Honey contou a Paige que fora designada para fazer a ronda com o Dr. Allison, na manhã seguinte.

– Eu o conheço – comentou Paige. – Tem uma péssima reputação.

– Foi o que me disseram – murmurou Honey, pensativa.

Nesse mesmo momento, em outra parte do hospital, Seymour Wilson conversava com Ted Allison. Allison era um veterano inflexível, com 25 anos de profissão. Servira como oficial-médico na marinha e ainda se orgulhava de "chutar rabos".

– Quero que fique de olho na Dra. Taft – pediu Seymour Wilson. – Se ela não estiver à altura, vamos cortá-la. Entendido?

– Entendido.

Allison aguardava ansioso por algo assim. Como Seymour Wilson, desprezava médicos incompetentes. Ainda por cima, tinha a convicção arraigada de que se as mulheres queriam ingressar na profissão médica deveriam ser enfermeiras. Se fora bastante bom para Florence Nightingale, também era bom para todas as outras.

NA MANHÃ SEGUINTE, às 6 horas, os residentes reuniram-se no corredor para iniciar a ronda. O grupo era formado pelo Dr. Allison, Tom Benson, seu principal assistente, e cinco residentes, inclusive Honey Taft.

Olhando para Honey, Allison pensou: "Muito bem, irmã, vamos ver o que você sabe." Ele virou-se para o grupo.

– Vamos embora.

A primeira paciente, na Enfermaria 1, era uma adolescente, deitada sob grossos cobertores. Dormia quando o grupo se aproximou.

– Quero que todos verifiquem a ficha – disse o Dr. Allison.

Os residentes começaram a estudar a ficha da paciente. O Dr. Allison virou-se para Honey.

– Esta paciente tem febre, calafrios, mal-estar geral e anorexia. Tem temperatura alta, tosse e pneumonia. Qual é o seu diagnóstico, Dra. Taft?

Honey ficou imóvel, o rosto franzido, em silêncio.

– *E então?*

– Bom... – murmurou Honey, pensativa. – Eu diria que provavelmente ela tem psitacose... febre do papagaio.

O Dr. Allison ficou surpreso.

– O que... o que a leva a dizer isso?

– Os sintomas são típicos de psitacose, e notei que ela trabalha meio expediente numa loja de animais de estimação. A psitacose é transmitida por papagaios infeccionados.

Allison balançou a cabeça, devagar.

– Ah... ótimo. Sabe qual é o tratamento?

– Sei. sim. Tetraciclina por dez dias, repouso absoluto e muito líquido.

O Dr. Allison virou-se para o grupo.

– Todos ouviram? A Dra. Taft está absolutamente certa.

Passaram para o paciente seguinte. O Dr. Allison disse:

– Se examinarem sua ficha, vão constatar que ele tem tumores mesoteliais, efusão de sangue e fadiga. Qual é o diagnóstico?

Um dos residentes sugeriu, esperançoso:

– Parece alguma forma de pneumonia.

Um segundo residente acrescentou:

– Pode ser câncer.

O Dr. Allison tornou a se virar para Honey.

– Qual é o seu diagnóstico, doutora?

Honey pensou por um momento.

– Assim de improviso, eu diria que é pneumoconiose fibrosa, uma forma de envenenamento por asbesto. A ficha indica que ele trabalha numa fábrica de carpete.

Ted Allison não pôde esconder sua admiração.

– Excelente! Excelente! Sabe por acaso qual é o tratamento?

– Infelizmente, ainda não existe nenhum tratamento específico disponível.

Tornou-se ainda mais impressionante. Nas duas horas seguintes, Honey diagnosticou um caso raro de síndrome de Reiter, osteíte deformante e malária. Ao final da ronda, o Dr. Allison apertou a mão de Honey.

– Não me impressiono com facilidade, doutora, mas quero lhe dizer que tem um grande futuro.

Honey corou.

– Obrigada, Dr. Allison.

– E tenciono dizer isso a Ben Wallace – acrescentou ele, enquanto se afastava.

Tom Benson, o assistente de Allison, olhou para Honey e sorriu.

– Vamos nos encontrar dentro de meia hora, meu bem.

PAIGE TENTAVA manter distância do Dr. Arthur Kane, o 007. Mas em todas as oportunidades Kane pedia Paige para assisti-lo nas cirurgias. E em cada ocasião ele se tornava mais ofensivo.

– Por que não quer sair comigo? Deve estar se satisfazendo com outro.

Ou então:

– Posso ser pequeno, meu bem, mas não em toda parte. Entende o que estou querendo dizer?

Paige passou a temer as ocasiões em que tinha de trabalhar com ele. Várias vezes, observou Kane efetuar cirurgias desnecessárias e remover órgãos que eram saudáveis.

Um dia, quando se encaminhava para a sala de cirurgias, junto com Kane, Paige perguntou:

– O que vamos operar, doutor?

– A carteira dele! – Kane percebeu a expressão de Paige, e se apressou em acrescentar: – É brincadeira, meu bem.

Mais tarde, Paige comentou para Kat, furiosa:

– Ele deveria trabalhar num açougue. Não tem o direito de operar pessoas.

Depois de uma cirurgia de fígado particularmente inepta, o Dr. Kane virou-se para Paige, balançou a cabeça.

– Uma pena. Não sei se ele vai conseguir aguentar.

Paige teve de fazer o maior esforço para conter sua raiva. Decidiu conversar a respeito com Tom Chang.

– Alguém deveria denunciar o Dr. Kane – declarou Paige. – Ele está assassinando seus pacientes.

– Fique calma.

– Não posso! Não é certo permitir que um homem assim continue a agir. É um criminoso. Deveria ser julgado pelo comitê de ética.

– De que adiantaria? Teria de arrumar outros médicos para testemunharem contra ele, e ninguém estaria disposto a fazer isso. É uma comunidade fechada e temos de viver nela, Paige. É quase impossível fazer um médico testemunhar contra outro. Somos todos vulneráveis e precisamos muito uns dos outros. Acalme-se. Vamos sair, pagarei seu almoço.

Paige suspirou.

– Está bem, mas é um sistema nojento.

Durante o almoço, Paige perguntou:

– Como você e Sye estão?

Ele demorou um pouco a responder.

– Eu... temos problemas. Meu trabalho está destruindo nosso casamento. Não sei o que fazer.

– Tenho certeza de que tudo acabará bem – disse Paige.

– É melhor que sim! – exclamou Chang, veemente.

Paige levantou o rosto para fitá-lo, enquanto ele acrescentava:

– Eu me mataria se ela me deixasse.

NA MANHÃ seguinte, Arthur Kane tinha uma cirurgia de rim marcada. O chefe da cirurgia comunicou a Paige:

– O Dr. Kane pediu para você assisti-lo na SC 4.

Paige sentiu a boca subitamente ressequida. Detestava a perspectiva de ficar perto dele.

– Não poderia designar outra pessoa?

– Ele está à sua espera, doutora.

Paige suspirou.

– Está bem.

Quando Paige terminou de se aprontar, a cirugia já havia começado.

– Dê-me uma ajudinha aqui, querida – disse Kane a Paige.

O abdômen do paciente fora pintado com uma solução de iodo e fora efetuada uma incisão no quadrante superior direito, logo abaixo da caixa torácica. "Até aqui, tudo bem", pensou Paige.

– Bisturi!

A instrumentadora entregou um bisturi ao Dr. Kane. Ele levantou os olhos.

– Quero música.

Um momento depois, um CD começou a tocar. O Dr. Kane continuou a cortar.

– Vamos ter uma coisa um pouco mais animada – Ele olhou para Paige. – Ligue o *bovie*, meu amor.

"Meu amor." Paige rangeu os dentes, e pegou um bovie – um instrumento elétrico de cauterização. Começou a cauterizar as artérias, a fim de reduzir a quantidade de sangue no abdômen. A cirurgia transcorria sem incidentes.

"Graças a Deus", pensou Paige.

– Esponja.

A instrumentadora entregou uma esponja a Kane.

– Ótimo. Vamos fazer uma sucção.

Ele cortou em torno do rim, até deixá-lo exposto.

– Aqui está o pequeno demônio! Mais sucção. – Dr. Kane levantou o rim com o fórceps. – Muito bem, vamos costurá-lo.

Mais uma vez, tudo correra bem, mas algo ainda perturbava Paige. Ela examinou melhor o rim. Parecia saudável. Paige franziu o rosto, especulando se...

Enquanto o Dr. Kane começava a costurar o paciente, Paige foi até a radiografia, na moldura iluminada. Estudou-a por um instante e balbuciou:

– Oh, meu Deus!

A radiografia fora pendurada ao contrário. O Dr. Kane removera o rim errado.

TRINTA MINUTOS DEPOIS, Paige estava na sala de Ben Wallace.

– Ele removeu um rim saudável e deixou-o lesionado! – A voz de Paige era trêmula. – O homem devia ser preso!

Benjamin Wallace disse, apaziguador:

– Paige, concordo que é lamentável. Mas com certeza não foi intencional. Foi um equívoco, e...

– Um *equívoco?* Aquele paciente terá de viver na diálise pelo resto de sua vida! Alguém deve pagar por isso!

– Acredite em mim, vamos fazer uma avaliação.

Paige sabia o que isso significava: um grupo de médicos avaliaria o que acontecera, mas em sigilo. As informações não seriam reveladas ao público, nem ao paciente.

– Dr. Wallace...

– Você é parte de nossa equipe, Paige. Tem de fazer o jogo coletivo.

– Ele não poderia trabalhar neste hospital. Nem em qualquer outro.

– Você tem de ver o panorama geral. Se ele fosse afastado, haveria uma publicidade negativa, e a reputação do hospital seria prejudicada. Provavelmente enfrentaríamos uma porção de processos por imperícia.

– E o que me diz dos pacientes?

– Ficaremos atentos ao Dr. Kane. – Ele se inclinou para a frente. – Vou lhe dar alguns conselhos. Quando abrir seu consultório particular, vai precisar da boa vontade de outros médicos para referências. Sem isso, não conseguirá nada; e se adquirir a reputação de uma pessoa independente, que denuncia os colegas de profissão, não vai conseguir referências, posso lhe garantir.

Paige levantou-se.

– Quer dizer que não vai fazer nada?

– Já lhe disse, vamos fazer uma avaliação.

– E isso é tudo?

– É, sim.

– NÃO É JUSTO – disse Paige.

Ela estava na cantina, almoçando com Kat e Honey. Kat balançou a cabeça.

– Ninguém disse que a vida tem de ser justa.

Paige correu os olhos pela sala antisséptica, de ladrilhos brancos.

– Este lugar me deprime. Todos estão doentes.

– Ou não estariam aqui – ressaltou Kat.

– Por que não damos uma festa? – sugeriu Honey.

– Uma festa? Do que está falando?

– A voz de Honey se encheu de entusiasmo.

– Podíamos encomendar bebidas e uma boa comida, e fazer uma celebração! Acho que todas nós precisamos de um pouco de animação.

Paige pensou por um segundo.

– Sabe, até que não é má ideia. Vamos dar uma festa!

– Combinado! – exclamou Honey. – Podem deixar que organizo tudo. Será amanhã, depois das rondas.

ARTHUR KANE abordou Paige no corredor. Sua voz era gelada:

– Você tem sido uma garota muito desagradável. Alguém deve lhe ensinar a ficar de boca fechada.

E ele se afastou. Paige observou-o, incrédula. "Wallace contou a ele o que eu disse. Não deveria ter feito isso. Se adquirir a reputação de uma pessoa independente, que denuncia os colegas de profissão... Eu faria isso de novo?", ponderou Paige. "Claro que faria"!

A NOTÍCIA DA festa iminente espalhou-se depressa. Todos os residentes contribuíram. Um lauto cardápio foi encomendado ao Ernie's, as bebidas seriam entregues por uma loja próxima. A festa foi marcada para as 17 horas, na sala de descanso dos médicos. A comida e as bebidas chegaram às 16h30. Havia um banquete: travessas com frutos do mar, lagosta e camarão, uma variedade de patês, bolinhos de carne suecos, massas quentes, frutas e sobremesas. Quando Paige, Kat e Honey entraram na sala, às 17h15, já havia ali uma multidão de ansiosos residentes, internos e enfermeiras; comendo e se divertindo. Paige virou-se para Honey.

– Foi mesmo uma grande ideia.

Honey sorriu.

– Obrigada.

Veio um aviso pelo alto-falante:

– Dr. Finley e Dr. Ketler, para a SE. Stat.

Os dois médicos, no ato de comer um camarão, trocaram um olhar, suspiraram e se retiraram apressados. Tom Chang aproximou-se de Paige e comentou:

– Deveríamos fazer isso todas as semanas.

– Tem razão. É...

O alto-falante voltou a se manifestar:

– Dr. Chang, quarto 7... Dr. Chang, quarto 7...

E um minuto depois:

– Dr. Smythe, SE 2... Dr. Smythe, SE 2...

O alto-falante nunca parava. Em meia hora, quase todos os médicos e enfermeiras haviam sido chamados para alguma emergência. Honey ouviu seu nome ser chamado, e depois o de Paige e o de Kat.

– Não posso acreditar no que está acontecendo – disse Kat. – Sabem como as pessoas falam sobre ter um anjo da guarda? Pois acho que nós três estamos sob o encantamento de um demônio da guarda.

Suas palavras se provariam proféticas.

NA MANHÃ da segunda-feira seguinte, quando Paige saiu do plantão e foi pegar seu carro, descobriu que dois pneus haviam sido cortados. Ela ficou olhando, incrédula. "Alguém deve lhe ensinar a ficar de boca fechada."

Quando chegou ao apartamento, ela disse a Kat e a Honey:

– Tomem cuidado com Arthur Kane. Ele é louco.

11

Kat foi despertada pela campainha do telefone. Sem abrir os olhos, estendeu a mão, trouxe o fone para o ouvido.

– Alô?

– Kat? Sou eu. Mike.

Ela sentou-se na cama, o coração subitamente disparado.

– Você está bem, Mike?

– Ele soltou uma risada.

– Nunca estive melhor, mana. Graças a você e seu amigo.

– Meu amigo?

– O Sr. Dinetto.

– Quem?

Kat tentou se concentrar, ainda grogue de sono.

– Sr. Dinetto. Ele realmente salvou minha vida.

Ela não tinha a menor ideia do que o irmão falava.

– Mike...

– Lembra aqueles caras a quem eu devia dinheiro? O Sr. Dinetto tirou-os de cima de mim. É um autêntico cavalheiro. E acha que você é a maior, Kat.

Kat esquecera o incidente com Dinetto, mas agora aflorou em sua mente num relance: "Dona, não sabe com quem está falando. Acho bom fazer o que ele manda. Este é o Sr. Lou Dinetto."

– Vou lhe mandar algum dinheiro, Kat – acrescentou Mike. – Seu amigo me arrumou um emprego, que paga muito bem.

Seu amigo. Kat estava nervosa.

– Mike, escute... quero que você tome muito cuidado.

Ela ouviu-o rir de novo.

– Não se preocupe comigo. Não falei que tudo acabaria dando certo? Pois tinha razão.

– Cuide-se bem, Mike. Não...

A ligação foi cortada.

Kat não conseguiu voltar a dormir. "Dinetto! Como ele descobriu sobre Mike, e por que o está ajudando?"

Na noite seguinte, quando Kat deixou o hospital, uma limusine preta a aguardava junto ao meio-fio. Shadow e Rhino se encontravam de pé ao lado. Quando Kat ia passando, Rhino disse:

– Entre, doutora. O Sr. Dinetto quer lhe falar.

Ela estudou o homem por um momento. Rhino tinha uma aparência sinistra, mas era Shadow quem de fato a assustava. Havia alguma coisa letal em sua imobilidade. Em outras circunstâncias, Kat nunca teria entrado no carro, mas o telefonema de Mike a deixara perplexa. E preocupada.

Foi levada a um pequeno apartamento nos arredores da cidade. Dinetto a esperava ali.

– Obrigado por ter vindo, Dra. Hunter. Não sabe como fico agradecido. Um amigo meu sofreu um pequeno acidente. Gostaria que desse uma olhada nele.

– O que está fazendo com Mike? – perguntou Kat.

– Nada – respondeu Dinetto, com um ar de inocente. – Soube que ele se metera numa pequena encrenca, e dei um jeito.

– Mas como... como descobriu sobre ele? Que era meu irmão, e...

Dinetto sorriu.

– No meu negócio, somos todos amigos. Ajudamos uns aos outros. Mike envolveu-se com uma turma da pesada, e por isso o ajudei. Deveria estar grata.

– E estou – garantiu Kat. – Estou mesmo.

– Ótimo. Conhece o ditado "Uma mão lava a outra"?

Kat sacudiu a cabeça.

– Não farei nada ilegal.

– Ilegal? – Dinetto parecia magoado. – Eu não lhe pediria para fazer nada assim. Acontece apenas que meu amigo sofreu um pequeno acidente e detesta hospitais. Poderia dar uma olhada nele?

"Em que estou me metendo?", pensou Kat.

– Está bem.

– Ele está no quarto.

O amigo de Dinetto fora brutalmente espancado. Encontrava-se estendido na cama, inconsciente.

– O que aconteceu com ele? – indagou Kat.

Dinetto fitou-a nos olhos.

– Rolou por um lance de escada.

– Ele deveria ir para o hospital.

– Já disse que ele não gosta de hospitais. Posso lhe providenciar qualquer equipamento de hospital que precisar. Tinha outro médico que cuidava dos meus amigos, mas ele sofreu um acidente.

As palavras provocaram um calafrio em Kat. Sua vontade era sair correndo dali, voltar para casa e mais ouvir o nome de Dinetto, mas nada na vida era de graça. *Quid pro quo*. Kat tirou o casaco, começou a trabalhar.

12

No início de seu quarto ano de residência, Paige já fora assistente em centenas de cirurgias. Haviam se tornado como uma segunda natureza para ela. Conhecia os procedimentos cirúrgicos para vesícula, baço, fígado, apêndice e, o mais emocionante, coração. Mas sentia-se frustrada porque não realizava as cirurgias. "O que aconteceu com 'Assista uma, faça uma, ensine uma'?", especulava ela.

A resposta veio quando George Englund, o chefe de cirurgia, mandou chamá-la.

– Paige, há uma cirurgia de hérnia marcada para amanhã, na Sala de Cirurgia 3, às 7h30.

Ela escreveu uma anotação.

– Certo. Quem vai fazer a cirurgia?

– Você

– Certo. Eu... – Ela absorveu subitamente a informação. – *Eu?*

– Isso mesmo. Algum problema?

O sorriso de Paige iluminou a sala.

– Não, senhor! Eu... obrigada!

– Está pronta para isso. Acho que o paciente tem sorte por contar com você. Seu nome é Walter Herzog, e está no 314.

– Herzog. Quarto 314. Certo.

E Paige se retirou.

NUNCA SE sentira tão excitada. "Vou fazer minha primeira cirurgia! Terei a vida de um ser humano em minhas mãos. E se eu não estiver preparada? E se cometer um erro? Há coisas que podem sair erradas. É a Lei de Murphy." Ao terminar de argumentar consigo mesma, Paige se encontrava num estado de pânico.

Foi para a cantina, sentou-se com uma xícara de café puro. "Vai dar tudo certo", disse a si mesma. "Já assisti em dezenas de cirurgias de hérnia. Não é nada demais. Ele tem sorte por contar comigo." Ao terminar o cafe, ela sentia-se bastante calma para encarar seu primeiro paciente.

WALTER HERZOG tinha sessenta e poucos anos, era magro, calvo, e muito nervoso. Estava na cama, comprimindo a virilha, quando Paige entrou, carregando um buquê de flores. Herzog fitou-a.

– Enfermeira... quero ver um médico.

Paige aproximou-se da cama, entregou-lhe as flores

– Sou sua médica. Eu é que vou operá-lo.

Ele olhou para as flores; depois para Paige.

– Você é o quê?

– Não se preocupe – tranquilizou-o Paige. – Está em boas mãos.

Ela pegou a ficha ao pé da cama, estudou-a.

– O que diz aí? – indagou o homem, ansioso.

"Por que ela me trouxe flores?"

– Diz que você vai ficar bom.

Herzog engoliu em seco.

– Vai mesmo fazer a cirurgia?

– Vou.

– Parece muito... muito jovem.

Paige afagou o braço do paciente.

– Ainda não perdi nenhum paciente. – Ela correu os olhos pelo quarto. – Está confortável aqui? Quer que eu lhe arrume alguma coisa para ler? Um livro? Uma revista? Um chocolate?

Ele escutava com um nervosismo crescente.

– Não precisa. Estou bem.

"Por que ela se mostrava tão simpática? Havia alguma coisa que não queria contar?"

– Neste caso, tornarei a vê-lo pela manhã – disse Paige, jovial. Ela escreveu alguma coisa num pedaço de papel, entregou a Herzog. – Aqui está o telefone da minha casa. Pode ligar, se precisar de mim esta noite. Ficarei junto do telefone.

Quando ela saiu, Walter Herzog estava uma pilha de nervos.

POUCOS MINUTOS depois, Jimmy encontrou Paige na sala dos médicos. Aproximou-se com seu sorriso largo.

– Meus parabéns! Soube que vai fazer um procedimento.

"As notícias correm depressa", pensou Paige.

– É verdade.

– Quem quer que seja, é um homem de sorte – disse Jimmy. – Se alguma coisa me acontecer um dia, você é a única que deixarei me operar.

– Obrigada, Jimmy.

E, como não podia deixar de ser, em se tratando de Jimmy, havia sempre uma piada.

– Já soube a do homem que tinha uma dor estranha nos tornozelos? Era sovina demais para procurar um médico. Assim, quando um amigo lhe disse que sentia exatamente a mesma dor, ele recomendou: "É melhor procurar logo um médico. E depois me conte o que ele disse." No dia seguinte ele soube que o amigo morrera. Correu para o hospital, gastou 5 mil dólares em exames. Os médicos não encontraram nada de errado. Ele telefonou para a viúva do amigo e perguntou: "Chester sentiu muita dor antes de morrer?" E a viúva respondeu: "Não. Ele nem viu o caminhão que o atropelou."

E Jimmy se foi.

PAIGE SENTIA-SE agitada demais para jantar. Passou a noite praticando nós cirúrgicos em pernas de mesas e abajures. "Terei uma boa noite de sono", decidiu ela, "para estar descansada e alerta pela manhã."

Passou a noite inteira acordada, repassando todos os detalhes da cirurgia em sua mente, muitas e muitas vezes.

Há três tipos de hérnias: hérnia redutível, em que é possível empurrar os testículos de volta ao abdômen; hérnia irredutível, em que as adesões impedem o retorno do conteúdo ao abdômen; e a mais perigosa, a hérnia estrangulada, em que o fluxo de sangue pela hérnia é obstruído, afetando os intestinos. Walter Herzog tinha uma hérnia redutível.

ÀS 6 HORAS, PAIGE entrou no estacionamento do hospital. Havia uma Ferrari vermelha nova ao lado de sua vaga, e ela se perguntou quem seria o dono. Quem quer que fosse, devia ser muito rico.

ÀS 7 HORAS, PAIGE ajudava Walter Herzog a trocar o pijama pela túnica azul do hospital. A enfermeira já lhe dera um sedativo para relaxar, enquanto esperavam pela maca que o levaria à sala de cirurgia.

– Esta é a minha primeira cirurgia – comentou Walter Herzog.

"A minha também", pensou Paige.

A maca chegou, e Walter Herzog foi levado para a SC 3. Paige foi andando pelo corredor, ao seu lado, o coração batendo tão alto que ela receava que o paciente pudesse ouvi-lo.

A SC 3 ERA UMA DAS maiores no hospital, capaz de acomodar um monitor cardíaco, um aparelho respiratório e mais uma diversificada parafernália técnica. Quando Paige entrou na sala, a equipe já se encontrava ali, preparando os equipamentos. Havia um médico assistente, o anestesista, dois residentes, uma enfermeira instrumentadora e duas enfermeiras auxiliares.

A equipe a observou, em expectativa, ansiosa em verificar como ela se desempenharia em sua primeira cirurgia.

Paige foi até a mesa de operações. Walter Herzog tivera a virilha raspada e lavada com uma solução antisséptica. Esparadrapos esterilizados haviam sido dispostos em torno da área da cirurgia. Herzog fitou Paige e perguntou, sonolento:

– Não vai me deixar morrer, não é?

Paige sorriu.

– O quê? E estragar minha ficha perfeita?

Ela olhou para o anestesista, que daria ao paciente uma anestesia epidural, conhecida como bloqueio de sela. Paige respirou fundo e acenou com a cabeça.

A cirurgia começou.

– Bisturi.

No momento em que Paige ia fazer a primeira incisão na pele, uma enfermeira auxiliar disse alguma coisa.

– O que é?

– Gostaria de alguma música, doutora?

Era a primeira vez que lhe faziam essa pergunta. Paige sorriu.

– Certo. Vamos ouvir Jimmy Buffet.

No momento em que Paige efetuou a primeira incisão, seu nervosismo desapareceu. Era como se tivesse feito aquilo por toda a sua vida. Com extrema habilidade, cortou pelas primeiras camadas de gordura e músculo, até o local da hérnia. Durante todo o tempo, mantinha-se consciente da litania familiar que ressoava pela sala.

– Esponja...

– Dê-me um bovie...

– Aqui está...

– Parece que chegamos bem a tempo...

– Grampo...

– Sucção, por favor...

A mente de Paige concentrava-se por completo no que fazia. Localizar o saco hernial... soltá-lo... pôr o conteúdo de volta na cavidade abdominal... ligar a base do saco... cortar o resto... anel inguinal... suturar...

Uma hora e vinte minutos depois da primeira incisão, a cirurgia foi concluída.

Paige deveria estar se sentindo esgotada; em vez disso, porém, experimentava uma intensa exultação.

Depois que Walter Herzog foi costurado, a instrumentadora virou-se para Paige.

– Dra. Taylor...

Paige fitou-a.

– Pois não?

A enfermeira sorriu.

– Foi um grande trabalho, doutora.

ERA DOMINGO, e as três tinham o dia de folga.

– O que vamos fazer hoje? – indagou Kat.

Paige teve uma ideia.

– É um dia lindo. Por que não vamos ao Tree Park? Podemos preparar um piquenique e comer ao ar livre.

– Seria maravilhoso – murmurou Honey.

– Vamos embora! – concordou Kat.

O telefone tocou. As três o fitaram.

– Essa não! – exclamou Kat. – Pensei que Lincoln tivesse nos libertado. Não atendam. É nosso dia de folga.

– Não *temos* dias de folga – lembrou Paige.

Kat foi até o telefone, e atendeu.

– Dra. Hunter. – Ela escutou por um momento, estendeu o telefone para Paige. – É para você.

– Certo – disse Paige, resignada.

Ela pegou o fone.

– Dra. Taylor... Olá, Tom... O quê?... Não, eu já ia sair... Entendo... Tudo bem. Estarei aí dentro de 15 minutos.

Paige desligou. "Adeus, piquenique", pensou.

– É tão ruim assim? – indagou Honey.

– É, sim. Estamos prestes a perder um paciente. Tentarei voltar para o jantar.

AO CHEGAR NO hospital, Paige foi para o estacionamento dos médicos e parou seu carro ao lado da Ferrari vermelha nova. "Quantas cirurgias foram necessárias para pagar esse carro?"

Vinte minutos depois, ela entrou na sala de espera. Um homem num terno escuro sentava-se numa cadeira, olhando pela janela.

– Sr. Newton?

Ele se levantou.

– Pois não?

– Sou a Dra. Taylor. Acabei de examinar seu filho. Ele foi trazido com dores abdominais.

– Isso mesmo. Vou levá-lo para casa.

– Receio que não. Peter sofreu um rompimento do baço. Precisa de transfusão e cirurgia imediatas, ou vai morrer.

O Sr. Newton sacudiu a cabeça.

– Somos Testemunhas de Jeová. O Senhor não o deixará morrer, e não permitirei que seja maculado com o sangue de outra pessoa. Foi minha esposa quem o trouxe para cá. Será punida por isso.

– Sr. Newton, acho que não compreende a gravidade da situação. Se não operarmos imediatamente, seu filho vai morrer.

O homem sorriu.

– Não conhece os caminhos de Deus, não é?

Paige se irritou.

– Posso não saber muita coisa sobre os caminhos de Deus, mas conheço muito bem um rompimento de baço. – Ela estendeu um papel. – Seu filho é menor, e assim terá de assinar este formulário de consentimento por ele.

– E se eu não assinar?

– Ora... neste caso, não poderemos operar.

Ele balançou a cabeça.

– Acha que seus poderes são maiores que os do Senhor?

Paige o fitava, aturdida.

– Não vai assinar, não é?

– Não. Um poder mais alto do que o seu ajudará meu filho. Vai ver só.

Quando Paige voltou à enfermaria, Peter Newton, de 6 anos, estava inconsciente.

– Ele não vai sobreviver – disse Chang. – Perdeu sangue demais. O que você quer fazer?

Paige tomou uma decisão.

– Leve-o para a SC 1. Stat.

Chang ficou surpreso.

– O pai mudou de ideia?

Paige acenou com a cabeça.

– Mudou. Vamos levá-lo.

– Conseguiu o impossível. Conversei com o homem por uma hora e não fui capaz de convencê-lo. Ele disse que Deus cuidaria de tudo.

– Deus está mesmo cuidando de tudo – assegurou Paige.

DUAS HORAS E 2 litros de sangue depois, a cirurgia foi concluída com êxito. Todos os sinais vitais do menino eram fortes. Paige acariciou sua cabeça, gentilmente.

– Ele vai ficar bom.

Um servente entrou apressado na sala de cirurgia.

– Dra. Taylor? O Dr. Wallace quer vê-la imediatamente.

BENJAMIN WALLACE estava tão furioso que sua voz tremia.

– Como pôde fazer uma coisa tão absurda? Fez uma transfusão de sangue e operou sem permissão! Violou a lei!

– Salvei a vida de um menino!

Wallace respirou fundo.

– Deveria ter pedido uma ordem judicial.

– Não havia tempo – explicou Paige. – Mais dez minutos e ele teria morrido. Deus se encontrava ocupado em outro lugar.

Wallace andava de um lado para outro.

– O que vamos fazer agora?

– Obter uma ordem judicial.

– Para quê? Já fez a cirurgia.

– Mudarei a data da ordem judicial para ontem. Ninguém jamais saberá a diferença.

Wallace fitou-a nos olhos, a respiração acelerada.

– Santo Deus! – Ele enxugou o suor da testa. – Isso pode me custar o emprego.

Paige olhou para ele em silêncio por um longo momento. Depois virou-se, encaminhou-se para a porta.

– Paige...

Ela parou.

– O que é?

– Nunca mais fará algo assim de novo, não é?

– Só se for necessário.

13

Todos os hospitais têm problemas de roubo de drogas. Por lei, todo e qualquer narcótico retirado da farmácia deve ter uma assinatura; por mais controlada que seja a segurança, no entanto, os viciados, quase que invariavelmente, encontram meios de contorná-la.

O Hospital Público Embarcadero vinha tendo um grande problema. Margaret Spencer foi conversar com Ben Wallace.

– Não sei mais o que fazer, doutor. Nosso suprimento de fentanil continua a desaparecer.

O fentanil é uma droga narcótica e anestésica altamente viciante.

– Quanto desapareceu?

– Uma grande quantidade. Se fossem apenas uns poucos vidros, poderia haver alguma explicação inocente, mas agora passou a acontecer numa base regular. Mais de uma dúzia de vidros por semana.

– Tem alguma ideia de quem possa estar levando a droga?

– Não senhor. Já conversei com o pessoal da segurança. Eles também estão perdidos.

– Quem tem acesso à farmácia?

– É esse o problema. A maioria dos anestesistas tem acesso total, assim como muitos cirurgiões e enfermeiras.

Wallace pensou por um momento.

– Obrigado por ter vindo me avisar. Tomarei as providências necessárias.

– Obrigada, doutor.

A enfermeira Spencer se retirou.

"Não preciso disso logo agora", pensou Wallace, irritado. O conselho de administração do hospital se reuniria em breve, e já havia problemas demais para enfrentar. Ben Wallace conhecia muito bem as estatísticas. Mais de 10 por cento dos médicos nos Estados Unidos se tornam viciados, em um momento ou outro, em drogas ou em álcool. O fácil acesso às drogas as converte numa tentação. Era simples para um médico abrir um armário, tirar a droga que desejasse, usar um torniquete e uma seringa para injetá-la. Um viciado podia precisar de um pico a intervalos de até duas horas.

Agora ocorria em seu hospital. Algo tinha de ser feito a respeito, antes da reunião do conselho. "Seria terrível se isso constasse em minha ficha."

Ben Wallace não sabia ao certo em quem confiar para ajudá-lo a descobrir o culpado. Precisava ter muito cuidado. Estava convencido de que a Dra. Taylor e a Dra. Hunter não estavam envolvidas, e depois de refletir muito decidiu usá-las. Mandou chamá-las.

– Tenho um favor a pedir. – Ele revelou o desaparecimento do fentanil. – Quero que fiquem atentas. Se algum dos médicos com quem trabalham sair da sala de cirurgia por um momento ou demonstrar qualquer outro sinal de vício, quero que me avisem. Procurem por mudanças de personalidade... depressão, oscilações de ânimo... ou atrasos, confusões com os compromissos. Agradeceria se mantivessem o caso estritamente confidencial.

Ao deixarem a sala, Kat comentou:

– Este é um hospital grande. Vamos precisar de Sherlock Holmes.

– Não vamos, não – murmurou Paige, infeliz. – Sei quem é.

MITCH CAMPBELL era um dos médicos prediletos de Paige. O Dr. Campbell era simpático, cabelos grisalhos, na casa dos 50 anos, sempre bem-humorado, e um dos melhores cirurgiões do hospital. Paige já notara que ultimamente ele sempre chegava uns poucos minutos atrasado para uma operação, e passara a ter um tremor perceptível. Usava Paige para assisti-lo sempre que possível e em geral a deixava realizar uma grande parte da cirurgia. No meio de uma operação, suas mãos começavam a tremer, e entregava o bisturi a Paige.

– Não estou me sentindo bem – murmurava ele. – Pode assumir?

E deixava a sala de cirurgia.

Paige andava preocupada com o que poderia estar lhe acontecendo. Sabia agora. Refletiu sobre o que fazer. Se transmitisse a informação a Wallace, o Dr. Campbell seria demitido ou, pior ainda, sua carreira seria destruída. Por outro lado, se nada fizesse, estaria pondo em risco as vidas de pacientes. "Talvez eu pudesse conversar com ele", pensou Paige. "Dizer o que sei e insistir para que se trate." Ela conversou com Kat.

– É um problema difícil – concordou Kat. – Ele é um cara simpático e um bom médico. Se o denunciar, ele estará liquidado; e se não o fizer terá de pensar no mal que ele poderá causar. O que acha que acontecerá se o confrontar?

– É mais do que provável que ele negue, Kat. Esse é o padrão usual.

– É verdade. A situação é terrível.

PAIGE TINHA uma cirurgia marcada com o Dr. Campbell para o dia seguinte. "Espero estar enganada", rezou ela. "Deus, não o deixe chegar atrasado nem se retirar da sala durante a operação."

Campbell chegou 15 minutos atrasado e disse, no meio da cirurgia:

– Pode assumir, Paige? Voltarei num instante.

"Terei de conversar com ele", decidiu Paige. "Não posso destruir sua carreira."

NA MANHÃ seguinte, quando Paige e Honey chegaram ao estacionamento dos médicos, Harry Bowman parou ao lado delas, na Ferrari vermelha.

– É um lindo carro – comentou Honey. – Quanto custa um desses?

Bowman riu.

– Se você precisa perguntar, é porque não tem condições de comprar.

Paige não estava escutando. Olhava para o carro e pensava no apartamento de cobertura, as festas suntuosas, a lancha. "Fui bastante esperto para ter um pai esperto. Ele me deixou todo o seu dinheiro." E, apesar disso, Bowman trabalhava num hospital público. Por quê?

Dez minutos depois, Paige entrou no departamento de pessoal e foi falar com Karen, a secretária encarregada dos arquivos.

– Pode me fazer um favor? Só aqui entre nós, Harry Bowman me convidou para sair, e tenho o pressentimento de que ele é casado. Pode me deixar dar uma olhada em sua ficha?

– Claro. Esses filhos da puta cheios de tesão... eles nunca se cansam, não é? Claro que lhe mostrarei sua ficha.

Ela foi até um arquivo e logo encontrou o que procurava. Voltou com uma pasta, que entregou a Paige.

Ela examinou os papéis rapidamente. Os registros indicavam que o Dr. Harry Bowman viera de uma pequena universidade do meio-oeste, e que tivera de trabalhar enquanto fazia o curso de medicina. Era anestesista.

E seu pai era barbeiro.

HONEY TAFT era um enigma para a maioria dos médicos no Hospital Público Embarcadero. Durante as rondas da manhã, ela parecia bastante insegura. Nas rondas da tarde, porém, comportava-se como uma pessoa diferente. Demonstrava um conhecimento surpreendente de cada paciente e era incisiva e eficiente em seus diagnósticos.

Um dos residentes mais antigos resolveu discutir sobre ela com um colega.

– Não consigo compreender – disse ele. – De manhã, as queixas contra a Dra. Taft se acumulam. Ela não para de cometer erros. Conhece a piada da enfermeira que entende tudo errado? Um médico se queixa de que lhe disse para dar três pílulas ao paciente no quarto 4, e ela deu quatro pílulas ao paciente no quarto 3. E no momento mesmo em que fala, ele vê a enfermeira perseguindo um paciente nu pelo corredor, com uma panela de gelo na mão. O médico diz: "Olhe só para isso! Eu disse a ela para baixar a temperatura do paciente!"

O colega riu.

– Assim é a Dra. Taft. Só que à tarde ela se torna absolutamente brilhante. Seus diagnósticos são corretos, as anotações brilhantes, e se mostra bastante perceptiva. Deve estar tomando alguma pílula milagrosa que só surte efeito à tarde. – Ele coçou a cabeça. – Não dá para entender.

DR. NATHAN RITTER era rigoroso, um homem que vivia e trabalhava de acordo com as normas. Embora carecesse de um talento maior, era competente e dedicado, e esperava as mesmas qualidades das pessoas que trabalhavam com ele.

Honey teve o infortúnio de ser designada para sua equipe.

A primeira parada foi numa enfermaria com uma dúzia de pacientes. Um deles estava acabando de comer o desjejum. Ritter verificou a ficha no pé da cama.

– Dra. Taft, a ficha diz que o paciente é seu.

Honey acenou com a cabeça.

– É, sim.

– Ele vai fazer uma broncoscopia esta manhã.

Honey tomou a acenar com a cabeça.

– Isso mesmo.

– E permitiu que ele *coma?* – explodiu o Dr. Ritter. – *Antes* de uma broncoscopia?

– O pobre coitado não comia nada desde...

Nathan Ritter virou-se para seu assistente.

– Adie o procedimento. – Ele fez menção de dizer alguma coisa a Honey, mas conteve-se. – Vamos em frente.

O paciente seguinte era um porto-riquenho com uma tosse horrível. O Dr. Ritter examinou-o.

– De quem é este paciente?

– Meu – respondeu Honey.

Ele franziu o rosto.

– A infecção já deveria estar limpa. – Ritter deu uma olhada na ficha. – Está dando ao paciente 50 miligramas de ampicilina quatro vezes por dia?

– Certo.

– Não é nada certo! É *errado!* Deveria ser *500* miligramas quatro vezes por dia. Deixou um zero de fora.

– Desculpe. Eu...

– Não é de admirar que o paciente não tivesse qualquer melhora! Quero que troque a dose imediatamente.

– Pois não, doutor.

Quando chegaram a outro paciente de Honey, o Dr.Ritter disse, impaciente:

– Foi marcada uma colonoscopia para ele.Onde está o relatório da radiologia?

– O relatório da radiologia? Oh... esqueci de pedir.

Ritter lançou um olhar longo e especulativo para Honey.

A manhã foi se tornando cada vez pior. O paciente seguinte gemia tanto que as lágrimas escorriam.

– Sinto muita dor. O que há de errado comigo?

– Não sabemos – respondeu Honey.

O Dr. Ritter fitou-a com uma expressão furiosa.

– Dra. Taft, posso lhe falar lá fora por um momento?

No corredor, ele declarou:

– Nunca diga a um paciente, mas nunca mesmo, que não sabe. É a pessoa a quem eles recorrem em busca de ajuda. Se não conhece a resposta, invente uma. Está me entendendo?

– Não parece certo...

– Não lhe perguntei se parecia certo. Apenas faça o que estou mandando.

Examinaram uma hérnia de hiato, um paciente com hepatite, um com o mal de Alzheimer, e mais duas dúzias de outros. Assim que a ronda acabou, o Dr. Ritter foi procurar Benjamin Wallace.

– Temos um problema – declarou Ritter.

– Qual é, Nathan?

– É uma das residentes. Honey Taft.

"De novo!"

– O que há com ela?

– É um desastre.

– Mas ela tem as melhores recomendações!

– Ben, é melhor se livrar dela, antes que o hospital se meta numa tremenda encrenca, antes que ela mate um ou dois pacientes.

Wallace pensou a respeito por um momento e tomou sua decisão.

– Está bem. Ela vai embora.

PAIGE PASSOU a maior parte da manhã ocupada na cirurgia. Assim que teve uma folga, foi ao gabinete do Dr. Wallace, a fim de relatar suas suspeitas sobre Harry Bowman.

– Bowman? Tem certeza? Não vejo nenhum sinal de vício em Bowman.

– Ele não consome – explicou Paige. – Vende as drogas. Vive como um milionário recebendo um salário de residente.

Ben Wallace balançou a cabeça.

– Muito bem, vou investigar. Obrigado, Paige.

Wallace chamou Bruce Anderson, o chefe da segurança.

– Talvez tenhamos identificado o ladrão de drogas – anunciou Wallace. – Quero que vigie o Dr. Harry Bowman.

– Bowman?

Anderson tentou disfarçar sua surpresa. O Dr. Bowman sempre oferecia charutos cubanos e outros pequenos presentes aos guardas. Todos gostavam dele.

– Se ele entrar na farmácia, revise-o quando sair.

– Pois não, senhor.

HARRY BOWMAN seguia para a farmácia. Tinha pedidos para atender. *Muitos* pedidos. Começara por acaso. Trabalhava num pequeno hospital em Ames, Iowa, lutando para sobreviver com um salário de residente. Adorava champanhe, e o dinheiro só dava para cerveja... até que o destino lhe sorrira.

Um dos seus pacientes, que acabara de receber alta do hospital, telefonara uma manhã.

– Estou sentindo muita dor, doutor. Precisa me dar algum remédio.

– Quer voltar ao hospital?

– Não. Prefiro continuar em casa. Não poderia me trazer alguma coisa?

Bowman pensara por um momento.

– Está certo. Passarei por aí quando for para casa.

Ao visitar o paciente, ele levava um vidro de fentanil. O paciente se mostrara exultante.

– Isso é maravilhoso! – O paciente estendera um punhado de notas. – Tome aqui.

Bowman o fitara, surpreso.

– Não precisa me pagar por isso.

– Está brincando? Este negócio é como ouro. Tenho vários amigos que lhe pagariam uma fortuna se arrumasse esta droga.

Fora assim que começara. Em dois meses, Harry Bowman ganhava mais dinheiro do que jamais julgara possível. Infelizmente, o diretor do hospital descobrira. Temendo um escândalo público, dissera a Bowman que não o denunciaria se deixasse o hospital discretamente.

"Ainda bem que fui embora", pensou Bowman. "São Francisco tem um mercado muito maior."

Ele chegou à farmácia. Bruce Anderson estava parado do lado de fora. Bowman acenou com a cabeça.

– Oi, Bruce.

– Boa tarde, Dr. Bowman.

Cinco minutos depois, quando Bowman saiu da farmácia, Anderson disse:

– Desculpe, mas tenho de revistá-lo.

Harry Bowman ficou aturdido.

– Revistar-me? Mas que história é essa, Bruce?

– Desculpe, doutor, mas temos ordens para todo mundo que visite a farmácia – mentiu Anderson.

Bowman se mostrou indignado.

– Nunca ouvi falar de uma coisa assim! Eu me recuso terminantemente!

– Neste caso, terei de pedir que me acompanhe até a sala do Dr. Wallace.

– Claro! Ele vai ficar furioso quando souber disso!

Bowman entrou na sala de Wallace.

– O que esta acontecendo, Ben? Esse homem queria me revistar!

– E você se recusou a permitir uma revista?

– Claro que sim!

– Tudo bem. – Wallace estendeu a mão para o telefone. – Deixarei que a polícia de São Francisco cuide do caso, se prefere assim.

Ele começou a discar. Bowman entrou em pânico.

– Espere um pouco! Isso não é necessário. – Seu rosto se desanuviou de repente. – Ah, já sei do que se trata!

Ele enfiou a mão no bolso de trás da calça e tirou um vidro de fentanil.

– Eu ia levar isto para uma cirurgia, e...

Wallace ordenou, a voz sob controle:

– Esvazie os bolsos.

Uma expressão de desespero estampou-se no rosto de Bowman.

– Não há motivo para...

– Esvazie os bolsos.

Duas horas depois, o escritório em São Francisco da agência federal de repressão às drogas tinha uma confissão assinada e os nomes das pessoas para as quais Bowman vendia drogas.

QUANDO SOUBE da notícia, Paige foi conversar com Mitch Campbell. Ele estava sentado numa sala, descansando. Tinha as mãos em cima da mesa quando Paige entrou, e ela pôde perceber o tremor. Campbell apressou-se em baixar as mãos para o colo.

– Olá, Paige. Como tem passado?

– Muito bem, Mitch. Eu queria conversar com você.

– Sente-se.

Paige sentou-se na cadeira em frente.

– Há quanto tempo tem o mal de Parkinson?

Ele ficou um pouco mais branco.

– Como?

– É isso, não é mesmo? Vem tentando esconder.

Houve um longo momento de silêncio opressivo.

– Eu... eu... é isso. Mas... não posso renunciar à medicina... não posso. É toda a minha vida.

Paige inclinou-se para a frente, muito séria.

– Não precisa renunciar à medicina, mas não deve mais fazer cirurgias.

Ele parecia subitamente velho.

– Sei disso. Pretendia parar no ano passado. – Campbell sorriu, desolado. – Acho que terei de parar agora, não é? Você vai contar ao Dr. Wallace.

– Não – murmurou Paige, gentilmente. – *Você* é que vai contar ao Dr. Wallace.

PAIGE ALMOÇAVA na cantina quando Tom Chang se aproximou.

– Soube o que aconteceu – disse ele. – Bowman! Incrível! Bom trabalho.

Ela sacudiu a cabeça.

– Quase peguei o homem errado.

Chang sentou-se, não disse mais nada.

– Você está bem, Tom?

– Quer o "Claro que sim" ou prefere a verdade?

– Somos amigos. Quero a verdade.

– Meu casamento acabou. – Os olhos de Chang se encheram de lágrimas. – Sye foi embora. Voltou pa casa.

– Sinto muito.

– Não é culpa dela. Não tínhamos mais um casamento. Ela disse que sou casado com o hospital, e tem razão. Estou passando toda a minha vida aqui, cuidando de estranhos, em vez de ficar com as pessoas que amo.

– Ela voltará – murmurou Paige. – Tudo vai acabar bem.
– Não desta vez.
– Já pensou em procurar aconselhamento, ou...?
– Ela se recusa.
– Sinto muito, Tom. Se houver alguma coisa que eu possa...
– Dra. Taylor, quarto 410...
– Tenho de ir, Tom.

Quarto 410. Era o de Sam Bernstein. Era um dos seus pacientes prediletos, um homem gentil, na casa dos 70 anos, internado com um câncer no estômago inoperável. Muitos dos pacientes no hospital viviam se queixando, mas Sam Bernstein era uma exceção. Paige admirava sua coragem e dignidade. Ele tinha uma esposa e dois filhos criados que o visitavam regularmente, e Paige passara a gostar deles também.

Ele fora mantido vivo com a ajuda de aparelhos, com um aviso, NR – Não Ressuscite – caso seu coração parasse.

Quando Paige entrou no quarto, uma enfermeira se encontrava ao lado da cama. Ela levantou os olhos.

– Ele morreu, doutora. Não iniciei os procedimentos de emergência porque...

A voz murchou.

– Fez bem – murmurou Paige. – Obrigada.
– Há alguma coisa que eu...
– Não. Pode deixar que tomarei todas as providências.

Paige ficou parada ao lado da cama, contemplando o corpo do que fora outrora um ser humano vivo, risonho, um homem que tinha uma família e amigos, alguém que passara sua vida trabalhando com afinco, cuidando daqueles a quem amava. E agora...

Ela abriu a gaveta da mesinha de cabeceira, onde Sam Bernstein guardava seus pertences. Havia um relógio barato, um molho de chaves, 15 dólares em dinheiro, uma dentadura e uma carta para a esposa. Era tudo o que restava da vida de um homem.

PAIGE NÃO conseguia se livrar do sentimento de depressão que a dominava.

– Ele era um homem maravilhoso. Por que...

Kat interrompeu-a:

– Não pode se permitir um envolvimento emocional com seus pacientes, Paige. Vai deixá-la arrasada.

– Sei disso. E acho que tem toda razão, Kat. Mas... acaba tão depressa, não é? Hoje de manhã conversamos, e amanhã é seu funeral.

– Não está pensando em ir, não é?

– Não.

O FUNERAL foi no Cemitério Colinas da Eternidade.

Na religião judaica, o enterro deve se realizar o mais depressa possível depois da morte, e o serviço é geralmente no dia seguinte.

O corpo de Sam Bernstein fora vestido com uma *takhrikhim*, uma túnica branca, e envolto por uma *taloit*. A família reuniu-se em torno da sepultura. O rabino entoou:

– *Hamakom y'nathaim etkhem b'tokh sh'ar availai tziyon veeyerushalayim.*

Um homem ao lado de Paige percebeu sua expressão aturdida, e traduziu:

– Que o Senhor o conforte, com todos os enlutados de Sião e Jerusalém.

Para espanto de Paige, as pessoas da família começaram a rasgar as roupas que vestiam, enquanto entoavam:

– *Barush ata adonai elohainu melech haolam dayan ha-emet.*

– O que... ?

– É para demonstrar respeito – sussurrou o homem. – Do pó você veio, e ao pó retornou, mas o espírito retorna a Deus, que o concedeu.

A cerimônia terminara.

NA MANHÃ SEGUINTE, Kat encontrou com Honey no corredor. Honey parecia nervosa.

– Algum problema? – perguntou Kat.

– O Dr. Wallace mandou me chamar. Pediu que eu estivesse em sua sala às 14 horas.

– Sabe por quê?

– Acho que me atrapalhei toda na ronda outro dia. O Dr. Ritter é um monstro.

– É possível – disse Kat. – Mas tenho certeza que vai acabar tudo bem.

– Espero que sim.

ÀS 14 HORAS EM PONTO, ela chegou ao gabinete de Benjamin Wallace, levando na bolsa um pequeno pote com mel. A recepcionista ainda não voltara do almoço. A porta estava aberta.

– Entre, Dra. Taft – chamou Wallace.

Honey entrou.

– Feche a porta, por favor.

– Honey fechou a porta.

– Sente-se.

Honey sentou-se na frente da mesa, quase tremendo.

Benjamin Wallace fitou-a, e pensou: "É como dar um pontapé num cachorrinho. Mas o que tem de ser feito tem de ser feito."

– Infelizmente, Dra. Taft, tenho uma péssima notícia para lhe dar.

UMA HORA DEPOIS, Honey encontrou-se com Kat no solário. Arriou numa cadeira ao seu lado, sorrindo.

– Esteve com o Dr. Wallace? – indagou Kat.

– Estive, sim. Tivemos uma longa conversa. Sabia que a esposa o deixou em setembro? Foram casados por 15 anos. Ele tem dois filhos crescidos, de um casamento anterior, mas quase nunca os vê. O pobre coitado se sente tão solitário...

Livro II

14

Era outra vez a véspera de ano-novo, e Paige, Kat e Honey ingressaram em 1994 no Hospital Público Embarcadero. Parecia-lhes que nada em suas vidas mudara, a não ser os nomes dos pacientes.

ENQUANTO atravessava o estacionamento, Paige lembrou Harry Bowman e sua Ferrari vermelha. "Quantas vidas foram destruídas pelo veneno que Harry Bowman vendia?", especulou. As drogas eram muito sedutoras. E, ao final, letais.

JIMMY FORD apareceu com um pequeno buquê de flores para Paige.

– Para que isso, Jimmy?

Ele corou.

– Só queria dar para você. Sabia que vou me casar?

– Não! Mas isso é maravilhoso! Quem é a moça de sorte?

– Seu nome é Betsy. Ela trabalha numa loja de roupas. Vamos ter meia dúzia de filhos. A primeira menina vai se chamar Paige. Espero que não se importe.

– Eu me importar? Eu me sinto lisonjeada!

Ele ficou embaraçado.

– Conhece a do médico que deu a um paciente duas semanas de vida? "Não posso lhe pagar agora", disse o homem. "Está bem. Eu lhe darei mais duas semanas."

E Jimmy se foi.

PAIGE ANDAVA preocupada com Tom Chang. Ele vinha tendo violentas oscilações de humor. Ia da euforia à depressão profunda.

Certa manhã, durante uma conversa com Paige, ele disse:

– Já percebeu que a maioria das pessoas por aqui morreria se não fosse por nós? Temos o poder de curar seus corpos, torná-los saudáveis outra vez.

E na manhã seguinte:

– Estamos todos nos enganando, Paige. Nossos pacientes melhorariam mais depressa sem nós. Somos hipócritas, fingindo que temos todas as respostas. Mas não temos.

Paige estudou-o por um momento.

– Teve notícias de Sye?

– Falei com ela ontem. Sye não vai voltar para cá. E pretende obter o divórcio.

Paige pôs a mão no braço dele.

– Sinto muito, Tom.

Ele deu de ombros.

– Por quê? Não me incomoda. Não mais. Encontrarei outra mulher. – Ele sorriu. – E terei outro filho. Vai ver só.

Havia algo irreal na conversa. Naquela noite, Paige disse a Kat:

– Estou preocupada com Tom Chang. Tem conversado com ele ultimamente?

– Tenho.

– Ele lhe pareceu normal?

– Nenhum homem me parece normal – respondeu Kat.

Ainda assim, Paige continuava preocupada.

– Vamos convidá-lo para jantar amanhã de noite.

– Combinado.

Na manhã seguinte, ao chegar ao hospital, Paige foi recebida pela notícia de que um zelador encontrara o corpo de Tom Chang numa sala de equipamentos no porão. Ele morrera de uma overdose de pílulas para dormir. Paige ficou à beira da histeria.

– Eu poderia tê-lo salvado! – exclamou ela. – Ele clamava por ajuda durante todo esse tempo, e não o escutei!

Kat declarou, com firmeza:

– Não havia a menor possibilidade de poder ajudá-lo, Paige. Você não era o problema, e também não era a solução. Ele não queria viver sem a mulher e a filha. É simples assim.

Paige enxugou as lágrimas nos olhos.

– Maldito seja este lugar! Se não fosse pela pressão e as intermináveis horas de trabalho, a mulher nunca o teria deixado.

– Mas ela o deixou – insistiu Kat, gentilmente. – E agora acabou.

PAIGE NUNCA estivera antes num funeral chinês. Era um espetáculo incrível. Começou na agência funerária da Green Street, em Chinatown, no início da manhã, com uma multidão reunida na frente do prédio. Foi organizado um cortejo, com uma banda marcial de metais, tendo na frente algumas pessoas carregando uma enorme fotografia ampliada de Tom Chang.

A banda saiu tocando alto, serpenteando pelas ruas de São Francisco, com o carro fúnebre no final do cortejo. A maioria das pessoas seguia a pé, mas os mais idosos iam em carros.

Para Paige, o cortejo parecia circular pela cidade ao acaso. Ela ficou perplexa.

– Para onde estamos indo? – perguntou Paige a um homem que seguia ao seu lado.

Ele fez uma ligeira reverência e explicou:

– É nosso costume levar o falecido por alguns dos lugares que tiveram significado em sua vida... restaurantes em que comia, lojas em que comprava, lugares que visitava...

– Entendo. O desfile terminou na frente do Hospital Público Embarcadero. O homem virou-se para Paige e disse:

– Era aqui que Tom Chang trabalhava. É o lugar em que ele encontrou sua felicidade.

"Errado", pensou Paige. "Este é o lugar em que ele perdeu sua felicidade."

NA MARKET STREET, certa manhã, Paige avistou Alfred Turner. Seu coração disparou. Não conseguira tirá-lo da mente. Ele começou a atravessar a rua, enquanto o sinal de trânsito mudava. Quando Paige alcançou a esquina, o sinal passara para vermelho. Ela ignorou-o e atravessou a rua correndo, indiferente às buzinas e aos gritos indignados dos motoristas.

No outro lado, apressou o passo para alcançá-lo. Pegou-o pela manga do paletó.

– Alfred...

O homem virou-se.

– Como?

Era um estranho.

AGORA QUE Paige e Kat eram residentes no quarto ano, passaram a realizar cirurgias com frequência.

Kat trabalhava com médicos na neurocirurgia e nunca cessava de se espantar com o milagre dos cem bilhões de complexos computadores digitais chamados neurônios, existentes no crânio. Era um trabalho emocionante.

Kat sentia um profundo respeito pela maioria dos médicos com quem trabalhava. Eram cirurgiões competentes, até brilhantes. Havia uns poucos médicos que a faziam passar por momentos difíceis. Tentavam sair com ela, e quanto mais Kat recusava, mais se tornava um desafio. Uma ocasião, ouviu um médico murmurar:

– Lá vem a calcinha de ferro.

Ela estava assistindo o Dr. Kibler numa cirurgia no cérebro. Foi efetuada uma pequena incisão no córtex, e o Dr. Kibler empurrou a cânula de borracha no ventrículo lateral esquerdo, a cavidade no centro da metade esquerda do cérebro, enquanto Kat mantinha a incisão aberta com um pequeno retrator. Toda a sua concentração se focalizava no que acontecia à sua frente. O Dr. Kibler olhou para ela e começou a falar, enquanto continuava a trabalhar:

– Ouvi uma piada ótima. Um bêbado entrou cambaleando num bar e disse: "Me dá um trago, depressa!" O bartender respondeu: "Não posso fazer isso, porque você já está de porre."

A broca cortava cada vez mais fundo.

– "Se não me der um trago, vou me matar."

O fluido cerebrospinal saiu do ventrículo pela cânula.

– "Tenho uma proposta", disse o bartender. "Há três coisas que eu quero. Faça as três por mim, e lhe darei uma garrafa."

Enquanto ele falava, 15 mililitros de ar foram injetados no ventrículo, e foram tiradas radiografias, anteroposterior e lateral.

– "Está vendo aquele jogador de futebol americano sentado ali no canto? Não consigo tirá-lo daqui. Quero que você o expulse. Depois, tenho um crocodilo de estimação no escritório com o dente cariado. É tão mau que não posso deixar um veterinário chegar perto dele. Por fim, há uma médica do Departamento de Saúde que vem tentando fechar o bar. Você a come, e ganha a garrafa."

Uma enfermeira usava sucção para reduzir a quantidade de sangue na área.

– O bêbado expulsa o jogador de futebol americano, vai para o escritório onde está o crocodilo. Sai quinze minutos depois, todo ensanguentado, as roupas rasgadas, e pergunta: "Onde está a tal médica com o dente cariado?"

O Dr. Kibler caiu na gargalhada.

– Entenderam? Ele fodeu o crocodilo em vez da médica! E provavelmente foi uma experiência melhor!

Kat se manteve impassível, mas sentindo-se furiosa, com vontade de esbofeteá-lo.

Concluída a cirurgia, ela foi para o quarto do plantão, a fim de tentar controlar sua raiva. "Não vou deixar que os filhos da puta me vençam. Não vou mesmo, de jeito nenhum!"

DE VEZ EM QUANDO, Paige saía com médicos do hospital, mas se recusava a ter qualquer envolvimento romântico. Alfred Turner a magoara demais, e estava determinada a nunca mais passar por aquilo de novo.

Passava a maioria dos dias e noites no hospital. Era um trabalho extenuante, mas Paige fazia cirurgia geral, e era uma coisa de que gostava.

Uma manhã, George Englund, o chefe de cirurgia, chamou-a à sua sala.

– Vai começar sua especialização este ano. Cirurgia cardiovascular.

Paige acenou com a cabeça.

– Isso mesmo.

– Pois tenho um presente para você. Já ouviu falar do Dr. Barker?

Paige fitou-o aturdida.

– O Dr. *Lawrence Barker?*

– O próprio.

– Claro que sim.

Todos já haviam ouvido falar de Lawrence Barker. Era um dos mais famosos cirurgiões cardiovasculares do mundo.

– Ele voltou na semana passada da Arábia Saudita, onde operou o rei. O Dr. Barker é velho amigo meu, e concordou em nos dar três dias por semana aqui. *Pro bono.*

– Mas isso é fantástico! – exclamou Paige.

– Vou inclui-la na equipe dele.

Por um instante, Paige não foi capaz de falar.

– Eu... eu... não sei o que dizer. Fico muito grata.

– É uma oportunidade maravilhosa para você. Pode aprender muita coisa com ele.

– Sei disso. Muito obrigada, George.

– Começará as rondas com ele amanhã de manhã, às 6 horas.

– Esperarei ansiosa.

"ESPERAR ANSIOSA" era aquém do que Paige sentia. Sempre acalentara o sonho de trabalhar com alguém como o Dr. Lawrence Barker. "Mas o que estou dizendo, 'alguém como o Dr. Lawrence Barker'? Só existe um Dr. Lawrence Barker!"

Nunca vira nenhuma fotografia de Barker, mas podia visualizar como ele parecia. Alto e bonito, cabelos prateados, mãos esguias e sensíveis. Um homem afetuoso e gentil. "Vamos trabalhar juntos", pensou Paige, "e me tornarei absolutamente indispensável. Será que ele é casado?"

Naquela noite, Paige teve um sonho erótico com o Dr. Barker. Estavam realizando uma cirurgia, nus. No meio da operação, o Dr. Barker disse: "Quero você." Uma enfermeira removeu o paciente da mesa de operações. O Dr. Barker levantou Paige em seus braços, estendeu-a na mesa, e fez amor com ela.

Quando acordou, Paige estava caindo da cama.

ÀS 6 HORAS do dia seguinte, muito nervosa, Paige esperava no corredor do segundo andar, com Joel Philips, o residente sênior, e cinco outros residentes, quando um homem baixo, de rosto azedo, se aproximou. Inclinava-se para a frente enquanto andava, como se lutasse contra um vento forte. Ao chegar perto do grupo, ele disse, ríspido:

– O que vocês estão esperando? Vamos embora!

Paige levou um tempo para recuperar o controle. Partiu apressada para alcançar o resto do grupo. Enquanto avançavam pelo corredor, o Dr. Barker disse, em seu tom brusco:

– Vocês terão entre trinta e trinta e cinco pacientes para cuidar todos os dias. Espero anotações detalhadas sobre cada um. Entendido?

Houve murmúrios de “Sim, senhor”.

Entraram na primeira enfermaria. O Dr. Barker foi até a cama do primeiro paciente, um homem na casa dos quarenta anos. O comportamento ríspido e intimidativo de Barker sofreu uma mudança instantânea. Ele tocou gentilmente no ombro do paciente, sorriu.

– Bom dia. Sou o Dr. Barker.

– Bom dia, doutor.

– Como se sente esta manhã?

– Meu peito dói.

O Dr. Barker estudou a ficha ao pé da cama, depois virou-se para o Dr. Philips.

– O que as radiografias mostram?

– Não houve alteração. Ele está se recuperando muito bem.

– Vamos fazer outra contagem completa de sangue.

O Dr. Philips escreveu uma anotação.

– O Dr. Barker apalpou o braço do homem, tornou a sorrir.

– Está indo muito bem. Vamos tirá-lo daqui em uma semana. – Ele virou-se para os residentes, e seu tom voltou a se tornar ríspido quando acrescentou: – Vamos logo! Temos muitos pacientes para ver!

“Essa não!”, pensou Paige. “Temos um caso de Doutor Jekyll e Mister Hyde!”

Viram em seguida uma mulher obesa, que tinha um marca-passo. O Dr. Barker estudou sua ficha.

– Bom dia, Sra. Shelby. – A voz era tranquilizadora. – Sou o Dr. Barker.

– Por quanto tempo vai me manter neste lugar?

– É tão encantadora que eu gostaria de mantê-la aqui para sempre, mas tenho uma esposa.

A Sra. Shelby riu.

– Ela é uma mulher de sorte.

O Dr. Barker tornou para verificar a ficha.

– Eu diria que está quase pronta a voltar para casa.

– Maravilhoso!

– Passarei por aqui para vê-la de novo esta tarde.

Lawrence Barker virou-se para os residentes.

– Vamos embora!

Obedientes, todos seguiram o médico até um quarto semiparticular, onde um menino guatemalteco estava deitado na cama, cercado pela família ansiosa.

– Bom dia – disse o Dr. Barker, efusivo. Ele deu uma olhada na ficha. – Como está se sentindo esta manhã?

– Estou me sentindo bem, doutor.

O Dr. Barker virou-se para Philips.

Alguma mudança nos eletrolíticos?

– Não, doutor.

– Isso é boa notícia. – Ele afagou o braço do menino. – Aguenta firme, Juan.

A mãe perguntou, ansiosa:

– Meu filho vai ficar bom?

O Dr. Barker sorriu.

Faremos tudo o que pudermos por ele.

– Obrigada, doutor.

O Dr. Barker saiu para o corredor, seguido pelos outros. Ele parou.

– O paciente tem miocardiopatia, tremores de febre irregulares, dores de cabeça e edema localizado. Algum de vocês, todos gênios, pode me dizer qual é a causa mais comum disso?

Houve um momento de silêncio, rompido por Paige que disse, hesitante:

– Creio que é congênito... hereditário.

O Dr.Barker fitou-a, acenou com a cabeça, encorajador. Satisfeita, Paige continuou:

– Pula... espere... – Ela fazia um esforço para se lembrar. – Pula uma geração, e é transmitido pelos genes da mãe.

Ela parou, corada, orgulhosa. O Dr. Barker continuou a fitá-la.

– Porra nenhuma! É a doença de Chagas. Afeta pessoas de países latino-americanos. – Sua expressão era de repulsa. – Santo Deus! Quem lhe disse que era uma médica?

Paige ficou vermelha.

O resto da ronda foi um turbilhão para ela. Viram 24 pacientes, e Paige teve a impressão de que o Dr. Barker passou a manhã tentando humilhá-la. Era sempre a ela que Barker endereçava suas perguntas, testando, sondando. Quando ela acertava, Barker nunca a elogiava. Quando se enganava, ele gritava. Em determinado momento, quando Paige cometeu um equívoco, ele bradou:

– Eu não deixaria que você operasse meu cachorro!

Ao final da ronda, o Dr. Philips, o residente sênior disse:

– Faremos outra ronda às duas horas da tarde. Aprontem suas anotações sobre cada paciente e não deixem nada de fora.

Ele olhou para Paige, compadecido, fez menção de dizer alguma coisa, mas depois se afastou, para acompanhar o Dr. Barker.

Paige pensou: "Nunca mais quero ver esse filho da puta."

NA NOITE SEGUINTE, Paige estava de plantão. Correu de uma crise para outra, tentando freneticamente conter o dilúvio de desastres que inundava as salas de emergência.

À 1 hora conseguiu dormir. Não ouviu a sirene se aproximando, o aviso de que uma ambulância corria para a entrada de emergência do hospital. Dois paramédicos abriram as portas da ambulância, transferiram o paciente inconsciente para uma maca e o levaram para a Sala de Emergência 1.

A equipe fora alertada pelo rádio. Uma enfermeira correu ao lado do paciente, enquanto outra esperava no alto da rampa. Sessenta segundos depois, o paciente foi transferido da maca para a mesa de exames.

Era um jovem, tão ensanguentado que se tornava difícil dizer como parecia.

Uma enfermeira começou a trabalhar, cortando as roupas em farrapos com uma tesoura grande.

– Parece que está tudo quebrado.

– Ele sangra como um porco estripado.

– Não consigo pegar uma pulsação.

– Quem está de plantão?

– A Dra. Taylor.

– Chame-a. Se ela se apressar, talvez ainda o pegue vivo.

Paige foi despertada pela campainha do telefone.

– Alô...

– Temos uma emergência na SE 1, doutora. Não creio que ele consiga sobreviver.

Paige sentou-se na cama.

– Certo. Já estou indo.

Ela olhou para seu relógio de pulso: uma e meia da madrugada. Levantou-se, cambaleou para o elevador.

Um minuto depois, entrou na SE 1. No meio da sala, estendido na mesa de exames, estava o paciente todo ensanguentado.

– O que temos aqui? – perguntou Paige.

– Acidente de motocicleta. Foi atropelado por um ônibus. Não usava capacete.

Paige aproximou-se do corpo inconsciente e, antes mesmo de ver o rosto, de alguma forma já sabia. Ficou completamente desperta.

– Ponham três tubos de soro nele! – ordenou ela, – E metam-no no oxigênio. Mande trazerem sangue para cá, stat. Peçam ao arquivo para informar seu tipo sanguíneo.

Uma enfermeira fitou-a surpresa.

– Conhece-o?

– Conheço. – Paige teve de fazer um esforço para as palavras saírem. – Seu nome é Jimmy Ford.

Ela passou os dedos pela cabeça de Jimmy.

– Há um edema grande. Quero uma tomografia e radiografias da cabeça. Vamos fazer o possível e o impossível por este. Quero-o vivo!

– Certo, doutora.

Paige passou as duas horas seguintes cuidando para que se envidassem todos os esforços por Jimmy Ford. As radiografias mostraram um crânio fraturado, contusão cerebral, úmero quebrado e múltiplas lacerações. Mas tudo teria de esperar até que seu estado estabilizasse.

Às 3h30, Paige decidiu que não havia mais nada que pudesse fazer no momento. Jimmy respirava melhor, sua pulsação era mais forte. Ela contemplou a figura inconsciente. "Vamos ter meia dúzia de filhos. A primeira menina vai se chamar Paige. Espero que não se importe."

– Chamem-me se houver qualquer alteração – disse Paige.

– Não se preocupe, doutora – respondeu uma das enfermeiras. – Cuidaremos bem dele.

PAIGE VOLTOU ao quarto do plantão. Sentia-se exausta, mas estava preocupada demais com Jimmy para tornar a dormir.

O telefone tornou a tocar. Mal lhe restava energia para tirar o fone do gancho.

– Alô?

– Doutora, é melhor vir ao terceiro andar. Stat. Acho que uma das pacientes do Dr. Barker está sofrendo um ataque cardíaco.

– Já estou indo.

Uma das pacientes do Dr. Barker. Paige respirou fundo, saiu cambaleando da cama, molhou o rosto com água fria e correu para o terceiro andar. Uma enfermeira a esperava diante de um quarto particular.

– É a Sra. Hearns. Parece que ela está tendo outro ataque cardíaco.

Paige entrou no quarto.

A Sra. Hearns estava na casa dos 50 anos. O rosto ainda tinha resquícios de uma beleza antiga, mas o corpo era gordo e inchado. Comprimia o peito com as mãos e gemia.

– Estou morrendo – balbuciou ela. – Estou morrendo. Não consigo respirar.

– Vai ficar boa – disse Paige, tranquilizadora. Olhou para a enfermeira. – Fez um eletrocardiograma?

– Ela não me deixou tocá-la. Disse que está muito nervosa.

– Temos de fazer um eletro – disse Paige à paciente.

– Não! Não quero morrer! Por favor, não me deixe morrer...

Paige disse à enfermeira:

– Chame o Dr. Barker. Peça-lhe para vir até aqui imediatamente.

A enfermeira saiu apressada.

Paige encostou o estetoscópio no peito da Sra. Hearns. Escutou. Os batimentos cardíacos pareciam normais, mas Paige não podia se dar ao luxo de correr qualquer risco.

– O Dr. Barker estará aqui dentro de poucos minutos, Sra. Hearns. Tente relaxar.

– Nunca me senti tão mal assim. Meu peito está pesado demais. Por favor, não me deixe sozinha.

– Não vou deixá-la – prometeu Paige.

Enquanto esperava pela chegada do Dr. Barker, Paige ligou para a unidade de tratamento intensivo. Não houvera mudança no estado de Jimmy Ford. Ele continuava em coma.

O Dr. Barker apareceu meia hora depois. Era óbvio que se vestira às pressas.

– O que está acontecendo?

– Acho que a Sra. Hearns está sofrendo outro ataque cardíaco – respondeu Paige.

O Dr. Barker aproximou-se da cama.

– Fez um ECG?

– Ela não quis deixar.

– Pulsação?

– Normal. Sem febre.

O Dr. Barker encostou o estetoscópio no peito da Sra. Hearns.

– Respire fundo.

Ela obedeceu.

– Outra vez.

A Sra. Hearns soltou um sonoro arroto.

– Desculpe. – Ela sorriu. – Puxa, estou me sentindo melhor!

O Dr. Barker estudou-a por um momento.

– O que comeu no jantar, Sra. Hearns?

– Um hambúrguer.

– Apenas um hambúrguer? Isso foi tudo? Só um?

– Dois.

– Mais alguma coisa?

– Sabe como é... cebolas, batatas fritas.

– E para beber?

– Um milkshake de chocolate.

O Dr. Barker fitou a paciente nos olhos.

– Seu coração está ótimo. É com seu apetite que temos de nos preocupar. – Ele virou-se para Paige. – O que viu aqui é um caso de azia. Eu gostaria de lhe falar lá fora, doutora.

Quando saíram para o corredor, ele gritou:

– Mas, afinal, o que lhe ensinaram na faculdade de medicina? Nem sequer conhece a diferença entre azia e um ataque cardíaco?

Pensei...

– O problema é justamente esse, você *não pensou!* Se alguma vez tornar a me acordar no meio da noite por causa de um caso de azia, vou esfolá-la viva! Está me entendendo?

Paige ficou imóvel, com uma expressão sombria.

– Dê a ela um antiácido, *doutora* – disse Lawrence Barker, sarcástico –, e vai descobri-la curada num instante. Tornarei a vê-la às 6 horas para a ronda.

Paige observou-o se afastar, ainda furioso.

Quando voltou para a cama, no quarto do plantão, ela pensou: "Vou matar Lawrence Barker. E bem devagar. Ele ficará muito doente. Terá uma dúzia de tubos inseridos no corpo. Vai me suplicar para tirá-lo do sofrimento, mas eu não o farei. Deixarei que ele sofra, e depois, quando estiver se sentindo melhor... será nesse momento que vou matá-lo!"

15

Paige fazia a ronda da manhã com a Besta, como secretamente se referia ao Dr. Barker. Assistira-o em três cirurgias cardiotorácicas e, apesar dos ressentimentos amargos contra ele, não podia deixar de admirar sua incrível habilidade. Observara-o com o maior respeito abrir um paciente, substituir o coração velho pelo coração de um doador e costurá-lo em seguida. A cirurgia levara menos de cinco horas.

"Dentro de poucas semanas, pensara Paige, o paciente poderá retornar a uma vida normal. Não é de admirar que os cirurgiões pensem que são deuses. Eles trazem os mortos de volta à vida."

Por muitas vezes, Paige vira um coração parar e transformar-se num pedaço de carne inerte. E depois o milagre ocorria, e um órgão inanimado recomeçava a pulsar, enviando o sangue através de um corpo que estava morrendo.

Certa manhã, havia um paciente marcado para um procedimento de inserção de um balão intra-aórtico. Paige se encontrava na sala de cirurgia, assistindo o Dr. Barker. Quando iam começar, o Dr. Barker disse, ríspido:

– Faça isso!

Paige olhou para ele, aturdida.

– Como?

É um procedimento simples. Acha que pode realizá-lo?

Havia desdém em sua voz.

– Acho – respondeu Paige, muito tensa.

– Pois então vamos logo com isso!

Ele era irritante.

Barker observou Paige inserir com habilidade um tubo oco na artéria do paciente e conduzi-lo até o coração. Foi feito de maneira impecável. Barker permaneceu impassível, sem dizer nada.

"Ele que se dane", pensou Paige. "Nada que eu faça pode agradá-lo."

Paige injetou uma tintura radiopaca pelo tubo. Viram pelo monitor a tintura fluir para as artérias coronarianas. Apareceram imagens numa tela fluoroscópica, mostrando o grau de bloqueio e sua localização na artéria, enquanto uma câmera automática filmava as radiografias, para um registro permanente.

O residente sênior olhou para Paige e sorriu.

– Bom trabalho.

– Obrigada.

Paige virou-se para o Dr. Barker.

– Lento demais – resmungou ele.

E se retirou.

PAIGE SENTIA-SE grata pelos dias em que o Dr. Barker não ia ao hospital, trabalhando em seu consultório particular. Disse a Kat:

– Ficar longe dele por um dia é como passar uma semana no campo.

– Você o odeia, não é?

– É um médico brilhante, mas um ser humano mesquinho.

– Deveria conhecer alguns dos caras que tenho de aturar. – Kat riu. – Todos pensam que são dádivas divinas para as mulheres. Não seria maravilhoso se não existissem homens no mundo?

Paige não disse nada.

PAIGE E KAT foram examinar Jimmy Ford. Ele continuava em coma. Não havia nada que pudessem fazer. Kat suspirou.

– Droga! Por que isso acontece com os bons sujeitos?

– Eu bem que gostaria de saber.

– Acha que ele vai sobreviver?

Paige hesitou.

– Já fizemos tudo o que podíamos. Agora, depende de Deus.

– Engraçado... pensei que *nós* éramos Deus.

NO DIA SEGUINTE, quando Paige se encontrava no comando da ronda da tarde, Kaplan, um residente sênior, deteve-a no corredor.

– Este é seu dia de sorte. – Ele sorriu. – Vai ganhar um novo estudante de medicina para circular.

– É mesmo?
– É, sim. O SI.
– SI? Sobrinho idiota. A mulher do Dr. Wallace tem um sobrinho que quer ser médico. Foi expulso de duas faculdades. Todos já tivemos de aturá-lo. Hoje é a sua vez.
Paige soltou um grunhido.
– Não tenho tempo para isso. Estou afundada...
– Não é uma opção. Seja uma boa moça, e o Dr. Wallace lhe dará pontos de mérito no boletim.
Kaplan afastou-se. Paige suspirou e se encaminhou para o lugar em que os novos residentes a esperavam, a fim de iniciar a ronda. "Onde está o SI?" Ela olhou para o relógio. O atraso já era de três minutos. "Só lhe darei mais um minuto", decidiu Paige, "e depois começarei sem ele." Foi nesse momento que o avistou, um homem alto e esguio, aproximando-se apressado pelo corredor. Parou diante de Paige, esbaforido, e disse:
– Com licença. O Dr. Wallace me pediu para...
– Está atrasado – interrompeu-o Paige, bruscamente.
– Sei disso. Desculpe. Fui retardado...
– Não importa. Qual é o seu nome?
– Jason... Jason Curtis.
Ele usava um paletó esporte.
– Onde está seu jaleco branco?
– Meu jaleco branco?
– Ninguém lhe disse para usar um jaleco branco nas rondas?
Ele parecia confuso.
– Não. Receio...
Paige tornou a interrompê-lo, irritada:
– Volte ao posto da enfermeira e peça para lhe arrumar um jaleco branco. E não trouxe o caderno de anotações.
– Não.
"Sobrinho idiota" nem começa a descrevê-lo.
– Encontre-se conosco na Enfermaria 1.
– Tem certeza? Eu...
– Faça o que estou mandando!

Paige e os outros se afastaram, deixando Jason Curtis a observá-los.

Examinavam o terceiro paciente quando Jason chegou, apressado. Usava um jaleco branco. Paige estava dizendo:

– ...tumores do coração podem ser primários, o que é raro, ou secundários, o que é muito mais comum.

Ela virou-se para Curtis.

– Pode dar os nomes dos três tipos de tumores?

Ele fitou-a nos olhos.

– Ha... não posso...

Já era de esperar.

– Epicardial. Miocardial. Endocardial.

Curtis sorriu.

– É muito interessante.

"Essa não!", pensou Paige. "Com ou sem o Dr. Wallace, vou me livrar dele, o mais depressa possível."

Passaram para o paciente seguinte. Ao terminar de examiná-lo, Paige levou o grupo para o corredor, a fim de falar sem que o paciente pudesse ouvir.

– Estamos lidando aqui com um distúrbio da tireoide, com febre e taquicardia extrema. Sobreveio depois da cirurgia. – Ela virou-se para Jason Curtis. – Como trataria o paciente por isso?

Ele pensou por um momento, antes de murmurar:

– Gentilmente?

Paige teve de fazer um esforço para não perder o controle.

– Não é a mãe dele, mas o seu médico. Ele precisa de soro contínuo para combater a desidratação, junto com iodo e drogas antitireoides, além de sedativos para as convulsões.

Jason acenou com a cabeça.

– É o que parece mais certo.

A ronda não melhorou. Ao terminarem, Paige chamou Jason Curtis para um canto.

– Importa-se que eu seja franca com você?

– Não, claro que não – respondeu ele, afável. – Eu agradeceria.

– Procure outra profissão.

Ele franziu o rosto.

– Acha que não sou talhado para isso?

– Com toda sinceridade, não. E não gosta, não é mesmo?

– Não, não me agrada.

– Então por que decidiu se meter nisso?

– Para dizer a verdade, fui empurrado.

– Pois diga ao Dr. Wallace que ele está cometendo um erro. Acho que deve procurar outra coisa para fazer com sua vida.

– Não sabe como me sinto grato por você me dizer isso – declarou Jason Curtis, muito sério. – E gostaria de conversar mais a respeito. Se não tiver nenhum compromisso para o jantar esta noite...

– Não temos mais nada a conversar – interrompeu-o Paige. – Pode dizer a seu tio...

Foi nesse momento que o Dr. Wallace apareceu.

– Jason! Procurei-o por toda parte. – Ele virou-se para Paige. – Vejo que já se conheceram.

– É verdade, já nos conhecemos – murmurou Paige, sombria.

– Ótimo. Jason é o arquiteto que está projetando a nova ala que vamos construir.

Paige ficou aturdida.

– Ele é... *o quê?*

– Jason não lhe disse?

Ela sentiu que seu rosto se tornava vermelho. "Ninguém lhe disse para usar um jaleco branco nas rondas? Então por que decidiu se meter nisso? Para dizer a verdade, fui empurrado."

"Por mim!"

Paige queria se enfiar num buraco. Ele a fizera de tola. Virou-se para Jason.

– Por que não me disse quem era?

Ele a fitava com uma expressão divertida.

– Ora, você não me deu a oportunidade.

– Ela não deu a oportunidade do quê? – indagou o Dr. Wallace.

– Se me dão licença... – balbuciou Paige, tensa.

– E o jantar esta noite?

– Não como. E estou muito ocupada.

Paige se afastou. Jason contemplou-a com uma expressão de admiração.

– É uma mulher e tanto...

– Também acho. Vamos para a minha sala continuar as discussões sobre o projeto?

– Vamos.

Mas os pensamentos de Jason Curtis ainda se concentravam em Paige.

ERA JULHO, o momento do ritual que ocorria a cada 12 meses em hospitais por todo o país, quando novos residentes ingressavam para iniciar a jornada que os transformaria em médicos de verdade.

As enfermeiras aguardavam ansiosas pela nova safra de residentes, apostando nos que julgavam que dariam bons amantes ou maridos. Naquele dia em particular, quando os novos residentes se apresentaram, quase todos os olhos femininos fixaram-se no Dr. Ken Mallory.

Ninguém sabia por que Ken Mallory se transferira de um exclusivo hospital particular, em Washington, D.C., para o Hospital Público Embarcadero, em São Francisco. Era um residente do quinto ano e cirurgião geral. Havia rumores de que tivera de deixar Washington às pressas por causa de uma ligação com a esposa de um congressista. Outro rumor era de que uma enfermeira cometera suicídio por sua causa, e ele fora convidado a deixar o hospital. A única coisa de que as enfermeiras tinham certeza era que Ken Mallory, sem a menor dúvida, era o homem mais bonito que já haviam conhecido. Era alto, atlético, cabelos louros ondulados e um rosto que pareceria sensacional numa tela de cinema.

Mallory integrou-se na rotina do hospital como se estivesse ali há muitos anos. Era um sedutor, e desde o início as enfermeiras disputaram sua atenção. Noite após noite, os outros médicos observavam Mallory desaparecer num quarto de plantão vazio com uma enfermeira diferente. Sua reputação como garanhão estava se tornando lendária no hospital.

Paige, Kat e Honey conversavam a seu respeito.

– Dá para acreditar em todas aquelas enfermeiras se jogando para ele? – Kat riu. – Chegam até a brigar pela honra de ser a favorita da semana!

– Tem de admitir que ele é atraente – ressaltou Honey.

Kat balançou a cabeça.

– Não concordo.

CERTA MANHÃ, havia meia dúzia de residentes no vestiário quando Mallory entrou.

– Falávamos sobre você – disse um deles. – Deve estar exausto.

Mallory sorriu.

– Não foi uma noite das piores.

Ele passara a noite com duas enfermeiras. Grundy, um dos residentes, comentou:

– Faz com que nós outros pareçamos eunucos, Ken. Não há nenhuma mulher neste hospital que você não possa comer?

Mallory riu.

– Duvido.

Grundy pensou por um momento.

– Aposto que posso indicar alguém.

– É mesmo? E quem seria?

– Uma residente sênior aqui. Seu nome é Kat Hunter.

Mallory balançou a cabeça.

– A boneca negra. Sei quem é. Uma mulher muito atraente. O que o faz pensar que não posso levá-la para a cama?

– Porque todos nós fracassamos. Acho que ela não gosta de homem.

– Ou talvez apenas não tenha encontrado ainda o homem certo – sugeriu Mallory.

Grundy sacudiu a cabeça.

– Não é isso. Você não teria a menor chance.

Era um desafio.

– Sou capaz de apostar que está enganado.

Um dos outros residentes interveio:

– Está mesmo disposto a apostar?

Mallory sorriu.

– Claro. Por que não?

– Muito bem. – Todos se agruparam em torno de Mallory. – Aposto 500 dólares como não consegue comê-la.

– Está apostado.

– E eu aposto 300 dólares.

Mais outro se manifestou:

– Também quero entrar. Aposto 600.

Ao final, as apostas se elevaram a 5 mil dólares.

– Qual é o limite de tempo? – perguntou Mallory.

Grundy pensou por um momento.

– Pode ser de trinta dias. É justo?

– Mais do que justo. Não vou precisar de todo esse tempo.

– Mas tem de provar – ressalvou Grundy. – Ela terá de admitir que foi para a cama com você.

– Não tem problema. – Mallory correu os olhos pelo grupo, sorrindo. – Otários!

QUINZE MINUTOS depois, Grundy estava na cantina, onde Kat, Paige e Honey comiam o desjejum. Ele foi até a mesa.

– Posso me juntar a vocês... doutoras, por um momento?

Paige levantou os olhos.

– Claro.

Grundy sentou-se. Olhou para Kat com um ar contrafeito.

– Detesto ter de lhe contar isso, mas fiquei realmente irritado, e acho que é justo que você saiba...

Kat o fitou, perplexa.

– Saber o quê?

Grundy suspirou.

– Aquele novo residente sênior que entrou no hospital... já conhece, Ken Mallory?

– Sei quem é. O que há com ele?

– Hã... é muito embaraçoso. Ele apostou 5 mil dólares com alguns médicos como conseguiria levá-la para a cama nos próximos trinta dias.

A expressão de Kat se tornou sombria.

– É mesmo?

Grundy disse, contrito:

– Não a culpo por ficar zangada. Eu mesmo fiquei enojado quando soube da história. Só queria avisá-la. Ele vai convidá-la para sair, e achei que era certo você saber por quê.

– Obrigada por me contar – murmurou Kat.

– Era o mínimo que eu podia fazer.

Elas observaram Grundy se afastar.

Os outros residentes esperavam-no no corredor, perto da cantina.

– Como foi?

Grundy riu.

– Perfeito! Ela ficou furiosa. O filho da puta está perdido!

À MESA, Honey comentou:

– É uma coisa horrível.

Kat acenou com a cabeça.

– Alguém deveria fazer uma pau-otomia nele. Haverá patinação no gelo no inferno antes de eu sair com o sacana.

Paige manteve-se calada, pensando. Depois de um momento, ela disse:

– Quer saber ele uma coisa, Kat? Podia ser interessante se você saísse com ele.

Kat se surpreendeu.

– Como assim?

Os olhos de Paige brilhavam.

– Por que não? Se ele quer fazer um jogo, vamos ajudá-lo... só que será o *nosso* jogo.

Kat inclinou-se para a frente.

– Continue.

– Ele tem trinta dias, certo? Quando a convidar para sair, você se mostra ansiosa e afetuosa. Isto é, dará a impressão de que está absolutamente *louca* pelo homem. Vai levá-lo à loucura. Só não fará uma coisa, é claro, ir para a cama com ele. Vamos lhe ensinar uma lição de 5 mil dólares.

Kat pensou no padrasto. Era uma maneira de se vingar.

– Gostei da ideia – murmurou ela.

– Está querendo dizer que vai fazer isso? – indagou Honey.

– Vou.

E Kat não tinha a menor ideia de que, com essa palavra, assinara sua sentença de morte.

16

Jason Curtis não conseguira tirar Paige Taylor da mente. Telefonou para a secretária de Ben Wallace.

– Oi. Sou Jason Curtis. Preciso do telefone de casa da Dra. Paige Taylor.

– Pois não, Sr. Curtis. Só um instante.

Ela deu o telefone. Honey atendeu.

– Dra. Taft.

– Aqui é Jason Curtis. A Dra. Taylor esta?

– Não. Está de plantão no hospital.

– Oh... é uma pena.

Honey percebeu o desapontamento na voz.

– Se for alguma emergência, posso...

– Não, não.

– Posso transmitir o recado a ela, e pedir que ligue para você.

– Seria ótimo.

Jason deu o número de seu telefone.

– Darei o recado.

– Obrigado.

– Jason Curtis ligou – informou Honey, quando Paige voltou ao apartamento. – Parecia ansioso. Aqui está o telefone dele.

– Pode queimar.

– Não vai ligar de volta?

– Não. Nunca.

– Ainda continua apaixonada por Alfred, hein?

– Claro que não.

E isso foi tudo o que Honey pôde arrancar.

JASON ESPEROU dois dias, antes de ligar de novo. E desta vez foi a própria Paige quem atendeu.

– Dra. Taylor.

– Oi! – exclamou Jason. – Aqui é o Dr. Curtis.

– Dr....?

– Pode não se lembrar de mim – disse Jason, jovial –, mas fiz a ronda com você outro dia e a convidei para jantar. Você falou...

– Falei que estava ocupada. E ainda estou. Adeus, Sr. Curtis.

Ela bateu o telefone.

– Sobre o que ele queria falar? – indagou Honey.

– Sobre nada.

ÀS 6 HORAS DO DIA SEGUINTE, quando os residentes se reuniram com Paige para a ronda, Jason Curtis apareceu. Usava um jaleco branco.

– Espero não estar atrasado – disse ele, sempre jovial. – Tive de providenciar um jaleco branco. Sei como você fica aborrecida quando não o uso.

Paige respirou fundo, furiosa.

– Venha comigo.

Ela o levou para o vestiário dos médicos, vazio àquela hora.

– O que está fazendo aqui?

– Para dizer a verdade, tenho me preocupado com alguns dos pacientes que vimos no outro dia – respondeu ele, muito sério. – Vim verificar se todos estão bem.

O homem era irritante.

– Por que não está longe daqui, construindo alguma coisa?

Jason fitou-a nos olhos.

– É o que estou tentando fazer. – Ele tirou do bolso um punhado de ingressos. – Não sei quais são os seus gostos, e por isso comprei vários ingressos para esta noite, o jogo do Giants, teatro, ópera, um show. Pode escolher. Não são reembolsáveis.

O homem era exasperante.

– Sempre desperdiça dinheiro assim?

– Só quando estou apaixonado.

– Espere um...

Ele estendeu os ingressos.

– Escolha.

Paige pegou todos.

– Obrigada – disse ela, suavemente. – Darei a meus pacientes de ambulatório. A maioria não tem condições de ir ao teatro ou à ópera.

Jason sorriu.

– Ótimo! Espero que se divirtam. Vai jantar comigo?

– Não.

– Tem de comer de qualquer maneira. Não quer mudar de ideia?

Paige sentiu uma pontada de culpa pelos ingressos.

– Não seria uma boa companhia. Dei plantão ontem à noite e...

– Encerraremos a noite bem cedo. Palavra de escoteiro.

Ela suspirou.

– Está bem, mas...

– Maravilhoso! Onde devo buscá-la?

– Sairei daqui às 19 horas.

– Então virei buscá-la aqui. – Ele bocejou. – E agora vou voltar para a cama. Que hora horrível para se acordar! Como consegue?

Paige observou-o se afastar e não pôde deixar de sorrir.

ÀS 19 HORAS, quando Jason chegou ao hospital, a enfermeira supervisora informou:

– Creio que vai encontrar a Dra. Taylor no quarto do plantão.

– Obrigado.

– Jason seguiu pelo corredor até o quarto do plantão. A porta estava fechada. Ele bateu. Não houve resposta. Bateu de novo, depois abriu a porta, espiou. Viu Paige deitada, num sono profundo. Jason adiantou-se, parou ao lado da cama, contemplou-a por um longo momento. "Vou me casar com você, menina", pensou ele. Saiu do quarto na ponta dos pés, fechou a porta sem fazer barulho.

NA MANHÃ seguinte, Jason estava numa reunião quando sua secretária entrou com um pequeno buquê de flores. O cartão dizia: *Desculpe. RIP.* Jason riu. Telefonou para Paige no hospital.

– Aqui é a pessoa com quem você ia sair ontem à noite.

– Sinto muito – murmurou Paige. – Estou embaraçada.

– Não precisa ficar. Mas tenho uma pergunta.

– Qual é?

– RIP significa Rest in Peace ou Rip Van Winkle?

Paige riu.

– Pode escolher.

– Minha escolha é jantar esta noite. Podemos tentar de novo?

Ela hesitou. "Não quero me envolver com ninguém. Ainda está apaixonada por Alfred, não é?"

– Alô? Você continua na linha?

– Continuo. – "Uma noite só não tem problema", decidiu Paige. – Está bem, podemos jantar.

– Maravilhoso!

ENQUANTO PAIGE se vestia, naquela noite, Kat comentou:

– Parece que você tem um encontro importante. Quem é ele?

– Um médico arquiteto.

– Como?

Paige contou a história.

– Ele parece divertido. Está interessada nele?

– Não.

A NOITE TRANSCORREU de uma maneira agradável Paige descobriu que Jason era uma companhia fácil.Conversaram sobre tudo e sobre nada, e o tempo pareceu voar.

– Fale-me a seu respeito – pediu Jason. – Onde foi criada?

– Não vai acreditar.

– Prometo que vou.

– Está bem. No Congo, Índia, Birmânia, Nigéria, Quênia...

– Não acredito.

– Mas é verdade. Meu pai trabalhava para a OMS.

– OMS? Desisto. Vai ser uma reprise de Abbott e Costello?

– Organização Mundial de Saúde. Ele era médico. Passei a infância viajando por muitos países do Terceiro Mundo com ele.

– Deve ter sido terrível para você.

– Era emocionante. A parte mais difícil era nunca permanecer por tempo suficiente em qualquer lugar para fazer amizades.

"Não precisamos de mais ninguém, Paige. Sempre teremos um ao outro... Esta é minha esposa, Karen." Paige tratou de se desvencilhar da recordação.

– Aprendi uma porção de línguas estranhas e costumes exóticos.

– Por exemplo?

– Por exemplo... – Ela pensou um pouco. – Na Índia acreditam na vida depois da morte, e que a próxima vida depende de como se comportou nesta. Se foi uma pessoa má, voltaria como animal. Lembro que numa aldeia tínhamos um cachorro, e eu especulava quem ele teria sido, o que fizera de mal.

– Provavelmente ele fez xixi na perna errada.

Paige sorriu.

– E havia também a *gherao*.

– *Gherao?*

– É uma forma de punição das mais violentas. Uma multidão cerca um homem.

Ela se calou.

E o que acontece?

– É só isso.

– Só isso?

– Não dizem nada, não fazem nada. Mas ele não pode se mexer, não pode escapar. Fica acuado, até fazer o que os outros querem. Pode se prolongar por muitas e muitas horas. Ele permanece dentro do círculo, mas as pessoas ao redor vão se revezando. Uma ocasião vi um homem tentar escapar da *gherao*. Foi espancado até a morte.

A lembrança fez Paige estremecer. As pessoas normalmente afáveis haviam se transformado numa turba frenética, aos gritos. "Vamos sair daqui!", berrara Alfred. Ele a pegara pelo braço, levara-a para uma tranquila rua transversal.

– Uma coisa terrível – comentou Jason.

– Fomos embora no dia seguinte.

– Eu gostaria de ter conhecido seu pai.

– Ele era um médico maravilhoso. Faria sucesso na Park Avenue, só que não se interessava por dinheiro. Seu único interesse era ajudar as pessoas.

"Como Alfred", pensou ela.

– O que aconteceu com ele?

– Foi morto numa guerra tribal.

– Sinto muito.

– Papai adorava o que fazia. No começo, os nativos resistiam. Eram muito supersticiosos. Nas remotas aldeias indianas, todas as pessoas têm um *jatak*, um horóscopo feito pelo astrólogo local, e vivem de acordo com as indicações. – Ela sorriu. – Adorava quando faziam o meu.

– E diziam que ia se casar com um jovem e bonito arquiteto?

Paige fitou-o nos olhos e respondeu com firmeza:

– Não. – A conversa estava se tornando pessoal demais. – Você é arquiteto, e assim vai compreender. Fui criada em cabanas de bambu trançado, com chão de terra batida e telhado de colmo, onde camundongos e morcegos adoravam fazer ninho. Vivi em *tukuls* com telhado de mato, sem janelas. Meu sonho era morar um dia numa confortável casa de dois andares, com uma varanda na frente, um gramado sempre verde, uma cerca de madeira branca...

Paige parou.

– Desculpe. Não pretendia falar assim, mas você pediu.

– Fico contente de ter pedido.

Paige olhou para o relógio.

– Não imaginava que já era tão tarde.

– Podemos sair de novo?

"Não quero levar adiante", pensou Paige. "Nada vai resultar disso." Recordou uma coisa que Kat lhe dissera. "Está se apegando a um fantasma. Largue-o." Ela olhou para Jason e murmurou:

– Podemos.

NO INÍCIO DA MANHÃ seguinte, um mensageiro trouxe um pacote. Paige abriu a porta.

– Tenho uma coisa para a Dra. Taylor.

– Sou a Dra. Taylor.

O mensageiro se mostrou surpreso.

– É médica?

– Sou. – respondeu Paige, paciente. – Você se importa?

Ele deu de ombros.

– Claro que não, dona. Quer assinar aqui, por favor?

O pacote era surpreendentemente pesado. Curiosa, Paige levou-o para a sala e abriu-o. Era um modelo em miniatura de uma linda casa branca de dois andares, com uma varanda. Havia um pequeno gramado na frente, com uma cerca de madeira, branca. Ele deve ter passado a noite inteira acordado fazendo isto. Havia um cartão que dizia:

Minha( )
Nossa( )
Por favor; assinale com um X.

Paige passou um longo tempo sentada, olhando para a casa. Era a casa certa, mas o homem errado.

"O que há comigo?", perguntou a si mesma. "Ele é inteligente, atraente, encantador." Mas sabia qual era o problema. Ele não era o Alfred.

O telefone tocou. Era Jason.

– Recebeu sua casa?

– É linda! – exclamou Paige. – Muito obrigada.

– Eu gostaria de construí-la em escala natural. Já marcou o X?

– Não.

– Sou um homem paciente. Está livre para jantar esta noite?

– Estou, mas devo avisá-lo de que passarei o dia inteiro em cirurgia, e de noite me encontrará exausta.

– Encerraremos a noite cedo. Por falar nisso, o jantar será na casa dos meus pais.

Paige hesitou.

– Hã?

– Contei a eles tudo sobre você.

Está bem.

As coisas estavam correndo depressa demais. E isso a deixava nervosa. Ao desligar, Paige pensou: "Eu não deveria ter aceitado. Esta noite me sentirei cansada demais para fazer qualquer outra coisa que não dormir." Sentiu-se tentada a ligar para Jason e cancelar o jantar. "É tarde demais agora. Mas encerraremos a noite cedo."

NAQUELA NOITE, enquanto Paige se vestia, Kat comentou:

– Você parece exausta.

– E estou.

– Por que vai sair? Deveria ir para a cama. Ou isso é redundante?

– Não. Não esta noite.

Jason outra vez?

– Isso mesmo. Vou conhecer os pais dele.

– Ah... – Kat balançou a cabeça.

– Não é o que você está pensando – protestou Paige. "Não é mesmo."

A MÃE E O PAI de Jason moravam numa casa antiga e encantadora no distrito de Pacific Heights. O pai era um homem de aparência aristocrática, na casa dos 70 anos, e a mãe uma mulher expansiva e simples. Fizeram com que Paige se sentisse à vontade no mesmo instante.

– Jason nos falou muito a seu respeito – disse a Sra. Curtis. – Só não nos contou que é muito bonita.

– Obrigada.

Foram para a biblioteca, repleta com modelos em miniatura de prédios projetados por Jason e o pai.

– Acho que nós, Jason, seu avô e eu, somos responsáveis por uma grande parte da paisagem de São Francisco – comentou o pai. – Jason é um gênio.

– É o que vivo dizendo a Paige - interveio Jason.

Ela riu.

– E eu acredito.

Seus olhos começavam a se tornar pesados, tinha de fazer um grande esforço para resistir ao sono. Jason observa-a, preocupado, e sugeriu:

– Vamos jantar.

Passaram para a enorme sala de jantar. Era revestida com painéis de carvalho, mobiliada com atraentes antiguidades, havia retratos pendurados nas paredes. Uma criada começou a servir. O pai de Jason disse:

– Aquele retrato ali é do bisavô de Jason. Todos os prédios que ele projetou foram destruídos no terremoto de 1906. É uma pena. Eram de valor inestimável. Posso lhe mostrar algumas fotografias desses prédios depois do jantar, se...

A cabeça de Paige pendeu para a mesa. Ela caíra num sono profundo.

– Estou contente por não ter servido sopa – murmurou a mãe de Jason.

KEN MALLORY tinha um problema. À medida que a notícia da aposta sobre Kat espalhara-se pelo hospital, novos apostadores se apresentaram, elevando o total para 10 mil dólares. Mallory sentia-se tão confiante de seu sucesso que apostara muito mais do que tinha condições de pagar.

Se eu fracassar, estarei metido numa tremenda encrenca. Mas não vou fracassar. É tempo de o mestre entrar em ação.

Kat almoçava na cantina com Paige e Honey quando Mallory aproximou-se da mesa.

– Importam-se que eu me sente, doutoras?

"Não garotas, nem meninas. Doutoras. O tipo sensível", pensou Kat, cínica.

– Claro que não – respondeu ela. – Sente-se.

Paige e Honey trocaram um olhar.

– Tenho de ir agora – disse Paige.

– E eu também – acrescentou Honey. – Até mais tarde.

Mallory observou Paige e Honey se afastarem.

– Manhã movimentada, hein?

Ele falou como se realmente se importasse.

– Não são todas assim? – murmurou Kat, oferecendo um sorriso insinuante, promissor.

Mallory planejara sua estratégia com todo cuidado. "Deixarei que ela saiba que estou interessado nela como pessoa, não apenas como mulher: Elas detestam esse negócio de objeto sexual. Conversarei sobre medicina. Conduzirei tudo devagar, sem qualquer pressão. Tenho um mês inteiro para comê-la."

– Já soube da autópsia da Sra. Turnball? – começou Mallory. – A mulher tinha uma garrafa de Coca-Cola no estômago! Pode imaginar como...

Kat inclinou-se para a frente.

– Vai fazer alguma coisa na noite de sábado, Ken?

Mallory foi pego completamente desprevenido.

– Como?

– Pensei que poderia gostar de me levar para jantar.

Ele se descobriu quase corando. "Essa não! Quem podia pensar que seria tão fácil? Ela não é lésbica. Os caras só dizem isso porque nunca conseguiram levá-la para a cama. Mas é o que eu vim fazer. Ela está até pedindo!" Ele tentou se lembrar com quem tinha um encontro marcado no sábado. Sally, a enfermeira da SOS. Ela podia esperar.

– Não tenho nada de importante – respondeu Mallory. – E adoraria levá-la para jantar.

Kat pôs a mão sobre a dele.

– Maravilhoso – murmurou ela. – Aguardarei ansiosa.

Ele sorriu.

– E eu também.

"Não tem ideia do quanto, meu bem. Afinal, vale 10 mil dólares."

NAQUELA TARDE, Kat relatou a conversa a Paige e Honey.

– Ele ficou boquiaberto! – Kat riu. – Deveriam ter visto a cara dele. Parecia o gato que engoliu o canário.

– Mas não se esqueça de que você é a gata, Kat – ressaltou Paige. – Ele é o canário.

– O que vai fazer na noite de sábado? – perguntou Honey.

– Alguma sugestão?

– Eu tenho – respondeu Paige. – Aqui está o plano...

SÁBADO À NOITE, Kat e Ken Mallory foram jantar no Emilio's, um restaurante na baía. Ela se vestira com esmero, um vestido branco de algodão, os ombros de fora.

– Você está sensacional, Kat.

Mallory tomou o cuidado de imprimir o tom certo. Apreciando, mas sem pressionar; Admirando, mas sem insinuar. Decidira se mostrar o mais encantador de que era capaz, mas nem era necessário. Logo ficou patente que era Kat quem se empenhava em seduzi-lo. Durante os drinques, ela comentou:

– Todo mundo diz que você é um médico extraordinário, Ken.

– Tive um bom treinamento, e me preocupo muito com meus pacientes – disse Mallory, modesto. – São muito importantes para mim.

Sua voz ressoava com sinceridade. Kat pôs a mão sobre a dele.

– Tenho certeza que sim. De onde você é? Quero saber tudo a seu respeito. O *verdadeiro* você.

"Mas que coisa!", pensou Mallory. "Essa é a linha que eu uso." Ele não podia deixar de pensar como seria fácil. Era um profundo conhecedor de mulheres. Seu radar conhecia todos os sinais que elas irradiavam. As mulheres podiam dizer sim com um olhar, um sorriso, um tom de voz. Os sinais de Kat sobrecarregavam o radar. Ela se inclinou ainda mais para a frente e acrescentou, a voz rouca:

– Quero saber tudo.

Mallory falou sobre si mesmo durante o jantar. Cada vez que tentava mudar de assunto, levando a conversa para Kat, ela insistia:

– Não, nada disso. Quero ouvir mais. Sua vida foi tão fascinante...

"Ela está louca por mim", concluiu. Mallory. Desejava agora ter aceitado mais apostas. "Poderia vencer até esta noite", pensou. E teve certeza quando Kat indagou, ao tomarem o café:

– Não gostaria de dar um pulo ao meu apartamento para um último drinque?

Bingo! Mallory acariciou o braço de Kat, murmurando:

– Adoraria.

"Os caras estão todos loucos", decidiu Mallory. "Ela é a mulher mais tesuda que já conheci." Ele tinha a sensação de que se encontrava prestes a ser estuprado.

Meia hora depois, entraram no apartamento de Kat. Mallory olhou ao redor.

– Muito simpático. Mora sozinha aqui?

– Não. A Dra. Taylor e a Dra. Taft moram comigo.

– Ah...

Kat percebeu o tom de pesar na voz de Mallory, e ofereceu-lhe um sorriso insinuante.

– Mas elas vão chegar bem tarde.

Mallory sorriu.

– Ótimo.

– Aceita um drinque?

– Claro.

Ele observou Kat se encaminhar para o pequeno bar e preparar dois drinques. "Ela tem uma bunda sensacional", pensou Mallory. "É muito bonita, e ainda por cima ganharei 10 mil dólares para trepar com ela." Ele soltou uma risada. Kat virou-se.

– O que é tão engraçado?

– Nada. Apenas pensei que sou um cara sortudo por estar aqui a sós com você.

– Eu é que sou – murmurou Kat, entregando-lhe o drinque.

Mallory levantou o copo, começou a dizer "A...", mas Kat se manifestou primeiro:

– A nós!

Ele balançou a cabeça.

– Beberei a isso com o maior prazer.

Já ia sugerir "Que tal um pouco de música?", mas Kat disse, no instante em que ele abriu a boca:

– Não gostaria de um pouco de música?

– Você lê meus pensamentos.

Kat pôs para tocar um disco antigo com músicas de Cole Porter. Lançou um olhar furtivo para o relógio depois, virou-se para Mallory.

– Gosta de dançar?

Ele se adiantou.

– Depende da pessoa com quem danço. Adoraria dançar com você.

Kat foi para seus braços, começaram a dançar a música lenta e romântica. Ele sentiu que o corpo de Kat se comprimia contra o seu, e foi ficando cada vez mais excitado. Apertou-a com força e ela sorriu.

"Agora é o momento para o bote."

– Você é adorável – sussurrou Mallory, a voz meio rouca. – Desejei-a desde o primeiro momento em que a vi.

Kat fitou-o nos olhos.

– Também senti a mesma coisa por você, Ken.

Os lábios de Mallory se encontraram com os dela, e ele deu-lhe um beijo ardente.

– Vamos para o quarto, Kat...

Uma súbita urgência o invadira.

– Vamos!

Ele a pegou pelo braço, começou a levá-la para o quarto. Foi nesse instante que a porta da frente se abriu, e Paige e Honey entraram.

– Oi! – Paige olhou para Ken Mallory, surpresa. – Oh, Dr. Mallory! Não esperava encontrá-lo aqui.

– Eu... hã...

– Saímos para jantar – explicou Kat.

Mallory foi dominado por uma raiva intensa. Fez um esforço para se controlar. Olhou para Kat.

– Preciso ir. Já é tarde, e tenho um dia cheio amanhã.

– Lamento que tenha de ir agora – murmurou Kat, com um mundo de promessas em seus olhos.

– Podemos sair amanhã à noite? – perguntou Mallory.

– Eu adoraria...

– Grande!

– ...mas não posso.

– Hã... Que tal sexta-feira?

Kat franziu o rosto.

– Infelizmente, também não será possível na sexta.

Mallory estava começando a ficar desesperado.

– Sábado?

Kat sorriu.

– Sábado seria ótimo.

Ele acenou com a cabeça, aliviado.

– Ótimo. Saímos no sábado.

Mallory virou-se para Paige e Honey.

– Boa noite.

– Boa noite.

Kat acompanhou Mallory até a porta.

– Doces sonhos – sussurrou ela. – Vou sonhar com você.

Mallory apertou sua mão.

– Acredito em converter os sonhos em realidade. Compensaremos tudo na noite de sábado.

– Mal posso esperar.

NAQUELA NOITE, deitada na cama, Kat pensou em Mallory. Odiava-o. E para sua surpresa, concluiu que gostara da noite. Tinha certeza de que Mallory também se divertira, apesar de estar empenhado num jogo. "Se ao menos fosse real, e não um jogo...", pensou Kat. Ela não tinha ideia de como era um jogo perigoso.

17

"Talvez seja o tempo", pensou Paige, cansada. Era um dia frio e cinzento lá fora, com uma chuva de vento que deixava qualquer um deprimido. Seu dia começara às 6 horas e fora povoado por constantes problemas. O hospital parecia fervilhar de *gomers*, todos se queixando ao mesmo tempo. As enfermeiras se mostravam mal-humoradas e descuidadas. Tiravam sangue dos pacientes errados, perdiam radiografias urgentes e gritavam com os pacientes. Ainda por cima, havia uma deficiência de pessoal por causa de uma epidemia de gripe. Era esse tipo de dia.

O único momento animador foi o telefonema de Jason Curtis.

– Oi! – disse ele, jovial. – Só liguei para verificar como vão nossos pacientes.

– Continuam a sobreviver.

– Alguma chance de almoçarmos juntos?

Paige riu.

– O que é almoçar? Se tiver sorte, conseguirei comer um sanduíche passado por volta das 16 horas. O movimento aqui é frenético.

Está certo, não vou prendê-la por mais tempo. Posso ligar de novo?

– Claro. "Que mal havia nisso?"

– Até mais tarde.

PAIGE TRABALHOU até a meia-noite, sem um momento sequer de descanso, e quando finalmente foi substituída quase não podia se mover de tão cansada. Ainda pensou em ficar no hospital e dormir no quarto do plantão, mas a perspectiva de sua cama quente e aconchegante no apartamento era tentadora demais. Trocou de roupa e arrastou-se para o elevador. O Dr. Peterson aproximou-se.

– Santo Deus! Onde está o caminhão que a atropelou?

Paige sorriu.

– Pareço tão mal assim?

– Pior. – Peterson também sorriu. – Vai para casa agora?

Paige acenou com a cabeça.

– Sorte sua. Estou apenas começando.

O elevador chegou. Ela estava quase dormindo.

– Paige...

Ela sacudiu a cabeça para despertar.

– O que é?

– Vai conseguir guiar até em casa?

– Claro. E quando chegar vou dormir por 24 horas seguidas.

Paige foi para o estacionamento, entrou em seu carro. Ficou sentada ali por um longo momento, esgotada demais para girar a chave na ignição. "Não devo dormir aqui. Dormirei em casa."

Saiu do estacionamento, seguiu para o apartamento. Não tinha consciência de que dirigia de forma irregular até que um motorista lhe gritou:

– Ei, é melhor parar esse carro antes de provocar um desastre, sua bêbada!

Ela fez um esforço para se concentrar. *Não devo dormir... não devo dormir.* Ligou o rádio, aumentou o volume para o máximo. Ao chegar ao prédio, permaneceu sentada no carro por um longo momento, antes de ser capaz de reunir forças suficientes para subir até o apartamento.

Kat e Honey já se encontravam em seus quartos, dormindo. Paige olhou para o relógio na sua mesinha de cabeceira. Uma hora da madrugada. Começou a se despir, mas o esforço era demasiado. Arriou na cama ainda com as roupas e no instante seguinte mergulhou num sono profundo.

Foi despertada pela campainha estridente de um telefone que parecia vir de algum planeta distante. Lutou para continuar dormindo, mas a campainha era como agulhas penetrando em seu cérebro. Sentou-se na cama, tonta, estendeu a mão para o telefone.

– Alô?

– Dra. Taylor?

– Isso mesmo.

Sua voz era um murmúrio rouco.

– O Dr. Barker a quer na SC 4 para assistência, stat.

Paige limpou a garganta.

– Deve haver algum engano. Acabei de sair do plantão.

– SC 4. Ele está esperando.

O telefone ficou mudo. Paige sentou-se na beira da cama, atordoada, a mente entorpecida pelo sono. Olhou para o relógio na mesinha de cabeceira. 4h15. Por que o Dr. Barker a chamava no meio da noite? Só havia uma resposta. Alguma coisa acontecera com um dos pacientes dela.

Paige cambaleou para o banheiro, molhou o rosto com água fria. Contemplou-se no espelho. "Oh, Deus, pareço com minha mãe! Não! Minha mãe nunca pareceu tão mal assim!"

Dez minutos depois, Paige estava voltando para o hospital. Ainda se encontrava meio adormecida quando subiu no elevador para o quarto andar, e se encaminhou para a SC 4. Entrou no vestiário, trocou de roupa, lavou-se e passou para a sala de cirurgia.

Havia três enfermeiras e um residente assistindo o Dr. Barker. Ele levantou os olhos quando Paige entrou e gritou:

– Mas você está usando uma túnica de ronda! Ninguém jamais lhe informou que deve usar uma túnica esterilizada na sala de cirurgia?

Paige ficou imóvel, atordoada, despertada com um sobressalto, os olhos ardendo em fúria.

– Eu deveria estar de folga! Só vim até aqui como um favor! Não vou...

– Não discuta comigo! – interrompeu o Dr. Barker, bruscamente. – Venha até aqui e segure este retrator!

Paige adiantou-se, deu uma olhada. Não era um paciente seu que se encontrava na mesa, mas um estranho. "Barker não tinha razão para me chamar. Está tentando me forçar a deixar o hospital. Mas não vai conseguir!" Ela lançou-lhe um olhar funesto, pegou o retrator e começou a trabalhar.

A cirurgia era de emergência, uma ponte de safena. A incisão na pele já fora efetuada, pelo centro do peito, até o esterno, que fora partido com uma serra elétrica. O coração e os grandes vasos sanguíneos estavam expostos.

Paige inseriu o retrator entre os lados cortados do esterno, separando-os. Observou o Dr. Barker abrir o pericárdio, com extrema habilidade, deixando o coração à mostra. Ele indicou as coronárias.

– Aqui está o problema. Vamos fazer um enxerto.

Ele já removera um longo pedaço de veia de uma perna. Costurou um pedaço na artéria principal que saía, do coração. Prendeu a outra extremidade em uma das coronárias, além da área obstruída. Assim, o sangue passaria pelo enxerto, contornando a obstrução.

Paige observava um mestre em ação. "Se ao menos ele não fosse tão filho da puta!"

A cirurgia durou três horas. Quando terminou, Paige só estava meio consciente. Fechada a incisão, o Dr. Barker virou-se para a equipe e disse:

– Quero agradecer a todos.

Ele não olhou para Paige. Ela saiu da sala, sem dizer nada, subiu para o gabinete do Dr. Benjamin Wallace. Ele estava chegando.

– Você parece exausta, Paige. Precisa descansar um pouco.

Paige respirou fundo para controlar a raiva.

– Quero ser transferida para outra equipe cirúrgica.

Wallace estudou-a por um momento.

– Está com o Dr. Barker, não é?

– Isso mesmo.

– Qual é o problema?

– Pergunte a ele. O Dr. Barker me odeia. Ficará contente em se livrar de mim. E estou disposta a trabalhar com qualquer outro.

– Falarei com ele – prometeu Wallace.

– Obrigada.

Paige retirou-se. "É melhor mesmo que me afastem dele. Se tornar a vê-lo, vou matá-lo."

PAIGE FOI para casa, dormiu por 12 horas. Acordou com a sensação de que algo maravilhoso acontecera, e depois se lembrou. *Não tenho mais de ver a Besta!* Foi para o hospital assoviando.

Ao descer pelo corredor, um servente se aproximou.

– Dra. Taylor...

– O que é?

– O Dr. Wallace gostaria de lhe falar em sua sala.

– Obrigada.

Paige especulou quem seria o novo cirurgião sênior com quem iria trabalhar. "Qualquer um já será uma grande melhoria", concluiu. Entrou na sala de Benjamin Wallace.

– Está com uma aparência muito melhor hoje, Paige.

– Obrigada. Estou me sentindo melhor.

E era verdade. Sentia-se ótima, com um alívio profundo.

– Falei com o Dr. Barker.

Paige sorriu.

– Obrigada. Não sabe como fico agradecida.

– Ele não quer liberá-la.

O sorriso de Paige desapareceu. "O quê?"

– Disse que você foi designada para sua equipe, e continuará lá.

Ela não podia acreditar no que estava ouvindo.

– Mas *por quê?* – Ela sabia o motivo. O filho da puta sádico precisava de uma mulher para agredir, alguém para humilhar. – Não vou aguentar.

O Dr. Wallace comentou, pesaroso:

– Receio que não tenha opção. A menos que queira deixar o hospital. Gostaria de pensar a respeito?

Paige não precisava pensar.

– Não. – Ela não permitiria que Barker a forçasse a sair. Era esse o plano dele. – Não. Vou continuar.

– Ótimo. Então está tudo acertado.

"Não está não", pensou Paige. "Vou descobrir algum meio de retaliar."

NO VESTIÁRIO dos médicos, Ken Mallory se aprontava para sua ronda. O Dr. Grundy e três outros médicos entraram.

– Aqui está o nosso homem! – exclamou Grundy. – Como vão as coisas, Ken?

– Tudo ótimo.

Grundy virou-se para os outros.

– Ele não parece com um cara que acaba de dar uma boa trepada, não é? – Grundy tornou a se virar para Mallory. – Espero que esteja com o nosso dinheiro na mão. Planejo dar a entrada num pequeno carro.

Outro médico acrescentou:

– E eu vou comprar um guarda-roupa novo.

Mallory balançou a cabeça, com um ar compadecido.

– Eu não contaria com isso, otários. Vocês é que têm de se preparar para me pagar!

Grundy estudou-o.

– Como assim?

– Se ela é uma lésbica, eu sou um eunuco. É a mulher mais cheia de tesão que já conheci. Tive praticamente de mantê-la a distância na outra noite.

– Os outros trocaram olhares, preocupados.

– Mas não conseguiu comê-la?

– Só não consegui, meus amigos, porque fomos interrompidos a caminho do quarto. Tenho um encontro marcado com ela na noite de sábado, e a fatura será liquidada. – Mallory terminou de se vestir. – E agora, senhores, se me dão licença...

UMA HORA DEPOIS, Grundy deteve Kat no corredor.

– Estava à sua procura – disse ele, parecendo irritado.

– Algum problema?

– É aquele filho da puta do Mallory. Ele é tão convencido que ofereceu vantagens para novas apostas. Não dá para acreditar!

– Não se preocupe – murmurou Kat, sombria. – Ele vai perder.

QUANDO KEN Mallory pegou Kat, na noite de sábado, ela usava um vestido decotado, que realçava o corpo voluptuoso.

– Está deslumbrante – comentou ele, com admiração.

Kat abraçou-o.

– Quero ficar bonita para você.

E se comprimiu contra ele. "Santo Deus, ela quer mesmo trepar comigo!" Quando Mallory falou, sua voz saiu rouca:

– Tenho uma ideia, Kat. Antes de sairmos para jantar, por que não vamos para o quarto, e...

Ela acariciava seu rosto.

– Eu bem que gostaria, querido, mas Paige está em casa.

Na verdade, Paige se encontrava no hospital, trabalhando.

– Oh...

– Mas depois do jantar...

Kat deixou a sugestão pairando no ar.

– O quê?

– Podemos ir para o seu apartamento.

Mallory abraçou-a, beijou-a.

– É uma ideia maravilhosa!

Ele levou-a ao Iron Horse e tiveram um jantar delicioso. Contra a vontade, Kat se divertia. Mallory era encantador e divertido, e muito atraente. Parecia sinceramente interessado em saber tudo a seu respeito. Kat sabia que ele apenas a lisonjeava, mas parecia falar sério ao elogiá-la.

"Se eu não soubesse..."

Mallory mal provou a comida. Só conseguia pensar numa coisa: "Dentro de duas horas, ganharei 10 mil dólares... Dentro de uma hora, ganharei 10 mil dólares... Dentro de meia hora..."

Tomaram o café.

– Está pronta? – perguntou Mallory.

Kat pôs a mão sobre a dele.

– Não tem ideia do quanto estou pronta, querido. Vamos embora.

Pegaram um táxi para o apartamento de Mallory.

– Estou completamente louco por você – sussurrou Mallory. – Nunca conheci uma mulher igual.

E Kat pôde ouvir a voz de Grundy: "Ele é tão convencido que ofereceu vantagens para novas apostas."

Ao chegarem ao prédio, Mallory pagou o motorista e levou Kat para o elevador. Teve a sensação de que o elevador demorou uma eternidade para subir até seu apartamento. Ele abriu a porta, na maior ansiedade.

– Aqui está.

Kat entrou. Era um pequeno apartamento de solteiro, comum, precisando demais do toque de uma mulher.

– É adorável... – Ela virou-se para Mallory – É *você*.

Ele sorriu.

– Vou mostrar *nosso* quarto. Porei uma música.

Enquanto ele ia até o aparelho de som, Kat olhou para o relógio. A voz de Barbara Streisand espalhou-se pela sala. Mallory pegou-a pela mão.

– Vamos, meu bem.

– Espere um instante...

Ele fitou-a nos olhos, perplexo.

– Para quê?

– Quero apenas desfrutar este momento com você. Sabe, antes de nós...

– Por que não desfrutamos no quarto?

– Eu adoraria tomar um drinque.

– Um drinque? – Mallory teve de fazer um esforço para disfarçar sua impaciência. – Está bem. O que vai querer?

– Vodca com tônica, por favor.

Ele sorriu.

– Acho que podemos dar um jeito.

Mallory foi até o bar, preparou dois drinques, apressado. Kat tornou a olhar para o relógio. Ele voltou com os drinques, entregou um a Kat.

– Aqui está, querida. – Mallory levantou seu copo. – À nossa união.

– À nossa união. – Kat tomou um gole. – Oh, não!

Ele se mostrou surpreso.

– Qual é o problema?

– Isto é vodca!

– Foi o que você pediu.

– É mesmo? Então desculpe. Detesto vodca. – Ela acariciou o rosto de Mallory. – Pode me servir um *scotch* com soda?

– Claro.

Ele reprimiu a impaciência, voltou ao bar para preparar outro drinque. Kat tornou a olhar para o relógio. Ken Mallory voltou.

– Aqui está.

– Obrigada, querido.

Ela tomou dois goles. Ken Mallory tirou o copo de sua mão, largou numa mesa. Abraçou Kat, apertou-a com força, e ela pôde sentir sua ereção.

– Agora vamos fazer história – murmurou Ken.

– Vamos!

Ela deixou que Mallory a conduzisse para o quarto.

"Eu consegui!", pensou Mallory, exultante. "Eu consegui! Lá se vão as muralhas de Jericó!" Ele virou-se para Kat.

– Tire as roupas, meu bem.

– Você primeiro, querido. Quero vê-lo se despir. Isso me excita.

– É mesmo? Está bem.

Enquanto Kat observava, Mallory tirou as roupas, devagar. Primeiro, o paletó, depois a gravata e a camisa, os sapatos, as meias, a calça. Tinha o corpo firme de um atleta.

– Isto a excita, meu bem?

– E muito. Agora tire a cueca.

Lentamente, Mallory deixou a cueca cair no chão Tinha uma enorme ereção.

– Que coisa linda... – murmurou Kat.

– Agora é a sua vez.

– Certo.

Foi nesse momento que o bipe de Kat começou a tocar. Mallory teve um sobressalto.

– Mas o que...

– Estão me chamando – disse Kat. – Posso usar seu telefone?

– *Agora?*

– Isso mesmo. Deve ser uma emergência.

– *Agora?* Não pode esperar?

– Conhece as regras, querido.

– Mas...

Enquanto Mallory olhava, Kat foi até o telefone, discou um número.

– Dra. Hunter. – Ela escutou. – É mesmo? Claro. Já estou indo.

Mallory estava aturdido.

– O que aconteceu?

– Tenho de voltar ao hospital, meu anjo.

– *Agora?*

– Um dos meus pacientes está morrendo.

– Não pode esperar até..

– Sinto muito. Faremos isso outra noite.

Ken Mallory permaneceu imóvel, observando Kat sair do apartamento. Assim que a porta se fechou, ele pegou o copo com uísque e arremessou-o contra a parede. Sacana... sacana... sacana...

QUANDO KAT voltou ao apartamento, Paige e Honey aguardavam-na com a maior ansiedade.

– Como foi? – perguntou Paige. – Liguei a tempo?

Kat riu.

– O momento foi perfeito.

Ela pôs-se a descrever a noite. Ao chegar à parte de Mallory de pé no quarto, nu, com uma ereção, as três riram até as lágrimas.

Kat sentiu-se tentada a dizer que gostava realmente de Ken Mallory, mas achou que bancaria a tola. Afinal, ele só estava saindo com ela para ganhar uma aposta. De alguma forma, Paige pareceu perceber como ela se sentia.

– Tome cuidado com ele, Kat.

Ela sorriu.

– Não se preocupe. Mas devo admitir que se eu não soubesse da aposta... Ele é como uma cobra, mas uma cobra que sabe das coisas.

– Quando vai vê-lo de novo? – indagou Honey.

– Vou lhe dar uma semana para esfriar.

Paige estudava-a.

– A ele ou a você?

A LIMUSINE preta de Dinetto esperava por Kat diante do hospital. Shadow estava sozinho desta vez. Kat desejou que Rhino tivesse vindo também. Havia alguma coisa em Shadow que a assustava. Ele nunca sorria, raramente falava, mas irradiava ameaça.

– Entre – disse ele, quando Kat se aproximou carro.

– Diga ao Sr. Dinetto que não pode ficar me dando ordens! – protestou Kat, indignada. – Não trabalho para ele. Só porque lhe fiz um favor uma vez...

– Entre. Pode dizer isso a ele pessoalmente.

Kat hesitou. Seria fácil se afastar, evitar um envolvimento maior, mas como isso afetaria Mike? Kat entrou no carro.

A VÍTIMA desta vez fora bastante espancada, com uma corrente. Lou Dinetto se encontrava com ele. Kat deu uma olhada no paciente e disse:

– É preciso levá-lo para um hospital imediatamente.

– Kat – murmurou Dinetto –, você tem de tratá-lo aqui.

– Por quê?

Mas ela sabia a resposta, e a apavorava.

18

Era um daqueles dias claros em São Francisco, quando havia uma certa magia no ar. O vento da noite soprara para longe as nuvens de chuva, produzindo uma manhã de domingo firme e ensolarada.

Jason combinara pegar Paige no apartamento. Quando ele chegou, Paige se surpreendeu ao descobrir como se sentia satisfeita por vê-lo.

– Bom dia – disse Jason. – Você está linda.

– Obrigada.

– O que gostaria de fazer hoje?

– A cidade é sua. Vá na frente, eu seguirei.

– É justo.

– Se não se importa, eu gostaria que desse uma parada rápida no hospital.

– Pensei que era o seu dia de folga.

– E é, mas estou preocupada com um paciente.

– Não tem problema.

Jason levou-a ao hospital.

– Não vou demorar – prometeu Paige, ao saltar do carro.

– Esperarei aqui.

Paige subiu para o terceiro andar e entrou no quarto de Jimmy Ford. Ele continuava em coma, ligado a diversos tubos, que o alimentavam por via intravenosa. Uma enfermeira estava no quarto.

– Bom dia, Dra. Taylor.

– Bom dia. – Paige aproximou-se da cama. – Houve alguma mudança?

– Receio que não.

Paige verificou a pulsação de Jimmy, ouviu os batimentos cardíacos.

– Já se passaram várias semanas – comentou a enfermeira. – Não parece nada bom, não é?

– Ele vai sair do coma – declarou Paige, com firmeza. Virou-se para a figura inconsciente na cama e alteou a voz: – Está me ouvindo? Você vai ficar bom!

Não houve reação. Ela fechou os olhos por um momento, disse uma prece silenciosa.

– Mande me avisar pelo bipe imediatamente se houver qualquer mudança.

– Pois não, doutora.

"Ele não vai morrer," pensou Paige. "Não vou deixar que ele morra..."

JASON SAIU DO carro quando Paige se aproximou.

– Está tudo bem?

Não havia sentido em importuná-lo com seus problemas:

– Está, sim.

– Vamos bancar os turistas hoje – propôs Jason. – Há uma lei estadual que determina que todas as excursões devem começar por Fisherman's Wharf.

Paige sorriu.

– Não devemos violar a lei.

FISHERMAN'S WHARF era como um vasto teatro ao ar livre. Artistas de rua apresentavam-se ali com pleno vigor. Havia mímicos, palhaços, dançarinos e músicos. Os vendedores ambulantes ofereciam siris cozinhados em caldeirões fumegantes e ensopado de ostras com pão.

– Não há nenhum lugar no mundo igual a este! – exclamou Jason, efusivo.

Paige comoveu-se com o entusiasmo dele. Já estivera antes em Fisherman's Wharf, e conhecia também a maioria das outras atrações turísticas de São Francisco, mas não queria estragar a diversão de Jason.

– Já andou de bonde? – perguntou Jason.

– Não. "Não desde a semana passada."

– Você não viveu! Vamos embora!

Foram andando até a Powell Street e pegaram um bonde. Ao começarem a subir a ladeira íngreme, Jason comentou:

– Isto era conhecido como Loucura de Hallidie. Foi ele quem abriu a linha, em 1873.

– E aposto que disseram que não ia durar muito!

Jason riu.

– Isso mesmo. Quando eu cursava a escola secundária, costumava trabalhar nos fins de semana como guia turístico

– Tenho certeza de que era muito bom.

– O melhor. Gostaria de ouvir algumas das minhas histórias?

– Adoraria.

Jason assumiu o tom anasalado de um guia turístico:

– Senhoras e senhores, para sua informação, a rua mais antiga de São Francisco é a Grant Avenue, a mais longa é a Mission Street... 12 quilômetros... a mais larga é a Van Ness Avenue, com 38 metros, e ficarão surpresos que a mais estreita, a DeForest Street, tem apenas 1,30 metro. É isso mesmo, senhoras e senhores, 1,30 metro. A mais íngreme que podemos lhe oferecer é a Filbert Street, com uma inclinação de 30,5 graus. – Ele olhou para Paige e sorriu. – Estou surpreso por ainda me lembrar de tudo isso.

Ao saltarem do bonde, Paige fitou-o, sorrindo.

– E agora?

– Vamos dar um passeio de carruagem.

Dez minutos depois, estavam sentados numa carruagem a cavalo, que os levou de Fisherman's Wharf a Ghiardelli Square e North Beach. Jason apontou os lugares de interesse pelo caminho, e Paige se surpreendeu ao descobrir que se divertia muito. "Não se deixe arrebatar."

Subiram a Coit Tower para uma vista da cidade. No elevador, Jason perguntou:

– Está com fome?

O ar fresco deixara Paige faminta.

– Estou.

– Ótimo. Vou levá-la a um dos melhores restaurantes chineses do mundo... o Tommy Toy's.

Paige já ouvira o pessoal do hospital falar a respeito.

A REFEIÇÃO foi um banquete. Começaram com lagosta com molho de *chili* e uma sopa quente de frutos do mar. Comeram em seguida filé de frango com ervilhas e nozes-pecãs, filé de vitela com molho chinês arroz frito de quatro temperos. Para sobremesa, mousse de pêssego. A comida estava deliciosa.

– Vem aqui com frequência? – perguntou Paige.

– Sempre que posso.

Havia um ar juvenil em Jason que Paige achava muito atraente.

– Sempre quis ser arquiteto?

– Não tive opção. – Jason sorriu. – Meus primeiros brinquedos foram jogos de construtor. É emocionante sonhar com alguma coisa e depois ver o sonho se transformar em concreto, tijolos e pedras, elevando-se pelo céu, virando uma parte da cidade em que vive. "Vou construir um Taj Mahal. Não importa quanto tempo demore!"

– Sou um felizardo, Paige, fazendo o que amo. Quem foi que disse que "A maioria das pessoas leva uma vida de suave desespero"?

"Parece com muitos dos meus pacientes", pensou Paige.

– Não há qualquer outra coisa que eu gostaria de fazer, nem qualquer outro lugar em que gostaria de viver. Esta cidade é fabulosa. – A voz de Jason transbordava de emoção. – Tem tudo que qualquer pessoa possa querer. Nunca me cansei de São Francisco.

Paige estudou-o por um momento, desfrutando todo aquele entusiasmo.

– Nunca foi casado?

Jason deu de ombros.

– Uma vez. Ambos éramos muito jovens. Não deu certo.

– Sinto muito.

– Não há motivo. Ela tornou a se casar, com o dono de um frigorífico, muito rico. Você já foi casada?

"Também serei médico quando crescer. Vamos nos casar e trabalharemos juntos."

– Não.

FIZERAM UM cruzeiro pela baía, passando sob a Golden Gate e a Bay Bridge. Jason retomou sua voz de guia turístico:

– E ali, senhoras e senhores, está a famosa Alcatraz, que já foi o lar de alguns dos mais infames criminosos do mundo... Machine Gun Kelly, Al Capone, e Robert Stroud, conhecido como o Homem-Pássaro! "Alcatraz" significa pelicano em espanhol. Era originalmente a Isla de los Alcatraces, em homenagem às aves que eram as únicas habitantes. Sabe por que ofereciam banhos de chuveiro quente aos prisioneiros aqui todos os dias?

– Não.

– Para que não ficassem acostumados à água fria da baía, quando tentassem escapar.

– É verdade mesmo? – indagou Paige.

– Alguma vez menti para você?

A TARDE CHEGAVA ao fim quando Jason disse:

– Já esteve alguma vez no Noe Valley?

Paige sacudiu a cabeça.

– Não.

– Eu gostaria de lhe mostrar. Era uma área de sítios e regatos. Agora, está ocupada por casas vitorianas de cores brilhantes e jardins. As casas são muito antigas, porque foi praticamente a única área poupada pelo terremoto de 1906.

– Parece adorável.

Jason hesitou.

– Minha casa é ali. Gostaria de conhecê-la? – Ele viu a reação de Paige e acrescentou: – Estou apaixonado por você, Paige.

– Mal nos conhecemos. Como poderia...

– Eu soube desde o momento em que você disse: "Não deveria usar um jaleco branco na ronda?" Foi quando me apaixonei por você.

– Jason..

– Acredito firmemente em amor à primeira vista. Meu avô viu minha avó passeando de bicicleta no parque, seguiu-a, e se casaram três meses depois. Ficaram juntos por cinquenta anos, até ele morrer. Meu pai viu minha mãe atravessando uma rua e teve certeza de que aquela mulher seria sua esposa. São casados há 45 anos. Como pode ver, é coisa de família. E quero me casar com você.

Era o momento da verdade.

Paige olhou para Jason e pensou: "Ele é o primeiro homem por quem me sinto atraída desde Alfred. É adorável, inteligente e autêntico. É tudo que uma mulher podia querer num homem. Então o que há comigo? Estou me prendendo a um fantasma." Lá no fundo, porém, ainda resistia um sentimento enraizado de que um dia Alfred voltaria para ela. Paige tomou sua decisão.

– Jason...

E foi nesse momento que o bipe de Paige começou a tocar. O som era urgente, sinistro.

– Paige...

– Preciso telefonar.

Dois minutos depois, ela falava com o hospital. Jason observou seu rosto empalidecer.

– Não! – gritou ela ao telefone. – Absolutamente não! Diga a eles que já estou indo!

Ela bateu o telefone.

– O que foi? – perguntou Jason.

Ela fitou-o, com os olhos cheios de lágrimas.

– É Jimmy Ford, um paciente meu. Querem tirá-lo do respirador. E deixá-lo morrer.

QUANDO PAIGE entrou no quarto de Jimmy Ford, havia três pessoas ali, ao lado da figura comatosa na cama: George Englund, Benjamin Wallace e um advogado chamado Silvester Damone.

– O que está acontecendo aqui? – indagou Paige.

Foi Benjamin Wallace quem respondeu:

– Na reunião do comitê de ética do hospital esta manhã, ficou decidido que a condição de Jimmy Ford é irremediável. E resolvemos remover...

– Não! – protestou Paige. – Não podem fazer isso! Sou sua médica e digo que ele tem uma chance de sair do coma! Não vamos deixá-lo morrer!

Silvester Damone interveio:

– A decisão não cabe a você, doutora.

Paige fitou-o, com um ar de desafio.

– Quem é você?

– Sou o advogado da família. – Ele tirou do bolso um documento e entregou-o a Paige. – Aqui estão as instruções de natureza médica de Jimmy Ford. Determinam expressamente que se ele sofrer um trauma que ameace a vida não deve ser mantido vivo por meio de aparelhos.

– Mas venho monitorando sua condição! – suplicou Paige. – Ele se mantém estabilizado há semanas. Pode sair do coma a qualquer momento.

– Pode garantir isso? – indagou Damone.

– Não, mas...

– Então terá de fazer o que lhe for ordenado, doutora.

Paige olhou para Jimmy.

– Não! Tem de esperar mais um pouco!

O advogado disse, insinuante:

– Doutora, sei que beneficia o hospital mantendo os pacientes aqui por tanto tempo quanto possível, mas a família não tem mais condições de cobrir as despesas médicas. Estou lhe ordenando agora que o tire do respirador.

– Só mais um ou dois dias – insistiu Paige, desesperada. – Tenho certeza...

– Não – interrompeu-a Damone, firme. – Hoje.

George Englund virou-se para Paige.

– Sinto muito, mas receio que não temos alternativa.

– Obrigado, doutor. Deixarei tudo aos seus cuidados. Comunicarei à família que o assunto será resolvido imediatamente, a fim de que possam providenciaria funeral. – O advogado virou-se para Benjamin Wallace. – Obrigado por sua cooperação. Bom dia.

Eles observaram-no sair do quarto.

– Não podemos fazer isso com Jimmy! – exclamou Paige.

O Dr. Wallace limpou a garganta.

– Paige...

– E se o tirarmos daqui e escondermos em outro quarto? Deve haver alguma coisa em que não pensamos. Alguma coisa...

– Não é um pedido. É uma ordem. – Wallace virou-se para George Englund. – Você quer...?

– Não! – gritou Paige. – Eu... eu farei.

– Está bem.

– Se não se importam, eu gostaria de ficar a sós com ele.

George Englund apertou o braço de Paige.

– Sinto muito.

– Sei disso.

Os dois homens se retiraram.

Paige ficou sozinha com o rapaz inconsciente. Olhou para o respirador que o mantinha vivo e para os tubos de soro que alimentavam seu corpo. Seria muito simples desligar o respirador, apagar uma vida. Mas ele tinha tantos sonhos maravilhosos, tantas esperanças...

"Serei médico um dia. E quero ser como você."

"Sabia que vou me casar?... seu nome é Betsy... Vamos ter meia dúzia de filhos. A primeira menina vai se chamar Paige."

Ele tinha muito por que viver.

Paige permanecia imóvel, as lágrimas turvando a vista.

– Mas que droga! Você está desistindo! – Ela soluçava agora. – O que aconteceu com aqueles seus sonhos? Pensei que queria se tornar um médico! Reaja! Está me ouvindo? Abra os olhos!

Não havia reação.

– Sinto muito... mas muito mesmo.

Paige inclinou-se para beijá-lo no rosto. Ao se empertigar, lentamente, descobriu que fitava olhos abertos.

– Jimmy! *Jimmy!*

Ele piscou, tornou a fechar os olhos. Paige apertou sua mão. Inclinou-se e murmurou, entre os soluços:

– Jimmy, conhece a piada daquele paciente que recebia alimentação intravenosa? Ele pediu ao médico um tubo extra de soro. Ia receber um convidado para o almoço.

19

Honey sentia-se mais feliz do que em qualquer outro momento de sua vida. Tinha um relacionamento afetuoso com os pacientes que poucos médicos conseguiam. Gostava sinceramente deles. Trabalhava na geriatria, na pediatria e em diversos outros setores. O Dr. Wallace cuidava para que recebesse serviços em que não pudesse causar mal algum, e assim permanecesse no hospital, à sua disposição.

Honey invejava as enfermeiras. Podiam cuidar dos pacientes sem se preocuparem com as grandes decisões médicas. "Jamais desejei ser médica", pensava Honey. "Sempre quis ser enfermeira."

Não há enfermeiras na família Taft.

À TARDE, quando deixava o hospital, Honey ia fazer compras na Bay Company e na Streetlight Records, levava presentes para as crianças na ala pediátrica.

– Adoro crianças – disse ela a Kat.

– Planeja ter uma família grande?

– Algum dia – murmurou Honey, sonhadora. – Preciso encontrar o pai primeiro.

UM DOS PREDILETOS de Honey na ala geriátrica era Daniel McGuire, um homem jovial, na casa dos 90 anos, com uma doença no fígado. Fora um jogador na juventude e gostava de fazer apostas com Honey.

– Aposto 50 dólares como o servente vai chegar atrasado com meu almoço.

– Aposto 1 dólar como vai chover esta tarde.

– Aposto que o Giants vai vencer.

Honey sempre aceitava as apostas.

– Aposto 10 contra 1 como vou superar esta doença.

– Desta vez não vou apostar com você – respondeu Honey. – Estou do seu lado.

McGuire pegou-lhe a mão.

– Sei que está. – Ele sorriu. – Se eu fosse alguns meses mais moço...

Honey riu.

– Não se preocupe. Gosto de homens mais velhos.

Uma manhã ele recebeu uma carta, endereçada ao hospital. Honey levou-a ao seu quarto.

– Pode ler para mim?

A vista dele era péssima.

– Claro. – Honey abriu o envelope, deu uma olhada no conteúdo e soltou um grito. – Você ganhou na loteria! Cinquenta mil dólares! Parabéns!

– O que acha disso? Sempre tive certeza de que um dia ganharia na loteria! Dê-me um abraço.

Honey inclinou-se e abraçou-o.

– Quer saber de uma coisa, Honey? Sou o homem mais feliz do mundo.

Naquela tarde, ao voltar para visitá-lo, Honey descobriu que ele havia morrido.

HONEY estava na sala de descanso dos médicos quando o Dr. Stevens entrou.

– Há alguma virginiana aqui?

Um dos médicos riu.

– Se está se referindo a uma virgem, duvido muito.

– Uma *virginiana* – repetiu Stevens. – Preciso de uma virginiana.

– Eu sou de Virgem – disse Honey. – Qual é o problema?

Ele se aproximou.

– O problema é que tenho uma maluca nas mãos. Ela não deixa ninguém que não seja de Virgem chegar perto.

Honey levantou-se.

– Irei vê-la.

– Obrigado. O nome dela é Frances Gordon.

FRANCES GORDON acabara de fazer uma cirurgia na bacia. No momento em que Honey entrou no quarto, a mulher levantou os olhos e disse:

– Você é de Virgem. Nascida no ápice, certo?

Honey sorriu.

– Isso mesmo.

– Esses aquarianos e leoninos não sabem o que fazem. Tratam os pacientes como se fossem carne.

– Os médicos aqui são muito bons – protestou Honey. – Eles...

– A maioria só se interessa por dinheiro. – Ela examinou Honey mais atentamente. – Você é diferente.

Honey verificou a ficha ao pé da cama, e uma expressão de surpresa estampou-se em seu rosto.

– Qual é o problema? O que está olhando?

Honey piscou várias vezes.

– Diz aqui que sua ocupação é... médium.

Frances Gordon acenou com a cabeça.

– É isso aí. Não acredita em médiuns?

Honey sacudiu a cabeça.

– Receio que não.

– É uma pena. Sente-se um pouco.

Honey sentou-se.

– Deixe-me pegar sua mão.

Honey tornou a sacudir a cabeça.

– Eu não...

– Vamos, dê-me sua mão.

Relutante, Honey deixou que a mulher pegasse sua mão.

Frances Gordon segurou-a por um momento, de olhos fechados, e disse, ao tornar a abri-los:

– Você tem uma vida difícil, não é?

"Todo mundo tem uma vida difícil", pensou Honey. "Daqui a pouco ela vai me dizer que farei uma viagem através da água."

– Tem usado uma porção de homens, não é?

Honey se contraiu.

– Mas houve alguma mudança em você... coisa recente... não é mesmo?

Honey mal podia esperar para sair do quarto. A mulher a deixava nervosa. Começou a puxar a mão.

– Você vai se apaixonar.

– Lamento, mas tenho de...

– Ele é um artista.

– Não conheço nenhum artista.

– Vai conhecer. – Frances Gordon largou a mão de Honey. – Volte para me ver.

– Está bem.

Honey fugiu.

HONEY FOI visitar a Sra. Owens, uma paciente nova, muito magra, que parecia ter quase 50 anos. A ficha dizia que tinha 28 anos. Sofrera uma fratura no nariz, tinha os olhos pretos, o rosto inchado, cheio de equimoses. Honey aproximou-se da cama.

– Sou a Dra. Taft.

A mulher fitou-a com olhos apáticos, sem qualquer brilho. Permaneceu em silêncio.

– O que lhe aconteceu?

– Caí da escada.

Quando abriu a boca, ela revelou uma falha, dois dentes da frente faltando. Honey consultou a ficha.

– Diz aqui que teve duas costelas quebradas e a pelve fraturada.

– Isso mesmo. Foi uma queda horrível.

– Como ficou com os olhos pretos?

– Quando caí.

– É casada?

– Sou.

– Tem filhos?

– Dois.

– O que seu marido faz?

– Deixe meu marido fora disso, está bem?

– Não, não está – declarou Honey. – Foi ele quem a espancou?

– Ninguém me bateu.

– Terei de comunicar o caso à polícia.

A Sra. Owens foi dominada por um súbito pânico.

– Não! Por favor, não faça isso!

– Por que não?

– Ele me mataria! Você não o conhece!

– Ele já tinha batido em você antes?

– Já, sim, mas... não faz por mal. Toma um porre e perde a cabeça.

– Por que não o deixou?

A Sra. Owens deu de ombros, e o movimento lhe causou dor.

– As crianças e eu não temos para onde ir.

Honey sentia-se cada vez mais furiosa.

– Não precisa aturar isso. Há instituições que podem cuidar de vocês e protegê-las.

A mulher sacudiu a cabeça, em desespero.

– Não tenho dinheiro. Perdi meu emprego como secretária quando ele começou...

A Sra. Owens não pôde continuar. Honey apertou-lhe a mão.

– Vai ficar bem. Darei um jeito para que não tenha mais de aturar seu marido.

Cinco minutos depois, Honey entrou na sala do Dr. Wallace. Ele ficou satisfeito ao vê-la. Especulou o que ela trouxera desta vez. Em diversas ocasiões, ela usara mel momo, água quente, chocolate derretido e – a que ele preferia – calda de bordo. A engenhosidade de Honey era ilimitada.

– Tranque a porta, meu bem.

– Não posso ficar, Ben. Tenho de voltar.

Ela falou sobre a paciente.

– Terá de comunicar à polícia – declarou Wallace. – É a lei.

– A lei não a protegeu antes. Tudo o que ela quer é escapar do marido. Trabalhava como secretária. Você não disse que precisava de uma nova arquivista?

– Precisava, mas... ei, espere um pouco!

– Obrigada. Vamos ajudá-la a ficar boa. encontrar um lugar em que possa morar, e ela terá um novo emprego!

Wallace suspirou.

Verei o que posso fazer.

– Eu sabia que você ajudaria.

NA MANHÃ seguinte, Honey tornou a procurar a Sra. Owens.

– Como se sente hoje?

Melhor, obrigada. Quando posso voltar para casa? Meu marido não gosta...

– Seu marido não vai mais incomodá-la – interrompeu Honey, a voz firme. – Ficará aqui até encontrarmos um lugar em que possa morar com as crianças. E assim que estiver boa terá um emprego aqui no hospital.

A Sra. Qwens fitava-a com uma expressão incrédula.

– Fala sério?

– Claro. Terá um apartamento só para você e as crianças. Não precisará mais aguentar o tipo de horror em que vem vivendo e contará com um emprego decente e respeitável.

A Sra. Owens pegou a mão de Honey.

Não sei como agradecer – soluçou ela. – Não faz ideia como tem sido.

– Posso imaginar – murmurou Honey. – Vai dar tudo certo.

A mulher acenou com a cabeça, emocionada demais para falar.

NO DIA SEGUINTE, quando Honey voltou a visitar a Sra. Owens, encontrou o quarto vazio.

– Onde ela está?

– Foi embora esta manhã com o marido – respondeu a enfermeira.

SEU NOME foi chamado de novo pelo sistema de alto-falantes.

– Dra. Taft... Quarto 215... Dra. Taft... Quarto 215...

No corredor, Honey encontrou Kat.

– Como está o seu dia? – indagou Kat.

– Nem acreditaria! – respondeu Honey.

O Dr. Ritter a esperava no quarto 215. O paciente era um indiano de vinte e tantos anos.

– Este paciente é seu? – perguntou o Dr. Ritter.

– É, sim.

– Diz aqui que ele não fala inglês. Certo?

– Certo.

Ele mostrou a ficha.

– E esta letra é sua? Vômito, cãibras, sede, desidratação...

– É isso mesmo – confirmou Honey.

–...ausência de pulsação periférica...

– Também.

– E qual foi seu diagnóstico?

– Disenteria.

– Tirou uma amostra do sangue?

– Não. Para quê?

– Porque seu paciente tem cólera, só por isso! – Ele estava gritando. – Vamos ter de fechar a porra do hospital!

20

— *Cólera?* – berrou Benjamin Wallace. – Está me dizendo que o hospital tem um paciente com *cólera?*

– Receio que sim.

– Tem certeza absoluta?

– Não resta a menor dúvida – declarou o Dr. Ritter. – Suas fezes estão cheias de vibriões. Ele tem baixo pH arterial, hipotensão, taquicardia e cianose.

Por lei, todos os casos de cólera e outras doenças contagiosas devem ser imediatamente comunicados à Secretaria Estadual de Saúde e ao Centro de Controle de Doenças, em Atlanta.

– Teremos de comunicar, Ben.

– Vão fechar o hospital! – Wallace levantou-se, começou a andar de um lado para outro. – Não podemos permitir isso. Não deixarei que todos os pacientes deste hospital sejam postos sob quarentena.

Ele parou de andar por um momento.

– O paciente sabe o que tem?

– Não. Ele não fala inglês. Veio da Índia.

– Quem teve contato com ele?

– Duas enfermeiras e a Dra. Taft.

– E a Dra. Taft diagnosticou como disenteria?

– Isso mesmo. Suponho que vai dispensá-la.

– Não. Qualquer um pode cometer um erro. Não vamos nos precipitar. A ficha do paciente indica disenteria?

– Exatamente.

Wallace tomou sua decisão.

– Vamos deixar assim. Aqui está o que quero que você faça. Inicie a reidratação intravenosa... use a solução de Ringer lactada. Dê também tetraciclina. Se pudermos restaurar o volume de sangue e líquido imediatamente, ele pode ficar próximo do normal em poucas horas.

– Não vamos comunicar? – indagou o Dr. Ritter.

Wallace fitou-o nos olhos.

– Comunicar um caso de disenteria?

– E as enfermeiras e a Dra. Taft?

– Dê-lhes tetraciclina também. Qual é o nome do paciente?

– Pandit Jawah.

– Ponha-o sob isolamento durante 48 horas. Ao final, ele estará curado, ou morto.

HONEY ESTAVA em pânico. Foi procurar Paige.

– Preciso de sua ajuda.

– Qual é o problema?

Honey contou.

– Eu gostaria que você conversasse com ele. O homem não sabe inglês, e você fala indiano.

– Hindi.

– Qualquer coisa. Vai conversar com ele?

– Claro.

Dez minutos depois. Paige falava com Pandit Jawah.

– *Aap ki tabyat kaisi hai?*

– *Karabhai.*

– *Aap jald acha ko hum kardenge.*

– *Bhagwan aap ki soney ga.*

– *Aap ka ilaJ hum jalbshuroo kardenge.*

– *Shukria.*

– *Dost kiss liay hain?*

PAIGE SAIU com Honey para o corredor.

– O que ele disse?

– Disse que se sente muito mal. Falei que ia ficar bom. Ele disse para avisar isso a Deus. Expliquei que vamos começar o tratamento imediatamente. E ele disse que se sente agradecido.

– E eu também.

Para que servem as amigas?

A CÓLERA é uma doença que pode causar morte por desidratação em 24 horas, ou que pode ser curada em poucas horas.

Cinco horas depois do início do tratamento, Pandit Jawah retornara quase ao normal.

PAIGE FOI VER Jimmy Ford. O rosto dele se iluminou quando a viu.

– Oi!

A voz ainda era fraca, mas ele melhorara de uma forma milagrosa.

– Como está se sentindo, Jimmy?

– Ótimo. Conhece a do médico que disse a seu paciente "A melhor coisa que você pode fazer é parar de fumar, parar de beber e suspender sua vida sexual"? O paciente respondeu: "Não mereço a melhor. Qual é a segunda melhor?"

E Paige teve certeza de que Jimmy Ford ia ficar bom.

KEN MALLORY saía do serviço e se preparava para um encontro com Kat, quando ouviu seu nome ser chamado pelo alto-falante. Hesitou, debatendo se devia ou não ignorar. Seu nome foi chamado de novo. Relutante, ele pegou um telefone.

– Dr. Mallory.

– Pode vir à SE 2, por favor, doutor? Temos um paciente aqui que...

– Desculpe, mas acabo de sair de serviço. Procure outro.

– Não há mais ninguém disponível que possa cuidar do caso. É uma úlcera perfurada, e o estado do paciente é crítico. Receio que poderemos perdê-lo se...

"Merda!"

– Está bem. Já estou a caminho. "Terei de ligar para Kat e avisar que chegarei atrasado."

O paciente na sala de emergência já era um homem na casa dos 60 anos. Estava semiconsciente, muito pálido, suando, respirando com dificuldade, obviamente com uma dor intensa. Mallory deu uma rápida olhada e ordenou:

– Levem-na para uma SC, stat!

Quinze minutos depois, Mallory tinha o paciente numa mesa de cirurgia. O anestesista monitorava a pressão.

– Está caindo depressa.

– Bombeie mais algum sangue nele.

Ken Mallory iniciou a cirurgia, trabalhando contra o tempo. Levou apenas um momento para cortar através da pele, e depois disso pela camada de gordura, a fáscia, o músculo, e finalmente o peritônio, liso e transparente, a membrana que envolve o abdômen. O sangue se despejava no estômago.

– Bovie! – pediu Mallory. – E mandem trazer quatro unidades do banco de sangue.

Ele começou a cauterizar os vasos. A cirurgia demorou quatro horas, e Mallory sentia-se exausto quando acabou. Olhou para o paciente e disse:

– Ele vai sobreviver.

Uma das enfermeiras ofereceu-lhe um sorriso insinuante.

– Ainda bem que estava aqui, Dr. Mallory.

Ele contemplou-a. A enfermeira era jovem e bonita, não podia haver a menor dúvida de que se mostrava receptiva a um convite. "Cuidarei de você mais tarde, meu bem", pensou Mallory. Ele virou-se para um residente júnior.

– Pode fechá-lo e levá-lo para a sala de recuperação. Virei examiná-lo pela manhã.

Mallory se perguntou se deveria telefonar para Kat, mas já era meia-noite. Enviou-lhe duas dúzias de rosas.

AO CHEGAR NO HOSPITAL, às 6 horas, Mallory passou pela sala de recuperação para ver seu novo paciente.

– Ele está acordado – informou a enfermeira.

Mallory foi até a cama.

– Sou o Dr. Mallory. Como se sente?

– Quando penso na alternativa, eu me sinto bem – balbuciou o paciente. – Disseram-me que salvou minha vida. Foi a coisa mais terrível que já me aconteceu. Estava no carro, a caminho de um jantar, quando senti uma dor súbita, e acho que desmaiei. Ainda bem que nos encontrávamos a apenas um quarteirão do hospital, e me trouxeram para a emergência.

– Teve sorte. Perdeu muito sangue.

– Também me disseram que eu teria morrido em mais dez minutos. Quero lhe agradecer, doutor.

Mallory deu de ombros.

– Apenas fiz o meu trabalho.

O paciente estudava-o com toda atenção.

– Sou Alex Harrison.

O nome nada significava para Mallory.

– Prazer em conhecê-lo, Sr. Harrison. – Ele verificava a pulsação do paciente. – Sente dor agora?

– Um pouco, mas acho que me doparam bastante.

– O efeito da anestesia já vai passar. E a dor também. Ficará bom.

– Por quanto tempo terei de permanecer no hospital?

– Devemos dar-lhe alta em poucos dias.

Um funcionário da secretaria do hospital entrou no quarto, trazendo alguns formulários.

– Sr. Harrison, para nossos registros, precisamos saber se tem algum seguro de saúde.

– Está querendo saber se posso pagar a conta.

– Eu não colocaria assim, senhor.

– Podem verificar como Fidelity Bank, de São Francisco – disse Harrison, secamente.

À TARDE, quando Mallory foi ver Alex Harrison, havia uma mulher atraente no quarto. Tinha trinta e poucos anos, era loura e esguia, com uma aparência elegante. Usava um vestido de grife, e Mallory calculou que deveria ter custado mais do que o seu salário de um mês.

– Ah, aqui está nosso herói – disse Alex Harrison. – É o Dr. Mallory, não é mesmo?

– Sou, sim. Ken Mallory.

– Dr. Mallory, esta é minha filha, Lauren.

Ela estendeu a mão bem-cuidada.

– Papai me disse que você salvou sua vida.

Mallory sorriu.

– É para isso que servem os médicos.

Lauren fitava-o com um ar de aprovação.

– Nem todos os médicos.

Era óbvio para Mallory que aqueles dois não pertenciam a um hospital público.

– Sua recuperação é boa, mas talvez se sinta mais à vontade se chamar seu médico particular.

Alex Harrison sacudiu a cabeça.

– Não será necessário. Afinal, não foi ele quem salvou minha vida. Foi você. Gosta daqui?

Era uma pergunta estranha.

– É um bom hospital. Por quê?

Harrison sentou-se na cama.

– Estive pensando. Um sujeito tão bem-apessoado e competente como você pode ter um futuro brilhante... e não creio que haja a possibilidade de um grande futuro num lugar como este.

– Bom, eu...

– Talvez tenha sido o destino que me trouxe para cá.

Lauren interveio:

– Acho que meu pai tenta dizer que gostaria de demonstrar seu agradecimento.

– Lauren tem razão. Devemos ter uma conversa séria; assim que eu sair daqui. Gostaria que fosse jantar em minha casa.

Mallory olhou para Lauren.

– Seria um prazer.

E isso mudou sua vida.

KEN MALLORY encontrava uma surpreendente dificuldade para sair com Kat.

– Que tal a noite de segunda-feira, Kat?

– Seria ótimo.

– Irei buscá-la às...

– Espere! Acabei de me lembrar que uma prima de Nova York vai passar a noite em São Francisco.

– E terça?

– Estou de plantão na terça.

– Não podemos sair na quarta?

– Prometi a Paige e Honey que sairíamos juntas na quarta.

Mallory começava a se desesperar. Seu tempo se esgotava rapidamente.

– Quinta?

– Quinta está ótimo.

– Devo ir buscá-la?

– Não precisa. Por que não nos encontramos no Chez Panisse?

– Combinado. Às 20 horas?

– Perfeito.

MALLORY ESPEROU no restaurante até as 21 horas e depois ligou para Kat. Ninguém atendeu. Ele esperou mais meia hora. "Talvez ela tenha entendido errado. Não iria ignorar deliberadamente um encontro marcado comigo."

Na manhã seguinte, ele se encontrou com Kat no hospital. Ela correu em sua direção.

– Oh, Ken, desculpe! Foi a coisa mais absurda do mundo. Resolvi tirar um cochilo antes do nosso jantar e já era de madrugada quando acordei. Pobre querido! Esperou muito tempo?

– Não, não. Está tubo bem. – *Mas que idiota!* Mallory se aproximou mais um pouco. – Quero acabar o que começamos, meu bem. Vou à loucura quando penso em você.

– Eu também, Ken. Mal posso esperar.

– Talvez no próximo fim de semana possamos...

– Oh, querido, estarei ocupada no fim de semana! – E assim continuou.

O relógio não parava de correr.

KAT CONTAVA os acontecimentos a Paige quando seu bipe tocou.

– Com licença.

Kat foi a um telefone.

– Dra. Hunter. – Ela escutou por um momento. – Obrigada. Já estou a caminho.

Ela desligou, virou-se para Paige.

– Tenho de ir. Emergência.

Paige suspirou.

– Qual é a novidade?

Kat atravessou o corredor, desceu no elevador para a emergência. Havia na sala duas dúzias de leitos, todos ocupados. Kat pensava naquele lugar como sala do sofrimento, repleta dia e noite com as vítimas de acidentes de automóvel, ferimentos de bala e faca, fraturas diversas. Um caleidoscópio de vidas abaladas. Para Kat, era uma esquina do inferno.

Um servente aproximou-se apressado.

– Dra. Hunter...

– O que temos agora? – indagou ela.

Encaminhavam-se para uma cama na outra extremidade da sala.

– Ele está inconsciente. Parece que alguém o espancou. O rosto e a cabeça ficaram bastante machucados, tem o nariz quebrado, uma omoplata deslocada, pelo menos duas fraturas no braço direito...

– Porque me chamaram?

– Os paramédicos acham que há uma lesão na cabeça. Pode ter ocorrido dano cerebral.

Alcançaram o paciente. Seu rosto estava ensanguentado, inchado, cheio de equimoses. Usava sapatos de couro de crocodilo e... O coração de Kat quase parou. Ela inclinou-se para a frente, examinou melhor o paciente. Era Lou Dinetto.

Kat passou os dedos hábeis pelo crânio, examinou os olhos. Não restava a menor dúvida de que houvera uma concussão. Ela foi a um telefone e discou.

– Aqui é a Dra. Hunter. Quero uma tomografia da cabeça imediatamente. O nome do paciente é Dinetto. Lou Dinetto. Mandem uma maca, stat.

Kat desligou, tornou a concentrar a atenção em Dinetto.

– Fique com ele – ordenou ao servente. – Assim que a maca chegar, leve-o para o terceiro andar. Estarei lá.

Meia hora depois, no terceiro andar, Kat analisava a tomografia que pedira.

– Ele tem uma hemorragia cerebral, febre alta e se encontra em estado de choque. Quero-o estabilizado por 24 horas. Decidirei então quando vamos operar.

Kat especulou se o que acontecera a Dinetto afetaria Mike.

E quanto.

PAIGE FOI VER Jimmy. Ele se sentia muito melhor.

– Conhece a do exibicionista no distrito de fabricação de roupas? Ele se aproximou de uma velhinha e abriu a capa. Ela examinou-o por um momento e disse: "Chama a isso de forro?"

KAT JANTAVA com Mallory num restaurante pequeno, perto da baía. Sentada diante de Mallory, estudando-o, ela se sentiu culpada. "Eu nunca deveria ter começado isso", pensou. "Sei o que ele é, e mesmo assim estou me divertindo. Que desgraçado! Mas não posso interromper nosso plano agora."

Terminaram o café. Kat inclinou-se para a frente.

– Podemos ir para seu apartamento, Ken?

– Pode apostar que sim!

"Finalmente", pensou Mallory. Kat mudou de posição na cadeira, embaraçada, franziu o rosto.

– Oh!

– Você está bem? – perguntou Mallory.

– Não sei... Pode me dar licença por um minuto?

– Claro.

Ele observou-a se levantar e seguir para o banheiro. Ao voltar, Kat anunciou:

– É o momento errado, querido. Sinto muito. É melhor me levar para casa.

Mallory fez um esforço para ocultar sua frustração. O destino conspirava contra ele.

– Está bem – disse ele, em tom ríspido, prestes a explodir.

Iria perder cinco preciosos dias.

CINCO MINUTOS depois de Kat voltar ao apartamento, a campainha da porta tocou. Kat sorriu. Mallory encontrara um pretexto para retornar, e ela se odiou por ficar tão satisfeita. Foi abrir a porta.

– Ken...

Rhino e Shadow estavam parados ali. Kat experimentou uma súbita sensação de medo. Os dois entraram no apartamento.

– Vai fazer a cirurgia no Sr. Dinetto? – perguntou Rhino.

Kat tinha a garganta ressequida.

– Vou.

– Não queremos que nada aconteça com ele.

– Eu também não quero. E agora, se me dão licença, estou cansada e...

– Há alguma possibilidade de que ele morra? – indagou Shadow.

Kat hesitou.

– Em uma cirurgia cerebral há sempre um risco de...

– É melhor você não deixar que isso aconteça.

– Pode ter certeza de que eu...

– Não deixe que aconteça. – Ele olhou para Rhino. – Vamos embora.

Na porta, Shadow virou-se e acrescentou:

– Dê um olá a Mike por nós.

Kat ficou paralisada.

– Isso... é alguma espécie de ameaça?

– Não ameaçamos as pessoas, doutora. Apenas dizemos o que vai acontecer. Se o Sr. Dinetto morrer, você e a porra de sua família morrerão também.

21

Meia dúzia de médicos esperavam por Ken Mallory no vestiário. Quando ele entrou, Grundy disse:

– Salve o herói conquistador! Queremos ouvir todos os detalhes fantásticos. – Ele sorriu. – Só que queremos ouvir *dela.*

– Ando com um pouco de azar. – Mallory também sorriu. – Mas todos vocês podem começar a providenciar o dinheiro para me pagar.

KAT E PAIGE estavam trocando de roupa.

– Já teve de fazer alguma vez uma cirurgia num médico? – indagou Kat.

– Não.

– Pois saiba que tem sorte. São os piores pacientes do mundo. Sabem demais.

– Quem você vai operar?

– O Dr. Mervyn "Não Me Faça Sentir Dor" Franklin.

– Boa sorte.

– Vou mesmo precisar.

O Dr. Mervyn Franklin era um homem na casa dos 60 anos, magro, calvo e irascível. Quando Kat entrou no quarto, ele perguntou, ríspido:

– Já era tempo de você chegar aqui. Recebeu os resultados eletrolíticos?

– Recebi – respondeu Kat. – São normais.

– Quem disse isso? Não confio no maldito laboratório. Não sabem o que fazem na metade das ocasiões. E cuide para que não haja nenhuma troca na transfusão de sangue.

– Está certo – respondeu Kat, paciente.

– Quem vai fazer a cirurgia?

– O Dr. Jurgenson e eu. Juro, Dr. Franklin, que não há nada com que se preocupar.

– De quem é o cérebro que vão operar, o seu ou o meu? Todas as cirurgias são arriscadas. Sabe por quê? Porque metade dos cirurgiões está na profissão errada. Deveriam ter sido açougueiros.

– O Dr. Jurgenson é muito competente.

– Sei disso, ou não deixaria que ele me tocasse. Quem é o anestesista?

– Creio que será o Dr. Miller.

– Aquele charlatão? Não o quero. Arrumem outro.

– Dr. Franklin...

– Arrumem outro. Vejam se Haliburton está disponível.

– Está bem.

– E me dê os nomes das enfermeiras na SC. Quero vê-las.

Kat fitou-o nos olhos.

– Preferia fazer a cirurgia pessoalmente?

– Como? – Ele fitou-a por um momento, aturdido, depois exibiu um sorriso tímido. – Acho que não.

Kat acrescentou, a voz suave:

– Então por que não nos deixa cuidar de tudo?

– Está bem. Quer saber de uma coisa? Gosto de você.

– Eu também gosto de você. A enfermeira já lhe deu o sedativo?

– Já.

– Estaremos prontos dentro de poucos minutos. Há mais alguma coisa que eu possa fazer?

– Há, sim. Ensine à minha estúpida enfermeira onde se localizam minhas veias.

NA SC 4, A CIRURGIA cerebral no Dr. Mervyn Franklin transcorria sem problemas. Ele se queixara em cada passo do caminho de seu quarto à sala de cirurgia.

– Não se esqueça de que só é preciso um mínimo de anestesia. O cérebro não tem sensibilidade. Portanto, depois que chegarem lá, não haverá necessidade de muita coisa.

– Sei disso – respondera Kat, paciente.

– E cuide para que a temperatura seja mantida baixa. Cinco graus no máximo.

– Certo.

– Providencie uma música de ritmo acelerado durante a cirurgia. Mantém todo mundo em alerta.

– Certo.

– E chame a melhor instrumentadora.

– Certo.

E assim por diante.

Depois de perfurada a abertura no crânio do Dr. Franklin, Kat anunciou:

– Estou vendo o coágulo. Não parece muito grave.

E ela se pôs a trabalhar.

TRÊS HORAS DEPOIS, ao começarem a fechar a incisão, George Englund, o chefe de cirurgia, entrou na sala de cirurgia e aproximou-se de Kat.

– Já está quase acabando aqui, Kat?

– Estamos fechando.

– Deixe o Dr. Jurgenson cuidar do resto. Precisamos de você depressa. Há uma emergência.

Kat acenou com a cabeça.

– Já vou. – Ela olhou para Jurgenson. – Pode acabar aqui?

– Sem problemas.

Kat saiu da sala com George Englund.

– O que aconteceu?

– Você deveria fazer uma cirurgia mais tarde, mas seu paciente começou a ter uma hemorragia. Vão levá-lo para a SC 3 agora. Parece que ele não tem muita chance de sobrevivência. Precisa operá-lo imediatamente.

– Quem é ele?

– Um tal de Sr. Dinetto.

Kat ficou consternada.

– *Dinetto?*

"Se o Sr. Dinetto morrer; você e a porra de sua família morrerão também." Kat seguiu apressada pelo corredor que levava à SC 3. Deparou com Rhino e Shadow.

– O que houve? – indagou Rhino.

Kat sentia a boca tão ressequida que teve dificuldade para falar.

– O Sr. Dinetto começou a ter uma hemorragia. Devemos operá-lo imediatamente.

Shadow segurou-a pelo braço.

– Pois então faça isso. Mas lembre-se do que dissemos. Mantenha-o vivo.

Kat desvencilhou-se, entrou apressada na sala de cirurgia.

DEVIDO À ALTERAÇÃO na programação, o Dr. Vance faria a cirurgia junto com Kat. Era um bom cirurgião. Kat iniciou a limpeza ritual: meio minuto em cada braço primeiro, depois meio minuto em cada mão. Repetiu o processo e limpou as unhas também.

O Dr. Vance veio se postar ao seu lado, a fim de se lavar, e perguntou:

– Como se sente?

– Muito bem – mentiu Kat.

LOU DINETTO foi trazido de maca para a sala de cirurgia, semiconsciente, e transferido para a mesa. Sua cabeça fora raspada e pintada com uma solução de mertiolate, que tinha um brilho alaranjado sob as luzes. Estava pálido como a morte.

A equipe ocupou seus lugares: o Dr. Vance, outro residente, um anestesista, duas enfermeiras instrumentadoras e uma enfermeira auxiliar. Kat verificou se tudo de que podiam precisar estava ali. Olhou para os monitores na parede – saturação de oxigênio, dióxido de carbono, temperatura, estimuladores musculares, estetoscópio precordial, ECG, pressão sanguínea automática e alarmes de desligamento. Tudo em ordem.

O anestesista atou um punho de pressão no braço direito de Dinetto, e ajeitou a máscara de borracha sobre o rosto do paciente.

– Muito bem, respire fundo. Três vezes.

Dinetto adormeceu antes da terceira vez.

A cirurgia começou.

KAT RELATAVA o procedimento em voz alta:

– Há uma área de lesão no meio do cérebro, causada por um coágulo que se desprendeu da válvula da aorta. Bloqueia um pequeno vaso sanguíneo no lado direito do cérebro e se estende um pouco para o lado esquerdo. – Ela sondou mais fundo. – Está na beira inferior do aqueduto de Sylvius. Bisturi.

Uma pequena perfuração, mais ou menos do tamanho de uma moeda, foi aberta por uma broca elétrica, para expor a dura-máter. Em seguida, Kat cortou a dura, para expor um segmento do córtex cerebral que havia por baixo.

– Fórceps.

A instrumentadora estendeu o fórceps elétrico.

A incisão foi mantida aberta por um pequeno retrator, que ficava sozinho na posição.

– Há muita hemorragia – disse Vance.

Kat pegou o *bovie* e começou a cauterizar os sangramentos.

– Temos de controlá-la.

O Dr. Vance iniciou a sucção, sobre chumaços de algodão colocados na dura. As veias vazando na superfície da dura foram identificadas e coaguladas.

– Parece bom – disse Vance. – Ele vai conseguir.

Kat deixou escapar um suspiro de alívio.

E foi nesse instante que Lou Dinetto se contraiu, o corpo entrou em espasmo. O anestesista gritou:

– Pressão caindo!

– Ponham mais sangue nele! – disse Kat.

Todos olhavam para o monitor. As curvas se achatavam depressa. Houve dois batimentos rápidos, seguidos por uma fibrilação ventricular.

– Choque! – gritou Kat.

Ela prendeu os blocos elétricos no corpo, ligou o aparelho. O peito de Dinetto arfou uma vez, tornou a cair.

– Injetem epinefrina! Depressa!

– Não há batimento cardíaco! – gritou o anestesista um momento depois.

Kat tentou de novo, aumentando a intensidade.

Mais uma vez, houve um movimento rápido e convulsivo.

– Nenhum batimento! – avisou o anestesista. – Assistolia. Nenhum ritmo.

Desesperada, Kat tentou uma última vez. O corpo se levantou mais alto, tornou a cair. Nada.

– Ele está morto – disse o Dr. Vance.

22

O Código Vermelho é um alerta que traz imediatamente uma assistência médica total, para tentar salvar a vida de um paciente. Quando o coração de Lou Dinetto parou, no meio da cirurgia, a equipe do Código Vermelho correu para prestar ajuda. Kat podia ouvir o chamado pelo sistema de alto-falantes:

– Código Vermelho, SC 3... Código Vermelho...

Vermelho é de sangue e morte. Kat estava em pânico. Tornou a aplicar o eletrochoque. Não era apenas a vida de Dinetto que tentava salvar, mas também a de Mike e a sua própria. O corpo de Dinetto saltou pelo ar, recaiu no instante seguinte, inerte.

– Tente mais uma vez! – exortou o Dr. Vance.

"Não ameaçamos as pessoas, doutora. Apenas dizemos o que vai acontecer. Se o Sr. Dinetto morrer, você e a porra de sua família morrerão também."

Kat ligou o controle, aplicou outra vez o aparelho no peito de Dinetto. O corpo subiu alguns centímetros pelo ar, tornou a cair.

– De novo!

"Não vai adiantar", pensou Kat, desesperada. "E vou morrer com ele."

A sala de cirurgia ficou subitamente cheia de médicos e enfermeiras.

– O que está esperando? – indagou alguém.

Kat respirou fundo, tentou mais uma vez. Por um instante, nada aconteceu. Depois, um tênue bipe surgiu no monitor. Sumiu, reapareceu, falhou outra vez, e logo voltou, cada vez mais forte, até se tornar um ritmo firme e estabilizado.

Kat olhava para o monitor, incrédula. Houve aclamações na sala apinhada.

– Ele vai conseguir! – gritou alguém.

– Foi por pouco!

"Eles não têm ideia de quão pouco", pensou Kat.

Duas horas depois, Lou Dinetto foi transferido da mesa para uma maca e seguiu para a unidade de tratamento intensivo. Kat caminhava ao seu lado. Rhino e Shadow esperavam no corredor.

– A cirurgia foi bem-sucedida – informou Kat. – Ele vai ficar bom.

KEN MALLORY tinha um tremendo problema. Era o último dia para ganhar a aposta. O problema fora aumentando de forma tão gradativa que ele mal percebera. Desde quase a primeira noite, tivera a certeza de que não haveria a menor dificuldade em levar Kat para a cama. "Problema? Ela está ansiosa por uma trepada!" Agora, o tempo esgotava, e ele se confrontava com o desastre.

Mallory pensou sobre todas as coisas que haviam saído erradas – as colegas de apartamento de Kat chegando no instante em que iam para a cama, a dificuldade em marcar um encontro, o bipe de Kat tocando e ela deixando-o nu no quarto, a prima visitando São Francisco, o sono além da conta, a menstruação. Ele parou de repente. "Ei, espere um pouco! Não pode ter sido tudo coincidência!" Kat fazia aquilo com ele deliberadamente! De alguma forma, tomara conhecimento da aposta e decidira fazer com que ele bancasse o tolo, pregar uma peça, uma brincadeira que custaria 10 mil dólares que não tinha. "Filha da puta!" Não se encontrava mais perto da vitória do que no início. Ela o enganara de propósito. "Como pude cair numa dessas?" Mallory sabia que não havia a menor possibilidade de arrumar o dinheiro.

Quando ele entrou no vestiário dos médicos, todos estavam à sua espera.

– Último dia! – gritou Grundy.

Mallory forçou um sorriso.

– Tenho até meia-noite, certo? E podem ter certeza de que ela está prontinha para cair.

Houve risos zombeteiros.

– Claro, claro. Acreditaremos quando ouvirmos da boca da própria Kat pela manhã. E trate de trazer o dinheiro.

Mallory riu.

– É melhor vocês trazerem!

Ele tinha de encontrar um meio. E, subitamente, a solução lhe ocorreu.

KEN MALLORY encontrou Kat na sala de descanso. Sentou diante dela.

– Soube que salvou a vida de um paciente.

– E a minha também.

– Como?

– Nada.

– Gostaria de salvar minha vida?

Ela fitou-o com uma expressão irônica.

– Jante comigo esta noite.

– Estou cansada demais, Ken.

Kat se cansara inclusive do jogo que vinha fazendo com ele. "Já foi longe demais", pensou. "É hora de parar. Acabou. Caí em minha própria armadilha." Gostaria que ele fosse um tipo diferente de homem. Se ao menos Mallory tivesse sido franco... "Eu poderia ter gostado realmente dele", refletiu Kat.

Não havia a menor possibilidade de Mallory deixar Kat lhe escapar naquela noite.

– Podemos encerrar a noite bem cedo – insistiu ele. – E você tem de jantar em algum lugar.

Relutante, Kat concordou. Sabia que seria a última vez. Contaria a ele que sabia da aposta. Acabaria o jogo.

– Está bem.

HONEY CONCLUIU seu turno às 16 horas. Olhou para o relógio e concluiu que ainda restava tempo suficiente para fazer umas compras rápidas. Foi ao Candelier, comprou algumas velas para o apartamento, entrou na loja da São Francisco Tea and Coffee Company, a fim de poderem tomar um café decente pela manhã, e passou pela Chris Kelly, à procura de roupa de cama.

Carregada de embrulhos, seguiu para o apartamento. "Farei alguma coisa para jantar em casa", decidiu Honey. Sabia que Kat ia sair com Mallory, e Paige estava de plantão.

Ajeitando os pacotes, ela entrou no apartamento, fechou a porta. Acendeu a luz. Um negro enorme saiu do banheiro, pingando sangue no carpete branco. Apontava-lhe uma arma.

– Faça algum barulho, e estouro a porra da sua cabeça!

Honey gritou.

23

Mallory sentava diante de Kat, no restaurante Schroeder's, na Front Street.

"É o minuto final da partida, e até agora não consegui marcar", pensou ele. O que lhe aconteceria quando descobrissem que não podia pagar os 10 mil dólares? A notícia se espalharia depressa pelo hospital, e ele se tornaria conhecido como caloteiro, uma perspectiva terrível.

Kat falava sobre um de seus pacientes, e Mallory fitava-a nos olhos, sem ouvir sequer uma palavra. Tinha coisas mais importantes em sua mente.

O jantar chegava ao fim e o garçom serviu o café. Kat olhou para o relógio.

– Tenho de começar a trabalhar bem cedo, Ken. É melhor irmos agora.

Ele continuou sentado, olhando para a mesa.

– Kat... – Mallory levantou o rosto. – Há uma coisa que tenho de lhe contar.

– O que é?

– Tenho uma confissão a fazer. – Ele respirou fundo. – Não é fácil.

Kat não desviava os olhos dele, perplexa.

– Mas o que é?

– Sinto-me embaraçado demais para dizer. – Mallory procurava pelas palavras certas. – Eu... fiz uma aposta estúpida com alguns médicos... de que poderia levá-la para a cama.

– Você...

– Por favor, não diga nada ainda. Envergonho-me do que fiz. Começou como uma brincadeira, mas a brincadeira se virou contra mim. Aconteceu uma coisa com que não contava. Apaixonei-me por você.

– Ken...

– Nunca estive apaixonado antes, Kat. Conheci muitas mulheres, mas nunca senti nada assim. Não consigo mais parar de pensar em você. – Ele tornou a respirar fundo. – Quero me casar com você.

A mente de Kat era um turbilhão. Tudo virara pelo avesso.

– Eu... não sei o que...

– É a única mulher que já pedi em casamento. Por favor, diga que sim. Quer se casar comigo, Kat?

Então ele falara a sério todas as coisas adoráveis que lhe dissera! O coração de Kat batia forte. Era como se um sonho maravilhoso se convertesse de repente em realidade. Tudo o que queria dele era honestidade. E agora Ken se mostrava honesto. Durante todo o tempo, sentira-se culpado pelo que fizera. Não era como os outros homens. Era autêntico, sensível. Quando Kat fitou-o de novo, seus olhos faiscavam.

– A resposta é sim, Ken!

O sorriso de Mallory iluminou a sala.

– Kat... – Ele inclinou-se por cima da mesa, beijou-a. – Não sabe como me arrependo daquela aposta estúpida.

Mallory balançou a cabeça, com uma expressão de auto-escárnio.

– Dez mil dólares... Poderíamos aproveitar esse dinheiro para a nossa lua de mel. Mas vale a pena perdê-lo para ter você.

Kat pensou: *10 mil dólares!*

– Fui um tolo.

– Quando termina seu prazo?

– Hoje, à meia-noite. Mas isso não é mais importante. Só nós é que importa agora. Que vamos casar, e...

– Ken...

– O que é, querida?

– Vamos para seu apartamento. – Havia um brilho insinuante nos olhos de Kat. – Ainda tem tempo de ganhar a aposta.

KAT SE REVELOU uma tigresa na cama.

"Por Deus, valeu a pena esperar por isso!", pensou Mallory. Todos os sentimentos que Kat reprimira por anos explodiram de repente. Ela foi a mulher mais ardente que Ken Mallory já conhecera. Ao final de duas horas, ele estava esgotado. Abraçou Kat e murmurou:

– Você é incrível...

Ela se ergueu, apoiada nos cotovelos, contemplou-o.

– Você também é, querido. Eu me sinto muito feliz.

Mallory sorriu.

– Eu também.

"Por uma aposta de 10 mil dólares!", pensou ele. "E por uma trepada sensacional."

– Prometa que será sempre assim, Ken.

– Prometo – disse Mallory, com sua voz mais sincera.

Kat olhou para o relógio.

– É melhor eu me vestir.

– Não pode passar a noite aqui?

– Não. Irei com Paige para o hospital pela manhã. – Ela deu-lhe um beijo afetuoso. – Não se preocupe. Teremos o resto de nossas vidas para passarmos juntos.

Mallory observou -a se vestir.

– Mal posso esperar para cobrar aquela aposta. Vai nos proporcionar uma grande lua de mel. – Ele franziu o rosto. – E se o pessoal não acreditar em mim? Tenho certeza de que não aceitarão minha palavra.

Kat pensou por um momento, antes de dizer:

– Não se preocupe. Farei com que saibam.

Mallory sorriu:

– Volte para a cama.

24

O negro com a arma apontada para Honey gritou:

– Eu mandei ficar de boca fechada!

– Eu... desculpe. – Honey tremia. – O que você quer?

Ele comprimia a mão contra o lado do corpo, tentando deter o fluxo de sangue.

– Quero minha irmã.

Honey ficou aturdida. O homem era louco, sem dúvida.

– Sua irmã?

– Kat.

A voz dele era cada vez mais fraca.

– Santo Deus! Você é Mike!

– Isso mesmo.

A arma escapuliu de sua mão, e ele arriou no chão. Honey se adiantou. O sangue escorria do que parecia ser um ferimento a bala.

– Fique quieto, Mike.

Honey correu para o banheiro, pegou água oxigenada e uma toalha de banho grande. Voltou para Mike e avisou:

– Vai doer.

Ele continuava deitado, fraco demais para se mexer.

Honey despejou água oxigenada no ferimento, comprimiu a toalha. Ele mordeu a própria mão para não gritar.

– Vou chamar uma ambulância e levá-lo para o hospital.

Mike agarrou seu braço.

– Não! Nada de hospital. Nem polícia. – A voz era cada vez mais fraca. – Onde está Kat?

– Não sei – respondeu Honey, desolada. Sabia que Kat saíra com Mallory, mas não tinha ideia do lugar em que se encontravam. – Deixe-me chamar uma amiga minha.

– Paige?

Honey acenou com a cabeça.

– A própria.

"O que significa que Kat lhe falou sobre nós duas."

A telefonista do hospital levou dez minutos para localizar Paige.

– É melhor você vir até aqui – disse Honey.

– Estou de plantão, Honey, no meio de...

– O irmão de Kat está aqui.

– Pois diga a ele para...

– Ele foi baleado.

– Ele *o quê?*

– Levou um tiro!

– Mandarei os paramédicos e...

– Ele diz que não quer saber de hospital nem de polícia. Não sei o que fazer.

– O estado dele é grave?

– Muito.

Houve uma pausa.

– Precisarei arrumar alguém para me cobrir. Estarei aí dentro de meia hora.

Paige desligou, virou-se para Mike.

– Paige está vindo.

DUAS HORAS depois, ao voltar para o apartamento, Kat experimentava uma gloriosa sensação de bem-estar. Sentira-se nervosa com a perspectiva de fazer amor, receosa de detestar, depois da terrível experiência porque passara, mas Ken Mallory fizera com que fosse uma coisa maravilhosa. Desencadeara emoções que ela nunca imaginara possuir.

Sorrindo para si mesma, ao pensar como haviam sido mais espertos do que os outros médicos, ganhando a aposta no último momento, Kat abriu a porta do apartamento e parou, em estado de choque. Paige e Honey estavam ajoelhadas ao lado de Mike. Ele se encontrava estendido no chão, um travesseiro sob a cabeça, uma toalha comprimida contra o flanco, as roupas encharcadas de sangue.

Paige e Honey levantaram os olhos quando Kat entrou.

– Mike! Oh, Deus! – Kat foi se ajoelhar também ao lado do irmão. – O que aconteceu?

– Oi, mana.

A voz era quase um sussurro.

– Ele foi baleado – informou Paige. – Está sangrando muito.

– Vamos levá-lo para o hospital – disse Kat.

Mike balançou a cabeça.

– Não – balbuciou ele. – Você é médica. Pode me curar.

Kat olhou para Paige.

– Contive a hemorragia ao máximo que pude, mas a bala continua lá dentro. Não temos aqui os instrumentos para...

– Ele continua a perder sangue. – Kat aninhou a cabeça de Mike em seus braços. – Preste atenção, Mike. Se não for socorrido logo, você vai morrer.

– Não pode... comunicar... isto... não quero... a polícia.

– Em que se meteu, Mike?

– Nada... estava... fechando um negócio... e tudo saiu errado... um cara se enfureceu... atirou em mim.

Era o tipo de história que Kat vinha escutando há anos. Mentiras. Só mentiras. Soubera disso antes, como sabia agora, mas tentara esconder a verdade de si mesma. Mike apertou seu braço.

– Vai me ajudar, mana?

– Vou, sim, Mike, claro que vou ajudá-lo.

Kat inclinou-se, beijou-o no rosto. Depois se levantou, foi até o telefone e discou para a emergência no hospital.

– Aqui é a Dra. Hunter – disse ela, a voz trêmula. – Preciso de uma ambulância imediatamente...

NO HOSPITAL, Kat pediu a Paige que efetuasse a cirurgia para remoção da bala.

– Ele perdeu muito sangue – disse Paige, virando-se em seguida para o cirurgião assistente. – Dê-lhe outra unidade.

O dia já amanhecia quando a operação terminou. A cirurgia fora bem-sucedida. Paige chamou Kat para um canto.

– Como quer que eu registre? Posso dizer que foi um acidente ou...

– Não. – A voz de Kat era cheia de angústia. – Eu já deveria ter feito isso há muito tempo. Quero que você registre como um ferimento a bala.

MALLORY ESPERAVA por Kat fora do centro cirúrgico.

– Kat, soube de seu irmão e...

Kat acenou com a cabeça, exausta.

– Sinto muito. Ele vai ficar bom?

Kat fitou-o nos olhos.

– Vai, sim. Pela primeira vez na vida, Mike vai ficar bom.

Mallory apertou-lhe a mão.

– Só queria que soubesse como foi maravilhosa a noite de ontem. Você foi um milagre. Ah, isso me lembra... Os médicos com quem apostei estão na sala de descanso, mas acho que depois de tudo o que aconteceu, você não vai querer ir até lá...

– Por que não?

Ela pegou o braço de Mallory, e os dois entraram na sala. Grundy disse:

– Oi, Kat. Precisamos ter sua palavra sobre uma coisa. O Dr. Mallory alega que vocês dois passaram a noite juntos, e que foi ótimo.

– Melhor do que ótimo. Foi *fantástico!* – Kat beijou Mallory no rosto – Eu o verei mais tarde, amor.

Os médicos ficaram olhando, boquiabertos, enquanto Kat se afastava.

NO VESTIÁRIO, Kat disse a Paige e Honey:

– Com tanta confusão, não tive a oportunidade de lhes dar a notícia.

– Que notícia? – perguntou Paige.

– Ken me pediu em casamento.

As duas reagiram com incredulidade.

– Está brincando! – exclamou Paige.

– Não, não estou. Ele me pediu em casamento ontem à noite. E aceitei.

– Mas não pode se casar com ele! – protestou Honey. – Afinal, sabe como ele é! Tentou levá-la para a cama por causa de uma aposta!

– E conseguiu – admitiu Kat, sorrindo.

Paige fitava-a espantada.

– Não entendo mais nada.

– Vocês estavam enganadas em relação a ele – declarou Kat Completamente enganadas. O próprio Ken me falou sobre a aposta. Durante todo esse tempo, vinha perturbando sua consciência. Não percebem o que aconteceu? Saí com ele para puni-lo, ele saiu comigo para ganhar algum dinheiro, e acabamos nos apaixonando um pelo outro. Ah, não tenho palavras para expressar como me sinto feliz!

Honey e Paige trocaram um olhar.

– Quando vão se casar? – indagou Honey.

– Ainda não conversamos a respeito, mas tenho certeza que será em breve. E quero que vocês sejam minhas madrinhas.

– Pode contar com isso – assegurou Paige. – Estaremos lá.

Mas ainda persistia uma dúvida incômoda no fundo de sua mente. Ela bocejou.

– Foi uma noite comprida. Vou para casa, dormir um pouco.

– Ficarei aqui com Mike. Quando ele acordar, a polícia vai querer lhe falar. – Kat pegou as mãos de Paige e Honey. – Obrigada por serem tão boas amigas.

A CAMINHO de casa, Paige pensou no que acontecera durante a noite. Sabia o quanto Kat amava o irmão. Fora preciso muita coragem para entregá-lo à polícia. "Eu já deveria ter feito isso há muito tempo."

O telefone tocava quando Paige entrou no apartamento. Ela correu para atender. Era Jason.

– Oi. Só estou ligando para dizer que sinto a maior saudade de você. O que anda acontecendo em sua vida?

Paige sentiu-se tentada a contar, a partilhar com alguém, mas era pessoal demais. Pertencia a Kat.

– Nada – respondeu ela. – Está tudo bem.

– Ótimo. Pode jantar comigo esta noite?

Paige sabia que era mais do que um convite para jantar. "Se continuar a vê-lo, vou acabar me apaixonando", pensou ela. Sabia que era uma das decisões mais importantes de sua vida. Respirou fundo.

– Jason... – A campainha da porta tocou. – Espere um instante.

Paige largou o telefone e foi abrir a porta.

Alfred Turner estava parado ali.

25

Paige ficou paralisada. Alfred sorriu.

– Posso entrar?

Ela sentia-se atordoada.

– Hã... claro... desculpe.

Observou Alfred avançar pela sala, dominada por emoções conflitantes. Sentia-se feliz e excitada, mas furiosa ao mesmo tempo. "Provavelmente ele só passou para dar um olá." Alfred virou-se para fitá-la.

– Deixei Karen.

As palavras foram um choque. Alfred se adiantou.

– Cometi um grande erro, Paige. Nunca deveria ter largado você. Nunca.

– Alfred... – Paige lembrou-se subitamente. – Com licença.

Ela voltou correndo ao telefone.

– Jason?

– Continuo aqui, Paige. Sobre esta noite, podemos...

– Eu... não posso me encontrar com você.

– Hã... Se não é possível esta noite, que tal amanhã?

– Eu... não sei.

Ele sentiu a tensão na voz de Paige.

– Algum problema?

– Não. Está tudo bem. Ligarei para você amanhã e explicarei tudo.

– Combinado.

Jason parecia perplexo. Ela desligou.

– Senti sua falta, Paige – disse Alfred. – E você teve saudade de mim?

"Não. Simplesmente fui atrás de estranhos na rua e chamei-os de Alfred."

– Claro – admitiu Paige.

– Ótimo. Pertencemos um ao outro, sabe disso. Sempre pertencemos.

"Será mesmo? Foi por isso que você casou com Karen? Acha que pode entrar e sair da minha vida no momento em que quiser?"

Alfred parara perto dela.

– Não é mesmo?

Paige fitou-o nos olhos.

– Não sei.

Foi súbito demais. Alfred pegou-lhe a mão.

– Claro que sabe.

– O que aconteceu com Karen?

Alfred deu de ombros.

– Karen foi um erro. Continuei a pensar em você e em todos os momentos maravilhosos que passamos juntos. Sempre fomos bons um para o outro.

Paige mantinha-se cautelosa, hesitante.

– Alfred...

– Estou aqui para ficar, Paige. Quando digo "aqui", não é exatamente em São Francisco. Vamos para Nova York.

– Nova York?

– Isso mesmo. Vou lhe contar tudo, mas agora gostaria de tomar um café.

– Claro. Farei um café fresco. Só vai demorar alguns minutos.

Alfred seguiu-a para a cozinha, onde Paige começou a preparar o café. Ela tentava ordenar os pensamentos. Desejara desesperadamente que Alfred voltasse, e agora que ele se encontrava ali...

– Aprendi muita coisa nos últimos anos, Paige. Cresci.

– É mesmo?

– É, sim. Sabia que passei todos esses anos trabalhando para a OMS?

– Sabı

– Aqueles países não mudaram nem um pouco desde que éramos crianças. Para dizer a verdade, alguns pioraram. Há mais doenças agora, mais pobreza...

– E você estava lá, ajudando.

– Mas de repente acordei.

– Acordou?

– Compreendi que desperdiçava minha vida. Vivia na miséria, trabalhando 24 horas por dia, ajudando aqueles selvagens ignorantes, quando poderia estar ganhando um monte de dinheiro aqui.

Paige escutava com a maior incredulidade.

– Conheci um médico que tem um consultório na Park Avenue, em Nova York. Sabe quanto ele ganha por ano? Mais de 500 mil dólares! Ouviu direito? Quinhentos mil dólares por ano!

O espanto de Paige era crescente.

– Eu disse a mim mesmo: "Quando ganharei tanto dinheiro assim em toda a minha vida?" Ele me ofereceu uma posição de associado – anunciou Alfred, orgulhoso. – Aceitei, e aí está por que você e eu vamos para Nova York.

Paige sentia-se aturdida pelo que acabara de ouvir.

– Poderei arrumar um apartamento de cobertura para nós, e você terá vestidos lindos, todas as coisas que sempre lhe prometi. – Ele sorria. – E então, não está surpresa?

Paige tinha a boca ressequida.

– Eu... não sei o que dizer, Alfred.

Ele riu.

– Nem podia saber. Quinhentos mil dólares por ano é dinheiro suficiente para deixar qualquer pessoa sem fala.

– Eu não estava pensando no dinheiro – murmurou Paige.

– Não?

Paige estudava-o, como se o visse pela primeira vez.

– Quando trabalhava para a OMS, Alfred, não sentia que ajudava as pessoas?

Ele deu de ombros.

– Nada pode ajudar aquelas pessoas. E quem realmente se importa? Acreditaria se lhe dissesse que Karen queria que eu continuasse em Bangladesh? Eu disse que não havia a menor possibilidade, e por isso ela voltou sozinha.

Alfred pegou a mão de Paige.

– Portanto, aqui estou... Você ficou quieta demais. Acho que ficou emocionada demais, não é?

Paige pensou no pai. "Ele teria sido um grande sucesso na Park Avenue, mas não se interessava por dinheiro. Seu único interesse era ajudar as pessoas."

– Já me divorciei de Karen, e assim podemos casar imediatamente. – Ele afagou a mão de Paige. – O que acha da ideia de viver em Nova York?

Ela respirou fundo.

– Alfred...

Havia um sorriso expectante no rosto dele.

– O que é?

– Saia.

O sorriso se desvaneceu lentamente.

– Como?

Paige levantou-se.

– Quero que saia daqui.

Ele ficou confuso.

– Para onde quer que eu vá?

– Não vou lhe dizer – respondeu Paige. – Magoaria seus sentimentos.

DEPOIS QUE Alfred foi embora, Paige passou um longo tempo sentada, perdida em pensamentos. Kat tinha razão. Ela estivera apegada a um fantasma. "Ajudando aqueles selvagens ignorantes, quando poderia estar ganhando um monte de dinheiro aqui... Quinhentos mil dólares por ano!"

"E era a isso que eu me apegava", refletiu Paige, espantada. Deveria estar se sentindo deprimida, mas em vez disso experimentava uma intensa exultação. Sentia-se livre. E agora sabia o que queria. Ela foi até o telefone e ligou para Jason.

– Alô?

– Jason, sou eu, Paige. Lembra que me falou de sua casa em Noe Valley?

– Lembro...

– Eu adoraria conhecê-la. Tem alguma coisa para fazer esta noite?

– Quer me explicar o que aconteceu, Paige? Estou confuso.

– *Eu* é que me sentia confusa. Pensava estar apaixonada por um homem que conheci há muito tempo, mas ele não é o mesmo homem. Sei agora o que quero.

– E o que é?

– Quero conhecer sua casa.

NOE VALLEY pertencia a outro século. Era um Oásis pitoresco no coração de uma das cidades mais cosmopolitas do mundo.

A casa de Jason era um reflexo dele – confortável impecável e encantadora. Ele mostrou tudo a Paige.

– Esta é a sala, a cozinha, o banheiro de visitas, o estúdio... – Jason fitou-a nos olhos. – O quarto é lá em cima. Gostaria de vê-lo?

– E muito – murmurou Paige.

Subiram a escada. O coração de Paige batia descompassado. Mas o que estava acontecendo parecia inevitável. "Eu deveria ter sabido desde o início", pensou ela.

Paige nunca soube quem tomou a iniciativa, mas de alguma forma se descobriram nos braços um do outro. Os lábios de Jason se encontraram com os seus, e era como se fosse a coisa mais natural do mundo. Começaram a despir um ao outro, e havia uma intensa urgência em ambos. E depois foram para a cama, fizeram amor.

– Ah, como eu amo você! – sussurrou ele.

– Sei disso – brincou Paige. – Desde que eu lhe mandei vestir um jaleco branco.

Depois de fazerem amor, Paige disse:

– Eu gostaria de passar a noite aqui.

Jason sorriu...

– Não vai me odiar pela manhã?

– Prometo.

Paige passou a noite com Jason, conversando... fazendo amor... conversando. Pela manhã, ela preparou o desjejum. Observando-a, Jason comentou:

– Não sei como posso ser tão feliz, mas tenho de agradecer a você.

– Eu é que sou.

– Sabe de uma coisa? Ainda não obtive uma resposta à minha proposta.

– Receberá esta tarde.

Naquela tarde, um mensageiro chegou ao escritório de Jason com um envelope. Dentro, estava o cartão que Jason enviara a Paige, junto com o modelo da casa.

Minha ( )
Nossa (X)
Por favor, assinale com um X.

26

Lou Dinetto ia ter alta do hospital. Kat foi ao seu quarto para se despedir. Rhino e Shadow se encontravam ali. Assim que ela entrou, Dinetto ordenou aos dois:

– Saiam.

– Kat observou-os se retirarem. Dinetto virou-se para ela.

– Devo-lhe uma.

– Não me deve coisa alguma.

– É isso o que acha que minha vida vale? Soube que vai se casar.

– É verdade.

– Com um médico.

– Isso mesmo.

– Pois diga a ele para cuidar bem de você ou terá de se ver comigo.

– Direi a ele.

Houve uma breve pausa.

– Lamento por Mike.

– Ele vai ficar bom. Tivemos uma longa conversa.

– Ótimo. – Dinetto estendeu um volumoso envelope pardo. – Um presentinho de casamento para você.

Kat sacudiu a cabeça.

– Não, obrigada.

– Mas...

– Cuide-se bem.

– Você também. Quer saber de uma coisa? Voce é uma mulher e tanto. Vou lhe dizer uma coisa, e quero que nunca se esqueça. Se algum dia precisar de um favor... *qualquer coisa...* basta me procurar. Está me entendendo?

– Estou.

Kat sabia o que ele queria dizer. E sabia também que nunca o procuraria.

DURANTE AS SEMANAS subsequentes, Paige e Jason falavam-se pelo telefone três a quatro vezes por dia e se encontravam sempre que ela não dava o plantão noturno.

O HOSPITAL ESTAVA mais movimentado do que nunca. Paige dava um plantão de 36 horas, repleto de emergências. Acabara de pegar no sono no quarto do plantão quando foi despertada pela campainha estridente e urgente do telefone. Atordoada, levou o fone ao ouvido.

– Alô?

– Dra. Taylor, pode vir ao quarto 422, stat?

Paige tentou desanuviar a mente. "Quarto 422. Um dos pacientes do Dr. Barker. Lance Kelly." Acabara de substituir a válvula mitral. "Alguma coisa deve ter saído errada." Paige levantou-se, meio trôpega, saiu para o corredor. Decidiu não esperar o elevador. Subiu correndo pela escada. "Talvez seja apenas uma enfermeira nervosa. Se for grave, chamarei o Dr. Barker."

Chegou ao quarto 422 e parou na porta, aturdida. O paciente fazia um grande esforço para respirar, gemendo. A enfermeira virou-se para Paige, com um evidente alívio.

– Não sabia o que fazer, doutora. Eu...

Paige se adiantou apressada para a cama.

– Vai ficar bom – afirmou ela, tranquilizadora.

Pegou o pulso do paciente, entre dois dedos. A pulsação era irregular. A válvula mitral não funcionava direito.

– Vamos sedá-lo – ordenou Paige.

A enfermeira entregou-lhe uma seringa e Paige injetou na veia. Virou-se para a enfermeira.

– Mande a enfermeira-chefe reunir uma equipe de cirurgia, stat. E avise o Dr. Barker.

Quinze minutos depois, Kelly se encontrava na mesa de cirurgia. A equipe consistia de duas instrumentadoras, uma enfermeira auxiliar e dois residentes. Havia um monitor de televisão no canto da sala para mostrar o ritmo cardíaco, ECG e pressão.

O anestesista entrou e Paige teve vontade de praguejar. A maioria dos anestesistas do hospital era de extrema competência, mas Herman Koch era uma exceção. Paige já trabalhara com ele antes e procurava evitá-lo ao máximo possível. Não confiava em Koch. Agora, porém, não tinha opção.

Paige observou-o prender um tubo na garganta do paciente, enquanto desdobrava uma cortina de papel com uma janela, ajeitando-a sobre o peito do paciente.

– Ponha uma linha na jugular – ordenou ela.

– Koch acenou com a cabeça.

– Certo.

Um dos residentes perguntou:

– Qual é o problema aqui?

– O Dr. Barker substituiu a válvula mitral ontem. Acho que se rompeu. – Paige olhou para o Dr. Koch. – Ele está apagado?

Koch tornou a acenar com a cabeça.

– Dormindo como se estivesse na cama em sua casa.

"Eu gostaria que estivesse", pensou Paige.

– O que está usando?

– Propofol.

Ela balançou a cabeça.

– Certo.

Observou Kelly ser ligado ao aparelho coração-pulmões, a fim de que pudesse fazer um desvio cardiopulmonar. Estudou os monitores na parede. Pulsação 140... saturação de oxigênio do sangue 92 por cento... pressão 8 por 6.

– Vamos começar – disse Paige.

Um dos residentes pôs música para tocar.

Paige avançou para a mesa de cirurgia, sob a luz branca, olhou para a instrumentadora.

– Bisturi, por favor...

A cirurgia foi iniciada.

Paige removeu os ligamentos do esterno da operação no dia anterior. Cortou da base do pescoço para a extremidade inferior do esterno, enquanto um dos residentes removia o sangue com chumaços de gaze.

Com o maior cuidado, ela passou pelas camadas de gordura e músculo, e logo alcançou o coração, batendo de forma irregular.

– Aqui está o problema – disse Paige. – O átrio se acha perfurado. O sangue se acumula em torno do coração, comprimindo-o.

Ela olhou para o monitor na parede. A pressão caíra a um nível perigoso.

– Aumente o fluxo – ordenou Paige.

A porta da sala de cirurgia foi aberta, e Lawrence Barker entrou. Parou ao lado, observando o que acontecia. Paige indagou:

– Dr. Barker, não quer...?

– A cirurgia é sua.

Paige deu uma rápida olhada no que Koch estava fazendo.

– Tome cuidado. Você o está anestesiando demais. Reduza.

– Mas eu...

– A pressão está caindo!

– O que você quer que eu faça? – perguntou Koch, desnorteado.

"Ele deveria saber", pensou Paige, furiosa.

– Dê-lhe lidocaína e epinefrina! Agora!

Ela estava gritando.

– Certo.

Paige observou Koch pegar uma seringa e injetar no paciente. Um residente olhou para o monitor e avisou:

– A pressão continua caindo.

Paige trabalhava freneticamente para estancar o fluxo de sangue. Olhou para Koch.

– Fluxo demais! Eu lhe disse para...

O barulho dos batimentos cardíacos no monitor de repente se tornaram caóticos.

– Santo Deus! Alguma coisa saiu errada!

– Deem-me o desfibrilador! – berrou Paige.

A enfermeira auxiliar correu para pegar o desfibrilador, abriu as duas pegas esterilizadas e prendeu-as. Girou os botões para carregá-las e dez segundos depois entregou a Paige.

Ela posicionou-as diretamente sobre o coração de Kelly. O corpo saltou, tornou a cair.

Paige tentou de novo, torcendo para que ele ressuscita se, voltasse a respirar. Nada. O coração continuou parado, morto, um órgão inútil.

Paige sentia a maior fúria. Sua parte da cirurgia fora bem-sucedida. Koch anestesiara demais o paciente.

Enquanto Paige aplicava o desfibrilador no corpo de Lance Kelly, pela terceira vez, em vão, o Dr. Barker aproximou-se da mesa de operações e fitou-a.

– Você o matou.

27

Jason participava de uma reunião de discussão de projeto quando sua secretária informou:

– A Dra. Taylor está ao telefone. Devo dizer que você ligará mais tarde?

– Não. Vou atender. – Jason pegou o fone. – Paige?

– Jason... preciso de você!

Ela chorava.

– O que aconteceu?

– Pode vir ao apartamento?

– Claro. Estarei aí num instante. – Ele se levantou. – A reunião acabou. Recomeçaremos pela manhã.

Jason chegou ao apartamento meia hora depois. Paige abriu a porta, jogou-se em seus braços. Tinha os olhos vermelhos de tanto chorar.

– O que aconteceu? – indagou Jason.

– É horrível! O Dr. Barker me disse que eu... matei um paciente.... e sinceramente... não foi minha culpa! – A voz tremia. – Não consigo mais suportar...

– Paige, já me contou como ele é sempre mesquinho – murmurou Jason, gentilmente. – É o caráter do homem.

Paige balançou a cabeça.

– É mais do que isso. Barker vem tentando me forçar a sair desde o dia em que comecei a trabalhar com ele. Se ele fosse um péssimo médico, Jason, e não me considerasse competente, eu não me importaria tanto. Mas o homem é brilhante. Tenho de respeitar sua opinião. E acho que não sou bastante boa.

– Não diga bobagem! – protestou Jason, irritado. – Claro que é. Todo mundo me diz que você é uma médica excepcional.

– Não é essa a opinião de Lawrence Barker.

– Esqueça Barker.

– É o que vou fazer. Resolvi deixar o hospital.

Jason abraçou-a.

– Paige, sei que ama demais sua profissão para desistir.

– Não vou desistir. Apenas nunca mais quero ver aquele hospital.

Jason tirou um lenço do bolso, enxugou as lágrimas de Paige.

– Desculpe incomodá-lo com tudo isso, Jason.

– Não é para isso que servem os futuros maridos?

Ela conseguiu sorrir.

– Gosto dessa frase. Muito bem. – Paige respirou fundo. – Já me sinto melhor agora. Obrigada por conversar comigo. Telefonei para o Dr. Wallace e avisei-o de que vou deixar o hospital. Irei até lá agora para falar com ele.

– Eu a verei esta noite, no jantar.

PAIGE PERCORREU os corredores do hospital, sabendo que os via pela última vez. Podia ouvir os ruídos familiares, as pessoas seguindo apressadas de um lado para outro. Tornara-se como um lar para ela mais do que percebera antes. Pensou em Jimmy e Chang, em todos os médicos maravilhosos com os quais trabalhara. Jason fazendo a ronda com o jaleco branco. Passou pela cantina em que comera com Kat e Honey centenas de vezes, e pela sala de descanso dos médicos, em que haviam tentado fazer uma festa. Tudo lhe trazia muitas recordações. "Vou sentir saudade", pensou Paige, "mas me recuso a trabalhar sob o mesmo teto que aquele monstro."

Ela foi direto para a sala do Dr. Wallace. Ele a esperava.

– Devo dizer que seu telefonema me surpreendeu, Paige. Está mesmo decidida?

– Estou.

Benjamin Wallace suspirou.

– Muito bem. Antes de ir embora, o Dr. Barker gostaria de lhe falar.

– Também quero falar com ele.

Toda a raiva acumulada de Paige aflorou à superfície.

– Ele está no laboratório. Boa sorte.

– Obrigada.

Paige foi para o laboratório. O Dr. Barker examinava alguns slides sob um microscópio quando ela entrou. Levantou os olhos.

– Fui informado de que decidiu deixar o hospital.

– É verdade. Conseguiu finalmente o que queria.

– E o que eu queria? – perguntou Barker.

– Queria me tirar daqui desde o primeiro momento em que me viu. Pois saiba que venceu. Não posso mais lutar contra você. Quando me disse que matei seu paciente, eu... –A voz de Paige tremia. – Acho que é um sádico, um filho da puta de coração gelado, e eu o odeio.

– Sente-se – disse o Dr. Barker.

– Não quero. Não tenho mais nada a dizer.

– Pois eu tenho. Quem você pensa que...

Ele parou de falar subitamente, começou a ofegar.

Enquanto Paige observava, horrorizada, Barker levou a mão ao coração, caiu da cadeira, o rosto contorcido no lado, numa cena horrível. Paige avançou para o seu lado no mesmo instante.

– Dr. Barker! – Ela pegou o telefone, e gritou: – Código Vermelho! Código Vermelho!

O DR. PETERSON disse:

– Ele sofreu um derrame. Ainda é muito cedo para dizer se vai conseguir escapar.

"A culpa é minha", pensou Paige. "Desejei que ele morresse." Ela sentia-se angustiada. Foi procurar Ben Wallace de novo.

– Lamento muito o que aconteceu. Ele era um bom médico.

– Tem razão. É lamentável. E muito... – Wallace analisou-a por um momento. – Paige, se o Dr. Barker não puder mais trabalhar aqui, você consideraria a possibilidade de continuar?

Ela hesitou.

– Claro que sim.

28

A ficha dizia: "John Cronin, sexo masculino, branco, idade 70. Diagnóstico: Tumor cardíaco."

Paige ainda não conhecia John Cronin. Ele estava marcado para uma cirurgia no coração. Ela entrou em seu quarto, acompanhada por uma enfermeira e por outro médico. Ofereceu um sorriso cordial.

– Bom dia, Sr. Cronin.

Haviam acabado de desentubá-lo, e as marcas da fita adesiva ainda eram visíveis em torno da boca. Tubos de soro pendiam por cima, a agulha inserida no braço esquerdo. Cronin olhou para Paige.

– Quem é você?

– Sou a Dra. Taylor. Vou examiná-lo e...

– Vai porra nenhuma! Mantenha as porras das mãos longe de mim. Por que não mandaram um médico de verdade?

O sorriso de Paige desapareceu.

– Sou uma cirurgiã cardiovascular. Farei tudo o que puder para que recupere a saúde.

– Você vai operar meu coração?

– Isso mesmo. Eu...

John Cronin olhou para o outro médico.

– Pelo amor de Deus, isso é o melhor que este hospital pode oferecer?

– Posso lhe garantir que a Dra. Taylor é totalmente qualificada.

– E meu rabo também!

Paige indagou, a voz tensa:

– Prefere chamar seu próprio cirurgião?

– Não tenho nenhum. Não posso pagar esses charlatões de alto preço. Vocês, médicos, são todos iguais. Só se interessam pelo dinheiro. Não se importam com as pessoas. Somos apenas pedaços de carne para vocês, não é mesmo?

Paige fazia um esforço para se controlar.

– Sei que está transtornado neste momento, mas...

– Transtornado? Só porque você vai me cortar o coração? – Cronin estava gritando. – Sei que morrerei na mesa de cirurgia! Você vai me matar, e espero que a peguem por homicídio!

– Já chega! – protestou Paige.

Cronin sorriu para ela, insidioso.

– Não ficaria nada bom em sua ficha se eu morresse, não é mesmo, doutora? Talvez eu deixe que me opere.

Paige descobriu que começava a hiperventilar. Virou-se para a enfermeira.

– Quero um ECG e um painel químico.

Ela lançou um último olhar para John Cronin e saiu do quarto. Quando Paige voltou, uma hora depois, com os resultados dos exames, John Cronin disse:

– Ah, a vaca voltou.

PAIGE OPEROU John Cronin às 6 horas do dia seguinte.

No momento em que o abriu, constatou que não havia mais qualquer esperança. O grande problema não era o coração. Os órgãos de Cronin exibiam sinais de câncer melanômico.

– O que vamos fazer? – perguntou um residente.

– Vamos rezar para que ele não tenha de viver com isso por muito tempo.

AO SAIR DO centro cirúrgico para o corredor, Paige deparou com uma mulher e dois homens à sua espera. A mulher tinha trinta e tantos anos, cabelos vermelhos, um excesso de maquiagem e usava um perfume forte e ordinário. O vestido era muito justo, realçando o corpo voluptuoso.Os homens também eram ruivos, na casa dos 40 anos. Para Paige, pareciam uma trupe de circo. A mulher se adiantou.

– É a Dra. Taylor?

– Isso mesmo.

– Sou a Sra. Cronin. Estes são meus irmãos. Como está meu marido?

Paige hesitou. Respondeu com extremo cuidado:

– A cirurgia transcorreu tão bem quanto se podia esperar.

– Oh, graças a Deus! – exclamou a Sra. Cronin, melodramática, levando um lenço rendado aos olhos. – Eu morreria se acontecesse alguma coisa com John!

Paige teve a sensação de que assistia a uma atriz numa peça medíocre.

– Posso ver meu querido agora?

– Ainda não, Sra. Cronin. Ele foi para a sala de recuperação. Sugira que volte amanhã.

– Voltaremos. – Ela virou-se para os homens. – Vamos embora, pessoal.

Paige observou o grupo se afastar. "Pobre John Cronin", pensou.

PAIGE RECEBEU o relatório na manhã seguinte. Ocorrera a metástase, e o câncer espalhara-se por todo o corpo de John Cronin. Era tarde demais para radioterapia. O oncologista disse a Paige:

– Não há mais nada que possamos fazer, a não ser tentar mantê-lo com um mínimo de conforto. Ele vai sofrer muita dor.

– Quanto tempo ele tem?

– Uma ou duas semanas, no máximo.

PAIGE FOI visitar John Cronin na UTI. Ele dormia. Não era mais um homem amargo e irascível, mas um ser humano lutando desesperadamente por sua vida. Estava num respirador, recebendo alimentação intravenosa. Paige sentou-se ao lado da cama, observando-o. Ele parecia cansado e derrotado. "É um infeliz", pensou ela. "Mesmo com todos os milagres médicos modernos, não há nada que possamos fazer para salvá-lo." Paige pôs a mão no braço de Cronin, gentilmente. Depois de algum tempo, foi embora.

NAQUELA TARDE, Paige foi ver Cronin de novo. Ele já saíra do respirador. Ao abrir os olhos e deparar com Paige, murmurou, sonolento:

– A cirurgia acabou, hein?

Paige sorriu, tranquilizadora.

– Acabou. Só vim me certificar de que está confortável.

– E por que se importaria?

– Por favor, não vamos brigar.

Cronin ficou em silêncio por um momento, observando-a.

– O outro médico me disse que você fez um bom trabalho.

Paige não falou nada.

– Tenho câncer, não é?

– Tem, sim.

– E até que ponto é grave?

A pergunta apresentava um dilema que todos os cirurgiões têm de confrontar, mais cedo ou mais tarde.

– É bastante grave.

Houve outro momento de silêncio, prolongado.

– O que me diz de radiação ou quimioterapia?

– Sinto muito. Faria com que se sentisse pior, e de nada adiantaria.

– Entendo. Bom... tive uma boa vida.

– Tenho certeza que sim.

– Pode achar que não, olhando para mim agora, mas tive uma porção de mulheres.

– Acredito.

– É isso aí. Mulheres... bifes suculentos... bons charutos... Você é casada?

– Não.

– Mas deveria. Todo mundo deve se casar. Fui casado. Duas vezes. Na primeira, por 35 anos. Ela era uma mulher maravilhosa. Morreu de infarto.

– Sinto muito.

– Já passou. – Ele suspirou. – E depois me casei com uma vagabunda. Ela e seus dois irmãos famintos. Acho que a culpa é minha, por sentir tanto tesão. Seus cabelos ruivos me deixaram aceso. É uma tremenda sacana.

– Tenho certeza que sua esposa...

– Sem querer ofender, sabe por que estou neste hospital ridículo? Foi ela quem me internou aqui. Não queria desperdiçar dinheiro comigo num hospital particular. Assim, sobrará mais para ela e os irmãos. – Ele fitou Paige nos olhos. – Quanto tempo me resta?

– Quer a verdade?

– Não... sim.

– Uma ou duas semanas.

– Oh, Deus! A dor vai piorar, não é?

– Tentarei mantê-lo tão confortável quanto possível, Sr. Cronin.

– Chame-me de John.

– John.

– A vida é uma coisa terrível, não é?

– Disse que teve uma boa vida.

– E tive mesmo. É meio estranho, saber que está prestes a terminar. Para onde acha que vamos daqui?

– Não sei.

Ele forçou um sorriso.

– Eu a informarei quando chegar lá.

– Já vai receber o medicamento. Posso fazer alguma coisa para deixá-lo mais confortável?

– Pode, sim. Volte para conversar comigo esta noite.

Era a noite de folga de Paige, e ela sentia-se exausta.

– Está bem.

NAQUELA NOITE, quando voltou à UTI, Paige encontrou John Cronin acordado.

– Como se sente?

Ele estremeceu.

- Horrível. Nunca fui muito resistente à dor. Acho que tenho um limite baixo.

– Entendo.

– Conheceu Hazel, não é?

– Hazel?

– Minha mulher. A vagabunda. Ela e os irmãos vieram me visitar. Disseram que falaram com você.

– É verdade.

– Ela é incrível, não acha? Meti-me na maior encrenca ao me casar com ela. Mal podem esperar que eu bata as botas.

– Não diga isso.

– Estou dizendo a verdade. Hazel só se casou comigo por meu dinheiro. Para ser franco, não me importei muito. Tive bons momentos com Hazel na cama, mas depois ela e os irmãos começaram a se tornar gananciosos. Sempre queriam mais.

Os dois ficaram num silêncio tranquilo por algum tempo.

– Já lhe contei que costumava viajar muito?

– Não.

– Estive na Suécia... Dinamarca... Alemanha. Já foi à Europa?

Paige se lembrou daquele dia na agência de viagens. "Vamos a Veneza! Não, vamos a Paris! Que tal Londres?"

– Não, nunca fui.

– Pois devia ir.

– Talvez vá um dia.

– Não ganha muito dinheiro trabalhando num hospital como este, não é?

– Ganho o suficiente.

Ele balançou a cabeça.

– Posso imaginar. Tem de ir à Europa. Faça-me um favor. Visite Paris... e se hospede no Crillon, vá jantar no Maxim's, peça um filé suculento e uma garrafa de champanhe. Enquanto comer o filé e beber o champanhe, quero que pense em mim. Vai fazer isso?

– Farei um dia.

John Cronin a estudava.

– Obrigado. Estou cansado agora. Pode voltar amanhã e conversar comigo de novo?

– Claro.

John Cronin adormeceu.

29

Ken Mallory era um grande crente na Dona Sorte e, depois de conhecer os Harrisons, passou a acreditar com mais firmeza ainda que ela estava do seu lado. As possibilidades de um homem tão rico quanto Alex Harrison ser levado para o Hospital Público Embarcadero eram mínimas. "E fui eu quem salvou sua vida, e agora ele quer demonstrar sua gratidão", pensou Mallory, exultante.

Ele pedira informações sobre os Harrison a um amigo.

– Rico nem dá para começar a descrever – dissera o amigo. – Ele é dez vezes milionário. E tem uma filha deslumbrante. Ela já foi casada três ou quatro vezes, a última com um conde.

– Já conheceu pessoalmente os Harrison?

– Não. Eles não se misturam com a ralé.

Numa manhã de sábado, ao receber alta do hospital, Alex Harrison perguntou:

– Ken, acha que estarei em condições para oferecer um jantar daqui a uma semana?

Mallory acenou com a cabeça.

– Se não exagerar, não vejo por que não.

Alex Harrison sorriu.

– Ótimo. Você é o convidado de honra.

Mallory experimentou uma súbita emoção. "O velho realmente falava sério."

– Hã... obrigado.

– Lauren e eu esperaremos por você às 19h30 do próximo sábado.

Ele deu a Mallory um endereço em Nob Hill.

– Estarei lá – garantiu Mallory.

E nada vai me impedir!

Ele prometera levar Kat ao teatro naquela noite, mas seria fácil cancelar. Recebera as apostas, e gostava de fazer sexo com ela. Davam um jeito de se encontrarem várias vezes por semana, em um dos quartos de plantão, ou num quarto vazio do hospital, no seu apartamento, ou no dela. "O fogo da paixão de Kat esteve abafado por muito tempo", pensou Mallory, feliz, "mas quando veio a explosão... puxa! Um dia desses chegará o momento de dizer *arrivederci*."

No dia em que ia jantar com os Harrison, Mallory telefonou para Kat.

– Má notícia, meu bem.

– O que aconteceu, querido?

– Um dos médicos caiu doente e me pediram para cobri-lo. Terei de cancelar nosso encontro.

Kat não queria deixá-lo perceber o quanto se sentia desapontada, o quanto precisava de sua companhia, e disse, jovial:

– Ora, a vida de médico é assim mesmo, não é?

– Pode ter certeza de que a compensarei por isso.

– Não precisa fazer nada para me compensar. Eu o amo.

– Também amo você.

– Ken, quando vamos conversar sobre nós?

– Como assim?

Ele sabia exatamente o que Kat queria. Um compromisso. Eram todas iguais. "Usam a xoxota como isca, na esperança de fisgar um otário para passar sua vida com elas." Mas ele era esperto demais para permitir que isso lhe acontecesse. Quando chegasse o momento, trataria de escapar, pesaroso, como já fizera uma dúzia de vezes antes.

– Não acha que devemos marcar uma data, Ken? Tenho uma porção de planos a fazer.

– Claro, claro. Faremos isso.

– Pensei que poderia ser em junho.O que você acha?

"Não vai querer saber o que eu acho. Se eu jogar minhas cartas direito, haverá um casamento, mas não será com você."

– Vamos conversar a respeito, meu bem. E agora preciso desligar.

A CASA DOS HARRISON era uma mansão cinematográfica, no meio de jardins impecáveis. A casa propriamente dita parecia ser interminável. Havia duas dúzias de convidados, e uma pequena orquestra tocava na vasta sala de estar. Quando Mallory entrou, Lauren adiantou-se para recebê-lo. Usava um vestido de seda bem justo. Apertou a mão de Mallory.

– Seja bem-vindo, convidado de honra. Fico contente por ter vindo.

– E eu também. Como seu pai tem passado?

– Continua vivo, graças a você. É um grande herói nesta casa.

Mallory sorriu, modesto.

– Apenas fiz meu trabalho.

– Suponho que é isso o que Deus diz todos os dias.

Lauren pegou-o pela mão, passou a apresentá-lo aos outros convidados. A lista era de primeira ordem. O governador da Califórnia ali estava, assim como o embaixador francês, um ministro do Supremo Tribunal, e mais políticos, artistas e magnatas dos negócios. Mallory podia sentir o poder na sala, e isso o deixou emocionado. "É este o lugar a que pertenço", pensou ele. "Aqui, com estas pessoas."

O jantar foi saboroso e servido com elegância. Ao final da noite, quando os convidados começaram a se retirar, Harrison disse a Mallory:

– Não saia agora, Ken. Eu gostaria de conversar com você.

– Será um prazer.

Harrison, Lauren e Mallory sentaram na biblioteca. Harrison acomodou-se ao lado da filha.

– Quando comentei no hospital que achava que você tinha um grande futuro pela frente, Ken, falava sério.

– Agradeço sua confiança, senhor.

– Deveria ter um consultório particular.

Mallory riu.

– Não é tão fácil assim, Sr. Harrison. É preciso muito tempo para se desenvolver um consultório particular e eu...

– Em circunstâncias normais, eu diria que sim. Mas você não é um homem que se enquadre nos padrões normais.

– Não estou entendendo.

– Depois que concluir sua residência, meu pai quer financiar uma clínica para você – explicou Lauren.

Por um momento, Mallory foi incapaz de falar. Era fácil demais. Tinha a sensação de que vivia algum sonho maravilhoso.

– Eu... não sei o que dizer.

– Tenho muitos amigos ricos. Já falei com alguns a seu respeito. Posso lhe prometer que terá muitos clientes no momento em que abrir seu escritório.

– Os advogados é que têm escritório, papai.

– Qualquer coisa. Seja como for, eu gostaria de financiá-lo. Está interessado?

Mallory encontrava dificuldade para respirar.

– E muito. Mas.... não saberia quando teria condições de saldar a dívida.

– Não está entendendo. Eu é que vou saldar uma dívida com você. Não ficará me devendo nada.

Lauren fitava Mallory com uma expressão ansiosa.

– Por favor, diga que sim.

– Eu seria estúpido se dissesse não, não é mesmo?

– É verdade – murmurou Lauren, suavemente. – E tenho certeza que você não é estúpido.

VOLTANDO PARA CASA, Ken Mallory experimentava uma intensa euforia. "Não podia ser melhor", pensou. Mas se enganava. Melhorou ainda mais. Lauren telefonou.

– Espero que não se importe de misturar negócios com prazer.

Ele sorriu para si mesmo.

– Claro que não. O que tem em mente?

– Há um baile de caridade no próximo sábado. Gostaria de me levar?

"Ora, meu bem, pode apostar que sim!"

– Eu adoraria.

Mallory tinha plantão na noite de sábado, mas ligaria para avisar que estava passando mal e encontraria alguém para ficar no seu lugar.

MALLORY ERA um homem que acreditava em planejar com antecedência, mas o que lhe acontecia agora se projetava além dos seus sonhos mais delirantes.

Durante as semanas·subsequentes, foi arrebatado para o círculo social de Lauren, e a vida assumiu um ritmo vertiginoso. Saía com Lauren para dançar pela metade da noite, e se arrastava no hospital durante o dia. Havia crescentes reclamações contra seu trabalho, mas não se importava. "Sairei daqui muito em breve", dizia a si mesmo.

A perspectiva de escapar do melancólico hospital público e ter seu próprio consultório era emocionante, mas Lauren era a bonificação que a Dona Sorte lhe oferecia.

Kat começava a se tornar um estorvo. Mallory tinha de encontrar pretextos para evitar os encontros com ela. Quando Kat o pressionava, ele dizia:

– Ora, querida, sou louco por você... claro que quero casar com você, mas neste momento...

E ele se derramava numa litania de desculpas. Foi Lauren quem sugeriu que os dois passassem um fim de semana na casa de campo da família, em Big Sur. Mallory exultou. "Tudo está dando certo", pensou ele. "Serei o dono do mundo!"

A CASA FICAVA no meio de colinas cobertas de pinheiros, urna enorme, estrutura de madeira, cimento e lajotas, com vista para o oceano Pacífico. Tinha um quarto principal, oito quartos de hóspedes, uma sala de estar espaçosa, com uma lareira de pedra, uma piscina coberta e uma enorme tina com água quente. Tudo recendia a dinheiro antigo. Ao entrarem, Lauren anunciou:

– Dispensei os criados pelo fim de semana.

Mallory sorriu.

– Boa ideia. – Ele abraçou Lauren. – Estou louco por você.

– Então prove.

Passaram o dia na cama, e Lauren se mostrou quase tão insaciável quanto Kat.

– Você está me esgotando! – exclamou Mallory, rindo.

– Ótimo. Não quero que você tenha condições de fazer amor com qualquer outra. – Ela sentou-se na cama. – Não há mais ninguém, não é, Ken?

– Claro que não – respondeu Mallory, com absoluta sinceridade. – Não existe nenhuma outra mulher no mundo para mim além de você. Estou apaixonado, Lauren.

Agora era o momento de dar o bote, de dar os últimos nós para garantir seu futuro. Uma coisa era ser um médico bem-sucedido, com um consultório particular, outra era se tornar o genro de Alex Harrison.

– Quero me casar com você.

Ele prendeu a respiração, esperando pela resposta.

– Oh, querido, eu também quero!

NO APARTAMENTO, frenética, Kat tentava achar Mallory. Ligou para o hospital.

– Sinto muito. Hunter, mas o Dr. Mallory não está de plantão e não responde ao bipe.

– Ele avisou onde poderia ser encontrado?

– Não temos nenhum registro.

Kat desligou, virou-se para Paige.

– Alguma coisa aconteceu com ele, tenho certeza. Se não, já teria me telefonado a esta altura.

– Kat, pode haver uma centena de motivos para não ter notícias dele. Talvez tenha saído da cidade de repente, ou...

– Tem razão. Há alguma boa explicação.

Kat olhou para o telefone e torceu para que tocasse.

ASSIM QUE voltou a São Francisco, Mallory ligou para Kat no hospital.

– A Dra. Hunter está de folga – informou a recepcionista.

– Obrigado.

Mallory telefonou para o apartamento. Kat atendeu.

– Oi, meu bem!

– Ken! Onde você andava? Fiquei na maior preocupação. Tentei localizá-lo por toda parte...

– Tive uma emergência familiar. Desculpe não ter podido ligar. Precisei sair da cidade às pressas. Posso dar um pulo até aí?

– Sabe que pode. Não imagina como me sinto contente por saber que você está bem. Eu...

– Meia hora.

Mallory desligou e pensou, feliz: "O momento chegou, disse a morsa, de falar muitas coisas. Kat, meu bem, foi uma grande diversão, mas apenas uma dessas coisas que acontecem na vida..."

KAT ABRAÇOU Mallory no instante em que ele entrou no apartamento.

– Que saudade!

Ela não podia dizer como ficara desesperadamente preocupada. Os homens detestam esse tipo de coisa. Kat deu um passo atrás.

– Querido, você parece exausto.

Mallory suspirou.

– Passei acordado as últimas 24 horas.

"Essa parte é verdade", pensou ele. Kat abraçou-o.

– Pobre coitado... Quer que eu lhe prepare alguma coisa para comer?

– Não estou com fome. Só preciso de uma boa noite de sono. Vamos sentar, Kat. Precisamos conversar.

Sentaram-se no sofá.

– Algum problema? – indagou Kat.

Ele respirou fundo.

– Kat, tenho pensado muito em nós.

Ela sorriu.

– E eu também. Tenho uma notícia para você. Estou...

– Não, espere. Deixe-me terminar. Acho... que estamos nos precipitando, Kat. Eu a pedi em casamento sem pensar direito.

Kat empalideceu.

– O que... o que está querendo me dizer?

– Que acho que devemos adiar tudo.

Ela teve a sensação de que a sala se comprimia para sufocá la. Sentia dificuldade para respirar.

– Ken, não podemos adiar nada. Estou grávida.

30

Paige chegou em casa à meia-noite, esgotada. Fora um dia extenuante. Não tivera tempo de almoçar, e o jantar consistira de um sanduíche entre cirurgias. Arriou na cama e adormeceu no instante seguinte. Foi despertada pela campainha do telefone. Grogue de sono, estendeu a mão para o aparelho e olhou automaticamente para o relógio na mesinha de cabeceira. Eram 3 horas.

– Alô?

– Dra. Taylor? Desculpe incomodá-la, mas um dos seus pacientes insiste em lhe falar imediatamente.

A garganta de Paige estava tão seca que ela mal conseguia falar.

– Estou de folga. Outra pessoa não poderia...

– Ele não quer falar com mais ninguém. Exige a sua presença.

– Quem é?

– John Cronin.

Paige sentou na cama.

– O que aconteceu?

– Não sei. Ele se recusa a falar com qualquer outra pessoa.

– Está bem – murmurou Paige, cansada. – Já vou.

Ela chegou ao hospital meia hora depois e foi direto para o quarto de John Cronin. Ele estava acordado, tubos saindo das narinas e braços.

– Obrigado por ter vindo.

A voz era fraca e rouca. Paige sentou-se numa cadeira ao lado da cama e sorriu.

– Não tem problema, John. Eu não tinha mesmo nada para fazer, a não ser dormir. O que posso fazer por você que ninguém mais neste hospital seria capaz de fazer?

– Preciso conversar com você.

Paige soltou um gemido.

– A esta hora? Pensei que era alguma emergência.

– E é mesmo. Quero ir embora.

Ela sacudiu a cabeça.

É impossível. Não pode ir para casa agora. Não poderia receber esse tipo de tratamento...

Ele interrompeu-a:

– Não quero ir para casa. Quero partir.

Paige fitou-o nos olhos.

– Como assim?

– Já entendeu o que estou querendo dizer. O medicamento não faz mais efeito. Não suporto a dor. E quero partir.

Paige inclinou-se, pegou-lhe a mão.

– Não posso fazer isso, John. Deixe-me lhe dar um...

– Não. Estou cansado, Paige. Quero ir para onde quer que seja que eu vá, e não posso mais continuar assim. Não aguento.

– John...

– Quanto tempo ainda me resta? Mais uns poucos dias? Eu lhe disse que não sou muito resistente à dor. Estou deitado aqui como um animal enjaulado, com esses tubos enfiados por toda parte. E meu corpo vai sendo corroído por dentro. Isto não é viver. . é morrer. Pelo amor de Deus, ajude-me!

Ele foi sacudido por um súbito espasmo de dor. Quando tornou a falar, a voz soou ainda mais fraca:

– Ajude-me... por favor...

Paige sabia o que tinha de fazer. Devia transmitir o pedido de John Cronin ao Dr. Benjamin Wallace. Ele o encaminharia ao comitê de ética. Haveria uma reunião de médicos para avaliar as condições de Cronin, e depois tomar uma decisão. Em seguida, a decisão teria de ser aprovada por...

– Paige... é a *minha* vida. Deixe-me fazer como eu quero.

Ela contemplou a figura desamparada na cama.

– Estou suplicando...

Paige pegou a mão de Cronin, manteve-a entre as suas por longo tempo.

– Está bem, John. Farei o que me pede.

Ele exibiu um vestígio de sorriso.

– Sabia que podia contar com você.

Paige inclinou-se, beijou-o na testa.

– Feche os olhos e trate de dormir.

– Boa noite, Paige.

– Boa noite, John.

John Cronin suspirou, fechou os olhos, com um sorriso de satisfação.

Paige continuou sentada ali, a observá-lo, pensando no que se encontrava prestes a fazer. Recordou como se sentira horrorizada em seu primeiro dia de ronda, com o Dr. Radnor. "Ela está em coma há seis semanas. Seus sinais vitais começam a falhar. Não há mais nada que possamos fazer. Vamos desligar os aparelhos esta tarde." Seria errado libertar um ser humano de seu sofrimento?

Lentamente, como se estivesse se movimentando debaixo d'água, Paige se levantou, foi até o armário no canto, onde era guardado um vidro de insulina, a ser usado em emergências. Pegou o vidro, ficou imóvel, a contemplá-lo. Abriu-o. Encheu uma seringa com insulina, voltou para o lado da cama de John Cronin. Ainda havia tempo de recuar. "Estou deitado aqui como um animal enjaulado. Isto não é viver... é morrer. Pelo amor de Deus, ajude-me!"

Paige inclinou-se para a frente, injetou a insulina no tubo de soro preso ao braço de Cronin.

– Durma bem – sussurrou ela sem perceber que chorava.

Paige voltou para casa, passou o resto da noite acordada, pensando no que fizera.

Às 6 horas, recebeu um telefonema.

– Lamento ter de lhe dar uma má notícia, Dra. Taylor. Seu paciente John Cronin morreu de parada cardíaca, esta madrugada.

O médico da equipe permanente na chefia naquela manhã era o Dr. Arthur Kane.

31

Ken Mallory dormira na única ocasião anterior em que fora a uma ópera. Naquela noite, assistia ao *Rigoletto*, no Teatro de Ópera de São Francisco, e adorava cada minuto. Sentava num camarote com Lauren Harrison e o pai. No saguão, durante o intervalo, Alex Harrison apresentara-o a diversos amigos.

– Este é meu futuro genro, e um médico brilhante.

Ser o genro de Alex Harrison já era suficiente para convertê-lo num médico brilhante.

Depois da ópera, os Harrison e Mallory foram ao Fairmont Hotel, para jantarem em seu elegante restaurante principal. Mallory gostou da saudação deferente que o *maître* ofereceu a Alex Harrison, antes de conduzi-los à mesa. "Daqui por diante", pensou ele, "poderei frequentar lugares assim, e todos saberão quem eu sou." Feitos os pedidos, Lauren disse:

– Querido, acho que devemos fazer uma festa para anunciar nosso noivado.

– Grande ideia! – exclamou o pai. – Faremos uma festa enorme. O que acha, Ken?

Um alerta soou na mente de Mallory. Uma festa de noivado significaria publicidade. Terei de acertar tudo com Kat primeiro. Algum dinheiro deve resolver esse problema. Por causa de uns míseros 10 mil dólares, todo o seu futuro espetacular poderia ficar em perigo. Dava para imaginar o que aconteceria se tentasse explicar Kat aos Harrison.

"Por falar nisso, esqueci de mencionar que já estou noivo de uma médica no hospital. Ela é negra..." ou "Querem ouvir uma coisa engraçada? Apostei 10 mil dólares com o pessoal do hospital como conseguiria transar com uma médica negra...

"Já tenho um casamento planejado..."

"Nada disso", pensou ele. "Terei de encontrar um meio de comprar o silêncio de Kat."

Eles olhavam para Mallory, esperando uma resposta. Mallory sorriu.

– Uma festa parece uma ideia maravilhosa.

Lauren disse, entusiasmada:

– Ótimo! Vou começar a tomar as providências necessárias. Os homens não fazem ideia do que é preciso para se organizar uma festa.

Alex Harrison virou-se para Mallory.

– Já comecei a movimentar as coisas para o seu lado, Ken.

– Como assim, senhor?

– Gary Gitlin, o diretor do Hospital North Shore; é um velho companheiro de golfe. Conversei com ele a seu respeito, e Gary acha que não haverá problema em filiá-lo a seu hospital. É um lugar de grande prestígio, como sabe. E ao mesmo tempo poderá abrir seu consultório particular.

A euforia de Mallory era intensa.

– Isso é sensacional!

– Claro que levará alguns anos para ter um consultório realmente lucrativo, mas acho que dará para ganhar uns 200 ou 300 mil dólares nos dois primeiros anos.

"Duzentos ou 300 mil dólares!", pensou Mallory. "E ele fala como se fosse uma ninharia!"

– Hã... seria ótimo, senhor.

Alex Harrison sorriu.

– Como serei seu sogro, Ken, acho que podemos deixar de lado esse negócio de "senhor". Chame-me de Alex.

– Certo, Alex.

– Nunca fui uma noiva de junho – comentou Lauren. – Junho está bom para você, querido?

Ele podia ouvir a voz de Kat dizendo: "Não acha que deveríamos marcar uma data? Pensei que poderia ser em junho." Mallory pegou a mão de Lauren.

– Claro que sim.

"Isso me dará bastante tempo para cuidar de Kat." Mallory sorriu para si mesmo. "Oferecerei a ela uma parte do dinheiro que ganhei ao levá-la para a cama."

– Temos um iate no sul da França – disse Alex Harrison. – Não gostariam de passar a lua de mel na Riviera Francesa? Podem voar para lá em nosso Gulfstream.

Um iate. A Riviera Francesa. Era como uma fantasia que se transformava em realidade. Mallory olhou para Lauren.

– Eu passaria a lua de mel com Lauren em qualquer lugar.

Alex Harrison balançou a cabeça.

– Bom, parece que está tudo acertado – Ele sorriu para a filha. – Vou sentir saudade, querida.

– Não vai me perder, papai, mas sim ganhar um médico!

Alex Harrison tornou a balançar a cabeça.

– E muito bom. Nunca poderei lhe agradecer o bastante por salvar minha vida, Ken.

Lauren acariciou a mão de Mallory.

– Agradecerei por você.

– Ken, por que não nos encontramos para almoçar na próxima semana? – sugeriu Alex Harrison. – Escolheremos um bom lugar para você abrir seu consultório talvez no Post Building, e marcarei um encontro seu com Gary Gitlin. E vários dos meus amigos estão ansiosos em conhecê-lo.

– A mesma coisa acontece comigo, papai. – Lauren olhou para Ken. – Conversei a seu respeito com minhas amigas, e elas também estão ansiosas em conhecê-lo, só que não vou permitir.

– Não estou interessado em ninguém além de você – garantiu Mallory, efusivo.

AO EMBARCAREM no Rolls-Royce com motorista, Lauren perguntou:

– Onde podemos deixá-lo, querido?

– No hospital Preciso ver alguns pacientes.

Mallory não tinha a intenção de ver qualquer paciente. Sabia que Kat dava plantão no hospital. Lauren passou a mão por seu rosto.

– Meu pobre querido... trabalha demais.

Mallory suspirou.

– Não tem importância, enquanto puder ajudar as pessoas.

ELE ENCONTROU Kat na ala geriátrica.

– Oi, Kat.

Ela estava irritada.

– Tínhamos um encontro marcado ontem à noite, Ken.

– Sei disso. Sinto muito. Não consegui me livrar a tempo de alguns compromissos e...

– É a terceira vez na última semana. O que está acontecendo?

Ela se tornava cada vez mais chata.

– Preciso conversar com você, Kat. Há algum quarto vazio por aqui?

Kat pensou por um instante.

– Um paciente deixou o 315. Vamos até lá.

Foram andando pelo corredor. Uma enfermeira aproximou-se.

– Dr. Mallory, o Dr. Peterson o tem procurado. Ele...

– Diga-lhe que estou ocupado.

Mallory pegou Kat pelo braço, levou-o para o elevador. No terceiro andar avançaram em silêncio pelo corredor, entraram no quarto 315. Mallory fechou a porta. Sentia-se nervoso. Todo o seu futuro brilhante dependeria dos próximos minutos. Pegou a mão de Rat. Era tempo de ser sincero.

– Kat, sabe que sou louco por você. Nunca senti por ninguém o que sinto por você. Mas a perspectiva de ter um filho neste momento... não percebe como seria errado? Afinal, ambos trabalhamos dia e noite, não ganhamos o suficiente para...

– Mas podemos dar um jeito –interrompeu-o Kat. – Eu amo você, Ken, e...

– Espere um pouco. Só estou lhe pedindo que adie por pouco tempo. Deixe-me terminar a residência no hospital e abrir um consultório particular em algum lugar. Talvez possamos voltar para o Leste. Dentro de poucos anos, teremos condições de casar e ter um filho.

– *Dentro de poucos anos?* Já lhe disse que estou grávida.

– Sei disso, querida, mas tem agora... quanto tempo? Dois meses? Ainda há tempo suficiente para abortar.

Kat ficou chocada.

– Não vou abortar! E devemos nos casar imediatamente. Agora.

"Temos um iate no sul da França. Não gostariam de passar a lua de mel na Riviera Francesa? Podem voar para lá em nosso Gulfstream."

– Já disse a Paige e a Honey que vamos casar. Elas serão minhas madrinhas. E também falei do bebê.

Mallory sentiu um calafrio percorrer seu corpo. A situação começava a escapar ao controle. Se os Harrison soubessem, ele estaria perdido.

– Não deveria ter feito isso.

– Por que não?

Mallory forçou um sorriso.

– Quero preservar nossa vida pessoal. – "Poderá abrir seu consultório particular. Dará para ganhar uns 200 ou 300 mil dólares nos dois primeiros anos." – Kat, vou lhe pedir pela última vez. Quer fazer um aborto?

Ele torcia para que a resposta fosse sim, tentando evitar que o desespero transparecesse em sua voz.

– Não.

– Kat...

– Não posso, Ken. Contei como me sentia em relação ao aborto que fiz quando era garota. Jurei que nunca mais passaria por aquilo. Não me peça para fazer de novo.

E foi nesse momento que Ken Mallory compreendeu que não podia correr qualquer risco. Não tinha opção. Precisava matá-la.

32

Honey aguardava ansiosa, todos os dias, a visita ao paciente no quarto 306. Seu nome era Sean Reilly, um irlandês bonito, de cabelos pretos, olhos também pretos e faiscantes. Honey calculava que ele devia ter quarenta e poucos anos.

Quando o conhecera, durante uma ronda, examinara sua ficha e comentara:

– Vejo aqui que vai fazer uma colecistectomia.

– Pensei que iam tirar minha vesícula.

Honey sorrira.

– É a mesma coisa.

Sean fixara-a com seus olhos pretos.

– Podem tirar qualquer coisa que quiserem, menos meu coração. Este pertence a você.

Honey rira.

– A lisonja o levará onde quiser.

– É o que espero, querida.

Quando dispunha de alguns minutos de folga, Honey ia conversar com Sean. Ele era encantador e divertido.

– Vale a pena ser operado só para ter você por perto, meu bem.

– Não se sente nervoso com a cirurgia, não é?

– Não se for você a me operar, amor.

– Não sou cirurgião Sou uma internista.

– As internistas têm permissão para jantar com seus pacientes?

– Não. Há um regulamento contra isso.

– As internistas nunca violam os regulamentos?

– Nunca.

Honey estava sorrindo.

– Acho que você é linda.

Ninguém jamais dissera isso antes a Honey. Ela descobriu que corava.

– Obrigada.

– É como o orvalho da manhã nas campinas de Killarney.

– Já esteve alguma vez na Irlanda?

Sean riu.

– Não, mas prometo que um dia iremos até lá juntos. Vai ver só.

Era uma ridícula lisonja irlandesa, mas...

Naquela tarde, ao visitar Sean, Honey perguntou:

– Como se sente?

– Melhor por vê-la. Tem pensado em nosso jantar?

– Não – mentiu Honey.

– Eu esperava levá-la para jantar depois de minha cirurgia. Não é noiva, casada ou qualquer outra tolice do gênero, não é?

Honey sorriu.

– Nada tolo assim.

– Ainda bem. Eu também não. Quem poderia me querer?

"Uma porção de mulheres", pensou Honey.

– Se gosta de comida caseira, saiba que sou um grande cozinheiro.

– Veremos.

Quando Honey entrou em seu quarto, na manhã seguinte, Sean disse:

– Tenho um presentinho para você.

Ele entregou uma folha de papel de desenho. Nele estava um esboço de retrato de Honey.

– Adorei! – exclamou ela. – Você é um artista sensacional!

E, subitamente, ela se lembrou das palavras da psíquica: "Você vai se apaixonar. Ele é um artista". Honey olhou para Sean de uma forma estranha.

– Algum problema, querida?

– Não – murmurou Honey.– Nenhum.

CINCO MINUTOS depois, ela entrou no quarto de Frances Gordon.

– Eis a nossa virginiana!

– Lembra que me disse que eu ia me apaixonar por alguém... um artista?

– Lembro.

– Bem... acho que o conheci.

Frances Gordon sorriu.

– Está vendo? As estrelas nunca mentem.

– Poderia... poderia me falar alguma coisa sobre ele? Sobre nós?

– Tenho cartas de tarô naquela gaveta ali. Pode pegar para mim, por favor?

Enquanto entregava as cartas, Honey pensou: "Mas que ridículo! Não acredito nessas coisas!"

Frances Gordon pôs as cartas. Balançava a cabeça para si mesma, sorria, até que de repente ficou imóvel, o rosto pálido.

– Oh, meu Deus!

Ela olhou para Honey.

– O que... o que foi?

– Esse artista... disse que já o conheceu?

– Acho que sim.

A voz de Frances Gordon ficou impregnada de tristeza.

– Pobre coitado – murmurou ela. – Sinto muito... mas muito mesmo.

A CIRURGIA de Sean Reilly estava marcada para a manhã seguinte.

8H15. O Dr. William Radnor já se encontrava na SC 2, preparando-se para a cirurgia.

8H25. Um caminhão com o suprimento de bolsas de sangue de uma semana para o Hospital Público Embarcadero parou na entrada de emergência. O motorista levou o suprimento para o banco de sangue, no porão. Eric Foster, o médico de plantão, partilhava café e biscoitos com uma jovem e linda enfermeira, Andrea.

– Onde deixo isto? – perguntou o motorista.

– Pode largar ali – respondeu Foster, apontando para um canto.

– Certo. – O motorista deixou a carga no lugar indicado, pegou um formulário. – Preciso de sua assinatura.

– Certo. Foster assinou o formulário. – Obrigado.

– De nada.

O motorista foi embora. Foster tornou a se virar para Andrea.

– Onde estávamos mesmo?

– Você me dizia como sou adorável.

– Certo. Se não fosse casada, eu trataria de conquistá-la. Nunca se diverte por fora?

– Não. Meu marido é um pugilista.

– Hã... Não tem uma irmã?

– Tenho, sim.

– Tão bonita quanto você?

– Mais bonita.

– E como ela se chama?

– Marilyn.

– Por que não saímos os quatro esta noite?

Enquanto eles conversavam, o aparelho de fax começou a funcionar. Foster ignorou-o.

8H45. O Dr. Radnor iniciou a cirurgia em Sean Reilly. Tudo corria bem. A sala de cirurgia funcionava como uma máquina em perfeita ordem, dirigida por pessoas competentes.

9H5. O Dr. Radnor alcançou o duto cístico. Uma operação de acordo com os manuais, até aquele momento. Quando começou a excisão da vesícula, a mão escorregou e o bisturi cortou uma artéria. O sangue jorrou.

– Santo Deus!

Ele tentou estancar a hemorragia. O anestesista gritou:

– A pressão do sangue caiu para nove por cinco! Ele vai entrar em choque!

Radnor olhou para a enfermeira auxiliar.

– Mande subir algum sangue, stat!

– Pois não, doutor.

9H5. O telefone tocou no banco de sangue.

– Não se vá – disse Foster a Andrea e foi atender ao telefone. – Suprimento de sangue.

– Precisamos de quatro unidades do Tipo O na SC 2, stat.

– Certo.

Foster desligou e foi até o canto em que o motorista deixara o novo suprimento. Pegou quatro bolsas e pôs na prateleira de cima do carrinho de metal usado para tais emergências. Verificou duas vezes as bolsas.

– Tipo O – disse ele, em voz alta.

Chamou um servente. O fax parara.

– O que está acontecendo? – perguntou Andrea.

Foster olhou para a programação à sua frente.

– Parece que um dos pacientes está criando problemas para o Dr. Radnor.

9h15. O servente entrou no banco de sangue.

– O que tenho de fazer?

Leve isto para a SC 2. Estão esperando.

Foster observou o servente sair com o carrinho de metal e depois voltou a concentrar sua atenção em Andrea.

– Fale-me de sua irmã.

– Ela também é casada.

– Que pena...

Andrea sorriu.

– Mas se diverte por fora.

– É mesmo?

– Brincadeira. Tenho de voltar ao trabalho agora, Eric. Obrigada pelo café e biscoito.

– Quando quiser, pode voltar.

Ele a observou se afastar, e pensou: "Que bunda!"

9h12. O servente esperava por um elevador para levá-lo ao segundo andar.

9h23. O Dr. Radnor fazia o melhor possível para atenuar a catástrofe.

– Onde está a droga do sangue?

9h15. O servente chegou à porta da SO 2, e a enfermeira auxiliar abriu-a.

– Obrigada. – Ela levou as bolsas para a sala. – Aqui está, doutor.

– Comece a bombear. Depressa!

NO BANCO de sangue, Eric Foster terminou de tomar o café, pensando em Andrea. "Todas as mulheres bonitas são casadas."

Ao se encaminhar para sua mesa, ele passou pelo aparelho de fax. Pegou a mensagem. Dizia:

Alerta de Advertência Nº 687: Plasma Fresco Congelado. Unidades CB83711, CB800007. Bancos de Sangue da Califórnia, Arizona, Washington, Oregon. Amostras testadas várias reativas para Anticorpo HIV Tipo 1 foram distribuídas.

Foster foi até sua mesa, e pegou a cópia do manifesto que assinara para as bolsas de sangue que haviam acabado de ser entregues. Verificou o número ali. Era idêntico ao que constava do fax.

– Santo Deus! – Ele pegou o telefone. – Ligue-me com a SC 2! Depressa!

Uma enfermeira atendeu.

– Aqui é do banco de sangue. Acabei de enviar quatro unidades do Tipo O! Não usem! Estou enviando outro sangue imediatamente!

– Desculpe, mas agora é tarde demais.

Houve um inquérito oficial, mas nada ficou provado.

– Não foi culpa minha – protestou Eric Foster. – Quando o fax chegou, o sangue já tinha subido.

O DR. RADNOR deu a notícia a Sean Reilly.

– Foi um erro – disse Radnor. – Um erro lamentável. Eu daria qualquer coisa para que não tivesse acontecido.

Sean fitou-o aturdido, em choque.

– Oh, Deus! Vou morrer!

– Não saberemos se tem HIV positivo por seis ou oito semanas. E mesmo que tenha, isso não significa necessariamente que também terá AIDS. Faremos tudo o que for possível para ajudá-lo.

– O que podem fazer por mim que já não fizeram? – murmurou Sean, amargurado. – Sou um homem morto.

AO SABER da notícia, Honey ficou arrasada. Lembrou as palavras de Frances Gordon. "Pobre coitado."

SEAN REILLY dormia quando Honey entrou no quarto. Ela ficou sentada ao lado da cama por um longo momento, observando-o. Ele abriu os olhos, deparou com Honey.

– Sonhei que estava sonhando, e que não ia morrer.

– Sean...

– Veio visitar o cadáver?

– Por favor, não fale assim.

– Como isso pôde acontecer? – gritou ele.

– Alguém cometeu um erro, Sean.

– Oh, Deus, não quero morrer de AIDS!

– Algumas pessoas que contraem o HIV podem nunca ter AIDS Os irlandeses costumam ter sorte.

– Eu gostaria de poder acreditar em você.

Honey pegou a mão dele entre as suas.

– Tem de acreditar.

– Nunca fui de rezar, mas pode estar certa de que começarei agora.

– Rezarei com você.

Ele sorriu, irônico.

– Acho que podemos esquecer aquele jantar, hein?

– Nada disso. Não vai escapar de mim com tanta facilidade. Estou aguardando ansiosa.

Sean estudou-a por um momento.

– Fala sério, não é?

– Pode apostar que sim! Não importa o que aconteça. E lembre-se que você prometeu que me levaria à Irlanda.

33

— Sente-se bem, Ken? – perguntou Lauren. – Parece tenso, querido.

Estavam a sós na enorme biblioteca da mansão dos Harrisons. Uma criada e um mordomo haviam servido um jantar de seis pratos, durante o qual ele e Alex Harrison – Chame-me de Alex – conversaram sobre o brilhante futuro de Mallory.

– Por que está tão tenso?

"Porque aquela crioula sacana engravidou e espera que eu case com ela. Porque a qualquer momento pode vazar a notícia sobre o nosso noivado, ela saberá, e vai botar a boca no mundo. Porque todo o meu futuro pode ser destruído." Ele pegou a mão de Lauren.

– Acho que tenho trabalhado demais. Meus pacientes não são apenas pacientes para mim, Lauren. São pessoas enfrentando problemas, e não consigo deixar de me preocupar.

Ela acariciou o rosto de Mallory.

– É uma das coisas que amo em você, Ken, esta sua preocupação com os outros.

– Fui criado assim.

– Ah, esqueci de lhe contar. A editora de sociedade e um fotógrafo do *Chronicle* virão aqui na segunda-feira, para fazer uma entrevista.

Foi como um soco na boca do estômago.

– Há alguma possibilidade de estar aqui comigo, querido? Querem tirar uma foto sua.

– Eu... eu bem que gostaria, mas terei um dia movimentado no hospital. – A mente de Mallory era um turbilhão. – Lauren, acha que é uma boa ideia dar uma entrevista agora? Não deveríamos esperar até...

Lauren riu.

– Não conhece o pessoal da imprensa, querido. São como sabujos. É muito melhor resolver isso logo de uma vez.

"Segunda-feira!"

NA MANHÃ seguinte, Mallory encontrou Kat numa sala vazia. Ela parecia cansada e abatida. Não usava maquiagem e tinha os cabelos soltos. "Lauren nunca se permitiria ficar assim", pensou Mallory.

– Oi, meu bem.

Kat não respondeu. Ele a abraçou.

– Tenho pensado muito em nós, Kat. Não dormi durante toda a noite. Não existe mais ninguém para mim. Você tinha razão, e eu estava errado. Acho que a notícia foi uma espécie de choque para mim. Quero que tenha a nossa criança.

Ele viu o rosto de Kat se iluminar de repente.

– Fala sério, Ken?

– Pode apostar que sim.

Ela apertou-o com força.

– Graças a Deus! Oh, querido, fiquei tão preocupada! Não sei o que faria sem você.

– Não precisa se preocupar mais. Daqui por diante, tudo será maravilhoso. – "E você nunca saberá o quanto!" – Estou de folga na noite de domingo. Você também estará livre?

– Darei um jeito.

– Teremos um jantar tranquilo e depois iremos ao seu apartamento para um último drinque. Pode se livrar de Paige e Honey? Seria ótimo se pudéssemos ficar a sós.

Kat sorriu.

– Não tem problema. Não imagina como me deixou feliz, Ken Já falei alguma vez que o amo muito?

– Também amo você, e mostrarei o quanto na noite de domingo.

PENSANDO A RESPEITO, Mallory concluiu que era um plano infalível. Pensava nos mínimos detalhes. Não haveria a menor possibilidade de alguém culpá-lo pela morte de Kat.

Era arriscado demais pegar o que precisava na farmácia do hospital, porque a segurança fora reforçada depois do caso Bowman. Em vez disso, no início da manhã de domingo, Mallory saiu à procura de uma farmácia bem longe do bairro em que morava. A maioria fechava aos domingos, e ele visitou meia dúzia antes de encontrar uma farmácia de plantão.

– Bom dia – disse o farmacêutico, por trás do balcão. – O que deseja?

– Vou ver um paciente nesta área e quero que avie uma receita para ele.

Mallory tirou do bolso seu bloco de receitas e escreveu o que queria. O farmacêutico sorriu.

– Não são muitos os médicos que fazem visitas domiciliares hoje em dia.

– Sei disso. É lamentável, não acha? As pessoas não se importam mais com as outras.

Ele entregou a receita ao farmacêutico, que deu uma olhada e acenou com a cabeça.

– Só vai demorar alguns minutos.

– Obrigado.

Primeiro passo.

NAQUELA TARDE, Mallory foi ao hospital. Não ficou ali por mais que dez minutos e carregava um pequeno pacote ao sair.

Segundo passo.

MALLORY COMBINARA se encontrar com Kat no Trader Vic's para jantar e já se encontrava ali quando ela chegou. Observou-a se aproximar da mesa e pensou: "É a Sexta Ceia, sua sacana." Levantou-se, com um sorriso radiante.

– Olá, meu bem. Você está linda.

E Mallory não podia deixar de admitir que era verdade. Kat estava sensacional. "Ela podia ter sido uma modelo. E é maravilhosa na cama. Só lhe falta cerca de 20 milhões de dólares, uns poucos milhões a mais ou a menos."

Kat percebeu mais uma vez que outras mulheres no restaurante olhavam para Ken, invejando-a. Mas ele só tinha olhos para ela. Era o velho Ken, afetuoso e atencioso.

– Como foi seu dia? – perguntou Mallory.

Ela suspirou.

– Movimentado. Três cirurgias pela manhã e duas à tarde. – Kat inclinou-se para a frente. – Sei que ainda é muito cedo, mas juro que pude sentir o bebê chutando quando me vestia.

Mallory sorriu.

– Talvez esteja querendo sair.

– Deveríamos fazer uma ultra-sonografia para saber se é menino ou menina. E depois começarei a comprar as roupas apropriadas.

– Boa ideia.

– Podemos marcar a data do casamento, Ken? Gostaria que fosse o mais cedo possível.

– Não tem problema – respondeu Mallory, jovial. – Podemos pedir a licença para o casamento na semana que vem.

– Oh, seria maravilhoso! – Ela teve um pensamento repentino. – Talvez pudéssemos tirar uns poucos dias de folga e ir para algum lugar em nossa lua de mel. Um lugar não muito longe... uma viagem ao Oregon ou a Washington.

Nada disso, meu bem. Partirei em lua de mel em junho e passearei em meu iate pela Riviera Francesa.

– Seria ótimo. Falarei com Wallace.

Kat apertou a mão de Mallory.

– Obrigada – murmurou ela, a voz rouca. – Serei a melhor esposa do mundo.

– Tenho certeza. –. Mallory sorriu. – E agora coma seus legumes. Queremos que o bebê nasça saudável, não é?

DEIXARAM O restaurante às 21 horas. Ao se aproximarem do prédio de Kat, ele perguntou:

– Tem certeza de que Paige e Honey não estão em casa?

Tratei de providenciar. Paige tem plantão no hospital, e falei para Honey que nós dois queríamos ficar a sós.

"Merda!"

Ela percebeu a expressão de Mallory.

– Algum problema, querido?

– Nenhum, meu bem. Já expliquei, apenas gosto que nossos momentos particulares sejam particulares. – "Terei de tomar cuidado, muito cuidado." – Vamos mais depressa.

A impaciência dele deixou Kat excitada.

DENTRO DO apartamento, Mallory disse:

– Vamos para o quarto.

Kat sorriu.

– Parece uma grande ideia.

Ele observou-a se despir e pensou: Ela ainda tem um corpo sensacional. Um bebê o estragaria.

– Não vai se despir, Ken?

– Claro.

Mallory se lembrou da ocasião em que ela o fizera se despir, e depois saíra do apartamento. Pois agora pagaria por isso.

Ele tirou as roupas devagar. "Conseguirei ter algum desempenho?" Ele quase tremia de nervosismo. "O que vou fazer é por culpa dela. Não minha. Dei-lhe uma chance de recuar, mas ela se mostrou estúpida demais para aproveitar."

Mallory estendeu-se na cama, sentiu o corpo quente de Kat se comprimindo contra o seu. Começaram a acariciar um ao outro, e ele foi ficando excitado. Penetrou-a, e Kat se pôs a gemer.

– Oh, querido... é tão gostoso... – Ela passou a se mexer cada vez mais depressa. – Assim... assim... oh, Deus... não pare...

Seu corpo se sacudiu em espasmos, estremeceu todo, e depois arriou, inerte. Fitou-o, ansiosa.

– Você não...

– Claro que sim – mentiu Mallory, tenso demais para gozar. – Que tal um drinque?

– Não devo tomar. O bebê...

– Ora, meu bem, é uma comemoração. Um pequeno drinque não vai fazer mal algum.

Kat hesitou.

– Está bem... mas pequeno.

Kat fez menção de se levantar. Mallory deteve-a.

– Nada disso. Fique na cama, mamãe. Tem de se acostumar a ser mimada.

Kat observou Mallory passar para a sala, e pensou: "Sou a mulher mais feliz do mundo!"

Mallory foi até o pequeno bar, serviu uísque em dois copos. Olhou para o quarto, a fim de se certificar de que Kat não podia vê-lo, antes de se aproximar do sofá, onde deixara o paletó. Tirou um vidrinho do bolso e despejou o conteúdo no drinque de Kat. Voltou ao bar, mexeu o uísque de Kat, farejou-o. Não havia qualquer cheiro. Levou os dois copos para o quarto, entregou o de Kat.

– Vamos brindar ao nosso bebê – propôs Kat.

– Certo. Ao nosso bebê.

Ken observou Kat tomar um gole.

– Vamos encontrar um bom apartamento – disse ela, sonhadora. – E arrumarei um quarto para o bebê. Vamos mimá-lo demais, não é?

Mallory acenou com a cabeça.

– Claro. – Ele a observava com a maior atenção. – Como se sente?

– Muito bem. Andei bastante preocupada conosco, querido, mas agora não estou mais.

– Não tem com que se preocupar.

Os olhos de Kat começavam a se tornar pesados.

– Não, não há motivo para me preocupar. – As palavras saíam agora engroladas. – Ken, eu me sinto tão esquisita...

Ela começou a oscilar.

– Nunca deveria ter engravidado.

Kat fitava-o, atordoada.

– Como?

– Você estragou tudo, Kat.

– Estraguei...?

Ela tinha dificuldade para se concentrar.

– Você se meteu no meu caminho.

– Como?

– Ninguém se mete em meu caminho.

– Eu me sinto cada vez mais tonta, Ken.

Mallory continuou imóvel, observando-a.

– Ken... ajude-me, Ken...

A cabeça de Kat descaiu para o travesseiro. Ele tornou a olhar para o relógio. Havia tempo suficiente.

34

Foi Honey quem chegou primeiro no apartamento. Deparou com o corpo mutilado de Kat, estendido numa poça de sangue, no chão do banheiro, esparramada de uma forma horrível sobre os ladrilhos brancos. Havia ao seu lado uma cureta ensanguentada. Tivera uma hemorragia. Honey parou, em choque.

– Oh, Deus!

Sua voz era um sussurro estrangulado. Ajoelhou-se ao lado do corpo, encostou um dedo trêmulo na carótida. Não havia pulsação. Honey voltou apressada para a sala, pegou o telefone e discou 911. Uma voz de homem atendeu:

– Nove-um-um, Emergência.

Honey estava paralisada, incapaz de falar.

– Nove-um-um, Emergência... Alô?

– So... socorro! Eu... hã ... – Ela sufocava com as palavras. – Ela... morreu.

– Quem morreu, dona?

– Kat.

– Sua gata?

– *Não!* – berrou Honey. – Kat está morta! Mande alguém para cá imediatamente!

– Dona...

Honey bateu o telefone. Com dedos trêmulos, discou para o hospital.

– Dra. Tay... Taylor.

A voz era um sussurro agoniado.

– Um momento, por favor.

Honey apertou o fone com toda força e esperou dois minutos até ouvir a voz de Paige.

– Dra. Taylor.

– Paige! Você... você tem de vir para cá agora mesmo!

– Honey? O que aconteceu?

– Kat... morreu.

– *O quê?*– Havia uma intensa incredulidade na voz de Paige. – Como?

– Parece... parece que ela tentou fazer um aborto em si mesma.

– Oh, Deus! Já estou indo.

QUANDO PAIGE chegou ao apartamento, havia ali dois guardas, um detetive e um médico-legista. Honey se encontrava no quarto, sob o efeito de sedativos. O médico-legista examinava o corpo nu de Kat. O detetive virou-se quando Paige entrou no banheiro todo ensanguentado.

– Quem é você?

Paige olhava atordoada para o corpo sem vida, muito pálida.

– Sou a Dra. Taylor. Moro aqui.

– Talvez *você* possa me ajudar. Sou o inspetor Burns. Tentei falar com a outra moça que mora aqui. Ela está histérica, o doutor deu-lhe um sedativo.

Paige desviou os olhos da cena horrenda no chão.

– O que... o que deseja saber?

– Ela morava aqui?

– Morava.

"Vou ter um filho de Ken. Não é maravilhoso?"

– Parece que ela tentou se livrar da criança e acabou se matando – comentou o detetive.

Paige permaneceu imóvel por um longo momento, a mente em turbilhão. Só falou depois de um longo momento:

– Não acredito nisso.

O inspetor Burns observou-a atentamente.

– Por que não acredita, doutora?

– Ela queria a criança. – Paige voltava a pensar com lucidez. – O pai é que não queria.

– O pai?

– Dr. Ken Mallory. Trabalha no Hospital Público Embarcadero. Não queria casar com ela. E Kat é... era... – Dizer era foi uma terrível angústia. – ...uma médica. Se quisesse fazer um aborto, jamais tentaria fazê-lo pessoalmente, ainda mais num banheiro.

Paige balançou a cabeça e arrematou:

– Há alguma coisa errada.

O médico-legista levantou-se do lado do corpo.

– Talvez ela tentasse fazer sozinha porque não queria que mais ninguém soubesse da criança.

– Isso não é verdade. Ela nos contou.

O inspetor Burns observava Paige.

– Ela ficou sozinha aqui esta noite?

– Não. Tinha um encontro marcado com o Dr. Mallory.

KEN MALLORY estava na cama, repassando os eventos da noite. Reconstituiu todos os seus passos, certificando-se de que não havia nenhuma ponta solta. "Perfeito", concluiu. Continuou deitado, especulando por que a polícia demorava tanto, e foi nesse instante que a campainha da porta tocou. Deixou-a tocar três vezes, antes de se levantar, vestir um chambre sobre o roupão e passar para a sala. Parou junto da porta.

– Quem é?

A voz era sonolenta. Alguém indagou do outro lado:

– Dr. Mallory?

– Sou eu.

– Inspetor Burns. Departamento de Polícia de São Francisco.

– Departamento de Polícia?

Havia o tom de surpresa certo em sua voz. Mallory abriu a porta. O homem parado ali mostrou seu emblema.

– Posso entrar?

– Pode, sim. Qual é o problema?

– Conhece uma certa Dra. Hunter?

– Claro que conheço. – Uma expressão de alarme estampou-se em seu rosto. – Aconteceu alguma coisa com Kat?

– Esteve com ela no início da noite?

– Estive, sim. Por Deus, conte logo o que aconteceu! Ela está bem?

– Infelizmente, tenho uma má notícia. A Dra. Hunter está morta.

– *Morta?* Não posso crer. *Como?*

– Parece que tentou fazer um aborto em si mesma e se deu mal.

– Oh, não! – Mallory arriou numa cadeira – A culpa é minha!

O inspetor não desviava os olhos dele.

– A culpa é sua?

– Isso mesmo. Eu... A Dra. Hunter e eu íamos casar. Eu lhe disse que não achava uma boa ideia ter um bebê agora. Queria esperar, e ela concordou. Sugeri que fosse para o hospital e deixasse que cuidassem de tudo ali, mas ela deve ter decidido... Não, não posso acreditar!

– A que horas deixou a Dra. Hunter?

– Devia ser mais ou menos 22 horas. Levei-a até o apartamento e fui embora.

– Não entrou no apartamento?

– Não.

– A Dra. Hunter falou sobre o que planejava fazer?

– Está se referindo ao...? Não, não disse nada.

O inspetor Burns tirou um cartão do bolso.

– Se por acaso se lembrar de mais alguma coisa que possa ser útil, doutor, eu agradeceria se me telefonasse.

– Claro. Eu... não pode imaginar como o choque é terrível!

PAIGE E HONEY passaram a noite inteira acordadas, conversando sobre o que acontecera com Kat, repassando tudo, numa incredulidade chocada.

O inspetor Burns apareceu às 9 horas.

– Bom dia. Queria lhes dizer que conversei com o Dr. Mallory ontem à noite.

– E...?

– Ele disse que saíram para jantar, depois a trouxe até aqui e foi para seu apartamento.

– É mentira. – Paige pensou depressa. – Espere! Encontraram vestígios de sêmen no corpo de Kat?

– Encontramos.

– Pois isso *prova* que ele está mentindo! – exclamou Paige, excitada.– Mallory a levou para a cama, e depois...

– Fui falar sobre isso com ele hoje de manhã. Ele disse que fizeram sexo antes de saírem para jantar.

– Oh... – Paige não queria desistir. – As impressões digitais dele deviam estar na cureta que usou para matá-la. Encontraram impressões?

– Encontramos, doutora – respondeu ele, paciente. – Eram da Dra. Hunter.

– Aquele mi... Espere! Então ele usou luvas, e ao terminar pôs as impressões de Kat na cureta. O que acha disso?

– A sugestão de alguém que andou assistindo a filmes policiais demais na televisão.

– Não acredita que Kat tenha sido assassinada, não é?

– Receio que não.

– Já fizeram uma autópsia?

– Já.

– E o que descobriram?

– O médico-legista vai registrar como morte acidental. O Dr. Mallory me contou que ela decidiu não ter a criança, e aparentemente...

– Entrou no banheiro e se esquartejou? – interrompendo-o Paige. – Pelo amor de Deus, inspetor! Ela era uma médica, uma cirurgiã! Não há a menor possibilidade de ter feito uma coisa dessas consigo mesma!

O inspetor Burns disse, pensativo:

– Acha que Mallory a persuadiu a fazer um aborto, tentou ajudá-la e depois foi embora quando a coisa deu errado?

Paige sacudiu a cabeça.

– Não. Não poderia ter ocorrido assim. Kat nunca teria concordado. Ele a assassinou deliberadamente. – Ela pensava em voz alta. – Kat era forte. Teria de estar inconsciente para que ele... fizesse o que fez.

– A autópsia não revelou sinais de golpes ou qualquer outra coisa que pudesse deixá-la inconsciente. Não há equimoses na garganta...

– Havia vestígios de pílulas para dormir, ou...?

– Nada. – Ele viu a expressão de Paige. – Não me parece um homicídio. Acho que a Dra. Hunter cometeu um erro de julgamento, e... Sinto muito.

O inspetor encaminhou-separa a porta.

– Espere! – gritou Paige. – Você tem um motivo!

Ele virou-se.

– Nem tanto. Mallory diz que ela concordou em fazer o aborto. E isso não nos deixa muita coisa, não é?

– Deixa-o com um assassinato – insistiu Paige, obstinada.

– Doutora, o que *não* temos é qualquer prova. É a palavra dele contra a da vítima, e ela está morta. Sinto muito.

Paige observou-o sair.

"Não vou permitir que Ken Mallory escape impune", pensou ela, desesperada.

JASON PROCUROU Paige.

– Soube o que aconteceu. E não posso acreditar. Como foi capaz de fazer uma coisa assim consigo mesma?

– Não fez – declarou Paige – Foi assassinada.

Ela relatou a Jason sua conversa com o inspetor Burns e acrescentou:

– A polícia não vai fazer nada. Todos acham que foi um acidente. A culpa é minha por Kat estar morta, Jason

– Sua culpa?

– Fui eu quem a persuadiu a sair com Mallory, pela primeira vez. Ela não queria. Começou como uma brincadeira tola, e depois... Kat apaixonou-se por ele. Oh, Jason!

– Não pode se culpar por isso.

Paige olhou ao redor, desesperada.

– Não posso mais continuar neste apartamento. Tenho de sair daqui.

Jason abraçou-a.

– Vamos casar imediatamente.

– É muito cedo. Afinal, Kat nem...

– Sei disso. Esperaremos uma ou duas semanas.

– Está bem.

– Eu a amo, Paige.

– Também amo você, querido. Não é um absurdo? Sinto-me culpada porque Kat e eu nos apaixonamos, mas ela morreu, enquanto continuo viva.

A FOTOGRAFIA apareceu na primeira página do *San Francisco Chronicle* na terça-feira. Mostrava um sorridente Ken Mallory com o braço em torno de Lauren Harrison. A legenda dizia: "Herdeira Vai Casar com Médico".

Paige viu-a na maior incredulidade. Kat morrera há apenas dois dias, e Ken Mallory já anunciava seu noivado com outra mulher! Durante todo o tempo em que prometera casamento a Kat, planejava casar com outra mulher. "Foi por isso que ele matou Kat! Para tirá-la do seu caminho!"

Paige pegou o telefone, ligou para a polícia.

– Inspetor Burns, por favor.

Ele atendeu um momento depois

– Aqui é a Dra. Taylor.

– O que deseja, doutora?

– Viu a foto que saiu esta manhã no *Chronicle?*

– Vi.

– Pois aí está seu motivo! Ken Mallory tinha de silenciar Kat antes que Lauren Harrison descobrisse. Tem de prender Mallory.

Ela estava quase gritando ao telefone.

– Acalme-se, doutora. Podemos ter um motivo, mas já lhe disse que não contamos com nenhum vestígio de prova. Foi a primeira a dizer que a Dra. Hunter precisaria estar inconsciente para que Mallory pudesse fazer um aborto nela. Depois que nossa conversa, tornei a falar com o médico-legista. Não havia nenhum sinal de golpe quer pudesse causar inconsciência.

– Então ele deve ter dado um sedativo – insistiu Paige, obstinada. – Provavelmente hidrato de cloral. Tem efeito rápido e...

O inspetor Burns interrompeu-a, paciente:

– Não havia nenhum vestígio de hidrato de cloral no corpo, doutora. Sinto muito.... com toda sinceridade... mas não podemos prender um homem porque ele vai casar. Mais alguma coisa?

"Tudo!"

– Não!

Paige bateu o telefone e continuou sentada, pensando. "Mallory deve ter dado alguma droga a Kat. E o lugar mais fácil para conseguir essa droga seria a farmácia do hospital."

Quinze minutos depois, Paige estava a caminho do Hospital Público Embarcadero. Encontrou Pete Samuels, o farmacêutico chefe, por trás do balcão.

– Bom dia, Dra. Taylor.Em que posso ajudá-la?

– Creio que o Dr. Mallory esteve aqui há poucos dias e pegou um medicamento. Ele me disse o nome, mas não consigo me lembrar.

Samuels franziu o rosto.

– Não me recordo do Dr. Mallory ter vindo aqui há pelo menos um mês.

– Tem certeza?

Samuels acenou com a cabeça.

– Absoluta. Eu não me esqueceria. Sempre conversamos sobre futebol americano.

Paige sentiu um aperto no coração.

– Obrigada.

Ele deve ter apresentado a receita em outra farmácia.

Paige sabia que a lei exigia que todas as receitas para narcóticos fossem feitas em três vias – uma para o paciente, outra enviada ao Departamento de Substâncias Controladas, e a terceira para os arquivos da farmácia.

"Ken Mallory deve ter uma receita arquivada em algum lugar", pensou ela. "E há umas 200 a 300 farmácias em São Francisco." Não haveria possibilidade de localizar a receita. Mas era possível que Mallory só tivesse aviado a receita pouco antes de matar Kat. Ou seja, no sábado ou domingo. "Se foi no domingo, talvez eu tenha uma chance", concluiu Paige. "São bem poucas as farmácias que abrem no domingo, o que restringe a busca."

Ela foi ao escritório que fazia a distribuição dos plantões e procurou no registro de sábado. O Dr. Ken Mallory estivera de plantão durante o dia inteiro, e assim tudo indicava que mandara aviar a receita no domingo. Quantas farmácias abriam em São Francisco no domingo?

Paige pegou o telefone e ligou para o serviço estadual, de fiscalização de farmácias.

– Aqui é a Dra. Taylor. No domingo passado, uma amiga minha deixou uma receita numa farmácia. Pediu-me para pegá-la, mas esqueci o nome da farmácia. Gostaria de saber se podem me ajudar.

– Não vejo como, doutora. Senão sabe...

– A maioria das farmácias fecha aos domingos, não é?

– É, sim, mas...

– Eu agradeceria se pudesse me fornecer uma lista das que ficam abertas.

Houve uma pausa.

– Se é importante...

– É muito importante – assegurou Paige.

– Espere um instante, por favor.

HAVIA 36 FARMÁCIAS na relação, espalhadas por toda a cidade.Seria muito simples se pudesse contar com a ajuda da polícia, mas o inspetor Burns não acreditava nela. "Honey e eu teremos de cuidar disso sozinhas", pensou Paige. Ela explicou a Honey o que queria fazer.

– As chances são mínimas, não é mesmo? – disse Honey. –Nem ao menos sabe se ele aviou a receita no domingo.

– Mas é a única chance que nós temos. – "A única que Kat tem." – Vou verificar as de Richmond, Marina. North Beach, Upper Market, Mission e Potrero, enquanto; você procura as de Excelsior, Ingleside, Lake Merced, Western Addition e Sunset.

– Está bem.

NA PRIMEIRA farmácia em que entrou, Paige mostrou sua identificação e disse:

– Um colega meu, Dr. Ken Mallory, esteve aqui no domingo, com uma receita. Saiu da cidade e me pediu para providenciar um novo aviamento, mas não consigo me lembrar do nome do medicamento. Será que se importaria de verificar para mim, por favor?

– Dr. Ken Mallory? Um momento, por favor. – Ele voltou alguns minutos depois. – Desculpe, mas não aviamos nenhuma receita para um Dr. Mallory no domingo.

– Obrigada.

Paige obteve a mesma resposta nas quatro farmácias seguintes. Honey não teve mais sorte.

– Temos milhares de receitas aqui.

– Eu sei, mas esta foi no último domingo.

– Não temos nenhuma receita de um Dr. Mallory. Sinto muito.

As duas passaram o dia inteiro indo de farmácia em farmácia. Já começavam a desanimar. Só no final da tarde, pouco antes da hora de fechar, é que Paige encontrou o que procurava numa pequena farmácia no distrito de Potrero.

– Claro, Dr. Ken Mallory – disse o farmacêutico. – Lembro dele. Ia visitar um paciente em casa. Fiquei impressionado, porque não são muitos os médicos que fazem isso hoje em dia.

"Nenhum residente jamais fez visitas domiciliares."

– Para que era a prescrição?

Paige descobriu que prendia a respiração.

– Hidrato de cloral.

Ela quase tremia de excitamento.

– Tem certeza?

– É o que diz aqui.

– Qual era o nome do paciente?

O farmacêutico verificou na cópia.

– Spyros Levathes.

– Será que se importaria de me dar uma cópia dessa receita?

– Claro que não, doutora.

UMA HORA depois, Paige entrou na sala do inspetor Burns. Pôs a receita em sua mesa.

– Aqui está sua prova, inspetor. No domingo, o Dr. Mallory foi a uma farmácia a quilômetros do lugar em que mora e mandou aviar esta receita de hidrato de cloral. Despejou o hidrato de cloral no drinque de Kat e, quando ela ficou inconsciente, cortou-a toda, procurando dar a impressão de que fora um acidente.

– Está dizendo que ele pôs o hidrato de cloral no drinque e depois a matou?

– Isso mesmo.

– Só há um problema com essa teoria, Dra. Taylor. Não havia vestígios de hidrato de cloral no corpo.

– Tem de haver. Seu patologista cometeu um erro. Peça a ele para verificar de novo.

O inspetor já começava a perder a paciência.

– Doutora...

– Por favor! Sei que estou certa!

– Está desperdiçando o tempo de todo mundo.

Paige sentava-se no outro lado da mesa, os olhos fixados em seu rosto. Ele suspirou.

– Muito bem, falarei outra vez com o patologista. Talvez ele tenha se enganado.

JASON FOI buscar Paige para jantar.

– Vamos jantar em minha casa – avisou ele. – Quero lhe mostrar uma coisa.

Durante a viagem, Paige relatou tudo o que vinha acontecendo.

– Encontrarão o hidrato de cloral no corpo de Kat – garantiu ela. – E Ken Mallory terá o que merece.

– Lamento por tudo isso, Paige.

– Eu sei. – Ela levou a mão ao rosto de Jason. – Agradeço a Deus por ter você.

O carro parou na frente da casa de Jason.

Paige olhou pela janela do carro, aturdida. Em torno da casa, havia uma cerca nova, de madeira, pintada de branco.

ELA ESTAVA sozinha no apartamento escuro. Ken Mallory usou a chave que Kat lhe dera e se encaminhou para o quarto, sem fazer barulho. Paige ouviu os passos se aproximando, mas antes que pudesse fazer qualquer movimento, ele saltou em sua direção, as mãos apertando sua garganta.

– Sua puta! Está tentando me destruir! Pois agora vai aprendera não bisbilhotar! – Ele apertava com uma força cada vez maior. – Fui mais esperto que todo mundo, não é? Ninguém jamais poderá provar que matei Kat.

Ela tentou gritar, mas era impossível respirar. Debateu-se, no esforço para se desvencilhar, e despertou subitamente. Estava sozinha no quarto. Sentou-se na cama, tremendo.

PERMANECEU acordada pelo resto da noite, esperando o telefonema do inspetor Burns. Veio às dez horas da manhã.

– Dra. Taylor?

– Ela mesma.

Paige prendeu a respiração.

Acabo de receber o *terceiro* relatório da patologia.

– E o que encontraram? – Seu coração batia forte.

– Não havia vestígio de hidrato de cloral ou de qualquer outro sedativo no corpo da Dra. Hunter. Absolutamente nenhum.

Mas isso era impossível! Tinha de haver. Não havia sinal de golpe, de nenhuma pancada que pudesse deixá-la inconsciente. Nem equimoses na garganta. Não fazia sentido. Kat só podia estar inconsciente quando Mallory a matara. O patologista se enganara.

Paige decidiu conversar com ele pessoalmente.

O DR. DOLAN se mostrou irritado.

– Não gosto de ser questionado assim. Já verifiquei três vezes. Disse ao inspetor Burns que não havia vestígios de hidrato de cloral em qualquer de seus órgãos, e não havia mesmo.

– Mas...

– Mais alguma coisa, doutora?

Paige sentia-se desolada. Sua última esperança se desvanecera. Ken Mallory escaparia impune ao crime que cometera.

– Eu... acho que não. Se não encontrou nenhuma substância química no corpo, então não...

– Não falei que não *encontrei* nenhuma substância química.

Ela fitou-o, surpresa.

– Encontrou algo?

– Apenas um vestígio de tricloroetilene.

Paige franziu o rosto.

– O que isso faria?

Ele deu de ombros.

– Nada. É uma droga analgésica. Não faria ninguém dormir.

– Entendo...

– Lamento não poder ajudá-la.

Paige balançou a cabeça.

– Obrigada.

Ela foi andando pelo corredor longo e antisséptico do necrotério, deprimida, com a sensação de que alguma coisa lhe escapava. Afinal, tivera certeza absoluta de que Kat fora dopada com hidrato de cloral.

"Tudo o que ele encontrou foi um vestígio de tricloroetilene. Não faria ninguém dormir: Mas porque haveria tricloroetilene no corpo de Kat?" Ela não vinha tomando nenhum medicamento. Paige parou no meio do corredor, a mente funcionando vertiginosamente.

AO CHEGAR ao hospital, foi direto para a biblioteca médica, no quinto andar. Levou menos de um minuto para encontrar tricloroetilene. A descrição dizia: "Um líquido incolor; transparente, volátil, com uma gravidade específica de 1,47 a 59 graus F. É um hidrocarbono halogênico, tendo a fórmula química CCL CCL :CHCL."

E ali, na última linha, encontrou o que procurava: "Quando o hidrato de cloral é metabolizado, produz tricloroetilene como um subproduto."

35

– Inspetor, a Dra. Taylor está aqui e deseja lhe falar.

– Outra vez? – Ele sentiu–se tentado a não recebê-la. A mulher se tornara obcecada por sua tosca teoria. Tinha de pôr um paradeiro naquilo. – Mande-a entrar.

Quando Paige entrou na sala, o inspetor Burns foi logo dizendo:

– Escute, doutora, acho que isso já foi longe demais. O Dr. Dolan ligou para se queixar...

– Sei como Ken Mallory fez! – A voz de Paige estava impregnada de excitamento. – Havia tricloroetilene no corpo de Kat.

Burns acenou com a cabeça.

– O Dr. Dolan me deu essa informação. Mas disse que não poderia deixá-la inconsciente e...

– O hidrato de cloral se transforma em tricloroetilene! – anunciou Paige, triunfante. – Mallory mentiu quando disse que não voltou ao apartamento com Kat. Pôs hidrato de cloral na bebida dela. Não tem gosto quando se mistura com álcool e só demora alguns minutos para fazer efeito. Quando ela ficou inconsciente, matou-a e fez com que parecesse um aborto malogrado.

– Doutora, se me perdoa por dizer isso, é especulação demais.

– Não é, não! Ele aviou uma receita para um paciente chamado Spyros Levathes, mas nunca deu a ele.

– Como sabe?

– Porque não poderia dar. Verifiquei o problema de Spyros Levathes. Ele tem porfiria eritropoésica.

– O que é isso?

– É um distúrbio metabólico genético. Causa foto-sensibilidade e lesões, hipertensão taquicardia e alguns outros sintomas perniciosos. É o resultado de um gene defeituoso.

– Ainda não compreendo.

– O Dr. Mallory não deu hidrato de cloral a seu paciente porque isso o mataria! O hidrato de cloral é contraindicado para hematoporfiria. Causaria acessos convulsivos imediatos.

Pela primeira vez, o inspetor Burns ficou impressionado.

– Fez um trabalho dedicado, não é?

Paige continuou:

– Por que Ken Mallory iria a uma farmácia distante e aviaria uma receita para um paciente que sabia que não podia tomar o medicamento? Tem de prendê-lo.

O inspetor tamborilava com os dedos sobre a mesa.

– Muito bem, já sei o que vamos fazer. Conversarei com o pessoal da promotoria e verei se eles acham que temos um caso concreto.

Paige sabia que fora até onde podia.

– Obrigada, inspetor.

– Voltarei a lhe falar.

DEPOIS QUE PAIGE se retirou, o inspetor Burns ficou pensando sobre a conversa. Não havia qualquer prova concreta contra o Dr. Mallory, apenas as suspeitas de uma mulher persistente. Ele analisou os poucos fatos de que dispunha. O Dr. Mallory era noivo de Kat Hunter. Dois dias depois de sua morte, ficava noivo da filha de Alex Harrison. Um fato estranho, mas não ilegal.

Mallory dissera que deixara a Dra. Hunter na porta do prédio e que não entrara no apartamento. Fora encontrado sêmen no corpo da mulher, mas ele dera uma explicação plausível para isso.

Havia também a questão do hidrato de cloral, Mallory escrevera uma receita que poderia matar seu paciente. Era culpado de homicídio? Ou inocente? Burns falou com sua secretária pelo interfone:

– Barbara, marque um encontro meu com o promotor distrital esta tarde.

HAVIA QUATRO homens na sala quando Paige entrou: o promotor distrital, seu assistente, um homem chamado Warren e o inspetor Burns.

– Obrigado por ter vindo, Dra. Taylor – disse o promotor distrital. – O inspetor Burns me falou de seu interesse pela morte da Dra. Hunter. Posso compreender. A Dra. Hunter era sua colega de apartamento, e quer que haja justiça.

"Portanto, vão prender Ken Mallory, no final das contas!"

– Exatamente. Não resta a menor dúvida a respeito. O Dr. Mallory a matou. Quando for preso, ele...

– Receio que não possamos fazer isso.

Paige ficou aturdida.

– Como?

– Não podemos prender o Dr. Mallory.

– Mas por quê?

– Não temos um caso contra ele.

– Mas claro que têm! O tricloroetilene prova que...

– Doutora, num tribunal, a ignorância da lei não é desculpa, mas a ignorância da medicina é.

– Não estou entendendo.

– É simples. Significa que o Dr. Mallory pode alegar que cometeu um erro, que não sabia qual o efeito do hidrato de cloral num paciente com hematoporfiria. Ninguém pode provar que é mentira. Poder-se-ia provar que é um péssimo médico, mas não que é culpado de homicídio.

Paige experimentou uma profunda frustração.

– Vão deixar que ele escape impune?

O promotor estudou-a por um momento.

– Vou lhe dizer o que estou disposto a fazer. Conversei a respeito com o inspetor Burns. Com sua permissão, vamos mandar alguém ao apartamento para buscar os copos no bar. Se encontrarmos vestígios de hidrato de cloral, daremos o passo seguinte.

– E se ele lavou os copos?

O inspetor Burns interveio, secamente:

– Não creio que ele perdesse tempo a usar um detergente. Se lavou os copos apenas com água, encontraremos o que procuramos.

DUAS HORAS depois, o inspetor Burns ligou para Paige.

– Fizemos uma análise química de todos os copos no bar, doutora.

Paige preparou-se para o desapontamento.

– Encontramos vestígios de hidrato de cloral num copo.

Paige fechou os olhos, numa prece silenciosa de agradecimento.

– E havia impressões digitais nesse copo. Vamos compará-las com as impressões do Dr. Mallory.

Paige sentiu um ímpeto de excitamento.O inspetor continuou:

– Quando ele a matou... se é que a matou... usava luvas, e por isso suas impressões não ficaram na cureta. Mas não poderia servir um drinque à Dra. Hunter de luvas, e talvez não as usasse quando tornou a guardar os copos no bar.

– Tem razão, talvez não.

– Devo admitir que no início não acreditei que sua teoria pudesse levar a qualquer coisa. Agora, acho que talvez o Dr. Mallory seja nosso homem. Mas provar é outro problema.

Ele fez uma pausa.

– O promotor está certo. Seria uma perda de tempo levar Mallory a julgamento. Ele só precisaria alegar que não sabia dos efeitos do medicamento e seria absolvido. Não há lei contra cometer um erro médico. Não sei como...

– Espere um instante! – interrompeu-o Paige, excitada. – Acho que sei como se pode fazer isso!

KEN MALLORY escutava Lauren pelo telefone:

– Papai e eu encontramos um conjunto de salas que você vai adorar, querido. É no Post Building. Vou contratar uma recepcionista para você, e não pode ser muito bonita.

Mallory riu.

– Não precisa se preocupar com isso, meu bem. Não há ninguém no mundo para mim além de você.

– Estou morrendo de saudade. Não pode sair agora?

– Entrarei de folga dentro de duas horas.

– Sensacional! Por que não vem me pegar aqui em casa?

– Combinado. Pode me esperar.

Mallory desligou. "Não poderia ser melhor do que isso", pensou. "Deus é mulher, e me ama." Ele ouviu seu nome ser chamado pelo sistema de alto-falantes:

– Dr. Mallory... Quarto 430... Dr. Mallory... Quarto 430...

Continuou sentado, sonhando, pensando no futuro áureo que tinha pela frente. "Um lindo conjunto de salas no Post Building, cheio de velhas ricas, ansiosas em lhe darem seu dinheiro." Ouviu seu nome de novo:

– Dr. Mallory... Quarto 430.

Suspirou e levantou-se. "Sairei deste hospício muito em breve", pensou. Encaminhou-se para o quarto 430. Um residente aguardava-o no corredor, diante da porta.

– Temos um problema aqui – disse ele. – É um paciente do Dr. Peterson, mas o Dr. Peterson não se encontra no hospital. Discordei de um dos médicos.

Entraram no quarto. Havia três pessoas ali – um homem na cama, um enfermeiro e um médico que Mallory nunca vira antes. O residente disse:

– Este é o Dr. Edwards. Precisamos de seu conselho, Dr. Mallory.

– Qual é o problema?

O residente explicou:

– O paciente sofre de porfiria eritropoésica, e o Dr. Edwards insiste em lhe dar um sedativo.

– Não vejo qual é o problema.

– Obrigado – disse Edwards. – O paciente não dorme há quarenta e oito horas. Receitei hidrato de cloral para que ele possa descansar um pouco, e...

Mallory fitou-o com uma cara de espanto.

– Perdeu o juízo? Isso poderia matá-lo! Ele teria um ataque convulsivo, taquicardia, e provavelmente morreria. Onde foi que estudou medicina?

O homem declarou a Mallory, calmamente:

– Não estudei. – Ele exibiu um distintivo. – Sou da Seção de Homicídios do Departamento de Polícia de San Francisco. – Ele virou-se para o homem na cama. – Pegou tudo?

O homem tirou um gravador de debaixo do travesseiro.

– Peguei.

Mallory olhava de um para o outro, com o rosto franzido.

– Não compreendo. O que é isso? O que está acontecendo?

O policial tornou a se virar para ele.

– Dr. Mallory, está preso pelo assassinato da Dra. Kat Hunter.

36

A manchete do *San Francisco Chronicle* dizia: MÉDICO PRESO POR ASSASSINAR NOIVA O texto por baixo relatava todos os tétricos detalhes do caso.

Mallory leu o jornal em sua cela. Jogou o jornal no chão. Seu companheiro de cela comentou:

– Parece que o meteram numa fria, companheiro.

– Não aposte nisso – declarou Mallory, confiante. – Tenho ligações, e vão me arrumar o melhor advogado do mundo. Sairei daqui em 24 horas. Só preciso dar um telefonema.

Os Harrisons leram o jornal ao desjejum.

– Oh, Deus! – exclamou Lauren. – Ken! Não posso acreditar!

O mordomo aproximou-se.

– Com licença, Srta. Harrison. O Dr. Mallory está ao telefone. Creio que ele ligou da cadeia.

– Vou atender.

Lauren começou a se levantar.

– Vai ficar aqui e terminar seu desjejum – disse Alex Harrison, com firmeza. Ele virou-se para o mordomo. – Não conhecemos nenhum Dr. Mallory.

PAIGE LEU o jornal enquanto se vestia. Mallory seria punido pela coisa terrível que fizera, mas isso não proporcionava qualquer satisfação a Paige. Nada do que fizessem com ele jamais poderia trazer Kat de volta.

A campainha da porta tocou, e Paige foi abrir. Era um estranho. Usava um terno escuro e carregava uma pasta.

– Dra. Taylor?

– Pois não...

– Meu nome é Roderick Pelham. Sou advogado da firma Rothman & Rothman. Posso entrar?

Paige estudou-o, perplexa.

– Claro.

Ele entrou no apartamento.

– O que deseja comigo?

O advogado abriu a pasta, tirou alguns documentos.

– Já sabia, é claro, que é a principal beneficiária do testamento de John Cronin?

Paige ficou completamente atordoada.

– Mas o que está dizendo? Deve haver algum engano.

– Não há engano nenhum. O Sr. Cronin deixou-lhe um milhão de dólares.

Paige arriou numa cadeira, tonta, pensando.

"Tem de ir à Europa. Faça-me um favor. Visite Paris... e se hospede no Crillon, vá jantar no Maxim's, peça um filé suculento e uma garrafa de champanhe. Enquanto comer o filé e beber o champanhe, quero que pense em mim."

– Se assinar aqui, cuidaremos de todo o resto.

Paige levantou os olhos.

– Eu... não sei o que dizer... ele tinha uma família...

– Pelos termos do testamento, a família só receberá o resto do espólio, que não representa uma grande quantia.

– Não posso aceitar.

Pelham se mostrou surpreso.

– Por que não?

Paige não tinha resposta. John Cronin desejara que ela ficasse com seu dinheiro.

– Não sei... parece aético, de certa forma. Ele era meu paciente.

– Deixarei o cheque com você. Pode decidir o que fazer depois. Basta assinar aqui.

Paige assinou, atordoada.

– Adeus, doutora.

Ela observou-o sair e continuou sentada, pensando em John Cronin.

A NOTÍCIA da herança de Paige se tornou a conversa do hospital. Paige esperara que o assunto pudesse permanecer em sigilo. Ainda não decidira o que fazer com o dinheiro. "Não me pertence", refletiu ela. "Ele tinha uma família."

PAIGE NÃO se sentia emocionalmente preparada para voltar ao trabalho, mas seus pacientes precisavam de cuidados. Havia uma cirurgia marcada para aquela manhã. Arthur Kane esperava Paige no corredor. Não se haviam falado desde o incidente da radiografia invertida. Embora Paige não tivesse provas de que fora Kane o culpado, o episódio dos pneus furados de seu carro a deixara assustada.

– Olá, Paige. Vamos esquecer o que passou. O que me diz?

Paige deu de ombros.

– Está bem.

– Não acha que foi terrível aquela história de Ken Mallory?

– Acho.

– Por falar nisso, meus parabéns. Soube que virou uma milionária.

– Não sei...

– Tenho ingressos para o teatro esta noite, Paige. Pensei que nós dois poderíamos ir.

– Obrigada, mas estou noiva.

– Neste caso, sugiro que rompa o noivado.

Ela fitou-o, surpresa.

– Como?

Kane chegou mais perto.

– Mandei fazer uma autópsia em John Cronin.

Paige descobriu que seu coração disparava.

– E...?

– Ele não morreu de problema cardíaco. Alguém lhe deu uma overdose de insulina. E acho que esse alguém em particular nunca pensou na possibilidade de uma autópsia.

Paige sentiu a boca subitamente ressequida.

– Estava no quarto quando ele morreu, não é?

Ela hesitou.

– Estava, sim.

– Sou o único que sabe disso e o único que tem o relatório da autópsia. – Ele passou a mão pelo braço de Paige. – E meus lábios se encontram lacrados. Agora, sobre o teatro esta noite...

Paige desvencilhou-se.

– Não!

– Tem certeza de que sabe o que está fazendo?

Ela respirou fundo.

– Tenho. E agora, se me dá licença...

Paige se afastou. Kane observou-a, o rosto se contraindo. Virou-se e foi para o gabinete do Dr. Benjamin Wallace.

O TELEFONE despertou-a à 1 hora, no apartamento.

– Você voltou a ser uma garota impertinente.

Era a mesma voz áspera, disfarçada, sussurrando, mas desta vez Paige a reconheceu e pensou: "Oh, Deus, eu tinha mesmo motivos para ficar apavorada!"

Na manhã seguinte, quando Paige chegou ao hospital, dois homens a esperavam.

– Dra. Paige Taylor?

– Pois não?

– Terá de vir conosco. Está presa pelo assassinato de John Cronin.

37

Era o último dia do julgamento. Alan Penn, o advogado de defesa, apresentava suas alegações finais ao júri.

– Senhoras e senhores, ouviram muitos depoimentos sobre a competência ou incompetência da Dra. Taylor. A juíza Young vai instruí-los que o julgamento não tem nada a ver com isso. Tenho certeza que para cada médico que não aprovava seu trabalho, poderíamos apresentar uma dúzia que o aprovavam. Mas não é essa a questão. Paige Taylor está sendo julgada pela morte de John Cronin. Ela admitiu que o ajudou a morrer. Fez isso porque ele sentia uma dor intensa e pediu-lhe que o ajudasse. Isso é eutanásia, algo que se torna mais e mais aceito no mundo inteiro. No ano passado, o Tribunal Superior da Califórnia confirmou o direito de um adulto mentalmente capaz a recusar ou exigir a retirada de tratamento médico de qualquer espécie. É o indivíduo que deve viver ou morrer com o curso do tratamento escolhido ou rejeitado.

Ele fez uma pausa, fitando os jurados.

– A eutanásia é um crime de compaixão, de misericórdia, e ouso dizer que ocorre, de uma forma ou outra, em todos os hospitais do mundo. O promotor está pedindo a pena de morte. Não o deixem confundir a questão fundamental. Nunca houve uma sentença de morte por eutanásia. Sessenta e três por cento dos americanos acreditam que a eutanásia deve ser legalizada, e isso já ocorre em 18 estados do país. A questão é simples: temos o direito de obrigar pacientes impotentes a viverem em dor, a permanecerem vivos no sofrimento? A questão se tornou mais complicada por causa dos grandes avanços na tecnologia médica. Entregamos os cuidados com os pacientes a máquinas. Máquinas não têm misericórdia. Se um cavalo quebra uma perna, nós acabamos com seu sofrimento com um tiro. Com um ser humano, nós o condenamos a uma meia vida que é um inferno. A Dra. Taylor não decidiu quando John Cronin morreria. Foi o próprio John Cronin quem decidiu. Não se deixem enganar a respeito, o que a Dra. Taylor fez neste caso foi um ato de misericórdia. Assumiu plena responsabilidade por isso. Mas podem ter certeza de que ela nada sabia sobre o dinheiro que lhe foi deixado. O que ela fez, foi com um espírito de compaixão. John Cronin era um homem com um coração em estado precário e um câncer terminal, incurável, que se espalhara por todo o seu corpo, causando-lhe uma profunda agonia. Devem se fazer uma única pergunta. Nessas circunstâncias, vocês gostariam de continuar a viver? Obrigado.

Ele virou, voltou para a mesa, sentou ao lado de Paige.

GUS VENABLE se levantou, foi se postar diante do júri.

– *Compaixão? Misericórdia?*

Ele olhou para Paige, balançou a cabeça, tornou a fitar os jurados.

– Senhoras e senhores, venho exercendo a advocacia em tribunais há mais de vinte anos, e devo lhes dizer que, durante todo esse tempo, nunca... mas nunca mesmo... vi um caso mais claro e inequívoco de assassinato deliberado e a sangue-frio por lucro.

Paige absorvia cada palavra, tensa e pálida.

– A defesa falou sobre eutanásia. A Dra. Taylor fez o que fez por um sentimento de compaixão? Não acredito. A Dra. Taylor e os outros testemunharam que o Sr. Cronin só tinha mais uns poucos dias para viver. Por que ela não o deixou viver por esses poucos dias? Talvez tenha sido porque a Dra. Taylor receava que a Sra. Cronin tomasse conhecimento da mudança do testamento do marido e adotasse uma providência. É uma extraordinária coincidência que logo depois do Sr. Cronin ter mudado seu testamento, deixando um milhão de dólares para a Dra. Taylor, ela tenha lhe dado uma *overdose* de insulina, assassinando-o. Por várias vezes, a ré condenou-se com suas próprias palavras. Disse que mantinha um relacionamento amigável com John Cronin, que ele a apreciava e respeitava. Mas ouviram testemunhas declarar que ele odiava a Dra. Taylor, que a chamava de 'aquela vaca' e lhe pedira para tirar as porras das mãos dele.

Gus Venable olhou mais uma vez para a ré. Havia uma expressão de desespero no rosto de Paige. Ele tornou a se virar para o júri.

– Um advogado testemunhou que a Dra. Taylor disse a respeito do milhão de dólares que lhe foi deixado: "É antiético. Ele era meu paciente." Mas ela ficou com o dinheiro. Precisava dele. Tinha em casa uma gaveta cheia de folhetos de viagens... Paris, Londres, a Riviera. E lembrem-se de que ela não foi à agência de viagens *depois* de receber o dinheiro. Nada disso. Planejou as viagens antes. Só precisava do dinheiro e da oportunidade, e John Cronin lhe proporcionou as duas coisas. Um homem agonizante e impotente que ela podia controlar. Tinha à sua mercê um homem que ela própria admitiu que sofria muita dor... agonia, para ser mais preciso, segundo seu próprio depoimento. Quando se sente esse tipo de dor, podem imaginar como deve ser difícil pensar com lucidez. Não sabemos *como* a Dra. Taylor persuadiu John Cronin a mudar seu testamento, cortando a família que ele amava, e convertendo-a na principal beneficiária. O que sabemos é que ele a chamou ao seu quarto naquela noite fatal. Sobre o que conversaram? Ele poderia ter lhe oferecido um milhão de dólares para que acabasse com seu sofrimento? É uma possibilidade que devemos considerar. De qualquer forma, foi assassinato a sangue-frio. Senhoras e senhores, durante este julgamento, sabem quem foi a mais prejudicial de todas as testemunhas?

Ele apontou um dedo para Paige, dramático.

– A própria ré! Ouvimos depoimentos de que ela realizou uma transfusão de sangue ilegal e depois falsificou os registros. Ela não negou o fato. Disse que nunca matou um paciente, com exceção de John Cronin, mas ouvimos o depoimento de que o Dr. Barker, um médico respeitado por todos, acusou-a de ter matado seu paciente. Infelizmente, senhoras e senhores, Lawrence Barker sofreu um derrame e não pode estar aqui conosco hoje para testemunhar contra a ré. Mas permitam que eu lembre a opinião do Dr. Barker sobre a ré. Este é o depoimento do Dr. Peterson, falando sobre um paciente que a Dra. Taylor operou.

Gus Venable passou a ler a transcrição.

"O Dr. Barker foi chamado?"

"Foi."

"E entrou na sala de cirurgia durante a operação?"

"Quase no final."

"E o Dr. Barker disse alguma coisa à Dra. Taylor na ocasião?"

"O Dr. Barker disse: 'Você o matou.'"

Isto aqui é do depoimento da enfermeira Berry.

"Pedi que nos dissesse coisas específicas que ouviu o Dr. Barker dizer à Dra. Taylor."

– Resposta: "Uma ocasião ele disse que ela era incompetente... Ele disse que não deixaria a Dra. Taylor operar seu cachorro."

Gus Venable olhou para os jurados.

– Ou está ocorrendo aqui alguma espécie de conspiração, em que todos esses médicos e enfermeiras respeitáveis mentem a respeito da ré, ou a Dra. Taylor é uma mentirosa. Não *apenas* uma mentirosa, mas uma mentirosa patológica...

A porta no fundo do tribunal foi aberta e um assessor, entrou, apressado. Hesitou por um instante, tentando tomar uma decisão, depois avançou pelo corredor, na direção de Gus Venable.

– Senhor...

Gus Venable virou-se, irritado.

– Não vê que estou...

O assessor sussurrou em seu ouvido. Gus Venable se mostrou surpreso.

– *O quê?* Mas isso é sensacional!

A juíza Young inclinou-se para a frente, a voz ameaçadoramente suave:

– Perdoem-me por interrompê-los, mas o que pensam que estão fazendo?

Gus Venable virou-se para ela, excitado.

– Meritíssima, acabo de ser informado que o Dr. Lawrence Barker se encontra lá fora, no corredor. Veio numa cadeira de rodas, mas tem condições para depor. Eu gostaria de chamá-lo.

Houve um burburinho alto no tribunal. Alan Penn levantou-se.

– Protesto! – gritou ele. – O advogado de acusação está no meio de suas alegações finais. Não há precedentes para se chamar uma testemunha a esta altura do julgamento. Eu...

A juíza Young bateu com o martelo.

– Os advogados se aproximem, por favor.

Penn e Venable se adiantaram.

– Isso é absolutamente irregular, meritíssima. Protesto...

A juíza Young interrompeu:

– Tem razão ao dizer que é irregular, Sr. Penn, mas se engana em relação aos precedentes. Posso citar uma dúzia de casos por todo o país em que testemunhas tiveram permissão para depor em circunstâncias especiais. E, se tem tanto interesse por precedentes, pode examinar um caso que ocorreu neste mesmo tribunal há cinco anos. Por acaso eu era a juíza.

Alan Penn engoliu em seco.

– Isso significa que vai permitir o depoimento?

A juíza Young pensou por um momento.

– Como o Dr. Barker é testemunha essencial neste caso e como se encontrava fisicamente incapaz de depor antes, decido que ele pode ser chamado, no interesse da justiça.

– Protesto! Não há nenhuma prova de que a testemunha tem competência para depor! Exijo que sejam chamados psiquiatras...

– Sr. Penn, neste tribunal não exigimos. Pedimos. – Ela virou-se para Gus Venable. – Pode chamar sua testemunha.

Alan Penn permaneceu imóvel, desolado. "Está tudo acabado", pensou. "Perdemos o julgamento." Gus Venable virou-se para seu assessor.

– Pode trazer o Dr. Barker.

A porta tornou a ser aberta, e o Dr. Lawrence Barker entrou no tribunal. Vinha numa cadeira de rodas. A cabeça estava inclinada, e um lado do rosto se contraía num ligeiro ricto.

Todos observaram a figura pálida e frágil ser empurrada até a frente do tribunal. Ao passar por Paige, ele fitou-a.

Não havia cordialidade em seus olhos, e Paige recordou suas últimas palavras: "Quem você pensa que...?"

Quando Lawrence Barker se encontrava à sua frente, a juíza Young inclinou-se para a frente e indagou:

– Dr. Barker, tem condições de depor aqui hoje?

A voz de Barker era·um pouco engrolada quando respondeu:

– Tenho, meritíssima.

– Tem pleno conhecimento do que está ocorrendo neste tribunal?

– Tenho, meritíssima. – Ele olhou para Paige. – Àquela mulher está sendo julgada pelo assassinato de um paciente.

Paige estremeceu. "Aquela mulher!"

A juíza Young tomou sua decisão e determinou ao escrevente:

– Pode tomar o juramento da testemunha, por favor?

Depois que o Dr. Barker prestou juramento, a juíza Young acrescentou:

– Pode permanecer em sua cadeira, Dr. Barker... O promotor vai inquiri-lo e depois permitirei a reinquirição à defesa.

Gus Venable sorriu.

– Obrigado, meritíssima. – Ele se aproximou da cadeira de rodas. – Não vamos mantê-lo aqui por muito tempo, doutor, e o tribunal agradece sua presença para depor, em circunstâncias tão difíceis. Está a par dos depoimentos que foram prestados aqui durante o último mês?

O Dr. Barker acenou com a cabeça.

– Acompanhei tudo pela televisão e jornais, e me deixou nauseado.

Paige baixou o rosto para as mãos. Gus Venable teve de fazer um esforço para reprimir seu sentimento de triunfo.

– Tenho certeza que muitos de nós sentem a mesma coisa, doutor.

– Vim aqui porque quero que se faça justiça.

Venable sorriu.

– Exatamente. É o que também queremos.

Lawrence Barker respirou fundo; quando falou, a voz era cheia de indignação:

– Então como foi capaz de trazer a Dra. Taylor a julgamento?

Venable pensou ter entendido mal.

– Como?

– Este julgamento é uma farsa!

Paige e Alan Penn trocaram um olhar espantado. Gus Venable empalideceu.

– Dr. Barker...

– Não me interrompa. Usou os depoimentos de várias pessoas preconceituosas e invejosas para atacar uma cirurgiã brilhante. Ela...

– Espere um instante! – Gus Venable começava a entrar em pânico. – Não é verdade que criticou a capacidade da Dra. Taylor com tanto rigor que ela acabou querendo sair do Hospital Embarcadero?

– É, sim.

Gus Venable sentiu-se um pouco melhor e indagou, condescendente:

– Neste caso, como pode dizer que Paige Taylor é uma médica brilhante?

– Porque é essa a verdade.

Barker virou-se, olhou para Paige. Quando voltou a falar, era como se os dois fossem as únicas pessoas no tribunal:

– Algumas pessoas nascem para se dedicar à medicina. Você era uma dessas raras pessoas. Percebi desde o início como você era capaz. Fui rigoroso com você... talvez demais... porque era boa. Queria que fosse perfeita, porque em nossa profissão não há margem para o erro. Absolutamente nenhuma.

Paige não desviava os olhos dele, fascinada, a mente em turbilhão. Tudo acontecia muito depressa.

O silêncio no tribunal era total.

– Não ia permitir que você desistisse.

Gus Venable podia sentir que a vitória lhe escapulia. Sua melhor testemunha se transformava no pior pesadelo.

– Dr Barker... foi testemunhado aqui que acusou a Dra. Taylor de matar seu paciente Lance Kelly. Como...

– Eu disse isso a ela porque era a cirurgiã no comando da equipe. A responsabilidade final era sua. Mas, na verdade, foi o anestesista que causou a morte do Sr. Kelly.

A esta altura, houve o maior alvoroço no tribunal. Paige sentia-se atordoada. O Dr. Barker continuou a falar, bem devagar, com algum esforço:

– E quanto a John Cronin lhe deixar aquele dinheiro, a Dra. Taylor nada sabia a respeito. Conversei com o Sr. Cronin. Ele me disse que deixaria o dinheiro para a Dra. Taylor porque odiava sua família, e que ia pedir à Dra. Taylor para livrá-lo de seu sofrimento. E eu concordei.

Vários espectadores se puseram a falar ao mesmo tempo. Gus Venable estava imóvel, com uma expressão de total perplexidade. Alan Penn levantou-se.

– Meritíssima, peço o arquivamento do caso!

A juíza Young batia com o martelo.

– Silêncio! – Ela olhou para os dois advogados. – No meu gabinete.

A JUÍZA YOUNG, Alan. Penn e Gus Venable sentaram na sala. Gus Venable se encontrava em estado de choque.

– Eu... eu não sei o que dizer. É evidente que se trata de um homem doente, meritíssima. Está confuso. Quero que seja examinado por psiquiatras e...

– Não pode ter tudo, Gus. Parece que todo o seu caso virou fumaça. Vamos salvá-lo de embaraços adicionais, está bem? Vou decidir pelo arquivamento da acusação de homicídio. Alguma objeção?

Houve um silêncio prolongado, e ao final Venable balançou a cabeça.

– Acho que não.

A juíza Young acrescentou:

– Boa decisão. E vou lhe dar um conselho. Nunca, mas nunca mesmo, chame uma testemunha a menos que saiba o que ela vai dizer.

A SESSÃO RECOMEÇOU. A juíza Young declarou:

– Senhoras e senhores do júri, agradeço por seu tempo e paciência. O tribunal decidiu pelo arquivamento de todas as acusações. A ré está livre.

Paige virou-se, soprou um beijo para Jason, depois se adiantou apressada para o Dr. Barker. Ajoelhou-se, e abraçou-o.

– Não sei como agradecer – sussurrou ela.

– Nunca deveria ter se metido nesta confusão, antes de mais nada – resmungou ele. – Vamos sair daqui e ir para algum lugar em que possamos conversar.

A juíza Young ouviu e sugeriu, ao se levantar:

– Podem usar minha sala se quiserem. É o mínimo que posso fazer por você.

PAIGE, JASON E O DR. BARKER entraram na sala da juíza, só os três. O Dr. Barker disse:

– Desculpe não ter podido vir aqui mais cedo para ajudar. Sabe como são as drogas dos médicos.

Paige se encontrava à beira das lágrimas.

– Não sei como lhe dizer o quanto...

– Então não diga! – exclamou o Dr. Barker, ríspido

Paige estudou-o, lembrando de uma coisa.

– Quando conversou com John Cronin?

– Como?

– Ouviu direito. Quando conversou com John Crohin?

– *Quando?*

– Nunca sequer se encontrou com John Cronin. Não o conhecia.

Os lábios de Barker se contraíram na insinuação de um sorriso.

– Não...·mas conheço você.

Paige inclinou-se para abraçá-lo.

– Não banque a piegas. – O Dr. Barker olhou para Jason. – Ela fica assim às vezes. É melhor cuidar bem dela, ou terá de se ver comigo.

– Não se preocupe, senhor – respondeu Jason. – Eu cuidarei.

PAIGE E JASON casaram no dia seguinte. O Dr. Barker foi o padrinho.

Epílogo

Paige Curtis abriu um consultório particular e é filiada ao prestigioso Hospital North Shore. Usou o milhão de dólares que John Cronin lhe deixou para criar, em nome de seu pai, uma fundação médica na África do Sul.

Lawrence Barker partilha o consultório com Paige, como consultor cirúrgico.

Arthur Kane teve sua licença revogada pelo Conselho de Medicina da Califórnia.

Jimmy Ford teve uma recuperação plena e casou com Betsy. Deram à sua primeira filha o nome de Paige.

Honey Taft mudou-se para a Irlanda com Sean Reilly e trabalha como enfermeira em Dublin.

Sean Reilly é um artista plástico de sucesso e ainda não apresentou os sintomas da AIDS.

Mike Hunter foi condenado por assalto à mão armada e ainda cumpre pena na penitenciária estadual.

Alfred Turner foi trabalhar num consultório na Park Avenue e se tornou muito bem-sucedido.

Benjamin Wallace foi demitido do cargo de administrador do Hospital Público Embarcadero.

Lauren Harrison casou com seu professor de tênis.

Lou Dinetto foi condenado a 15 anos de prisão por sonegação de impostos.

Ken Mallory foi condenado à prisão perpétua. Uma semana depois de Dinetto entrar na penitenciária, Mallory foi encontrado morto em sua cela, assassinado a punhaladas.

O Hospital Embarcadero continua no mesmo lugar, aguardando o próximo terremoto.

fim